Breda

Droom van Gouden Bergen

Wilt u op de hoogte worden gehouden van de romans en literaire thrillers van uitgeverij Signatuur? Meldt u zich dan aan voor de literaire nieuwsbrief via onze website www.uitgeverijsignatuur.nl.

Ling Zhang

Droom van Gouden Bergen

Vertaald door Anke ten Doeschate

SIGNATUUR

2013

GOLD MOUNTAIN BLUES © 2009 by Ling Zhang
Dutch language edition published in agreement with
Ling Zhang c/o The Grayhawk Agency
Oorspronkelijk verschenen bij Viking, Canada
Oorspronkelijke titel: Gold Mountain Blues
Vertaald uit het Engels door Anke ten Doeschate
© 2013 Uitgeverij Signatuur, Utrecht en Anke ten Doeschate
Alle rechten voorbehouden.

Omslagontwerp: Wil Immink Design
Omslagbeeld: Bettmann/ Corbis
Foto auteur: He Qun
Typografie: Pre Press Media Groep, Zeist
Druk- en bindwerk: Koninklijke Wöhrmann, Zutphen

ISBN 978 90 5672 364 4
NUR 302

Deze uitgave is mede tot stand gekomen dankzij een subsidie van
China Book International.

MIX
Papier van
verantwoorde herkomst
FSC
www.fsc.org   FSC® C110751

Dit boek is gedrukt op papier dat het keurmerk van de Forest Stewardship
Council (FSC®) mag dragen. Bij dit papier is het zeker dat de productie
niet tot bosvernietiging heeft geleid. Een flink deel van de grondstof is
afkomstig uit bossen en plantages die worden beheerd volgens de regels
van FSC. Van het andere deel van de grondstof is vastgesteld dat hiervoor geen houtkap in de laatste
resten waardevol bos heeft plaatsgevonden. Daarom mag dit papier het FSC Mix label dragen. Voor dit
boek is het FSC-gecertificeerde Munkenprint gebruikt. Dit papier is 100% chloor- en zwavelvrij gebleekt
en wordt geleverd door Arctic Paper Munkedals AB, Zweden.

Ik draag dit boek op aan die ENE die licht schijnt op mijn levenspad als de duisternis me dreigt op te slokken; aan de man wiens schouders en armen een veilige haven voor mijn rusteloze ziel zijn; en aan een vader en een moeder die me al jong hebben geleerd om hard te werken, te presteren en geduld te hebben, ook al begreep ik als kind niet altijd wat hun bedoelingen waren.

Voorwoord

Het idee kwam niet vorig jaar bij me op. Noch het jaar ervoor.

Het vatte post tijdens mijn eerste herfst in Canada, nadat ik in september 1986 van Beijing naar Calgary was gekomen.

Het was een zonnige middag. De bladeren vormden met hun schitterende kleurenpracht nog een laatste, wanhopig vertoon van leven, voordat ze bij het invallen van de winter zouden verleppen. Wij, mijn vrienden en ik, wilden een laatste glimp van de herfst opvangen en reden door een buitenwijk van de stad toen we een lekke band kregen. Terwijl we wachtten op hulp, ging ik op verkenning. Daar viel mijn oog op de grafstenen, verspreid door het hoge gras en bedekt met mos en vogelpoep. Op de meeste stonden Chinese namen. Op sommige prijkten verschoten foto's van mannen en vrouwen met jonge maar verweerde gezichten, scherp afgetekende jukbeenderen en ernstige blikken. De geboorte- en sterfdata varieerden van de tweede helft van de negentiende tot de eerste helft van de twintigste eeuw. Het was goed mogelijk dat deze nog jonge mensen een niet-natuurlijke dood waren gestorven. Al snel besefte ik dat dit de eerste Chinese immigranten, oftewel koelies, moesten zijn geweest.

Wat voor leven hadden ze geleid in hun dorpen in Zuid-China? Wie lieten ze achter toen ze de overtocht waagden naar de 'Gouden Bergen', zoals de onherbergzame streken van Noord-Amerika waar goud werd gevonden, werden genoemd. Welke dromen koesterden ze toen ze de hachelijke oversteek over de Stille Oceaan waagden, niet wetende of ze ooit nog zouden terugkeren? Wat ging er door hen heen toen ze de Rocky Mountains voor het eerst zagen?

Dat speelde allemaal door mijn hoofd en liet me niet meer los. Ik wist natuurlijk niet dat deze vragen mijn gedachten nog vele jaren zouden beheersen.

Een boek. Ik zou een boek over deze mensen kunnen schrijven, nee, móéten schrijven. Dat nam ik me voor toen ik die dag weer naar huis ging.

Zeventien jaar lang speelde ik met dit idee, maar ik had het te druk. Er waren te veel zaken die mijn onmiddellijke aandacht opeisten: twee academische titels, een carrière als audioloog, de zoektocht naar de ware, een eigen huis en een fijn leven in Canada. De ambitie om een boek over de Gouden Bergen te schrijven stond helemaal onder aan mijn to-dolijstje. Zo nu en dan kwam het idee weer bovendrijven, vooral als de herdenking van de gewelddadigheden tegen Aziaten in het nieuws kwam of de compensatieregeling voor de 'koptaks' voor Chinezen in het parlement werd besproken, maar ik deed er nooit iets mee.

Maar in de herfst van 2003 deed de gelegenheid zich toch opeens voor. Ik was samen met een groep uitgeweken Chinese auteurs uitgenodigd voor een reis naar Kaiping, bekend om de unieke *diaolou*, wat letterlijk 'versterkte woning' betekent. Deze gebouwen werden bekostigd door de koelies die geld naar huis stuurden. Zo hoopten ze hun vrouwen en kinderen te beschermen tegen overstromingen en struikrovers. De koelies waren naar alle windstreken uitgewaaierd en aan elk gebouw is duidelijk te zien uit welk land het geld afkomstig was. De oorspronkelijke Zuid-Chinese bouwstijl werd er op bizarre wijze vermengd met barokke, romaanse en victoriaanse elementen, wat lang niet altijd een lust voor het oog was.

Dankzij een plaatselijke bewoner konden we een versterkte woning binnenglippen die al tientallen jaren leegstond en nog niet was opgeknapt voor publieke openstelling. Op de derde etage troffen we een oude, houten klerenkast aan. Tot mijn verbazing hing er een jurk in. Hij was roze met geborduurde pioenrozen en zat vol mottengaten. Toen deed ik nóg een onverwachte ontdekking: in een mouw zat een paar kousen verstopt. Ze waren tot op de draad versleten en een enorme ladder liep van de hiel naar het kruis. Ik streek over de ladder en plotseling schoot er een stoot energie door me heen, alsof ik onder stroom stond. Terwijl ik daar zo stond, bonsde mijn hart zo luid als de donder en beefde ik van ontzag.

Wie was de vrouw die bijna een eeuw geleden deze kousen droeg? Was ze de vrouw des huizes? Bij welke gelegenheid had ze deze feestelijke jurk gedragen? Was ze eenzaam geweest, ook al had ze dan een echtgenoot gehad die dankzij zijn zwoegen in de Gouden Bergen zoveel geld verdiende dat zij zich zulke kostbaarheden kon veroorloven?

Opnieuw werd ik overvallen door de aandrang om een antwoord op deze vragen te vinden.

Er zouden nog eens twee jaar verstrijken voordat ik eindelijk met het schrijven van dit boek begon. In die periode zou ik mijn derde roman, *Mail-Order Bride*, en verscheidene korte verhalen schrijven.

Het werd een tocht die me volledig in beslag heeft genomen. Ik moest in de keiharde korst van de geschiedenis spitten. Ik reisde naar Vancouver en Victoria en naar de dorpen van Kaiping in China, op zoek naar mensen die direct of indirect meer af wisten van het tijdperk waarin dit boek zich afspeelt. Ik heb vele archieven bezocht, zowel in eigen persoon als via internet, en speurde in universiteitsbibliotheken en in openbare bibliotheken. Telkens als ik bijzondere documenten over dit onderwerp vond of hoorde van iemand die afstamde van een bouwer van de Pacific Railway, maakte mijn hart een sprongetje. Talloze nachten lag ik wakker en peinsde ik over een betere manier om een antwoord te vinden op de vragen die me nu al zo lang door het hoofd spookten. Uiteindelijk heb ik die antwoorden nooit echt gevonden. In plaats daarvan ontdekte ik verhalen. Uit talloze boeken en menig gesprek met afstammelingen van de Chinese koelies destilleerden zich verhalen over mensen die de oceaan overstaken naar het onherbergzame Brits-Columbia, met achterlating van hun ouders op leeftijd, kersverse echtgenotes of jonge kinderen, om een onmogelijke droom van rijkdom en welvaart na te jagen: verhalen over feestjes waar de champagne rijkelijk vloeide ter ere van de voltooiing van de spoorweg, waar met geen woord werd gerept over de Chinese koelies die hem hadden aangelegd; verhalen over mannen en vrouwen die noodgedwongen van elkaar gescheiden raakten door de koptaks, de immigratiestop en een onmetelijke oceaan, maar hun huwelijk toch vijftig jaar lang in stand hielden omdat ze vastbesloten waren hun kinderen een betere toekomst te geven. Ik hoorde verhalen over de lange, moeilijke weg die twee rassen moesten afleggen voordat ze zich uiteindelijk na een eeuw vol wantrouwen en afkeer met elkaar verzoenden.

Het schrijven van dit boek was al evenmin makkelijk. Het schrijfproces werd voortdurend onderbroken door mijn grote behoefte aan accuratesse. Alle historische feiten en andere details moesten kloppen. Zo zat ik soms een hele nacht op internet te zoeken hoe een fotocamera er rond 1910 uitzag, en dat alleen maar voor een paar zinnen in mijn boek. Als ik wilde weten welke pistolen rond 1900 werden gebruikt, hoorde ik mijn vrienden met kennis over militaire zaken net zo lang uit totdat ze mijn telefoontjes vreesden. Ik kwam tot het inzicht dat ik een hopeloze perfectionist ben, iets wat mijn vrienden al veel vaker tegen me hebben gezegd.

Op een koude decembermiddag in 2008, een week voor de kerst, stond ik op van achter mijn bureau, rekte ik mijn vermoeide lichaam uit en slaakte ik een zucht van verlichting: eindelijk had ik de eerste versie van *Droom van Gouden Bergen* voltooid. Het begon te sneeuwen. Er klonk kerstmuziek en dikke sneeuwvlokken vielen traag en zacht op het dak. Ik voelde een kalmte die ik lange tijd niet meer had gekend. Ik wist dat ik een missie had volbracht: ik had mensen die al ruim een eeuw lang stil en vergeten in een donkere afgrond van de geschiedenis lagen begraven, een stem gegeven.

Graag wil ik professor David Lai van de universiteit van Victoria, lid van de Orde van Canada, bedanken voor zijn uitmuntende onderzoek naar de geschiedenis van de Chinatowns. Hij was zo vriendelijk om mij meer te vertellen over de eerste Chinese immigranten in Canada; dr. James Kwan heeft mijn nieuwsgierige aard enorm geprikkeld met zijn boeiende verhalen over zijn jeugd in Kaiping. Hopelijk vond hij mijn spervuur van vragen niet al te vervelend; dankzij professor Xueqing Xu van de Universiteit van York en dr. Helen Wu van de Universiteit van Toronto kon ik de universiteitsbibliotheken bezoeken waar meer informatie over mijn onderwerp te vinden was; dank aan professor Lieyao Wang van de Universiteit van Jinan en zijn geweldige promovendi, die me in de dorpen van Kaiping hebben rondgeleid en daar accommodatie voor me hebben geregeld; dank aan mijn vriend en collega-auteur Shao Jun, die me op deze rondreis als een echte heer vergezelde; aan professor Guoxiong Zang en professor Selia Tan van Wuyi University, omdat ze me alles hebben verteld over het Museum of Overseas Chinese; dank aan mijn lieve vriendin Yan Zhang en haar befaamde krant *The Global Chinese Press* en aan de Chinese Canadian Writer's Association, die mijn verblijf in Vancouver en Victoria mogelijk maakten;

aan professor Henry Yu van de Universiteit van British Columbia, die me meer wist te vertellen over de inheemse indianenbevolking; dank aan Ian Zeng en Jinghua Huan, die de eerste versie hebben geredigeerd; ik wil Lily Liu, zelf een succesvol auteur, bedanken, omdat ze me over haar koelievoorouders wilde vertellen, evenals vele vrienden die mij met foto's en verhalen nog beter op de hoogte brachten. Ten slotte wil ik uiteraard mijn familie bedanken voor hun niet-aflatende steun. Die had ik bitter hard nodig bij het moeilijke en soms bijna onmogelijke schrijfproces van zo'n dikke pil.

God zegene jullie allen!

PS Twee jaar nadat *Droom van Gouden Bergen* in het Chinees verscheen, komt nu tot mijn grote vreugde de Engelse editie in Canada en Groot-Brittannië op de markt. Graag wil ik mijn agent Gray Tan en zijn medewerkers bedanken voor het vertrouwen dat ze in mij als schrijver hebben; dank aan Nicky Herman, die dit boek in het Engels vertaalde en onvermoeibaar op verkenning ging in het boeiende en soms verraderlijke domein van deze twee wereldtalen; dank aan Adrienne Kerr, die als kundig en doorgewinterde redacteur mij in elke fase van dit proces enorm heeft geholpen; dank aan mijn vele vrienden, die ik hier onmogelijk allemaal kan noemen, voor hun grote steun tijdens een van de moeilijkste periodes in mijn leven waarin dit boek ontstond.

Opmerking over namen

De achternaam staat in het Chinees vooraan, bijvoorbeeld Fong, Tse, Au of Auyung.

Voornamen bestaan uit twee delen: een generatienaam (deze is hetzelfde voor ieder familielid van dezelfde generatie) en een persoonlijke naam, die helemaal achteraan staat. Mensen worden aangesproken met een bijnaam of een combinatie van hun persoonlijke naam en het verkleinwoord 'Ah'. Kwan Suk Yin (familienaam Kwan) staat bijvoorbeeld bekend als 'Zes Vingers' en Ah-Yin (zoals haar echtgenoot haar noemt). Op latere leeftijd wordt ze mevrouw Kwan genoemd.

Kantonees en Mandarijn (pinyintranscriptie):
We hebben het Kantonees aangehouden bij alle personages die Kantonees met elkaar spreken en bij alle plaatsen in Zuid-China. Voor bekende Chinezen (zoals Li Hongzhang) en namen van provincies hebben we het op het Mandarijn gebaseerde pinyin gebruikt. De uitzondering hierop vormt de Chinese revolutionair die in het Westen bekendstaat als Sun Yat-sen (wat volgens het pinyin als Sun Zhongshan geschreven moet worden).

BELANGRIJKSTE PERSONAGES

[+ = getrouwd met]

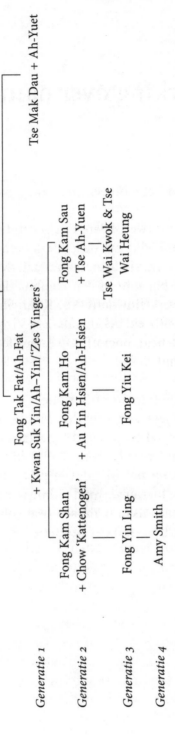

Fong Yuen Cheong + mevrouw Mak

Fong Tak Fat/Ah-Fat
+ Kwan Suk Yin/Ah-Yin/'Zes Vingers'

Tse Mak Dau + Ah-Yuet

Fong Kam Shan
+ Chow 'Kattenogen'

Fong Kam Ho
+ Au Yin Hsien/Ah-Hsien

Fong Kam Sau
+ Tse Ah-Yuen

Fong Yin Ling

Fong Yiu Kei

Tse Wai Kwok & Tse
Wai Heung

Amy Smith

Generatie 1

Generatie 2

Generatie 3

Generatie 4

DE AUYUNGS

Generatie 1 Auyung Ming
Generatie 2 Auyung Yuk Shan
Generatie 3 Auyung Wan On

Proloog

2004, provincie Guangdong, China

Amy moest haar ellebogen gebruiken om zich in de aankomsthal van het vliegveld Guangzhou Baiyun een weg door de krioelende menigte te banen. Voor twee mannen die een bordje met MEVROUW FONG YIN LING vasthielden, bleef ze staan. Ze keken haar stomverbaasd aan. Wat wilde deze buitenlandse vrouw met haar kastanjebruine haar en bruine ogen van hen?

Het Bureau van Chinese Zaken Overzee had twee keurige heren gestuurd om haar af te halen: chauffeur Ng en een wat oudere man die Auyung Wan heette en leidinggaf aan de plaatselijke afdeling van het bureau. 'Bent, bent u ...' zei Ng, die van verbazing begon te stotteren. Het drong tot hem door dat hij haar in het Engels aansprak.

'Ja, dat ben ik,' zei Amy in vloeiend Chinees, terwijl ze naar het bordje wees. Dit stelde Ng en Auyung enigszins gerust en ze brachten haar naar de parkeerplaats bij het vliegveld.

Hoewel het pas mei was, was het al bloedheet. Amy, die gewend was aan het kille zonnetje van Vancouver, had het gevoel dat de zonnestralen van Kanton haar prikten als scherpe naalden. Ze stapte snel in de zwarte Audi en wachtte op de aangename koelte van de airco, terwijl ze haar bezwete voorhoofd met een zakdoekje afveegde.

'Hoe ver is het rijden?' vroeg ze aan Auyung.

'Niet zo ver. Met de auto is het maar een paar uur.'

'Zijn alle papieren in orde? Ik zal ze bij aankomst meteen ondertekenen. Kunt u me dan vanavond weer terugbrengen naar Kanton?'

'Wilt u niet overnachten? Dan kunt u het antiek dat u hebt geërfd morgenvroeg nog even bekijken.'

'Dat lijkt me niet nodig. Laat iemand het maar inpakken en versturen.'

Auyung leek even van zijn stuk gebracht. Na een poosje zei hij: 'Niemand heeft dat gebouw in tientallen jaren betreden. Er staan spullen in die even oud zijn als het gebouw zelf. U zult er een inventaris van moeten maken, omdat het antieke stukken zijn. Afgezien van de strikt persoonlijke eigendommen hopen we alles aan het publiek tentoon te stellen. U mag uiteraard foto's maken als aandenken. Dat staat ook duidelijk vermeld in de overeenkomst.'

Amy slaakte een zucht. 'Dan zit er niets anders op dan te moeten overnachten. Hebt u een hotel voor me geregeld?'

'Ja, dat is allemaal geregeld,' zei Ng, die achter het stuur zat. 'Het beste hotel van de stad. Het is natuurlijk geen Kanton, maar het is er schoon, er is warm water en u hebt er verbinding met internet.' Amy zweeg en wuifde zich met een boek koelte toe.

Het was stil in de auto. Uiteindelijk verbrak Auyung het zwijgen: 'Meneer Wong, mijn baas, verwacht u al sinds het voorjaar. Eigenlijk wilde hij u zelf mee op stap nemen. Toen we vernamen dat u ziek was, werd de reis enkele malen uitgesteld. Helaas moest meneer Wong nu voor zaken naar Rusland. Hij zou graag willen dat u wacht op zijn terugkeer. U bent de laatst overgebleven nazaat van Fong Tak Fat. Het heeft ons veel moeite gekost om u op te sporen.'

Amy begon te lachen. 'Ik ben niet de Fong Yin Ling die uw baas verwacht. Dat is mijn moeder. Maar zij is nog altijd ziek en daarom heeft ze mij gestuurd.' Ze haalde haar visitekaartje uit haar tas en gaf het aan Auyung. Hoewel de tekst in het Engels was, kon hij het lezen:

AMY SMITH
UNIVERSITAIR DOCENT SOCIOLOGIE
UNIVERSITEIT VAN BRITISH COLUMBIA

Auyung tikte met het visitekaartje tegen zijn handpalm. 'Nu begrijp ik het,' zei hij. 'Vandaar ...'

'Zie ik er dan zo oud uit?' vroeg Amy.

Auyung begon te lachen. 'Nee, dat is het niet. Ik vond het alleen vreemd dat Fong Yin Ling het graf van haar grootmoeder niet wilde bezoeken.'

Amy staarde even wezenloos voor zich uit, maar dacht toen weer aan de tas die haar moeder haar voor vertrek in de handen had gedrukt.

Amy's moeder had al ruim een jaar met enige regelmaat brieven van een kantoor in Hoi Ping ontvangen. De officiële brieven, voorzien van het rode zegel van de gemeente, gingen over haar ouderlijk huis. De diaolou van de Fongs scheen een van de oudste versterkte woningen in de streek te zijn. Het was onlangs toegevoegd aan de Werelderfgoedlijst en werd nu opgeknapt om als bezienswaardigheid dienst te gaan doen. In de brieven werden de erfgenamen van de familie Fong verzocht om een overeenkomst te ondertekenen, waardoor de plaatselijke overheid het beheer over de diaolou kreeg.

Als kind was Yin Ling met haar ouders naar China gereisd en had ze twee jaar in de diaolou gewoond. Ze was nog zo jong geweest dat haar er weinig van was bijgebleven. Bovendien had het verstrijken van bijna tachtig jaar die schamele herinneringen weggevaagd. Omdat de Fongs er al tientallen jaren niet meer woonden en 'in beheer geven' synoniem leek te zijn met terugvordering, had Yin Ling alle brieven achteloos in de prullenbak gesmeten zonder er met een woord over te reppen.

Tot haar verbazing hadden de autoriteiten in Hoi Ping het niet opgegeven. Ze waren brieven blijven sturen en hadden er zelfs een paar internationale telefoongesprekken aan gewaagd, hoewel ze geen idee had hoe ze aan haar nummer waren gekomen.

'Dit is werelderfgoed. Het is bijna honderd jaar oud. Wilt u nu echt dat het tot stof vergaat? Als de overheid het beheer op zich neemt, zal het in oude glorie worden hersteld. Het zal een eerbetoon aan de Fongs zijn. U hoeft er geen cent aan uit te geven noch een greintje energie aan te besteden. U behoudt alle rechten. Het is de perfecte regeling.'

Deze boodschap werd eindeloos herhaald en geleidelijk werd Yin Lings weerstand minder. Maar net toen ze wel iets voor het idee begon te voelen, werd ze ziek. Ze was nu al een jaar bedlegerig.

Tot haar negenenzeventigste leek de ouderdom geen grip op Yin Ling te hebben gehad. Ze was als een boom die door een rijk, ongeschonden bladerdak werd omhuld. Maar van het ene op het andere moment werd ze geveld, alsof er een storm had gewoed.

Het gebeurde op haar negenenzeventigste verjaardag. Ze had haar vriendinnen getrakteerd op een diner in een Italiaans eethuis, waarna ze bij haar thuis mahjong gingen spelen. Als kind had Yin Ling zich er altijd aan geërgerd wanneer haar moeder met haar hartsvriendinnen mahjong had gespeeld, maar nu ze op leeftijd was, deed ze precies hetzelfde. Amy was er die dag niet bij geweest en zonder haar dochter had Yin Ling zich helemaal laten gaan. Ze had de ene sigaret met de andere aangestoken en het flink op een zuipen gezet, totdat ze stomdronken was geweest. Pas rond middernacht hadden de vriendinnen het voor gezien gehouden. Yin Ling was gewoon naar bed gegaan, maar de volgende ochtend kon ze niet meer opstaan. Die nacht had ze een beroerte gekregen.

Na de beroerte sprak Yin Ling geen Engels meer. Als kind had ze op een gewone school in Vancouver gezeten en ze had altijd blanke vriendjes gehad, dus zowel thuis als op haar werk had ze altijd vloeiend Engels gesproken. Het leek wel alsof een kleine, perverse hand aan haar hersenen had gesleuteld en dat vermogen had uitgewist. Nadat ze was bijgekomen, begreep ze niets meer van wat de artsen en verpleegkundigen haar zeiden. Toen ze zelf na een tijdje weer begon te praten, kraamde ze onverstaanbare klanken uit. Aanvankelijk dacht men dat het spraakcentrum in haar brein was aangetast. Pas na enkele dagen begreep Amy wat er aan de hand was: Yin Ling sprak Kantonees, het Kantonees dat haar grootvader in het China van haar jeugd had gesproken.

Yin Ling zou nooit meer de oude worden. Nadat ze uit het ziekenhuis was ontslagen, was ze naar een revalidatiecentrum en vervolgens naar een verpleegtehuis gegaan. Elke verhuizing was met verhitte ruzies gepaard gegaan. Amy zette alles op alles en wist haar moeder uiteindelijk in een Chinees verpleeghuis geplaatst te krijgen. Toen ze zich eenmaal verstaanbaar had kunnen maken, leek ze tot rust te zijn gekomen.

Maar op een dag had Amy tijdens een college een dringend telefoontje uit het verpleegtehuis gekregen. Ze had alles uit haar handen laten vallen en was er onmiddellijk naartoe gegaan. Daar had ze een oude vrouw aangetroffen die met leren riemen aan een rolstoel zat vastgebonden. De tranen stroomden over haar gezicht. Amy kreeg te horen dat haar moeder die ochtend was opgestaan

en opeens had geschreeuwd dat het te laat zou zijn. Toen haar verzorgster had gevraagd wat er precies te laat was, had ze het op een
schreeuwen gezet en de verzorgster uiteindelijk met een wandelstok in het gezicht geslagen, omdat die haar nog steeds niet had
begrepen.

'Dit kunnen we hier niet gebruiken,' zei de directeur tegen Amy.
'Ze is een gevaar voor de verzorgsters en de andere patiënten.'

Toen Amy zag hoe haar bejaarde moeder zich uit alle macht uit
de rolstoel probeerde te bevrijden, schuimbekkend en happend
naar adem, als een vis op het droge, knielde ze naast haar neer en
riep: 'Lieve hemel, wat moet ik nou met jou?'

Het was de eerste keer dat Yin Ling haar dochter zag huilen. Ze
schrok er zo van dat ze acuut leek te bedaren. Even later stak ze
haar hand uit en zei tegen Amy: 'Ga jij dan.'

In Yin Lings hand lag een verfrommelde, klamme envelop die
met een rood zegel uit China was dichtgeplakt.

Amy moest de brief een aantal keren doorlezen voordat ze de
inhoud begreep. 'Goed dan,' verzuchtte ze. 'Ik zal gaan, maar dan
moet jij beloven dat je de verzorgsters niet meer aanvalt.' Er verscheen een grijns op haar moeders gezicht, waardoor een rij door
tabaksrook aangetaste tanden zichtbaar werd.

'Als je maar niet denkt dat ik je in huis zal nemen als je hier sten-
nis blijft schoppen. Dan stuur ik je gewoon naar een inrichting. Als
ik je niet in toom kan houden, moeten anderen dat maar doen,' zei
Amy resoluut.

'Mag ze in een eenpersoonskamer, zodat ze bij andere patiënten
wordt weggehouden? En kan ze een eigen verzorgster krijgen?'
smeekte ze de directeur. 'Ik zal alles betalen. Laten we dan na een
maand, als ik uit China ben teruggekeerd, alles evalueren. Goed?'
Ze schonk hem een moedige glimlach.

Die ochtend had Amy zachtjes vloekend het verpleeghuis verlaten. Het was eindelijk lente geworden in Vancouver. Het gras was
helgroen na de vele regen die was gevallen, de klimrozen tegen de
witte muren hadden al knalrode knoppen en vogels kwetterden in
de bomen. Maar Amy had er geen aandacht aan geschonken. Haar
moeder, Fong Yin Ling, had er in haar rolstoel zo klein en breekbaar uitgezien als een verschrompeld nootje dat door een windvlaag uit een boom was gevallen.

De reis duurde langer dan Auyung had beweerd. Ze hobbelden over een weg vol kuilen en passeerden bouwterreinen en wegwerkzaamheden totdat ze uiteindelijk tegen het vallen van de avond in het dorp aankwamen. Amy had het gevoel dat alle botten in haar lichaam tijdens de rit door elkaar waren geschud.

In het dorp waren de muren beplakt met schreeuwerige advertenties van banken die beweerden de goedkoopste tarieven te hebben voor internationaal bankverkeer. 'Proberen ze klanten van elkaar af te pikken?' vroeg Amy.

'Ze willen allemaal een graantje meepikken van de overvloed,' zei Auyung. 'Zelfs de honden in deze stad hebben verwanten overzee. Vroeger brachten de zeevogels en de paarden met hun juk de "dollarbrieven" naar de dorpen. Nu wordt het geld gewoon overgemaakt. Het bereikt de dorpelingen op een andere manier, maar het is hetzelfde principe.'

Amy fronste haar wenkbrauwen. 'Is dat een Chinees gezegde? Ik snap er namelijk geen fluit van. Zeevogels en paarden?'

'De zeevogels waren mensen die met de dollarbrieven per boot de overtocht maakten en de paarden waren de mannen die ze bij de dorpelingen bezorgden.' Auyung keek haar even aan. 'Heb ik je interesse dan toch gewekt?'

'Ik ben in elk sociologisch fenomeen geïnteresseerd,' zei Amy bits, 'of dat nu hier of in mijn eigen land is.'

De diaolou van de Fongs lag een eindje van de weg af. Ze werden afgezet en moesten het laatste stuk lopen.

Het pad liep langs een verlaten fabriek en was zo overwoekerd dat het leek alsof het al jaren niet meer in gebruik was. De bananenplanten werden niet meer onderhouden en op de grond lag een dikke laag dode bladeren. Hoewel het nog niet schemerde, zoemden talloze muggen tussen het hoge gras. Amy werd dwars door haar kleren heen gestoken en voelde overal bulten opkomen.

Auyung gaf haar een insectenwerend middel en sloeg een kwade toon aan tegen de dorpsambtenaar die op hen afkwam om hen te begroeten. 'Ik heb u maanden geleden al laten weten dat er iemand op bezoek zou komen. Waarom hebben jullie het pad niet begaanbaar gemaakt? Jullie hebben het zo druk met geld verdienen dat jullie nergens anders meer tijd voor hebben!'

De man slikte zijn boze reactie in en begon in plaats daarvan hard te lachen. Toen draaide hij zich om en richtte zich bulderend tot enkele vrouwen met kleine kinderen op hun arm die vanaf een afstandje nieuwsgierig toekeken. 'Wat staan jullie daar nu te kijken? Je weet toch hoe je je moet gedragen tegenover buitenlanders?' De vrouwen begonnen zenuwachtig te giechelen, maar bleven hen toch volgen.

'De economische hervormingen van Deng Xiaoping liggen alweer vele jaren achter ons. Waarom zijn je grootvader en je moeder nooit op bezoek gekomen?' vroeg Auyung.

'Volgens mijn moeder overleed mijn grootvader kort nadat het diplomatieke contact tussen China en Canada was hersteld. Vrienden van mijn grootvader hebben nog geprobeerd een visum te regelen, maar mijn moeder en hij besloten dat het beter was om niet terug te keren.'

'Waarom?'

Amy bleef staan en keek Auyung doordringend aan. 'Ik hoopte eigenlijk dat ú me dat kon vertellen.'

Na een korte stilte nam Auyung het woord: 'Het waren vreemde tijden. Niet alleen de mensen maar ook de rivier kreeg de kolder in zijn kop. Door stortregens steeg het waterpeil. In honderd jaar tijd had het water niet zo hoog gestaan en het hele dorp overstroomde.'

'Kunt u niets beters bedenken? Ik ben immers socioloog, voor het geval u dat bent vergeten,' antwoordde Amy koeltjes.

'Natuurlijk wel, maar dit is niet het moment om daarover te praten. Ik heb trouwens ook onderzoek gedaan naar geëmigreerde Chinezen, dus we hebben best veel gemeen.'

'Meneer Auyung is ook een geleerde, mevrouw Smith,' zei chauffeur Ng. 'Hij heeft onderzoek gedaan naar de diaolous. Daarom heeft het Bureau van Chinese Zaken Overzee hem ook aangetrokken. Hij is belast met het behoud van deze woningen.'

Amy wist haar verbazing te verbergen. 'Weet u dan misschien waarom deze plek zo van God verlaten is, terwijl elke vierkante centimeter grond in deze contreien goud waard is?'

Auyung schonk haar een bescheiden glimlach. 'Wilt u de officiële verklaring of de reden die de plaatselijke bewoners opgeven?'

'Allebei graag,' zei Amy, op haar beurt naar hem glimlachend.

'De officiële verklaring luidt dat deze grond zwaar vervuild is en werd verlaten omdat er geen gewassen meer konden worden ver-bouwd.'

'En hoe luidt de officieuze versie?'

'Volgens de dorpelingen zijn er hier in het verleden dingen ge-beurd en werden er bovennatuurlijke verschijnselen waargeno-men. Daarom durft niemand hier te bouwen.'

'Bedoelt u nu te zeggen dat het hier spookt?'

Auyung schudde zijn hoofd. 'Nee, dat bedoelde ik niet. U mag natuurlijk denken wat u wilt van deze volksverhalen.'

Amy barstte in lachen uit. Deze oude man wist haar wel te boeien. Misschien was het toch niet zo'n gek idee om een paar nachten te blijven.

Ze ploeterden voort over het pad en kwamen uit bij het gebouw. Hoewel het al van ver te zien was geweest, bleek pas van dichtbij hoe oud het was. Het was een gebouw van vijf verdiepingen dat in westerse stijl was gebouwd. De voorgevel was op het zuiden gericht en aan alle kanten was het met Chinese klimplanten overwoekerd. Er zaten talloze raampjes in die zo van ouderdom waren vergaan dat de oorspronkelijke vorm niet meer te onderscheiden was. Het leken eerder kanonsgaten dan ramen. De ijzeren tralies in de ramen en voor de deur waren helemaal verroest. Tussen de begroeiing door waren Romeinse zuilen te zien die net als de kozijnen met nog maar amper zichtbaar beeldhouwwerk waren versierd. Auyung sleepte met een grote steen en ging erop staan. Hij haalde een krant uit zijn koffertje en begon mos en vogelpoep van de deur te wrijven. Uiteindelijk kwam er een naam tevoorschijn: TAK YIN HUIS. De karakters waren uitgesneden in de sierlijke stijl van de Song-dynas-tie. In de inkervingen viel nog een zweem roze te bespeuren. Onge-twijfeld waren de karakters ooit vermiljoenrood geweest.

De deur was smal en bedekt met een traliewerk dat bovenaan, halverwege en onderaan van sloten was voorzien. Volgens Auyung werd dit een 'hemel-, aarde- en middenslot' genoemd. Het hemel-en aardeslot konden alleen van binnenuit worden opengemaakt. Als de deur niet was vergrendeld, kon je hem gewoon openduwen. Alleen het middelste was een echt slot. Oorspronkelijk was het zo'n tien centimeter breed geweest, maar door de roest was het uitgezet. 'Hebt u een sleutel?' vroeg Auyung aan de gemeenteambtenaar.

'Er is hier jarenlang niemand meer binnen geweest. Natuurlijk hebben we geen sleutel,' luidde het antwoord. 'Nu de eigenaresse er is, mag zij het slot forceren.'

Ng liep terug naar het pad, pakte een scherpe steen en gaf hem aan Amy. Het slot was erg oud en al na een paar slagen brak het. De deur was echter zwaarder en gaf niet zo snel mee, maar uiteindelijk wisten ze hem een klein stukje open te duwen. Met een onheilspellende schreeuw vloog een roetzwarte vogel klapwiekend naar buiten. Zijn vleugels scheerden over Amy's hoofd. Amy zakte door haar knieën en zeeg neer op de grond. Ze sloeg haar handen voor haar borst en haar hart bonsde in haar keel.

De ambtenaar keek verontrust. 'De rituelen ... Heeft ze de voorvaderlijke rituelen wel uitgevoerd?' fluisterde hij tegen Auyung.

'Doet dat ertoe?' vroeg Auyung. 'Haar voorouders hebben lang op haar moeten wachten. Ze hebben zich nog maar amper op haar komst kunnen verheugen, dus zo snel zullen ze niet beledigd zijn. Die rituelen kunnen wel tot morgen wachten. Ze is nog niet eens naar de begraafplaats geweest.'

'Ik ga even roken,' zei de ambtenaar, zichtbaar onthutst. Hij wachtte bij de ingang, terwijl Auyung als eerste het huis binnenging.

Toen Amy een stap over de drempel zette, hoorde ze het vuil onder haar voet kraken. Het glas in de ramen was kapot en door het invallende avondlicht leken de stofdeeltjes van goud. Amy bleef roerloos staan. Geleidelijk begon ze de contouren van het interieur te onderscheiden. Afgezien van een waterton met een grote barst aan de zijkant stonden er geen meubels.

'De keuken en de kamers voor de bedienden zaten op deze etage,' zei Auyung. 'De vertrekken en slaapkamers van de Fongs bevinden zich op de hogere verdiepingen.'

Ze liepen naar de trap.

De treden waren zo vergaan dat het trappenhuis wel een ribbenkast met rottende ingewanden leek. Voorzichtig liepen Auyung en Amy naar boven, waarbij ze elke trede eerst voorzichtig uitprobeerden. Uiteindelijk kwamen ze op de tweede verdieping uit. Tegen de tegenoverliggende muur stond een lange houten tafel met afbladderende verf. Er stonden twee ronde voorwerpen op. Amy keek nog eens goed en zag dat het koperen wierookbranders waren. Een dikke laag patina had hun sierlijke vormen geschonden.

In een kleine nis stond een standbeeld van Guanyin, de boeddhistische godin van barmhartigheid. Haar hoofd en schouders waren er afgehakt. Alleen haar vingers die een lotusbloem omklemden, gaven nog blijk van haar mededogen. Boven het standbeeld waren karakters geschilderd die door de afbladderende verf niet meer goed te ontcijferen waren:

KAARS ... SCHEPT ... BLOEM

... WIEROOK ... UIT ... VREEDZAAM HUIS

Onder het standbeeld zat een houten gedenkplaatje waarop totaal geen verf meer zat. Door lekkage had het regenwater het volkomen aangetast. Helemaal aan de rechterkant waren nog een paar regels leesbaar:

ILLUSTERE TWINTIGSTE GENERATIE ... VOOROUDERS

VADER, PATER FAMILIAS, DE HEER FONG DIK COI

MOEDER, MEVROUW WEN, VROUW DES HUIZES

'Hier eerde jouw familie de geesten van de voorouders,' zei Auyung.

Op de vloer lagen kapotte stoelpoten en andere oude troep. Amy duwde er met haar voet tegenaan, waardoor een stofwolk opsteeg en ze een hoestbui kreeg. Auyung trok er een poot uit en overhandigde die haar. Het leek wel een fluit, maar was dikker en langer. Aan de pijp hing een ragfijne ketting en er midden op zat een kom met een opening. Amy blies het stof eraf en zag een gelig patroon. Het leken wel wijnranken die zich om een boomtak hadden gekronkeld. Ze tikte er met haar vinger tegenaan en er klonk een tinkelend geluid. Hij was in elk geval niet van bamboe gemaakt.

'Dit is een opiumpijp. Hij is gemaakt van ivoor en een fortuin waard,' zei Auyung.

Droom van Gouden Bergen

Het elfde jaar van de heerschappij van Tongzhi tot het vijfde jaar van de heerschappij van Guangxu (1872-1879), het dorp Aansporing, Hoi Ping, provincie Guangdong, China

Het dorp Aansporing behoorde tot de gemeente Wo On in Hoi Ping. Hoewel de naam een jong dorp deed vermoeden, bestond het al een paar honderd jaar. Naar verluidt hadden twee broers tijdens de heerschappij van Qing-keizer Qianlong het door hongersnood geteisterde Annam achter zich gelaten en zich hier met hun gezin gevestigd. Ze kapten bomen, bewerkten de grond en hielden vee en varkens. Binnen tien jaar hadden ze er een bestaan opgebouwd. Toen de oudste broer op sterven lag, droeg hij zijn familie op dat ze elkaar altijd tot grotere daden moesten blijven aansporen. Zo kreeg het dorp de naam Tsz Min, het dorp Aansporing.

Tijdens de heerschappij van Tongzhi was het dorp Aansporing uitgegroeid tot een nederzetting met zo'n honderd gezinnen. Er bestonden twee clans: de Fongs, die in de meerderheid waren en afstamden van de broers uit Annam, en de Au's, buitenstaanders die uit Fujian kwamen. Het waren vrijwel allemaal boeren, maar de Fongs bewerkten grote, aan elkaar grenzende lappen grond, terwijl de Au's genoegen moesten nemen met kleine percelen aan de buitenzijden van de velden van de Fongs. Na verloop van tijd trouwden leden van de twee clans met elkaar. Dochters van de ene familie trouwden met zoons uit de andere. Geleidelijk, naarmate de families zich verder vermengden, werd de verdeling van de velden ook niet meer zo strikt. Het verschil in aanzien tussen de Fongs en de Au's verdween. Dit zou echter niet zo blijven: er zouden gebeurtenissen plaatsvinden die de afgesleten randjes weer scherp maakten ... maar dat was pas veel later.

Aan één kant werd het dorp begrensd door een riviertje en aan de andere zijde lag een heuvel. De velden lagen in een vallei tussen deze twee natuurlijke barrières. De al jarenlang intensief bewerkte aarde was er vruchtbaar. In goede jaren kon met de oogst het hele dorp worden onderhouden. Maar in tijden van droogte of overstromingen moesten zonen en dochters soms nog steeds als bedienden worden verkocht.

De dorpelingen van Aansporing bedreven niet alleen landbouw, maar hielden ook varkens en waren bedreven in borduren en weven. Slechts een klein gedeelte van de oogst hielden ze voor zichzelf. Het merendeel werd verkocht op de markt en van de opbrengst werden huishoudelijke goederen gekocht. Hoewel bijna alle gezinnen varkens en ander vee hielden, was er maar één slager in het dorp: Fong Yuen Cheong, de vader van Fong Tak Fat.

Fong Yuen Cheong behoorde tot de vierde generatie van zijn familie die het slagersvak beoefende. Vanaf het moment dat Fong Tak Fat kon lopen, keek hij vaak gehurkt en met blote billen toe hoe zijn vader varkens slachtte. Het mes ging er wit in en kwam er rood uit, maar dat beangstigde hem niet. 'Ik heb hooguit tien of twintig *li*[1] gereisd om een varken te slachten,' pochte zijn vader tegenover de dorpelingen, 'maar onze Ah-Fat zal duizenden li's reizen om varkens te slachten.' Alleen het deel van de duizenden li's zou uitkomen, maar Fong Yuen Cheong overleed voordat Ah-Fat oud genoeg was om het slagersvak te leren.

Yuen Cheongs tak van de familie Fong was met de generatie armer geworden. Zijn vader had nog een paar *mu*[2] onvruchtbaar land bezeten, maar Yuen Cheong was al gedwongen hier en daar wat grond te pachten. Na afdracht van de pacht bleef er slechts genoeg over om de rijstkom van de familie voor de helft te vullen. De andere helft moest Yuen Cheong met slachten zien te verdienen. Als hij een varken van zijn eigen clan in Aansporing slachtte, kreeg hij slechts het slachtafval. Pas als hij werkte voor mensen die niet aan hem verwant waren, zoals de Au's, of niet in hetzelfde dorp woonden, verdiende hij een grijpstuiver. Soms bleef de rijstkom van de familie dan ook halfleeg. Dat hing af van het weer, het

---

1   Een li is circa een halve kilometer
2   Een mu is ongeveer 6 are

aantal dieren dat geslacht moest worden, de agrarische kalender en feestelijke gebeurtenissen. Als er meer bruiloften waren en meer huizen werden gebouwd, werden er ook meer dieren geslacht.

Vanaf het tiende jaar van Tongzhi's heerschappij brak er een periode van droogte aan die twee jaar zou duren. De rivier droogde op tot een smal stroompje waarboven bij zonsondergang dikke zwermen insecten hingen. Vissen en garnalen waren nergens meer te bekennen. De uitgedroogde aarde hunkerde als een jengelende baby naar regen die maar niet kwam. De oogsten waren belabberd en er werden maar weinig varkens geslacht. Voor Fong Yuen Cheong werd het steeds moeilijker om rond te komen.

Maar toen keerden zijn kansen. Het gebeurde op een marktdag in het elfde jaar van Tongzhi's heerschappij.

Hij stond bij zonsopgang op en slachtte een big. Eigenlijk had hij het dier pas aan het eind van het jaar willen slachten en het vlees willen roken, maar hij kon niet langer wachten. De wok van de familie had al veel te lang geen reuzel meer gezien. Ook voor het varken was het de hoogste tijd. Er zat nog amper vlees aan zijn botten. Nadat hij het dier had gedood, legde hij de kop, de staart en het slachtafval terzijde. Het lijf en de poten sneed hij in stukken die hij meenam naar de markt. Hij hoopte van de opbrengst een paar maantaartjes te kunnen kopen, aangezien zijn jongste zoon, Tak Sin, de dag erna één jaar zou worden. Ze konden zich geen feestmaal veroorloven, maar zo zouden ze in elk geval de buren op gebak kunnen trakteren.

Voordat hij op pad ging, legde zijn echtgenote, mevrouw Mak, lotusbladeren over het vlees om de vliegen op afstand te houden. Toen stak ze voor het beeld van Bodhisattva een wierookstokje aan en bad dat de zon die dag niet te fel zou schijnen. Rauw varkensvlees bedierf snel. Terwijl Yuen Cheong naar buiten liep, hoorde hij haar mopperen: 'We zijn uitgenodigd voor het feestmaal ter ere van de zestigste verjaardag van Roodhaars moeder, maar mijn rok zit vol mottengaten.' Blijkbaar wilde ze dat hij van het varkensvlees nieuwe stof voor haar zou kopen. Plotseling werd hij woedend. Hij gooide het juk van zich af en richtte zich tot zijn vrouw: 'Zij hebben familie in de Gouden Bergen en wij niet. Zo zit het toch? Het enige wat jou kan schelen is dat je niet bij de buren achterblijft!'

Mevrouw Mak liet zich jammerend op de grond vallen. Fong Tak

Fat liep naar de deur, raapte het schouderjuk op en duwde het in zijn vaders handen. Zijn vader keek nors, maar legde het weer op zijn schouders en liep met een reeds bezweet voorhoofd naar buiten. Ah-Fat, zoals zijn oudste zoon werd genoemd, was met zijn negen jaar maar een klein opdondertje. Een kind dat nog niet in de groei was. Hij sprak weinig, maar aanschouwde de wereld met een gretige blik. Zijn vader was heimelijk een beetje bang voor hem.

Nadat Yuen Cheong de uitgehongerde honden had verjaagd, verliet hij het dorp blootsvoets over een modderpad. Toen hij bij de rivier kwam, wandelde hij verder over de opgedroogde bedding totdat hij tussen twee keien een poeltje zag. Hij schepte het water eruit en waste zijn gezicht. De rimpelingen in het water verstoorden zijn spiegelbeeld waardoor het leek alsof zijn ogen en neus van zijn gezicht probeerden te springen. Zijn dikke lippen krulden omhoog, alsof hij op het punt stond te glimlachen, maar dat deed hij niet. Het water liep van zijn voorhoofd en langzaamaan kreeg hij het minder warm. Hij voelde zich niet meer zo bezwaard. Dat hij zo tegen zijn vrouw was uitgevallen, had niets met haar rok te maken. Het kwam gewoon door Roodhaar.

Roodhaar was een verre neef. Hij dankte zijn bijnaam aan zijn grote neus en diepliggende ogen, waardoor hij leek op een van die blanke buitenlanders die rode haren schenen te hebben. Bijna niemand wist nog hoe hij werkelijk heette. Als kinderen hadden ze samen vis en garnalen gevangen, in de rijstvelden naar modderkruipers gezocht en meloenen van andermans velden gestolen. Hoewel Roodhaar een paar jaar ouder was dan hij, was hij als kind niet bijster slim geweest. Yuen Cheong was de pientere van de twee en had altijd een beetje de baas over Roodhaar gespeeld. Dat veranderde pas toen Roodhaar een paar jaar geleden met een dorpsmeisje uit een Au-familie was getrouwd die een neef in de Gouden Bergen had. Op de een of andere manier had hij ook een plekje op een schip weten te krijgen, want hij was de neef achternagegaan.

In het dorp deden allerlei verhalen de ronde over hoe het Roodhaar in de Gouden Bergen was vergaan. Zo was hij naar verluidt in een afgelegen, bergachtig gebied naar goud gaan zoeken. Nadat het water in zijn houten emmer door de brandende zon was verdampt, trof hij op de bodem een hele berg goudkorreltjes aan. Volgens een ander gerucht had de pest enkele jaren geleden in de Gouden Bergen rondgewaard. Roodhaar had een prop in zijn mond gestopt en voor de *yeung fan*[3] voor één dollar per stuk lijken weggehaald. Ook zou hij voor drie stuivers per kom watergruwel naar het leprozenhuis hebben gebracht. De dorpelingen vroegen zijn moeder of deze verhalen klopten, maar dan glimlachte ze slechts. Niemand wist wat Roodhaar precies deed in de Gouden Bergen, maar hij verdiende in elk geval zoveel geld dat hij maandelijks dollarbrieven naar huis zond. Telkens als zijn moeder een brief van hem ontving, was ze dolblij. Niemand kon zich er verder erg druk om maken, alleen Yuen Cheong was woedend. Hij kende Roodhaar door en door en wist dat hij nog te stom was om zijn eigen kont behoorlijk af te vegen.

Maar Roodhaar was inmiddels een rijk man, terwijl Yuen Cheong nog altijd ploeterde voor een half kommetje rijst.

Toen Yuen Cheong die dag het varkensvlees naar de markt bracht, had hij geen idee dat zijn leven een buitengewone wending zou nemen. Het lot had een grote verandering in petto voor de eenvoudige, berooide slager en zijn gezin. Na een leven in bittere armoede zouden ze grote rijkdom gaan kennen.

Yuen Cheong liep verder, maar bij aankomst in het stadje zag hij dat het er uitgestorven was. Omdat het marktdag was, hadden de straten nu moeten krioelen van de mensen. Uiteindelijk trof hij enkele marskramers die hem wisten te vertellen dat het stadje de nacht ervoor door bandieten was overvallen. Ze hadden het huis van een van de rijkste families in de stad geplunderd en twee mensen vermoord. Soldaten hielden nu de wacht, maar de bewoners waren zo bang dat ze zich niet meer buiten waagden.

Yuen Cheong was van ver gekomen en het had nu geen zin meer om terug te gaan. Hij legde zijn schouderjuk af en probeerde langs de straatkant toch het vlees te verkopen. Tegen het middaguur had hij slechts een poot en de haas verkocht. De zon stond hoog aan de hemel en het getjirp van de krekels deed pijn aan zijn oren.

Het vlees in de rieten manden begon zo langzamerhand bleek en klam te worden. Yuen Cheong vloekte hartgrondig omdat het hem zo tegenzat. Als hij dit had geweten, had hij het varkensvlees wel

---

3   Blanke Canadees

gepekeld. Dan hadden ze zelf nog een paar maanden van het vlees en de reuzel kunnen eten.

Even later kreeg hij een stel duistere types in korte jasjes in het oog. Ze kwamen in volle vaart op hem afrennen en duwden hem een zak in zijn handen. 'Pas hier goed op, makker, en verroer je niet,' zei een van hen zachtjes. 'Over een paar uur komen we terug. We zullen je goed belonen.' Yuen Cheong, die scherpe ogen had, zag dat ze een wapen op hun heup droegen. Hij zei niets, maar beefde als een riet. Terwijl hij toekeek hoe ze een steegje in schoten, voelde hij iets warms langs zijn benen druppelen. Hij had het van angst in zijn broek gedaan.

Yuen Cheong omklemde de zware zak stevig en wachtte langs de kant van de weg totdat de zon onderging. Er stak een stevige wind op en de paar marktbezoekers die toch nog waren gekomen, gingen nu naar huis. Van de ongure types was echter niets meer te bekennen. Hij keek voorzichtig om zich heen, trok de zak toen stukje bij beetje los en keek erin. Bij de aanblik van de inhoud werden zijn knieën slap en kreeg hij een wazige blik.

De zak was gevuld met goudstaven.

Hij stopte de zak in zijn mand en bedekte hem met het in lotusbladeren verpakte vlees. Hij legde het zware juk op zijn schouders, trok zijn bamboehoed ver over zijn ogen en sloop een zijstraatje in.

Pas rond middernacht kwam hij thuis. De drie kinderen sliepen al, maar zijn vrouw was opgebleven. Ze zat op een kruk bij het fornuis en luchtte haar voeten. Water was inmiddels zo schaars dat ze haar voeten slechts eens in de paar weken kon wassen. Dit was hoe dan ook een heel karwei – alleen al het afwikkelen van de doeken vergde veel tijd. De vrouwen van het dorp Aansporing werkten naast hun mannen op de velden, dus ze hadden vrijwel allemaal normale voeten. Maar mevrouw Mak kwam uit het dorp San Wui en haar voeten waren al op haar vijfde ingebonden. Terwijl ze haar voeten luchtte, borduurde ze versieringen op de rand van een vrouwenhoed die ze op de markt wilde verkopen. Het was een zwart patroon met kleine, roze oleanders. Om olie te besparen had mevrouw Mak de lamp zo laag gezet dat het vlammetje nog slechts zo groot als een erwt was. Turend zat ze over haar borduurwerk gebogen, maar ze kon de naald in haar hand amper zien. Toen de honden begonnen te blaffen, wierp ze het borduurwerk neer en trippelde ze naar de deur om die open te doen.

Yuen Cheong was bij binnenkomst kletsnat van het zweet. De voetwindsels van zijn vrouw lagen als een afgeworpen slangenhuid op de kruk en in het huisje hing een doordringende stank. Hij kneep zijn neus dicht en moest vervolgens hard niezen. Toen legde hij het schouderjuk af en plofte neer op de vloer waar hij wezenloos voor zich uit staarde. Zijn vrouw keek hem onderzoekend aan, maar hij zei niets.

Ze zag dat Yuen Cheong maar weinig vlees had verkocht en vermoedde dat hij boos en teleurgesteld was. Eigenlijk zou ze hem moeten troosten, maar ze durfde niets te zeggen. Uiteindelijk liep ze naar hun slaapkamer en pakte een doek om het zweet van haar mans voorhoofd te vegen.

'Morgen stuur ik mijn jongste broer naar Kanton om een nieuwe rok voor je te kopen,' zei Yuen Cheong zachtjes, terwijl hij met zijn ogen rolde.

Binnen een halve dag veranderde Yuen Cheong van een straatarme niemendal in een stinkend rijk lid van de Fong-clan. Vervolgens zou het zes jaar duren voordat zijn gezin weer tot armoede was vervallen.

Met het geld dat Yuen Cheong in de schoot was geworpen, kocht hij de aangrenzende velden en bouwde hij op een ervan een residentie die uit drie hoven bestond. Hij had een lage dunk van de plaatselijke metselaar en liet een meestermetselaar uit Fujian overkomen die hem flink afzette. De muren waren van rode baksteen, de wandtegels waren smaragdgroen en op de grond kwamen grote grijszwarte tegels van natuursteen te liggen. De hoven waren op identieke wijze ingedeeld, met een geplaveid erf, een grote zaal, een bijzaal, een oostvleugel en een westvleugel. In de grote zaal werden gasten ontvangen en werd thee geserveerd en de bijzaal diende als studeerkamer. Fong Yuen Cheong, die zelf amper kon lezen, hechtte veel waarde aan geletterdheid en wilde dat zijn zoons belezen zouden worden. De andere twee hoven waren bestemd voor zijn zonen. Daar konden ze later met hun vrouw gaan wonen. Elk gebouw had een zijuitgang, zodat de toekomstige echtgenotes elkaar niet hoefden tegen te komen als ze het onverhoopt niet met elkaar zouden kunnen vinden. Yuen Cheong had echt overal over nagedacht.

De dorpelingen hadden maar weinig van de wereld gezien, en zeker nog nooit een complex als dit. In vergelijking met andere huizen die mannen van de Gouden Bergen voor hun familie hadden laten bouwen, was dit een stuk stijlvoller. Toen de Fongs er hun intrek namen, stroomden de dorpelingen toe om te zien hoe Yuen Cheong en zijn kinderen voetzoekers afstaken, waardoor de kippen en de honden in paniek wegschoten. De moeder van Roodhaar was een van de omstanders. Zwijgend keek ze toe aan de rand van de menigte.

Hoewel het land werd verpacht aan boeren, bleef Yuen Cheong varkens en koeien slachten – niet voor het geld of het slachtafval, maar om bezig te blijven. Als hij te lang ledig thuiszat, schrok hij 's nachts wakker van het zwiepen van de messen die aan de muur hingen. Dan stond hij 's ochtends op en deed hij rondvraag of er ergens nog een dier geslacht moest worden. De rusteloosheid die hij op zulke momenten uitstraalde zorgde ervoor dat de dorpelingen hem zelfs kippen en eenden meegaven, die hij met plezier slachtte.

In de residentie van de Fongs woonde ook een handvol landarbeiders, knechten en dienstmeisjes. Hoewel mevrouw Mak dus ook geen zwaar werk meer hoefde te verrichten, lukte het haar evenmin om de hele dag stil te zitten. Elke dag zette ze zich ertoe om haar dochter Ah-Tou de kunst van het naaien en borduren bij te brengen, zodat ze later een goede huwelijkskandidaat zou zijn. Haar jongste zoon, Ah-Sin, was nog een peuter die de hele dag de kippen opjoeg en op het erf met de honden stoeide. Haar oudste zoon, Ah-Fat, ging nu dagelijks naar een privéschool.

Er was wel een leraar in het dorp. Deze meneer Ding stamde van geen van beide clans af. Na zijn huwelijk met een Au was hij bij zijn schoonfamilie gaan wonen (iets wat een man alleen deed als hij straatarm was). Hij kende de klassieken, schreef brieven voor de dorpelingen en schilderde dichtregels die ze met Chinees Nieuwjaar of bij een sterfgeval naast hun deur konden hangen. Ook leerde hij enkele dorpskinderen lezen en schrijven. Yuen Cheong vond echter dat deze pedante, oude wijsneus niet geschikt was om zijn zoon te onderwijzen. Hij ging in de buurt op zoek naar een geschikte leraar. Zo vond hij Auyung Ming, een erudiete jongeman die de klassieken uitstekend beheerste en bij een priester in

Kanton in westerse filosofie was geschoold. Beide disciplines onderwees hij op de privéschool die hij in de buurt had opgezet. Hij liet alleen intelligente leerlingen toe en wees ieder kind af dat misschien niet goed zou meekomen. Voor de zekerheid vroeg hij ook nog eens buitengewoon veel schoolgeld. Dit was precies wat Yuen Cheong wilde voor zijn zoon en hij vroeg aan een vriend of hij de jongen wilde meenemen voor een toelatingsgesprek. Auyung bekeek hem van top tot teen en zei slechts: 'Wat zonde.' Vanaf die dag liep Ah-Fat dagelijks in weer en wind ruim tien li om de lessen van Auyung bij te wonen.

Het leven lachte Yuen Cheong toe in die tijd. Het fonkelde als een bosje sprokkelhout dat bij een gunstige wind als vanzelf in brand vliegt. Maar het vuur was te heet en doofde te snel.

Dit kwam doordat Yuen Cheong aan opium verslaafd raakte.

Fong Yuen Cheong schoof de opium op de elegantst mogelijke manier. De grote zaal aan het eerste hof van zijn residentie deed dienst als rookkamer. Er stond een kamerscherm met vier panelen waarop allerlei dieren, vogels, vissen en bloemen in Suzhou-stijl waren geborduurd. De meubelstukken – bank, kast en tafel – waren van rozenhout gemaakt en versierd met houtsnijwerk. Zijn opiumpijp was van Birmees ivoor en hij schoof ongezuiverde opium van de hoogste kwaliteit die door de Britse Oost-Indische Compagnie werd geëxporteerd.

Al snel zorgde mevrouw Mak ervoor dat haar echtgenoot van alle gemakken was voorzien bij het schuiven. Vlak voordat hij weer naar opium verlangde, prepareerde ze de pijp, zodat de opium borrelde als hij hem ter hand nam. Ze wist precies hoe hoog hij het kussen wilde hebben, waar het voetenbankje moest staan en welke versnaperingen hij wenste. Zodra hij op de bank ging liggen, zette ze vijf gerechtjes keurig gerangschikt op een tafeltje naast hem. Reepjes gedroogd vlees, *char siu* en pasteitjes met groene bonen, sesamzaad of lotuspasta waren vaste kost. Hij at het onder het genot van een glas melk. Zijn rookbenodigdheden werden gepoetst totdat ze blonken en daarna netjes in een kast gelegd totdat hij ze weer nodig had.

Mevrouw Mak vond het maar niets dat het familiefortuin in de opiumpijp verdween, maar ze probeerde er ook de voordelen van in te zien. Haar man was altijd een vitale, energieke man geweest

die vaak van huis was, buiten de deur at en dronk en vaak in ge-
vechten verzeild raakte. Ze vond het niet onprettig dat hij door de
opiumpijp nu aan huis was gebonden. Ze wist ook dat als zij niet
in zijn behoeften voorzag, hij een concubine zou nemen die dat wel
deed. Dat deden mannen nu eenmaal als ze genoeg geld hadden.

Als zijn drang om te roken was bevredigd, werd Yuen Cheong de
mildheid zelve. Hij was nog geen dertig jaar oud, maar als hij
glimlachte, kreeg hij de gezichtsuitdrukking van een vriendelijke,
oude man. Hij sprak zacht en was soms zelfs geestig en gevat. Hij
genoot ervan als zijn vrouw voor hem pronkte in de kleding en
opsmuk die hij in Kanton voor haar kocht. Soms gebeurde dat in
de rookkamer, in aanwezigheid van de bedienden, en soms in hun
slaapkamer. Dan sloot hij deuren en ramen en gaf hij niet alleen
zijn ogen de kost. Als mevrouw Mak rondtrippelde om aan zijn
graaiende handen te ontkomen, bloosde ze, zoals ze had gedaan in
hun jonge, onstuimige jaren.

Door de opium werden niet alleen de scherpe kantjes van Yuen
Cheongs opvliegende aard gladgeschaafd, maar ook die van de
buitenwereld. Hij voelde zich op zijn gemak en één met zijn omgeving. Terwijl hij met glinsterende ogen zijn naasten bekeek, had hij
geen flauw idee dat duizenden li verderop de keizerin-regentes in
de Verboden Stad wanhopig probeerde om wat er nog restte van
het Qing-rijk te behouden na de aanvallen van westerse legers. Hij
had ook geen idee dat veel dichter bij huis zijn pachters en bedienden als een stel hongerige muizen gestaag aan het familiebezit
knaagden.

Als Yuen Cheong opium had geschoven, vroeg hij soms of zijn
oudste zoon bij hem kwam zitten. Dan brak hij een stukje af van
de sesam- of bonenpasteitjes en legde die in Ah-Fats hand. 'Wat
heb je vandaag geleerd bij meneer Auyung? Heb je nog gekalligrafeerd?' Hij had van meet af aan geweten dat zijn zoon een snelle
leerling was. Misschien zou hij ooit nog eens slagen voor de keizerlijke examens die je moest afleggen om ambtenaar te kunnen worden. Hij pijnigde zijn hersenen in een poging zich te herinneren of
er geen Kantonese opera was waarin een slagerszoon de examens
met goed gevolg aflegde en in het Keizerlijk Paleis op audiëntie
mocht bij de Zoon des Hemels, maar wist er geen te bedenken.

Ah-Fat keek naar de rookwaar op de bank en zweeg met een fronsende, bezorgde blik. Zijn vader kende deze gezichtsuitdrukking maar al te goed. De jongen leek wel oud geboren. Yuen Cheong weekte een reep gedroogd vlees in de melk en stopte het in Ah-Fats mond. 'Zorgt vader niet goed voor je, zoon?' vroeg hij vriendelijk.

Ah-Fat slikte het brokje snel door, voordat hij zich kon verslikken. 'Auyung zegt dat de buitenlanders opium aan ons verkopen om onze geesteskracht te breken,' zei hij. 'Als een volk de geest geeft, is een land ook verloren.' Zijn vader wist niet wat hij hierop moest zeggen. Na een paar minuten woelde hij door zijn zoons haar. 'Hoe lang denk je dat je oude vader nog te leven heeft? Als ik er niet meer ben, is het gezin van jou afhankelijk. Als jij niet met opium begint, is er nog hoop. Vroeg of laat draag ik mijn verantwoordelijkheden aan jou over.'

Ah-Fat slaakte een zucht: 'Auyung hoopt dat de jonge keizer zich aan de greep van de keizerin-regentes kan onttrekken en de troon bestijgt. Dan kan hij zijn kennis van het Westen gebruiken om hun invloed te beteugelen ...' Snel sloeg zijn vader een hand voor de mond van zijn zoon. 'Is hij niet bang dat zulke taal hem de kop zal kosten?' riep hij uit. 'Gewone mensen horen zich niet met politiek te bemoeien. Het enige wat jij later zult moeten doen is goed voor je familie zorgen.'

Hoewel Fong Yuen Cheong dus grote plannen had met zijn zoon, gooiden de omstandigheden al snel roet in het eten. Zes jaar nadat hij onverwachts rijk was geworden, overleed hij op de bank aan een overdosis opium. Achteraf bezien was het voor hem geen verkeerd moment. Als hij niet was overleden, was het misschien ook zijn laatste dosis opium geweest, aangezien bijna al zijn land inmiddels was verkocht en de laatste kostbare sieraden waren verpand. Alleen de residentie, met aan de poort een rij schuldeisers, restte nog.

En zo werd Fong Tak Fat op zijn vijftiende van het ene op het andere moment het hoofd van het gezin.

De residentie werd grotendeels verkocht, maar Ah-Fat bleef met het gezin in het eerste gebouw wonen. Ze pachtten een eerder verkocht perceel en Ah-Fat ging het land bewerken. Vanwege haar ingebonden voeten kon mevrouw Mak hem niet helpen, maar ze beschikte over een andere vaardigheid. Niemand in de buurt kon zo goed borduren als zij. Ze naaide kraaltjes op stof en borduurde prachtige bloemen met goud- en zilverdraad. Ze maakte schorten, overschoenen, hoeden en riemen, die ze soms voor een paar cent op de markt verkocht. Ook werd ze vaak gevraagd om versieringen te borduren op bruids- en rouwkleding, of speciale kleding voor geboortes of belangrijke jubilea. Daar vroeg ze geen geld voor, maar in ruil voor haar werk werd een sterke, jonge knecht gestuurd die Ah-Fat op het land hielp als er gezaaid of geoogst moest worden.

In de winter van Yuen Cheongs overlijden kreeg zijn jongste zoon Ah-Sin plotseling een epileptische aanval. Tijdens het avondeten viel hij opeens van zijn kruk op de grond en beet een stuk van zijn tong af. Toen hij weer bijkwam, leek hij niet meer de oude. Vanaf die dag kreeg hij overal – op het veld, op de grond, in bed, aan tafel of op het toilet – toevallen zonder dat hij die voelde aankomen.

Mevrouw Mak borduurde van 's ochtends vroeg tot 's avonds laat. Doordat ze altijd zat te turen en zich grote zorgen maakte om Ah-Sins epilepsie, kreeg ze uiteindelijk een ernstige bindvliesontsteking. Haar oogleden zwollen op en waren bedekt met etter. Doordat ze niet meer kon werken, werd Ah-Fat de enige kostwinner van de familie.

Om Ah-Sins ziekte te kunnen behandelen was mevrouw Mak gedwongen om haar dochter Ah-Tou te verkopen aan een familie die twintig li verderop woonde.

In het bijzijn van de dorpsoudsten zette ze een duimafdruk op een onherroepbare eigendomsakte die als volgt luidde:

Middels deze akte schenkt mevrouw Fong-Mak haar dochter Ah-Tou als dienstmeid aan Chan Ah Yim uit het dorp Sai. Als compensatie hiervoor ontvangt zij vijftig zilveren dollars. Zodra de leverantie heeft plaatsgevonden, mag haar dochter niets meer met de Fongs te maken hebben. Beide partijen kunnen zich vinden in deze regeling en er zal geen onenigheid over ontstaan. Ondertekening van deze akte in het bijzijn van getuigen vormt het officiële bewijs hiervan.

Ondertekend op de vijfde dag van de elfde maand van het vierde jaar van de heerschappij van Guangxu (1878)

Ah-Tou werd verkocht aan een familie die de kost verdiende met het verven van stoffen. Het hoofd van de familie was achtenvijftig jaar oud. Hij had een vrouw en twee concubines, maar geen van hen had hem een zoon kunnen baren. Hoewel hij het niet slecht had, kon hij zich niet nog meer concubines veroorloven. Daarom kocht hij meisjes van arme families die officieel als dienstmeid moesten werken, maar ook zijn concubines werden. Nu waren alle uren dat mevrouw Mak haar dochter de borduurkunst had bijgebracht, voor niets geweest. Ah-Tou zou nog slechts zwaar werk verrichten.

Ah-Tou was nog maar dertien jaar oud toen ze uit huis ging. Mevrouw Mak had met de Chans een plek afgesproken voor de overdracht, maar hierover tegen haar dochter gelogen, uit angst dat ze anders niet zou meegaan. Ah-Tou dacht dan ook dat ze naar de markt gingen. Vlak voor vertrek legde mevrouw Mak twee hardgekookte eieren in Ah-Tous zakdoek. Het was tijden geleden dat Ah-Tou voor het laatst een ei had gegeten. 'Hebben Ah-Fat en Ah-Sin er ook een gehad?' vroeg ze.

'Nee, deze zijn voor jou,' zei haar moeder. Ah-Tou pelde een van de eieren en schrokte het zo snel op dat ze zich erin verslikte. Ze kreeg het zo benauwd dat er dikke paarse aderen op haar voorhoofd kwamen te staan, maar uiteindelijk wist ze genoeg speeksel te verzamelen om het ei door te slikken. Ze brak de schaal van het tweede ei, maar gaf het toen terug. 'Zullen we die aan Ah-Sin geven?' zei ze. 'Hij is nog zo klein.' Mevrouw Mak haalde een zilveren dollar uit haar jaszak. 'Bewaar hem goed,' zei ze tegen haar dochter. 'Laat hem aan niemand zien.' Ah-Tou omklemde de dollar met haar klamme hand en zweeg. Uiteindelijk zei ze: 'Wat moet ik nu kopen op de markt van zoveel geld?'

'Wat je maar wilt,' zei haar moeder.

Ah-Tou dacht er even over na. 'Dan ga ik naar de apotheek van de missionaris, moeder,' zei ze uiteindelijk, 'om een fles oogspoeling voor je te kopen. Van de rest van het geld koop ik dan vier walnootkoeken. Eén voor Ah-Fat, één voor mezelf en twee voor Ah-Sin.' Ah-Tou was het middelste kind. Ze was twee jaar jonger dan Ah-Fat en zes jaar ouder dan Ah-Sin. Ze had Ah-Sin van jongs af aan op haar rug gedragen, dus ze was niet alleen zijn oudere zus maar ook een moeder voor hem. Mevrouw Mak draaide zich snel om. 'Maak het allemaal op, kind. Het is helemaal voor jou alleen. Je hoeft er niets voor een ander van te kopen,' zei ze, terwijl de tranen over haar wangen stroomden.

Toen ze op de markt kwamen en mevrouw Mak de Chans in het oog kreeg, gaf ze haar dochter een duwtje. 'Ga maar een eindje wandelen met tante Chan,' zei ze. 'Ik moet naar de wc.' Ze liep weg en verborg zich snel achter een muur. Ze zag hoe Ah-Tou de vrouw met tegenzin volgde, om zich heen kijkend waar haar moeder was gebleven, totdat ze nog maar een stipje in de verte was. Mevrouw Mak had het gevoel dat er een stuk uit haar hart was gesneden.

Totaal verdwaasd liep ze naar huis. Het schemerde al. Ze maakte geen vuur noch bereidde ze het avondeten. Ze zat daar maar wezenloos naar het fornuis te staren totdat Ah-Fat thuiskwam van de velden. 'Waar is Ah-Tou?' vroeg hij. 'Ik heb haar de hele dag niet gezien.'

Er kwam geen antwoord. Hij drong aan en uiteindelijk zei ze knarsetandend: 'Ik heb mijn eigen vlees en bloed aan de honden gevoerd.' Toen Ah-Fat besefte dat hij zijn zus in dit leven nooit meer zou zien, smeet hij de waterkom op de grond, rende naar buiten en hurkte neer langs de kant van de weg. Zijn jammerklacht zou de dorpelingen nog jaren bijblijven. Hij huilde niet eens zo luid, want hij slikte zijn tranen in waardoor hij klonk als een zachtjes jankende hond in doodsstrijd. Het leven was de afgelopen jaren voor iedereen zwaar geweest en de dorpelingen hadden al zoveel verdriet gezien en gehoord dat ze er bijna gevoelloos voor waren geworden. Toch bracht het verdriet van Ah-Fat tranen in hun ogen.

De volgende dag ging Ah-Fat afscheid nemen van zijn leermeester. Meneer Auyung zat gebogen over de tafel te kalligraferen. Toen hij hoorde wat Ah-Fat hem te vertellen had, smeet hij zijn penseel van wezelhaar neer, waardoor de tafel onder de inktspatten kwam te zitten. 'Er is geen oplossing,' zei hij. 'Dit is het einde.' Ah-Fat wist dat zijn leraar niet over zichzelf sprak.

Voordat Ah-Fat vertrok, gaf Auyung hem een paar boeken. 'Als ik je niets meer kan leren,' zei hij, 'blijf dan tenminste je boeken lezen.' Ah-Fat schudde zijn hoofd. 'Alleen als u boeken over akkerbouw of veeteelt hebt, wil ik die wel lezen.' Zijn leermeester zweeg.

Bij thuiskomst wilde Ah-Fat niets eten. Midden in de nacht

schrok mevrouw Mak wakker van een zacht geritsel. Het klonk alsof een muis op een rijststengel knabbelde. Ze sloeg een doek om haar schouders en stond op. In het flakkerende lamplicht verscheurde haar zoon vellen papier. Hoewel ze niet kon lezen of schrijven wist ze dat het zijn oefenschriften en studieboeken waren. In de loop van de jaren was het een aardige verzameling geworden. Ze stond op het punt om in te grijpen, maar bedacht dat het zinloos was. Het papier lag toch al in reepjes op de vloer. Het stelde mevrouw Mak echter ook gerust dat Ah-Fat blijkbaar berustte in zijn lot.

Vanaf die dag stortte Ah-Fat zich op het boerenbedrijf.

Zes maanden nadat Yuen Cheong was gestorven, keerde Roodhaar terug van de Gouden Bergen.

Ah-Fat had over Roodhaar gehoord toen hij zaailingen verplantte met een knecht die zijn moeder met haar borduurwerk voor hem had verdiend. De andere dorpelingen hadden het al gedaan, maar hij had een paar dagen moeten wachten op hulp. Zo vroeg in de lente was het water op de modderige rijstvelden koud en al snel waren zijn voeten helemaal verkleumd. Hij was niet geboren voor het werk op de velden. De vele jaren die hij thuis en op school had doorgebracht, hadden hem van het land vervreemd. Het land wist dat hij een buitenstaander was en maakte het hem moeilijk. Hij had het gevoel dat zijn kuiten en rug met een koord waren verbonden. Telkens als hij bukte, ging het koord zo strak staan dat het in zijn vlees sneed en hem een vlammende pijn bezorgde. De knecht liep voor hem uit. Hij werkte snel en plantte de zaailingen op gelijke afstand van elkaar in keurige rijen. Zelf maakte hij er juist een zootje van. Als hij dacht aan de ontstoken ogen van zijn moeder en zijn epileptische broertje, kreeg hij kippenvel en vreesde hij het ergste. De bewolkte hemel drukte op hem neer als plukken katoen.

Hoewel hij de zon niet kon zien, wist hij dat die nog lang niet zou ondergaan. Hij vroeg zich af hoe lang hij nog zo zou moeten doorgaan en slaakte een zucht die het water van het rijstveld deed wervelen.

'De oom van de Gouden Bergen! Hij is er!' riepen de kinderen. Ah-Fat zag hen opgewonden over de dijk rennen.

In het kielzog van de kinderen liep een tiental dragers die twee aan twee koffers droegen. De kamferhouten koffers aan de schouderjukken waren zo'n tachtig centimeter dik, beslagen met glinsterend metaal, en reikten bijna tot de grond. Onder het lopen kraakten ze voortdurend.

'Dit is vast Roodhaar, familie van Ah-Sing. Hij is teruggekomen om te trouwen,' zei de knecht.

Roodhaar was inmiddels weduwnaar en dit zou zijn tweede huwelijk worden.

Tien jaar geleden, toen zijn vrouw drie maanden zwanger was, was hij naar de Gouden Bergen vertrokken. Maar zij noch de baby overleefde de bevalling.

Zijn nieuwe bruid was een Kwan. Ze was nog maar veertien jaar en erg knap. Roodhaar was lange tijd in de Gouden Bergen geweest en had andere ideeën over vrouwen dan de dorpelingen. Hij wilde geen vrouw met ingebonden voeten, maar een lange, mollige vrouw. Ook wilde hij dat ze kon lezen en schrijven. Deze wensen had hij in een brief kenbaar gemaakt aan zijn moeder. Zij had het doorgegeven aan de tussenpersoon die een bedenkelijk gezicht had getrokken. Uiteraard waren er meisjes zonder ingebonden voeten, maar in het zuiden waren de vrouwen klein van stuk. Lange, forse meisjes waren schaars, helemaal als ze ook nog moesten kunnen lezen en schrijven. Gelukkig vond de tussenpersoon de Kwans.

Meneer Kwan was een geleerde die was gezakt voor de keizerlijke examens en nu bij een rijke familie de kost verdiende als privéleraar. De Kwans waren arm, maar hun kinderen konden lezen en schrijven en waren onderwezen in de klassieken. Niet alleen hun horoscopen vormden een goede combinatie, het meisje voldeed ook aan de andere wensen van Roodhaar. Hij was dolblij en had alle dorpelingen uitgenodigd voor het bruiloftsmaal.

Op de huwelijksdag was Ah-Fat op de rijstvelden, waar hij de zaailingen uitdunde. Toen hij daar eindelijk mee klaar was, schemerde het al. Hij ging zijn met modder besmeurde voeten wassen. Vanaf zijn plekje op de oever van de rivier zag hij een wazige, rode gloed ver weg aan de andere kant van het dorp. Het leek wel een bosbrand, maar hij wist dat het de lichten van het huwelijksfeest waren. Hij rolde zijn broekspijpen naar beneden, klopte de modder van zich af en liep naar het dorp zonder eerst naar huis te gaan.

De bruiloft werd buiten gevierd. Ah-Fat telde de tafels – dertig in totaal. Elke tafel was beladen met schalen kip, eend, vis en een van het vet glanzend, half speenvarken. Ah-Fat ging bij de andere jongelui zitten die allemaal rammelden van de honger. Ze vielen meteen aan op het speenvarken en Ah-Fat wist nog snel een stuk te bemachtigen voor zijn broertje. Ah-Sin greep het vlees en begon ervan te smikkelen. Toen het vet langs zijn pols omlaag liep, likte hij het schoon. Hoewel Ah-Fat vond dat zijn broertje zich gedroeg als een bedelaar op een straathoek, berispte hij hem niet. Sinds hun vaders dood hadden ze zelfs geen hapje vlees meer gehad.

Ze dronken van de rijstwijn die de moeder van Roodhaar enkele maanden eerder in afwachting van zijn komst had gebrouwen. Zodra de flessen werden geopend, sloegen ze van de alcoholdamp alleen al steil achterover. Roodhaar wankelde dronken van tafel naar tafel. Hij hield een grote bokaal vast en moedigde de gasten aan om met hem te proosten. Hij droeg een lange, saffierblauwe, met brokaat afgezette mantel die was versierd met een gouden *ruyi*-motief. De mantel was op schouderhoogte met zijden linten in een grote strik vastgebonden. Zijn hoofddeksel was versierd met een doorzichtig, glinsterend brok jade waaruit een draak en een feniks waren gesneden. Roodhaar liep rond met blozende wangen. Onder zijn diepliggende ogen hadden zich poeltjes zweet gevormd. Zijn tong werd steeds dikker totdat die bijna uit zijn mond leek te vallen en zijn aangezichtsspieren trokken krampachtig samen omdat hij omstanders continu een scheve grijns toewierp.

Uiteindelijk bereikte Roodhaar de tafel waar de jongeren zaten. Eigenlijk was het de taak van Ah-Fat, die de oudste van het stel was, om hem officieel te feliciteren. Maar daar staken oudere omstanders een stokje voor. 'Hij is de bruidegom, dus zelfs een zwerfhond kan hem vandaag nog te grazen nemen. Je hoeft hem echt niet te vleien.' Iemand wees naar Ah-Fat en Ah-Sin: 'Dit zijn de kinderen van Yuen Cheong.' Roodhaar aaide Ah-Sin over de bol. 'Jullie arme vader,' zei hij. 'Het was nog wel zo'n slimme vent. Wie had dat nu gedacht?' Hij haalde twee doosjes uit zijn zak en gaf er een aan iedere jongen.

Ah-Fat maakte zijn doosje open en bekeek de inhoud. De voorwerpen die erin zaten hadden wel iets weg van zwarte bonen, maar waren groter en ronder. Hij stopte er een in zijn mond en kauwde erop. Het knapte open en even was hij bang dat hij een tand had stukgebeten. Maar toen hij goed keek, zag hij dat er een amandel in de boon had gezeten. Het donkere omhulsel had een vettige maar ook zoete smaak die hij niet goed kon plaatsen.

Pas later, toen hij zelf in de Gouden Bergen was, ontdekte Ah-Fat dat deze zwarte bonen chocolade werden genoemd.

Ah-Fat dronk te veel op het bruiloftsfeest. Het was zijn eigen schuld, want niemand dwong hem tot het uitbrengen van een toost. Het was de eerste keer dat hij alcohol dronk. De sterkedrank gleed stroperig over zijn tong en baande zich, brandend in zijn keel, een weg naar zijn maag. Daar bleef het echter maar even. Al snel steeg het naar zijn hoofd, waar het aan kracht toenam en als een gigantische vuurbal tot ontploffing kwam. Ah-Fat had het gevoel dat zijn lichaam als een kwal ineenkromp. Hij kroop uit de krater die de vuurbal had geslagen en zweefde zachtjes in het luchtledige. Vanaf dit uitkijkpunt hoog boven de aarde keek hij neer op de eettafels en het dorp onder hem.

Opeens leek het alsof de chocoladebonen en de rijstwijn in zijn maag onenigheid kregen. Zijn darmen zaten in de knoop en hij baande zich snel een weg tussen de feestgangers door naar een stukje braakliggend land langs de kant van de weg. Hij trok zijn hemd op en kon nog net op tijd zijn broek naar beneden doen voordat de diarree uit hem spoot. Het stonk zo erg dat hij er bijna van flauwviel. Hij pakte een bananenblad, maakte zichzelf schoon en schopte zand over de troep. Nu was hij in elk geval weer nuchter en stond hij met beide benen weer stevig op de grond.

Het rumoer van de feestgangers was bijna helemaal verstomd. Hij hoorde enkel de nachtelijke bries die de bladeren in de boomtoppen deed ruisen. De kikkers in de vijver kwaakten zo luid dat het op zijn zenuwen werkte. Hij smeet een steen in het water. Hierdoor vielen de kikkers weliswaar stil, maar het zorgde er ook voor dat de vogels die langs de waterkant sliepen, ontwaakten. Ze fladderden op en vlogen weg, hun vleugels scherp afgetekend tegen de nachtelijke hemel. Het wolkendek brak open waardoor helemaal tot aan de horizon een schitterende sterrenhemel zichtbaar werd.

Zouden de Gouden Bergen daar zijn, vroeg hij zich af. Hoe zou de plek eruitzien waar Roodhaar zo'n imponerende man was geworden? Zat er misschien goud in de grote, zware koffers die hij daar vandaan had meegenomen?

Ah-Fat ging langs de kant van de weg zitten en viel in een onrustige slaap.

Enige tijd later schrok hij wakker omdat hij onbewust een aanwezigheid bespeurde. Hij dacht dat een uitgehongerde hond de stront was komen oplikken, maar toen hij omkeek zag hij een peutermeisje van een jaar of twee. Ze keek hem aan met een dwaze glimlach op haar gezicht. Ze droeg een lange, rode, met brokaat afgezette jurk en een rode hoed waarop aan weerszijden pioenrozen waren geborduurd. Het was zonder meer een opvallende uitdossing. Ah-Fat dacht aan de spookverhalen die de dorpelingen elkaar vertelden. Het zweet brak hem uit en zijn nekharen gingen overeind staan. Maar toen hij opstond, zag hij achter het meisje de vage contouren van haar schaduw. Hij was onmiddellijk gerustgesteld, want geesten hebben geen schaduw. 'Wie ben jij?' vroeg hij.

Het meisje gaf geen antwoord. In plaats daarvan stopte ze haar knuistjes in haar mond. Kwijl liep langs haar mondhoeken omlaag. Ah-Fat tastte in zijn broekzak naar de zwarte boontjes van Roodhaar en stopte er een in haar mond. Ze had nog maar weinig tanden en kon er niet op kauwen, maar ze begon er fanatiek op te zuigen en al snel werd het kwijl bruin. Toen ze hem ophad, stak ze haar hand uit, omdat ze er nog een wilde. Er was iets vreemds met die hand. Ah-Fat bestudeerde hem eens goed en zag dat er onder aan haar duim iets uitstak – een zesde vinger.

Op dat moment hoorde hij een schreeuw en kwam een vrouw met een lantaarn op hen afrennen. Het was tante Huang, een bediende van Roodhaar. Ze greep het kind en begon hysterisch te gillen: 'Hemeltjelief, Zes Vingers! Waar zat je? Je bent zo vliegensvlug dat je opeens was verdwenen. Wat moet ik tegen de bruidegom zeggen als ik je al kwijtraak voordat het huwelijksfeest zelfs maar voorbij is?'

'Is ze familie van Roodhaar?' vroeg Ah-Fat. 'Ik heb haar nog nooit gezien.'

'Ze is pas sinds kort familie,' antwoordde tante Huang met een glimlach. 'Dit kind is het zusje van de bruid. Ze is met zes vingers geboren. Haar vader en moeder waren bang dat ze haar nooit zouden kunnen uithuwelijken en ze hebben geen geld om voor haar te blijven zorgen. Daarom hebben ze haar met de bruid meegestuurd.' Ah-Fat glimlachte. 'Roodhaar is een rijk man,' zei hij. 'Hij kan de zorg voor Zes Vingers er makkelijk bij hebben.'

Toen tante Huang de peuter meevoerde, treuzelde Zes Vingers. Telkens keek ze met donkere, glanzende ogen om naar Ah-Fat.

Dat wordt vast een mooie meid later, dacht Ah-Fat.

Deze keer bleef Roodhaar ruim een jaar thuis, lang genoeg om er getuige van te zijn dat zijn bruid zonder complicaties van een zoon beviel. Toen pas trof hij voorbereidingen om naar de Gouden Bergen terug te keren.

Deze keer nam hij iemand mee: Fong Tak Fat, de zoon van Fong Yuen Cheong.

Het idee om naar de Gouden Bergen te gaan vatte voor het eerst post bij Ah-Fat op de dag dat de dragers in het dorp arriveerden met de zware koffers aan hun schouderjuk. Aanvankelijk was het slechts een vaag idee, maar hij koesterde het in zijn hart en liet het niet meer varen. Hoewel het niet verder gestalte kreeg, zwol het aan totdat het voelde alsof het zou exploderen. Uiteindelijk ging hij naar zijn oude leermeester, meneer Auyung.

'Weet je wel hoe het leven is in de Gouden Bergen?' vroeg zijn leermeester.

Ah-Fat schudde zijn hoofd. 'Oom Roodhaar wil er niet over praten.' Na enige aarzeling vervolgde hij: 'Ik weet niet hoe het daar is, maar ik weet wel hoe het hier is: een donkere tunnel zonder licht aan het eind.'

Meneer Auyung sloeg met zijn vuist op tafel. 'Ik hoopte al dat je dat zou zeggen. Hier kun je niet verder. In de Gouden Bergen kun je er in elk geval voor vechten om iets van je leven te maken.' Opeens kreeg het vage idee van Ah-Fat vorm en inhoud. Hij had het advies gekregen waarop hij hoopte.

Hij had echter wel geld nodig voor de reis en nam een hypotheek van honderd zilveren dollars op het deel van het wooncomplex dat de familie nog in bezit had. Toen hij met het in een zakdoek gebundelde geld naar Roodhaar rende, slaakte die een zucht. 'Als ik zeg dat je niet met me mee mag, denkt je moeder dat ik niet voor de zoon van Yuen Cheong wil zorgen.' Hij zweeg even, maar zei toen: 'Goed, als je niet terugdeinst voor ontberingen, mag je met me mee.'

Op de dag van vertrek stond Ah-Fat vroeg op. Zijn knapzak stond al klaar. Hij bevatte slechts één paar nieuwe kleren, drie paar overschoenen, vijf paar dikke, katoenen sokken en nog wat kledingstukken. Ook nam hij enkele blikken zoute vis mee voor aan boord. Zijn moeder had met veel pijn en moeite avond aan avond aan de overschoenen gewerkt. Ze was inmiddels bijna blind en het naaiwerk was dan ook erg slordig gedaan. 'Het is verspilde moeite,' had Roodhaar tegen haar gezegd. 'Met overschoenen redt Ah-Fat het niet als het winter wordt in de Gouden Bergen. Dan is het er veel te koud. Hij zal leren schoenen moeten kopen.' Maar mevrouw Mak maakte ze expres erg ruim, zodat Ah-Fat er drie paar sokken in kon dragen. Ze kon zich niet voorstellen dat er een plek op aarde was waar drie paar sokken van dik katoen je voeten niet warm zouden houden.

Ah-Fat was al voor zonsopgang wakker en porde zijn broertje, dat nog aan zijn voeteneind lag te slapen. Sinds Ah-Sin aan epilepsie leed, sliep hij bijna de hele dag door. Ah-Fat gaf hem nog een trap, deze keer iets harder. Ah-Sin kreunde, draaide zich om en sliep weer verder. Ah-Fat gaf het op, stond stilletjes op en legde de dunne, blauwgeblokte deken over het kind. Hij kon niet weten dat hij Ah-Sin nooit meer zou zien. Voordat zijn schip bij de Gouden Bergen aankwam, zou Ah-Sin al zijn overleden. Bij het snijden van gras voor het varken zou hij weer een attaque krijgen en van de grashelling omlaag storten. Ah-Fat zou er nog jarenlang spijt van hebben dat hij Ah-Sin die ochtend niet had wakker gemaakt. Hij had graag nog iets liefs tegen hem gezegd.

Ah-Fat reikte naar zijn knapzak die aan het hoofdeind stond en liep toen op de tast naar de voordeur. Daar struikelde hij over iets zachts. Het bewoog en hij hoorde zacht gesnik. Bij het zwakke schijnsel van het fornuis zag hij dat het zijn moeder was die de tranen uit haar ogen veegde. Ze had al groenebonenpap voor hem opgewarmd die hij voor vertrek nog even kon eten.

Ze snoot haar neus en zei met zachte stem dat hij de olielamp moest aansteken.

45

Ah-Fat verroerde zich niet. 'Het wordt al licht. Ik kan alles zo ook wel zien.'

Hij wilde het gezicht van zijn moeder niet zien. Het was amper voorstelbaar dat er uit haar ogen, die nu nog slechts piepkleine gaatjes waren, zoveel tranen konden stromen. Soms had hij het gevoel dat haar tranen tentakels waren die hem vastgrepen, zodat hij door haar verdriet verzwolgen zou worden. Maar hij wist ook dat hij vandaag maar één stap over de drempel hoefde te zetten om van haar tranen verlost te zijn. Hij ging naar een plek waar haar verdriet hem niet meer kon raken.

'Ah-Fat, doe de lamp aan,' zei ze plotseling streng.

Hij deed wat hem werd gezegd. Zijn moeder greep de deurstijl en trok zichzelf overeind. Ze wees naar zijn gezicht en beval: 'Kniel neer. Kniel neer voor je vader.'

Ah-Fat knielde neer voor het portret van zijn vader. Hij droeg een dunne, katoenen broek en de tegels voelden hard en koud aan. In de zachte gloed van de lamp had zijn vader een vermoeide, zelfs slaperige gezichtsuitdrukking. Zijn vader zou nu niet meer voor hem kunnen zorgen.

Ah-Fat voelde de tranen in zijn ogen opwellen. Hij maakte een bal van het uiteinde van zijn mouw en stak die in zijn mond. Na een paar keer slikken hervond hij zijn zelfbeheersing.

'Vader, met uw zegen en goedkeuring gaat mijn oom onze velden bewerken,' zei hij. 'Ik ga naar de Gouden Bergen, maar ik kom terug, rijk of arm, dood of levend. Ik zal de wierook bij uw graf nooit laten opbranden.'

Zijn moeder knielde naast hem neer. Haar neus was verstopt van al het huilen en hij voelde hoe zware ademtochten langs zijn wangen streken. Haar ingebonden voeten in de puntsloffen leken wel omgedraaide, kegelvormige bamboescheuten. Ze trilden zachtjes onder haar lange, wijde katoenen mantel.

'Vader van Ah-Fat, alstublieft, ik heb nog liever dat hij sterft dan opium aanraakt. Als hij ooit aan opium verslaafd raakt, ontnemen we hem zijn familienaam en zal hij nooit meer voet over deze drempel zetten,' sprak ze.

Tegen de tijd dat Ah-Fat het erf op liep, werd het al licht. De kippen van de buren, die de hele nacht in hun hok hadden gezeten, trippelden nu ongeduldig langs het veld, op zoek naar nog halfslapende wormen. Twee jonge, agressieve haantjes vochten om een grote, zwarte worm. Ze klapten wild met hun vleugels en Ah-Fat bekogelde ze met een kluit aarde. Luid kakelend vlogen ze op, waarbij de veren in het rond dwarrelden. In de verte hoorde hij het waterrad piepend en krakend op gang komen. Veel dorpelingen waren al voor zonsopgang in touw.

Uit de berm plukte Ah-Fat een grasspriet die doorboog onder het gewicht van de dauwdruppels. 'Dit zijn Gods tranen,' zei zijn moeder dan altijd. Hij hield de uiteinden tegen elkaar en duwde ze tegen zijn neus. Er volgde een oorverdovende nies die zijn hele lichaam – van zijn botten tot zijn spieren en aderen – leek los te schudden. Het verdriet en de ellende die hij alle zestien jaren van zijn leven had meegetorst nieste hij nu door zijn neusgaten naar buiten. Hij voelde zich gereinigd en opgefrist.

De familie van Roodhaar en de drager die hij had ingehuurd, stonden voor zijn huis te wachten. Roodhaar was een man van de wereld en zijn bagage verschilde nogal van de knapzak van Ah-Fat. Twee manden van glanzend rotan hingen aan de uiteindes van het schouderjuk. Roodhaars moeder schermde haar ogen af met haar hand en tuurde naar de zon om een inschatting van de tijd te maken. Nu de eerste maand na de bevalling was verstreken, hoefde Roodhaars vrouw niet meer binnen te blijven. Met een sjaal om haar hoofd, ter bescherming tegen de kille ochtendlucht, stond ze buiten met haar baby op de arm en Zes Vingers aan de hand. Ze sprak op gedempte toon met Roodhaar. Toen legde ze de handjes van de baby tegen elkaar. 'Vader gaat naar de Gouden Bergen. Zeg maar dag tegen vader,' zei ze, terwijl haar stem halverwege de zin brak. De baby staarde naar zijn vader en begon opeens zo oorverdovend te krijsen dat de paarse aderen op zijn voorhoofdje er dik van werden. Roodhaars vrouw wiegde hem zachtjes, probeerde hem te troosten en wist hem uiteindelijk te kalmeren door hem op haar vinger te laten zuigen.

Vervolgens gaf ze Zes Vingers een schop zodat het meisje naar voren schoot. 'Wat heb ik je gisteravond nou geleerd? Wat moet je nu zeggen?' Hoewel ze het afgelopen jaar flink was gegroeid, bleef Zes Vingers een spichtig kind met armen en benen als latten. Ze zag eruit alsof ze bij de eerste de beste windvlaag omver zou worden geblazen. Nadat ze nog enkele duwtjes ter aanmoediging kreeg, boog ze uiteindelijk haar hoofd en zei: 'Mijn twee oudere broers vertrekken naar de Gouden Bergen. Kom snel terug en stuur ons veel geld.'

De omstanders barstten in lachen uit. 'Daar komt die Ah-Fat wel erg goed van af. Hij is niet je oudere broer! Hij mag dan wel een grote jongen zijn, maar hij is je neef!' De verlegen Zes Vingers voelde zich zo opgelaten dat ze snel het huis in rende en weigerde nog naar buiten te komen.

De drie mannen gingen op pad.

Hoewel de drager zwaarbeladen was, had hij flink de pas erin en nam hij al snel een grote voorsprong op Ah-Fat en Roodhaar. De zon stond steeds hoger aan de hemel, de dauw droogde op en de weg was bedekt met een fijne laag stof. Uit het water staken lotusbloemen met scherp afgetekende bladeren. Op een gegeven moment hield het waterrad op met draaien. De krekels lieten zich nog niet horen en afgezien van het geluid van hun voetstappen, was het doodstil om hen heen.

'Oom Roodhaar,' zei Ah-Fat, 'is er echt overal goud in de Gouden Bergen?'

Perikelen in de Gouden Bergen

Het vijfde tot en met het zevende jaar van de heerschappij van Guangxu (1879-1881), Brits-Columbia, Canada

Gistermiddag waren de burgers van Victoria die zich op de kade hadden verzameld, getuige van een bijzonder spektakel: het stoomschip Madeley *meerde rond 15.15 uur aan in de haven. Aan boord bevonden zich 378 mensen uit het rijk van de Qing-keizer. Het stoomschip was vertrokken uit Hongkong, maar omdat men vreesde dat een opvarende pokken had opgelopen, lag het ruim een maand in Honolulu voor anker, waarna het ten slotte koers kon zetten naar Victoria. Nooit eerder arriveerde hier zo'n groot cohort Chinezen. De provinciale overheid heeft al meermalen voorgesteld om een koptaks in te stellen voor Chinese arbeiders en om de plekken waar ze tewerkgesteld worden te beperken, maar toch blijven de gele arbeiders in steeds groteren getale toestromen. Deze koelies (die zich in hun eigen taal 'varkentjes' noemen) zijn vele maanden onderweg geweest. Op een schip dat ook wel is omschreven als een drijvende hel, hebben ze ondraaglijke stank, slecht voedsel en stormen moeten verduren. Ze ogen dan ook bleek, smerig en volkomen haveloos. Onder hen bevinden zich geen vrouwen of kinderen. Hoewel het dus allemaal mannen zijn, dragen ze hun haar in lange vlechten die op hun rug hangen of op hun hoofd zijn samengebonden. Allemaal hebben ze een schouderjuk van bamboe bij zich waaraan aan elk uiteinde een mand met hun persoonlijke eigendommen hangt. Ze zien er apathisch uit, lopen wankel en lijken de nobele eigenschap-*

pen te ontberen die Chinezen vaak worden toegedicht.
Hun vreemde kledij vormt een groot contrast met hun
omgeving. De toegestroomde kinderen bekogelden hen
met stenen, maar wetshandhavers maakten daar snel een
eind aan.

Victoria Colonial News, 5 juli 1879

Toen Fong Tak Fat uit het ruim tevoorschijn kwam, zag hij een verblindend licht. Zulk zonlicht had hij nog nooit ervaren. Het was scherp als een pas geslepen mes en stak hem in de ogen. Toen hij die sloot, voelde hij het scherpe licht nog altijd tegen zijn oogleden prikken. Omdat Roodhaar en hij allebei genoegen hadden moeten nemen met een plaats in het ruim, hadden ze maandenlang onder de waterlijn gezeten en al die tijd geen verschil tussen dag en nacht gemerkt. De zon leek dan ook een intimiderende vreemdeling.

Ah-Fat vermoedde dat het zomer was. Bij vertrek van huis was het zonlicht zacht en aangenaam geweest – zeker niet zo krachtig als deze zon. Hij wist niet precies hoeveel dagen ze op zee waren geweest. Hij bezat geen almanak en had de dagen alleen kunnen bijhouden door elke avond voor het slapengaan een kerfje op zijn schouderjuk te zetten. Toen het schip aanmeerde in de haven, telde hij de kerfjes zorgvuldig. Hoewel het er in totaal 97 waren, was hij in werkelijkheid al honderd én honderd én twee dagen van huis. Zodra het schip op volle zee was gekomen, was hij zeeziek geworden. Hij had languit in het ruim gelegen, niet in staat om zich te verroeren, zo zwak als een blauwe zwemkrab. Vervolgens was hij door malaria geveld, waardoor hij het nu eens bloedheet en dan weer ijskoud had gehad. Dagenlang had hij buiten bewustzijn verkeerd en zijn medepassagiers hadden het somber voor hem ingezien. Roodhaar trok hem zelfs zijn nieuwe kleren aan 'voor de reis die hem wachtte'. Wie op het schip overleed, kreeg in de regel namelijk een zeemansgraf. Maar tegen alle verwachtingen in had hij het overleefd. Nadat hij wakker was geworden, had hij gevraagd hoe lang hij had geslapen. Volgens sommigen was het drie dagen geweest, maar anderen beweerden dat het vier of zelfs vijf dagen had geduurd. Het bleef dus gissen hoe lang de overtocht naar de Gouden Bergen daadwerkelijk had geduurd.

Voordat hij van boord ging, trok Ah-Fat de nieuwe kleren aan die Roodhaar hem ook had aangetrokken toen hij door malaria was geveld. Zijn moeder had ze voor zijn vertrek laten maken door Dikzak, de kleermaker aan de rand van het dorp. De kleermaker had zelfgeweven blauwe stof gebruikt en bij de polsen en knieën wel vijf of zes laagjes stof aangebracht, zodat hij de kleding zelf kon verstellen. Mevrouw Mak wilde dat hij zo lang met de kleding kon doen dat hij die zelfs bij zijn terugkeer nog zou dragen. De lapjes stof waren dik en zwaar en de kleding kletste als een harnas tegen hem aan. Hij vervloekte Dikzak omdat hij stof had verspild door de broekspijpen zo breed en lang te maken. Roodhaar gaf hem echter een schouderklopje en zei: 'We hebben je voor de poorten van de hel moeten wegslepen, dus geef de kleermaker niet de schuld.' Pas toen besefte Ah-Fat hoe mager hij was geworden.

Het schip lag al uren aangemeerd, maar nog altijd konden ze niet van boord. Het gerucht ging dat er op iemand werd gewacht. Uiteindelijk kwamen er drie mannen opdagen. Ze droegen witte kleding, witte handschoenen en een witte, vierkante lap voor hun mond die vrijwel hun hele gezicht bedekte. Alleen hun diepliggende ogen waren zichtbaar. Ah-Fat had in zijn dorp weleens een missionaris gezien die er zo uitzag, dus hun uiterlijk bevreemdde hem niet al te zeer.

De drie mannen verdeelden de opvarenden op het dek in twee rijen. Ze moesten rechtop en met geopende handen tegenover elkaar gaan staan. Roodhaar wierp Ah-Fat een veelbetekenende blik toe waarmee hij hem eraan wilde herinneren dat als iemand ernaar vroeg, hij moest zeggen dat hij achttien jaar oud was. Maar niemand stelde hem vragen. In plaats daarvan liep de kleinste van de drie op Ah-Fat af. Hij opende een leren tasje, waarin verschillende glanzende metalen voorwerpen zaten. Zijn ogen waren zo grijsblauw als de gladde kiezels die als ganzeneieren op de rivierbedding lagen en door het water waren afgesleten. Het onderdeurtje greep Ah-Fats oor en stak er een lang, ijskoud instrument in. Hij draaide het een paar keer rond alsof hij in drek zat te roeren en haalde het eruit. Het kriebelde en er trok een rilling door Ah-Fat heen. Toen duwde de man zijn oogleden omhoog. Ze keken elkaar in de ogen en Ah-Fat zag hoe de irissen van de man schitterden als twee blauwe dwaallichtjes. Toen hij de oogleden eindelijk losliet, duwde hij ze niet omlaag. Ah-Fat moest een paar keer knipperen, maar het voelde nog steeds alsof er zandkorreltjes in zijn inmiddels tranende ogen zaten.

Onderdeurtje duwde vervolgens zijn mond open en duwde zijn tong met een stokje omlaag. Ah-Fat moest kokhalzen en zijn mond stroomde vol met bruin speeksel. Hij spuugde het uit, maar de vieze smaak bleef.

De man pakte een katoenen doek en veegde druppels spuug van zijn mouw. Toen trok hij Ah-Fats kiel uit, klopte op zijn borst en buik en kneep erin. Ah-Fat kon slecht tegen kietelen. Als kind had hij vaak met Ah-Sin gestoeid, maar zijn kleine broertje had maar van dichtbij tegen zijn huid hoeven blazen of Ah-Fat was al onbedaarlijk begonnen te lachen. Deze keer waagde Ah-Fat het echter niet om in lachen uit te barsten. Hij trok zijn buik steeds verder in en verstijfde als een schildpad. De man legde zijn sneeuwwitte hoofd tegen Ah-Fats borstkas. Boven op zijn hoofd zat een kale plek waarop een donkere moedervlek prijkte. Het leek wel de tepel van een vrouw. Ah-Fat deed zo zijn best om niet te lachen dat hij ervan moest beven.

Toen de kleine man er eindelijk genoeg van had om op zijn buik te kloppen, draaide hij Ah-Fat om en liet hem tegen een muur staan, terwijl hij het touwtje om zijn broek losmaakte. Ah-Fat verzette zich niet en de broek viel neer op het dek, waardoor zijn blote, graatmagere benen zichtbaar werden. Onderdeurtje duwde zijn billen uit elkaar en bestudeerde zijn bilspleet, waarna hij de broek weer opraapte en door Ah-Fat liet vasthouden. Maar voordat Ah-Fat het touw weer kon vastbinden, draaide de man hem alweer om, zodat ze elkaar aankeken. Hij stak zijn hand uit en reikte naar het gerimpelde ding tussen zijn benen. Hij legde het in de palm van zijn hand, wiegde het een beetje heen en weer en keek er goed naar. Onderdeurtje had een gladde, zachte hand en Ah-Fat voelde hoe het ding opzwol als een pad totdat het net zo hard werd als een ijzeren knuppel. Ah-Fat had het nog nooit zo groot gezien. Hij voelde dat iedereen naar hem keek en zijn hele lichaam brandde van schaamte. Hij was zo van slag dat hij bijna in tranen uitbarstte.

Toen het eindelijk voorbij was, kreeg Ah-Fat echter geen toestemming om zich weer aan te kleden. Het onderdeurtje knikte slechts naar een lange man op de achtersteven. De lange man raapte een voorwerp op dat wel iets weg had van een slang, en liep af op Ah-Fat. Voordat Ah-Fat opzij kon springen, werd een ijskoude water-straal op zijn borst gezet, waardoor hij helemaal verkleumd raakte. Ah-Fat wist dat rivieren, vijvers en putten water bevatten, maar niet dat een slang zoveel water in zijn buik kon hebben. Hij was zo ver-baasd dat hij vergat bang te zijn. 'Het is desinfecterend. Het doodt het ongedierte!' schreeuwde Roodhaar naar hem. Ah-Fat raapte zijn natte kleren op en trok ze weer aan. Hij nam zich voor om Roodhaar te vragen wat 'desinfecterend' betekende.

De opvarenden gingen nu in een grote stroom aan wal. Ze werden meegenomen door mensen die hen hadden opgewacht en verspreid-den zich geleidelijk door de straten en steegjes. De omstanders gin-gen nu ook uiteen. Alleen een tweetal kinderen bleef achter en volgde de nieuwkomers op een afstandje. 'Spleetoog, spleetoog, Chinese aap,' schreeuwden ze. Ah-Fat begreep niet wat ze zeiden, maar kon wel raden dat het beledigingen waren. In het kielzog van Roodhaar, met de manden bungelend aan zijn schouderjuk, liep hij verder. Hij concentreerde zich op de weg en keek strak voor zich. Na het maandenlange verblijf op zee voelde het alsof hij zich nog steeds op de golven bevond en hij stond dan ook onvast op zijn benen.

Langzaamaan ging de zon onder en de wolken kleurden als bloedvlekken de hemel. Er stond een avondbriesje, dat kilte met zich meevoerde. Ah-Fat bukte en bond zijn broekspijpen dicht. Zo'n wind kende hij helemaal niet. Thuis waaide een aangename, zachte wind, die geen sporen achterliet. Maar de wind in de Gou-den Bergen had scherpe randjes en hoeken. Als je niet uitkeek, nam hij in het voorbijgaan een laagje huid mee.

Plotseling klonk er een bel. Ah-Fat keek op en zag een koets met paard naderen. Het paard was groot, had een glanzende, zwarte vacht en stevige hoeven die over de weg kletterden. Het zadel was donkerrood en versierd met borduursels van goudkleurige bloe-men. Een oude man in een zwart pak en met een zwarte hoge hoed mende het dier. In de koets zaten twee jonge vrouwen. Ze droegen strakke japonnen – de ene rood, de andere blauw – die knelden bij hun smalle middel. De rokken waren zo lang en liepen zo wijd uit dat het wel halfgeopende parasols leken. De vrouwen droegen hoe-den waarvan de rand met veren was versierd. Ah-Fat was zo gebio-logeerd dat hij de koets nastaarde. Hij meende fazantenveren in de pluimen te onderscheiden. Thuis bewaarde niemand de veren na het plukken. Alleen zijn leermeester Auyung verzamelde ze en stopte ze ter versiering in een inktpot. Toch zagen de veren in de hoeden van deze dames er mooi uit.

Hij draaide zich weer om, zag dat Roodhaar in de verte langs de kant van de weg op hem wachtte en zette er flink de pas in. Roodhaar keek hem schalks aan. 'Zijn ze niet mooi? De dames van de Gouden Bergen?' Maar Ah-Fat was nog steeds kwaad vanwege het voorval op het schip en zei niets. Roodhaar begon te lachen en zei: 'Geef je ogen maar goed de kost in de stad. Over een paar dagen ben je in de bergen aan het werk en valt er geen bal meer te zien.'

Roodhaar noemde de plek waar ze van boord gingen 'de stad', wat Ah-Fat vervolgens ook maar deed. Pas veel later kwam hij te weten wat de echte, bijna onuitspreekbare naam ervan was: Victoria, vernoemd naar de koningin van Engeland.

Die dag gingen Ah-Fat, Roodhaar en een tiental mannen uit naburige dorpen naar een pension dat werd uitgebaat door een man uit Hoi Ping. De Chinezen in de Gouden Bergen gingen naar zulke pensions om even bij te komen, lekker te eten en nieuwtjes uit te wisselen. Roodhaar deed er navraag waar hij in de stad of in de bergen geld kon verdienen. Dat was echter niet de reden waarom Ah-Fat ernaartoe ging. Roodhaar moest maar uitzoeken waar er geld te verdienen was. Ah-Fat zou hem toch wel volgen. Het was Ah-Fat om een paar simpele dingen te doen: warm water, een stevige maaltijd en iemand die zijn bakkebaarden wilde afscheren. Hij had drie maanden op een schip gezeten. Toen hij aan boord ging, was hij een jongen met gladde wangen geweest. Maar tegen de tijd dat het schip aanmeerde, was hij een man met donkere bakkebaarden geworden. Het leek wel alsof hij de periode waarin het gestage proces van volwassen worden plaatsvond, in één ruk had doorgemaakt.

Al snel werd het kouder. Victoria lag aan de kust, dus het koelde geleidelijk af. Aanvankelijk was het vooral 's ochtends en 's avonds te merken. Overdag was het nog net zo warm als eerst, maar na een tijdje veranderde dat ook. Het werd steeds vroeger donker en op een gegeven moment was het gewoon bitterkoud.

Ah-Fat had alleen maar ongevoerde broeken bij zich die in de koude wind flinterdun leken. Soms moest hij de stof betasten om zich ervan te verzekeren dat hij echt een broek droeg. Roodhaar wist een versleten katoenen jas vol gaten op de kop te tikken. Hij scheurde hem in repen en naaide er met een dikke naald lange stukken van. Vervolgens liet hij Ah-Fat zien hoe hij die om zijn benen en voeten kon wikkelen, van zijn tenen tot zijn knieën. Als hij 's ochtends opstond wikkelde hij de lappen om zijn benen en als hij 's avonds ging slapen deed hij ze weer af. Ze stonken net zo erg als de doeken waarmee zijn moeder haar voeten inbond, maar ze hielden hem in elk geval warm.

Hoewel de kou ondraaglijk was, deerde dat Ah-Fat niet. Kort na zijn aankomst had hij die zomer met Roodhaar en nog een paar mannen uit hun streek enkele maanden gewerkt aan het bouwrijp maken van een stuk land. Het ging om zo'n tien hectare bosgrond waar het jaar daarop een fabriek zou worden gebouwd. Ze kapten bomen, haalden struiken weg en egaliseerden de grond. De landeigenaar wist niet wat hij aan moest met de enorme berg hout die na het kappen was overgebleven en schonk het aan de arbeiders. Ze verbrandden het tot houtskool, bundelden het en gingen er als straatventer mee langs de deuren. Toen het nog warm was, wilde niemand het hebben, dus ze wachtten totdat het kouder werd en ze er een mooie prijs voor kregen. Ah-Fat stuurde elke cent die hij verdiende naar huis. Alleen voor de huur en eten hield hij iets achter. Zijn moeder had het geld hard nodig om binnen de gestelde termijn van een jaar de hypotheek op het huis af te lossen. Ah-Fat moest er dus in elk geval voor zorgen dat hij dat bedrag op tijd bij elkaar had. Hij hoopte op een dag een stuk land te kunnen kopen, maar daar durfde hij nu nog niet aan te denken. Op dit moment ging het hem er alleen maar om dat zijn moeder volgend jaar nog een dak boven haar hoofd zou hebben.

Overdag verkocht Ah-Fat houtskool, waarna hij terugkeerde naar het Tsun Sing-warenhuis aan Cormorant Street, een straat waar alleen maar Chinezen woonden. Het warenhuis was eigendom van Kwan Tsun Sing uit Chek Ham. Ah-Sing, zoals iedereen hem noemde, bezat twee barakken. In de voorste verkocht hij allerhande waar en in de achterste bevonden zich twee lange planken waar hij twaalf britsen van had vervaardigd. Elke plank was anderhalve meter breed en bood plek aan zes personen, mits ze met opgetrokken benen lepeltje lepeltje lagen. Als iemand in zijn slaap zijn benen uitstrekte, kwamen diens voeten over de rand te hangen. Wanneer twee personen dat tegelijkertijd deden, ging het goed mis. Zo werd Ah-Fat op een ochtend op de grond wakker, omdat de anderen hem van het bed hadden geduwd.

Ah-Fat en Roodhaar woonden nu al een halfjaar bij het warenhuis van Ah-Sing. De kost en inwoning bedroeg tien dollar per maand. Ah-Fat, die slechts twintig dollar per maand verdiende, vond het vreselijk om er zoveel aan kwijt te zijn. Maar na discrete rondvraag was hij te weten gekomen dat dit de laagste huur van heel Chinatown was, dus hij moest het er maar mee doen.

Op een avond, nadat hij de hele dag houtskool had verkocht, strompelde Ah-Fat later dan gebruikelijk terug naar huis. De overschoenen die hij had meegebracht waren allang versleten. Hij had er twee lagen zeildoek in gestopt en bond de schoenen nu dicht met de katoenen repen. Hierdoor zaten ze zo strak dat zijn voeten er pijn van deden. Iedereen had al gegeten. Voor hem hadden ze nog een kommetje rijstgruwel, een reep gezouten vis en twee kippenpootjes bewaard. Ah-Fat trok zijn schoenen uit, ging op de bedplank zitten, pakte de gruwel en dronk het op. Hij wilde de lappen van zijn voeten wikkelen, maar de korsten op zijn zweren zaten eraan vastgekoekt. Hij trok de lappen er toch af en zag dat zijn voeten onder het bloed zaten.

Ah-Sing bracht een bak warm water en droeg Ah-Fat op om zijn voeten te wassen. Hij dompelde ze in het water en hield zijn adem in. Ah-Sing raadde hem schoenen aan die door de roodhuiden waren gemaakt. 'Ze zijn vederlicht en hebben een verdraaid goede voering van bont. Ze zijn zo warm als een kolenkachel en gaan wel honderd jaar mee. Voor een zak houtskool zijn ze van jou. Anders zullen je voeten een winter in de Gouden Bergen niet overleven.' Ah-Fat rekende uit hoeveel een zak houtskool hem zou opleveren, maar zei niets.

Op de beddenplanken zaten de mannen op een kluitje. Sommigen pulkten aan hun tanden, anderen wreven hun voeten warm en weer anderen zaten te roken. Roodhaar lag echter stilletjes in een hoekje. Hij gebruikte zijn kapotte Chinese viool als hoofdkussen en staarde met een lege blik naar het plafond. De zomer na hun aankomst was Roodhaar naar het noorden getrokken om te zien of er nog ergens naar goud werd gezocht. Maar hij had te horen gekregen dat zelfs daar geen goud meer te vinden was. Toch had hij er nog een aantal keren in zanderige rivierbeddingen gezocht. Uiteindelijk was hij naar Victoria teruggekeerd. Onderweg was hij op de Chinese viool gestuit die hij nu koesterde als een kostbaar bezit. Zo nu en dan speelde hij er een Kantonese melodie op om de verveling te verdrijven.

De mannen begonnen hem te plagen. 'We hebben gehoord dat je in de Cariboo met iemand anders naar goud hebt gezocht en toen een vuistgrote klomp hebt gevonden. Je hebt hem in het kruis van je broek verstopt en bent er nog diezelfde nacht vandoor gegaan. Klopt dat?'

'Klootzakken!' vloekte Roodhaar. 'Denken jullie nu echt dat ik in dit vermaledijde krot van Ah-Sing zou blijven als ik een goudklomp had gevonden?'

'Hoe heb je die chique bruiloft van je dan betaald?' vroegen ze. 'Het schijnt dat je om te beginnen al honderd kippen hebt laten slachten.'

'Ik heb er ruim tien jaar voor gespaard,' reageerde Roodhaar. 'Mag ik dan misschien een paar kippen slachten?'.

Maar niemand geloofde hem. Ze dromden om hem heen, probeerden zijn broek uit te trekken en riepen: 'Eens kijken of er een goudklomp in je kruis zit!' Roodhaar schopte ze van zich af en wist zich uiteindelijk te bevrijden. Hij stond op, hield zijn broek vast en zei: 'Ah-Fat, schrijf mijn vrouw een brief. Ze gaat er nog vandoor met een andere man als ik niets van me laat horen.'

De olielamp werd snel hoger gezet. Iemand vermaalde de inkt in de vijzel, legde een vel papier neer, pakte een ganzenveer en gaf die aan Ah-Fat. Van alle mannen in het vertrek was Ah-Fat de enige die een paar jaar onderwijs had genoten en karakters kon tekenen. Daarom was hij degene die alle brieven naar huis schreef. Ah-Fat nam de ganzenveer aan, streek hem langs de rand van de vijzel om een mooie punt te krijgen en wachtte totdat Roodhaar begon te praten. Roodhaar nam zijn hoofd in zijn handen, wreef over zijn wangen en zei toen uiteindelijk: 'Gaat alles goed met moeder en Loon?' De mannen barstten in lachen uit en schreeuwden: 'Wat een onzin! Je moet je vrouw vragen hoe het met háár gaat! Je mist haar toch? Dat weten we allemaal!' Maar Roodhaar negeerde hen en zei dat Ah-Fat gewoon moest verdergaan.

'Heb je de cheque van twintig dollar gekregen die ik heb meegegeven aan oom Kwan Kow uit Bak Chuen?' vervolgde hij, maar voordat Ah-Fat de veer weer op het papier had gezet, werd Roodhaar opeens woedend. 'Laat ook maar! Je hebt hem wel gekregen en niet eens de moeite genomen om terug te schrijven. Je bent zo lui dat er maden onder je voeten groeien.'

'Moet ik dat echt opschrijven?' vroeg Ah-Fat.

'Ja! Ik wil dat je dat opschrijft!'

Ah-Fat glimlachte. 'Als je bent uitgepraat, schrijf ik het gewoon in één keer op. Dan zul je je ook niet meer bedenken.'

Roodhaar dacht na en pakte de draad weer op. 'Ik woon nog steeds bij Ah-Sing en ben gezond van lijf en leden. De volgende keer stuur ik een geldwissel mee. Pas er goed op. De straten van de Gouden Bergen zijn vol "varkentjes". Er zijn te veel mensen en er is te weinig werk. In de winter valt hier geen klap te beleven. Zorg goed voor moeder en de kleine Loon. Let erop dat Zes Vingers niet te lui wordt. Zet haar maar flink aan het werk.'

Ah-Fat begon te lachen. 'Hoe oud is Zes Vingers nou? Een kind van drie kun je toch nog niet aan het werk zetten!'

'Poeh,' snoof Roodhaar. 'Toen ik drie was, ging ik al met mijn vader modderkruipers vangen. Schrijf dit ook nog even op: "Voordat ik wegging kwam Vochtige Ogen uit Bak Chuen langs. Hij heeft drie maten rijstzaad geleend. Dring er bij hem op aan dat hij me terugbetaalt. Hij is een sukkel die niets voorstelt. Als je hem onder druk zet en hij betaalt het toch niet terug, laat het dan maar even rusten. Anders springt hij nog in de rivier of verhangt hij zichzelf. Voor rugpijn hebben ze hier trouwens een goed drankje. Als er weer iemand naar huis gaat, zal ik het recept meegeven. Dan kun jij het voor moeder maken."'

'Ben je nu klaar?' vroeg Ah-Fat. 'Ja, ik ben klaar!' Ah-Fat begon te schrijven.

Beste Suk Dak,

Hopelijk gaat thuis alles goed en maakt de hele familie het prima. Ik denk vaak aan je. Ik neem aan dat je de twintig zilveren dollars hebt gekregen van oom Kwan Kow uit Bak Chuen. Hij heeft ze voor je meegenomen toen hij naar huis

ging. Ik woon nog steeds op hetzelfde adres en ben gezond
van lijf en leden, dus maak je maar geen zorgen om mij.
Het wordt nu steeds kouder en er is maar weinig werk, dus
je moet zuinig zijn op het geld dat ik je heb gestuurd. Zorg
alsjeblief zo goed mogelijk voor moeder, onze zoon Loon
en Zes Vingers. Je hoeft niet al te zeer aan te dringen op
terugbetaling van de drie maten rijstzaden die de familie
van Vochtige Ogen uit Bak Chuen ons nog is verschuldigd.
Ik heb een uitstekend recept voor moeders rugpijn gevon-
den. Dat zal ik over een paar dagen meegeven aan iemand
die naar huis gaat. Ik wens je veel goeds en een voorspoe-
dige winter toe.

Je echtgenoot, Roodhaar, de negentiende dag van de eerste
maand van 1880, Victoria, Canada

Toen Ah-Fat klaar was, verzegelde hij de brief en legde de veer
neer. Hij sloeg zijn hand voor zijn mond en moest gapen. Ah-Sing,
de winkeleigenaar, bracht hem een kop thee. 'Drink maar lekker
op, Ah-Fat,' zei hij. 'Wil je de rest van de inkt gebruiken om een
brief voor mij te schrijven? Twee maanden geleden kreeg ik een
brief van mijn oude moedertje en ik heb nog altijd niet terugge-
schreven.' Ah-Fat ging echter zonder zich uit te kleden uitgeput op
de brits liggen. 'Vraag het me een andere keer nog eens,' zei hij. 'Ik
ben moe.' Roodhaar sprak de jongen vermanend toe terwijl hij de
vijzel, de ganzenveer en het papier opruimde. 'Je vindt jezelf wel
heel wat, alleen maar omdat je een paar karakters kunt schrijven!'
Maar voordat hij was uitgesproken lag Ah-Fat al te snurken. De
mannen begrepen dat hij moe was en slaakten een zucht. Hij was
al om vijf uur die ochtend vertrokken en pas laat teruggekeerd. Hij
had nog altijd geen schoenen gekocht en de wonden op zijn voeten
waren zo diep dat je het bot kon zien.

De olielamp werd gedoofd en de mannen gingen liggen. Ze konden de slaap echter niet vatten en al snel ontstond een onsamen-
hangende discussie. Iemand beweerde dat enkele dagen daarvoor
een *kwai mui*, een jonge, blanke vrouw, een opiumkit was binnen-
gegaan aan Fan Tan Alley, het straatje waaraan alle goktenten
waren gelegen. Ze was in het zwart gekleed en had een zwarte

hoed gedragen. De eigenaar was zich rot geschrokken toen er opeens zo'n mooie vrouw voor hem had gestaan. Hij had geen idee gehad wat hij tegen haar moest zeggen en had amper iets weten uit te brengen. Tot zijn verbazing wist ze precies wat ze moest doen. Ze ging op een divan liggen en zonder te wachten op iemand die haar kon helpen, draaide ze zich om naar de opiumlamp. Met de pijp in haar ene hand en de naald in haar andere wachtte ze tot de opium borrelde en schepte het goedje behendig op het gaatje in de pijpenkop. Nadat ze het had opgeslurpt, stond ze op en vertrok weer. De dag erna kwam ze opnieuw langs. Dag in dag uit arriveerde ze rond dezelfde tijd, rookte een pijp en vertrok weer. Naar verluidt werd ze vergezeld door een journalist die er voor een Engelstalige krant in de Gouden Bergen een paginagroot artikel over schreef. 'Als we weten hoe laat ze daar komt, kunnen we die kwai mui eens bekijken,' bromden de mannen.

Vervolgens vertelde iemand dat hij van pensionhouder Ah-Chow had gehoord dat de zaak van de jonge Chung voor de rechter was gekomen. Hij was tot een maand gevangenisstraf en een boete van dertig dollar veroordeeld. Chung had zich echter vastgeklampt aan een zuil buiten de rechtszaal en pertinent geweigerd om mee te gaan, omdat zijn vlecht zou worden afgeknipt als hij gevangen werd gezet. Ze hadden zelfs een tand uit zijn mond moeten slaan om hem te overmeesteren. De jonge Chung kwam uit San Wui en had tabak, snoep en meloenzaadjes voor een theehuis aan Fat Tan Alley verkocht. Op een dag had hij een voetzoeker afgestoken, waardoor het paard van een yeung fan was gaan steigeren en op hol was geslagen. Daarom was Chung voor het gerecht gesleept.

De mannen slaakten een zucht. 'Zou de keizer van China weten hoe slecht we hier worden behandeld?' zei een van hen.

'Als hij dat al zou weten, hebben we er niets aan,' zei een ander. 'De Chinese wet is hier niet van toepassing. Als hij ervan zou weten, op zijn paard zou springen en zich zou inschepen, zou het bovendien maanden duren voordat hij bij de Gouden Bergen zou arriveren. Dan is de jonge Chung zijn vlecht allang kwijt. Hij kan moeilijk wachten op de komst van de keizer.'

'Ik hoorde van Ah-Chow,' zei Roodhaar, 'dat de keizerlijke minister Li Hongzhang een of andere slimmerik heeft gevraagd om een telegram op te stellen. Het duurt maar een paar uur om dat van het keizerrijk naar de Gouden Bergen te krijgen.'

'Heeft het dan lange benen of vleugels? Hoe kan het nu sneller vliegen dan een vogel?' vroegen de anderen.

'Sukkels,' zei Roodhaar. 'Een telegram gaat sneller dan tien vogels bij elkaar.'

In het donker begon Ah-Fat te lachen. 'Zeg Ah-Fat, jij lag toch te slapen?' riepen de mannen. 'Wat valt er nu te lachen?' Ah-Fat zweeg.

'Kon mijn vrouw maar per telegram hier komen,' verzuchtte Roodhaar. Hij was de enige in het gezelschap die onlangs was getrouwd, dus de mannen begonnen hem te plagen. 'Zit je daaraan te denken? Hoe vaak deed je het met haar toen je thuis was?' Roodhaar begon hard te lachen. Toen ze aandrongen, zei hij dat hij de tel niet had bijgehouden, maar het gewoon deed als hij daar zin in had. 'Ik heb jaren zonder moeten doen. Dan mag ik de schade toch wel een beetje inhalen?' Nu was de interesse van de mannen pas echt gewekt. 'Is ze mager of juist lekker mollig?' vroegen ze. 'Ach,' zei Roodhaar, 'ze heeft weinig vlees aan haar botten, maar ze is sappig genoeg!' Sommige mannen barstten in lachen uit. Plotseling schreeuwde Ah-Lam, die naast Ah-Fat lag: 'Hé Ah-Fat, schoft dat je er bent! Je duwt zo hard in mijn rug dat het pijn doet!' Er werd nog harder gelachen.

Roodhaar sloeg op het hout van de brits en riep: 'Ga slapen! Morgen gaat het waarschijnlijk sneeuwen. Als we vroeg opstaan, kunnen we veel houtskool verkopen.' Geleidelijk werd het stil. Na een tijdje draaide Roodhaar zich om. 'We dragen allemaal bij aan die zak houtskool,' zei hij, 'die Ah-Fat met de roodhuiden kan ruilen voor schoenen. Vroeger gaven we toch ook eieren en sesampannenkoekjes aan de man die onze kinderen onderwees en de coupletten voor Nieuwjaar schreef?'

Niemand maakte bezwaar.

Ah-Fat deed zijn ogen open en staarde in de duisternis. Na een hele tijd kon hij de lichtere plekken in het donker onderscheiden. Hij wist waar die zaten. In de hoek zag hij een gelige gloed op de plek waar een rat zich een weg naar binnen had gevreten om rijst te stelen. De fletse plek bij het raam wees op het gat in het laken dat ze als gordijn gebruikten. Aan het licht te zien was het vollemaan.

Hij kon zich helemaal voorstellen hoe koud het buiten was. Dit was zijn eerste winter in de Gouden Bergen en hij had geen idee hoe lang die nog zou duren. Hij wist alleen dat de rivier was dichtgevroren en de wegen naar de bergen onbegaanbaar waren. Er kon niet meer gevist worden en de bevroren aarde kon niet worden bebouwd. Evenmin werden er nog goederen vervoerd. De enorme berg houtskool was al danig geslonken en als het nog een paar weken zo koud bleef, zouden ze alles hebben verkocht. Hoe moesten ze dan aan werk komen?

'Wat ben je toch een zwartkijker. Je maakt je veel te veel zorgen,' zei Roodhaar toen hij hem ernaar vroeg. 'Ik regel het wel. Er zijn altijd manieren om geld te verdienen.' Maar Ah-Fat wist dat zelfs Roodhaar deze keer ten einde raad was. Die ochtend had hij gezien hoe Roodhaar iets uit zijn schoen had gehaald. Het was een wissel van vijftien dollar dat hij naar huis wilde sturen, maar bij nader inzien toch weer terugstopte. Roodhaar had nog een kleine reserve.

Maar dat gold niet voor Ah-Fat, die voor zijn moeder met haar dikke, ontstoken ogen moest zorgen. Die ogen zaten hem als een wolf op de hielen. Ah-Fat kon niks anders doen dan zijn ogen sluiten, zijn krachten verzamelen en het op een lopen zetten.

Ah-Fat rende voor zijn leven.

In de afgelopen jaren was Victoria's Chinatown steeds groter geworden. Het gebied reikte nu van Cormorant Street tot Douglas Street en Store Street. In deze straten waren talloze winkels en pensions van Chinezen te vinden. Zelfs in Fisgard Street, wat verder naar het noorden, hadden zich al Chinezen gevestigd. De straten mochten die naam eigenlijk niet eens hebben. Het waren onverharde wegen zonder trottoir of goot, amper breder dan een smalle steeg. Op de smalste plekken stalden winkeliers hun spullen in manden uit die ze voor hun deur op straat zetten. Vervolgens gingen ze er op een krukje naast zitten. Als de overbuurman naar buiten kwam, hoefde de winkelier zijn arm maar uit te strekken om een aangeboden sigaret aan te nemen. Ze konden vanaf de overzijde van de straat roddels uitwisselen zonder hun stem te hoeven verheffen.

Chinatown lag in het lagergelegen deel van Victoria. Als de stad een gigantische kom was, dan was Chinatown het gat in de bodem. Als het regende stroomde al het water ernaartoe. Zelfs schoon water werd zwart op deze modderige bodem.

De onverharde steegjes werden geflankeerd door overbevolkte woningen van aan elkaar gespijkerde planken. Op een enkele uitzondering na hadden de panden geen bovenverdieping. Het waren arbeiderskrotten met in grootte variërende kieren tussen de houten planken. Het gore regenwater sijpelde langs de deurposten en door de kieren naar binnen, waardoor de muren en de poten van de bedplanken ook smerig waren. Binnen trokken de mannen hun schoenen uit en rolden hun broekspijpen op. Al na een paar passen waren hun voeten en onderbenen zwart van het vuil. Als de zon scheen en het water opdroogde, bleef een laagje zilt achter. Dat raakte natuurlijk al snel vermengd met groenteresten, visgraatjes, eierschalen, oude overschoenen en soms zelfs dode ratten. Deze brij bleef aan schoenen plakken en werd zo van het ene naar het andere vertrek verplaatst, totdat heel Chinatown was doortrokken van een doordringende kleur en stank.

Niet alle delen van Chinatown waren echter zo vervallen. Aan Fisgard Street stond een stenen huis dat weliswaar maar één verdieping telde, maar was gebouwd van degelijke bakstenen en zowaar was betegeld. In het zonlicht schitterde het je tegemoet. Aan Store Street stond nog zo'n pand dat zo recht en plat was dat het op een liggend pakje Pirate-sigaretten leek. Er stonden echter geen kraampjes voor de deur en nooit stond er iemand tegen een van de muren zich te koesteren in het zonnetje. Er hing zelfs geen winkelbord aan de deur. Jammer genoeg werden de enige twee toonbare gebouwen in Chinatown niet bewoond, althans niet door de levenden.

Het lage gebouw aan Fisgard Street was de tempel van Tan Gong, die werd aanbeden door mensen uit Guangdong. De inwoners van Chinatown kwamen uit de Vier Districten van Guangdong. Elk jaar, aan het begin van de vierde maand van de maankalender, werd de geboortedag van Tan Gong gevierd. Op die feestdag was het in Chinatown even druk en rumoerig als op een marktdag. In de tempel werden offers gebracht en wierook gebrand. Voor de tempel werden leeuwen- en drakendansen gehouden, opera's opgevoerd en lekkere hapjes verkocht. Zelfs de yeung fan kwamen naar

Chinatown. Niet om Tan Gong te eren, maar omdat ze het kabaal en de opwinding niet konden weerstaan. De oorsprong voor deze drukte lag duizenden kilometers verderop en interesseerde hun niet.

Het rechthoekige, platte gebouw aan Store Street was het mortuarium. Er lagen geen doodskisten, maar het pand was van boven tot onder gevuld met kleinere kisten waarin botten werden bewaard. De skeletten behoorden toe aan mensen die al zeven jaar dood waren. Ze kwamen van overal van de Gouden Bergen en werden hier bewaard totdat ze naar Hongkong konden worden verscheept. Op elk kistje stonden nauwkeurig enkele details vermeld: de volledige naam van de overledene, de geboorteplaats en de geboorte- en sterfdatum. Ook het registratienummer stond erbij. Van iedere geregistreerde overledene wachtte de ziel in het pikkedonker van haar kist, verlangend naar een gunstige wind die haar naar de Vier Districten kon terugvoeren. In tegenstelling tot de tempel van Tan Gong was het mortuarium in Chinatown een goed bewaard geheim. Het werd even hermetisch van de buitenwereld afgeschermd als een parel in zijn schelp. Zonder de brand die er enkele jaren geleden voor had gezorgd dat het geheim van Chinatown door de wind werd verspreid naar de rest van de stad, had niemand ooit geweten van de stoffelijke resten die er werden bewaard.

Die dag waren de winkels in Chinatown 's middags gesloten. Niet vanwege Chinees Nieuwjaar of de geboortedag van Tan Gong, maar vanwege de aankomst van het stoomschip uit Hongkong. Talloze zielen die lang in hun kisten hadden moeten wachten, konden eindelijk aan hun laatste reis naar de Vier Districten beginnen. Alle inwoners van Chinatown deden hen uitgeleide.

Dit afscheid was een plechtige gebeurtenis, omdat de mensen treurden om de doden. Hun verdriet was echter vermengd met ambivalentere gevoelens. De stoffelijke resten in deze genummerde kistjes waren ooit mensen van vlees en bloed geweest die aan deze kade van boord waren gegaan en in de omliggende straten waren verdwenen. Chinatown had niet goed voor deze mensen gezorgd en nu lagen ze hier. De toeschouwers beseften dat hunzelf dit lot uiteindelijk ook wachtte. Deze doden hadden vol verhalen gezeten en keerden nu met nog meer verhalen terug. Als het deksel van zo'n kist werd gesloten, werden de verhalen doormidden gesneden – de ene helft bleef in de wereld van de levenden achter, de andere kwam in het kistje terecht. De overleveringen die van de een op de ander werden overgedragen zouden steeds verder van de bronvertelling afwijken totdat ze onherkenbaar waren geworden. Van de helft die in de kist achterbleef, zou niemand ooit nog kennisnemen. De levenden die nu afscheid van de doden kwamen nemen, treurden om deze onvertelde verhalen. Ze hadden geen idee wanneer hun levensverhaal in tweeën werd gesplitst door het dichtklappen van het kistdeksel.

Ah-Fat had die dag vrij. Hij werkte inmiddels in de San Yuen-wasserette tegenover het Tsun Sing-warenhuis. Elke dag ging hij naar de haven waar de stoomschepen aanmeerden. Dan verzamelde hij de smerige kleding van de zeelui, stopte het in grote zakken die hij aan een schouderjuk hees en naar de wasserette bracht. De volgende dag leverde hij de gewassen en gestreken kleding weer af. Soms deed hij dit meerdere keren per dag. Geen van de drie knechten bij de wasserette sprak Engels. Omdat Ah-Fat in het Engels kon tellen, onderhield hij het contact met de zeelieden. De zakken werden zo volgepropt dat het leek alsof hij twee ijzeren kogels droeg. Zijn schouderjuk boog door onder het gewicht. Ah-Fat strompelde helemaal voorovergebogen voort, als een bidsprinkhaan met een rotsblok op zijn rug. De wasserette was zeven dagen per week geopend, dus hij had bijna nooit vrij. Ah-Fats schouders hunkerden al een hele tijd naar een dag rust.

Die kreeg hij echter niet, omdat zijn huisbaas Ah-Sing hem en Roodhaar had gevraagd mee te komen naar een begraafplaats buiten de stad waar zijn neef lag begraven. Hij wilde diens botten opgraven omdat het stoomschip zou aankomen. Dit kon pas zeven jaar na de begrafenis, omdat het zo lang duurde voordat al het vlees was weggerot. Ze goten kookwijn op een lap stof en bedekten hun neus en mond ermee. De botten die ze opgroeven, waren geelbruin als oud ivoor, maar nadat ze waren schoongemaakt met de van wijn doordrenkte lappen, werden ze een stuk witter. Ah-Sing en Roodhaar legden de gereinigde botten op de grond om er zeker van te zijn dat het skelet compleet was. Daarna vroegen ze Ah-Fat om ze een voor een in een houten kist te leggen. De grote botten moesten onderin en de kleinere daarboven. Ten slotte werd de vlecht, die zo uitgedroogd was als een jaar oude, ruwe zijde, erbovenop gelegd. Er zat geen flintertje vlees meer aan de botten.

Al doende ontdekte Ah-Fat dat het ene scheenbeen aan één kant dikker was dan aan de andere. Op de dikke zijde prijkte een zwarte vlek. Aanvankelijk dacht hij dat hij het bot niet goed had schoongemaakt en hij probeerde het met zijn nagel weg te krabben. Maar hoe hard hij ook krabde, de vlek ging er niet af. Ah-Sing vertelde dat zijn neef zijn been had gebroken en drie maanden niet meer had kunnen lopen.

'Hoe kwam dat dan?' wilde Ah-Fat weten. Roodhaar wierp hem een veelbetekenende blik toe, maar dat ontging Ah-Fat. Hij ging erover door, totdat Ah-Sing uiteindelijk zijn geduld verloor. 'Stel toch niet van die stomme vragen!' riep hij, waarna hij de rest van de wijn opdronk en de fles zo ver mogelijk wegsmeet. Hij rolde van de heuvel en viel met een doffe klap op een rotsblok in scherven uiteen. Ah-Fat zei niets meer en spijkerde de kist dicht. Hij beschilderde de kist met goudverf en vermeldde de details die Ah-Sing hem had gedicteerd: volledige naam, geboorteplaats en de geboorte- en sterfdatum. Pas toen hij klaar was met schrijven, realiseerde hij zich dat de neef nog maar tweeëntwintig was geweest toen hij was gestorven.

'Vind je het eng?' vroeg Roodhaar.

'Nee,' zei Ah-Fat.

'Al het vlees is weggerot. Deze botten zijn zo schoon dat zelfs een uitgehongerde hond er nog niet aan zou likken,' vervolgde Roodhaar.

Ah-Sing slaakte een zucht. 'Jij zult mijn botten moeten verzamelen,' zei hij tegen Roodhaar. Met zijn drieënveertig jaar was Ah-Sing ouder dan de rest. 'Daar valt niets over te zeggen,' zei Roodhaar, waarna hij Ah-Fat porde. 'Jij mag mijn botten terugsturen, schooier. Ik heb jou hier gebracht, dus als jij me weer thuisbrengt, staan we quitte.'

'Hm,' zei Ah-Fat vaag. Het leek alsof hij ermee instemde, maar het was eerder een automatische dan een gemeende reactie. Toen kon hij nog niet weten hoe belangrijk dit instemmende gemompel later zou worden. Hij was piepjong en zijn leven in de Gouden Bergen was nog maar net begonnen. Dit gesprek over de dood maakte ongeveer evenveel indruk op hem als een platte steen die over het wateroppervlak van een vijver scheerde. Op dat moment was geld het enige wat hem interesseerde. Hij had dolgraag drie paar ogen en twee paar handen willen hebben, zodat hij alles kon leren wat er over een wasserette te weten viel. Vroeg of laat zou hij zelf een wasserette beginnen. Met zes werknemers die de was moesten halen en brengen en twee paard-en-wagens, elk met een menner. De zaak zou vierentwintig uur per dag open zijn. Aan de dakrand zouden lantaarns komen te hangen en de naam zou in grote rode letters op de deur staan. Hij had zelfs al een naam bedacht: de Fluisterende Bamboe-wasserette. Deze naam was geïnspireerd op de prachtige dichtregels van de beroemde, klassieke dichter Wang Wei. 'Het bamboe fluistert van wasmeisjes die naar huis terugkeren/ Lotusbladeren wijken uiteen voor de vissersboot.' Hij had dit gedicht van meneer Auyung geleerd. De yeung fan noch de arbeiders zouden de verwijzing snappen, maar dat maakte hem niet zoveel uit, zolang hij het zelf maar begreep.

Die dag stond er voor elk pension en elke winkel in Chinatown een tafel met wierook en offerandes. In het midden van Chinatown stond bovendien een enorme offertafel met een grote berg offerandes, variërend van taart en allerhande vruchten tot kippen, eenden en geroosterde speenvarkens die glansden van het vet. Aan weerszijden van de tafel stonden twee branders voor het dodengeld. Van een afstandje leek het alsof de hele straat was gehuld in een krans van rook. Rond het middaguur, een gunstig tijdstip volgens de maankalender, gaf de consul een brul, waarna een orkest begon te spelen. Er waren tien virtuozen die de Chinese viool bespeelden. Ze waren gekleed in witte mantels en hun instrumenten waren ook met witte stof omwikkeld. De snaren trilden en een overrompelende klaagzang barstte los. De hoge tonen waren oorverdovend en de lage noten klonken als doffe hamerslagen. Het publiek werd overspoeld door een vlaag van melancholie. Toen het eerste stuk was beëindigd, sloeg het weer plotseling om. Een kille wind blies de as van de bankbiljetten uit de branders de lucht in, waar hij steeds verder omhoog kronkelde. De spiraal werd steeds smaller en helemaal bovenaan vormde hij een scherpe punt die hoog in de lucht bleef dralen.

Er ontstond consternatie bij de omstanders. De consul, een oudere man met veel ervaring, knielde voor de branders neer en riep:

'Grote Boeddha, onze landgenoten stierven ver van huis. Er is hun veel onrecht aangedaan, maar vandaag kunnen ze eindelijk aan hun thuisreis beginnen. Daar zullen ze hun voorouders eer betonen en worden herenigd met hun aardse zonen en dochters. We smeken u om hen te zegenen met een gunstige wind en een voorspoedige zeereis. Als één ziel veilig thuiskomt, verheugen tienduizend zielen zich.' Zodra hij was uitgesproken en omhoogkeek, dwarrelde de aspluim uiteen en ging de wind liggen.

Voor het mortuarium stonden acht opgetuigde paarden voor vier wagens die met witte rouwkleden waren bedekt. Toen het bevel klonk, trokken de paarden stapvoets de met honderden houten kisten geladen wagens naar de haven. Toen het geluid van de paardenhoeven verstomde en er alleen nog een bescheiden stofwolk zichtbaar was, veegden sommige omstanders met hun mouwen hun tranen weg.

'Hij verruilde thee voor een paar schoenen van de roodhuiden. Omdat hij te weinig gaf, sloegen de roodhuiden hem in elkaar,' zei Roodhaar op weg naar huis tegen Ah-Fat.

'Wie?' vroeg Ah-Fat.

'Ah-Sings neef.'

Het zevende tot en met het dertiende jaar van de heerschappij van Guangxu (1881-1887), Brits-Columbia, Canada

Vanmiddag gingen vijfhonderd Chinese grondwerkers uit Victoria en New Westminster aan boord van een stoomschip dat Port Moody als bestemming heeft. Ze behoren tot de arbeiders die de Pacific Railroad gaan aanleggen. Na tien jaar intensief onderhandelen met de federale overheid kan het werk aan de spoorweg eindelijk beginnen. Om de kosten tot een minimum te beperken heeft hoofdingenieur Andrew Onderdonk ruim vijfduizend arbeiders uit Kanton en Californië aangetrokken. In de komende maanden zullen al duizenden grondwerkers arriveren. Van de Chinezen die reeds in Victoria wonen, hebben relatief weinigen zich aangemeld.

De Pacific Railroad gaat over de steile Rocky Mountains van de Fraser Valley lopen. De rotsen zijn daar van zuiver graniet en de funderingen voor het spoor zullen met de hand moeten worden uitgehakt. Tussen de plaatsen Yale en Lytton, een afstand van slechts 27 kilometer, moeten alleen al dertien tunnels worden uitgehakt. Op een stuk van slechts 2,5 kilometer moeten vier tunnels vlak achter elkaar komen. De koelies doen het gevaarlijkste werk en gaan de strijd tussen mens en rots aan.

Van alle arbeidskrachten verdienen degenen die met springstof de rotsen opblazen het meest, namelijk zo'n vier dollar per dag; metaalslijpers krijgen drie dollar vijftig per dag; de timmerlieden die de bruggen bouwen krijgen drie dollar per dag; metselaars ontvangen twee dollar vijftig à drie dollar per dag; houthakkers krijgen twee dollar per dag en de minst geschoolde arbeiders krijgen een dollar vijfenzeventig per dag. Hoewel sommige werklui groot en sterk zijn, zijn de meeste nogal klein. Hoewel het soms nog maar jongens lijken, moet iedere arbeider kunnen aantonen dat hij minstens achttien jaar oud is. Als de arbeiders arriveren, worden ze verdeeld in ploegen van dertig man die worden geleid door een door de spoorwegmaatschappij aangestelde voorman. Elke groep krijgt ook een kok en een werkverdeler toebedeeld.

De werkverdeler houdt bij hoeveel uur er wordt gewerkt en fungeert als tussenpersoon tussen de arbeiders en de voorman. De meeste Chinezen spreken geen Engels en de autoriteiten vrezen dat ze anders de instructies niet zullen begrijpen. Ook hun merkwaardige lange vlechten zijn reden tot zorg. Een afgevaardigde van de spoorwegmaatschappij verklaarde dat de Chinezen hun vlecht als heilig beschouwen omdat ze die van de keizer en hun ouders hebben gekregen. Een Chinees zou zijn leven voor zijn vlecht geven. Volgens de Engelse grondwet, waarin basale mensenrechten worden gewaarborgd, kunnen de Chinezen niet worden gedwongen om deze absurde vlecht af te knippen. Vele duizenden zullen dit avontuur dus aangaan met hun vlecht en een zak rijst.

The British Columbian, New Westminster, 7 april 1881

Ze bivakkeerden in geïmproviseerde tenten van zeven stevige takken die met twee teerkleden werden bedekt. De takken waren doorgaans afkomstig van een spar of een ruwe berk. Nadat zo'n boom was gekapt, werden de takken afgehakt, waardoor alleen de stam overbleef. Aan weerszijden werden dan drie takken neergezet die bovenaan samenkwamen. Tussen deze drie vorken werd de stam gelegd die als kapbalk diende. Daar werden de teerkleden overheen gedrapeerd die vervolgens met het stugge garen waarvan ook visnetten werden gemaakt met een benen naald aan elkaar werden genaaid. Dit alles hadden ze van de roodhuiden geleerd.

Gedurende de nacht werd aan weerszijden van de tent een vuur brandende gehouden. Als iemand moest plassen, gooide hij er standaard wat extra hout op. Zodoende hoefde de kok bij zonsopgang het vuur alleen maar op te porren en er wat takken bij te gooien om pap te bereiden. Als de tentbewoners hun ogen opendeden, was het ontbijt al klaar. In de bergen werd vuur gemaakt om warm te blijven, genoeg licht te hebben en het eten te kunnen bereiden. Maar er ging ook een geruststellende werking van uit. Voor hun komst waren de bergen immers het domein van wilde dieren geweest.

De tenten waren zo eenvoudig omdat de mannen eens in de paar weken hun kamp opbraken. Naarmate de aanleg van de spoorweg vorderde, trokken de mannen verder. Dan rolden ze de tenten en slaapmatten op, laadden ze de zakken rijst en wateremmers op de lastpaarden en liepen ze naar het volgende kamp. De takken namen ze niet mee. Aan bomen was geen tekort, dus ze kapten steeds nieuwe. Telkens als ze een nieuw kamp inrichtten, naaide Ah-Fat een kruisje in de hoek van het tentdoek. Inmiddels stonden er al zes kruisjes.

Ah-Fat schrok wakker van het geknars van Roodhaars viool. Het geluid leek rechtstreeks zijn schedel binnen te dringen. Hij schopte het been dat collega Ah-Lam in zijn slaap om hem heen had geslagen, van zich af, kroop uit de tent en gooide een steen naar Roodhaar. Het gegil van de viool verstomde meteen. 'Dat is een bruiloftslied. Als je mij van spelen weerhoudt, zul je nooit een bruid vinden!' riep Roodhaar kwaad.

Die nacht had het geregend. Het water was ook in de tent gesijpeld en Ah-Fats broekspijpen waren nat geworden. Terwijl hij ze uitwrong, brak de zon door de wolken heen. De bomen die hier dicht op elkaar stonden filterden het zonlicht tot een geribbeld patroon dat klamme schaduwen wierp. Die nacht waren talloze witte paddenstoelen tussen de bomen ontsproten. Sommige waren zo klein als knopen, andere zo groot als borden. Op een van de paddenstoelen zat een nog jonge gevlekte eekhoorn, hooguit twintig centimeter groot. Hij had een dunne vacht en zwarte kraaloogjes. Ah-Fat pakte een stok en hield die het diertje voor, maar dat snuffelde eraan en liet zich niet afschrikken. Ah-Fat trok zijn jasje op en plaste in een grote straal in de richting van de paddenstoel. Geschrokken stak de eekhoorn zijn staart in de lucht en vluchtte weg door het kreupelhout. Ah-Fat moest er hard om lachen.

Ginger werd nu ook wakker, rekte zich langzaam uit en kwam van achter een boom tevoorschijn. Hij tilde zijn achterpoot op en plaste tegen de boom, waarna hij met zijn poten de aarde omwoelde en een sterke, muskusachtige geur zich door het bos verspreidde.

Ginger was een zwerfhond die zich bij hen had gevoegd toen ze in Port Moody van boord waren gegaan. Ze hadden verschillende keren geprobeerd om van hem af te komen, maar dat was telkens tevergeefs. Toen iemand opperde dat de hond hun in de bergen misschien wel geluk zou brengen, besloten ze het dier bij zich te houden.

Nadat de hond had geplast, kwispelde hij. Hij zette zijn natte poten tegen Ah-Fats benen en begon hem te likken totdat het warme kwijl van zijn hand droop. Ginger was een wolfshond en zo groot dat als hij zich uitrekte, hij bijna tot Ah-Fats schouders kwam. Ah-Fat moest de hond een paar keer van zich af duwen voordat hij hem eindelijk met rust liet.

Hij vroeg de kok wat hij als ontbijt had gemaakt. 'Gekookte aardappelen, rijstepap en gepekelde vis,' luidde het antwoord.

'Altijd maar aardappelen,' klaagde Ah-Fat, 'bij elke maaltijd. Ze komen me de keel uit ... Kun je niet eens iets anders maken?'

'Je hebt geen idee hoeveel mazzel je hebt,' zei de kok. 'Als we ooit ingesneeuwd raken, zul je geen kruimel meer krijgen.'

'Als er geen kruimel eten meer is, zijn er in elk geval ook geen aardappelen meer,' zei Ah-Fat.

Het gezicht van de kok verstrakte. 'De bevoorradingsploegen

brengen alleen maar aardappelen naar de bergen. Zelfs als je mij zou vermoorden, zou je niets anders te eten krijgen.'

Toen ze klaar waren met het ontbijt, vertelde de werkverdeler wat er die dag moest gebeuren. 'Jullie moeten vandaag stenen hakken.' De afgelopen paar dagen waren rotsen opgeblazen en nu moest het puin in manden de helling op worden gedragen en in een ravijn worden geworpen. De dertig man sterke ploeg werd verdeeld in drie groepen van tien. De eerste groep moest de rotsblokken in stukken hakken, de tweede groep moest de manden vullen en de derde droeg die de berg op. Roodhaar en Ah-Fat moesten stenen hakken en Ah-Lam was een van de dragers. 'Let goed op waar je je voeten neerzet,' zei Roodhaar tegen hem toen hij vertrok. 'Als je je evenwicht verliest, stort je sneller naar beneden dan een arend kan krijsen.'

'Ik weet wat me te doen staat,' zei Ah-Lam. 'Roep geen onheil over me af.'

De steenhouwers moesten ervoor zorgen dat de stenen in zulke kleine brokken werden gehakt dat ze in de manden pasten. Sommige keien konden met een moker in stukken worden geslagen, maar grote rotsblokken moesten eerst met een pin worden gespleten. Roodhaar en Ah-Fat werkten samen. De jongen hield de pin vast en de oudere man hanteerde de moker. Door de constante slagen ging de huid tussen Ah-Fats duim en wijsvinger al snel stuk. Hij scheurde een stuk van de voering van zijn katoenen jasje om er een verband van te maken. Het bloed sijpelde er echter doorheen en vormde een dikke korst. Als ze 's avonds naar het kamp waren teruggekeerd, weekte hij het verband steeds in water, waarna hij het liet drogen boven het vuur, zodat hij de volgende dag weer aan de slag kon. Hoewel de wonden 's nachts enigszins genazen, werden ze de volgende dag opnieuw opengehaald. Geleidelijk werden de sneeën steeds dieper en genazen ze niet meer. Doordat er steeds stof in kwam, gingen ze eruitzien als smerige, zwarte goten.

Roodhaar zei tegen Ah-Fat dat hij van de roodhuiden met bont gevoerde handschoenen van hertenhuid moest kopen. Toen Ah-Fat hoorde dat die drie dollar per paar kostten, weigerde hij. Roodhaar slaakte een zucht. 'Dat komt neer op twee daglonen als je verder geen geld uitgeeft aan eten, drinken of een pleziertje met een vrouw,' zei hij. 'Die gore boeven hebben de prijzen enorm opgedreven.'

Ah-Fat zweeg, maar besefte opeens dat hij nooit timmerman, metselaar of metaalslijper zou worden. Thuis was hij alleen geschikt geweest voor landarbeid (en zelfs daar was hij nooit goed in geweest). Als hij zich het schompes werkte met het houwen en verplaatsen van stenen, zou hij hooguit één dollar en vijfenzeventig cent per dag verdienen. Nu de werkzaamheden aan de spoorweg eenmaal waren begonnen, waren de prijzen enorm gestegen en al zijn geld ging op aan dagelijkse behoeften. Hoe lang zou het op deze manier wel niet duren om genoeg geld te sparen voor land en onroerend goed? Zijn moeder zou dat misschien niet eens meer meemaken.

Maar slechts vijf dagen later deed zich toch een kans voor.

De groep was op een nieuwe plek neergestreken, maar na twee dagen waren de vakjes achter hun naam in het logboek van de werkverdeler nog altijd leeg. Er waren meerdere pogingen gedaan om de rotsen op te blazen, maar die waren vergeefs geweest, dus niemand kon verder met zijn werk.

Het explosief dat werd gebruikt heette eigenlijk nitroglycerine, maar iedereen noemde het Geel Water. Als het in flessen werd gedaan, zag het er even onschuldig en zelfs smakelijk uit als limonade. Het was gewoon onvoorstelbaar dat het bergtoppen kon wegvagen. Het spul was ook licht ontvlambaar en je moest er erg voorzichtig mee zijn. Als er op een warme dag per ongeluk een druppeltje op de rotsen belandde, ging de hele boel in een oogwenk in rook op.

Er moest een tunnel door een bergwand komen op een plek die alleen via een morene te bereiken was. Als eerste stuurde de voorman de arbeider naar boven die de meeste ervaring met springstof had. Toen hij de morene bijna was overgestoken, stapte hij op een uitstekende kei, waardoor hij zijn evenwicht verloor en viel. Er klonk een oorverdovend gebulder – niet van de ontplofte springstof maar van vallend gesteente dat met hem omlaag rolde. De man en de fles met het Gele Water kwamen in het water terecht, bleven nog even drijven, maar verdwenen toen.

De tweede arbeider wist de morene zonder averij over te steken, maar verzwikte nabij de tunnel zijn enkel doordat hij zich verstapte op een losse kei. Zijn blauwe, katoenen jasje was nog even te zien. Het wapperde in de lucht als een sperwer met een gebroken vleugel. Toen trilde de hele bergwand. Nadat het stof was opgetrokken, begonnen de mannen te praten, maar ze hoorden niets. Door de explosie waren ze tijdelijk doof geworden.

De yeung fan-voorman trapte uit frustratie tegen een bergje stenen. De werklui hadden geen tolk nodig om te weten dat hij vloekte. Er dienden zich geen nieuwe gegadigden meer aan. Niemand was bereid om op deze berg zijn leven te wagen.

Niet die dag althans.

Noch de dag erna.

Op de derde dag ontdekten de mannen dat ze een extra ei bij het ontbijt kregen. Na het ontbijt verzamelden ze zich bij de voorman, die chagrijnig zat te roken. Hij zat op een platte kei en de mannen gingen in een kringetje om hem heen staan. De voorman rookte stevig door. Hij stak de ene sigaret met de andere aan. Naast hem vormde zich al een aardig bergje half opgerookte sigaretten. De mannen zagen tot hun verbazing dat hun jonge voorman al kaal begon te worden. Opeens leek hij een stuk kwetsbaarder. Hij was weliswaar hun baas, maar ook hij was iemands ondergeschikte. Hij moest verantwoording afleggen aan de voorman van de voormannen. Ze hadden nu al twee dagen geen enkele voortgang geboekt. Als er vandaag weer niets gebeurde, moest hij een manier verzinnen om het werk van vier dagen in één dag te proppen. Zo langzamerhand waren de mannen blij dat ze niet in zijn schoenen stonden.

Uiteindelijk smeet de voorman zijn sigaret weg en stond op. 'Vertel jij het hun maar,' gebaarde hij naar de werkverdeler.

De mannen weken iets uiteen zodat de werkverdeler naar het midden van de kring kon lopen. Hij keek naar de neuzen van zijn schoenen en zei enigszins stamelend: 'Hij ... Hij zegt dat wie de springstof in het gat legt en tot ontploffing brengt, een verzoek mag indienen om zijn vrouw naar de Gouden Bergen te halen. Er zal voor één overtocht worden betaald.'

Er volgde een doodse stilte die zo allesoverheersend was dat je kon horen hoe de wind in de bomen ruiste en de motten tussen de bladeren met hun vleugels fladderden. Ah-Fats vingertopje trilde even. Hoewel hij dat zelf niet in de gaten had, merkte Roodhaar het wel. Roodhaar pakte zijn hand stevig vast. Er ging een oerkracht uit van die greep die zo meedogenloos was als de scharen van een krab. Ah-Fat hoorde zijn botten kraken. 'Ik heb een vrouw, jij niet,' fluisterde Roodhaar in zijn oor.

Tegen de werkverdeler zei Roodhaar: 'Zeg maar tegen die *kwai lo* dat als hij zich niet houdt aan zijn belofte, ik zijn moeder zal vermoorden.'

De werkverdeler bracht de boodschap grotendeels over. Hij was eraan gewend de scherpe randjes van de woorden die hij moest vertalen weg te schuren. De frons van de voorman ging langzaam over in een brede grijns.

Roodhaar ging op pad met de fles Geel Water en de tinnen koker waarin het kruit was verpakt. 'Pas goed op, Roodhaar,' riep Ah-Lam hem nog na. Roodhaar draaide zich om en glimlachte. 'Kijk niet zo lelijk,' zei hij. 'Straks serveert mijn vrouw jou pap en ingelegde eieren.' Ah-Fat probeerde ook iets te zeggen, maar hij kreeg geen woord over zijn lippen. Hij durfde bijna niet te kijken hoe Roodhaar de helling beklom.

Roodhaar liep erg vreemd, als een manke antilope met een lange en een korte poot. Zijn ene been zette hij steeds stevig neer, terwijl hij het andere been uitstrekte en er een omtrekkende beweging mee maakte. Ah-Fat besefte dat hij zo testte of de ondergrond wel stevig genoeg was. Langzaam maar zeker baande hij zich een weg naar het gat in de rotswand. Bij de ingang wapperde zijn blauwe, katoenen jasje nog in de wind, maar vervolgens verdween hij uit het zicht. Ah-Fat begon zachtjes te tellen.

Eén, twee, drie, vier, vijf. Nu had hij vast de fles met Geel Water neergezet.

Zes, zeven, acht, negen, tien. De tinnen koker zat nu wel in de fles.

Elf, twaalf, dertien, veertien, vijftien. Nu moest hij het explosief goed gepositioneerd hebben.

Ah-Fat telde tot vijftig, maar nog altijd was er geen spoor van Roodhaar. 'Stuur de hond naar de grot,' riepen sommigen in paniek. Ze hadden het nog niet gezegd of er klonk een doffe dreun, als een misselijkmakende scheet, waarna er iets uit de grot in de rotswand schoot. Het explosief was niet goed afgegaan.

Toen het stof was neergedaald, renden Ah-Fat en Ah-Lam de helling op om Roodhaar te halen. De helft van zijn gezicht was zwartgeblakerd en er was nog iets eigenaardigs mee. Het duurde even voordat ze zagen dat hij een oor was kwijtgeraakt. Bij zijn slaap gutste bloed uit een wond zo groot als een stuiver. Ah-Fat scheurde een reep stof van zijn jasje en drukte die ertegenaan. Al snel was de katoenen stof helemaal doorweekt. Roodhaars lichaam was zo slap als een lappenpop.

'Laat de voorman een dokter halen! Snel!' schreeuwde Ah-Fat tegen de werkverdeler. Afgezien van de bevoorradingsploeg was de voorman de enige die over een paard beschikte.

De werkverdeler liep naar de voorman en sprak enkele woorden. De voorman stak een lange monoloog af, waardoor de mannen ongeduldig werden. 'Wat is er nou? Dit is een zaak van leven en dood!' De werkverdeler kwam weer naar hen toe en mompelde: 'Volgens hem is er in de wijde omtrek geen dokter te vinden. Bovendien is met de aannemer afgesproken dat jullie in geval van ziekte of een ongeval zelf iets moeten regelen. Daar is ons bedrijf niet verantwoordelijk voor. In het contract staat ook duidelijk ...'

De werkverdeler kon zijn zin niet afmaken. Hij slikte zijn woorden weer in omdat Ah-Fat opstond en op hem afkwam. De jongen ging vlak voor hem staan en het ontging de werkverdeler niet dat hij een bijl vasthield. Het was de bijl waarmee Ah-Fat boompjes omkapte voor de tent. Hoewel het blad inmiddels wat butsen had, was het nog altijd een prima kapwerktuig.

'In het dal woont een roodhuidenstam met een medicijnman,' zei Ah-Fat. Er was een glinstering in zijn ogen die de werkverdeler koude rillingen bezorgde. De afgelopen lente had hij zo'n blik voor het laatst gezien toen een bruine beer na een lange, hongerige winter van de berg was afgedaald. Dat dier had dezelfde schittering in zijn ogen gehad.

De werkverdeler ging weer naar de voorman om te vertellen wat Ah-Fat had gezegd. De voorman wierp een zijdelingse blik op Ah-Fat en begon weer aan een lange, onbegrijpelijke uiteenzetting. Maar deze keer vertelde de werkverdeler niet wat hij had gezegd. Hij wist dat hij er goed aan deed om de scherpe kantjes van de boodschap te halen, maar had geen idee hoe hij haar kon afzwakken. Aan beide zijden waren de messen nu geslepen. Hij liep weer naar Ah-Fat. 'Doe wat je wilt. Het zijn mijn zaken niet,' zei hij.

Ah-Fat duwde de werkverdeler aan de kant en liep naar de voorman. Hij hief de bijl op totdat hij bijna tegen de neus van de voorman lag. Het blad rook nog naar de hars van de takken die hij die ochtend had afgehakt. De voorman week achteruit, maar het was al te laat. De andere mannen hadden de twee omsingeld en duwden hen naar het midden van een steeds kleiner wordende cirkel. De voorman haalde zwaar adem. Zijn ogen puilden uit zijn hoofd en zijn slapen begonnen te kloppen.

'Dokter. Nu. Jij.' Ah-Fat sprak de woorden duidelijk articulerend een voor een uit.

Het duurde even voordat de voorman besefte dat Ah-Fat Engels sprak, al was het dan steenkolenengels.

'Het is verspilde moeite, Ah-Fat,' zei een van de omstanders. 'Sla hem neer. Onze levens zijn weinig waard. Tweeënhalf van ons voor één van hen. Eerlijk is eerlijk.'

Plotseling bukte de voorman en trok iets uit zijn laars wat hij tegen Ah-Fats middel duwde. Het was een bot, zwaar voorwerp, in elk geval geen steekwapen. Ah-Fat wist opeens dat het een pistool was. Ze hadden geen idee gehad dat de voorman dat bij zich droeg. Ah-Fats bijl kletterde op de grond. Er hing dreiging in de lucht. Het leek wel alsof ze met zijn allen een glasplaat vasthielden en niemand een verkeerde beweging durfde te maken uit angst dat hij zou breken.

De voorman mompelde iets. Toen duwde hij Ah-Fat voor zich uit en liepen de twee langzaam weg. De mannen weken als water uiteen om hen door te laten en sloten vervolgens weer de gelederen. Er werd zwaar geademd, maar niemand zei een woord.

Pas toen de twee uit de buurt waren zagen de mannen dat de werkverdeler met een grauw gezicht in laag struikgewas stond. Zijn kruis was nat en er druppelde urine uit een broekspijp.

'Hij ... Hij zei dat hij samen met Ah-Fat op zoek gaat naar een dokter,' zei de werkverdeler. Zijn lippen trilden zo dat hij zich amper verstaanbaar kon maken.

Een halfuur later reed de medicijnman van de roodhuiden naar boven met kruiden om het bloeden te stelpen en ontsteking te voorkomen.

Ah-Fat trok de werkverdeler aan zijn mouw. 'Zeg maar dat hij mij het spul moet geven.'

'Welk spul?'

'De fles met Geel Water.'

De werkverdeler keek hem stomverbaasd aan. 'Bedoel je ... Ga jij naar boven?'

'Zeg maar dat ik geen overtocht wil, maar een cheque.'

De werkverdeler liep naar de voorman om de boodschap over te brengen. Deze keer voerde de werkverdeler een hele tijd het woord en was het antwoord van de voorman kort maar krachtig. Het bestond uit slechts één woord dat voor niemand vertaald hoefde te worden.

'Ja.'

Ah-Fat bond de fles met Geel Water aan zijn middel, legde de tinnen koker op zijn schouder en ging op weg. Terwijl hij de mannen passeerde, hoorde hij gezucht, maar niemand probeerde hem tegen te houden.

'Als er dan weer iemand moet sterven, is het maar beter dat hij geen vrouw en kinderen heeft,' zei een van de mannen.

Ah-Fat beklom de helling in de stijl van Roodhaar. Het ene been zette hij stevig op de grond en met de ander tastte hij in het rond. Ah-Fat was echter jonger en bewoog zich makkelijker en sneller voort. De halvemaanvormige rotswand had die dag al heel wat moeten doorstaan en het pas blootgelegde gesteente was angstwekkend bleek, als de naakte borsten van een vrouw. Ah-Fats schaduw fladderde als een mot heen en weer langs de rotsspleten. Toen hij bij de ingang van de grot was, keerde hij om en zwaaide. Misschien was het een groet, misschien een vaarwel.

Even later kwam Ah-Fat weer tevoorschijn. Hoewel hij tijdens zijn klim zijn weg zo zorgvuldig had gekozen, vloog hij nu naar beneden. Deze keer was er geen tijd om naar vaste grond te zoeken. Ah-Fat had zo de vaart erin dat zijn benen los van zijn romp leken te komen. Toch kon hij het kruit in de tinnen koker niet voor blijven. Al na een paar passen stortte de rotswand in.

'Het is gelukt,' zei de voorman ernstig. Hij klonk niet echt tevreden. Drieënhalf mensenleven voor een tunnel. Verliezen waren natuurlijk ingecalculeerd, maar dit was wel een erg hoge prijs. Bovendien had hij deze verlegen maar taaie Chinese jongen wel gemogen.

Midden in de nacht schrok iedereen wakker van uitzinnig geblaf.

De kok stond op om te gaan plassen, schreeuwde naar Ginger dat hij zich koest moest houden en wierp hem een overgebleven plak rijst toe. Maar Ginger wilde er niets van weten, zette zijn tanden in de broek van de kok en liet hem niet meer los. De kok pakte een stok en sloeg hem van zich af, maar de hond bleef maar janken. De kok liep naar hem toe om te zien wat er aan de hand was en zag een paar meter van de tent een zwart hoopje op de grond liggen.

Hij trapte ertegenaan en het begon te kreunen. Het was een mens.

De kok stak een lantaarn aan en zag een homp verkoold vlees. Toen het zich verroerde, werden twee strepen roze tandvlees zichtbaar.

'De cheque,' mompelde Ah-Fat.

De aanleg van het spoor vorderde, maar toen ze bij het stadje Emory kwamen, werd de grootste angst van de kok bewaarheid.

Het kwam zelden voor dat de Fraser dichtvroor, maar die winter was hij bedekt met een dikke laag ijs. Nu de bevoorradingsschepen het kamp niet meer konden bereiken en ze van de buitenwereld afgesneden waren, slonk de rijstvoorraad al snel.

Het bereiden van de rijst kostte elke dag veel tijd. Eerst werden enkele lepels rijst gekookt tot een dunne pap. De wok met de pap werd vervolgens buiten de tent gezet zodat die kon bevriezen. Vervolgens werd er nog drie à vier keer zoveel water aan toegevoegd. De pap werd opnieuw aan de kook gebracht waarna hij weer buiten werd gezet. Dit werd nog drie keer herhaald totdat de paar lepels rijst een wok vol pap hadden opgeleverd en iedereen er een kom van kon nemen. Het probleem was echter dat dit voedsel maar even in hun maag bleef. Aanvankelijk leek het alsof ze helemaal vol zaten, maar zodra ze naar buiten liepen, lieten ze een paar flinke scheten en rammelden ze alweer van de honger.

Er waren allang geen aardappelen meer. De eerste twee dagen nadat ze door hun proviand heen waren, hadden ze nog een paar reepjes gezouten vis aan de pap kunnen toevoegen. Maar het zout ging er ook snel doorheen. Op de vierde dag was het op en restte hun nog slechts één magere maaltijd van waterige rijstgruwel per dag. Uiteindelijk waste de kok de wok af en gaf hij iedereen nog een slokje rijstwater. Vervolgens gooide hij de soeplepel neer en zei: 'Vanaf nu moeten jullie het zelf zien te rooien.'

Ze wisten allemaal dat er niets meer te eten was, maar niemand zei iets. Wie hongerlijdt, vindt een zucht al verspilde moeite. Ze maten hun energie niet meer af in ponden en onzen, maar in tienden van onzen. Ze bewaarden hun laatste restjes energie voor het moment dat de bevoorradingsploeg over land zou arriveren. Over land zouden de lastpaarden er minstens drie dagen over doen om van het dichtstbijzijnde stadje te komen. In de zomer althans. Nu het pad met sneeuw en ijs was bedekt, zou het misschien wel vier of vijf dagen of zelfs een eeuwigheid duren.

Ah-Fat bewaarde de cheque van honderd dollar in de binnenzak van zijn jasje. Hij was nog niet in de gelegenheid geweest om hem naar zijn moeder op te sturen. Toen hij hem kreeg, was hij bang dat hij zo diep zou slapen dat iemand hem misschien zou stelen. Daarom gebruikte hij zijn jasje 's avonds als hoofdkussen, waardoor de cheque nu verkreukeld was en bij de randjes door vocht aangetast. Als Ah-Fat zijn hoofd op de cheque te rusten legde, droomde hij telkens weer dat het stukje papier veranderde in vele mu's land: uitgestrekte lappen zwarte aarde waarop elk gewas het goed deed.

Maar nu droomde Ah-Fat niet meer over land, maar over feestmalen en gedekte tafels die van het ene naar het andere eind van het dorp reikten. Bij het ontwaken bleef hij elk gerecht tot in detail voor zich zien. Dan herinnerde hij zich de kleur, de textuur, de smaak en zelfs het motief op de schaal waarop het werd geserveerd. Vervolgens hielden de dromen op en bekommerde hij zich niet meer om de cheque. Die liet hij gewoon in het jasje zitten als hij even naar buiten ging. Hij wist maar al te goed dat het papiertje waardeloos was als hij de hongerdood stierf. Het was zo klein dat hij zijn kont er niet eens mee kon afvegen.

Nadat hij het laatste restje rijstwater had opgedronken, dutte Ah-Fat even in. Maar al snel werd hij wakker door een stekende honger die als kleine vleesetende diertjes in zijn maag knaagde. Hij was ervan overtuigd dat als hij op dat moment werd opengesneden, zijn maag vol gaatjes zou blijken te zitten. Hij voelde zich zo stram alsof hij in een dwangbuis zat en elke vezel in zijn lijf leek een paar centimeter gekrompen. Hij wist dat dit het effect van de bittere kou was.

Hij kroop tergend langzaam de tent uit. Buiten was het een grauwe dag. Alleen aan de schaduw kon je zien waar de zon aan de hemel stond. Voordat de sneeuw op de bomen zelfs maar tijd had om te smelten, bevroor hij alweer, waardoor er nu ijspegels hingen aan de takken die zwiepten in de wind. Ook de voorraad brandhout was inmiddels uitgeput en het vuur was bijna gedoofd. Niemand had de energie om hout te gaan kappen.

Ah-Fat voelde iets tegen zijn lendenen drukken, draaide zich om en zag Ginger. De hond liep zo geruisloos als een zacht briesje. Ah-Fat stak zijn hand onder de hondenbuik. Ginger tilde vermoeid een achterpoot op en plaste een paar druppels urine uit. Als Ah-Fat in de ijzige kou aan het werk was geweest, had hij zijn handen vaak opgewarmd aan Gingers plas. Toen de hond begreep waarom Ah-Fat dat deed, hield hij zijn plas op totdat Ah-Fat zijn handen onder zijn buik stak. Maar Ginger had nu al vele dagen geen eten meer gehad en had geen urine meer over. Er zaten diepe kloven in Ah-Fats handen en de druppeltjes urine brandden verschrikkelijk. Ah-Fat schudde zijn handen droog en trapte de hond weg. Ginger jankte en schudde de sneeuw van zijn vacht. Vervolgens liep hij terug naar Ah-Fat en duwde zijn kop tegen diens borst.

Inmiddels zat er amper nog vlees op Gingers botten en zijn buik hing als een uitgewrongen kledingzak op de grond. Zijn ribben waren duidelijk te zien. Ah-Fat aaide het dier over zijn kop en streek een paar opstaande haren glad. Opeens maakte zijn hart een sprongetje. Hij had een idee.

Hij stond op en pakte de bijl die hij gebruikte om bomen te kappen. 'Ginger, je zult hoe dan ook sterven,' zei hij zachtjes, 'maar op deze manier kun je ons redden.'

Toen hij de bijl optilde, zag hij even een schittering van angst in Gingers ogen. Maar de hond maakte geen aanstalten om weg te rennen. Hij week iets achteruit en ging toen liggen, alsof hij na een smakelijke maaltijd een dutje wilde gaan doen.

Ah-Fat hield de bijl even stil en liet hem toen op de nek van de hond neerkomen. Het bloed spoot eruit en liet een spoor van druppels achter in de sneeuw. De hond sperde zijn ogen wijd open. Ah-Fat zag de bergen, de bomen en de hemel erin weerspiegeld. Hij knielde neer en duwde de oogleden dicht. Gingers tong trilde en hij likte Ah-Fats hand voor de laatste keer. Hij had zijn ogen opnieuw geopend, maar de weerspiegeling van de bergen, de bomen en de hemel vervloog geleidelijk. Ah-Fat voelde iets prikken op zijn wangen. Toen hij er met de rug van zijn hand over streek, merkte hij tot zijn verbazing dat het tranen waren.

Een paar uur later verspreidde de geur van gebakken vlees zich door het bos. Ah-Fat schepte een kom soep vol waarin twee repen mals vlees dreven en bracht het naar Roodhaar. Zijn wonden genazen maar niet en er kwamen nog steeds bloed en etter uit. Het omringende vlees stonk nu ook. Ah-Fat hielp Roodhaar overeind en voerde hem de soep. Zonder zout en olie smaakte het ranzig. Roodhaar dwong zichzelf om het door te slikken, maar als een veelkoppige slang baande het zich een weg terug en kwam het door zijn neusgaten en mond weer naar buiten. Hij kreeg een hoestbui waardoor er druk kwam te staan op de wond aan zijn slaap. Hij kreunde van ellende en pijn. 'Ah-Fat,' schreeuwde hij opeens. 'Waarom wordt het zo snel donker? Ontsteek de lantaarn!'

'Maar het is klaarlichte dag. Dan heb je toch geen licht nodig?'

Roodhaar liet de eetstokjes vallen. 'Het is donker. Ik zie niks ...' zei Roodhaar met een glazige blik.

Ah-Fat besefte dat hij zojuist blind was geworden. Snel zorgde Ah-Fat ervoor dat Roodhaar weer kon liggen. Roodhaar probeerde te hoesten, maar was zo zwak dat zijn adem in zijn keel bleef steken en hij leek te stikken. Ah-Fat sloeg hem een paar keer hard op zijn borst, waarna Roodhaars ademhaling weer makkelijker leek te gaan.

Plotseling greep Roodhaar Ah-Fats hand. 'Als mijn zoon Loon gaat trouwen, wil jij als zijn oom dat dan regelen?'

'Je bent niet meer helemaal helder, oom Roodhaar,' zei Ah-Fat glimlachend. 'Loon is als een broertje voor me. We zijn van dezelfde generatie. Hij heeft een echte oom nodig die zijn huwelijk kan regelen. Bovendien is hij nog maar een peuter die net uit de luiers is. Waarom maak je je nu al zorgen over zijn huwelijk?'

Roodhaar slaakte een zucht en zei niets meer. Ah-Fat maakte zich los uit Roodhaars greep en zag dat diens vingers zo waren opgezwollen dat het wel kleine knuppeltjes leken. Hij wist dat dit kwam door het gebrek aan verse groente. Hij wist echter niet of Roodhaar de winter zou overleven.

Die nacht schrok Ah-Fat wakker. Roodhaar zat met een stralende blik in zijn ogen rechtovereind, zich vasthoudend aan een van de tentpalen. 'Wat is er?' vroeg Ah-Fat verbaasd. 'Moet je plassen? Moet ik je helpen om naar buiten te gaan?'

Roodhaar schudde zijn hoofd. Hij draaide zich naar Ah-Fat toe en fluisterde iets in zijn oor. Hij sprak zo zacht dat Ah-Fat hem eerst niet kon verstaan. 'Viool,' zei Roodhaar nogmaals.

'Wat moet je dan met die viool? Het is midden in de nacht.'

'Jij mag de viool hebben ...' Roodhaar begon weer te hoesten en zei verder niets meer.

Die nacht overleed Roodhaar. Toen ze hem de volgende ochtend probeerden wakker te maken, ontdekten ze dat zijn lichaam al stijf was geworden.

Ze wikkelden Roodhaar in een van de slaapmatjes en droegen hem naar buiten. Het sneeuwde zo hevig dat de hemel op hen leek neer te dalen. Grote, dikke vlokken sloegen in een doodse stilte in hun gelaat. Het zicht was zo slecht dat ze elkaar amper konden zien. Omdat het niet mogelijk was om een graf voor Roodhaar te graven, bonden ze het matje dicht met twijgen, legden het onder een boom en verzwaarden het met stenen.

Ze strompelden terug naar de tent. 'Het is vandaag zo koud dat zelfs je pis meteen zal bevriezen,' zei een van hen. 'In dit weer duurt het nog wel een paar weken voordat Roodhaars lijk gaat rotten.'

Ah-Lam verzamelde Roodhaars smerige kledingstukken. 'Wie weet hoeveel van ons nog het loodje zullen leggen,' verzuchtte hij. 'We kunnen beter een paar dagen wachten en dan alle lichamen tegelijk begraven. Dan hoeven we niet telkens een nieuw graf te graven.' Dit was iedereen weliswaar door het hoofd geschoten, maar nu Ah-Lam het hardop uitsprak, werd het opeens concreet en konden ze er niet meer omheen. Toen ze weer gingen liggen, leek de tent opeens eigenaardig groot. Roodhaar had maar weinig ruimte ingenomen, maar nu hij er niet meer was, leek hij een gapend gat te hebben geslagen. Ze luisterden naar het oorverdovende, ritmische zwiepen van de takken boven de tent en beefden van angst.

Ondanks hun verdoofde toestand had de soep van hondenvlees die ze gisteren hadden verorberd, het knagende hongergevoel weer in alle hevigheid aangewakkerd. Als ze probeerden te slapen, voelden ze een vreselijke, knagende pijn. Ze durfden hun ogen niet te sluiten, uit angst om net als Roodhaar nooit meer wakker te worden. De kok, die ook was gaan liggen, schoot plotseling overeind. 'Ik ga sneeuw eten!' zei hij. 'Ik heb weleens gehoord dat je door water te drinken nog twee weken in leven kunt blijven.'

Er klonken wanhopige kreten en allemaal kwamen ze overeind en kropen ze naar buiten. Ze schepten de sneeuw met hun blote handen op en aten het. Ze vraten zich helemaal vol, stonden op om te plassen en aten er vervolgens nog meer van. Nadat ze dit drie keer hadden gedaan, wankelden ze terug naar de tent. Ze leden nog steeds honger, maar nu was hun maag tenminste gevuld.

Uiteindelijk konden ze hun ogen niet langer openhouden en vielen ze in slaap.

Ah-Fat hoorde het als eerste. Hij werd wakker door een vreemd geluid dat uit naburige tenten kwam. Het leek wel een beetje op de wind die door bamboe ruiste of een touw dat wapperde in de lucht. Hij besefte dat iemand naar hen floot.

'De pakpaarden! De pakpaarden!' riep iemand.

Toen het stopte met sneeuwen, werd Roodhaar onder leiding van Ah-Fat begraven.

Nadat ze de sneeuw van de bundel hadden geveegd, zagen ze dat de twijgen waren doorgebeten. De mat was losgeraakt en Roodhaar miste twee vingers. Een andere vinger was weliswaar gebroken, maar zat er nog aan.

Ah-Fat wikkelde het lichaam weer in de mat, bond hem stevig dicht en zei tegen de anderen dat ze een graf moesten graven. De grond was bevroren en zo hard als ijzer, maar ze hakten erop los met hun pikhouwelen. De mannen gingen door totdat ze kletsnat waren van het zweet, maar wisten slechts een ondiepe kuil te graven. Ze duwden de bundel erin en legden er wat kluiten aarde op. Opeens haalde Ah-Fat het lichaam er weer uit, legde het anders neer, en begroef het opnieuw. De mannen snapten er niets van. Alleen Ah-Lam begreep zijn bedoeling. 'Nu wijst hij naar het oosten, naar de berg Tang.'

Om te voorkomen dat wilde dieren het lichaam zouden opgraven, legden ze stenen op de hoop aarde. Ze staken een grote tak in de aarde om het graf te markeren.

Ah-Fat vreesde dat de tak bij de eerste de beste windvlaag zou afbreken en wilde Roodhaars naam daarom in de stam van een nabijgelegen spar kerven.

Hij pakte de bijl, liep naar de boom, maar besefte toen dat hij alleen wist dat Roodhaars achternaam Fong luidde. Hij had geen idee wat zijn voornamen waren. Geen van de anderen kon het hem vertellen. 'Roodhaar Fong' kerfde hij ten slotte met schots en scheve karakters in de boom.

Ah-Fat keek als verdwaasd naar het werk van zijn handen. Na een tijdje zei hij: 'Oom Roodhaar, over zeven jaar kom ik terug om je botten te verzamelen.' Plotseling schoot hem weer te binnen wat Roodhaar met een vooruitziende blik tegen hem had gezegd toen ze Ah-Sing in Victoria hadden geholpen met het verzamelen van de botten van zijn neef: 'Ik heb jou hiernaartoe meegenomen, dus als jij me weer thuisbrengt, staan we quitte.'

'Het spijt me, maar er ontbreken wel een paar botjes, oom Roodhaar,' zei Ah-Fat, terwijl hij zo plechtig mogelijk neerknielde bij het geïmproviseerde graf.

De Pacific Railroad liep eerst noordwaarts en vervolgens oostwaarts. Hij kronkelde door de Fraser Valley en beet een gapend gat in de buik van de Rocky Mountains. Centimeter voor centimeter gleed de reusachtige slang verder en de kampen hielden zijn tempo bij. Ze volgden het spoor en voordat Ah-Fat het wist, had hij al meer dan zestig kruisen in de hoek van het tentdoek genaaid.

Op een dag, net toen Ah-Fat het achtenzestigste kruisje in het doek had gezet, rende de werkverdeler op hen af. 'De voorman heeft een vergadering belegd,' zei hij. De mannen zaten op hun hurken van een kom pap te slurpen en kwamen niet in beweging. 'Al was het Onze-Lieve-Heer daarboven, eerst moet mijn maagje gevuld zijn,' zei een van hen. De werkverdeler schonk hem een zijdelingse blik. 'Hij wil niet jullie spreken, maar hem,' zei hij, wijzend naar Ah-Fat.

'Moet je weer een tochtje met een fles Geel Water maken?' zei iemand. 'Deze keer volstaat een biljet van honderd dollar niet. Die tijd is voorbij ...'

'Sukkel,' riep Ah-Lam, 'de tunnels zijn af en nu is het wachten tot de sporen samenkomen. We hebben geen springstof meer nodig.'

'Misschien vindt de baas wel dat Ah-Fat die fles zo goed heeft vervoerd dat hij het als beloning met zijn vrouw mag doen,' zei een andere man. 'Je bent toch nog maagd, Ah-Fat? Dan bof je maar dat je het de eerste keer met een lekker ding mag doen!'

Toen Ah-Fat wegliep, klonk het hoongelach nog na in zijn oren. Het prikte als een plakkerige klis aan zijn rug.

De tent van de voorman stond zo'n honderd passen bergopwaarts. Toen Ah-Fat opkeek zag hij dat gezadelde paarden verderop aan de bomen waren vastgebonden en uit emmers stonden te drinken. De werkverdeler ging de tent binnen om Ah-Fats komst te melden. Hij herkende het paard van de voorman: een schichtige, zwarte pony die twee of drie jaar oud was. Het dier trapte, zwiepte met zijn staart en snoof speels tijdens het drinken. Ah-Fat liep naar hem toe en begon vlechten in de manen te maken. De pony keek hem aan. Hij leek te genieten van de aandacht en duwde, zachtjes hinnikend, zijn nek tegen Ah-Fats hand.

De werkverdeler riep naar Ah-Fat dat hij moest binnenkomen.

De tent zag er precies hetzelfde uit als de tent waarin Ah-Fat sliep, alleen moest hij de zijne met negen anderen delen en woonden de voormannen hier met zijn drieën. Ieder beschikte over zijn eigen paard en zijn eigen werklui. De lantaarn brandde op zijn felst en de mannen waren aan het kaarten zonder iets te zeggen. Omdat ze geen tafel hadden, fungeerden twee op elkaar gestapelde rollen beddengoed als zodanig. De vloer lag bezaaid met lege drankflessen. Toen hij nog bij het warenhuis van Ah-Sing woonde, had die hem verteld dat de yeung fan van een drankje hielden dat 'wiskie' heette en een vreemd geurtje had. Ah-Fat rook het nu voor het eerst. De geur deed hem aan beschimmelde overschoenen denken. Het prikkelde zijn neusgaten en hij moest er bijna van niezen. Het was nog vroeg in de ochtend en de zon was nog maar net boven de boomtoppen geklommen. Toch waren de voormannen al zo dronken dat hun neuzen dik en knalrood waren. Omdat de slaapmatten niet waren uitgerold, vermoedde Ah-Fat dat ze de hele nacht hadden zitten drinken. Hij wist dat alcohol officieel niet was toegestaan in het kamp, maar die regel leken ze vandaag aan hun laars te lappen. Zijn voorman sloeg de waaier van kaarten in zijn hand dicht en gebaarde dat de werkverdeler kon vertrekken. Zowel de werkverdeler als Ah-Fat was stomverbaasd. Tot nu toe had de voorman altijd via de werkverdeler gecommuniceerd en zich nog nooit rechtstreeks tot een arbeider gericht.

De werkverdeler boog en liep de tent uit, Ah-Fat alleen achterlatend. De drie voormannen maakten eerst hun spel af. Ah-Fats baas leek te hebben verloren, want hij keek chagrijnig en fronste zijn wenkbrauwen. Toen stond hij op, pakte een zak uit een hoek van de tent en zei iets. Tijdens het praten ontstond een patroon van rimpels op zijn gezicht. Ah-Fat probeerde de gelaatsuitdrukking te lezen. Was hij nu geïrriteerd of bedroefd? Hij werkte al bijna vijf jaar met deze voorman en als hij langzaam sprak, begreep Ah-Fat ongeveer de helft van wat hij zei.

'Dit is voor jou.'

Ah-Fat maakte de twijg los waarmee de zak was dichtgebonden. Er zaten knapperige rijstvellen in. Sinds die keer dat de spoorarbeiders bijna de hongerdood waren gestorven, bestond het voedsel voornamelijk uit vanuit Hongkong geïmporteerde rijstvellen. Om die te maken werd rijst in een droge wok gebakken tot de onderkant krokant was. Dan werd de rijst samengedrukt en werden er vierkante vellen uit gesneden. Eenmaal gedroogd waren ze veel lichter dan rijstkorrels, waardoor de bevoorradingsploegen er meer van konden meenemen. Bovendien waren de rijstvellen al gekookt en konden ze in geval van nood zo worden gegeten. Als de mannen hun kamp hadden opgezet, konden de vellen ook worden geweekt in water en tot rijst of rijstpap worden gekookt.

Ah-Fat schatte dat er zo'n honderd rijstvellen in de zak zaten. Normaal gesproken werden voorraden overgedragen aan de kok van een werkploeg. Ze werden nooit rechtstreeks aan een arbeider gegeven. Ah-Fat dacht dan ook dat hij het verkeerd had verstaan. Hij wees naar de zak en daarna naar zichzelf. 'Geven ... Aan mij?' vroeg hij.

De voorman knikte. 'De spoorweg is bijna klaar. We laten jullie gaan. Begrepen? Laten gaan. Ik bedoel ...' De voorman maakte een wegwuivend gebaar en plotseling begreep Ah-Fat wat hij bedoelde.

'Wanneer?'

'Nu.'

De gezadelde paarden, de kaarttafel, de sterkedrank. Er ging Ah-Fat van alles door het hoofd en geleidelijk vormden deze losse flarden een compleet plaatje. Als een donderslag bij heldere hemel drong het tot hem door dat ze in de wildernis zouden worden achtergelaten.

'Dit ... Voor iedereen?' vroeg hij, wijzend naar de zak.

'Nee. Alleen voor jou.' De voorman wees naar Ah-Fats borst.

'Contract. Contract,' zei Ah-Fat. 'Hoe zit het met de in het contract afgesproken compensatie?' wilde hij eigenlijk vragen, maar daarvoor was zijn Engels te slecht. In plaats daarvan bleef hij het woord 'contract' steeds herhalen.

De voorman begreep wat hij bedoelde. 'Sorry. Sorry,' was alles wat hij wist uit te brengen.

Ah-Fat rende de tent uit en zei tegen de werkverdeler, die nog bij de ingang stond: 'Ga de mannen halen. Allemaal. Nu meteen!'

De werkverdeler keek naar de voorman, die ook naar buiten was gekomen, en verroerde zich niet.

'Ben je bang voor deze klootzak? Ze willen ons hier laten zitten! Als je hen niet gaat halen, zijn we er allemaal geweest. Snel!' Ah-Fat gaf de werkverdeler een harde trap, waarna de man bijna van de berg af struikelde.

De drie voormannen kregen een felle woordenwisseling. Hoewel Ah-Fat er niets van begreep, dacht hij dat de andere twee zijn baas de schuld gaven van de nieuwe problemen. Toen ze waren uitgeschreeuwd, gingen de mannen de tent weer in, pakten de slaapmatjes en legden ze dwars op de rug van de paarden. Ze stonden op het punt om op te stijgen toen Ah-Fat een fles uit zijn jas haalde en hun de doorgang blokkeerde. 'Waag het niet om je te verroeren,' zei hij. 'Dan gooi ik dit stuk en zal ik met mijn eigen leven betalen voor het leven van jullie alle drie. Eerlijk is eerlijk.'

De voormannen begrepen geen woord van wat Ah-Fat zei, maar dat hoefde ook niet. Ze keken als gebiologeerd naar de fles in zijn hand. De gele vloeistof glinsterde in het vroege ochtendlicht. Plotseling zagen ze er asgrauw uit, alsof het vallende tij al het bloed uit hun gezicht had weggetrokken, waardoor een netwerk van lijntjes en rimpels zichtbaar werd.

Een donkere wolk rolde de berghelling op, gevormd door de honderden Chinese arbeiders uit het twaalftal tenten van het kamp. Ze waren gewapend met schoppen, hamers, pikhouwelen, steenboren, bijlen en stokken. Ook hadden ze vleesvorken en soeplepels bij zich. Alles wat ze maar hadden kunnen grijpen. Verscheidene wolkjes hadden zich verenigd tot één grote donkere wolk, die steeds meer vaart kreeg en de helling op schoot totdat hij bij de tent van de voormannen tot stilstand kwam.

Ah-Lam arriveerde als eerste. Hij hield een mes vast dat hij de kok uit handen had gegrist. Het werd gebruikt om aardappelen te schillen en kool te snijden. Onderweg was zijn broek opengescheurd en de flarden wapperden nu als de vleugels van een sperwer in de wind.

'Vuile klootzak,' schreeuwde hij naar de voorman. 'We hebben jaren van ons leven opgeofferd. Denk je nu echt dat je zo makkelijk van ons afkomt?' Ah-Lam greep de voorman bij zijn jekker en viel hem aan met het mes. De voorman dook weg en Ah-Lam raakte uit balans, verloor zijn evenwicht en tuimelde van de helling, waarna hij tegen een boompje tot stilstand kwam. De flarden van zijn broek bleven haken aan de takken en pas na verscheidene pogingen slaagde hij erin om overeind te komen. Eén broekspijp scheurde daarbij helemaal af, waardoor zijn been helemaal werd ontbloot. Zijn haar stond rechtovereind, als de haren van een staalborstel, en zijn ogen schoten vuur toen hij opnieuw de aanval inzette.

Op het moment dat hij met het mes wilde uithalen naar het hoofd van de voorman, zag hij vanuit zijn ooghoek dat iets als een panter uit de menigte sprong en zijn arm greep. Ah-Lam zag dat het Ah-Fat was. Zijn arm minderde vaart maar kon de neerwaartse slag niet meer tegenhouden.

Ah-Fat voelde een klap tegen zijn gezicht en sloot onbewust zijn ogen. Toen hij ze weer opendeed, zag hij dat er een knalrood eendenei boven zijn hoofd hing. Het duurde even voordat hij besefte dat het de zon was. Geleidelijk ging hij weer beter zien. Hij keek naar de bomen en de mannen om hem heen. Ze leken een beetje te draaien. De takken, bladeren en gezichten hadden allemaal dezelfde kleur: het vermiljoenrood dat hij uit zijn schoolboeken kende.

'Ah-Fat!' werd er geschreeuwd. Enkele mannen trokken hem weer overeind, andere grepen de voormannen beet.

'Verroer je niet! Anders blaas ik jullie op!' Ah-Fat leunde tegen een boomstam en hield de fles Geel Water vast. De mannen verstarden en hun kreten verstomden tot een verbijsterd stokken van de adem.

'De spoorwegmaatschappij heeft dit besluit genomen. Waarom

zouden we dit drietal vermoorden? Het zal ons minstens een maand kosten om naar de stad terug te lopen. Zonder bevoorrading zullen we dat niet overleven. We houden er twee hier en laten de derde telegraferen dat we voedsel nodig hebben. Als er geen nieuwe voorraad wordt bezorgd, houden we hen geva...'

Ah-Fat zakte in elkaar voordat hij zijn zin kon afmaken.

Drie dagen later arriveerde een zwaarbeladen bevoorradingsploeg in het kamp. Iedere arbeider kreeg tachtig rijstvellen. Met het voedsel en het gereedschap op hun rug begonnen de mannen als een lint gele mieren aan de lange terugtocht door de herfstbossen van de wildernis naar de stad.

Ah-Fat sliep onrustig op de rug van het paard van de voorman. Hij had een lange, gapende wond die van zijn linkerslaap naar zijn rechtermondhoek liep. Hij kon wel lopen, maar de voorman stond erop dat hij op het zadel van zijn paard zat, in elk geval tot ze de hoofdweg zouden bereiken.

'Je had me bijna gedood, maar vervolgens liet je zelf bijna het leven door het mijne te redden, dus nu staan we quitte,' zei de voorman, en hij vroeg de werkverdeler om het te vertalen.

'Hoe heet hij?' vroeg Ah-Fat aan de werkverdeler. Doordat hij slechts één kant van zijn mond kon gebruiken, sprak hij zacht en onduidelijk.

'Rick Henderson.'

Toen hun wegen zich scheidden, pakte de voorman een wandelstok uit zijn bagage en schonk die aan Ah-Fat. De door de roodhuiden gemaakte wandelstok was van hardhout en had een grijnzende arend als handvat. De voorman gaf Ah-Fat een schouderklopje. 'Wie weet zien we elkaar ooit nog eens, jongen.'

Ah-Fat stapte van het paard, hield de wandelstok goed vast en voelde hoe wankel hij nog op zijn benen stond. Ik hoop dat ik je nooit meer hoef te zien, dacht hij.

'Wie weet, Rick. Wie weet,' zei hij in plaats daarvan.

'Nitroglycerine wordt achter slot en grendel bewaard. Hoe ben je eraan gekomen?' vroeg Rick toen.

Ah-Fat begon te lachen. Door zijn opgezwollen lippen kreeg zijn gezicht er een woeste grimas door.

'Het was paardenpis. Van je eigen paard.'

Terwijl Ah-Fat door de vrijwel onbewoonde wouden richting de stad trok, een grote kledingzak en een kleinere bundel met zich meedragend, had hij geen idee dat bij het plaatsje Craigellachie de laatste spijker in de bielzen was geslagen. Zo werd de Pacific Railroad uiteindelijk verbonden met de Central en Eastern Railroad, waardoor nu een enorme verkeersader dwars door het land kronkelde. De memorabele gebeurtenis werd uitgebreid gevierd met feestbanketten, waarbij champagne werd ontkurkt en mannen in zwarte smokings schreeuwden, lachten en een toost uitbrachten. Kranten en tijdschriften rolden van de drukpers met foto's en berichtgeving van het heuglijke feit op de voorpagina.

Maar nergens verschenen foto's of werd er melding gemaakt van de Chinese arbeiders die het spoor hadden aangelegd.

Dat was ook iets wat Ah-Fat niet wist.

Ah-Sing stond voor dag en dauw op. Voordat hij de winkel opende, schreeuwde hij naar de jongen dat hij de lantaarns moest ophangen. Bij het vorige nieuwjaarsfeest hadden ze er ook gehangen, maar in de tussenliggende maanden hadden ze op zolder liggen verstoffen. De jongen deed zijn schort af om de lantaarns schoon te vegen, waarna goudkleurige karakters zichtbaar werden. Op de ene stond JAREN VAN OVERVLOED en op de andere EEUWIGE VREDE. Zelfs als hij op een krukje ging staan, kon hij niet bij de spijkers waaraan ze moesten komen te hangen, dus gebruikte hij een bamboestok. Het licht van de lantaarns filterde door de ramen en de deuropening, wat vanaf de straat een feestelijke aanblik bood.

De jongen schudde zijn schort uit waardoor grijze stofwolken ontstonden. 'Oom Ah-Sing, moet ik vandaag veel nieuwjaarsspullen halen?' vroeg hij, doelend op de cadeaupakketten van rood geschenkpapier met lekkernijen als pasteitjes met sesamzaad, groene bonen en krokante lotuspasta. Ah-Sing bereidde die etenswaar niet zelf, maar kocht ze in bij een bakkerswinkel.

Ah-Sing telde het op zijn vingers na. 'Vijf pakketten,' zei hij. 'Van elke soort. Dat is alles.'

De jongen keek hem verbaasd aan. 'Vijf?' vroeg hij. 'Is dat echt genoeg voor het nieuwjaarsfeest?'

'Als we ze allemaal verkopen, mag je wierook opsteken bij de foto van je moeder,' zei zijn baas. 'Heb je niet gemerkt dat het op straat wemelt van de spoorwegarbeiders? Ze hebben niet eens geld voor rijst. Hoe zouden ze zich dan pasteitjes kunnen veroorloven?'

Ah-Sing keek toe hoe de jongen op pad ging. Aan zijn schouderjuk hingen aan weerszijden twee grote manden. Hij ging weer naar binnen, opende zijn winkel, en stalde zijn waar uit. Hij keek omhoog en zag dat de wolken zo laag hingen dat ze voor het grijpen leken. Als de hemel zo grijs was, was er sneeuw in aantocht. De dikke vlokken zouden neerdwarrelen zodra de wind een opening in het wolkendek had geblazen. Het kon dan een dag of zelfs maanden blijven sneeuwen. Daar viel geen peil op te trekken.

Op een koude dag als deze stond niemand vroeg op om boodschappen te doen. Hij hoefde zich niet te haasten.

Het was echter al een hele tijd geleden dat hij verse waar had verkocht. Al sinds ruim een maand waren groenten of fruit niet meer verkrijgbaar. Hij had alleen nog een voorraadje appels dat hij al sinds de herfst bewaarde. Inmiddels waren ze kleiner dan mandarijntjes en zo gerimpeld als een oudevrouwengezicht. Verder had hij in de herfst nog enkele Zuid-Chinese delicatessen, zoals gedroogde bamboescheuten, ingekocht, maar daar was ook totaal geen vraag naar. Zelfs tabak en thee, waarvan hij altijd veel had verkocht, vonden nu geen aftrek meer. Gelukkig zaten de theeblaadjes goed verpakt onder papieren vellen in houten kistjes, waardoor ze nog wel een jaar goed zouden blijven. Om te voorkomen dat de tabak ging schimmelen, had Ah-Sing die in katoenen zakken verpakt en in rijstzakken gestopt.

De zaken gingen hoe langer hoe slechter. De aanleg van de Pacific Railroad, steeds verder landinwaarts, had vijf jaar geduurd. Voordat goederen en passagiers over het spoor konden worden aangevoerd, werd de stad al overspoeld door het uitschot ervan: een leger van werkloze spoorwegarbeiders waarop men totaal niet was berekend. Uit het niets verschenen ze in de straten van Victoria's Chinatown. Ze krioelden als ratten op zoek naar voedsel, warmte en een schuilplek in de spleten en kieren tussen de woningen.

Er werden constant dingen gestolen uit Ah-Sings winkel: een ei, een komkommer, een zak rijst, een aardappel en zelfs een naaisetje. Daarom zette Ah-Sing buiten geen spullen meer neer. Hij vergrendelde de zij- en achterdeur en liet slechts één kant van de dubbele voordeur open. Zo kon hij alle klanten in de gaten houden. Toch verdwenen er nog steeds spullen. Hij snapte niet hoe de dieven zo gewiekst konden zijn. Maar hij wist natuurlijk niet dat iemand die hongerleed in één dag meer foefjes kon leren dan iemand met een volle maag in zijn hele leven.

Hoewel er steeds minder te eten was, moesten er de afgelopen jaren in deze stad meer monden worden gevoed. Wie vroeger zijn bordje nog vol kon scheppen, moest nu met de helft genoegen nemen. De inwoners meenden dat het allemaal de schuld was van de Chinezen met hun lange vlechten. Ook in de kranten werd geschreven dat het voedseltekort aan de Chinezen te wijten was. Iedereen werd dan ook aangespoord om geen zaken meer met hen te doen. Enkele fanatieke jongemannen noteerden zelfs de namen van degenen die toch met de Chinezen bleven handelen en kalkten 's nachts een symbool op de muren van hun woning. Wie zo'n behandeling ten deel viel, werd op straat met de nek aangekeken en hoefde er niet op te rekenen dat hij nog zaken met andere blanken kon doen. Geleidelijk verloor Ah-Sing zo zijn klandizie onder de yeung fan.

Ah-Sing had de manden met etenswaar nog maar amper neergezet, toen de eerste klant al binnenkwam. Omdat hij op zijn hurken zat, zag hij aanvankelijk alleen een paar voeten. Hij wist meteen dat het een spoorwegarbeider was. Dat was te zien aan de laarzen die zo versleten waren dat het bovenleer van de zolen was losgeraakt. De neuzen zagen er echter als nieuw uit, omdat ze met metalen stroken waren beslagen. In de broekspijpen zaten talloze brandgaten. Ah-Sing keek langzaam op. De man droeg een jasje met twee rijen knopen dat al talloze keren was versteld. De lapjes waren met zulke slordige steken aangebracht dat het wel krioelende maden leken. Hij had over beide schouders een zak geslagen: een grote en een kleine, ronde, lege knapzak waarin normaal gesproken etenswaar voor lange tochten werd vervoerd. In de grotere zak zat een voorwerp, maar hij kon niet zien wat het was. Uiteindelijk keek hij naar het gezicht van de man. Hij liet de fles rijstwijn uit zijn handen vallen, waarna die op de vloer in scherven viel.

Over het gezicht van de man liep een litteken, van zijn linkerwenkbrauw naar zijn rechtermondhoek. Hoewel er geen etter meer uit het litteken kwam, was het evenmin geheeld. Door de koude wind was de jaap opgedroogd, maar het oogde nog altijd als een voor in een pas geploegd veld.

'Geef me wat pap,' zei de man. 'Ik heb nog niet gegeten vandaag.' Hij sprak vriendelijk en probeerde zelfs te glimlachen. Maar het litteken weigerde mee te werken. De glimlach en het litteken konden het niet eens worden, waardoor er slechts een sombere grimas op zijn gezicht verscheen.

De hand waarmee Ah-Sing de glasscherven opraapte, begon te trillen. 'Wil je pap? Vergeet het maar!' wilde hij eigenlijk zeggen. Hij had al talloze bedelaars gezien in Chinatown, maar deze was anders en hij had het lef niet om hem af te poeieren. In plaats daarvan begon hij te stamelen: 'Fi... Fisgard Street bij de Chi... Chinese Liefdadigheidsorganisatie. Daar kunnen ze je te eten geven. Heb je de contributie betaald?' Ah-Sing wist dat iedere Chinees die in Victoria van boord ging, de organisatie twee dollar moest betalen.

De man begon zo hard te lachen dat het kozijn ervan rammelde.

'Je zou je eigen grootvader nog niet herkennen, Ah-Sing. Wat doe je vreemd.'

Ah-Sing keek verbaasd op. Hij bestudeerde het gezicht van de man. Het kwam hem vaag bekend voor. 'Ben jij die ... Ben jij die ...' zei hij.

De man legde de zakken op de grond en viste met zijn voet een kruk van onder de toonbank alsof hij dat dagelijks deed. Toen hij ging zitten, zei hij: 'Ik ben die ... die Ah-Fat.'

Ah-Sings mond viel open en hij vergat hem weer dicht te doen.

'Je was nog maar een snotjongen, Ah-Fat,' wist hij ten slotte uit te brengen. 'Wat ben je groot geworden. Hoe kom je aan die jaap op je gezicht?'

'Welke jaap? Als een spoorwegarbeider levend terugkeert, is dat al een wonder, niet dan?'

'Roodhaar en Ah-Lam zijn toch ook meegegaan? Wat is er van hen geworden?' vroeg Ah-Sing.

'Roodhaar is er niet meer.'

'Wat bedoel je?'

'Je kon daar op tal van manieren het leven laten. Als je niet te pletter viel of omkwam bij een explosie, werd je wel ziek of stierf je de hongerdood. Roodhaar had pech, want hij kwam door al die dingen aan zijn eind.'

'En Ah-Lam? Is hij er ook niet meer?'

'Ik heb geen idee. We zijn samen van Savona naar Port Moody gelopen, maar daar zijn we elkaar uit het oog verloren. We hadden nog slechts enkele rijstvellen over. Maar we hebben afgesproken dat wat er ook gebeurt, we elkaar bij de winkel van Ah-Sing weer zullen treffen.'

'Ben je helemaal van Savona komen lopen?' zei Ah-Sing verbijsterd. 'Hoe lang heb je daarover gedaan?'

'We zijn afgelopen herfst vertrokken. In totaal waren we met 156 man, maar slechts 90 van ons wisten Port Moody te bereiken. We hebben drie paar schoenen versleten. Verhuur je nog steeds slaapplaatsen?'

'Ja, maar niet tegen het tarief van toen. Kost en inwoning bedragen nu vier dollar per week.'

'Je bent een klootzak, Ah-Sing.'

'De prijzen zijn de afgelopen jaren enorm gestegen. Dat weet je vast wel! We zijn als krabben zonder scharen. We hebben geen ambacht dat we kunnen aanbieden. Met de winkel en het pension moet ik de kost verdienen!'

Ah-Fat pakte de grote zak uit. 'Dit is Roodhaars viool,' zei hij, terwijl hij hem Ah-Sing overhandigde. 'Bewaar hem voor mij, dan kan ik hem ooit naar China terugbrengen. Ik neem hier weer mijn intrek. Geef me een paar dagen om de huur te verdienen. Mag ik wat pap? Dan ga ik vandaag nog op zoek naar werk.'

Ah-Sing schraapte wat rijst van de bodem van de pan en warmde die op in een kom heet water. Hij haalde wat ingemaakte groente uit een pot. Toen hij Ah-Fat de kom overhandigde, verstrakte zijn blik. 'Ah-Fat, het is niet dat ik niet wil zorgen voor mijn landgenoten,' zei hij, 'maar ik word dagelijks door talloze mannen aangesproken. Werk vinden? Welk werk? Kijk eens om je heen hoeveel werklozen er wel niet zijn. Heb je bij de Liefdadigheid de aankondigingen niet gezien waarin mensen uit de Vier Districten wordt aangeraden om niet meer naar de Gouden Bergen te komen? Sinds de voltooiing van de spoorweg is er voor ons spleetogen niets meer te doen. Ik kan je hier niet laten blijven. Dan gaan we samen alleen maar sneller dood van de honger.'

Ah-Fat at verder en zei niets. Hij at langzaam, alsof hij elke rijstkorrel in de kom telde. Hij had nu al maanden op harde rijstvellen geleefd en was vergeten hoe pap smaakte. Hij wilde zo lang moge-lijk genieten van de weldadige warmte van de rijst, maar uiteinde-lijk stopte hij de laatste hap in zijn mond. Hij stopte het laatste stukje van de ingelegde groente onder zijn tong. De scherpe, zoute smaak vermengde zich met zijn speeksel en bedekte zijn tong van begin tot eind. Uiteindelijk ging hij er bijna van kwijlen en moest hij het wel doorslikken.

Hij zette de kom neer, pakte de grote en de kleine zak, maakte een diepe buiging voor Ah-Sing en liep de straat weer op.

Het was harder gaan waaien. De wind sloeg om elke hoek en won midden op straat aan kracht. Hij beroerde elke haar op Ah-Fats hoofd en verkilde elk bot in zijn lichaam. De wolken weken uiteen, maar in plaats van dat de zon doorbrak, begon het te sneeuwen. Dikke, natte sneeuwvlokken veranderden in een grijze brij zodra ze de grond raakten. Ah-Fat keek omhoog. De hemel was al even onbestemd grijs.

Eenmaal buiten hoorde hij het zompige geluid van iemand die achter hem door de derrie liep. Hij keek om en zag dat Ah-Sing hem volgde. Toen hij hem had ingehaald, toverde Ah-Sing uit zijn binnenzak een geel pakket met een rood blad tevoorschijn. 'Doe dit in je knapzak,' zei hij. 'Ik heb de jongen eropuit gestuurd om nieuwe te kopen. Het is tenslotte oudjaar en je moet iets hebben voor het nieuwe jaar. Hier in Chinatown zul je geen werk vinden. Beproef je geluk in de wijken van de yeung fan. Als je werk vindt, dan heb ik een slaapplaats voor je. Voor jou reken ik drie dollar vijftig per week.'

Ah-Fat had nooit verwacht dat hij de stad Victoria op deze manier zou leren kennen.

Eigenlijk had hij zich nooit buiten Chinatown begeven. Zijn hele leven had zich daar afgespeeld. Het was de plek waar hij sliep, at, piste en poepte. In al die tijd in deze stad bij de Gouden Bergen had hij Chinatown nooit verlaten – fysiek noch in zijn verbeelding. Hij had er zelfs geen idee van dat de stad niet ophield bij Chinatown.

Nu kwam hij echter tot de ontdekking dat Chinatown slechts een klein gedeelte van Victoria was. In de jaren dat hij als spoorweg-arbeider had gewerkt was deze stad van een onderdeurtje uitge-groeid tot een uit de kluiten gewassen jongeman. In de straten en stegen die uitwaaierden vanaf de kades waar de stoomschepen aanlegden, waren nieuwe huizen gebouwd, uit de grond opgeschoten als paddenstoelen na een regenbui. De muren bestonden uit keurige rode of donkergrijze bakstenen. De kleur van de dakpannen was uiteenlopender: terracotta, grijs, groengrijs, vaalgeel en zelfs zwart. Een trappetje leidde steevast naar de voordeur, waarvoor een gazon met bloemperken lag. Ah-Fat had de tuinen eens goed bekeken en was tot de conclusie gekomen dat hij nog nooit zoiets had gezien, maar inmiddels wist hij ook dat er op deze aarde een ongelooflijke variatie te vinden was. Boven aan de trap bevonden zich de deur en de ramen. Aan de deur prijkte vaak een bloemenkrans. Voor de ramen hingen meestal gesloten, linnen gordijnen waarachter slechts schimmen zichtbaar waren. Als het 's avonds donker werd en de lampen werden ontstoken, waren hun gezichten beter te zien dan in het volle daglicht. Hoewel Ah-Fat er weinig verstand van had, wist hij dat deze huizen verschilden van die in Chinatown. 'Warmte', 'overvloed' en 'mooie dromen' waren woorden die bij hem bovenkwamen als hij ze moest omschrijven.

Geleidelijk kwam Ah-Fat ook meer te weten over het leven van de mensen die achter de gesloten gordijnen woonden. Als de zon 's ochtends boven de plek kwam waar de boomstammen zich vertakten, kwam de vrouw des huizes naar buiten. Dan nam ze afscheid van haar man die naar zijn werk ging en van haar kinderen die naar school vertrokken. Ah-Fat keek toe hoe ze naar buiten liep en op het tuinpad ging staan. Voordat het voor de wagen gespannen paard in beweging kwam, boog ze naar voren, haar middel zo smal dat het bijna leek te knappen, en pikte ze naar de wangen van haar man en kinderen, zoals kippen dat naar rijstkorrels deden. Hij ontdekte dat dit gebaar 'een kus' heette. Als de zon boven de boomtoppen uitkwam, was het tijd voor het middageten. Dit kostte de vrouw des huizes weinig tijd, aangezien haar man en kinderen nog niet waren teruggekeerd. Meestal bestond de lunch uit een sneetje brood, een donut en een kop thee. Achter de gordijnen werd het eigenlijk pas druk als de zon onderging. Dan bereidde de kok het avondeten. Ah-Fat kon inmiddels een goede inschatting maken van wat ze aten en hoeveel gasten er aan tafel zaten.

Dat leidde hij af uit het afval.

Als de bedienden na het eten het afval buitenzetten, viel daar nog meer dan genoeg uit te snaaien: uitgelopen aardappelen, rottende tomaten, de met aarde besmeurde buitenste bladeren van een kool, vissenkoppen, -staarten en -kieuwen, botten waaraan nog vlees zat of een blikje kaviaar waarin nog een restje zat. Af en toe vond hij beschimmeld brood. Als er gasten waren, vond Ah-Fat soms zelfs een halfvolle fles wijn.

Ah-Fat propte alles in zijn kleine knapzak. Tegen de tijd dat hij naar Chinatown terugkeerde, waren de winkels al gesloten. Hij haastte zich door de vertrouwde, donkere straatjes, totdat hij bij de achterdeur van de winkel van Ah-Sing was. Dankzij het overhangende dak was hij er beschermd tegen de regen. Daar pakte hij zijn zak weer uit en warmde hij het eten op op het fornuis. Ah-Sing was de enige in heel Chinatown die zijn fornuis na het koken buiten liet staan. Het was niet meer warm genoeg om er echt eten op te bereiden, maar Ah-Fat kon het nog wel opwarmen. Inmiddels beschikte hij echter over een ijzersterke maag die alles verdroeg, of het nu warm, koud, gekookt of rauw was.

Nadat hij had gegeten, trok hij zijn katoenen jekker uit en bedekte zich ermee. Dan leunde hij tegen de muur en viel in slaap, hoe hard het ook waaide of regende. Zodra de eerste haan kraaide, werd hij wakker en voordat iemand in Chinatown op was, was hij alweer vertrokken, zonder maar een spoor van zijn aanwezigheid achter te laten.

Op een avond keerde Ah-Fat echter niet naar Chinatown terug.

Hij had tijdens zijn zwerftochten door de stad een nieuwe ontdekking gedaan die zo nauw met zijn hongerige maag was verbonden dat oorzaak en gevolg niet goed meer te onderscheiden waren. Hij had op een dag doelloos door een straatje aan de westzijde van de haven gezworven toen hij een zacht geluid had gehoord. Het was net lunchtijd geweest en het was druk op straat, maar toch viel het hem op. Het was een geluid dat Ah-Fat als kind ook had gehoord en het voerde hem rechtstreeks terug naar zijn jeugd alsof de tijd al die jaren had stilgestaan.

Het was het geluid van een hen die rondscharrelt, op zoek naar eten. Hoewel Ah-Fats maag gevoelloos was geworden van alle bedorven groentes, maakte het geluid een diepgeworteld verlangen naar vlees in hem wakker. Deze hunkering wurmde zich als een horde wormen door zijn zwaar toegetakelde ingewanden heen, totdat hij van top tot teen beefde van verlangen. Tot nu toe wist hij zich op dergelijke momenten altijd in te houden. Op elke andere dag had hij zijn knapzak met bedorven groente over zijn schouder geslagen en was hij teruggekeerd naar de stinkende afvalhopen bij Ah-Sings onverlichte achterdeur. Daar was hij dan in slaap gevallen en had hij misschien wel gedroomd van kippenvlees. Maar vandaag werd zijn routine volkomen onverwachts verstoord.

Hij zag hoe een mooie, dikke, geelbruine kip uit haar hok ontsnapte en in de richting van de straat rende.

Ah-Fats hand leek opeens een eigen leven te leiden. Hij greep de kip in een oogwenk en streek haar vleugels naar achteren. De kip staakte haar verzet en hij stopte haar in zijn zak. Als kind had hij dit trucje ook uitgehaald als de kippen van zijn moeder weer in hun hok moesten. Het verbaasde hem dat hij nog precies wist hoe het moest.

Toen hij de zak over zijn schouder sloeg, zag hij opeens dat vanuit het hok twee ogen hem aanstaarden. De ogen werden omkranst door lange wimpers en waren even blauw als het water in een meer. De ogen bekeken hem even, waarna ze knipperden en het blauw troebeler werd.

'Moeder! Een dief!'

Ah-Fat hoorde de schrille kreet van het kind. De deur schoot open en een man en een vrouw renden naar buiten.

Hij had op de vlucht kunnen slaan. Omdat hij vele jaren over smalle paadjes door de wildernis was getrokken, was hij zo vlug als een hert. Maar hij stond als aan de grond genageld, even hulpeloos als de gevangen kip die zich uit zijn knapzak probeerde te bevrijden. Hij zag namelijk dat de man een lang, metalen voorwerp vasthield dat vervaarlijk glinsterde in het zonlicht.

Een jachtgeweer zoals de pelsjagers ook bezaten.

Het stel kwam naderbij en hij hoorde hen praten. Hoewel hij niet alles begreep, snapte hij de strekking van het gesprek. De vrouw had het over de politie. De man antwoordde: 'Nee. Niet nodig ... Lesje leren ...' De man gebaarde dat de vrouw weer naar binnen moest gaan. Ze kwam even later weer naar buiten met een waterkan in haar ene en een mand in haar andere hand.

Het stel voerde hem mee over de winkelstraat waar het inmiddels druk was. Hij hoefde niet om te kijken om te weten dat een steeds groter wordende menigte hen volgde. 'Gele aap! Gele aap!' schreeuwden de kinderen. De ouders vielen hen niet bij, maar zeiden er ook niets van. De volwassenen zwegen, maar het was een zware stilte, die een smeltkroes van emoties leek te herbergen.

Bij een houten paal bleven ze staan. Bovenin hing een gaslamp. De man legde zijn geweer weg en pakte het touw dat in de mand van de vrouw zat. Hij duwde Ah-Fat omlaag en bond hem, of beter gezegd, zijn vlecht, aan de paal. Hij maakte het touw stevig vast met een paalsteek. Vervolgens tastte hij rond in de mand, die met van alles en nog wat was gevuld. Het duurde even voordat hij vond wat hij zocht: een blikje spijkers. Hij spuugde in zijn handpalm en sloeg een spijker door het touw in de paal. Dat deed hij met zoveel kracht dat het touw en de paal bijna bezweken onder de hamerslagen. Vervolgens trok hij aan Ah-Fats vlecht om te controleren of die stevig vastzat. Daarna raapte hij zijn geweer op en knikte naar zijn vrouw.

De vrouw liep naar de paal en haalde een oude, houten kom uit de mand. Ze zette hem voor Ah-Fat neer en vulde hem tot de rand met water. Zonder op de toegestroomde menigte te letten, liep het stel vervolgens weg. Al na een paar passen rende de vrouw terug en gooide een schaar neer.

Het duurde even voordat Ah-Fat en de toeschouwers begrepen hoe de vork in de steel zat.

Niets meer en niets minder dan zijn vlecht scheidde Ah-Fat van de vrijheid. Hij kon zich alleen bevrijden door de schaar te pakken en zijn vlecht af te knippen.

Het water in de kom bood slechts even respijt.

De omstanders slaakten een zucht om uiting te geven aan tal van emoties waarvan verbazing er slechts één was.

Als een in inkt gedompelde penseel van wolvenharen besmeurde de nacht langzaam maar zeker de bomen, de straten en de huizen, totdat ze uiteindelijk aan het zicht werden onttrokken. De lucht was zo vochtig dat je het water er bijna uit kon wringen. Aanvankelijk begon het te motregenen, maar al snel spatten dikke druppels neer. Op den duur barstte een plensbui los. De regen sloeg in vlagen tegen de grond en reet als een mes alles open.

Aanvankelijk had Ah-Fat er geen last van. Dat kwam pas later.

Hij verwelkomde de regen zelfs, omdat die de omstanders als opgeschrikte vogels zou verjagen. De straat was gevuld met het geluid van wegstervende voetstappen. Ah-Fat ging op de grond zitten. Met de regen als dekmantel kon hij eindelijk plassen. Dat had hij eigenlijk pas in Chinatown weer willen doen, dus toen hij werd vastgebonden, had hij zich meteen afgevraagd hoe hij zijn behoefte nu moest doen.

De warme urine droop uit zijn broek en vormde een stinkende plas. Eindelijk ontspande hij zich en hij merkte dat hij honger had. Hij was dan ook al een hele tijd vastgebonden. De voorgaande dag had hij slechts een paar rotte aardappelen, zo groot als kippeneieren, gegeten. Hij werd geplaagd door overweldigende steken van honger. Zelfs als hij die mooie, vette kip had opgegeten, had dat slechts een klein stukje van zijn lege maag kunnen vullen. Hij kon zich niet voorstellen dat die gapende holte door wat dan ook gevuld kon worden.

Het plensde inmiddels. Het voelde alsof zijn lichaam slechts was bedekt met een dun vlies waarin de regen gaatjes boorde. Bij elke ademhaling sisten de gaatjes van de pijn.

Toen hij de pijn niet meer kon verdragen, knielde hij neer, zijn gezicht naar het oosten gewend. Hij wilde een voetval maken, maar zijn vlecht zat strak vastgebonden en zou zijn hoofdhuid lostrekken. In plaats daarvan legde hij zijn handpalmen tegen elkaar en keek omhoog.

'O, mijn keizer, mijn voorouders,' fluisterde hij. 'Ik, Fong Tak Fat, ben gedwongen om eerloos verder te leven ...'

Toen pakte hij de schaar.

Gejank echode door de straat.

Zelfs doorgewinterde jagers die in deze buurt woonden, schrokken ervan. Dit geluid kenden ze alleen van uitgehongerde wolven. Het was zo oorverdovend dat het door de straten galmde. Plotseling werd het droog en brak het wolkendek open waardoor een sterrenhemel zichtbaar werd.

Ah-Fat smeet de schaar op de grond en kwam overeind. In de verte hoorde hij een klapperend geluid dat door de wind werd meegevoerd. Bij een sterke windvlaag hoorde hij het luid en duidelijk. Het klonk als maïskorrels die ploften bij het poffen. Als de wind ging liggen, klonk het gedempter, als kikkers die onder water bubbeltjes maakten.

Het was het geluid van de voetzoekers die het Chinese Nieuwjaar inluidden.

Ah-Fat sloop terug naar de achterdeur van het Tsun Sing-warenhuis en ging onder de overhangende dakrand zitten. Zijn jekker was zo doorweekt dat hij helemaal stram aanvoelde. Hij trok hem uit, wrong het water eruit en deed hem weer aan. Hij trilde als een espenblad. Gelukkig was Ah-Sings fornuis nog niet helemaal afgekoeld, dus hij kroop er dicht tegenaan. Op dat moment ontdekte hij dat hij de kleine knapzak had laten vallen. Hij had de grote plunjezak met de viool nog, maar ook die was kletsnat geworden. De van het vocht opgezwollen slangenhuid was geknapt en de klankkast zat vol water.

Ah-Fat hield de viool op zijn kop om het water eruit te laten lopen en hoorde een bons, alsof er iets uit viel. Op de tast zocht hij om zich heen en raapte toen een steen op.

Ah-Fats hart begon zo luid te bonzen dat de hele straat het had kunnen horen.

Zodra hij de aders die eroverheen liepen had aangeraakt, wist hij wat het was.

Een goudklomp.

Het was de goudklomp die Roodhaar had verstopt toen hij was teruggekeerd van het goud zoeken.

Geen wonder dat Roodhaar de viool nooit uit het oog was verloren. Zo had hij het al die jaren verborgen weten te houden. Hij had het die bewuste avond in het kamp proberen te vertellen, maar Ah-Fat had niet geluisterd.

Die ochtend werden de kostgangers bij het Tsun Sing-warenhuis wakker van een vreemd geluid. Ah-Sing schoot wat kleren aan, stond op, ontstak de lamp en ging naar de achterdeur. Daar trof hij een man aan. Zijn kleding was doorweekt en hij had zijn hoofd met een stoffen zak bedekt. De man zat op zijn houtstapel en speelde op een kapotte viool die een afgrijselijk geluid voortbracht.

'Het is nieuwjaarsdag, dus je geeft me toch wel een kom rijstpap? Lekker warm graag,' zei Ah-Fat grijnzend en klappertandend van de kou tegen Ah-Sing.

In het dertiende jaar van de heerschappij van Guangxu (1887) werd op de dag van het Drakenbootfestival in Victoria een nieuwe wasserette geopend. Ze lag op de grens van Chinatown en het gebied waar de yeung fan woonden.

Deze wasserette was totaal anders dan de andere wasserettes in de stad.

Om te beginnen had hij een andere naam. Meestal werden de wasserettes vernoemd naar de eigenaar. Zo had je Ah-Hungs Washuis, Wong Ah-Yuens Wasserette en Loon Yee's Was- en Strijksalon. Maar deze wasserette had een vreemde naam: de Fluisterende Bamboe-wasserette.

Hij had ook een heel andere inrichting. Buiten hingen twee zeshoekige lantaarns die met een ingewikkeld patroon van bloemen en vogels waren versierd. Onverlicht hadden de lantaarns een weinig opvallende, matrode kleur. Maar eenmaal ontstoken werd de hele straat door een intens rode gloed verlicht. Als je naar binnen ging, hingen aan weerszijden versierselen aan de muur. Aan de westzijde hing een aquarel van de mooie Xi Shi die aan de waterkant de was deed. Aan de oostelijke muur hing een prachtig gekalligrafeerd gedicht:

Het bamboe fluistert van wasmeisjes die naar huis terugkeren,
Lotusbladeren wijken uiteen voor de vissersboot

Als er geen enorme stapel kleding op de toonbank had gelegen en het kolenstrijkijzer en de houten strijkplank er niet hadden gestaan, hadden klanten zich misschien op een privéschool of in een kunstgalerie gewaand.

De wasserette stond op naam van Frank Fong.

Een maand na opening ontving mevrouw Mak in het dorp Aansporing in de gemeente Hoi Ping in de Chinese provincie Guangdong een langverwachte dollarbrief van een koerier. In de envelop zat een cheque voor driehonderd dollar. De brief was kort en zat onder de vlekken. Mevrouw Mak kon niet lezen, dus ging ze naar meneer Ding, de dorpsonderwijzer, die de brief hardop voorlas:

Aan mijn eerbiedwaardige moeder,

*Je zoon heeft een zwaar jaar in de Gouden Bergen gehad
en kon geen geld naar huis sturen. Mijn hardwerkende
moeder heeft vast in spanning gezeten. Maar dit jaar heb
ik meer geld verdiend en kan ik je driehonderd Amerikaanse dollars sturen. Schrijf me alsjeblieft zodra je dit
hebt ontvangen, zodat ik me geen zorgen hoef te maken.
Honderdvijftig dollar komt de vrouw van Roodhaar toe.
Wil je haar die meteen geven, zodat ze haar zoon Loon
naar school kan sturen. De rest is voor jou. Je zoon maakt
het goed in de Gouden Bergen, dus je hoeft je geen zorgen
te maken.*

Ah-Fat had mevrouw Mak nog nooit zoveel geld gestuurd. Ze gebruikte het om het verpande deel van hun residentie terug te kopen. Toen vroeg ze Ah-Fats oom om een paar mu land te kopen en
knechten in te huren die de grond konden bewerken.

De belofte van de Gouden Bergen

2004, Hoi Ping, provincie Guangdong, China

'De Tak Yin-diaolou is in 1913 gebouwd. Het is een van de eerste versterkte woningen in het gebied,' zei Auyung tegen Amy. 'Al het bouwmateriaal werd helemaal vanuit Vancouver via Hongkong aangevoerd door je overgrootvader van moederskant, Fong Tak Fat: het cement, het marmer, het glas en de keuken- en badkamerinrichting.

Hij stuurde zeer gedetailleerde bouwtekeningen mee,' vervolgde Auyung. 'De bouw nam bijna twee jaar in beslag en kostte vijftienduizend Hongkongse dollars, wat in die tijd echt een fortuin was. Omdat hij zich er zo voor in de schulden moest steken, kon hij zich geen bootticket meer veroorloven om op de bouw toe te zien. Hij kon pas overkomen toen het al klaar was.'

'Wat zonde,' zei Amy hoofdschuddend. 'Dit is toch een vreselijk allegaartje. Dat het zo hoog is, is een van de weinige pluspunten.'

'Dit gebouw moest de bewoners dan ook beschermen tegen bandieten en overstromingen. Het dorp ligt erg laag. Na fikse regenval werden de kippen en honden gewoon weggespoeld. Je overgrootvader werd eigenlijk gedwongen om het te bouwen vanwege het ernstige voorval dat jouw familie is overkomen. En wat betreft de bouwstijl mag je ook niet al te veel verwachten van een boer die nooit een opleiding heeft genoten.'

'Welk ernstig voorval?'

'Heeft je grootvader er nooit over verteld?'

'Ik zag hem bijna nooit. Mijn moeder is al heel jong uit huis gegaan. Ze hadden meestal binnen de kortste keren ruzie met elkaar en maakten elkaar dan uit voor alles wat mooi en lelijk is.'

'En hoe zit het met jou? Geldt dat ook voor jou en je moeder?'

Amy keek verbaasd. 'Hoe weet jij dat?' Auyung schonk haar een brede lach die zijn tanden ontblootte. 'Het zou verklaren waarom je zo weinig van je familiegeschiedenis weet.'

Amy begon ook te lachen. 'Auyung,' zei ze, 'dankzij jouw uitstekende begeleiding is mijn interesse in mijn familiegeschiedenis nu gewekt.'

Auyung liet Amy de slaapkamer op de eerste etage zien.

'Dit gebouw telt vijf verdiepingen. De plaatselijke bewoners hadden nog nooit een gebouw gezien dat meerdere etages telde en een van de bouwvakkers weigerde nog verder te bouwen toen er eenmaal vier verdiepingen stonden. Hij beweerde dat hij de kroonjuwelen van de dondergod zou kunnen aanraken als hij nog hoger bouwde!'

Amy keek hem onzeker aan. 'Welke kroonjuwelen?' vroeg ze.

'Neem me niet kwalijk,' zei Auyung, 'ik moet op mijn woorden letten als ik in het gezelschap van een dame ben.' Toen Amy het eindelijk begreep, begon ze opnieuw te lachen.

'Afgezien van het balkon onder de dakrand, waar de wapens werden bewaard, waren alle etages bewoond. In het midden ligt een binnenplaats waarop aan alle vier zijdes vertrekken uitkwamen. Elke etage was op dezelfde wijze ingedeeld: twee gangen, een zitkamer, twee slaapkamers en een voorraadkamer.

Op de begane grond bevonden zich de keuken en de kamers van bedienden. De moeder van je overgrootvader en je oudtante leefden op deze verdieping. Het altaar voor Guanyin, de boeddhistische godin van barmhartigheid, en de vooroudertabletten stonden hier ook. Dan hoefden de oude dametjes geen trappen te lopen. Als je overgrootvader uit Canada over was, logeerde hij hier ook.

De oom van je overgrootvader leefde met zijn gezin op de derde etage. De dochter van je overgrootvader bewoonde de vierde etage. Zij was de jongere zus van je grootvader. Ze was bijna twintig jaar jonger dan hij en de enige van Fong Tak Fats kinderen die in dit huis is geboren. De vijfde etage stond aanvankelijk leeg, maar toen de jongere broer van je grootvader terugkeerde en trouwde, namen zijn vrouw en zoon er hun intrek.'

Amy sloeg een hand voor haar mond en gaapte.

'Het spijt me, ik praat veel te veel,' zei Auyung. 'Kom, we gaan naar het hotel. Morgen zien we wel verder.'

'Nee, ik wil het zo snel mogelijk achter de rug hebben. Thuis ligt een berg werk op me te wachten.'

Amy liep de slaapkamer in. Er stonden een bed en een klerenkast. Het bed was gemaakt van oud, rood rozenhout. De vier bedstijlen waren met houtsnijwerk versierd. De oorspronkelijke kleur was allang vervaagd. Alleen in de diepste gleuven van het houtsnijwerk was het geelbruin nog zichtbaar. Amy ging op de rand van het bed zitten en streek over een bedstijl met draken en feniksen totdat ze bij de houten parel in de mond van de draak kwam.

Hoewel ze het hout amper had aangeraakt, zaten haar vingertoppen onder een dikke laag stof. Ze bestudeerde het zorgvuldig. Zou stof ook oud kunnen zijn?

'Is mijn overgrootvader hier getrouwd?' vroeg Amy.

'Natuurlijk niet. Tegen de tijd dat dit huis was gebouwd, was de oudste zoon van je overgrootvader – jouw grootvader dus – al naar de Gouden Bergen vertrokken. Je oudoom was toen al dertien jaar.'

Op het bed lag een fijn geweven matje vol mottengaten. De draad die alles bij elkaar hield was losgeraakt, waardoor het geheel als de graten van een vis aan elkaar hing. Amy tilde voorzichtig een hoekje op en zag dat er een rank stuk bamboe onder lag. Toen ze het oppakte, bleek het een zijden waaier te zijn. De zijde was vergeeld van ouderdom. Op sommige plekken waren de gele vlekken donkerder langs de randen, alsof er water op was gevallen. De waaier was beschilderd met een paviljoen in een mooi landschap, maar de details waren nog maar moeilijk te onderscheiden. Amy kon de weinige karakters die nog zichtbaar waren, amper lezen. Auyung zette zijn leesbril af en hield hem voor de waaier, waardoor de karakters groter leken. Twee regels waren nog te ontcijferen:

dit penseel om te schrijven ... liefdevolle woorden
en te sturen naar ... in de Gouden Bergen

'Het handschrift van je overgrootmoeder!' riep Auyung verheugd uit.

'Was ze schilderes?' vroeg Amy.

'En wat voor een. Ze was de beste van allemaal. Tegenwoordig zou je haar een "geëmancipeerde vrouw" noemen. Die waren er honderd jaar geleden natuurlijk nog niet, maar toch.'

'Hm,' zei Amy. Na een korte stilte vervolgde ze: 'Eindelijk heb je mijn interesse weten te wekken, Auyung.'

Ze stond op om de kledingkast open te doen.

Ook de kast was van rozenhout gemaakt. Aan de kastdeur hing een spiegel waarvan de lijst, net als de bedstijlen, met draken en feniksen was versierd. Het glas was echter dof geworden, waardoor dingen als in een waas werden weerspiegeld en verder weg leken dan ze waren. Amy opende de deur. Er hing alleen een jasje dat onderaan en bij de mouwen was afgezet met een witte boord. Onder de kraag waren bloemen op de stof geborduurd. De bloemen waren groot en opvallend. Het leken pioenrozen, maar ze hadden een vaalgele kleur. Tegen wil en dank slaakte Amy een zucht. Niets kon de tand des tijds doorstaan. Hoe levendig kleuren ooit ook waren geweest, uiteindelijk restten slechts fletse tinten.

Amy sloeg het jasje open en zag dat er zijden kousen in een van de mouwen waren gestoken. Ze haalde ze eruit en ontwaarde in een ervan op kuithoogte een ladder. Het begon met een gaatje zo klein als een sesamzaadje, maar de ladder liep hogerop uit in een gat zo groot als haar hand. Amy stelde zich voor dat haar overgrootmoeder deze zijden kousen had gedragen toen ze door de smalle dorpsstraatjes was gelopen. Ondanks alles moest ze glimlachen bij de gedachte. Ze sloeg het jasje om haar schouders. Ze verdronk er bijna in en vermoedde dat haar overgrootmoeder een forse vrouw moest zijn geweest. Welke houding had ze aangenomen in dit dorp met zijn kleine, door de tropische zon gebruinde inwoners? Was ze ingetogen en bescheiden geweest of had ze met een trotse houding en opgeheven hoofd rondgelopen?

Amy deed de kousen weer in het jasje en knoopte het dicht. Het waren traditionele Chinese knoopjes, gemaakt van smalle reepjes satijn die in een ingewikkeld patroon tot strakke cirkels waren gebonden en vastgenaaid. De steekjes waren echter allang losgeraakt. Amy fronste haar voorhoofd van concentratie terwijl ze met de toppen van haar duim en wijsvinger de knoopjes tegen de voorkant van het jasje duwde.

Plotseling hield ze daarmee op. Haar vingers waren als verlamd en vormden een cirkel in het luchtledige. Ze keek op en zag een paar ogen in het fletse glas van de spiegel.

Alleen twee ogen. Twee ogen zonder gezicht. Ze hadden een intens donkere kleur. Een melancholische blik. Ze knipperden en staarden haar aan.

Amy voelde hoe een kilte van haar vingertoppen naar haar ruggengraat kroop totdat haar nekharen rechtovereind stonden.

Ze hing het jasje snel terug in de kast en liep de trap af naar Auyung. 'Breng me naar het hotel. We kunnen morgen wel terugkomen.'

Buiten stapte Amy gauw in de auto. Ze trok haar benen op en liet haar kin op haar knieën rusten. Haar handen bleven maar trillen.

'Wordt de jetlag je de baas?' vroeg Auyung. 'Je ziet eruit alsof je wel wat rust kunt gebruiken.'

Amy schudde haar hoofd. 'Nee, ik heb een stevige borrel nodig.'

'Nou, toevallig geeft het Bureau van Chinese Zaken Overzee vanavond een diner ter ere van jou. Dan zal de drank rijkelijk vloeien.'

Amy checkte in bij het beste hotel van de stad. Ze nam een douche en ging toen mee met Auyung. Het diner werd in de eetzaal van het hotel gehouden en ging met veel vertoon gepaard. Ze kreeg een glas wijn en haar gastheer stak een uitvoerig welkomstwoord af. Amy onderbrak hem vrijwel meteen. 'Ik wil geen wijn. Ik wil iets stevigers. Een whisky graag, on the rocks.'

Iedereen keek haar verbaasd aan, totdat Auyung haar verzoek verduidelijkte aan de serveerster: 'Ze wil een glas whisky met ijsklontjes erin.' Toen ze haar drankje kreeg, sloeg ze dat in één keer achterover zonder te wachten totdat er een toost werd uitgebracht.

Het werd een voortreffelijke maaltijd met zeeoor, zeeslakken, baars, speenvarken, duivenborst en andere delicatessen van het seizoen. Amy at echter maar weinig. Ze liet zich de whisky wel goed smaken en na twee glazen ontspande ze zich en merkte ze dat ze een stuk spraakzamer begon te worden.

Ze trok Auyung aan zijn mouw. 'Mijn moeder vertelde me dat alle familie van mijn overgrootmoeder in dat huis is gestorven. Klopt dat?' Auyung knikte. 'Hoe zijn ze dan aan hun eind gekomen?'

Auyung probeerde haar af te leiden door het glas te heffen, maar Amy liet zich niet afschepen. 'Vind je het niet passend om er hier in gezelschap over te praten? Zo makkelijk kom je niet van me af.' Auyung keek naar hun gastheren, die zich duidelijk ongemakkelijk voelden.

Op dat moment kwam de serveerster weer naar hen toe en zei: 'In de lobby staat iemand die vraagt naar mevrouw Fong Yin Ling uit Canada.' Amy duwde haar stoel naar achteren en stond op. 'Wie vraagt er naar mijn moeder? Ik ga wel even kijken.' Zonder de reactie van haar gastheren af te wachten liep ze weg met Auyung in haar kielzog.

Een bejaarde man in een rolstoel zat in de lobby op hen te wachten. Hij was helemaal kaal en zijn gezicht werd doorgroefd door diepe rimpels. Zijn ogen hadden een troebele melkwitte kleur en in zijn ooghoeken was het slijmvlies opgedroogd tot een glanzend gele korst. Hij draaide zich om toen hij hun stemmen hoorde en probeerde vergeefs overeind te komen. Toen sloeg hij op zijn armsteun en riep met een stem die oversloeg van woede: 'Vijftig jaar! Ongelooflijk dat het echt vijftig jaar heeft moeten duren voordat een Fong eindelijk is teruggekomen!' Zijn begeleider, een donkere man, keek onbewogen toe en ondernam geen poging om hem te kalmeren.

'Grootvader Ah-Yuen, dit is Fong Yin Ling niet. Zij heeft niets te maken met de familieproblemen,' zei Auyung. Maar de oude man leek hem niet te willen horen. In plaats daarvan greep hij Amy's mouw. 'Jullie Fongs hebben geen woord gehouden. Jullie hebben Kam Sau en haar moeder in de steek gelaten. Geef Kam Sau en Wai Heung terug.' Hij begon luid te jammeren en zijn tranen vielen op Amy's mouw.

Auyung riep er snel enkele beveiligers bij die de oude man meenamen. Hij werd weer in zijn rolstoel gezet en afgevoerd.

Amy was van slag. Opeens was ze misselijk door alle whisky die ze had gedronken. Ze ging op de grond zitten en moest overgeven. Toen ze uiteindelijk alles kwijt was, veegde ze het snot van haar neus en de tranen uit haar ogen. Bevend kwam ze weer overeind. 'Wie is Kam Sau?' vroeg ze.

'Je oudtante. Het zusje van je grootvader.'

'En wie was die oude man?'

'Dat was Kam Sau's echtgenoot.'

Amy slaakte een zucht. 'Auyung, hoeveel mensen zal ik met mijn komst nog van streek maken?'

Auyung zuchtte ook. 'Als je overgrootvader met een ander was getrouwd, hadden de Fongs misschien niet zoveel verhalen rondgestrooid. Eigenlijk zou Fong Tak Fat oorspronkelijk ook met een andere vrouw dan je overgrootmoeder trouwen.'

Het twintigste en eenentwintigste jaar van de heerschappij van Guangxu (1894-1895), het dorp Aansporing, Hoi Ping, provincie Guangdong, China

Op bevel van Ah-Fat stopte de gesloten draagstoel bij de toegangsweg naar het dorp. Ah-Fat wilde het laatste gedeelte te voet afleggen.

Ah-Fat wist hier blindelings de weg. Rechts van de plek waar de draagstoel was neergezet, stond een oeroude banyan. Naast de boomstronk leidden traptreden – drie in totaal – naar de naamloze rivier beneden. Bij hoog water was slechts een halve trede zichtbaar. Alleen als er droogte heerste waren alle drie de treden te zien. Toen Ah-Fat in zijn jeugd na het hoeden van de koeien of het snijden van het gras was teruggekomen, was hij altijd over die treden naar de rivier gegaan om voor thuiskomst de modder en het gras van zich af te wassen.

Deze keer ging Ah-Fat niet eerst naar de waterkant, maar wandelde hij langs de oever verder. Het pad naar het huis liep tussen de velden en de rivieroever. Hoewel de rivier er altijd hetzelfde uitzag, verschilde de aanblik van de akkers van dag tot dag. Tijdens de twee groeiseizoenen werd er voornamelijk rijst verbouwd, afgewisseld met enkele groene groentes en pompoenen. Als het had geregend, hadden de planten 's avonds, als hij naar huis was teruggekeerd, veel hoger gestaan dan 's ochtends nog het geval was geweest. Kippen en honden hadden vaak bij de groepjes bananenplanten langs de kant van de weg rondgescharreld. Ah-Fat en zijn broer Ah-Sin hadden vroeger elke kip op dit stukje weg gekend. De dorpshonden waren een zootje ongeregeld, maar hadden geblaft naar elk vreemd wezen dat ze zagen. Als de honden in koor begonnen te blaffen, kon je ervan uitgaan dat een vreemde naderde of dat nieuw vee naar het dorp werd gevoerd.

Ah-Fat liep over het pad en passeerde de waterput van grijze steen die nog stamde uit de regeerperiode van keizer Kangxi, en sloeg rechts af. De residentie met de drie erven die zijn vader had gebouwd en verspild, was door zijn moeder in oude glorie hersteld.

Ze had er zevenenhalf jaar over gedaan om alle verschillende delen weer samen te voegen tot het geheel waar ze nu met zijn oom en andere familieleden woonde. Van de weg naar de toegangspoort was het precies zestien passen. Dat was vijftien jaar geleden althans het geval geweest. Nu waren het er vast minder. Ah-Fat kende elke kuil en elke kiezel van het pad. In zijn dromen had hij ze zelfs vaak onder zijn voetzolen gevoeld.

Inmiddels was Fong Tak Fat eenendertig jaar oud. Terwijl hij in de warme lentezon over het pad naar zijn voordeur liep, had hij het merkwaardige gevoel dat hij werd teruggevoerd in de tijd.

Zijn bagage zou pas later komen: twintig koffers van de Gouden Bergen, waarvan de hoeken met metalen beslag waren verstevigd. Ze waren allemaal van hetzelfde donkerrood geschilderde hout vervaardigd. Het dubbele knipslot had de vorm van een leeuwenkop. Als de bek was gesloten, waren de geheimen van de koffers veilig. In de koffers zaten allerhande zaken als voedsel, kleding en huishoudelijke artikelen. Van Canadese honing, chocolade, olijfolie en maïssnoepjes tot kleding, hoeden en schoenen, alles uiteraard in westerse stijl, en tal van Canadese stoffen. Verder waren er nog buitenlandse zeep, lucifers om het fornuis mee te ontsteken, klokken die elk uur sloegen, vreemdsoortige taart- en groentemessen en porseleinen thee- en tafelserviezen. En nog veel meer. Al deze spullen zaten in de eerste negentien koffers en waren bestemd voor zijn moeder, oom en tante, neven en nichten, hun dorpsgenoten en zelfs de bedienden en de knechten.

Maar de laatste koffer bevatte slechts siervoorwerpen: lippenstiften en nagellak, parfums, met borduursels versierde brassières, linnen tafelkleden uit Victoria in verschillende vormen en formaten, Engels en Frans zilverwerk en gouden ringen en oorbellen. De inhoud van deze koffer zou hij niet uitdelen. Het slot in de vorm van een leeuwenkop bleef ongeopend. Hij zou de koffer, met de geheime inhoud en al, schenken aan een vrouw die hij nog nooit had gezien. Hij bezat slechts een wazige, piepkleine foto van haar, hoewel hij haar vaak in zijn dromen voor zich zag.

Het was de vrouw aan wie zijn moeder hem een halfjaar eerder had beloofd. Hij had de lange zeereis naar huis ondernomen om met haar te trouwen. Hij wist alleen dat ze de oudste dochter van de familie Sito uit het stadje Chek Ham was. Ze was vijftien jaar oud. De familie runde een kleermakersbedrijf. Van Ah-Fat en het meisje was een horoscoop getrokken die erg gunstig bleek te zijn. Volgens de waarzegster was het meisje voorbestemd om haar echtgenoot en schoonfamilie rijkdom en voorspoed te brengen. Ook beweerde de waarzegster dat het meisje negenenhalve zonen zou krijgen (die halve duidde uiteraard op een schoonzoon). Dat waren echter niet de enige redenen waardoor Ah-Fats moeder overtuigd raakte. Ze had zo haar eigen drijfveren. Ze wist dat het meisje de naaikunst uitstekend verstond. Hoewel mevrouw Mak zelf allang niet meer kon naaien, was ze er nog altijd heilig van overtuigd dat een vrouw die niet kon naaien en borduren, geen echte vrouw was.

In de ogen van de dorpelingen waren dit aanvaardbare redenen om voor een bruid te kiezen. Maar Ah-Fat wilde nog wel wat meer weten. Kon het meisje lezen en schrijven? Dat had hij zijn moeder in een brief gevraagd. Ze had de briefschrijver van het dorp een reactie laten opstellen, maar geen antwoord op zijn vraag gegeven. In plaats daarvan vroeg ze hem wat je nu had aan een vrouw die kon lezen en schrijven. De ware plicht van een vrouw was haar schoonfamilie en haar echtgenoot te dienen, kinderen te baren en die te voeden en te kleden. Hieruit leidde Ah-Fat af dat het meisje waarschijnlijk kon lezen noch schrijven.

Hij wist ook dat er op het platteland amper meisjes waren die konden lezen en schrijven. Als ze het al konden, was dat hooguit hun eigen naam en een paar getallen. Het was ook altijd hetzelfde met dat boerenvolk. Ze bewandelden de weg die anderen al voor hen hadden geplaveid. Ze hoefden slechts in die eeuwenoude voetsporen te treden. Omdat het zo'n platgetreden weg was, bespaarde die hun veel problemen. Het pad dat Ah-Fat echter had gekozen, moest door hem zelf worden uitgehakt. Dat was een slopend proces geweest. In de bloei van zijn leven had hij aan de Canadese spoorweg gewerkt. Op zijn eenendertigste droeg hij de littekens van die beproeving over zijn hele lichaam en was hij al hard op weg om een oude man te worden. Op zijn leeftijd waren zijn dorpsgenoten al grootvader, terwijl hij nog vader moest worden. Hij had een zwaar leven geleid en had nu behoefte aan een vrouw die tegen hem aan kroop om zijn wonden te likken. Omdat een vrouw daarvoor niet hoefde te kunnen lezen of schrijven, had hij uiteindelijk toch met zijn moeders keuze ingestemd.

Hij wilde gewoon een eerlijke vrouw die tegen een stootje kon en zijn moeder zou helpen zoals een plichtgetrouwe schoondochter betaamde.

Daarvan probeerde hij zichzelf in elk geval steeds weer te overtuigen, maar heimelijk sluimerde er toch spijt. Het zeurde als een verrekt spiertje in zijn rug. Slechts af en toe voelde hij een pijnscheut, maar het weerhield hem er niet van om te werken of te lopen.

Ah-Fat was nog niemand tegengekomen in het dorp. Hij hoorde slechts zijn sloffende voetstappen op het stenen pad. De zon stond al hoger en een briesje zorgde ervoor dat zijn lange mantel om zijn benen fladderde. Onder zijn voeten voelde de grond even hard als altijd aan het einde van de winter, maar toch had hij het gevoel dat zich onder die harde bovenlaag een wereld van wezentjes bevond die zich voor de lente opmaakte. Toen hij de oude waterput passeerde, zag hij een kind dat gehurkt zat te poepen. 'Waar is iedereen gebleven?' vroeg Ah-Fat. Het kind keek hem bang aan. Na een poos zei hij: 'Naar de markt ... Het is toch marktdag vandaag?' Op dat moment besefte hij dat er vandaag, de achttiende van de eerste maanmaand, een grote markt werd gehouden. Daar was iedereen vast naartoe gegaan.

Een vijftal uitgehongerde zwerfhonden gromde naar hem en hapte naar zijn broekspijpen. Uit zijn jasje haalde hij een met lotusblad omwikkelde deegbal, gevuld met worst en rijst, die nog over was van zijn reis. Hij gooide hem op de grond en de honden begonnen er meteen om te vechten. Ah-Fat barstte in lachen uit. 'Allemachtig, Ginger!' Hij realiseerde zich dat hij zomaar ineens de naam van een andere hond had geroepen – de hond die hij zelfs na al die jaren nooit was vergeten, de hond die hen in de tent allemaal had gered en met zijn laatste ademtocht zijn hand had gelikt. Na Ginger had hij een om voedsel bedelende hond nooit meer geslagen.

Vandaag was hij binnen dertien passen al van de weg bij hun huis. Hij was ongetwijfeld gegroeid in de jaren die waren verstreken. De oude, stenen leeuwen stonden nog steeds bij de voordeur. Zijn vader had ze gekocht van een steenhouwer uit Fujian toen het huis werd gebouwd. Op de achterkant van de leeuwenoren stond de naam van de steenhouwer en het jaar waarin ze waren vervaardigd. Als kind had hij met Ah-Sin vaak paardjegereden op de leeuwen, waardoor uiteindelijk glimmende plekken op hun ruggen waren uitgesleten. Wanneer hun opium rokende vader in een goede bui was geweest, had hij een dienstbode vaak gevraagd om een ligstoel in de deuropening neer te zetten. Dan kon hij van het zonnetje genieten en toekijken hoe zijn zonen de leeuwen bereden en met hun speelgoedbogen pijlen in de bomen schoten.

Ah-Fat wreef even over de leeuwen. Ze leken kleiner en op de een of andere manier tammer dan vroeger. In de rug van de ene leeuw zat een barst.

Zelfs de stenen zijn oud geworden, dacht Ah-Fat.

De voordeur zat dicht. De koperen ringen van de kloppers leken wel twee ogen die hem verlegen aanstaarden. De deur was nog altijd in een helderrode kleur geschilderd, al was het een andere tint dan hij zich herinnerde. Het oude rood was nog aanschouwd door zijn vader, zijn broer, Ah-Sin en zijn zus Ah-Tou en was de stille getuige geweest van alles wat zijn familie was overkomen. Maar dit frisse rood had alles opzettelijk bedekt. Het wist niet van de tranen en de dood en was ontzettend oppervlakkig. Het was slechts aangebracht ter ere van de langverwachte thuiskomst van de heer des huizes, maar het verleden van zijn familie werd er harteloos door uitgewist.

Op de pilaren aan weerszijden van de voordeur waren tweeregelige strofes geplakt. Aan de rechterkant stond: *Zwaluwparen in hun vlucht/ verwelkomen de nieuwkomer.* Links stond: *Met een rat-ta-ta-ta verjagen/ de voetzoekers het oude jaar.* Horizontaal boven de voordeur stond ten slotte: *De lente brengt geluk.* Het was nog maar de eerste maand van het nieuwe jaar en hoewel de hoekjes van het papier enigszins door de wind waren omgekruld, zagen ze er spiksplinternieuw uit. De vier stippels onder aan het karakter voor 'zwaluw' waren dikke kloddres waarvan de inkt elk moment leek te kunnen uitlopen. Ah-Fat raakte ze even aan, maar ze waren zo goed als opgedroogd. Hij bestudeerde de elegante, sobere kalligrafie van de strofes die wel wat weg had van de sierlijke stijl van de Song-dynastie. De oude meneer Ding, die vroeger de strofes voor de dorpelingen opschreef, was ongetwijfeld allang dood. Hij vroeg zich af van wiens hand deze prachtige kalligrafie was.

Ah-Fat liet de klopper op de deur vallen, maar niemand deed open. De deur zat niet op slot en hij duwde hem zachtjes open. Hij liep naar binnen. Het erf was verlaten. De zon was inmiddels tot de takken van de bomen geklommen en wierp grillige schaduwen op de grond. Hoewel het flink waaide, was het warm op het erf. In de hoek, naast het droogrek van bamboe, stond een vaas van ruw aardewerk. Iemand had een grote bos bloeiende pimenttakken geplukt en in de vaas gezet. De schitterende kleur leek de hele muur in vuur en vlam te zetten. Ah-Fat pakte een tak met bloesems, rook eraan en snoof de subtiele geur op. Naast het droogrek stond een bamboestoel die luid kraakte toen hij erin ging zitten. Voorzichtig verschoof hij totdat hij lekker zat, waarna hij een krant uit zijn jasje haalde.

Het was de *China-West Daily*. Hij had de krant al gekocht toen hij in Kanton van boord was gegaan, maar nu was hij pas in de gelegenheid om hem te lezen. Toen hij naar Canada was vertrokken, wist hij niet eens wat een krant was. Hij had er pas mee kennisgemaakt toen overzeese Chinezen uit Maleisië kranten uit hun vaderland naar Victoria's Chinatown hadden meegenomen. Hij sloeg de krant helemaal open. De halve voorpagina werd ingenomen door een advertentie voor een Hollandse toiletverfrisser van het farmaceutische bedrijf Tai Luk Wo: LANGDURIG, HEERLIJK GEUREND EN VERKWIKKEND!

Op de volgende pagina stond een advertentie voor Scott's levertraanoplossing van drogisterijketen Watson: SMAAKT ALS MELK, ERG LEKKER, DRIE KEER ZO EFFECTIEF ALS PURE LEVERTRAAN. HET BESTE MIDDEL TEGEN LUCHTWEGAANDOENINGEN. WERKT ALTIJD. Op andere pagina's stonden nog advertenties voor suiker, wijn, kerosine, zakdoeken en truien. Er kwam geen eind aan. Het waren er minstens tien. Ah-Fat was stomverbaasd. Sinds zijn vertrek was alles veranderd. Hoe was het mogelijk dat westerse goederen tot aan de Parelrivier beroering teweegbrachten? Hij dacht aan de stadjes en dorpen van Hoi Ping. Waren die nog wel zo geïsoleerd als voorheen, een andere wereld dan Kanton?

Te midden van de advertenties trof hij een artikel aan over de wereld van *singsong girls*. Het handelde over een brand op een bordeelboot waarbij twaalf prostituees en zes klanten om het leven waren gekomen. Ook werd er aandacht besteed aan de pipaspeelster Bin Yuk, die uitblonk in Kantonese opera's. In het bericht stond: 'Als "wielewaal" Bin Yuk begint te zingen, klinkt ze uitzonderlijk melodieus en evenaart ze onze beste actrices. Ze laat maar weinig toehoorders onberoerd.' Vervolgens werd vrij uitgebreid beschreven hoe ze de giften van het publiek inzamelde: 'Als het om geld gaat, pakt ze het grondig aan. Als iemand haar munten geeft, gooit ze die op de grond. Uit het geluid kan ze opmaken om welk metaal het gaat. Als ze koperen of andere waardeloze munten krijgt, geeft ze die meteen terug en eist ze zilver. Daar staat ze dan echt op. Hoe vaak ze op een avond ook wordt gevraagd om te zingen, het is steeds hetzelfde liedje.' Ah-Fat moest heimelijk glimlachen om het artikel.

Bladerend door de krant ontdekte hij dat hij vol stond met dit soort plaatselijke roddels. Er viel amper iets te lezen over landelijke politiek. Onder aan een pagina stond een kort berichtje over Japanse 'piraten' die het keizerrijk in de noordoostelijke kustwateren tartten. Generaal Li Hongzhang had de Noordelijke Oceaanvloot geïnspecteerd en gelast om de rust te bewaren en geduldig af te wachten. Ah-Fat kreeg het idee dat het Peking van de keizerin-regentes nog maar weinig in de melk te brokkelen had als zelfs ordinaire Japanse piraten er aanspraak op waagden te maken. Als het nieuws van deze tumultueuze gebeurtenissen Zuid-China dan eindelijk bereikte, kreeg het slechts een korte vermelding die werd ondergesneeuwd door advertenties en nietszeggende kletspraat over prostituees. In gedachten verzonken legde Ah-Fat de krant neer, waarna hij verbitterd twee regels van de oude dichter Du Mu aanhaalde: 'Zangmeisjes bekommeren zich niet om nationale rampspoed/ Net als op de verre oever zingen ze de klaagzang "Bloesems aan het Hof".'

Opeens moest hij denken aan de privéleraar uit zijn jeugd, meneer Auyung, die zich altijd zo druk had gemaakt om nationale aangelegenheden en dan steevast op de tafel had geslagen totdat zijn penseel uit zijn hand was gevlogen. Auyung was nooit bang geweest om voor zijn mening uit te komen. Nadat Ah-Fat naar de Gouden Bergen was vertrokken, had hij contact gehouden met Auyung. Zo had hij vernomen over diens zwerftochten in China en daarbuiten – van Kanton naar Shanghai, en zuidwaarts naar Annam. Nog niet zo lang geleden was hij huiswaarts gekeerd en had zijn oude school in de stad heropend. In een van de twintig koffers zat een geschenk voor meneer Auyung: een wereldkaart. Meneer Auyung had een grote interesse in de westerse wetenschap. Als hij een beetje van de reis was bijgekomen, zou hij hem zeker een bezoek brengen.

Hij stond op en liep naar de ontvangstkamer.

In de kamer was het donkerder dan op het erf en het duurde even voordat Ah-Fats ogen aan het schemerduister waren gewend.

Er bevond zich een jonge vrouw in het vertrek. Ze was gekleed in een lange, blauwe, katoenen jurk met biezen. Ze stond op een kruk om een schildering op een papieren rol op te hangen. Haar haar zat in een lange, dikke vlecht die met een rode, vilten bloem was vastgebonden. Op de beschilderde rol stonden heldergroene bamboeplanten met jonge scheuten en guavestruiken afgebeeld. Het rood, groen en blauw zorgden voor een levendig, vrolijk en weinig alledaags tafereel. Op de tekening stond een gekalligrafeerde tekst: *Welk een vreugde dat de guave zaad vormt en de bamboe kleinkinderen mag verwelkomen!*

Nadat ze de rol had opgehangen, stapte ze van het krukje en liep ze iets naar achteren om te kijken of hij recht hing. In de haast stapte ze op de zoom van Ah-Fats mantel en struikelde bijna. Ze draaide zich om en deinsde achteruit alsof ze een geest had gezien. Haar ogen werden groot als schoteltjes en ze sloeg haar handen voor haar hart.

Ah-Fat wist dat het litteken haar bang had gemaakt. In de loop van de jaren waren de contouren ervan niet vervaagd, maar juist nog pregnanter en lelijker geworden. Inmiddels had het litteken wel iets weg van een duizendpoot. Ah-Fat sloeg zijn handen voor zijn gezicht en begon te lachen. 'Wees maar niet bang,' zei hij. 'Ik ben geen geest. Kijk maar naar mijn schaduw. Geesten hebben toch geen schaduw? Ik ben Fong Ah-Fat.'

'O!' riep ze uit. Ze ontspande haar handen en streek over de voorkant van haar jurk. 'Dus u bent de jonge meneer Fong! Hoe bent u hier zo snel gekomen? Volgens de rederij zou u pas op de volgende marktdag arriveren. Uw moeder en oom en de hele familie zijn in de stad naar de Tan Gong-tempel gegaan om wierook te branden en voor een veilige overtocht te bidden.'

Ah-Fat hield de vrouw voor een bediende. 'Waarom ben je niet met mevrouw meegegaan?' vroeg hij.

'Ik moest van mevrouw alle rollen met kalligrafie en schilderingen goed ophangen, zodat alles klaar was voor uw komst. Maar nu bent u er al.'

'Wie heeft de strofes geschreven?' vroeg Ah-Fat. 'Hij heeft het namelijk mis. Het mag duidelijk zijn dat ik geen nieuwkomer ben. Ik ben gewoon lang van huis geweest.' Er verscheen een voorzichtig glimlachje op haar gezicht.

'U bent ook niet de nieuwkomer. Het verwijst naar uw ... uw aanstaande.' Twee rode vlekken, even felgekleurd als het rood in de schildering, verschenen op haar wangen. Plotseling besefte Ah-Fat dat de rollen in het vertrek werden opgehangen ter versiering voor zijn trouwerij. Hij keek weer naar het meisje. Ze zag er goed uit en leek behoorlijk slim. Misschien kwam ze uit een goede familie, maar was ze door financiële problemen genoodzaakt om als dienstmeid te werken. Hij moest denken aan zijn zusje Ah-Tou en besloot extra vriendelijk tegen haar te zijn.

'Wil je me naar een kamer brengen waar ik kan wachten totdat mevrouw thuiskomt?'

Het meisje deed wat haar was gevraagd.

Ze bracht hem naar de kamer die hij vroeger met Ah-Sin had gedeeld. Het bed waarin ze ooit samen hadden gelegen, stond er nog. Het beddengoed leek nieuw te zijn. Het katoenen vulsel in het dekbed was dik en zacht en de hoes was nog stijf. Ah-Fat trok het dekbed weg en zag dat het oude kussen er nog wel lag. Het was gevuld met gedroogde chrysanten, omdat zijn moeder ervan overtuigd was dat die de lichaamstemperatuur reguleerden en Ah-Sin van zijn epilepsie konden genezen. Ah-Fat betastte het kussen, dat een beetje ingedeukt was. Zou dat na al die tijd nog de afdruk van Ah-Sins hoofd kunnen zijn? Hij legde zijn hoofd op het kussen en snoof de geur op van in de zon gedroogde chrysanten. Toen hij in slaap viel, waande hij zich weer in zijn jeugd.

Plotseling werd de hemel door donkere wolken verduisterd. Het begon te plenzen, maar nergens was een schuilplek. Hij raakte helemaal doorweekt. Hij herinnerde zich dat zijn moeder hem spiksplinternieuw beddengoed had gegeven en riep dat een bediende het raam moest sluiten. Hij schreeuwde zo hard dat hij er wakker van schrok. Hij wist dat het maar een droom was geweest, maar voelde dat zijn gezicht vochtig was. Hij opende zijn ogen en zag dat een kleine, oude vrouw aan zijn bed zat. Haar haar was samengebonden in een glad knotje waarin een witte vilten bloem was gestoken. Ze trok net een zakdoekje uit haar jurk van grijze katoen om haar ogen mee te deppen.

'Moeder!' Ah-Fat sprong met een schreeuw uit bed, streek zijn mantel glad, knielde voor haar neer en maakte een voetval.

'Ik ben geen goede zoon geweest. Ik heb al die jaren in de Gouden Bergen gezeten, terwijl jij zoveel leed moest doorstaan.'

De vrouw zweeg, maar boog om Ah-Fats hand te pakken. Haar hand zweefde even in het luchtledige voordat ze de zijne te pakken had. Ah-Fat besefte dat zijn moeder nu helemaal blind was.

Hij werd opeens erg emotioneel. Er zat een brok in zijn keel die hij niet kon doorslikken of uitspugen. De tranen stonden hem in de ogen. Hij maakte nog twee keer een voetval, waarbij hij met zijn hoofd hard tegen de grijze tegels sloeg. Zijn moeder kon dan wel niet zien, maar in elk geval kon ze hem op die manier horen.

Hij wilde net weer een voetval maken, maar werd kordaat tegengehouden. De kamer was inmiddels volgestroomd met mensen die allemaal waren neergeknield: jongere neven en nichten, ook van zijn ooms kant. Iemand gaf hem een handdoekje. Ah-Fat veegde zijn gezicht schoon en zag dat er rode vlekken op de handdoek zaten. Hij had tot bloedens toe met zijn hoofd tegen de grond geslagen.

Het meisje dat in de ontvangstkamer de papieren rollen had opgehangen was de enige van het hele huishouden die niet in het vertrek aanwezig was.

De marktgangers keerden pas tegen het vallen van de avond terug naar het dorp. Ze hadden de hele dag niets gegeten. Met rommelende magen legden ze, zo snel ze konden, de twaalf li af naar huis. De vrouwen hadden zo'n haast om het fornuis te ontsteken en soep en rijst te bereiden dat ze zelfs niet de tijd namen om even te plassen. Ze hadden het vuur nog maar net ontstoken toen ze de honden hoorden blaffen.

Meestal sloegen de honden zomaar ineens aan en blaften ze door elkaar heen. Maar vandaag leek het wel afgesproken werk. De een na de ander begon te janken en weerkaatste het geblaf van de ander, schijnbaar bereid om de hele avond door te gaan. Zo blaften

honden alleen als ze werden geconfronteerd met iets volstrekt on-
bekends, iets wat uit de grote, boze buitenwereld kwam. Ze waren
compleet hysterisch van opwinding en angst.

De vrouwen gooiden het gedroogde gras en de twijgjes voor hun
vuurtjes neer en renden naar buiten. Daar zagen ze tientallen dragers, allen gekleed in zwarte livreien, met zware koffers aan hun
schouderjuk. Op een rij liepen ze door de smalle dorpsstraat, als
een kronkelende zwarte duizendpoot waarvan de kop noch de
staart te onderscheiden was. Ze werden omgeven door een stofwolk die ze met hun voeten opwierpen.

De dorpelingen volgden de stofwolk en zagen dat hun last voor
de woning van de familie Fong werd afgeworpen. De oude, blinde
mevrouw Mak zat op een lage kruk en betastte het leeuwenslot van
elke koffer die werd neergezet. Eén. Twee. Drie. Steeds werden drie
koffers op elkaar gestapeld, totdat er zeven stapels waren waarvan
de laatste uit slechts twee koffers bestond.

Er waren dus twintig koffers. Mevrouw Mak prevelde in zichzelf
en haar gerimpelde lippen vormden zich tot een brede, tandeloze
glimlach.

'Gaan jullie maar lekker koken,' beval ze de toeschouwers. 'Ah-Fat
zal jullie allemaal, jong en oud, op een later moment uitnodigen
voor een feestmaal om zijn thuiskomst te vieren.'

Ze bleef met haar zakdoek wuiven, maar haar pogingen om hen
weg te sturen waren vergeefs. Steeds meer dorpelingen dromden
samen om Ah-Fat te zien. Ze waren net zo moeilijk te verwijderen
als as die aan bonenpastei kleefde.

Ze deed nog een poging: 'Ah-Fat heeft wekenlang op zee gezeten
en al heel lang geen goede nachtrust meer gehad. Hij is direct na
zijn aankomst in slaap gevallen en heeft zelfs niets gegeten. Hij
moet gewoon een nacht goed uitrusten in zijn oude, vertrouwde
bed. Waarom komen jullie morgen niet terug om hem te begroe-
ten?'

Uiteindelijk dropen de dorpelingen weer af.

Mevrouw Mak ging naar binnen, duwde de slaapkamerdeur met
haar elleboog open en zocht op de tast haar weg naar het bed. Ze
sloeg het uiteinde van haar wandelstok een paar keer op de grond
en zei: 'Ah-Fat, waar ben je nu eigenlijk bang voor? Ook met een
litteken op je gezicht blijf je een man van de Gouden Bergen. Die

twintig koffers bewijzen wat je in je mars hebt. Hoeveel mensen zijn in staat om te doen wat jij hebt gedaan? Morgen gaan we samen naar buiten. Vroeg of laat moet je ze toch onder ogen komen.'

Ah-Fat verroerde zich eerst niet, maar begon toen te lachen. 'Moeder, hoe weet jij dat ik een litteken op mijn gezicht heb?'

Mevrouw Mak glimlachte ook. 'Ik heb je op de wereld gezet. Jij kunt nog geen been optillen of ik weet wat voor scheet je zult laten. Sinds je thuiskomst heb je me nog geen enkele keer aangekeken als je iets tegen me zei.'

Ah-Fat sloeg een kreet van verbazing. 'Moeder, je mag dan wel blind zijn, maar je hebt nog altijd een scherpere blik dan wie ook. De bedienden zijn allemaal keurig netjes en aan de manier waarop ze spreken en zich gedragen merk ik dat ze goed zijn opgeleid.'

'Dat regelt je tante allemaal,' zei zijn moeder. 'Ik ben blind en kan geen toezicht op de bedienden houden.'

'Die jonge vrouw die de rollen moest ophangen is mooier en slimmer dan de rest.'

'Ahum,' zei zijn moeder. 'Laat haar erbuiten. Ze is geen bediende. Dat is Zes Vingers, het zusje van Roodhaars vrouw. De kalligrafie en de schilderingen zijn allemaal door haar gemaakt.'

Ah-Fat zette grote ogen op. Er schoten zoveel vragen door zijn hoofd dat hij even niet wist waar hij moest beginnen. Uiteindelijk zei hij: 'Wat is ze groot geworden. Wie heeft haar leren schrijven en schilderen?'

Zijn moeder slaakte een zucht. 'Ze heeft het niet makkelijk gehad. Alleen uit schrijven en schilderen put ze troost.'

Zes Vingers was het jongere zusje van mevrouw Kwan, Roodhaars weduwe. Ze was nog maar drie jaar oud geweest toen zijn zoon Loon was geboren. Voordat Roodhaar voor de tweede keer naar de Gouden Bergen was vertrokken, had hij zijn vrouw op het hart gedrukt om te zijner tijd een privéleraar voor Loon te zoeken. Het zou nog enkele jaren duren voordat Roodhaars vrouw van zijn dood op de hoogte werd gebracht. Ze maakte zich in de tussentijd niet al te veel zorgen. Hoewel er geen brieven kwamen, werden er zo nu en dan wel bankbiljetten bezorgd. Pas veel later zou ze ontdekken dat Ah-Fat die had gestuurd.

Toen Loon een jaar of zeven was, had zijn moeder een leraar voor de jongen gezocht. Zes Vingers was altijd in de buurt en pikte ook het een en ander op. Haar oudere zus, die van haar vader had leren lezen en schrijven, zag hoe leergierig Zes Vingers was en had er geen bezwaar tegen. De leraar hield van kalligrafie en vond het leuk om schilderles te geven. Dat deed hij echter alleen als Zes Vingers erbij was, omdat de jongen geen moment kon stilzitten. Zes Vingers moest dan de wierook aansteken, de inkt vermalen en papier klaarleggen. Als de leraar klaar was, waste ze zijn penselen en de inktsteen en bracht ze hem thee met taartjes.

Op een dag nam de leraar de versnaperingen mee en ging een middagdutje doen. Zes Vingers pakte het penseel en maakte met de overgebleven inkt op het resterende papier een snelle schets van pijnbomen en bamboeplanten, zoals ze haar leraar had zien doen. Toen hij na zijn dutje weer tevoorschijn kwam en de schildering zag, streek hij peinzend met zijn vingers over zijn baard. 'Wat is het toch jammer dat je niet als jongen bent geboren,' verzuchtte hij uiteindelijk.

Als hij in een goede bui was, leerde hij Zes Vingers daarna over compositie en andere schildertechnieken en zelfs het een en ander over montagetechnieken. Geen van beiden had ook maar enig idee dat Zes Vingers ooit in zulke erbarmelijke omstandigheden zou verkeren dat ze haar leven met deze toevallig opgedane kennis zou weten te redden.

In de lente van het jaar waarin Zes Vingers twaalf jaar werd, leed het dorp onder een veronderstelde uitbraak van dysenterie. Pas vele jaren later zouden de overlevenden vernemen dat de eigenlijke naam van de ziekte cholera was, veroorzaakt door besmetting van het water stroomopwaarts. Van Roodhaars familie werd zoon Loon als eerste getroffen. Na drie dagen overleed hij zonder nog een woord te hebben gesproken. Hij besmette Roodhaars moeder, die eerst beter werd, maar vervolgens een terugval kreeg, in coma raakte en enkele weken later alsnog stierf.

Mevrouw Kwan was al ziek toen haar schoonmoeder overleed. Ze leed aan een mildere vorm en had kunnen herstellen, maar wilde niet meer leven. Zes Vingers maakte rijstepap voor haar oudere zus, maar toen ze die probeerde te voeren, sloot mevrouw Kwan haar mond en wendde haar gezicht af. 'Ik heb toch niets meer om voor te leven. Mijn man en zoon zijn allebei dood. Als je om me geeft, laat me dan sterven. Dat is minder erg dan in leven blijven.'

Zes Vingers barstte in tranen uit. 'En ik dan? Geef je dan niets om mij?' De ogen van mevrouw Kwan waren al net zo opgedroogd als de waterputten. Ze keek haar zusje dof aan en liet geen traan. 'Vader heeft jouw opvoeding aan mij overgelaten. Van mij mocht je in elk geval leren lezen en schrijven. Misschien kun je dat nog gebruiken om de kost te verdienen. Het ligt er maar aan wat het lot voor jou in petto heeft.'

Dit was het laatste wat ze tegen Zes Vingers zei.

Binnen een maand stierven drie van Roodhaars familieleden. Er was alleen geen geld om hen te begraven. Uiteindelijk namen de dorpsoudsten het heft in handen. Ze verpandden de driekamerwoning van de familie en van de opbrengst betaalden ze de laatste rituelen die moesten worden uitgevoerd, een graf, de doodskisten en de begrafenis.

Na de dood van mevrouw Kwan stuurden de dorpelingen een brief naar haar familie met het verzoek om Zes Vingers te komen halen, maar een reactie bleef uit. Dankzij de laatste woorden van mevrouw Kwan wist haar zusje wat haar te doen stond.

De bejaarde meneer Ding, die vroeger de brieven voor de dorpelingen had geschreven en strofes op papier had gezet, was inmiddels te oud om nog een penseel vast te houden. De dorpelingen wisten dat Zes Vingers kon schrijven. Omdat ze met haar te doen hadden, vroegen ze haar om zijn werk voort te zetten. Al snel ontdekten ze dat ze er veel beter in was dan de oude man. Haar kalligrafie was vloeiend en krachtig. Bovendien bezat ze een vaardigheid die meneer Ding ontbeerde: ze kon schilderen. Ze kreeg allerlei verzoeken, van gewone brieven en nieuwjaarsstrofes, tot speciale kalligrafie- en schilderopdrachten ter ere van geboortes, sterfgevallen, huwelijken en verjaardagen van mensen op leeftijd. Wat ze schilderde, hing natuurlijk af van de gelegenheid. Voor een huwelijk schilderde ze bijvoorbeeld een draak en een feniks die elkaar goedgezind waren of een bloeiende guavestruik. Voor een begrafenis schilderde ze kraanvogels die westwaarts vlogen, in de richting van de ondergaande zon. Voor de verjaardag van iemand op hoge leeftijd koos ze voor hemelse wezens of een geluksvogel met in zijn bek een perzik die een lang leven symboliseerde. Als werd gevierd dat een pasgeboren zoon één maand oud was geworden, tekende ze een scène uit een sprookje, zoals Noh Tsa die in zee speelde, of een eenhoorn als symbool van voorspoed. Ze paste de kalligrafie en de tekeningen aan aan de omstandigheden en de smaak van haar klanten.

Zes Vingers genoot van haar werk en gaf gehoor aan elk verzoek. Ze kreeg echter niet contant betaald. In plaats daarvan ontving ze wat eieren, een paar pond rijst, een stuk stof, brandhout voor het fornuis of wat de heer des huizes haar maar wenste te geven. Ze werd er niet rijk van, maar met haar werk verdiende ze genoeg voor drie maaltijden per dag.

Toch woonde ze in een armzalig schuurtje naast de varkensstal. Vroeger had Roodhaars familie dat gebruikt als voorraadruimte, maar inmiddels was het in verval geraakt. Het lekte en tochtte er en het rook er muf. In de tweede zomer na de dood van haar zus werd het door een tyfoon compleet verwoest, waardoor ze helemaal geen dak meer boven haar hoofd had.

Een van de dorpsvrouwen had medelijden met haar gekregen en haar in huis genomen. De man van tante Cheung Tai was lang geleden naar de Gouden Bergen vertrokken en ze had al vele jaren niets meer van hem vernomen. Ze had geen kinderen, dus na haar dood zou haar tak van de familie uitsterven. Zes Vingers was bij haar ingetrokken en als vergoeding voor de kost en inwoning deelde ze nu haar inkomsten met haar. In elk geval had ze weer een dak boven haar hoofd.

Terwijl Ah-Fat luisterde naar het verhaal van Zes Vingers voelde hij steken van verdriet, alsof een koord rondom zijn hart werd strakgetrokken. Hij dacht terug aan de dag waarop hij met Roodhaar naar de Gouden Bergen was vertrokken. Roodhaar had toen zijn familie gezond en wel achtergelaten, maar daar was nu niets meer van over. Zes Vingers was echter even taai als onkruid dat, op zoek naar het licht, onder het puin vandaan groeide en uitliep. Die meid was een echte overlever.

Hij vertelde zijn moeder dat hij door de jaren heen het kamp waar Roodhaar was begraven verschillende keren had bezocht. Maar het maagdelijke woud was nu een stad en hij had vergeefs naar de steenhoop gezocht. 'Heb je geen spullen meer die ooit van Roodhaar waren?' vroeg zijn moeder.

'Ik heb een oude viool meegenomen die hij vroeger in de Gouden Bergen altijd bij zich had.'

'Wikkel er een doek omheen, dan kun je hem in het familiegraf naast mevrouw Kwan begraven. Het graf is nog steeds open. Je moet het eens laten verzegelen. De familie hoeft immers niet meer op zijn botten te wachten.'

'Ik zal Zes Vingers meenemen,' zei Ah-Fat. 'Het gaat tenslotte om haar zus en zwager.'

'Ik zal de meid vragen om na het eten water voor je op te warmen, zodat je je kunt wassen en scheren. Morgen komen de broers. Ze hebben gehoord dat je terug bent en willen je ontmoeten.'

'Welke broers?'

'Doe niet zo dom! De broers van je aanstaande natuurlijk!'

De volgende ochtend ging Ah-Fat na het ontbijt op pad. Hij liep in westelijke richting door het dorp. Toen hij in de buurt van de oude, houten keet kwam, hoorde hij een tikkend geluid. De deur stond open en hij zag dat tante Cheung Tai binnen achter het weefgetouw zat.

Ze was een broodmagere, kleine vrouw. Om bij het weefgetouw te kunnen had ze een paar houtblokken onder haar kruk gelegd. Met beide handen hield ze de spoel als een gespannen boog vast, maar toch wist ze hem niet door het raam te trekken. Ze weefde een ruwe stof in een grauwgele kleur die nauwelijks van het vuil op de vloer te onderscheiden was. Wanneer het garen op de grond viel, duurde het dan ook even voordat ze het had teruggevonden. Van deze stof werd de kleding gemaakt die de mannen bij het ploegen en oogsten droegen. Het was geen mooie kledij, maar zo stevig dat het enkele seizoenen in weer en wind kon doorstaan. Helaas waren de armen van tante Cheung Tai te kort en krachteloos om het garen goed te kunnen spannen. Haar vakmanschap viel bij dat van mevrouw Mak compleet in het niet.

Terwijl ze aan het weven was, zag ze een grote zwarte vlek op de stof. Ze probeerde hem vergeefs weg te vegen en besefte dat het een schaduw was. Ze keek op en zag dat er een man in de kamer stond. Hij was goedgebouwd, droeg een petje en een satijnen mantel met grijze strepen die aan de scherpe vouwen te zien ongetwijfeld gloednieuw was. De man glimlachte naar haar, waardoor er opeens een worm over één kant van zijn gezicht leek te kronkelen. Tante Cheung Tai gleed met haar ingebonden voetjes van de kruk en viel voorover, zodat haar neus bijna tegen het weefgetouw botste.

De man hielp haar overeind en begroette haar beleefd met tegen elkaar gedrukte handen. 'Uw man was een neef van mijn vader, tante,' zei hij. 'Hij was als een oom voor mij.' Hij toverde twee kleine pakketjes van papier uit zijn mantel tevoorschijn en gaf die haar. 'Ik heb iets voor u meegenomen van de Gouden Bergen, tante.'

Tante Cheung Tai veegde met haar mouw haar vochtige ogen droog. 'Ah-Fat, ben je echt terug? Och, kijk je gezicht nou eens ... Maar goed, je leeft tenminste nog. Weet je iets van je oom Cheung Tai?'

Ah-Fat schudde zijn hoofd. 'Nee, ik ben naar de Chinese Liefdadigheidsorganisatie gegaan, maar zijn naam stond daar ook niet op de lijst. Het is ook al zo lang geleden dat hij naar de Gouden Bergen is vertrokken. Misschien hadden ze toen nog geen lijsten.'

'Twee jaar geleden kwamen twee mannen uit het dorp Sai naar huis,' zei ze. 'Ze beweerden dat ze iemand hadden gezien die sprekend op oom Cheung Tai leek. Hij was in het gezelschap van een roodhuidvrouw geweest.'

'Dan zullen ze zich wel vergist hebben,' zei Ah-Fat. 'Als hij nog leefde, had hij inmiddels vast wel contact met u opgenomen, tante.'

Ze sloot haar mond en zweeg. Uiteindelijk zei ze op kille toon: 'Het maakt niet uit met wie hij was. Hij is met mij getrouwd.'

Haar onderkaak beefde zo dat haar tanden ervan klapperden. Ah-Fat wist niet wat hij moest zeggen om haar te troosten. Oom Cheung Tai was ongetwijfeld allang overleden. Anders was hij op zijn minst teruggekeerd om zijn voorouders de laatste eer te bewijzen. Maar Ah-Fat wist niet wat erger was: dat de oude man dood was of met een andere vrouw was getrouwd. Daarom slikte hij de platitudes die op het puntje van zijn tong lagen weer in.

Tante Cheung Tai hield de twee pakketjes bij haar neus, snoof eraan en nieste. 'Wat is dat nu voor een vreemde geur?' vroeg ze. 'Moet ik daar echt mijn tanden in zetten?'

Ah-Fat barstte in lachen uit. 'Het is niet om op te eten. Het is zeep om uw gezicht mee te wassen. Dan zult u de hele dag lekker ruiken.'

Ze begon ook te lachen. 'Wie wil de geur van deze oude vrouw nu opsnuiven? Dit hoor je aan een jonge vrouw te geven.'

Ah-Fat aarzelde, maar zei toen: 'Tante, als u het echt raar vindt, geeft u ze toch aan Zes Vingers? Als u het bij haar kunt ruiken, is dat toch bijna hetzelfde als wanneer u het zelf gebruikt?'

Tante Cheung Tai riep naar Zes Vingers dat ze hun gast thee moest brengen. Ah-Fat hoorde weliswaar een vaag gemompel, maar verder gebeurde er niets. Hij gluurde naar de achterdeur waar Zes Vingers onder de overhangende dakrand de varkens stond te voeren. Het waren er drie: twee witte en een gevlekte. De nog jonge dieren scharrelden om Zes Vingers heen, piepend op zoek naar voedsel. Zes Vingers schepte met een soeplepel spoeling in de trog, maar het was te dun naar de zin van de biggen. Ze snuffelden wat aan het vocht, maar dropen toen af. Zes Vingers pakte een handje hooi en vermengde het met de vloeistof, waarna ze de biggen ter aansporing tegen de romp sloeg. Al snel hielden de dieren op met piepen en klonk er alleen nog geslurp. Zes Vingers droeg een katoenen tuniek met wijde mouwen. Op het voorpand prijkte een scheve rij knopen en de boorden waren met biesjes versierd. De tuniek had een verwassen, bijna witte kleur. Haar contouren werden er geheel door bedekt, totdat ze bukte en haar in een broek gehulde, stevige ronde billen zichtbaar werden.

Toen Zes Vingers klaar was met het voeren van de varkens, ging ze naar de keuken waar ze met de blaasbalg het vuur opstookte. De thee was klaar voordat de geur van verbrand gras en twijgen hun neus bereikte en Zes Vingers kwam binnen met twee kommetjes op een dienblad. Ah-Fat nam zijn kom aan en zag dat die geen thee bevatte, maar een aftreksel van gepofte rijst. De korrels leken wel maden die in het water zwommen. Een paar osmanthusblaadjes dreven op het oppervlak. Tante Cheung Tai nam een slokje en smakte. 'Hoeveel suiker heb je erin gedaan, nare meid?'

Terwijl ze met haar duimnagel een rijstkorrel tussen haar tanden lospeuterde, riep ze uit: 'Zes Vingers, waarom zit je gezicht onder de vlekken?'

Het meisje wreef in haar gezicht, waardoor haar vinger onder de zwarte inkt kwam te zitten. Ze keek ernaar en glimlachte: 'Ik heb een paar strofes voor de familie van Ah-Yuen gemaakt.'

'Wat voor strofes?' vroeg Ah-Fat.

'Ter ere van de zestigste verjaardag van zijn vader.'

'Mag ik zien wat je hebt gemaakt?' vroeg Ah-Fat.

Zes Vingers bracht hem naar het achterste vertrek, dat als keuken dienstdeed. Er stonden een fornuis met twee pitten voor de kookpotten – een grote en een kleine –, een eettafel en een grote aardewerken kruik. De rest van de ruimte werd in beslag genomen door stapels gras en twijgen voor het fornuis, hooi voor de varkens en strengen garen voor het weefgetouw. Zes Vingers kalligrafeerde aan de eettafel, waarop nu een vel papier lag uitgespreid om de inkt te laten drogen. In het vertrek, dat slechts één raampje telde, was het een stuk donkerder dan aan de voorkant. Zes Vingers had de lamp op de laagst mogelijke stand gezet om olie te besparen en het vlammetje was amper groter dan een erwt. Ah-Fat moest zijn ogen toeknijpen om de karakters te kunnen onderscheiden.

De rechterstrofe luidde: *Een leven zo lang als de zuidelijke bergen, van al uw handelingen gaat liefde uit.* De linkerstrofe luidde: *Voorspoed, zo groot als de oostelijke zeeën, u brengt allen geluk.* Op de strook over de bovenzijde stond: *Een gelukkige oude dag die eeuwig moge blijven duren.*

Op het met goud bespikkelde, rode papier stonden de weinige karakters zowel verticaal als horizontaal keurig in het gelid en de penseelstrepen waren met een zekere hand gemaakt. Ah-Fat bekeek het werk van alle kanten en draaide zich toen om naar Zes Vingers. Door zijn starende blik werd ze knalrood en leek ze haar hoofd als een kalkoen in haar nek te trekken. Ze gaat als een man te werk, dacht Ah-Fat, en haar kalligrafie lijkt ook op die van een man. Toch ziet ze eruit als een lief meisje.

'Waar heb je die strofes vandaan?' vroeg hij. '*Het compendium van oude en nieuwe nieuwjaarswensen?*' Ze schudde haar hoofd.

'*Strofes en karakters voor boeren?*' vroeg hij vervolgens. Opnieuw schudde ze haar hoofd. 'Meneer Ding gebruikte alleen die twee,' drong hij aan. 'Je hebt toch geen andere boeken?'

Weer schudde Zes Vingers haar hoofd en ze friemelde zenuwachtig aan haar jasje. Ten slotte zei ze: 'Ik heb helemaal geen boeken.'

Ah-Fat was stomverbaasd. 'Wil je nu zeggen dat je ze zelf bedenkt?' Opnieuw begon Zes Vingers hevig te blozen. 'Het is zeker geen goede combinatie?' fluisterde ze.

'Ik vind het een uitstekende combinatie,' zei Ah-Fat. 'Misschien moet je "van al uw handelingen gaat liefde uit" veranderen in "alles wordt door uw liefde geraakt". Dat past beter bij "u brengt allen geluk".'

'Dat is waar. Dat klinkt veel beter!' Ze stond al op het punt om het papier te verscheuren en de strofe te herschrijven toen Ah-Fat opeens zei: 'Laat mij het doen.' Zes Vingers vermaalde de inkt, legde het papier neer, maakte het penseel nat en gaf dat aan Ah-Fat.

Ah-Fat dompelde het penseel in de inkt. Pas na lang nadenken zette hij het op het papier. Hij schreef de strofe in één keer op en stopte alleen even om het penseel weer in de inkt te dopen. Vervolgens wierp hij het penseel in het water en schonk hij er geen aandacht meer aan. Zes Vingers ruimde het penseel en de inkt op. 'Meester Ah-Fat, uw kalligrafie wordt steeds mooier. Was u in de Gouden Bergen in de gelegenheid om te oefenen?'

'Ken jij mijn handschrift dan?' vroeg Ah-Fat verbaasd. Zes Vingers lachte even. 'Telkens als u naar huis schreef, moest ik de brief aan uw moeder voorlezen.'

'Zijn alle brieven die ik van haar kreeg dan door jou geschreven?'

Zes Vingers knikte en Ah-Fat begon te lachen. 'Geen wonder.'

'Wat bedoelt u?'

'Ik vond het al zo vreemd dat die oude schildpad van een Ding opeens zo mooi was gaan schrijven!' zei Ah-Fat.

Zes Vingers wrong een handdoek uit en gaf die aan Ah-Fat, zodat hij zijn handen kon schoonmaken. Ah-Fat zei dat het zonde was om een schone, witte handdoek vies te maken, greep een vuile doek van de tafel en wreef zijn besmeurde vingers er snel aan af. Zes Vingers liep met hem naar de deur. In het felle zonlicht leken de takken dikker te zijn geworden. Als je goed keek, zag je dat veel bloesems waren opengegaan. De blauwe, katoenen schoenen van Ah-Fat lieten vage sporen achter op de grond, maar wierpen geen stof op. Er sloeg juist een lichte damp van de aarde.

Toen Ah-Fat zijn huis weer betrad, snoof hij de aangename geur van brandend gras in het fornuis op. Een dienstmeid was bezig met de bereiding van het middagmaal. In de voorkamer zat mevrouw Mak boontjes te doppen. Ze mocht dan blind zijn, er zaten 'ogen' in haar vingers die feilloos wisten waar de randen van de peulenschil zaten. Met haar duim drukte ze een rand in, waarna de schil openbrak en de bonen in een gestage stroom in haar bamboemandje vielen.

Mevrouw Mak had niet alleen extra ogen in haar vingers, maar ook in haar oren. Deze 'ogen' knipperden even toen de boord van Ah-Fats nieuwe mantel, waaraan nog vochtige kippenstront kleefde, over de drempel streek en ruisend naderbij kwam.

'Moeder, neem even pauze en kom buiten bij mij in de zon zitten. Ah-Choi kan dat ook doen.'

Mevrouw Mak ging echter gewoon door met haar werk. De rimpeltjes rond haar mondhoeken trilden licht.

Ah-Fat wist dat het betekende dat ze in tweestrijd verkeerde. Verontwaardiging steeg op uit haar hart en berusting daalde neer uit haar hoofd. De tegenstrijdige emoties stuitten rond de mondhoeken op elkaar. Al van jongs af aan was Ah-Fat vertrouwd met deze gezichtsuitdrukking. Telkens als zijn vader bij een gevecht betrokken was geraakt of opium had gerookt of wanneer hij en Ah-Sin niet genoeg gras voor de varkens hadden weten te verzamelen, was die blik op haar gezicht verschenen.

'Ze hebben de hele ochtend op je gewacht,' zei ze.

Opeens besefte Ah-Fat dat hij vandaag de familie van zijn aanstaande had moeten ontmoeten.

'Wat ben ik toch een stomkop. Toen ik vanochtend opstond, heb ik er geen moment meer aan gedacht!' Hij sloeg zich geërgerd tegen het hoofd.

'Het is bijna twintig li lopen, dus ze zijn al voor zonsopkomst op pad gegaan. Ze zijn weer naar huis teruggekeerd en wilden zelfs geen hapje blijven eten.'

Ah-Fat pakte een kruk, ging naast zijn moeder zitten en hielp haar met het doppen van de boontjes. Ze waren veel te klein voor zijn grote handen. In tegenstelling tot de vingervlugge mevrouw Mak duwde hij onbeholpen in de schil. Toen die openscheurde, schoten de erwtjes alle kanten op.

De trekken rond zijn moeders mond verzachtten stilaan.

Opeens bewoog Ah Fat zijn handen niet meer en hoorde ze een zucht – of beter gezegd: ze zag de zucht. De 'ogen' in haar oren tuurden om te zien waar de zucht uit haar zoons hart naartoe ging. Hij steeg op naar zijn wenkbrauwen waar een kleine knoop ontstond op de plek waar ze samenkwamen. Uiteindelijk viel hij in het mandje, verstrooid tussen de erwtjes.

'Wat zonde,' verzuchtte Ah-Fat.

Mevrouw Mak moest een glimlach onderdrukken. Haar zoon mocht dan al die jaren onder die duivelse blanken in de Gouden Bergen hebben geleefd, hij was nog altijd even goedhartig als vroeger.

'Het is niet het eind van de wereld. Vraag Ha Kau maar of hij je er morgen naartoe wil brengen. Dan kun je je spijt betuigen en is alles weer in orde. Het zijn redelijke mensen.'

Ze had hem verkeerd begrepen, maar Ah-Fat verklaarde zich niet nader. Hij bleef lukraak boontjes doppen. Na een tijdje zei hij: 'Die schoonzus van oom Roodhaar heeft veel talent. Wat jammer dat ze zo'n zwaar leven heeft gehad.'

Mevrouw Mak schudde haar hoofd. 'Zes Vingers heeft inderdaad talent,' zei ze instemmend, 'maar in een fatsoenlijke familie maakt het geen donder uit of een dochter talent heeft, aangezien ze hoe dan ook zal moeten trouwen. De enige meisjes die echt leren lezen en schrijven, zijn de kindhoertjes in de dure bordelen van Guk Fau.'

'Maar moeder, in de Gouden Bergen gaan meisjes gewoon naar school,' bracht Ah-Fat ertegen in. 'Als meisjes kunnen lezen en schrijven, worden ze ook niet zo snel beduveld. Bovendien kunnen ze het later weer aan hun kinderen leren.'

'Ha!' sputterde zijn moeder tegen. 'Ik kan nog geen letter lezen, maar ik ben nog nooit beduveld. Jij en je broer zijn toch naar school geweest? Daar hadden jullie mij niet voor nodig.'

Ah-Fat barstte in lachen uit. 'Als je wel had kunnen lezen en schrijven, had je niet iemand anders hoeven vragen om brieven aan mij te schrijven. Dat had je heel wat eieren, thee en geld bespaard. Je weet niet eens wat de brievenschrijfster daadwerkelijk heeft geschreven. Als ik je een cheque stuurde, wist je niet om welk bedrag het ging. Misschien ben je wel beduveld. Wie zal het zeggen?'

Mevrouw Mak moest er ook om lachen, waardoor haar afgebrokkelde tanden zichtbaar werden. 'Ja, je hebt gelijk. Zolang het niet te veel kost en ze haar huishoudelijke taken niet verwaarloost, zou het best kunnen. Als je een dochter krijgt, moet je zelf maar beslissen of je haar naar school laat gaan.'

Ze zeiden niets meer en mevrouw Mak keek op. Ze zag een vage schittering, waaruit ze afleidde dat de zon op zijn hoogste punt stond en de bomen op het erf nu hun kortste schaduwen wierpen.

Door een trilling in de 'ogen' in haar oren 'zag' ze hordes wormen die onder de wortels van de banyan op het erf door de aarde woelden. De eerste maand van het nieuwe jaar was bijna ten einde. Zodra de aarde veranderde, was het tijd voor ploegen en zaaien. Voor die tijd moest Ah-Fats huwelijk zijn voltrokken. Morgen zouden ze een datum moeten prikken.

'Ah-Fat, sukkel die je er bent!' riep mevrouw Mak uit, terwijl ze in haar mandje graaide. 'Waarom gooi je de schillen erin?'

Ah-Fat stond op en zag dat hij de erwtjes had weggegooid en de schillen in het mandje had gedaan. Hij scharrelde rond om de erwtjes op te rapen en waste ze in een kom water schoon.

'Is Zes Vingers al verloofd, moeder?' vroeg hij.

'Eind vorig jaar zagen mensen uit Sai die hier op familiebezoek waren, de kalligrafieën in hun huis. Toen ze ontdekten dat Zes Vingers ze had gemaakt, vroegen ze de tussenpersoon om een huwelijk tussen hun zoon en haar te arrangeren. Maar Zes Vingers weigerde. Haar moeder en vader leven nog, maar willen haar niet terug. Eigenlijk is ze dus een wees. Ze mag zelf bepalen wat ze wil. Het hoort ook niet dat vreemden de kalligrafieën en tekeningen van een meisje te zien krijgen.'

'Waarom weigerde ze dan?'

'Ze zei dat de jongen niet kon lezen en schrijven.'

Ah-Fat schoof het mandje opzij en knielde boven op de peulenschillen neer.

'Moeder,' smeekte hij. 'Laat mij ook mijn eigen baas zijn! Ik wil met Zes Vingers trouwen ...'

Voor mevrouw Mak was het alsof de zon aan haar voeten explodeerde, waardoor een regen van vonken op haar oren werd afgevuurd. Er klonk een gezoem als van een propvolle bijenkorf. Toen de bijen eindelijk wegvlogen, kon ze haar eigen stem weer horen. Die klonk iel en breekbaar. De gerafelde woorden werden door de wind meegenomen: 'Ellendige jongen! Ben je soms vergeten dat je al aan iemand bent beloofd?'

'Natuurlijk niet, moeder. Maar ik ken haar niet en Zes Vingers ken ik wel. Je weet dat het een goede meid is en ik mag haar echt graag. In de Gouden Bergen ben ik bijna de hongerdood gestorven,' vervolgde hij, 'maar dankzij de goudklomp van Roodhaar heb ik het gered. Hij was mijn weldoener. Nu is zijn familie dood en begraven en is alleen Zes Vingers nog over. Als ik met Zes Vingers trouw, kan ik nog iets terugdoen voor Roodhaar.'

'Heb jij soms maden in je brein? Roodhaar was je oom, dus hij was ouder dan jij. Hij trouwde met de oudere zus van Zes Vingers, waardoor zij ook een generatie boven je staat.'

'Ja, daar heb ik ook over nagedacht, moeder. Zes Vingers is geen bloedverwant van ons, zelfs niet als je vijf generaties teruggaat. Zij en tante Cheung Tai zijn praktisch moeder en dochter, waardoor ze van dezelfde generatie is als ik.'

'En hoe moet het dan met je aanstaande en haar familie, en onze huwelijksgeschenken die door drie muilezels naar hen vervoerd zouden worden? Het is allemaal al geregeld. Waar heeft dat arme kind het aan verdiend dat haar verloving wordt verbroken?'

'Moeder, het is onze schuld dat we hen in de steek laten. We zullen de huwelijksgeschenken niet opeisen. Bovendien geven we hun nog eens tweehonderd dollar als blijk van onze oprechte spijt. Met zo'n bedrag kunnen ze zelfs een schoonzoon vinden die bij hen komt inwonen.'

'En mijn reputatie dan? Ik heb dit huwelijk voor jou gearrangeerd. Daar zijn je voorouders getuige van. Nu je er zonder goede reden van afziet, kan ik me niet meer vertonen in het dorp.'

'Moeder, ik ben op mijn zestiende naar de Gouden Bergen gegaan en ben daar door een hel gegaan. Als ik niet om jou had moeten denken, was ik aan lager wal geraakt. Nu ben ik terug, maar ik weet niet hoe lang ik kan blijven. Misschien een jaar, misschien een paar maanden, maar vroeg of laat zal ik naar de Gouden Bergen moeten terugkeren. Voor hard werken schrik ik niet terug. Maar ik wil gewoon trouwen met een meisje dat bij me past en me gelukkig maakt. Ik wil ook dat ze voor jou zal zorgen als ik straks weer ben vertrokken. We weten niet wat we aan dat meisje hebben. Maar iedereen hier weet dat Zes Vingers een lief en deugdzaam meisje is. Misschien is ze niet zo goed met naald en draad als jij, maar het kan er best mee door en ze zal een grote steun voor je zijn. Alsjeblieft, moeder, geef me mijn zin!'

'Haar ouders gaven haar aan Roodhaar en zijn familie omdat ze dachten dat haar zesde vinger ongeluk zou brengen en ze geen man voor haar zouden kunnen vinden. Vind jij dat geen beangstigend idee?'

'Haar ouders zijn gewoon dom. Magistraat Huang heeft ook een zesde vinger en hij bestuurt een hele provincie vol vijfvingerige mensen. Misschien is Zes Vingers wel voorbestemd om rijk en machtig te worden! Bovendien maakt ze bij alle bijzondere gelegenheden de gelukswensen voor de dorpelingen. Ik heb nog nooit gehoord dat ze iemand onheil heeft gebracht.'

Zijn moeder greep de peulenschillen met trillende handen vast. Het sap druppelde tussen haar vingers door over de gerimpelde huid van de rug van haar hand.

'Je kunt niet op de verloving terugkomen. Dan zou ik te veel gezichtsverlies lijden. Neem Zes Vingers dan als je tweede vrouw. Ga morgen met Ha Kau naar je aanstaande schoonvader en vraag hem of je eerst met zijn dochter en daarna met Zes Vingers mag trouwen.'

Ah-Fat wilde nog iets zeggen, maar zijn moeder was al overeind gekomen en hobbelde zonder hulp van haar stok naar de keuken.

'We zullen eerst haar horoscoop moeten laten trekken. Dat is bij een tweede vrouw net zo belangrijk als bij een eerste. Onze familie kent nu al heel wat jaren geen vetes meer. Ik zal niet toestaan dat een vrouw rampspoed over ons brengt.'

Toen tante Cheung Tai haar gast had uitgelaten en in de achterkamer terugkeerde, zat Zes Vingers daar te naaien. Ze verstelde een gevoerd jasje dat ooit van haar zus was geweest. Het was gemaakt van zijde, geen dure weliswaar, maar het jasje was nog zo goed als nieuw omdat het een hele tijd in een koffer had gelegen. Toen Zes Vingers er weer aan dacht, zaten er helaas al mottengaten in. Gelukkig alleen bij de oksel, zodat de gaatjes konden worden gestikt zonder dat dat in het oog zou lopen. De saffierblauwe stof was met borduursels van donkerblauwe bloemen versierd. Het was misschien eerder iets voor een oudere vrouw, maar het was niettemin een mooi jasje. Het had een brede, versierde boord, een opstaande kraag en brede mouwen, zoals de jasjes in de stijl van de Mantsjoes die in Noord-China werden gedragen. Het zou de lange gestalte van Zes Vingers goed doen uitkomen.

Zes Vingers was bijna klaar met het verstelwerk en trok de mouwen weer naar buiten. Bij het naaien gebruikte ze haar duim en wijsvinger, maar het extra stompje naast haar duim wiebelde dan heen en weer alsof het ook driftig meedeed. In feite zat die vinger haar alleen maar in de weg. Hoewel ze haar andere vingers en tenen goed verzorgde, schonk Zes Vingers geen aandacht aan deze vreemde vinger. Hij had net zo goed van een ander kunnen zijn. Het ongewenste stompje hoorde gewoon niet bij haar.

Misschien had ze zonder deze vinger een totaal ander leven geleid en was ze nooit hier terechtgekomen. Had ze nu een goed leven? Op die vraag wist ze het antwoord niet. Ze had geen vergelijkingsmateriaal. Toch vroeg ze zich heimelijk af of het lot een ander leven voor haar in petto zou hebben gehad als ze zonder extra vinger was geboren.

Tante Cheung Tai gaf haar een pakketje en ging naast haar zitten. Het was verpakt in dik, geel papier, waarop een reep rood cadeaupapier was geplakt. Hoewel het nog dichtzat, was aan het vet dat erdoorheen lekte te zien dat het in de stad gekochte lekkernijen bevatte.

'Walnootkoekjes. Gekregen van het Derde Omaatje. Neem een hap.' Het Derde Omaatje was de tussenpersoon van het dorp.

Zes Vingers schudde haar hoofd. 'Nee, bedankt, ik heb geen honger.' Dit was niet helemaal waar. Ze had inderdaad geen honger omdat ze net een grote kom zoete aardappelpap had verorberd en nog helemaal vol zat. Maar ze had best trek in koekjes. Sinds de dood van haar zus had ze nog maar zelden vet voedsel gegeten of zelfs maar gezien. De vetvlekken op het papier herinnerden haar aan de vorm, smaak, kleur en textuur van de delicatesse die erin was verpakt en deden haar het water in de mond lopen.

Tante Cheung Tai streek over het jasje op tafel en tuitte bewonderend haar lippen. 'Zijde uit de Drie Gouden Cirkels ... Niemand in het dorp bezit zoiets kostbaars. Je zus had verstand van kleding. Waarom zijn de mouwen zo kort? Ze komen maar tot je ellebogen.' Zes Vingers pakte het jasje op en hield het tegen de oudere vrouw. 'Ze zijn niet te kort. Ze zijn precies goed.'

'Maar dit is toch niet voor mij?' riep tante Cheung Tai uit, met haar handen wapperend van opwinding. 'Dat past toch helemaal niet bij een oude vrouw als ik!'

Hoewel ze ostentatief haar hoofd schudde, krulden haar mondhoeken tot een glimlachje waaruit Zes Vingers afleidde dat het jasje haar beviel. Tijdens het bereiden van het varkensvoer op het fornuis hadden vonken van het vuurtje enkele dagen eerder grote gaten in het oude, linnen jasje van tante Cheung Tai geschroeid. Het jasje was echter al zo vaak opgelapt dat het niet meer te herstellen viel.

'Heb je gehoord wat het Derde Omaatje te zeggen had?' vroeg tante Cheung Tai, terwijl ze de draad voor Zes Vingers afknipte.

Zes Vingers zweeg en liet op geen enkele wijze blijken of ze er iets van had meegekregen.

'Het is een goede man. Je hebt hem ontmoet en hij heeft met je gepraat. Een vriendelijke, knappe man. Het is jammer van dat litteken in zijn gezicht. Maar dat heb je tenminste ook al gezien. Toen ik ging trouwen was dat wel anders. Ik had een sluier voor mijn gezicht en kon amper iets zien van mijn nieuwe onderkomen of mijn echtgenoot. Pas toen de sluier afging, zag ik dat zijn gezicht onder de pokputten zat.'

Zes Vingers bleef zwijgen. In het vertrek was alleen het geluid te horen van de naald en draad die door de stof werden getrokken.

'Je woont nu al jaren bij mij,' vervolgde tante Cheung Tai. 'Hoewel je niet uit mijn buik komt, ben ik als een moeder voor jou. Ik kan dit voor je regelen. Als je de tweede vrouw bent van een man van de Gouden Bergen, is dat misschien zo slecht nog niet. Bij andere families krijg je het slechte humeur van je schoonmoeder en de eerste vrouw op de koop toe. Maar de kans is groot dat deze man jou zal meenemen naar de Gouden Bergen. Jullie zullen daar gelukkig zijn, terwijl zijn eerste vrouw hier voor zijn familie zorgt. Zo doen al die kerels van de Gouden Bergen dat.

Hij zal zijn eerste vrouw aan het eind van de eerste maand trouwen en twee maanden later trouwt hij dan met jou. Hij zal een jaar in het dorp blijven en als jullie allebei zwanger raken, worden er straks misschien wel twee baby's geboren.'

Zes Vingers stopte met naaien. Haar vingers verroerden zich niet meer. Alleen haar extra vinger trilde nog als een geschrokken waterjuffer.

'Ze zijn erg gul geweest met de verlovingsgeschenken. Ze willen je niet beledigen, dus je krijgt evenveel als de eerste vrouw. Volgens mij vindt hij je echt leuk. Als hij niet al verloofd was geweest, was je misschien wel zijn eerste vrouw geworden. Eerste of tweede vrouw, het doet er eigenlijk niet zoveel toe. Als hij jou leuker vindt, zal hij jou ook beter behandelen. Het is net als met de oude keizers: de meisjes van wie ze echt hielden, werden hun favoriete concubines. Daar had de keizerin geen invloed op.'

Zes Vingers legde het jasje neer, stond op en liep naar het fornuis. Als het vuur niet brandde, was het een donker hoekje en de schemer slokte haar op alsof ze in een zwarte lap werd gewikkeld. Ze was onzichtbaar, maar tante Cheung Tai hoorde geruis, alsof ze iets pakte.

'Moeder Cheung Tai, ik wil niet bij die familie horen.' Haar zachte stem reikte door de mantel van duisternis.

'Waarom niet? Je kunt het altijd goed vinden met tante Mak en Ah-Fat zal goed voor je zijn. Komt het door het litteken?'

Zes Vingers zweeg. De stilte overspoelde het vertrek als een grote inktvlek. Na lange tijd loste die weer enigszins op en dreef er een iele stem doorheen: 'Het zijn ook goede mensen.'

Tante Cheung Tai slaakte een zucht. 'Waarom zie je het dan niet zitten, dom gansje?'

'Moeder Cheung Tai, ik ... Ik wil niet iemands tweede vrouw zijn.'

De oudere vrouw zuchtte opnieuw. 'Zes Vingers, je bent inmiddels achttien jaar. Dan hoort een meisje eigenlijk al getrouwd te zijn. Je zult een oude vrijster worden als je het niet doet. Vorig jaar kreeg je al een huwelijksaanzoek. Als je daarop was ingegaan, was je wel de eerste vrouw geweest. Maar je weigerde en ik was het met je eens. Hij paste echt niet bij je. Maar Ah-Fat is perfect voor jou. Het zal wel je lot zijn dat je een tweede vrouw wordt. Als je dat niet kunt accepteren, zul je bij mij oud en grijs worden.'

Zes Vingers schoot tevoorschijn uit het schemerdonker, voorovergebogen alsof ze een zware bundel takken op haar rug droeg. Hijgend zei ze: 'Ik wil niet iemands tweede vrouw worden, moeder Cheung Tai.'

Het geduld van de oudere vrouw raakte op. Het leek alsof ze elk moment in woede kon uitbarsten.

'Als je deze kans niet grijpt, Zes Vingers,' waarschuwde ze, 'waar denk je dan nog een man te vinden die het niets kan schelen dat je zes vingers hebt? Iedereen wil natuurlijk liever de eerste vrouw zijn. Maar voor jou is dat nu eenmaal niet weggelegd. Je mag Boeddha wel danken dat deze familie zoveel verlovingsgeschenken overheeft voor een tweede vrouw.'

Zes Vingers hield iets zwaars bij haar middel wat ze nu omhooghield. Ze greep het zo stevig vast dat het leek alsof ze er water uit probeerde te wringen. Het gaf haar moed en haar antwoord was bruusk: 'Ik wil geen tweede vrouw worden, moeder Cheung Tai.'

Tante Cheung Tai stond met haar rug naar Zes Vingers toe en ruimde de naaispulletjes op. Haar reactie was al even bruusk: 'Deze keer heb je er niets over te zeggen. Ik heb ons antwoord al aan het Derde Omaatje doorgegeven. Voor de vijfentwintigste dag van deze maand zijn de voortekenen gunstig. Over de geschenken zijn we het ook eens.'

Zes Vingers reageerde niet. Even later hoorde tante Cheung Tai een doffe klap. Ze keek om en zag Zes Vingers op de grond liggen. Iets donkerroods gutste uit haar hand en zorgde voor een steeds grotere natte plek op het voorpand van haar jasje. Aanvankelijk dacht tante Cheung Tai dat het meisje met de rode inkt had geknoeid die ze voor haar tekeningen gebruikte. Toen zag ze het vingerstompje op de vloer liggen, als een verschrompelde slak in een plas bloed.

Met het mes waarmee het varkensvoer werd versneden had Zes Vingers haar zesde vinger afgehakt.

Drie dagen lang balanceerde Zes Vingers op het randje van de dood. De kruidendokter kwam langs, bekeek de wond en nam haar pols. Zijn diagnose luidde bloedvergiftiging door het gebruik van het smerige mes. Hij zag het somber voor haar in.

Toen het slechte nieuws de Fongs bereikte, zat Ah-Fat net te oefenen op zijn kalligrafie. Hij kopieerde een beroemd gedicht van een dichter van de zuidelijke Song-dynastie. Hij had het mooiste, best absorberende papier gekozen en schreef zo vlug mogelijk, in een zwierig schuinschrift. Toen hij hoorde wat de tussenpersoon zijn moeder te vertellen had, hield hij abrupt op met schrijven. Een dikke druppel zwarte inkt viel van het penseel van wolvenhaar op het papier.

Toen Ah-Fat tevoorschijn kwam, was de tussenpersoon alweer verdwenen. In de achtertuin had een kip zojuist een ei gelegd. Al fladderend en kakelend scharrelde ze om mevrouw Mak heen, hopend op wat rijstkorrels als beloning. Ah-Fat bekogelde het dier met een steen. De kippen begonnen oorverdovend te kakelen. Terwijl ze hun toevlucht tot het hek zochten, veranderde de tuin in een warboel van fladderende kippenvleugels. Mevrouw Mak veegde een veertje uit haar gezicht. 'De kleefrijst is nog warm,' zei ze. 'Zal ik Ah-Choi vragen om je wat te brengen?'

Ah-Fat gaf geen antwoord. Hoewel zijn moeder hem niet kon zien, wist ze dat zijn gezicht op onweer stond. Zijn hardnekkige zwijgen bedrukte haar steeds vaker. Ze had het gevoel dat haar lichaam werd geplet onder het gewicht ervan. Haar zoons hart was van steen geworden en ze wist het niet meer te beroeren. Ze zocht koortsachtig naar iets om te kunnen zeggen. Haar stem klonk spichtig en iel. 'Ik zal Ah-Choi met een boodschap naar tante Cheung Tai sturen. We betalen voor de taoïstische rituelen, verspreid over drie dagen, om boete te doen voor de ziel van het overleden meisje.'

Haar woorden waren als een kiezel die in doodstil water viel. Het duurde even voor er een rimpeling aan het oppervlak verscheen.

'Zes Vingers is nog niet dood, moeder.'

'De kruidendokter zei dat we de begrafenis maar beter konden voorbereiden.'

Ah-Fat zweeg. Mevrouw Mak spitste de 'ogen' in haar oren, maar opeens leken die niets meer waar te nemen. Ze besefte dat ze helemaal blind was geworden. Ze zou nooit meer in haar zoons hart kunnen kijken.

'Ik ga uitzoeken wanneer de volgende boot naar de Gouden Bergen vertrekt, moeder.'

Haar zoon had zich omgekleed en zijn schoenen aangetrokken en wilde al navraag gaan doen toen het eindelijk tot mevrouw Mak doordrong dat ze een grote fout beging. Elke steen en tegel van het huis, elk veld en elk stuk vee, elke rijstkorrel in de eetkommen van de vrouw des huizes tot aan de dienstmeiden aan toe, hadden ze met de cheques van Ah-Fat kunnen betalen. Ze had in de veronderstelling verkeerd dat zij het voor het zeggen had gehad, maar realiseerde zich nu dat haar zoon aan het hoofd van de familie stond. Hun lot lag in zijn handen. Het voortbestaan van de hele familie hing af van zijn loyaliteit. Als zijn hart niet meer naar hen uitging, waren ze reddeloos verloren. Toen die afschuwelijke waarheid tot haar doordrong, verschenen er troebele, gelige tranen in haar ooghoeken.

Ze kwam ook tot het inzicht dat Zes Vingers zo haar goede kanten had. Ze wist van aanpakken, stond stevig in haar schoenen en had een eigen mening. Bij belangrijke familieaangelegenheden zouden de blinde, oude mevrouw Mak en haar zwakke, hulpeloze schoonzus zich geen raad weten. Als haar zoon er niet was, hadden ze iemand als Zes Vingers nodig als rots in de branding. Ze had niet toegestaan dat Ah-Fat Zes Vingers als eerste vrouw nam, omdat ze in het dorp geen gezichtsverlies wilde lijden. Toch was dat slechts een dun laagje vernis. Als ze niets meer om voor te leven hadden, viel er simpelweg geen gezichtsverlies meer te lijden.

Bovendien had Zes Vingers geen zes vingers meer. Met één houw van het mes had ze haar lot veranderd.

'Ah-Fat, vraag Ah-Choi om het Derde Omaatje te halen. Zij moet tante Cheung Tai laten weten dat als Zes Vingers het haalt, we de andere verloving zullen verbreken. Dan kan ze alsnog je eerste vrouw worden,' zei ze. 'Deze problemen kunnen alleen worden opgelost door degene die ze heeft veroorzaakt. En dat meisje is een taaie. Als ze het nieuws hoort, heeft ze misschien weer iets om voor te vechten.'

Mevrouw Mak hoorde dat haar zoon zijn pas vertraagde.

'Goed,' zei hij, 'maar in plaats van Ah-Choi neem ik jou mee naar het Derde Omaatje.'

Moeder en zoon gingen snel op pad. Mevrouw Mak hobbelde met zo'n vaart dat Ah-Fat haar amper kon bijhouden.

Toen het Derde Omaatje het huis van tante Cheung Tai betrad, bleven Ah-Fat en zijn moeder buiten wachten. Mevrouw Mak omklemde een gloednieuwe zakdoek die nu kletsnat van het zweet was. Ze hoorde hoe Ah-Fat heen en weer drentelde over de aangestampte modder voor het huis. Het geluid pijnigde haar oren en leek repen vlees van haar hart te schrapen. Ze was al even zenuwachtig als haar zoon.

Het duurde een hele tijd voordat het Derde Omaatje weer naar buiten kwam. Ze leek terneergeslagen. Normaal gesproken was ze goed van de tongriem gesneden, maar nu klonk haar stem onvast: 'Ze heeft geen woord gezegd. Ze knipperde zelfs niet met haar ogen.'

'Hebt u tante Cheung Tai gevraagd om het te vertellen of hebt u het zelf gedaan?' vroeg mevrouw Mak.

'Natuurlijk heb ik dat zelf gedaan. Ik heb het in haar oor gefluisterd. Helaas ziet het er niet naar uit dat ik zal kunnen genieten van de geschenken die ik voor mijn moeite zou krijgen. Volgens de kruidendokter zal ze de nacht niet halen.'

Op de terugweg kon mevrouw Mak juist haar zoon niet bijhouden. Ze had het gevoel dat de hemel op haar neerstortte. Ze kon het geschuifel van haar lotusvoetjes amper horen en de wandelstok in haar hand leek te kreunen onder haar gewicht.

'Ah-Fat, als je echt wilt gaan, kan ik je niet tegenhouden, maar wacht dan in elk geval totdat Zes Vingers is begraven,' riep ze hem na met schorre stem.

Toen tante Cheung Tai midden in de nacht naar de achtertuin ging om te plassen, hoorde ze een vreemd geluid. Het was als een tochtvlaag die tussen de kieren door floot of het geluid van fijne motregen die door de aarde wordt opgeslorpt. Ze keek op naar de frangipane, maar de takken bewogen niet. Ze streek over de stam, maar die was niet nat. Het was een droge, stille nacht. Ze trok haar broek op en liep op de tast naar de plek waar het geluid vandaan kwam. Even later stond ze aan het bed van Zes Vingers.

'Pap ... Pap ...' mompelde het meisje.

2004, Hoi Ping, provincie Guangdong, China

Die ochtend werd Amy wakker van de telefoon. Ze wist even niet waar ze was, ging zitten en deed haar ogen open. Witte vlekken die wel wat weg hadden van bloemen of vlinders dansten op de muur. Ze besefte dat het de zonnestralen waren die door het gordijn heen kwamen.

Ze had barstende koppijn en het aanhoudende gerinkel van de telefoon hamerde tegen haar schedel.

'Heb je een kater?' vroeg een mannenstem.

Amy had geen idee wie het was.

'Je spreekt met Auyung van het Bureau van Chinese Zaken Overzee. We hebben elkaar gisteren ontmoet,' zei hij.

Amy herinnerde zich vaag weer iets van de vorige avond.

'Heb ik veel gedronken?' vroeg ze.

'Dat is nog zwak uitgedrukt! Ik zal er niet omheen draaien: je was stomdronken.'

Amy sprong uit bed. 'Dat is onmogelijk!' riep ze uit. 'Ik drink nooit als er onbekenden bij zijn.'

'Misschien beschouw je mij dan niet als onbekende,' zei Auyung lachend.

'Misschien niet. Maar waarom zou ik jou eigenlijk geloven?'

'Je zong een liedje. In het Engels. Telkens weer.'

'Niet waar!' riep Amy. 'Dat is onmogelijk. Ik zing nooit. Al helemaal niet als er anderen bij zijn.'

'Wat alcohol al niet met een mens doet,' zei Auyung. '*In vino veritas* luidt het gezegde toch? Je zong *Moonlight on the River Colorado*. In het Engels. Zal ik een stukje voorzingen?'

Amy zweeg. Tijdens haar studententijd in Berkeley had ze dat lied vaak gezongen. In die tijd kwam ze maar weinig aan studeren toe. Samen met haar vrienden had ze vooral meegedaan aan allerlei sit-ins op het stadhuisplein. Het waren protestacties voor of tegen het een of ander geweest: tegen de oorlog, tegen discriminatie, tegen uitbuiting, voor vrouwenrechten, voor dienstweigeraars en voor homoseksuelen. Als ze een hele dag op het plein had gezeten, was ze soms allang vergeten waartegen ze ook alweer protesteerde. Als de demonstranten verveeld raakten, speelde iemand wat akkoorden op zijn gitaar en zongen ze samen. Het populairste lied was *Moonlight on the River Colorado*.

Maar dat was allemaal al zo lang geleden. Wat vreemd dat een fles drank zulke lang vervlogen herinneringen naar boven kon halen.

'Dat zal pijn aan je oren hebben gedaan. Toen ik nog klein was, hoefde ik mijn mond maar te openen of mijn moeder riep al dat ik vals zong.'

'Het hangt er maar van af wat het vergelijkingsmateriaal is. In vergelijking met mijn zangkunsten was het wonderschoon.'

'Wat voor gênante dingen heb ik nog meer gedaan? Zeg het maar meteen. Dat heb ik liever dan dat ik er stukje bij beetje achter kom.'

'Volgens mij is het toch beter om dat in porties te vertellen. Anders weet je je geen raad als je me straks weer onder ogen moet komen.'

Amy begon te lachen. Ondanks zijn neerslachtige uitstraling was Auyung best een grappige man.

'Zeg, ben jij ook dronken geworden?'

'Ik had best zin in een drankje, maar wist dat de plicht vandaag weer zou roepen.'

'Welke plicht? Moet je vanavond weer aan de alcohol met je leidinggevenden?'

'Dat is slechts een van mijn taken. Ik heb nog vele andere, zoals het uitruimen van antiek uit de diaolou van de Fongs, samen met jou. Verder moet ik je zover zien te krijgen dat je je handtekening zet onder de overeenkomst waarmee je het beheer overdraagt. Maar eerst moet ik je zover krijgen dat je opstaat en je aankleedt zodat we kunnen ontbijten. Over een halfuur gaat de ontbijtzaal namelijk dicht.'

'Tien minuten ... Geef me tien minuten.'

Amy douchte zich snel en ontdekte vervolgens dat er geen föhn was. En ook geen strijkijzer. Ze rommelde in haar koffer, vergeefs op zoek naar pijnstillers. Uiteindelijk haalde ze er een niet al te verkreukeld T-shirt en een spijkerbroek uit. Ze trok een elastiekje van haar pols, bond haar nog natte haar in een slordige paardenstaart en holde naar beneden.

Ze zag Auyung al van verre. Hij zat op een bank in de lobby, met samengeknepen ogen en een dwaze glimlach rond zijn mond. Ze zwaaide naar hem, maar hij reageerde niet. Pas toen ze dichterbij kwam, zag ze dat hij sliep. Amy kon zich niet herinneren ooit iemand te hebben gezien die er in zijn slaap zo maf uitzag. Ze kon de verleiding niet weerstaan om haar camera te pakken en een close-up te maken. Hij schrok wakker van de flits en wendde zijn gezicht af om speeksel uit zijn mondhoek te vegen. Toen keek hij Amy aan. 'Gisteren zag je eruit als een professor en vandaag als een student,' zei hij. 'Ik vind de student leuker.'

Amy hield haar hoofd schuin en keek hem ook aan. 'Nu je wakker bent, lijk je een oude man. Als je slaapt, lijk je een kind. Ik vind je mooier als je slaapt.'

Auyung legde een vinger tegen zijn lippen. 'Ssst. Dat kun je maar beter niet hardop zeggen. Mensen zouden er nog verkeerde ideeën van krijgen.'

Ze barstten allebei in lachen uit.

'Hoe kun je nu zo vroeg op de ochtend in slaap vallen?' vroeg Amy.

'Wat voor de een de ochtend is, is voor de ander midden op de dag,' antwoordde hij. 'Ik ben al twee uur aan het werk geweest.' Hij keek op zijn horloge. 'Goed, in het hotel kunnen we niet meer ontbijten. Laten we maar naar de diaolou gaan. Dan vraag ik de chauffeur wel om onderweg sojamelk en rijstcake voor je te kopen.'

Ze stapten in. 'Hoe heette mijn overgrootmoeder?' vroeg Amy. 'Haar volledige naam was Kwan Suk Yin,' vertelde Auyung. 'Maar toen ze nog jong was, noemde iedereen haar Zes Vingers en toen ze oud was, werd ze grootmoeder Kwan genoemd. Bijna niemand kende haar echte naam.'

Amy dacht even na. Plotseling lichtte haar gezicht op. 'Mijn overgrootvader heette Fong Tak Fat en mijn overgrootmoeder Kwan Suk Yin. De diaolou heet Tak Yin-huis, een combinatie van hun namen dus.'

'Tegenwoordig is het heel normaal om een huis naar een vrouw te vernoemen,' zei Auyung. 'Maar op het platteland van Guangdong was dat in 1913 ongekend. In die tijd kende buiten de familie niemand de naam van een ongetrouwd meisje. Als een meisje op huwbare leeftijd kwam en er zich een gegadigde aandiende, werd haar naam voluit op een vel papier geschreven. Dat papier werd in een envelop gestoken die vervolgens werd verzegeld. Samen met haar horoscoop werd de envelop op een goudkleurig schaaltje door de tussenpersoon naar de familie van de beoogde aanstaande gebracht. Als een meisje om haar hand werd gevraagd, werd dus eigenlijk ook naar haar naam gevraagd.'

'Was mijn overgrootmoeder een mooie vrouw?' vroeg Amy, terwijl ze terugdacht aan de ogen die ze de dag ervoor in de spiegel van de klerenkast had gezien.

'Volgens mij hangt er in Tak Yin-huis een foto van haar, dus dat moet je zelf maar beoordelen.'

Het twintigste en eenentwintigste jaar van de heerschappij van Guangxu (1894-1895), het dorp Aansporing, Hoi Ping, provincie Guangdong, China

Het huwelijk vond plaats aan het eind van de eerste maand van het twintigste jaar van de heerschappij van Guangxu. Zelfs de dorpskinderen zouden zich die dag tot in lengte van jaren herinneren. Het huwelijksbanket begon toen de zon tot net boven de boomtoppen was gestegen en duurde tot middernacht. De gasten konden telkens even aanwippen om aan de feestvreugde deel te nemen. 'Een stromend feestmaal', zo werd het genoemd. De chef en zijn assistenten kwamen van het beroemde Tin Yat Tin-restaurant in Kanton. Met zijn zessen waren ze constant in touw. Ze sneden de groente en waren met potten en pannen in de weer. Na verloop van tijd begonnen de kinderen kattenkwaad uit te halen. Hun moeders sloegen met hun eetstokjes op hun hoofd en riepen hen tot de orde: 'Dit is de grote dag van oom Ah-Fat. Die mag je niet verpesten! Vul je kom met eten en ga naar huis!' De kinderen gehoorzaamden meteen: ze vulden hun kom boordevol. Van elke schaal schepten ze wel iets op. Maar ze aten hun maaltje natuurlijk niet thuis op. In plaats daarvan renden ze naar de modderige rivieroever om er te spelen, waarna ze naar de feestdis terugkeerden. Als ze dan weer een tik met de eetstokjes kregen, herhaalde dit ritueel zich. Nog vele dagen na de bruiloft kringelde er geen rook uit de schoorstenen van de huizen in het dorp, omdat alle gezinnen nog van het overvloedige feestmaal genoten.

Hoe langer het feest buiten voortduurde, des te groter werd de kwelling voor de bruid in de bruidskamer.

Met het krieken van de dag was Zes Vingers door tante Cheung Tai gewekt met het nieuws dat de bruidsmeisjes gearriveerd waren. Ze wasten haar, epileerden haartjes uit haar gezicht en nek, kleedden haar en maakten haar op. Een verbouwereerde Zes Vingers werd door een tiental handen van top tot teen onder handen genomen. Hoewel ze nog steeds niet helemaal was hersteld, ging haar ongezonde teint achter een dikke laag poeder schuil. Een zestal vrouwen was uren met haar bezig. Uiteindelijk kreeg ze een vierkant spiegeltje aangereikt. Daarin zag ze een vreemde vrouw met een parelwitte teint, roze wangen en fonkelende ogen. Ze glimlachte. De vreemde lachte terug, waarbij de met edelstenen afgezette hoofdtooi zachtjes wiebelde.

Rond het middaguur werd ze in een gesloten draagstoel naar het huis van de Fongs vervoerd, een afstand van hooguit vijftig meter. Door de zware gordijnen was ze in complete duisternis gehuld, maar daardoor namen haar andere zintuigen alleen maar scherper waar. Zo wist ze wie de dragers op hun zwarte, katoenen schoenen waren, welke route ze namen, wiens hond zo driftig blafte bij het passeren van de draagstoel en hoe de zon het dak van de draagstoel met zijn stralen verwarmde. Ze rook de verzengende hitte van de blikken van omstanders die, brandend van nieuwsgierigheid, dwars door de gordijnen van de draagstoel heen leken te kijken. Ze hoorde zelfs de timide, enigszins valse klanken van een viool in het welkomstorkest. Ze had nooit verwacht dat de weg die ze als meisje zou afleggen naar haar nieuwe leven als getrouwde vrouw, zo eenvoudig, zorgeloos en vertrouwd was.

Het was de eerste maand van het nieuwe jaar en hoewel het nog fris was, was de ijzige kou die hen in de winter in haar greep had gehouden, verdwenen. Haar voorhoofd en handpalmen waren een beetje klam. Ze wist dat er aan haar riem een bloedrode zakdoek stak waarmee ze nu haar gezicht en handen kon afvegen. Ze trok er zachtjes aan, maar stopte hem weer terug. Het was een geschenk van Ah-Fat geweest, meegenomen door de tussenpersoon bij de overhandiging van het handgeschreven huwelijksaanzoek. Ze kon het niet over haar hart verkrijgen om hem te gebruiken. Ah-Fat had haar ook twee armbanden gegeven, een gouden en een zilveren, en een met borduursels versierde rok van acht banen, gemaakt van zijdegaas, vier kledingstukken van satijn en twee paar met borduursels versierde schoenen. Alle geschenken kwamen uit de grote stad Kanton. 'Alles wat hij in de Gouden Bergen heeft gekocht, is al naar het eerste meisje en haar familie gegaan,' legde de tussenpersoon uit, zonder de betekenis van die boodschap te doorgronden. Maar Zes Vingers had het onmiddellijk begrepen. Ah-Fat wilde hun leven samen met een schone lei beginnen, door nieuwe wijn in nieuwe zakken te gieten en het verleden achter zich te laten. Hoewel tante Cheung Tai mopperde dat de Fongs de huwelijksgeschenken te gehaast hadden gekocht, sloeg Zes Vingers haar ogen neer en glimlachte heimelijk.

Op haar beurt had Zes Vingers haar aanstaande de gebruikelijke geschenken van een bruid aan haar bruidegom gegeven: een beeldje van een jongen op een lotusblad, gemaakt van meelplaksel (wat de komst van veel zonen symboliseerde), een paar schoenen en tien zakjes zout. Alles werd door tante Cheung Tai geregeld, met uitzondering van de schoenen. Dat was een persoonlijk geschenk. Van de stof vastlijmen tot de zolen vastnaaien, van het snijden tot het vastnaaien van het bovenleer, Zes Vingers had het allemaal zelf gedaan. Tante Cheung Tai had haar op geen enkele manier mogen helpen. Ze hoefde zelfs niet te informeren naar zijn schoenmaat. De dag dat ze samen in de achterkamer hadden gekalligrafeerd, had ze dat al in een oogopslag gezien.

Zes Vingers had voor de zolen twee soorten steken gebruikt: de kettingsteek aan de ene en de kruissteek aan de andere kant. Haar aanstaande schoonmoeder was de enige van alle dorpsvrouwen die die steken op jonge leeftijd machtig was geweest. Op het bovenleer borduurde ze twee wolken, elk in een andere tint grijsblauw. De ene ging schuil achter de andere, waardoor er alleen een 'staartje' van zichtbaar was. Zes Vingers werkte drie nachten aan één stuk om de schoenen af te krijgen. Toen de haan op de derde ochtend kraaide, stond de tussenpersoon al voor de deur te wachten. De schoenen waren nog nat van het zweet van haar vingers toen tante Cheung Tai ze in rood papier wikkelde en het pakketje met het huwelijksaanzoek aan de tussenpersoon meegaf. Zes Vingers had opeens het gevoel dat haar hart werd leeggezogen, alsof met die schoenen ook haar lichaam en ziel waren verdwenen.

Traditiegetrouw werden er voetzoekers afgestoken toen ze het huis van tante Cheung Tai verliet. Het geknal en geflits duurden voort totdat de draagstoel arriveerde. Toen ze voelde hoe de stoel een beetje kantelde, wist ze dat de dragers bij de trap van het huis van de Fongs waren gearriveerd. Eén, twee, drie, vier, vijf. Toen ze bij de vijfde trede waren, schoot het haar opeens te binnen dat zij op verzoek van mevrouw Mak zelf de goede wensen aan weerszijden van de deur had opgesteld. Ze hadden geen van beiden toen ook maar een flauw idee gehad dat ze de kalligrafierollen voor haar eigen huwelijk had gemaakt.

Ze bedacht dat het leven maar raar kon lopen en slaakte een lichte zucht.

De draagstoel hield stil en ze hoorde het zachte tikken van een bamboewaaier tegen de deur, voor haar het teken dat ze moest uitstappen. Onder de dikke sluier voelde ze haar gezicht gloeien als een goed opgestookt vuurtje. De zweetdruppels leken bijna te sissen. Het gordijn werd teruggeslagen en iemand legde iets in haar hand. Ze streek erover. Het was een sleutel.

Ik moet hem niet laten vallen, dacht ze.

Ze zette haar tanden op elkaar en balde haar vuisten zodat de sleutel een scherpe afdruk in haar handpalm maakte. Ze wist dat ze niet alleen een sleutel omklemde, maar ook haar hele toekomst, zelfs de toekomst van de hele familie Fong. Vanaf vandaag behoorde haar leven niet alleen haar toe. Het zou in stukjes worden gehakt en met hun levens worden vermengd. 'Mijn', 'jouw' en 'zijn' bestonden niet meer. Die gedachte deed haar handen een beetje beven. Ze was tegelijkertijd doodsbang en dolblij. Doodsbang omdat ze zichzelf zou kwijtraken. Vanaf vandaag zou ze slechts uit delen bestaan en niet meer uit het geheel. Dolblij omdat ze haar oude zelf kon achterlaten en zou krijgen wat ze nog nooit had gehad: kameraadschap, steun en bemoediging.

Toen ze uit de draagstoel stapte, reikte iemand haar het ene uiteinde van de 'huwelijksstaf' aan. Ze greep het vast en werd het huis van de Fongs binnengeleid. Ze zag niet waar ze naartoe ging. Het enige wat ze zag, waren de rode bloemen op de zoom van haar rok die op en neer deinden terwijl ze over de grijze vloertegels schreed. Ze liep met vaste tred. Ze wist wie het andere eind van de staf vasthield en hij zou haar niet laten struikelen of vallen.

Na de gebruikelijke buigingen naar de hemel en de aarde en de voorouders betraden ze de bruidskamer. Buiten stond het huwelijksfeest op het punt van beginnen. Ze hoorde de man op gedempte toon tegen Ah-Choi zeggen: 'Breng haar een kom soep met lotuszaden. Ze zal vast honger hebben.' Ze hoorde de man wegschuifelen en zijn voetstappen stierven weg. Ze had geen idee of hij de schoenen droeg die zij speciaal voor vandaag voor hem had gemaakt. Ah-Choi kwam binnen met de soep. 'Voor de jonge mevrouw!' zei ze. Het duurde even voordat Zes Vingers besefte dat zíj daarmee werd bedoeld. De dienstmeid zette de kom neer en vertrok. Zes Vingers bleef achter en zat roerloos in het vertrek. Het rumoer van het huwelijksbanket klonk als bulderende golven tijdens een tyfoon. Maar haar oren gingen voorbij aan het lawaai en spitsten zich op een ander, bijna onhoorbaar geluid: het gesis van de lotuszaadjes en jujubes in de kokendhete soep. Haar maag begon ervan te rommelen. Het voelde alsof hordes rijstkalanders erin zaten te knagen. Sinds ze die ochtend voor dag en dauw was opgestaan, had ze geen druppel water en geen kruimel voedsel tot zich genomen. Ze wist dat de kom met soep op het lage tafeltje naast haar stond. De zoete geur van osmanthusblaadjes steeg eruit op en vulde haar neusgaten. Ze hoefde haar hand maar een klein beetje uit te steken om het aan te raken. Maar dat kon niet. De bruid mocht pas naar het toilet als alle gasten naar huis waren gegaan. Ze moest de honger gewoon weerstaan.

De drang om te plassen werd steeds groter. Het begon als een heimelijk, vaag verlangen dat zich in haar lichaam nestelde. Maar naarmate de nood hoger werd, voelde ze aanhoudende steken in haar onderbuik. Ze voelde zich net zo opgezwollen als een opgeblazen papieren lantaarn die bij de minste of geringste beweging kon openscheuren. Ze zat kaarsrecht en verroerde zich niet. Ze probeerde zelfs haar ademhaling te vertragen en te versoepelen.

Maar haar lichaam pikte het niet. Haar neus, die parelde van het zweet, begon te kriebelen.

Hou vol. Je moet volhouden.

Dat prentte ze zichzelf in toen ze enorm moest niezen en haar lichaam ineenkromp. Een warme vloeistof stroomde langs haar dijen en liet een donkere streep op haar zijden rok achter.

Ze schoot overeind, hield de rok omhoog en hurkte neer bij het bed. De warme urine spoot op de grond en vormde een donkere poel. Wat er ook gebeurde, ze mocht het bruidsbed niet bevuilen.

Ze deed haar sluier af en vergrendelde de slaapkamerdeur. Op de boekenplank vond ze een stapel rijstpapier, dat het vocht goed zou absorberen. Ze maakte er een dikke prop van, hurkte opnieuw neer en veegde de urine op. Vervolgens gooide ze de natte prop onder het bed. Gelukkig zat er maar één natte plek op haar rok. Die zou door de warmte van haar lichaam vanzelf wel opdrogen. Ze pakte de soepkom en dronk hem snel leeg. De bouillon, de lotuszaden en de jujubes stilden haar honger maar voor even, maar gaven haar wel frisse moed. Ze ontgrendelde de deur, deed de sluier weer om en ging weer kaarsrecht op het bed zitten. Hoewel haar hart nog in haar keel bonsde, kon ze haar ogen opeens amper openhouden.

Ze werd wakker door een fel licht: twee fonkelende ogen die dwars door haar heen leken te kijken.

Ah-Fats ogen.

'Ah-Yin, ik heb je niets kunnen geven van al het moois dat ik van de Gouden Bergen heb meegenomen,' zei hij.

Suk Yin was haar geboortenaam, maar buiten haar naaste familie had niemand die gekend. Iedereen had haar altijd Zes Vingers genoemd. Maar toen de tussenpersoon de grote rode envelop met het huwelijksaanzoek naar Ah-Fat had gebracht, had daarin haar echte naam gestaan. Nu was het hun geheim. Hij had het geheim uit zijn rode verpakking gehaald en aan haar teruggegeven. Ze begon opeens hevig te beven.

'De volgende keer. Neem de volgende keer maar iets voor me mee,' stamelde ze.

'Er komt geen volgende keer. Ik neem je mee naar de Gouden Bergen, dus dan kun je zelf uitkiezen wat je wilt hebben.'

Ah-Fat blies een rode kaars uit en trok het zijden gordijn achter zich dicht. Hij zei niets meer, maar zijn handen gingen op zoek naar de knoopjes van haar jasje. Het was van zacht satijn gemaakt, maar door borduursels van pioenrozen, bladeren en takken zo stijf als een kuras. De knoopjes waren gemaakt van dunne strookjes satijn die in een ingewikkeld wolkenpatroon waren samengebonden. Het duurde dan ook even voordat Ah-Fat ze wist los te krijgen.

Hij trok haar jasje uit en verbaasde zich over de weergaloze zachtheid van haar lichaam. Zijn handen voelden als ruwe stukken schuurpapier die, hoe voorzichtig hij ook zou doen, de satijnzachte huid vast zouden openrijten. Godzijdank, dacht hij heimelijk, was haar lichaam ondanks het harde werken al die jaren zo zacht en glad gebleven. Zijn handen aarzelden, alsof hij niet goed wist hoe hij verder moest. Toen hoorde hij een kreun. Het klonk zo zacht als een stofdeeltje dat langs zijn trommelvliezen streek, maar het genot dat eruit sprak, bleef niet onopgemerkt. Zijn handen werden erdoor aangespoord om verder te gaan.

Ah-Fat was niet geheel onbekend met het vrouwelijk lichaam. Zijn kennis had hij vooral opgedaan in de bordelen en theehuizen van de Gouden Bergen, waar hij had geleerd hoe hij bij een vrouw naar binnen moest. Hoewel hij dat talloze keren had gedaan, wist hij niet hoe hij het inwendige landschap verder moest verkennen. Hij had altijd gedacht dat de verkenningstocht bij de poort moest worden gestaakt, totdat Zes Vingers hem leerde dat die poort slechts het beginpunt vormde.

Na afloop lagen ze hijgend en bezweet naast elkaar.

Zes Vingers lag met haar hoofd op Ah-Fats schouder. 'Is het echt zo fijn in de Gouden Bergen?'

Ah-Fat wond het vochtige haar van haar voorhoofd keer op keer om zijn vinger en zweeg. Toen ze het opnieuw vroeg, glimlachte hij voorzichtig. 'Fijn ... En niet zo fijn,' zei hij. 'Als het er alleen maar fijn was, waarom zouden we dan nog thuiskomen? En als het er alleen maar vreselijk was, zouden niet zoveel mannen naar de Gouden Bergen gaan. Maar jij gaat met me mee, dus je zult het zelf wel zien.'

Zes Vingers kwam overeind en ging tegen het hoofdeinde van het bed zitten. In het heldere maanlicht dat door een opening tussen de gordijnen naar binnen viel, straalden haar ogen.

'Wil je me echt meenemen naar de Gouden Bergen, Ah-Fat? Jij bent toch niet als de man van tante Cheung Tai? Zul je niet weggaan en je familie vergeten?'

Ah-Fat ging ook zitten en omhelsde haar zo stevig dat Zes Vingers haar botten hoorde kraken.

'Zes Vingers, moge Boeddha mijn getuige zijn, wij gaan er samen iets van maken in de Gouden Bergen.'

Zes Vingers maakte zich los en legde haar hand tegen Ah-Fats wang. Haar nog niet helemaal genezen hand zat in het verband, waardoor het gebaar wat onhandig oogde. Met een paarse, dikke vinger streek ze zachtjes over het litteken in zijn gezicht. Ze volgde de randen en groeven en voelde hoe haar hart een sprongetje maakte.

'Ah-Fat, is het waar wat ze zeggen ... Heb je dit litteken overgehouden aan een gevecht in de Gouden Bergen?'

Ah-Fat pakte haar hand en hield die tegen zijn borst. Na een tijdje schudde hij zijn hoofd. 'Ik ben gevallen. Op een bergpad,' zei hij.

Toen tante Cheung Tai de volgende ochtend wakker werd, was het al licht. Ze had tot middernacht van het huwelijksbanket genoten, was in haar bed gerold en als een blok in slaap gevallen. Toen ze overeind kwam, zag ze pas dat ze zich zelfs niet had uitgekleed. Ze droeg nog altijd het saffierblauwe jasje met de donkerblauwe bloemen. Haar haar was een warboel. Ze sprenkelde er water op, kamde het uit met haar benen kam en wond het in een knotje. Vervolgens ging ze bij het raam aan de voorkant zitten om haar bezoek op te wachten.

Ze wachtte een eeuwigheid, maar er kwam niemand. Het papier dat het raam bedekte, veranderde geleidelijk van grijs in wit. Ze hoorde het geblaf van de honden en het gekraai van de hanen. Haar buren sloegen een voor een hun luiken open en ze hoorde hoe potten vol urine met een plens op straat werden geleegd. De huilende kinderen, de standjes uitdelende ouders, de voetstappen van mensen die naar de markt gingen ... Elk geluid stak haar totdat ze de spanning bijna niet meer kon verdragen. Uiteindelijk hield ze het niet meer uit.

Ze stond op en opende de voordeur. Tot haar verbazing constateerde ze dat haar bezoek al was langs geweest toen ze nog had liggen slapen.

Voor de deur stond een grote ijzeren pot die met een rood lint was versierd. Ze deed het deksel eraf en trof een geroosterde big aan, glanzend bruin en lekker sappig. Ze bestudeerde de inhoud zorgvuldig. Alles zat erop en eraan: kop, staart, tong en ledematen. De big lag op zijn buik op een wit laken. Ze trok het laken eronderuit en bekeek de rode vegen, het bewijs van de maagdelijkheid van de bruid.

'Genadige Boeddha!' riep ze, terwijl ze met haar vuist op haar borst sloeg.

Toen mompelde ze zachtjes: 'Zes Vingers, je hebt het goed voor elkaar. Boeddha heeft je zover gebracht. Nu maar hopen dat het lot je zo gunstig gezind blijft.'

In de lente van het eenentwintigste jaar van de heerschappij van Guangxu stroomden kandidaten uit alle achttien provincies naar de hoofdstad om deel te nemen aan de keizerlijke examens. Na afloop bleven ze daar, in afwachting van de lijst met geslaagden. Het was een tumultueus voorjaar, niet alleen vanwege de keizerlijke examens. De kandidaten verspreidden zich over de restaurants en theehuizen en het rumoer van hun verhitte gesprekken filterde door kieren in de deuren, muren en ramen over de straten naar de kleinste steegjes, waar het gewone volk het liet bezinken als ze na de maaltijd of onder het genot van een glaasje op de stoep zaten.

De kandidaten spraken echter niet over de examens en de mogelijke uitslag, maar over een oorlog en een vredesverdrag. De oorlog kostte de grote Qing bijna de gehele Noordelijke Oceaanvloot.

Volgens het verdrag moest er aan herstelbetalingen een bedrag van tweehonderd miljoen ounces aan zilver worden opgebracht. Daarnaast moesten de schiereilanden Shandong en Lianing, het eiland Formosa en de Pescadores worden afgestaan.

Het ging om de Eerste Chinees-Japanse Oorlog en het Verdrag van Shimonoseki.

Geleidelijk kalmeerden de kandidaten weer en stelden een maar liefst tienduizend karakters tellende petitie op. Duizenden kandidaten kwamen samen bij het kantoor van de Grootmeester omdat ze de petitie aan Zijne Keizerlijke Hoogheid wilden aanbieden. Hun eisen luidden als volgt: verwerping van het verdrag, verplaatsing van de hoofdstad, het trainen van een nieuw leger en het doorvoeren van constitutionele hervormingen.

Ah-Fat hoorde via Auyung Ming van het tumult in Peking.

Sinds zijn terugkeer was hij goed bevriend geraakt met zijn oude leermeester. Dankzij een bescheiden erfenis waarvan alle leden van zijn huishouden goed konden rondkomen, hoefde Auyung zich niet meer echt druk te maken om zijn school. Hij had nog maar weinig leerlingen, maar van 's ochtends vroeg tot 's avonds laat was het een komen en gaan van vrienden en bekenden. Het was een bont gezelschap: privédocenten zoals hijzelf, lagere ambtenaren, riksjatrekkers, Kantonese operazangers maar ook klaplopers die bij de plaatselijke overheidsgebouwen rondhingen. Ze schoven niet met lege handen aan bij Auyung, maar brachten hem op de hoogte van het laatste nieuws en de roddels die ze op straat en bij marktkramen hadden opgepikt, vaak over gebeurtenissen aan het Keizerlijke Hof in Peking. Dat waren ook precies de berichten waarin hun gastheer geïnteresseerd was.

Tijdens deze etentjes maakten zijn gasten uiteraard ook kennis met Ah-Fat. Toen ze hoorden dat hij van de Gouden Bergen kwam en geletterd was, kreeg hij een spervuur van vragen te verduren: Welke grondwet hadden ze in de Gouden Bergen? Konden gewone mensen er een goed en vredig bestaan leiden? Ah-Fat vertelde hun dat er een koningin was, maar dat zij het land niet regeerde. Er was een parlement waarvan de leden geen keizerlijke examens hoefden af te leggen noch eerst in het gevlij van de koningin hoefden te komen. Ze werden gekozen door het volk. Een parlementslid moest de gewone man ervan overtuigen om op hem te stemmen.

'Jij bent zo'n gewone man,' zeiden de andere gasten. 'Proberen ze jou ook voor zich te winnen?'

Ah-Fat slaakte een zucht. 'Wij zijn slechts koelies. Wij krijgen geen stemrecht van de regering van de Gouden Bergen.'

Auyung sloeg zo hard met zijn vuist op tafel dat rijstkorrels uit de kommen op de grond vielen. 'Onze keizer heeft Westelijke Studies gedaan en weet wat de goede dingen van het Westen zijn. Zonder die ene die hem dwarszit, hadden we allang een op westelijke leest geschoeide regering gehad.'

Iedereen wist wie hij bedoelde en ze spraken verder op gedempte toon. De riksjatrekker stond op om de deur te sluiten, waarna hij Auyung in het oor fluisterde: 'In San Wui hebben ze onlangs een nieuwe partij opgericht waarvan de leden zich bewapend hebben. Ze willen geld inzamelen voor huurmoordenaars die de oude vrouw in Peking moeten ombrengen zodat de jonge keizer ruim baan krijgt.'

Ah-Fat was bij het horen van dit nieuws met afschuw vervuld. Hij trok Auyung aan zijn mouw. 'Ben je niet bang om zelf vermoord te worden als je dit soort praat in je huis toestaat?'

Zijn vriend barstte in lachen uit. 'Haar dagen zijn geteld. Zie je dat dan niet? We zullen wel zien wie het eerst zal sterven.'

Juist toen Ah-Fat Auyung had uitgezwaaid, die die dag was langsgekomen, kreeg Zes Vingers de eerste wee.

De vroedvrouw hing een groot, rood gordijn voor de slaapkamerdeur. Met uitzondering van dienstmeid Ah-Choi mocht er niemand naar binnen. Achter het gordijn kreunde en jammerde Zes Vingers. Aanvankelijk klonk haar gekreun gesmoord, alsof ze een prop katoen in haar mond had gestopt. Later veranderde dat in hees, klaaglijk gejammer. Ah-Choi liep met een houten kom de kamer uit en leegde die in de goot. Het water in de kom was rood van het bloed. Het beeld van zijn vader die varkens slachtte stond Ah-Fat opeens helder voor de geest. Hij stoof op de slaapkamerdeur af, maar zijn moeder blokkeerde de doorgang.

'Iedere vrouw moet dit doorstaan bij een bevalling. Het is niet anders. Maar het duurt niet lang meer. Als jij haar bloed te zien krijgt, roep je over ons allemaal rampspoed af. Je mag echt niet naar binnen.'

Mevrouw Mak droeg de bedienden op om wierook te branden, knielde neer voor het portret van haar overleden echtgenoot en maakte bevend een voetval. Ah-Fat hield het binnen niet langer uit. Hij rende over het erf naar de weg en ging met zijn handen tegen zijn oren gedrukt tegen een boom zitten.

Nadat hij daar een uur had gezeten, kwam Ah-Choi buiten adem het erf op gerend. Haar jasje zat onder de bloedspetters en haar lippen trilden in een poging tot spreken. Uiteindelijk bracht ze hem stamelend het grote nieuws: 'Het is een jongen. Een jongen ...'

Ah-Fat sprong overeind. Hij had het gevoel dat alle zonnen onder de hemel hem van alle kanten in zo'n fel licht zetten dat schaduwen niet meer bestonden. Hoewel hij zo wankel op zijn benen stond dat hij bijna omviel, rende hij naar binnen.

Zes Vingers lag op het bed in de slaapkamer. Haar bezwete hoofd lag schuin op het kussen en in haar lippen stonden de paarse afdrukken van haar tanden. Naast haar lag een strak samengebonden bundeltje. Alleen een hoofdje stak erboven uit. Het gezichtje leek op een oude yam die rimpelig en berijpt op het veld was achtergelaten. Het bood geen fraaie aanblik, maar toch smolt zijn hart ter plekke. Ah-Fat nam het bundeltje in zijn armen, voorzichtig en onbeholpen, alsof hij breekbaar porselein vasthield.

De baby opende plotseling zijn ogen, kronkelde en begon zo oorverdovend te krijsen dat de plafondbalken ervan trilden en de stofdeeltjes door de lucht dwarrelden.

De ogen van Zes Vingers werden zo zwaar alsof er een poel van slijk op rustte. Hoewel haar lippen bewogen, kwam er geen geluid uit haar mond. 'Hoe zullen we hem noemen?' vroeg ze toen.

Alle broers, zussen, neven en nichten van dezelfde generatie deelden hun voornaam. Voor deze generatie was dat Kam. Ah-Fat had een paar maanden over een naam voor een jongen en een meisje nagedacht.

Maar toen hij de tranen op zijn zoons gezichtje zag, bedacht hij zich opeens. Hij moest denken aan de examenkandidaat uit Taiwan die met de petitie voor het kantoor van de Grootmeester was neergeknield en snikkend had gezegd: 'Geef ons onze rivieren en bergen terug!' Hij wilde hem 'Shan' noemen, wat 'berg' betekende.

'Kam Shan, zo gaat hij heten,' zei Ah-Fat tegen Zes Vingers.

Ah-Fat hoopte dat als Kam Shan later groot was, het de rivieren en bergen van het rijk van de Grote Qing beter zou vergaan dan nu.

Toen Kam Shan een maand oud was, vertrok Ah-Fat weer naar de Gouden Bergen. Maar voor zijn vertrek nam hij Zes Vingers en de baby mee naar het graf van Roodhaar en mevrouw Kwan. Rood-haars plek was nu niet meer leeg. De Chinese viool en wat oude kleding waren erin begraven. Het graf was verzegeld. Na al die jaren werden de geesten van Roodhaar en zijn vrouw tijdens deze roerige lente eindelijk herenigd.

'Vanaf nu, zolang mijn eerstgeboren zoon leeft om wierook voor mij te branden, zal er ook altijd iemand zijn die dat bij jouw graf doet,' zei Ah-Fat, waarna hij bij de grafsteen een diepe voetval maakte.

Tumult in de Gouden Bergen

2004, Hoi Ping, provincie Guangdong, China

Tegen de tijd dat ze de schoenen vond, was Amy de wanhoop nabij. Inmiddels had ze met Auyung al twee hele dagen in de diaolou doorgebracht.

Op de middag van de tweede dag hadden ze de ingewikkelde indeling van het gebouw doorgrond en wisten ze grofweg welke kamer of welk trappenhuis achter elke deur en aan het eind van elke gang lag.

Toch vonden ze teleurstellend weinig.

Van een afstandje leek het alsof het gebouw talloze oude geheimen herbergde. Maar eenmaal binnen merkten ze al snel dat er onder het stof helemaal geen geheimen lagen, althans niet van het soort waarop ze hadden gehoopt. Afgezien van het kledingstuk in de garderobekast van Zes Vingers vonden ze op geen van de vijf etages iets wat het vermelden waard was. De jaren hadden als een reusachtige hand stoflaag op stoflaag neergelegd. Alle sporen van menselijke aanwezigheid waren erdoor bedekt. Het leek wel alsof er nooit iemand had gewoond.

Het gebouw stond natuurlijk niet helemaal leeg. Op het balkon onder het dak vonden ze een driewieler waarvan de wielen waren weggerot. Auyung opende het schilmesje dat aan zijn sleutelbos hing en schraapte de roest van het frame totdat het merk vaag zichtbaar werd. Ze bestudeerden het nauwkeurig en wisten uiteindelijk Engelse woorden te onderscheiden: MADE IN MANCHESTER, ENGLAND, 1906.

Ook vonden ze een zilveren theepot in een hoek van een kamer op de derde etage. Het zilver was na zo lange tijd dof geworden. De pot was gegraveerd met zwierige Engelse woorden die onderaan als bloemen in elkaar krulden. Het was een westerse theepot, ooit waarschijnlijk onderdeel van een compleet servies, die nu, gescheiden van zijn broertjes en zusjes, zijn dagen in dit lang vergeten hoekje sleet. Amy tilde het deksel op en zag zwarte spikkels die als muizenkeutels op de bodem plakten. Ze verbaasde zich erover dat een muis ooit in staat was geweest in de pot te komen, maar Auyung zei peinzend: 'Dat zijn de theebladeren die na het trekken van de thee zijn achtergebleven. Ze zijn ongetwijfeld tientallen jaren oud.' Amy besefte opeens dat Zes Vingers misschien wel de laatste was die uit deze pot had gedronken. Heeft ze hem hier neergezet voordat ze vertrok om nooit meer terug te keren? Zouden deze verkruimelde theebladeren na al die tijd hun nerven weer ontplooien als je er kokend water overheen goot?

De theepot zweeg, evenals de theebladeren.

Aan de muur van een vertrek op de derde verdieping troffen ze vreemd behang aan. Doordat het tientallen jaren lang door vocht was aangetast, was het met een dikke laag schimmel en een raster van mottengaten bedekt. Het oorspronkelijke patroon en de originele kleuren waren vrijwel niet meer te zien. Auyung legde zijn vergrootglas op de muur en ontdekte dat helemaal in de hoek het getal twintig stond. Hij riep Amy, die er eens goed naar keek en toen uitriep: 'Het zijn Amerikaanse dollars! Deze muur is met dollarbiljetten behangen! Er staat hier iets geschreven. De woorden *"God"* en *"trust"*. *"In God we trust"* lijkt me. Dat staat op elk Amerikaans bankbiljet.'

'Tijdens de republikeinse periode werd Chinese valuta met de dag minder waard. Daarom namen families die mannen in de Gouden Bergen hadden alleen met Amerikaanse en Hongkongse valuta genoegen. Dollars noemden ze "topbiljetten". Jouw familie heeft de muren er zelfs mee behangen!' riep Auyung uit.

'Alleen iemand die Amerikaanse dollars adoreerde of verfoeide, kan dit hebben gedaan,' dacht Amy hardop.

Auyung bleef even stil en zei toen: 'Er is nog een mogelijkheid, Amy. Misschien is dit gedaan door iemand voor wie die dollars helemaal niets betekenden.'

Even keek Amy verbaasd, maar toen begon ze te lachen. Ze sloeg haar armen om hem heen en gaf hem een zoen op zijn wang. 'Wat ben je toch een slimmerik!'

Auyung stond als verlamd met een starre uitdrukking op zijn gezicht. Toen vertrokken zijn rimpels en plooiden ze zich uiteindelijk in iets wat op een glimlach leek. Amy vond dat hij er maar vreemd uitzag, maar besefte toen dat hij bloosde. De kleur schoot omhoog en vervaagde weer. Amy keek hem zo aandachtig aan dat ze hem met haar blik aan de muur leek te nagelen. 'Ik heb nooit geweten dat mannen van jouw leeftijd nog konden blozen,' zei ze.

'Bedoel je dat een zielige, oude man als ik niet zo'n dunne huid kan hebben?'

'Nee, dat bedoelde ik niet,' zei Amy hoofdschuddend. Maar opeens begon ze te knikken. 'Jawel, eigenlijk wel. Je bent vast wel vaker door een vrouw omhelsd en gekust ... Ben je dan niet getrouwd?'

Het bleef lange tijd stil. Uiteindelijk zei Auyung: 'Mijn vrouw is in 1981 al overleden. In die tijd kenden we de woorden "omhelzen" en "kussen" alleen uit woordenboeken voor vreemde talen.'

'Het spijt me,' zei Amy aarzelend. Ze voelde zich opeens opgelaten door haar ongepaste gedrag.

Ze zaten zwijgend op de grond en bekeken het lege vertrek.

Hoe was het mogelijk dat er van zo'n rijk huishouden slechts een paar prullen waren overgebleven? Het leek wel alsof Zes Vingers had geweten dat het einde nabij was geweest en stilletjes elk bewijs van haar bestaan had weggewerkt. Toch leek ze tegelijkertijd overhaast te zijn vertrokken, aangezien een laatste restje thee op de bodem van die buitenlandse theepot was achtergebleven.

De voorwerpen die ze bij hun zoektocht wel aantroffen onthulden slechts de vage contouren van een verhaal. Het was alsof ze de eerste stappen in een diepe grot hadden gezet en nu in dichte, ondoordringbare duisternis waren gehuld.

Wat ze hadden gevonden, was misschien interessant voor een antropoloog, maar Amy had er niet genoeg aan.

Zij was uit op een historische vondst. Een zin. Een stuk papier. Een brief met het onweerlegbare bewijs dat hun vermoedens zou bevestigen. Een foto die hun twijfels zou wegnemen en hen zou confronteren met de harde werkelijkheid.

Maar er was niets te vinden ... zelfs geen minieme aanwijzing.

Ze raapten de koffer en de camera op en stonden op het punt om naar beneden te gaan.

'De dingen die we hebben gevonden, mag je gerust tentoonstellen,' zei Amy tegen Auyung. 'Ik heb ze al gefotografeerd. Het gebouw moet in oorspronkelijke staat worden hersteld. Leemtes in de geschiedenis zijn geoorloofd, maar substituten ervan niet. Die clausule wil ik in het contract hebben opgenomen, anders onderteken ik het niet. Breng vanavond maar een aangepast contract naar het hotel.'

Auyung reageerde niet. Na een tijdje zei hij met een glimlach: 'Het was een fantastisch gevoel.'

'Wat?'

'Die omhelzing.'

Ze moesten allebei lachen en liepen de trap af. Toen ze bij een weggerotte trede kwamen, maakte Amy een misstap en verzwikte haar enkel. Ze trok haar schoen uit, ging op de trap zitten en wreef over haar enkel. Toen viel haar oog op een paar schoenen. Ze lagen ondersteboven onder in het trappenhuis. Het waren stoffen mannenschoenen met zolen die met de hand waren vastgenaaid. Ze leken ongedragen, aangezien er op de zolen geen sporen van zand of modder te vinden waren, maar de stof op de bovenzolen had ingeboet aan de stevigheid die de fijne kruissteekjes er ooit aan hadden verleend. De schoenen waren gevuld met stoffen zakken. Toen Amy ze aanraakte vielen ze open. Ze bleken grote stapels papier te bevatten.

Het waren brieven.

Brieven vol Chinese karakters, geschreven met een penseel.

Voorzichtig trok Amy de vergeelde vellen uit de enveloppen en spreidde ze uit over de vloer.

'Leg het vergrootglas erop,' beval ze.

'Allemachtig,' riep Auyung opgewonden. 'Deze brieven zijn niet met een vulpen geschreven. Anders waren de karakters allang vervaagd.'

Amy keek hem stralend aan. 'Mijn overgrootmoeder? Waarom heeft ze die brieven hier verstopt?'

'Je overgrootmoeder heeft haar hele leven moeten wachten. Eerst op een bootticket naar de Gouden Bergen en vervolgens op iemand die deze brieven zou vinden. Ze heeft al die jaren op jouw komst gewacht. Geloof je niet in geesten?'

Amy dacht opeens weer aan de ogen die ze twee dagen eerder in

de spiegel van de garderobekast had gezien. Een merkwaardig gevoel maakte zich van haar meester en overspoelde haar hart.

Het was verdriet, besefte ze uiteindelijk. Ze voelde verdriet.

'Auyung, ik zou graag even alleen willen zijn met mijn overgrootmoeder,' zei ze.

Het eenentwintigste en tweeëntwintigste jaar van de heerschappij van Guangxu (1895-1896), Vancouver, Brits-Columbia

Mijn lieve Ah-Yin,

*Vele maanden zijn er verstreken sinds mijn vertrek en er
is veel gebeurd. Ik ben verschillende keren verhuisd en
het zit niet echt mee, waardoor ik helaas niet zo vaak
geld naar huis heb kunnen sturen. De dag dat je me uit-
zwaaide met Kam Shan in je armen, was hij nog te klein
om oog te hebben voor het grote verdriet dat je overviel.
Ik zal het in elk geval nooit vergeten. Het is dat het Rijk
van de Grote Qing zo verzwakt is dat er geen geld te
verdienen valt, anders zouden mannen als ik huis en
haard nooit verlaten. Je hebt veel verantwoordelijkheden
nu ik er niet meer ben. Mijn moeder, ons kind en het
land dat bebouwd moet worden. Voor mijn moeders
ogen zou je een dokter in Kanton moeten raadplegen.
Daar werkt een Engelsman, ene dokter Wallace, die in
oogziektes is gespecialiseerd. Kam Shan moet aan het
werk worden gezet, ook al is hij nog maar klein. Zo zal
hij een gezonde geest in een gezond lichaam krijgen. Hij
mag geen verwend kreng worden. Als hij oud genoeg is,
moet je meneer Auyung vragen of hij Kam Shan als leerling wil accepteren. Hij is een ongelooflijk goede leermeester en ik heb altijd grote bewondering voor hem
gehad. Dit jaar maakt Vancouver een grote groei door
en veel Chinezen zijn uit Victoria daar naartoe getrokken om werk te zoeken. Dat heb ik zelf ook gedaan.
Onlangs kwam ik een man tegen met wie ik vroeger aan
het spoor heb gewerkt, Ah-Lam. Het was fantastisch om*

hem weer te ontmoeten en we hebben gesproken over een mogelijke samenwerking. Zodra de wasserette een beetje loopt, zal ik cheques naar huis sturen. Aan mijn vorige reis naar huis is al mijn spaargeld opgegaan, dus ik moet weer van voren af aan beginnen. De overheid maakt het ons erg lastig. De Chinezen moeten torenhoge belastingen betalen. Zodra ik genoeg geld heb gespaard voor de koptaks en jouw overtocht, laat ik jou en Kam Shan overkomen.

Je echtgenoot, Tak Fat, de derde dag van de negende maand, 1896, Vancouver

Een stad ontstaat op dezelfde manier als een zaadje dat uit de aarde ontspruit. De kiemtijd duurt lang. Dan is het donker, stil en vol onvoorziene gevaren. De omstandigheden – aarde, zon, vochtigheid, vruchtbaarheid en de wind – moeten perfect zijn. Maar diezelfde factoren kunnen het ontkiemen ook belemmeren. Een zaadje kan lange tijd in een slapende toestand doorbrengen – een heel seizoen of zelfs langer – wachtend op de gunstige samenloop van al die elementen. Pas dan ontkiemen de eerste groene scheuten uit de aarde.

Victoria ontsproot als een groen blad, precies op die manier. Het water was verantwoordelijk voor de groei van Victoria. De zeebries bracht schepen uit alle windstreken die bij het eiland voor anker gingen. Drommen mensen gingen van boord, hier gebracht door gunstige wind en stromingen. Hun komst bood kansen op rijkdom. Zo ontsproot op deze reeds lang verlaten kust in een mum van tijd een bloeiende stad, jong als het lentegroen.

Het spoor bracht daar echter verandering in. Dat was steeds verder westwaarts gekronkeld, totdat het op de ondoordringbare Rocky Mountains was gestuit. Vervolgens groeven hordes radeloze mannen met hun blote handen grote gaten in de bergen. Uiteindelijk reed de trein door de tunnels die deze mannen hadden gemaakt, blazend en hijgend naar de eindbestemming aan de westkust. Aan de overzijde van het water lag Victoria. De bergen brachten de trein en over zee werden schepen aangevoerd. De bergen vormden de voeten van de oceaan die op zijn beurt de bergen vleugels schonk. Het bood ongekende mogelijkheden. Op deze plek, waar de zee op het land stuitte, werd enorme rijkdom vergaard, verdubbeld en verspreid, een zich steeds herhalende cyclus. Dankzij deze geografische ligging onderging de plek langzaamaan een metamorfose. Het door water omringde Victoria had geen baat bij de uitbreiding van het spoor. Geleidelijk zagen de inwoners de beperkingen van hun stad en op een dag drong de vraag zich als een donderslag bij heldere hemel op: waarom staken ze eigenlijk niet het water over om in die nieuwe kuststad te gaan wonen?

Binnen de kortste keren had iedereen het over die nieuwe stad aan de overzijde van het water.

Aanvankelijk wisten de Chinezen in de Gouden Bergen niet hoe je de achternaam van de Engelse kapitein moest uitspreken. In hun oren klonk de naam als een versnapering of misschien een ziekte, in elk geval niet als een plaatsnaam. Daarom gaven ze de voorkeur aan de naam die ze zelf aan de stad hadden gegeven: 'Zoutwaterhaven'. Vele jaren verstreken voordat hun kinderen leerden hoe ze de lettergrepen van de echte naam moesten uitspreken: Van-cou-ver.

Nadat Ah-Fat die zomer van Hoi Ping naar de Gouden Bergen was teruggekeerd, verhuisde hij van Victoria naar Vancouver. Hij leende wat geld van andere Kantonezen en begon er de Fluisterende Bamboe-wasserette. Hoewel ze dezelfde naam als de vorige droeg, lag deze wasserette in het stadsdeel waar de yeung fan woonden. Tijdens Ah-Fats afwezigheid waren de huren en andere kosten enorm gestegen. Hoewel ze er vanbuiten hetzelfde uitzag, was de nieuwe wasserette dan ook een stuk kleiner dan de eerste. Er waren een voor- en een achterkamer. Achterin werden kleren gedroogd en gelucht en er stonden twee grote houten tobbes, waarboven een wirwar van waslijnen hing. Als je niet oplette, schaafde je je schenen aan de tobbes of druppelde er water van de natte kleding in je nek. In het voorste vertrek werd kleding gestreken en werden klanten ontvangen. Die ruimte was nog kleiner dan de achterkamer. Ze was amper groot genoeg voor een toonbank en twee strijkplanken.

Ah-Fat nam een jongen aan als assistent. Het zware werk, zoals het wassen en het ophangen, kwam voor zijn rekening, terwijl Ah-

Fat het strijk- en verstelwerk deed, wat meer vaardigheid en zorgvuldigheid vereiste. Rond het middaguur laadde de jongen de tobbes vol smerig wasgoed op een door paarden getrokken wagen en reed hij er een paar li mee naar de rivier. Daar vulde hij de tobbes met water en waste hij de kleding. Als hij daarmee klaar was, was het etenstijd. Als de klant niet op het wasgoed zat te wachten, werd het in de achterkamer te drogen gehangen en daarna keurig opgevouwen. Maar als er haast bij was, zorgde Ah-Fat ervoor dat de kolen in het strijkijzer gloeiden en streek hij het wasgoed droog. Als hij veel spoedklussen had, moest hij soms een hele nacht strijken.

Op een keer was hij pas bij zonsopgang klaar met het strijkgoed. Het had geen zin meer om naar huis te gaan, dus besloot hij op de strijkplank nog even een dutje te doen. Hij schrok wakker toen hij iemand 'solly, solly' hoorde roepen. Hij deed zijn ogen open en zag dat een blanke klant ruzie had met zijn knecht. Een vonk van de kolen in het strijkijzer had een gaatje gebrand in een van de kledingstukken die de man kwam ophalen. De jongen sprak maar een paar woorden Engels, dus zei hij telkens verontschuldigend: 'Solly, solly.' Ah-Fat zag dat er onder aan het kledingstuk een piepklein gaatje zat, pakte zijn naaidoosje en gebaarde naar een kruk ten teken dat de klant moest gaan zitten. 'Ik maak het wel,' zei hij. 'Een ogenblikje.' Thuis had Zes Vingers hem laten zien hoe je kleding verstelde, maar hij had nooit gedacht dat dat hem al zo snel van pas zou komen.

De yeung fan ging echter niet zitten, maar staarde Ah-Fat aan. Ah-Fat wist dat het litteken zijn aandacht trok. Na al die jaren was hij wel gewend geraakt aan starende blikken, maar in het begin had het gevoeld als een kaardenbol die in zijn huid prikte.

'Heb jij niet aan het spoor gewerkt?' vroeg de man aarzelend.

Ah-Fat keek op en onderwierp de klant aan een grondige blik. Hoewel hij in zijn tijd in de Gouden Bergen enkele blanken had leren kennen, vond hij het nog altijd moeilijk om ze uit elkaar te houden. Deze leek precies op alle andere blanken die hij op straat passeerde: lang, met een blozende teint en donker haar dat in een scheiding was gekamd. Hij droeg een donkergrijs, driedelig kostuum en in zijn vest stak een zakhorloge. Ah-Fat liet alle blanke mannen die hij kende de revue passeren, maar ze waren geen van allen zo keurig als deze man. Hij kon hem niet plaatsen.

'Negenentwintig. Ben jij niet negenentwintig?' vroeg de man.

Ah-Fat was stomverbaasd. Negenentwintig was zijn werknummer geweest in zijn tijd bij het spoor. De voorman had zijn naam niet gekend en hoefde die ook niet te weten. Voor hem was hij gewoon een nummer op het werkrooster en de loonlijst. Het nummer was als een vangnet dat hem omhulde. De voorman hield het trekkoord vast en kon met één vingerbeweging Ah-Fats hele leven te pakken krijgen.

In zijn jaren als spoorwegarbeider had Ah-Fat zijn naam steeds in alle kalligrafiestijlen die hij kende geschreven op bomen in de buurt van hun tent, omdat hij bang was dat hij anders zou vergeten hoe hij zijn eigen naam moest schrijven. Toch voelde hij zich bij het horen van dat nummer nog altijd aangesproken, al was het werk aan het spoor allang voltooid.

De yeung fan leunde over de strijkplank, greep Ah-Fat vast en omhelsde hem.

'Ik ben Rick Henderson. Je bent me toch niet vergeten? Die vermaledijde spoorweg!'

Aanvankelijk wist Ah-Fat nog steeds niet wie hij voor zich had, maar opeens begon het hem te dagen. Dit was zijn oude voorman. Hij vroeg zich meteen af hoe het mogelijk was dat zo'n rouwdouwer van het spoor in zo'n keurige man was veranderd. Helaas was zijn Engels niet goed genoeg om die vraag ook daadwerkelijk te stellen. Hoewel hij nog een tijdje door zijn hoofd spookte, vroeg hij uiteindelijk iets heel anders: 'Meneer Henderson! Wat ... Wat brengt u hier?'

De yeung fan liet hem los en begon te lachen: 'Waarom noem je me meneer? Zeg maar Rick. Je hebt mijn leven gered en ik heb iets van dat leven gemaakt. Met een vriend heb ik een pension geopend waar medewerkers van de Pacific Railroad Company met hun gezinnen kunnen verblijven.'

Ah-Fat bekeek de perfect geknoopte stropdas om de boord van Ricks overhemd en dacht opeens aan Roodhaar en Ah-Lam. Roodhaar was nummer achtentwintig en Ah-Lam was nummer dertig geweest. Hun nummers hadden jarenlang onder elkaar op het rooster gestaan, precies zoals ze al die tijd naast elkaar op de slaapmatjes in de tent hadden gelegen. Roodhaar voor, Ah-Lam achter en Ah-Fat in het midden. Ze lagen zo dicht op elkaar ge-propt dat ze alleen in slaap konden vallen door op dezelfde zij te gaan liggen, als haringen in een tonnetje. Soms was hij bijna ge-stikt van Roodhaars scheten en had het gesnurk van Ah-Lam te-gen zijn nek geknetterd. Ah-Fat had soms de neiging moeten on-derdrukken om ze allebei met zijn blote hand te kelen als hij weer eens midden in de nacht wakker was geschrokken. Maar ze lagen zo dicht op elkaar dat hij niet eens kon gaan zitten. Op een dag was Roodhaars plek echter leeg gebleven en had Ah-Fat eindelijk zijn armen en benen kunnen bewegen. Nog later was ook Ah-Lams plek leeg gebleven. Toen ontdekte hij pas dat hij het toch veel prettiger vond om samengepropt in de tent te liggen. Dan zou iemand hem opvangen als hij viel. Het betekende dat hij niet al-leen was.

Ah-Fat slaakte een zucht. 'Het spoor ...' zei hij. 'Het heeft velen rijkdom gebracht, maar nog veel meer moesten het met hun leven bekopen.'

Hoewel Ah-Fat sprak met een zwaar accent, ontging zijn bijtende toon Rick niet. Hij voelde zich duidelijk opgelaten. Na een tijdje herhaalde hij Ah-Fats woorden: 'Dat spoor, hè! Vorig jaar ben ik met de trein naar Montréal gegaan en de hele tijd schoten er gees-ten uit het verleden langs het raam. Na voltooiing van de spoorweg ben ik een paar jaar werkloos geweest. Ik woonde noodgedwongen in een stadje naast het spoor. Pas toen ik een oude kennis van de Pacific Railroad Company tegenkwam, werd me deze kans gebo-den. Maar hoe zit het met jou, nummer negenentwintig? Na al die tijd weet ik nog steeds niet hoe je heet. Jullie Chinezen hebben ook van die rare namen!'

'Als ik je dat zou vertellen, kun je het toch niet uitspreken. Laat maar zitten!'

Maar Rick greep zijn arm en drong aan: 'Nee, vooruit, laat me horen hoe je het uitspreekt. Waarom zou ik het niet kunnen leren? Ik heb tenslotte hele bergen opgeblazen!'

Ah-Fat articuleerde de klanken een voor een en Rick probeerde ze zo goed mogelijk te herhalen, totdat Ah-Fat uiteindelijk tegen wil en dank begon te lachen. 'Hou er alsjeblieft mee op!' zei hij. 'Je mag me Frank noemen. Dat is mijn Engelse naam. Zoals je kunt zien, heb ik alweer een paar jaar een wasserette. Ik ben in Victoria begonnen en een paar maanden geleden hiernaartoe gekomen. Iedereen zegt dat de zaken hier goed gaan, maar er zijn al veel wasserettes en tot nu toe zit het me niet mee.'

Rick keek peinzend om zich heen en zei toen: 'Ik heb zo'n vijfentwintig kamers in mijn pension. Je zou het beddengoed en het tafellinnen voor me kunnen wassen. En ik kan aan bevriende pensioneigenaren vragen of zij hun wasgoed ook naar jou willen brengen. Maar dan moet je de boel hier wel een beetje opknappen en meer knechten in dienst nemen. En zorg ervoor dat er de volgende keer geen brandgat in de kleding zit.' Ah-Fat trok een draad uit de binnenzijde van het overhemd en stikte het gaatje. Even later gaf hij het overhemd terug aan Rick. Van het verstelwerk viel niets meer te zien. Glimlachend zei Ah-Fat: 'Je hebt ons betrapt. Normaal had ik het verholpen voordat je langskwam. Dan had alleen Onze-Lieve-Heer ervan geweten.'

Rick schudde verwonderd zijn hoofd. 'God was vast bij de pinken op de dag dat Hij jou schiep, Frank. Je bent echt verrekte handig. Ik heb gehoord dat de Pacific Railroad Company hier een enorm pension wil bouwen. Dat wordt dan natuurlijk een "hotel" genoemd. Het moet echt een paleis met honderden kamers worden. Stel je eens voor hoeveel lakens, tafelkleden en servetten dat wel niet zijn. Als het zover is, zal ik eens kijken of ik ze zover kan krijgen dat jij die klus krijgt. Dan zul je heel wat meer jongens moeten aannemen.'

Na Ricks vertrek droeg Ah-Fat zijn knecht op om op de winkel te letten. Hij liep naar Chinatown voor een copieuze maaltijd. Tegen de tijd dat hij daar aankwam, stond de zon al bij de takken van de bomen. Er stond een zacht briesje dat roze bloesems aanvoerde. De hele straat lag ermee bezaaid. Tijdens het wandelen neuriede Ah-Fat een liedje. Hij besefte dat het het bruidslied was dat Roodhaar altijd op zijn gehavende oude viool had gespeeld. Hij schopte tegen kiezels en de bloesems en bedacht dat die Rick bij nader inzien toch niet zo'n kwade vent was. Hij was in elk geval niet vergeten dat iemand hem ooit het leven had gered en dat hij bij diegene in het krijt stond. Hij stelde zich voor hoeveel werk Ricks pension hem zou opleveren. Hij zag de dollarbiljetten al voor zich, dacht aan het zachte lichaam van zijn vrouw en stelde zich voor dat ze in zijn armen lag.

'Het duurt niet lang meer, Ah-Yin. Nu breken de goede tijden aan,' mompelde hij.

Hij ging naar het Wong Kee Congee-café aan Dupont Street en ging aan zijn vaste tafeltje bij het raam zitten. Met zijn mouw veegde hij een vetvlek van het tafelblad, waarna hij er met zijn elleboog op rustte. 'Een kom rijstpap met mager vlees en een ingelegd ei,' zei hij tegen de jongen. 'En twee gestoomde broodjes, een bord garnalenloempia's, een bord kippenpootjes en een bord met slakken.' Verrast nam de jongen de bestelling op. 'Ben je onderweg hierheen op het schip met geld gestuit?' vroeg hij. Ah-Fat begon te lachen, maar zei niets.

Hij keek om zich heen in afwachting van zijn bestelling. De meeste mensen hadden al ontbeten, dus het restaurant was vrijwel verlaten. Er was slechts één andere klant. De man slurpte met gebogen hoofd uit een kom met rijstpap. Een bromvlieg kroop van de rand van de kom omhoog naar het puntje van zijn neus. Toen Ah-Fat dat zag, liep hij naar de man toe en klopte op zijn tafeltje. 'Hé makker, ga je die vlieg ook opeten?'

De man keek op en liet de kom op de vloer vallen. 'Ah-Fat, ellendeling! Je bent toch niet dood! Weet je wel hoe lang ik naar je heb gezocht?'

Ah-Fat was stomverbaasd. 'Ah-Lam? Ben jij het echt of is het je geest?'

Ah-Lam slaakte een zucht. 'Was het maar mijn geest. Die zou het niet zo zwaar hebben.' Hij toonde Ah-Fat zijn linkerbeen. 'Toen we elkaar in Port Moody uit het oog verloren, ben ik van een berghelling gestuiterd en heb ik een been gebroken. Omdat ik niet kon lopen, kon ik geen kant meer op. Ik heb acht jaar in een roodhuidendorp gewoond en ben pas vorig jaar naar Victoria teruggekeerd. Begin dit jaar ben ik zoals zoveel anderen naar Vancouver gekomen.'

'Wat doe je in Vancouver?' vroeg Ah-Fat.

'Ik kan niet zoveel met deze manke poot. Ik had gehoord dat er in de conservenfabriek geld te verdienen was met het schoonmaken van vis, dus dat wilde ik wel proberen. Maar dat is echt seizoenwerk. Zodra het koud wordt, houdt het op.'

Het was nog warm, maar Ah-Lam droeg een gevoerd jasje. Het glansde van het vet en was versleten bij de boorden. Zijn haar was ook vettig en zat vol klitten. Ah-Fat kon zien dat hij het zwaar had. Hij riep de jongen. 'Een portie garnalendeegballetjes en rijstnoedels met zeevruchten voor mijn vriend hier,' zei Ah-Fat, waarna hij zich weer tot Ah-Lam richtte. 'Wil je in mijn wasserette komen werken? Het gaat om strijk- en verstelwerk. Je hebt het zo geleerd, maar het is wel werk waarbij je goed moet opletten.' Hij vertelde wat hij die ochtend van Rick had gehoord.

Tien jaar eerder had de spoorweg hen samengebracht en weer uiteengedreven. Dat ze elkaar nu uitgerekend op dezelfde dag weer tegenkwamen, was gewoon een beetje griezelig. Ze hadden allebei het gevoel dat het geen toeval kon zijn.

Ze spraken over vroeger. 'Heb je iets van Ah-Sing gehoord?' vroeg Ah-Fat. 'Toen ik eerder dit jaar naar Victoria terugkeerde, ben ik naar het Tsun Sing-warenhuis gegaan, maar het was gesloten. Ik heb aangeklopt, maar er deed niemand open.'

'Weet je dan niet dat hij in de gevangenis zit?' zei Ah-Lam.

'Waarvoor?' vroeg Ah-Fat verbaasd. 'Hij was goudeerlijk!'

'In de loop der jaren had hij wat geld opgespaard, genoeg voor de koptaks en de overtocht. Hij is naar huis gegaan om te trouwen. Het jaar erop is zijn vrouw naar Victoria gekomen. Ze was zo ongeveer de enige Chinese vrouw in de stad die niet in de bordelen of de theehuizen van Fan Tan Alley werkte, en ze was nog knap ook. Ah-Sing was zo bezorgd om haar dat hij haar de godganse dag achter in het winkelpand opsloot. Toch wist hij de geilaards niet op afstand te houden. Als hij niet thuis was, stonden ze voor het raam naar haar te gluren. Bovendien was ze eenzaam. Ze vond het vreselijk om de hele dag opgesloten te moeten zitten. Uiteindelijk is ze voor zo'n vent gevallen en er op een avond met hem vandoor gegaan. Ah-Sing heeft te paard de achtervolging ingezet en hen ingehaald. Toen is hij helemaal doorgedraaid en heeft met een mes naar hen uitgehaald. Hij heeft zijn vrouw in haar gezicht gestoken, maar ze raakte slechts lichtgewond. De man was echter op slag dood. Hij zit nu al een jaar in de gevangenis.'

Na een korte stilte zei Ah-Fat: 'Toch was Ah-Sing een goede man.'

'Ik heb hem vorig jaar nog gesproken,' zei Ah-Lam. 'Hij vertelde dat je na de voltooiing van het spoor naar Victoria bent teruggekeerd. Je had het ongelooflijk zwaar, geen dak boven je hoofd en geen geld voor eten. Daarom liet hij het fornuis elke avond voor jou buiten staan.'

Ah-Fat was met stomheid geslagen.

Het fornuis had een klein beetje warmte verschaft bij de achterdeur van het Tsun Sing-warenhuis. Hij had er zijn handen aan gewarmd en zijn bij elkaar gescharrelde kostje op opgewarmd. Ah-Sing had daarmee zijn leven gered.

Ah-Sing had dus geweten dat hij 's nachts achter zijn huis bivakkeerde. Hij had het al die tijd geweten, maar het nooit laten blijken.

'In welke gevangenis zit hij?' vroeg Ah-Fat.

Duizenden Chinezen verzamelden zich gisteren op de kade van de Pacific Railroad waar de grote stoomschepen aanmeren om de beroemde Li Hongzhang uit het Keizerrijk van de grote Qing in Canada te verwelkomen. Deze heer bekleedt enkele hoge posities, zoals Onderkoning en Handelsmeester van de Noordelijke Havensteden, hoewel hij enkele functies heeft moeten opgeven na de nederlaag twee jaar geleden in de Eerste Chinees-Japanse Oorlog. China heeft in die oorlog zijn complete vloot verloren en moest tweehonderd miljoen ounces in zilver aan herstelbetalingen voldoen – een bedrag dat overeenkomt met zeven keer het bruto nationaal product van Japan. Onderkoning Li vaart nu al zeven maanden over de wereldzeeën. Hij heeft Rusland, Duitsland, Nederland, België, Frankrijk en Engeland bezocht en is eind vorige maand in Amerika aangekomen. Hij maakt deze reis op keizerlijk bevel om de banden tussen deze landen en China aan te halen. Vancouver is de laatste havenstad die onderkoning Li aandoet. Hierna zal hij via Japan naar China terugkeren. We hadden begrepen dat hij Seattle ook zou bezoeken, maar naar verluidt ging dat niet door omdat hij daar werd opgewacht door een menigte woedende Chinese immigranten (Li ontkent dit overigens ten stelligste). Ze zijn zo verbolgen omdat de Chinese Exclusion Act onlangs in de Verenigde Staten is aangenomen. Hoewel het bezoek aan Vancouver dus niet gepland was, maakte dat de opwinding onder de Chinese inwoners er niet minder om.

Boven Howe Street hangen vandaag van begin tot eind lantaarns en gekleurde wimpels. Een reusachtige ereboog waar, zo vernamen wij, talloze Chinese immigranten verscheidene avonden aan hebben gewerkt, is op de kade neergezet. Hij bestaat uit een grote boog en twee zijbogen. Daarboven staan drie puntdaken, gemaakt van gordijnstof. Op de top van het dak boven de hoofdboog hangt een bol waarin de Amerikaanse vlag is gestoken. Aan de zijbogen hangen Chinese en Canadese vlaggen. Vier welkomstgroeten hangen aan de bovenzijde van de bogen en verschillende bijzondere 'paleislantaarns' eronder. Vooral de lantaarn bij de hoofdboog is opvallend omdat hij ruim een halve meter in doorsnede is. Hij is behangen met zijden stof die is beschilderd met bloemen en Chinese tekens. De kwastjes in tal van kleuren aan de lantaarn geven een prachtig effect. Vandaag krioelde het van de mensen in de haven. Er waren ook veel blanken gekomen die de pracht en praal kwamen bewonderen. Aan het eind van Howe Street brak zelfs een vechtpartij uit. Het gerucht gaat dat dieven die opzettelijk hebben veroorzaakt om zo de zakken van afgeleide omstanders te kunnen rollen. Twee monniken deden goede zaken met de verkoop van wierook uit de tempel.

Onderkoning Li vertrok van de haven in een door paarden voortgetrokken erekoets, vergezeld door burgemeester Collins, meneer Abbott, de algemeen directeur van de Canadese Pacific Railroad in Brits-Columbia, en politiecommissaris Ward. Li's entourage (onder wie zijn zoon en neef) volgde in een normale wagen waarin ook alle bagage van het gezelschap werd vervoerd. Het schijnt dat onderkoning Li een uiterst kostbare doodskist van uitstekend nanmuhout bij zich heeft. Aangezien de onderkoning al vierenzeventig jaar is, houdt hij er rekening mee dat hij tijdens deze reis komt te overlijden. Toen de koets de ereboog naderde, brachten de toegestroomde, geduldig wachtende Chinezen de onderkoning de traditionele welkomstgroet. Eerst klonk het geknetter van voetzoekers, gevolgd door de knallen van zwaarder vuurwerk, oorverdovend getrommel en het kabaal van honderden mensen die in *koor stonden te schreeuwen. Het geheel werd begeleid door muzikanten die de kenmerkende fascinerende muziek ten gehore brachten. Sommige mensen zongen keizerlijke liederen.*

Onderkoning Li heeft stralende, pientere ogen. Hij draagt een ouderwetse bril met stalen montuur en heeft een mollig gezicht met donkere teint en scherpe jukbeenderen. Hij lijkt in blakende gezondheid te verkeren. Hoewel hij met zijn een meter tweeëntachtig behoorlijk lang is, loopt hij krom, waardoor hij kleiner lijkt dan hij is. Vandaag droeg hij een overjas in de befaamde keizerlijk gele kleur. Het leek eerder een ceremoniële mantel. Daaronder had hij een mantel aan van donkerblauwe, met borduursels versierde zijde en daaronder een donkerrode mantel waarop donkere bloemen stonden afgebeeld. Hij droeg laarzen met dikke, witte zolen en het traditionele hoofddeksel van een Mantsjoese hoogwaardigheidsbekleder die vanaf de rand breed uitliep en een kaal hoofd onthulde. Onder de achterzijde van het hoofddeksel staken lange vlechten uit. Ze waren met zijden linten versierd en reikten tot zijn knieën. De zwarte rand van het hoofddeksel was met goud afgezet en aan de bovenzijde waren fluwelen linten gebonden. Ook was het hoofddeksel versierd met een grote edelsteen en een pluim van pauwenveren met drie 'ogen'. Aan zijn rechterpink prijkte een fonkelende, diamanten ring.

Het was overduidelijk dat het toegestroomde publiek van alle rangen en standen was. Zo'n tiental Chinese zakenmannen mocht hem persoonlijk ontmoeten op een met touwen afgezette plek. Aan hun dure kledij te zien behoorden ze tot de hoogste klasse. In hun schitterende gewaden leken ze in niets op de Chinezen die we kennen uit Chinatown. De gewone arbeiders stonden een eindje verderop. Ze waren gekleed in katoenen jasjes en wijde broeken die bij de enkels waren samengebonden. Velen hadden hun wasserettes en winkels die dag gesloten en waren vanuit naburige stadjes en dorpen hiernaartoe gekomen om onderkoning Li te verwelkomen. Deze zonen van de grote Qing-keizer – of het nu rijke handelaren of eenvoudige

arbeiders zijn – dragen allemaal, hoeveel jaar ze ook in
Canada wonen, nog altijd de lange vlecht, die van oudsher
een grote symbolische waarde heeft.

Vancouver World, *14 september 1896*

Ah-Fat stond helemaal achteraan en tuurde naar de vlaggen die aan de ereboog hingen. Ze wapperden in de stevige najaarsbries en rolden steeds weer open en dicht. De rode zon op de Qing-vlag had de kleur van de glimmende dooier van een eendenei. De ranke draak leek woest te kronkelen, in een wanhopige poging om de dooier op te kunnen eten. Ah-Fat had deze vlag al eens gezien bij de Chinese Liefdadigheidsorganisatie, maar nooit eerder op zo'n schitterende dag. Het was prachtig weer en de gele vlag stak fel af tegen de knalblauwe hemel. Het deed Ah-Fat denken aan een Nieuwjaarsafbeelding tegen een blauwe achtergrond.

Ah-Fat wurmde zich tussen de toeschouwers door. Hij had weliswaar brede schouders, maar zijn onderlichaam was vederlicht. Toch werd er soms gevloekt als hij op iemands tenen ging staan. In het felle zonlicht kon hij de horizontale banier boven de ereboog duidelijk zien. WELKOM UWE EXCELLENTIE LI HONGZHANG, stond er. Maar de karakters op de vier verticale banieren waren een stuk kleiner. Ah-Fat moest de halve straat door voordat hij die kon onderscheiden.

HET IS ALTIJD EEN EER OM DE GROTE LI HONGZHANG TE MOGEN ONTVANGEN

DE GROTE LI HONGZHANG HEEFT OP BEVEL VAN DE KEIZER EEN VERRE REIS GEMAAKT OM VRIENDSCHAP TE SLUITEN MET OMRINGENDE LANDEN

DOOR OVER DE GROTE OCEAAN TE VAREN TOONT DE GROTE LI HONGZHANG DAT HIJ ZICH LIEFDEVOL BEKOMMERT OM KEIZERLIJKE ONDERDANEN IN HET BUITENLAND

ALS UWE EXCELLENTIE NAAR HUIS TERUGKEERT, HOPEN WE DAT ZIJNE HOOGHEID ZIJN OUDE MINISTER RIJKELIJK ZAL BELONEN

Hij las de teksten meerdere keren van begin tot eind om de betekenis ervan goed tot zich te laten doordringen. Toen hoorde hij de klanken van snaarinstrumenten. 'Met een gouden paleis dat erboven uittorent en een prachtig, paars paviljoen ...' begonnen de mensen te zingen. Hij had nog nooit zoiets gehoord. Het klonk als iets wat je op serene en plechtige toon zong voor je voorouders of in de tempel. Pas veel later ontdekte hij dat het lied *Lofzang op Li Hongzhang* heette. Li had iets laten opstellen wat moest doorgaan voor het nationale volkslied van de grote Qing. Zo viel er voor de buitenlanders in elk geval iets te zingen.

De koets reed onder de boog door en kwam steeds dichterbij. Hij werd voortgetrokken door twee prachtige Mongoolse paarden met rode tuigen. Uit de verte leek het alsof iemand de dieren glinsterend zwart had geverfd. De krachtige hoeven wierpen stof en kiezelsteentjes op. Hier en daar klonk gejuich als ze passeerden, maar de paarden waren goed getraind. Ze werden vaker bij dergelijke plechtigheden gebruikt en gaven geen krimp.

Ah-Fat kon de inzittenden van de koets nu beter zien. Het waren vier personen, van wie er twee in voorwaartse en twee in achterwaartse rijrichting zaten. Drie van de vier waren yeung fan, dus de keizerlijke hoogwaardigheidsbekleder links achterin moest onderkoning Li wel zijn. Zijn hoofddeksel leek erg zwaar en hij ging enigszins gebukt onder het gewicht ervan. Met een arm steunde hij tegen de zijkant van de koets. De wallen onder zijn ogen waren zo dik dat er twee walnoten in hadden gepast. Zijn kin beefde voortdurend, alsof hij een opkomende hoestbui moest onderdrukken. In zijn ene hand hield hij een zilveren kop die hij als kwispedoor gebruikte. In zijn andere hand hield hij een pijp. Ah-Fat had ergens gehoord dat de onderkoning een zware roker was. Hij rookte echter geen Chinese tabak, maar de tabak uit Amerikaanse sigaren.

Als je hem zijn prachtige kleding zou uittrekken en versierde, gevederde hoed zou afzetten, was onderkoning Li gewoon een man op vergevorderde leeftijd. Het ouder worden ging geleidelijk – een rimpel hier, een witte haar daar. Het viel onmogelijk te zeggen op welke ochtend of na welk diner een specifieke rimpel of witte haar was verschenen. Maar als alle details van het klimmen der jaren werden samengevoegd, kon iemand er opeens oud uitzien. Na de zeeslagen van de Eerste Chinees-Japanse Oorlog was onderkoning Li echt een oude man geworden.

In Hoi Ping stikte het van de oude mensen. In de zomer lagen ze gewoonlijk te dutten met hun hoofd op een 'stenen kussen'. Als het kouder werd zaten ze in een rieten stoel van het zonnetje te genieten. De vele rimpels in hun nek waren bevuild met oud zweet en op hun kin kleefden nog de rijstkorrels en soepspetters van hun vorige maaltijd. Ze spraken slissend door de gaten tussen hun tanden.

Maar bij onderkoning Li lag dat anders. De staatsiemantel en het officiële hoofddeksel verleenden zijn ouderdom gratie. Traagheid van geest werd voor diepzinnigheid aangezien en zwakheid voor statigheid. Een pauwenveer kon een onoverbrugbare kloof tussen de adel en het gewone volk scheppen. Onderkoning Li stond aan de andere kant van die kloof en zelfs op hoge leeftijd scheidden duizenden li's hem van het plebs.

Deze gedachtegang beangstigde Ah-Fat.

De mensen om hem heen kwamen in beweging en Ah-Fat zag de wielen van de koets langsrollen.

'Vrede aan Uwe Excellentie!'

Rondom de koets doken omstanders omlaag, alsof een windvlaag over een rijstveld trok. Sommigen maakten een buiging, anderen tilden de zoom van hun jassen op en knielden neer op de grond. Opeens had Ah-Fat vrij zicht. Hij zag en voelde dat de priemende blik van de onderkoning van achter die dikke brillenglazen op hem rustte. Het wemelde hier van de mensen, maar Li Hongzhang keek naar het getaande, door het litteken ontsierde gezicht van de man die was blijven staan.

Ah-Fat maakte een lichte buiging.

'Zou onderkoning Li onze beste wensen aan de keizer willen overbrengen? Wij wensen Zijne Hoogheid een goede gezondheid toe. Moge de Grote Qing weer oppermachtig worden,' riep hij naar de koets.

Zijn woorden werden meteen opgeslokt door het rumoer om hem heen. Misschien had de onderkoning het gehoord, misschien ook niet. In elk geval gebaarde hij naar de koetsier en kwam de koets langzaam tot stilstand. Drommen mensen schoten erop af, maar werden tegengehouden door toegesnelde agenten die elkaar een arm gaven om een menselijk schild te vormen. Het wassende water veroorzaakte geen dijkdoorbraak. Geleidelijk keerde de rust terug en hielden de mensen weer afstand. Langs de brede schouders van de agenten keken ze naar de vlakbij tot stilstand gekomen koets en de bejaarde inzittende.

'Hebben jullie het goed hier?' vroeg de oude man aan Ah-Fat en de andere omstanders, terwijl hij een vaag gebaar maakte.

Ze keken elkaar aan, zich afvragend wat ze moesten antwoorden. Geen van allen durfde het woord te nemen. Uiteindelijk mompelde iemand: 'Prima hoor.'

'Wat een onzin,' zei een ander, terwijl hij de eerste spreker aan zijn mouw trok.

Ah-Fat keek naar de burgemeester en zei: 'Uwe Hoogheid, we hebben het hier zwaar. We kunnen geen ambtenaar worden. We mogen het vuile werk opknappen dat de blanken niet willen doen. We verdienen maar half zoveel als zij. Als we een bedrijfje beginnen, moeten we zoveel belasting betalen dat er amper iets overblijft.'

Terwijl Ah-Fat sprak, verzamelden de anderen moed. Een jongeman baande zich een weg naar voren, totdat hij pal voor de koets stond. 'De Canadese regering is bezig met een wetswijziging om de koptaks te verhogen. Dat zullen we nooit kunnen betalen, al zetten we er jarenlang elke cent voor opzij. We zullen ons hele leven als vrijgezel moeten doorbrengen en nooit een gezin kunnen stichten.'

Een oudere man viel hem bij: 'Ik ben getrouwd, maar wat heb ik eraan? Ik zal de koptaks nooit kunnen opbrengen, dus mijn vrouw zal zich nooit bij me kunnen voegen. Ik had net zo goed alleenstaand kunnen zijn. Wanneer krijg ik ooit eens een beurt?' Sommige mannen gniffelden om het grove taalgebruik. De blik op het gezicht van de onderkoning verstrakte. 'Ik begrijp het,' zei hij. Toen sloot hij zijn ogen en zweeg.

De wielen van de koets kwamen krakend in beweging en de paarden vervolgden hun weg. De hoeven wierpen draaikolken van stof op die door de lucht dwarrelden.

In een oogwenk had de mooie herfstdag zijn glans verloren.

Ah-Fat keek hoe de koets verdween in de verte en slaakte een lichte zucht.

Het zesentwintigste jaar van de heerschappij van Guangxu (1900), het dorp Aansporing, Hoi Ping, provincie Guangdong, China

Zes Vingers stond op, kleedde zich aan en trok de bamboegordijnen open. Nadat het vijf dagen lang had geregend, werd ze nu overrompeld door het zonlicht dat de kamer overspoelde. De regen was hun huizen binnengesijpeld en had hun kleding doorweekt, waardoor ze inmiddels het gevoel hadden dat alles door een dikke laag slijm werd bedekt. Nu was het weer echter opgeklaard en de hemel strakblauw. Er stond geen zuchtje wind. De zon bescheen de regendruppels waardoor het leek alsof de banyan op het erf door glinsterend goud werd bedekt. De herfst had dit jaar als een brullende leeuw zijn intrede gedaan, maar op zo'n prachtige dag als vandaag tjirpten de krekels nog uit volle borst.

Haar schoonmoeder, mevrouw Mak, was al uren op en zat keurig aangekleed op het erf, zichzelf met een waaier koelte toewuivend. 'Heb je de maanpasteitjes gekocht?' vroeg ze Ah-Choi. De dienstmeid was net klaar met de was en veegde eerst de drooglijn af voordat ze de was ophing. 'De jonge mevrouw heeft ze gisteren gekocht,' zei ze. 'We hebben vier soorten: lotuspastei met dubbele dooiers, melkpastei met kokosschilfers, pasteitjes met walnoot en abrikoos en met jujubepasta en osmanthusbladeren.'

Kam Shan zat gehurkt bij een boom en goot een grote kom water over een mierennest. Bij het horen van het woord 'pastei' liet hij de kom op de grond kletteren en stortte hij zich op Ah-Choi. Hij greep haar jasje vast en smeekte haar erom. 'Ze zijn voor het Maanfeest,' zei ze. 'Ik mag ze niet eens uitdelen. Je moet bij je grootmoeder zijn.' Hij duwde haar weg en sloeg zijn armen om de knieën van mevrouw Mak. 'Ik wil een pasteitje, grootmoeder!' riep hij. Ze veegde het zweet van het voorhoofd van haar vijfjarige kleinzoon en schudde haar hoofd. 'De maanpasteitjes zijn voor het Midherfstfestival. Je krijgt ze pas vanavond als de vollemaan aan de hemel staat.'

'Hoe lang duurt dat nog?' vroeg Kam Shan.

'Pas over twee maaltijden,' zei mevrouw Mak.

Kam Shan deed zijn mond open en begon te brullen. Tranen rolden over zijn gezicht als twee rijtjes erwten. Met zijn gehuil wist hij mevrouw Mak op haar zwakke plek te raken. Ze pakte haar wandelstok en stond op. Met de jongen aan haar hand liep ze op de tast naar de keuken.

'Je mag een stukje van de pastei met de dubbele dooier. Dat vult lekker. Dan heb je geen middag- of avondeten meer nodig.'

Kam Shan hield meteen op met huilen en straalde over zijn hele gezicht.

Zes Vingers probeerde haar gezicht in de plooi te houden. Normaal gesproken was mevrouw Mak niet te vermurwen, dacht ze. Alleen de ondeugende Kam Shan wist haar hart altijd weer te veroveren.

Zes Vingers ging op de rand van het bed zitten en boog zich over de slapende Kam Ho. De avond ervoor had hij zijn melk uitgespuugd en pas na middernacht had ze hem weer in slaap gekregen. Als Kam Ho sliep, fronste hij zodat er een roze knoopje van rimpels tussen zijn wenkbrauwen ontstond. Een knoop als een kluwen garen waarvan je de draad niet meer kon vinden. Zes Vingers masseerde die zachtjes met haar vinger, maar trok haar hand snel weg toen de baby wakker schrok. Kam Ho slaakte wat protesterende kreetjes, maar kalmeerde toen weer. Al snel vulde zijn zachte gesnurk het vertrek als het zoemen van een vlieg.

Kam Ho was compleet anders dan zijn oudere broer Kam Shan. Het was een verschil van dag en nacht. Hij was nog maar een maand oud, maar hij leek de hele tijd ergens op te broeden.

Zes Vingers ging aan haar kaptafel zitten en borstelde haar haar.

Het was lang en dik en viel als een woeste, donkere massa over haar schouders. Niet dat iemand het ooit zo zag, met uitzondering van Ah-Fat. Zes Vingers droeg haar haar altijd in een knotje. Ze pakte een benen kam, dompelde die in haarolie en trok hem voorzichtig door haar haar. Vervolgens maakte ze een strakke vlecht en draaide die tot een knotje in haar nek. De dorpsvrouwen gebruikten meestal in water geweekte schilfers van de tungboom om hun haar in model te krijgen, maar Zes Vingers had haarolie van Luk Mui die Ah-Fat in Hongkong voor haar had gekocht. Hij werd door een Nederlands bedrijf gemaakt en rook vaag naar bloemen. Ze stak een rode, vilten bloem in het knotje en keek in de spiegel. Haar gezicht werd weerspiegeld in het verzilverde glas. Ze legde de spiegel weg, opende een laatje van haar kaptafel en pakte een kistje van sandelhout dat met prachtig houtsnijwerk was versierd. Een koperen ring vormde de sluiting. Het leek op een kistje waarin een rijke dame haar sieraden bewaarde.

Zes Vingers draaide aan de ring en opende het deksel. In het kistje lag een stapel dichtbeschreven brieven. Het waren alle brieven die Ah-Fat haar ooit had geschreven. De bovenste dateerde van ruim een jaar geleden, vlak voordat hij aan boord van het stoomschip was gegaan dat hem naar huis had gebracht. Hij was een heel jaar gebleven en pas de afgelopen marktdag weer vertrokken. Het zou twee of drie maanden duren eer ze weer een brief van hem kreeg, omdat hij op dit moment nog op zee was. Ze opende zijn laatste brief en las hem opnieuw. Ze had hem al zo vaak open- en dichtgevouwen dat de vouwranden versleten waren. Ze kende de tekst uit haar hoofd. Bij één specifieke passage – *na zoveel jaren zonder elkaar schiet mijn hart als een pijl naar je terug en verlang ik er alleen maar naar om in de armen van mijn geliefde te liggen* – begon ze te blozen. Heimelijk was ze er dankbaar voor dat haar schoonmoeder niet kon lezen. Elke brief van Ah-Fat bevatte zulke passages die alleen voor haar bestemd waren. Die sloeg ze over als ze de brieven aan mevrouw Mak voorlas.

Deze keer had Ah-Fat bij terugkomst genoeg geld gespaard voor de koptaks en aanvankelijk was hij van plan geweest om Zes Vingers en Kam Shan met zich mee te nemen. Daarvoor had hij zijn moeder ook om toestemming gevraagd. Ah-Fat had Zes Vingers nooit verteld hoe mevrouw Mak had gereageerd, maar na hun gesprek had zijn gezicht op onweer gestaan. Hij was er nooit meer over begonnen.

Zes Vingers wilde Ah-Fat een brief schrijven om hem te vragen wat hij nu van plan was. Als het een beetje meezat, was de brief misschien wel eerder in de Gouden Bergen dan Ah-Fat zelf. Ze legde een velletje briefpapier neer, vermaalde de inkt in de vijzel, streek het penseel van wolvenhaar glad en had net *mijn lieve echtgenoot* als aanhef opgeschreven, toen er melk uit haar borsten vloeide en haar jasje nat werd. De bevalling van Kam Ho was heel anders verlopen dan die van Kam Shan. Hij was er min of meer vanzelf uit gekomen, zo soepel als een kip die een ei legt. Het hoofdje was zelfs al geboren toen Ah-Choi met de vroedvrouw was teruggekeerd. Ah-Fat had een oude vrouw ingeschakeld die zich de eerste maand na de geboorte om Zes Vingers had bekommerd. Drie maaltijden per dag, met flinke porties kip, eend en vis, hadden ervoor gezorgd dat de melk rijkelijk was gaan vloeien. Ze had genoeg melk om drie Kam Ho's te voeden en dan nog zou ze waarschijnlijk overhouden.

Zes Vingers knoopte haar jasje open en veegde zichzelf met een handdoek droog. Ze droeg een dun, zijden jasje met een rij schuine knopen over een mooi, linnen korset dat Ah-Fat van de Gouden Bergen had meegenomen. Volgens Ah-Fat droegen de vrouwen van de Gouden Bergen ook wijde petticoats, maar daar had Zes Vingers om moeten lachen. 'Als ik allebei draag, zie ik er met al die strepen uit als een bij!' Na lang aandringen was ze bereid geweest om het korset aan te trekken. Eerst had de stof zo strak om haar lichaam gezeten dat ze het er benauwd van had gekregen. Maar na een tijdje was ze eraan gewend geraakt. Als ze het niet droeg, deinden haar borsten op en neer, wat een onprettig gevoel gaf en haar belette om op haar gebruikelijke energieke manier te lopen. Maar van de petticoat had ze niets willen weten. In zo'n onpraktische rok kon ze niet werken. Ah-Fat had het erbij moeten laten zitten.

Toen Zes Vingers zich had afgedroogd en een schoon jasje had aangetrokken, ging ze weer zitten om verder te schrijven.

Het gaat goed met Kam Shan en Kam Ho. Met moeders ogen gaat het niet beter, maar ook niet slechter.

Zes Vingers was ontevreden met wat ze had opgeschreven. Ze verfrommelde het papier, gooide het in de prullenbak en begon opnieuw.

Mijn lieve echtgenoot,

Sinds je vertrek is het je familie prima vergaan. Meneer Auyung is langsgekomen met een kinderboek en gelinieerde schriften. Kam Shan mag volgend voorjaar naar school. De oogst is dit jaar overvloedig en de huren zijn geïnd. Als het weer marktdag is, gaat moeder twee ossen kopen waarmee we komend voorjaar kunnen ploegen. Ook heeft ze een huwelijk tussen Ah-Choi en Ha Kau ge-

arrangeerd. Ze zullen in de eerste maand van het nieuwe
jaar trouwen. Ze wonen al lange tijd bij ons. Ha Kau be-
werkt het land en Ah-Choi werkt in het huishouden, dus
het zal een harmonieuze verbintenis zijn.

Inmiddels deed Zes Vingers' hand pijn van het schrijven. In de eerste maand na de geboorte van Kam Ho had ze geen penseel vastgehouden, dus ze moest er weer even aan wennen. Naar haar idee had ze de belangrijkste familieberichten vermeld, maar ze had nog iets op haar hart. Wat ze had opgeschreven kwam recht uit haar hart, licht als gierstkafjes. Bij het kleinste zuchtje wind kon het al op het vel papier worden geblazen. Maar wat ze niet aan het papier had toevertrouwd bleef als vochtig meel aan de diepste krochten van haar hart plakken. Het was lastig om het naar boven te halen en op te schrijven. Zelfs als ze het onder woorden had weten te brengen, zou het gaandeweg stof hebben vergaard en aan oorspronkelijke helderheid hebben ingeboet. Nadat Zes Vingers enige tijd in gedachten verzonken had gezeten, schreef ze uiteindelijk de laatste zinnen op:

> *Bij vollemaan mis ik je het meest. Wie weet wanneer we onze belofte van de Gouden Bergen kunnen inlossen? De bergen en rivieren blijven hetzelfde, maar ik vrees dat mijn schoonheid niet voor eeuwig is. Het enige wat ik kan doen is dit penseel oppakken en mijn boodschap van liefde opschrijven en versturen naar de man van mijn dromen in de Gouden Bergen.*
>
> *Je vrouw, Ah-Yin, het dorp Aansporing, Midherfstfestival, 1900*

Toen ze achter zich gefluister hoorde, legde ze haar penseel neer en keek op. Ze zag haar buurvrouwen voor het raam staan. Zes Vingers deed de deur open en al babbelend kwamen de vrouwen binnen. 'Zes Vingers, Ah-Fat is nog maar net vertrokken. Mis je hem nu al?' Hun echtgenoten waren ook naar de Gouden Bergen gegaan. Sommigen waren teruggekomen, anderen niet. Van tijd tot tijd smeekten ze Zes Vingers om brieven naar hen te schrijven.

'Ha!' riep Zes Vingers. 'Hem missen? Ik moet deze brief van mijn schoonmoeder schrijven.' Maar de vrouwen wisten wel beter.

'Zullen we tante Mak maar eens vragen wat ze haar zoon zo dringend wil vertellen?' plaagden ze Zes Vingers.

'Willen jullie dat ik nog brieven voor jullie schrijf of niet?' vroeg ze, terwijl ze knalrood werd. Er klonk hees gelach.

Tijdens het praten gingen ze op in hun handwerk. Ze verstelden kleding, versierden de rand van een hoed met borduursels of naaiden stoffen schoenen. Het zachte kraken van naald en draad die door stof werden gehaald, vulde het vertrek.

'Wil je die man van mij schrijven en hem vragen waarom ik al twee maanden geen geld meer van hem heb gekregen?' vroeg een vrouw die Ah-Lin heette.

Met zijn zesenvijftig jaar was Ah-Lins echtgenoot de oudste man die naar de Gouden Bergen was gegaan. Hij leed aan astma en kon geen zware arbeid verrichten.

Enkele jaren eerder had hij van zijn spaargeld een concubine bij een van de theehuizen gekocht. Inmiddels hadden ze twee kinderen en was hij niet meer naar huis gekomen. Om de paar maanden zond hij de broodnodige dollarbrieven om zijn eerste gezin te onderhouden. In feite moesten beide gezinnen worden onderhouden met het geld dat zijn tweede vrouw in het theehuis verdiende.

'Wat heeft dat nu voor zin?' zei iemand. 'Die vrouw heeft het toch voor het zeggen?'

Dit was tegen het zere been van Ah-Lin, die woedend zei: 'Ik moet het maar zien te rooien, terwijl zij bij hem in de Gouden Bergen is.'

Verschillende vrouwen begonnen door elkaar te praten. 'Ze werkt in een theehuis in de hoerenbuurt. Wat verwacht je dan? Ze is de rotte appel in de mand. Maar je man heeft haar toch als zijn vrouw genomen.'

Ah-Lin beet zo hard op haar lip dat de afdruk van haar tanden erin kwam te staan. 'Hm,' zei ze. 'Maar Ah-Kyun is officieel met mij getrouwd. Die waardeloze schuinsmarcheerder!'

Zes Vingers kon er niet langer tegen. Ze zwaaide afkeurend met haar vinger naar Ah-Lin. 'En hoe zit het met je mooie, betegelde huis en je zijden kleding? Daar heeft dat meisje voor moeten zwoegen, niet dan? Zij zorgt voor brood op de plank. Als je haar niet had, zouden jullie omkomen van de honger. Waarom schrijf je geen vriendelijke brief om te vragen wat er aan de hand is? Dit gejammer heeft toch geen zin?'

Daar had Ah-Lin niet van terug.

Ah-Chu, een jonge, pasgetrouwde vrouw, hield wel van een plagerijtje. Ze pakte de brief die Zes Vingers nog niet had kunnen wegleggen en begon hem te lezen. Er klonk gelach. 'Sinds wanneer kun jij lezen, Ah-Chu? Weet je zeker dat je hem niet op de kop houdt?' riep iemand.

Ah-Chu schonk er geen aandacht aan. Ze tuurde naar de brief en liet haar vinger over de karakters glijden. Uiteindelijk riep ze triomfantelijk: 'Veld. Dit is het karakter voor "veld", Zes Vingers! Dat ken ik! En "os". Ik ken "os" ook! En hier staat "vier"! Ik snap het. Jullie gaan vier ossen kopen voor het ploegen.'

Zes Vingers wist niet of ze nu moest lachen of huilen. Ze nam de brief terug en zei: 'Een beetje kennis is gevaarlijk. Geletterd of ongeletterd, dat doet er niet zoveel toe. Maar degene die een beetje kan lezen, zorgt voor problemen.'

Ah-Chu was nog jong. Haar man was meteen na hun huwelijk naar de Gouden Bergen vertrokken. Inmiddels was ze vijf maanden zwanger van haar eerste kind, dus in tegenstelling tot de dorpsvrouwen met kinderen kon ze nog gaan en staan waar ze wilde. Ze was graag bij Zes Vingers, die haar soms een paar karakters leerde.

'Kan zo'n dom gansje als Ah-Chu zelfs leren lezen?' riepen de anderen. 'Het is niet moeilijk,' zei Zes Vingers. 'Als je elke dag één karakter leert, ken je er aan het eind van het jaar driehonderdvijfenzestig. Binnen een paar jaar zul je je eigen brieven kunnen schrijven. Dan hoeft niemand het te weten als je een persoonlijke boodschap wilt overbrengen.'

Er werd instemmend geknikt. 'Dat is waar,' zei iemand. 'Zes Vingers kent onze intiemste gedachten. Daar krijgt ze nog eieren en pasteitjes voor ook!'

Te midden van het gegiechel en gebabbel werd Kam Ho wakker. Hij begon meteen oorverdovend te krijsen. Zes Vingers liep snel naar de achterkamer en de vrouwen dempten hun stem. Maar het was al te laat. Ze hoorden het tikken van een wandelstok en even later verscheen mevrouw Mak in het vertrek.

Ze zwaaide met haar stok en wees ermee naar het voorhoofd van Zes Vingers. De 'ogen' in haar oren zagen even scherp als altijd. 'Je had die baby uren geleden al moeten voeden. Wat heb je allemaal uitgespookt sinds je bent opgestaan?'

Snel pakte Zes Vingers Kam Ho op, knoopte haar jasje open en duwde een tepel in zijn mond. Kam Ho jengelde nog even, maar begon toen te drinken.

Mevrouw Mak maakte met de wandelstok een cirkeltje in de lucht. 'En hebben jullie thuis niets te doen? Het is de vijftiende van de achtste maand. Jullie moeten je schoonouders helpen met de voorbereidingen van het Midherfstfestival.' De vrouwen keken elkaar aan, maar durfden niets te zeggen. Als muizen die wegkropen voor een kat slopen ze weg.

Zes Vingers wist dat haar schoonmoeder het maar niets vond dat ze omging met vrouwen van wie de mannen ook naar de Gouden Bergen waren vertrokken. Ze was bang dat ze een slechte invloed op haar hadden of dat ze het door hen te hoog in de bol zou krijgen. Met Kam Ho op haar ene arm hielp ze mevrouw Mak met haar vrije arm op een stoel. 'Moeder, het zou echt fijn zijn als ik hun mag leren lezen en schrijven. Dan vallen ze me ook niet meer lastig omdat ik brieven voor hen moet opstellen. Het zal onze familie veel problemen besparen.'

'Hm,' zei de oude vrouw. 'Als een vrouw niet kan schrijven, heeft ze ook geen afleidingen en zal ze beter voor haar schoonouders zorgen.'

Zes Vingers hoorde de scherpe ondertoon van deze opmerking en zag de duistere blik. Ze besloot haar schoonmoeder wat extra aandacht te geven. 'Moeder, hebt u wel goed geslapen vannacht?' vroeg ze.

'Ha!' riep mevrouw Mak. 'Hoe moet ik nu goed slapen? Ik mis Ah-Fat. Er zat amper vlees op zijn botten toen hij thuiskwam. Het leven is er zo zwaar. De hele familie is afhankelijk van zijn dollarbrieven. Hij ploetert dag en nacht in de Gouden Bergen en krijgt nooit warm te eten. Als zijn kleding kapot is, zal niemand dat voor hem verstellen. Die man van Ah-Lin haalt het niet bij mijn Ah-Fat, maar hij heeft het wel goed voor elkaar. Zijn eerste vrouw zorgt hier voor zijn gezin en zijn tweede vrouw zorgt daar voor hem.'

Zes Vingers was verbijsterd. Haar schoonmoeder leek van mening dat Ah-Fat in de Gouden Bergen maar een concubine moest nemen. Voordat ze ging trouwen, had ze erop gestaan zelf haar man te kiezen en zich heilig voorgenomen nooit iemands tweede vrouw te worden. Maar nu ze met Ah-Fat was getrouwd, zou ze hem niet kunnen tegenhouden als hij een tweede vrouw zou nemen. Had hij dat voor zijn vertrek met zijn moeder besproken? Geen wonder dat hij het er niet meer over had gehad dat hij haar naar de Gouden Bergen wilde meenemen.

Ze haalde diep adem, maar toch beefde haar stem toen ze het vroeg: 'En heeft Ah-Fat al een geschikte kandidaat op het oog?'

Mevrouw Mak slaakte een zucht. 'Hij wil geen tweede vrouw. Hij luistert niet naar zijn moeder. Nu hij getrouwd is, luistert hij alleen nog maar naar zijn vrouw. Iedereen weet dat dat zo is. Als je echt het beste met hem voorhebt, schrijf hem dan dat hij wat geld opzijzet voor een concubine die hij kan meenemen naar de Gouden Bergen. Hij moet daar geen vrouw zoeken. Dan weet je niet wat voor vlees je in de kuip hebt.'

Zes Vingers was niet in staat een antwoord te formuleren. Het voelde alsof duizenden mieren over haar huid kropen. Ze was tegelijkertijd blij dat Ah-Fat haar trouw was en bezorgd om de ontberingen die hij moest doorstaan. Ze kon de starende blik van de niets ziende ogen niet langer verdragen. De ogen achter die blinde ogen leken zich in haar te boren. Uiteindelijk mompelde ze: 'Ja, moeder.'

Mevrouw Mak stond op en ging naar buiten. Toen ze bij de deur was, draaide ze zich om en zei: 'Zes Vingers, ik weet wat je denkt. Iedere vrouw vindt het moeilijk te accepteren dat haar man een tweede vrouw neemt. Toen Ah-Fats vader nog leefde, was ik er ook erg op tegen. Maar Ah-Fat kan zo niet jaar in jaar uit doorgaan. Hij heeft iemand nodig die voor hem zorgt. Tenzij jij natuurlijk overweegt om je oude schoonmoeder in de steek te laten en hem in de Gouden Bergen te vergezellen.'

Bij het uitspreken van die laatste zin steeg de stem van mevrouw Mak, zodat het klonk als een vraag. Mevrouw Mak zweeg en leunde in afwachting van een antwoord tegen de deurpost. Zes Vingers wist dat haar schoonmoeder daar zou blijven staan zolang ze dat niet had gekregen.

'Ik blijf liever hier, moeder, om nog honderd jaar voor u te zorgen,' zei Zes Vingers. Ze durfde haar niet aan te kijken. De blinde ogen van mevrouw Mak namen maar al te scherp waar.

Mevrouw Mak liep weg. Het getik van haar wandelstok klonk steeds zachter totdat het opeens verstomde.

'Ah-Choi, doe acht mooie maanpasteitjes, twee van elke soort, in een versierd doosje en breng dat naar tante Cheung Tai. Ze heeft ze verdiend omdat ze zo goed voor de jonge mevrouw heeft gezorgd toen ze nog klein was. Dat was vast niet makkelijk.'

De woorden van de oude vrouw echoden sissend over het erf.

Het negenentwintigste jaar van de heerschappij van Guangxu (1903), Vancouver, Brits-Columbia

'Naam?'

'Ah-Lam.'

'Achternaam?'

'Chu.'

'Dus Ah is uw voornaam en Lam is uw tweede naam. Klopt dat, meneer Chu?'

Ah-Lam keek de tolk aan. 'Spreekt u Chinees? Ik begrijp geen woord van wat u zegt.'

Ah-Fat klemde zijn tanden op elkaar en onderdrukte een lach die hem als een scheet dreigde te ontsnappen.

Het publieke gedeelte van de zaal was van gemiddelde grootte. Zo'n tien rijen met stoelen en een gangpad in het midden. Ah-Fat zat aan de ene kant en een yeung fan aan de andere. De yeung fan hield een editie van *Provincial News* vast. Hij had hem al een paar keer doorgebladerd. Nu bestudeerde hij de advertenties, met name eentje in rode inkt.

> *De Fluisterende Bamboe-wasserette kondigt de opening van een nieuw filiaal aan, tegenover het Vancouver Hotel in Georgia Street. De Fluisterende Bamboe-wasserette heeft al ruim tien jaar ervaring in wassen, stijven, strijken en kledingreparatie. We hebben ruim twintig mensen in dienst en bedienen hotels en particulieren voor redelijke prijzen en met een uitstekende service.*

De tolk was een kleine man in een keurig gesteven driedelig kostuum. Hij hield zijn hoed in zijn hand en stond kaarsrecht en doodstil. Hij deed Ah-Fat denken aan de paal van de wasmolen die in de achterkamer van zijn wasserette stond.

'Ja, edelachtbare. Chu Ah-Lam zegt dat dat het geval is.'

Kale verrader, schold Ah-Lam hem in stilte uit. Je maakt je voorouders te schande nu je je vlecht hebt afgeknipt en uit de hand van die blanke eet.

'De zaak Hunter tegen Chu verklaar ik hierbij voor geopend. Meneer Hunter, zweert u in naam van God dat u de waarheid en niets dan de waarheid zult spreken?'

Meneer Hunter had de zaak tegen Ah-Lam aangespannen. Hij nam een dik, zwart, in leer gebonden boek van de rechter aan, stak zijn rechterhand op en dreunde een of andere tekst op. Toen hij klaar was, pakte de tolk het boek en gaf het aan Ah-Lam.

'Ik zweer niets op een of ander zwart boek. Ik geloof niet in die langbaardige God van jullie.'

'Wat zegt hij?' vroeg de rechter aan de tolk.

'Meneer Chu gelooft niet in God, dus wil hij de eed niet op de Bijbel afleggen.'

'Waar gelooft hij dan wel in, afgezien van geld?'

'Klootzak,' zei Ah-Lam toen de tolk de vraag van de rechter had vertaald.

De verbijsterde tolk zei na een poosje: 'Meneer Chu hoopt dat u het goed maakt.'

Deze keer kon Ah-Lam een snuivend lachje niet onderdrukken.

'Dank u wel. Maar nu hebt u me nog steeds niet verteld in naam van welke godheid u de eed wilt afleggen. Wilt u het doen zoals de vorige keer?'

Dit was niet de eerste keer dat Ah-Lam voor de rechter stond. Drie maanden eerder was hij ook van kledingdiefstal beschuldigd. Hoewel die zaak door anderen was aangespannen, luidde de aanklacht hetzelfde. De mannen hadden Ah-Lam kleding gegeven om te wassen en die vervolgens weer opgehaald. Beiden beweerden echter dat Ah-Lam het wasgoed nooit had teruggegeven. Ah-Lam was een geboren redenaar, maar toch had de rechter hem veroordeeld tot het betalen van een boete van dertig dollar. De vorige keer had Ah-Lam de eed afgelegd voor een portret van Guan Yu, maar aangezien hem dat niets had opgeleverd, was hij niet van plan dat nu weer te doen.

Ah-Lam krabde over zijn hoofd en zei uiteindelijk: 'Kippenbloed.'

De rechter zette zulke grote ogen op dat zijn bril van zijn neus op het tafelblad viel.

'Edelachtbare,' zei de tolk, 'een eed afleggen met kippenbloed is een oude traditie van het volk van het Qing-rijk. Het wordt vaak gedaan en is alom geaccepteerd. Het is geen blijk van minachting jegens de rechtbank.'

De rechter schorste de zaak en toen die korte tijd later werd voortgezet, liep een potige politieagent, minstens een meter negentig lang, de rechtszaal binnen met een sneeuwwitte Leghorn. De vleugels van de kip waren stevig vastgebonden, maar het dier verzette zich nog hevig. Toen het in het gangpad werd neergezet, stoof het alle kanten op, kakelde het luid en vlogen de witte veren in het rond.

Ah-Lam stak drie wierookstokjes in het tafelblad voor de rechter en ontstak die met een lont. Hij liet zich op zijn knieën vallen en boog drie keer. Toen pakte hij een stukje papier dat hij achter zijn oor had gestoken. Het was zo strak opgerold dat het een sigaret leek. Hij maakte het open en las voor wat erop stond. Ah-Fat had een verklaring voor hem geschreven, maar Ah-Lam kon niet lezen. Met hulp van Ah-Fat had hij de verklaring echter uit zijn hoofd geleerd.

Ik, Chu Ah-Lam, geboren in het dorp Dung Ning Lai, bij de stad NgWing, in de streek Hoi Ping, in de provincie Guangdong, in China, ben werkzaam in de Fluisterende Bamboe-wasserette aan Georgia Street 732 (voorheen Main Street 963). Ik werk daar al acht jaar. Aan het begin van deze maand bracht meneer Hunter drie kledingstukken die gewassen moesten worden: een trui en twee broeken. De trui moest worden gewassen en de broeken gewassen en versteld. Bij de lichte broek waren de pijpen versleten en bij de donkere zat er een schroeiplek in de zak. De kleding is de volgende dag gewassen en opgelapt. De dienstmeid van meneer Hunter heeft alles rond tien

uur opgehaald. Ik heb het wasgoed in vloeipapier gewik-
keld en aan haar gegeven. Die klootzak van een Hunter
heeft me erin geluisd. Als hij die kleding echt kwijt is, moet
hij het maar aan zijn dienstmeid vragen. Zij is degene die
hier zou moeten staan. Ze heeft de kleren waarschijnlijk
gejat en aan haar man gegeven. Ik heb gewoon domme
pech. Ik, Chu Ah-Lam, zweer op dit kippenbloed en voor
God in de hemel en mijn verheven voorouders dat als
hiervan één woord gelogen is, de ratten me thuis mogen
opvreten en ik buiten door een paard-en-wagen overreden
mag worden. Moge ik dan stikken in mijn slijm als ik ga
liggen, moge ik sterven door etterende zweren op mijn
kont als ik ga zitten, moge ik worden geraakt door vijf
bliksemflitsen als ik ga staan.

Ah-Lam was zijn verklaring begonnen zoals Ah-Fat had opgedragen, maar al snel had hij het gevoel dat de tekst te hoogdravend
voor hem was. Het klonk zo pappig als een kapotgevroren auber-
gine, dus hij liet het papier vallen en improviseerde de rest. Toen
de tolk bij het slot kwam, brak het zweet hem uit en durfde hij niet
verder te gaan. Hij veegde zijn gezicht met een zakdoek af en zei
tegen de rechter: 'Kort samengevat heeft meneer Chu Ah-Lam een
opsomming gegeven van alle manieren waarop hij bereid is te sterven, als hij heeft gelogen.'

De kip, die van al het gekakel helemaal uitgeput was, werd op een
tegel gelegd. De politieagent sloeg met een zware bijl de kop van
het dier af. Bloed spoot over de vloer, waar het een plakkerige poel
vormde. De kop viel op de tegels, maar het lichaam van de kip
schoot met grote passen weg, een spoor van rode pootafdrukken
achterlatend. Tegen de tijd dat de agent van de schrik was bekomen, was de kip al naar buiten gerend.

Voorbijgangers werden die dag op een bijzonder schouwspel getrakteerd: een kip zonder kop met stevig vastgebonden vleugels,
als een wijnfles waaruit bloedrode vloeistof borrelde. Een man in
politie-uniform zette de achtervolging in. Hij probeerde het dier te
grijpen, maar de kip zonder kop wist telkens te ontkomen. De
agent was gewoon te fors om het dier te kunnen grijpen. Het
kostte hem veel moeite om steeds te bukken en weer overeind te

komen. Na een paar pogingen was hij al buiten adem. Hij legde zijn handen op zijn knieën en keek toe hoe de bloederige kip op het ijzeren traliewerk rondom de fontein midden op het gazon knalde, waarna het nog een laatste grasgroene keutel op de witte, granieten trap liet vallen en dood neerviel.

De agent bracht de ontsnapte kip zonder kop terug naar de rechtszaal waar Ah-Lam nog altijd geknield zat. Inmiddels begon hij ongeduldig te worden en zodra de kip binnen handbereik was, streek hij met een uitgestoken vinger een klodder stollend bloed van de nek en smeerde die op zijn verklaring. Vervolgens stak hij het papier met een lucifer in brand en ging weer zitten.

'Volgens u heeft een dienstmeid de kleding van meneer Hunter opgehaald. Hoe heette zij?' vroeg de rechter aan Ah-Lam.

'Dat moet u hem vragen,' zei Ah-Lam, wijzend naar de man die achter het tafeltje van de aanklager zat. 'Hoe moet ik nu weten hoe zijn bedienden heten?'

'Kunt u ons wat uiterlijke kenmerken van haar geven? Al kent u haar naam niet, u weet vast nog wel hoe ze eruitzag.'

Ah-Lam beet peinzend op zijn vinger. Uiteindelijk zei hij tegen de tolk: 'Die yeung fan zien er allemaal hetzelfde uit. Hoe moet ik dat nou weten?'

Net toen de tolk dit voor de rechter vertaalde, riep Ah-Lam opeens: 'Ze had grote tieten. Haar tieten hingen op haar buik.'

Ah-Fat moest zijn best doen om niet in lachen uit te barsten. Maar meneer Hunter begon te bulderen van het lachen toen hij de vertaling hoorde. De rechter sloeg twee keer met zijn hamer op tafel en keek Ah-Lam woedend aan. 'U maakt zich schuldig aan minachting van een rechtbank van het Britse Rijk. U krijgt een boete van tien dollar.'

Ah-Lam wees naar meneer Hunter: 'Maar hij is degene die begon te lachen. Welke wet bepaalt dat ik een boete krijg, en hij niet?' De rechter sloeg opnieuw met zijn hamer op het tafelblad. 'Ik verhoog de boete met vijf dollar.' Ah-Lam wilde bezwaar maken, maar na een waarschuwend kuchje van Ah-Fat hield hij zich in.

De rechter wendde zich tot Hunter. 'Kunt u bewijzen dat meneer Chu uw kleding heeft gestolen?'

'Edelachtbare,' antwoordde Hunter, 'ik weet alleen dat ik vijf kledingstukken naar de wasserette heb gebracht en er geen heb teruggekregen. Is dat dan geen bewijs genoeg? Denkt u dat ik niets beters te doen heb dan een stelletje Chinezen voor het gerecht te slepen?'

Ah-Lam balde zijn vuisten totdat de knokkels kraakten. Nu ging het opeens om vijf in plaats van drie kledingstukken. Hij stond op het punt om te gaan vloeken toen de tolk hem vroeg: 'U zegt dat u de kleding van meneer Hunter niet hebt gestolen. Welk bewijs hebt u? Een handtekening misschien?'

'Je sluit toch geen contract af voor drie kledingstukken! Dat doe je alleen als je je vrouw of een stuk land verkoopt!'

De rechter sloot een hele tijd zijn ogen. Toen hij ze weer opendeed, zei hij: 'De eiser beschuldigt de gedaagde ervan dat hij zijn kleding heeft gestolen. De gedaagde zweert dat dat niet zo is. De eiser heeft onvoldoende bewijs, maar dat geldt ook voor de gedaagde. Ik geloof jullie eigenlijk geen van beiden. Daarom moeten jullie de kosten maar delen. Vijf enigszins versleten kledingstukken, dat komt neer op vijf dollar per persoon. Daar komen de kosten voor de rechtszaak nog bij, dus in totaal gaat het om twaalf dollar. Meneer Chu moet meneer Hunter twaalf dollar betalen. De rest van het bedrag zult u zelf moeten opbrengen, meneer Hunter. Laat het een les voor u zijn om geen zaak aan te spannen als u niet over voldoende bewijs beschikt.'

Ah-Lam stampvoette van woede. 'Wat een sukkel van een rechter! Een blinde rechter uit de rimboe zou nog met een redelijker vonnis komen!' De rechter wachtte de vertaling van deze overduidelijk onbeschofte opmerking niet af, maar sloeg zijn zwarte mantel om zich heen en maakte aanstalten om de rechtszaal te verlaten. Plotseling stond een yeung fan op uit een stoel in het publieke gedeelte. 'Edelachtbare, hebt u een ogenblikje? Ik beschik over belangrijk bewijs.' De man had de zaak bijgewoond zonder een woord te zeggen. Aangezien hij was gekleed als een respectabel lid van de maatschappij, besloot de rechter zich beschaafd op te stellen. 'Wie bent u?' vroeg hij.

De man maakte een kleine buiging. 'Ik ben Rick Henderson, adjunctdirecteur van het Vancouver Hotel, eigendom van de Canadian Pacific Railroad.'

De rechter bromde: 'De prins van Wales verbleef met zijn vrouw in uw hotel tijdens zijn bezoek. Ik heb een uitnodiging gehad voor de cocktailparty die ze toen hebben gegeven.'

'Niet alleen de prins van Wales,' zei Rick. 'Iedereen van koninklijke komaf kiest bij een bezoek aan de westkust voor ons hotel. Als u van een high tea wilt genieten in dezelfde eetzaal waar koninklijke gasten hebben gedineerd, moet u twee weken van tevoren reserveren. Bij de high tea op Victoria Day in mei komt het Royal Philharmonic Orchestra uit Londen over om bij ons kamermuziek ten gehore te brengen. Er zitten twee violisten bij die tijdens de Golden Jubilee nog voor koningin Victoria hebben opgetreden. Uiteraard is dit optreden allang uitverkocht.' Rick haalde een envelop met een gouden monogram uit de jaszak van zijn lichte, wollen kostuum en overhandigde die aan de rechter. 'Misschien wil Uwe Edelachtbare even verifiëren dat ik ben wie ik zeg te zijn.'

De rechter maakte de envelop open en haalde er een vel papier uit waarop hetzelfde monogram stond. Hij draaide het om, las wat er op de achterzijde stond en zijn lippen krulden zich tot een voorzichtig glimlachje. Hij stopte de brief in een binnenzak van zijn zwarte mantel en vroeg: 'Meneer Henderson, bent u hier als getuige van meneer Hunter?'

'Integendeel,' zei Rick hoofdschuddend. 'Ik ben hier namens meneer Chu, al heeft hij me dat niet gevraagd. Meneer Chu Ah-Lam werkt voor de Fluisterende Bamboe-wasserette. De eigenaar, meneer Fong Tak Fat, is hier vandaag ook aanwezig. Het Vancouver Hotel maakt al acht jaar gebruik van de diensten van de Fluisterende Bamboe-wasserette. De eerste vijf jaar waren ze verantwoordelijk voor het wassen en strijken van het beddengoed en het tafellinnen van onze gewone gasten. We schakelen natuurlijk een gespecialiseerde wasserette in voor de kamers van onze exclusieve gasten. Sinds drie jaar neemt de Fluisterende Bamboe-wasserette ook het wasgoed van het personeel en het verstelwerk voor gewone gasten voor haar rekening.

De wasserette heeft inmiddels nog een filiaal in Vancouver geopend met circa twintig werknemers. Dit filiaal bedient vooral hotels en pensions. In de afgelopen acht jaar is het Vancouver Hotel nog nooit een laken of tafelkleed kwijtgeraakt. Onze gasten hebben ook nooit een dergelijke klacht ingediend. Ze hebben zich wel over andere zaken beklaagd, bijvoorbeeld dat de wasserettemedewerkers zo slecht Engels spreken. Ik heb begrepen dat in het Rijk van de Grote Qing alleen al honderden Chinese dialecten bestaan. Het is dus een beetje als de Babylonische spraakverwarring, iedereen spreekt zijn eigen taal. We kunnen van hen toch niet verwachten dat ze voetstoots de taal van het Britse Rijk leren? Maar Uwe Edelachtbare, het lijdt toch geen twijfel dat een wasserette die al acht jaar voor het Vancouver Hotel werkt geen onbeduidende kledingstukken van een particulier zal ontvreemden? Ik hoop dat u mijn getuigenis in uw overweging wilt meenemen, Uwe Edelachtbare.'

De rechter schudde zijn hoofd en mopperde: 'Neemt u me nu in de maling? Waarom hebt u dit niet te berde gebracht toen de rechtbank zitting hield? Dat had ons veel moeite bespaard. Die arme kip had misschien nog wat eieren kunnen leggen.' Vervolgens sloeg hij met zijn hamer op het tafelblad. 'De zaak Hunter versus Chu is hierbij gesloten. De eiser heeft zijn zaak niet kunnen hardmaken. Meneer Chu hoeft meneer Hunter niet te compenseren. Meneer Hunter zal de kosten voor de rechtszaak moeten betalen. Dat was alles.'

Rick maakte weer een buiging naar de rechter. 'Edelachtbare, wilt u mijn getuigenverklaring laten vastleggen? Die arme Chinese ondernemers hebben het al zwaar genoeg zonder dit soort lui die hen tegenwerken. Als de Fluisterende Bamboe-wasserette ooit weer voor het gerecht wordt gedaagd, mag u mijn getuigenverklaring gebruiken of mij als getuige oproepen.'

Eenmaal buiten kon Ah-Fat zijn nieuwsgierigheid niet langer bedwingen. 'Wat stond er in vredesnaam in die brief?' vroeg hij.

Rick keek om zich heen om te zien of er niemand meeluisterde en zei toen zachtjes: 'Een uitnodiging om als eregast de high tea op Victoria Day bij te wonen. Met stoelen vlak bij het orkest.'

Ah-Fat sprak al gebrekkig Engels, maar Ah-Lam beheerste de taal amper. Hij wist dan ook niet wat hij tegen Rick moest zeggen. In plaats daarvan trok hij aan Ah-Fats mouw en zei: 'Je hebt er goed aan gedaan om het leven van die *kuai lo* bij het spoor te redden.'

'Jij hebt makkelijk praten. Dat litteken ontsiert niet jouw gezicht,' zei Ah-Fat.

Rick knipte met zijn vingers en een koets aan de overzijde van de straat kwam langzaam in beweging. Rick sprong erin en keerde zich om naar Ah-Fat: 'Als klanten de volgende keer hun kleren komen halen, laat ze er dan voor tekenen. Dat zal je veel ellende besparen.'

'Goed,' zei Ah-Fat knikkend. De koets kwam krakend in beweging, maar hield even later op Ricks bevel weer halt. Rick liep weer naar Ah-Fat. 'Die beroemde Chinese geleerde, meneer Liang, verblijft in het hotel. Naar ik heb begrepen zoekt hij steun voor zijn hervormingsbeweging en is hij van plan de keizerin-weduwe af te zetten. Hij houdt vanavond een toespraak. Heb je zin om te komen?'

Hoewel Rick langzaam en in korte zinnen sprak, begreep Ah-Lam hem niet. 'Wat kletst hij nu voor onzin?' vroeg hij.

'We sluiten vandaag wat vroeger en gaan naar het hotel,' antwoordde Ah-Fat.

'Maar Ah-Yee heeft het was- en strijkgoed gisteren al teruggebracht. Waarom zouden we?'

'De geleerde Liang verblijft in het hotel.'

'Welke Liang?'

'Liang Qichao. Degene die constitutionele hervormingen wilde doorvoeren. De keizerin-weduwe heeft een prijs van honderdduizend ounces zilver op zijn hoofd gezet. Hij houdt vanavond een toespraak.'

'Als ze er thuis achter komen dat je je met de monarchisten inlaat, zullen ze je hele familie vermoorden,' zei Ah-Lam.

'Hier in Vancouver hebben veel Chinezen zich al bij de monarchisten aangesloten. Als wij onze mond niet voorbijpraten, hoeven zij er geen lucht van te krijgen.'

'Ga jij maar lekker. Ik ga met Ah-Yee naar de gokhollen van Fan Tan Alley. Het maakt niet uit welke partij de macht heeft. De rijken blijven rijk en de armen arm. Wat doet het ertoe dat deze meneer Liang hier is? Ik zal hoe dan ook in de wasserette moeten werken om de kost te verdienen.'

'Nonsens,' zei Ah-Fat. 'Als China wat meer kracht zou tonen, zouden wij onze ouders, vrouwen en kinderen niet hoeven verlaten om hier te gaan werken en ons door de yeung fan op de kop te laten zitten. We hebben een jonge, veelbelovende keizer. Hij heeft een westerse opleiding genoten en als hij aan de macht komt, kan hij die kennis aanwenden om de westerlingen in te tomen en ons land weer in het zadel te helpen. Dan kunnen we naar huis terugkeren en bij onze gezinnen wonen.'

Ah-Lam was een paar jaar eerder getrouwd, maar had nog niet genoeg geld voor de koptaks of de bootreis naar huis kunnen sparen. Hij had zijn zoon sinds zijn geboorte niet meer gezien. Ah-Fat had dus een gevoelige snaar bij hem geraakt en Ah-Lam deed er het zwijgen toe.

Toen ze de luiken voor de ramen van de wasserette hadden gesloten, fristen Ah-Fat en Ah-Lam zich op. Ze haalden de lange mantels en Chinese jasjes uit de kast die normaal gesproken alleen voor Nieuwjaar tevoorschijn kwamen. In de schemering liepen ze naar het Vancouver Hotel. Hun blauwe stoffen schoenen deden fijn stof opwaaien dat vaag naar jong gras rook. Onderweg maakte een koortsachtige opwinding zich van hen meester.

Ze arriveerden ruim op tijd bij het hotel. Bij de deur zag Ah-Fat een vertrouwd gezicht – bekend maar toch vreemd, omdat de man niet zijn oude, vertrouwde kleding droeg. Ah-Fat staarde hem even aan. Toen glimlachte de man naar hem, waardoor een donkere moedervlek in zijn mondhoek omhoogschoot. Opeens wist Ah-Fat weer wie het was.

Ah-Fat tilde zijn mantel op en knielde neer om zijn respect te betonen. 'Meneer Auyung! Wanneer bent u naar de Gouden Bergen gekomen? Ah-Yin schreef al dat ze u maar niet te pakken kreeg, maar nu snap ik waarom. Vorig jaar wilden we onze zoon Kam Shan als leerling bij u aanmelden.'

Meneer Auyung trok Ah-Fat overeind. 'Twee jaar geleden heb ik enkele artikelen over constitutionele hervormingen geschreven en heeft de regering een prijs op mijn hoofd gezet. Ik moest huis en haard verlaten. Eerst ben ik naar Japan gegaan, maar toen ik hoorde dat Kang Youwei en Liang Qichao in Noord-Amerika waren, ben ik hen gevolgd.'

Auyung nam de twee mannen terzijde en ze spraken lange tijd. Toen ze uiteindelijk de grote zaal van het hotel binnengingen, waren alle stoelen al bezet. De gangpaden stonden vol mensen, zowel blank als Chinees. Toen Ah-Fat en Ah-Lam in een hoek van de zaal een plekje hadden gevonden, beseften ze dat de toespraak al was begonnen. Liangs toespraak was in elk geval erg hoogdravend. De gewichtige, holle frasen leken als keien op een wanordelijke hoop te vallen. Zelfs een geletterd man als Ah-Fat had moeite om deze van keien vergeven weg te volgen. Gelukkig had Auyung het pad al voor hen geëffend. Dankzij diens vereenvoudigde versie van Liangs boodschap snapten ze beter wat hij te zeggen had.

Pas rond middernacht keerden ze terug van de toespraak van Liang Qichao. Ze konden geen van beiden de slaap vatten, dus zaten ze op bed nog wat te roken. De jongens die in de wasserette werkten, lagen allang te slapen en hun gesnurk vulde het vertrek als een krekelkoor. In het duister lichtten alleen de twee gloeiende pijpenkoppen op. Ah-Lam schopte zijn schoenen uit en pulkte het vuil tussen zijn tenen weg. 'Een vrouw heerst over de keizer en ons hele land. Wat bedoelde die meneer huppeldepup Liang nu eigenlijk? Volgens mij moeten we gewoon iemand inschakelen die een mes in haar steekt. Ik heb nog nooit zoveel onzin gehoord.' Ah-Fat gaf geen antwoord. Ah-Lam uitte nog meer verwensingen, maar na een tijdje kreeg hij er genoeg van, pakte een kussen en ging liggen. Zijn ademhaling werd vrijwel meteen een stuk zwaarder.

Vroeg in de ochtend werd Ah-Lam wakker omdat hij moest plassen. Toen hij zijn ogen opendeed, zag hij een gloeiend dwaallichtje bij het bed. 'Ah-Fat, slaap je nou nog niet! Het is bijna ochtend, idioot!' Het lichtje verschoof en Ah-Fat begon op gedempte toon te praten: 'Het spijt me, Ah-Lam, maar ik zal je je broodwinning moeten ontnemen. Ik heb besloten om beide wasserettes te verkopen. De Qing-dynastie kan alleen worden gered door geleerde mannen als Kang en Liang. We kunnen hen helpen door geld te doneren. We hebben onvoldoende kennis om hen op een andere manier te helpen.'

Ah-Lam snakte naar adem. Hoewel hij het totaal niet had zien aankomen, wist hij meteen dat het Ah-Fat menens was. Niets zou hem nog van dit voornemen kunnen afbrengen.

'Als ik de wasserettes heb verkocht, gaan we werk zoeken bij de conservenfabriek. Zolang ik nog over een cent beschik, zul je in elk geval niet omkomen van de honger.'

'Ik misschien niet, maar hoe moet het dan verder met je vrouw en kinderen? Ze zullen wachten tot ze een ons wegen op dollar-brieven van jou.'

Ah-Fat zweeg een tijdje, maar zei toen: 'Ik zal een tijdje niet naar huis kunnen. Ah-Yin zal geduld moeten hebben.'

Twee maanden later verkocht Ah-Fat zijn wasserettes voor 895 dollar aan een groenteboer uit Toishan. Hij verdeelde het geld in drieën. Het grootste deel ging naar het Noord-Amerikaanse hoofdkwartier van de Monarchistische Hervormingspartij. Het op een na grootste deel ging naar Zes Vingers. Hij gaf het mee aan een vriend die naar Hoi Ping terugkeerde. Het kleine beetje dat overbleef hield hij zelf.

Daarna verloor Ah-Fat Auyung weer uit het oog. In de daaropvolgende jaren hoorde hij zo nu en dan geruchten over zijn handel en wandel. Zo zou Auyung deel hebben uitgemaakt van een complot om de keizerin-weduwe te vermoorden, waarna hij was verraden aan de politie en bij de ingang van de groentemarkt in Peking was onthoofd. Volgens een ander gerucht was hij stiekem naar Guangdong teruggekeerd, waar hij een militie had opgeleid die de keizer in Peking te hulp moest komen. Onderweg naar Peking zou een griepje hem echter fataal zijn geworden. Ook werd wel beweerd dat hij naar Japan was gegaan, waar hij een tweede vrouw had gevonden en zich in de wijsbegeerte had verdiept.

Wat de waarheid ook was, Auyung schitterde een tijdje als een stralende ster aan het firmament van Ah-Fats leven, waarna hij voorgoed verdween.

Het eenendertigste jaar van de heerschappij van Guangxu (1905), Vancouver, Brits-Columbia

Pas toen hij de twee lantaarns voor het gokhol zag, merkte Ah-Fat hoe moe hij was. Normaal gesproken deed hij er één uur en tien minuten over om van de fabriek naar Chinatown te lopen, maar vandaag had hij flink de pas erin gehad en het soms zelfs bijna op een hollen gezet, waardoor hij er maar drie kwartier over had gedaan. Ah-Lam had na een tijdje geen moeite meer gedaan om hem bij te houden en was achteropgeraakt.

Straatventers zwermden met hun manden in hun armen om hem heen en boden hun waar aan: sesamchips, char siu, pasteitjes van groene bonen, plakkerige rijstballetjes, kippenpootjes in gepekeld vet en koude, gekookte varkensoortjes. In zijn binnenzak zat een biljet van tien dollar dat hij net als loon had gekregen. Hij betastte het en merkte dat het knisperverse bankbiljet helemaal vochtig was geworden van zijn zweet. Vanavond kon hij kiezen wat hij maar wilde, en dat niet alleen. Hij kon een klein gedeelte van zijn loon uitgeven in een kamer boven het gokhol dat door een slordig vastgespijkerd gordijn werd afgeschermd. Daar zat een vrouw die hem het geld maar wat graag afhandig maakte. In de afgelopen paar jaar was de koptaks voor Chinese immigranten gestegen naar het duizelingwekkende bedrag van vijfhonderd dollar, een som die je zelfs niet kon opbrengen als je jarenlang alles opzijzette. In de Gouden Bergen woonden maar weinig Chinese vrouwen, dus zij konden nu een hogere prijs vragen. Een hele nacht tederheid kon hij zich niet veroorloven, maar zo nu en dan had hij geld over voor een kwartiertje.

Ah-Lam kwam er regelmatig. Ah-Lam zou de vijfhonderd dollar nooit kunnen opbrengen, dus zijn vrouw woonde nog altijd in zijn geboortedorp. Ah-Lam zorgde er echter wel voor dat zijn eigen behoeftes werden bevredigd en vertelde vaak over zijn belevenissen in dat donkere kamertje. Ah-Fat werd ongedurig van zijn verhalen en als hij het niet langer uithield, ging hij ook. Hij dacht pas aan Zes Vingers als hij dat kamertje weer verliet. Telkens als hij het oude gordijn opzijschoof om naar binnen te gaan, stond zijn hele lichaam in vuur en vlam. Maar als het gordijn weer achter hem dichtviel, voelde hij een ijzige kou. Er was geen ontkomen aan de pijn die het vuur en de kou veroorzaakten. Die moest hij verdragen. Er zat niets anders op.

Ah-Fat wierp slechts een terloopse blik op de manden, maar zijn maag kwam rommelend in opstand. Als lunch had hij met een halve kom rijst en wat gekookt water genoegen moeten nemen. Na de lange wandeling knaagde de honger nu aan zijn ingewanden. Maar voordat hij die kon stillen, moest hij eerst een plekje zoeken waar hij kon plassen.

In de buurt van het gokhol waren meer dan genoeg duistere muren. Voorbijgangers hoefden hun gulp maar te openen om te urineren. Vroeger zou Ah-Fat dat ook hebben gedaan, maar vandaag niet. Hij wandelde een stukje door het steegje vol uithangborden in felle kleuren en winkellantaarns totdat hij onder een grote esdoorn bleef staan. De schaduw van de boom leek hem als een zwarte mantel te omhullen. Onder aan de stam lag een berg oud afval waarvan de stank hem bijna achterover deed slaan. Ah-Fat trok zijn jasje omhoog, deed zijn gulp open en plaste. De urinestraal kwam sissend op het afval neer. Een zwerm vliegen vloog in het duister op. Het gezoem van hun onzichtbare vleugels verbrak de stilte om hem heen.

Nadat hij zijn blaas had geleegd, kon hij rustiger nadenken en werd hij zich bewust van de gore stank die van zijn jasje kwam. Ah-Lam en hij waren die ochtend al om zes uur begonnen en hadden de hele dag vis staan kaken. Uiteraard droegen ze een schort tijdens het werk, maar zijn knielange jas kwam desondanks onder de schubben en het bloed te zitten. Sinds hij twee jaar eerder zijn wasserettes had verkocht, werkte hij in de conservenfabriek waar vis werd ingeblikt. Er werkten alleen maar Chinese mannen en roodhuidvrouwen. De mannen maakten de vis schoon en kaakten die, terwijl de vrouwen de gekookte vis in blikken van verschillend formaat stopten. De mannen deden het net iets vuilere werk. Toen Ah-Fat en Ah-Lam er begonnen, probeerden ze elke avond na thuiskomst de stank van vis uit hun kleding te wassen. Je voelde je een ander mens als je een bak met water had gevuld en je handen en gezicht met carbolzeep had gewassen. Maar geleidelijk was de geur van vis in hun kleding, hun poriën en zelfs hun aderen gaan zitten. Het viel er met de beste wil van de wereld niet meer uit te wassen. Ah-Fat dacht weleens dat zelfs zijn speeksel naar vis stonk.

Hij bleef onder de boom staan, trok zijn jasje uit en schudde het uit. De schubben vielen op de grond. Het was hoogzomer en in de avondbries was de warmte van die dag nog niet helemaal vervlogen. Ah-Fat droeg witte, katoenen onderkleding met niets eronder. De voorzijde was dichtgeknoopt en Zes Vingers had een rood lintje aan de knoop ter hoogte van zijn zonnevlecht gebonden. Dat had ze bij al zijn onderkleding gedaan om het kwaad af te weren. Hij keerde het jasje binnenstebuiten, vouwde het netjes op, stopte het onder zijn arm en liep terug naar het gokhol. Het nachtelijke duister maakte plaats voor het licht van de lantaarns. Nu hij zijn jasje had uitgetrokken, waren zijn spierballen duidelijk zichtbaar, als de ruggen in een pas geploegd veld. Hij kneep in zijn biceps, maar voelde slechts spier. Hij mocht dan tweeënveertig jaar zijn, zijn lichaam verkeerde in topconditie.

Hij kocht twee pasteitjes met groene bonen en een kop koude thee van een straatventer en verorberde dat op de stoep voor het gokhol.

'Is het optreden al begonnen?' vroeg hij de man.

'Nee, de troep is nog maar net gearriveerd en ze hebben hun kostuums nog niet aan.'

Ah-Fat ontspande zich.

De pasteitjes lagen hem zwaar op de maag, als kiezels die in het water plonsden zonder een rimpeling aan het oppervlak teweeg te brengen. Hij had geen idee wanneer ze de bodem raakten. Hij pakte nog wat munten en kocht kippenpootjes in gepekeld vet. Bij de eerste hap besefte hij al dat het een vergissing was. Kippenpootjes waren bedoeld om op een volle maag onder het genot van een drankje aan te knabbelen. Maar hij had zo'n honger dat hij niet over het geduld voor zo'n versnapering beschikte. Hij kocht nog een halve geroosterde eend en twee deegballetjes met char siu. Toen hij dat allemaal ophad, begon hij zich weer een beetje mens te voelen.

Hij duwde de deur van het gokhol open en werd meteen ondergedompeld in het kabaal. Op betaaldag was het hier altijd stampvol. Een zee van donkere hoofden had zich verzameld rond het tiental tafeltjes waaraan mahjong en *pai gow* werden gespeeld. Spelers en toeschouwers gingen helemaal op in het spel. Venters die manden om hun nek hadden gehangen, wurmden zich door de mensenmassa en schreeuwden met schorre stem: 'Tabak! Snoep! Pompoenzaden! Olijven!'

Ah-Fat baande zich een weg door de menigte. Hij liep in een rechte lijn naar het podium in het achterhuis. Het gezelschap was uitgenodigd voor een optreden. Aangezien ze slechts met zijn zevenen waren, was de benaming 'gezelschap' eigenlijk een beetje overdreven. Een van hen speelde Chinese viool, een ander fluit en verder waren het acteurs: drie mannen en twee vrouwen uit San Francisco. Ze waren dan misschien maar met weinig en hun optredens stelden weinig voor, maar de kaartjes waren spotgoedkoop, slechts vijftien cent per stuk. Zelfs voor een plek zo dicht bij het podium dat je de schoenneuzen van de acteurs kon zien, betaalde je maar twintig cent. Bovendien was het lang geleden dat een toneelgezelschap deze contreien had aangedaan. Dat er ook nog eens vrouwen optraden, verklaarde mede dat het publiek al zo vroeg was gekomen.

Toen Ah-Fats vader nog leefde, had hij hem en Ah-Sin weleens meegenomen naar de opera in de stadjes nabij hun geboortedorp. In die tijd waren er nog helemaal geen actrices. Toen zijn vader hem had verteld dat de vrouwen op het podium, die zulke sierlijke gebaren maakten met hun vingers en hun gezichten koket verborgen achter hun uitwaaierende, zijden mouwen, eigenlijk mannen waren, was hij stomverbaasd geweest. Die mannen waren zo vrouwelijk geweest dat ze niet van een echte vrouw te onderscheiden waren geweest. Enkele maanden voor zijn dood had zijn vader hem meegenomen naar Shun Tak om met Nieuwjaar de Kantonese opera *De beproeving van de vrouw in de moerbeituin* te zien. Dat was de eerste keer dat Ah-Fat ook actrices op het podium had gezien. De rollen van Chau Wu en zijn vrouw werden zelfs vertolkt door een echtpaar. Hun verliefde blikken en ongeremde acteerspel hadden een woede-uitbarsting bij een legerofficier in het publiek uitgelokt. 'Schandelijk! Schandelijk!' werd er geroepen, waarna soldaten op het podium waren geklommen en het acteurspaar geboeid hadden afgevoerd. Na afloop hadden ze te horen gekregen dat het stel vanwege schennis van de goede zeden die avond nog onthoofd zou worden. Door het incident kwam er een eind aan de gemengde optredens en Ah-Fat had sindsdien nooit meer een vrouw op een podium gezien.

Maar vanavond bestond de bezetting wel uit mannen en vrouwen. De gokkers, allen alleenstaande mannen, waren met hun hoofd maar half bij het spel op de goktafels. Ze wachtten allemaal totdat het vioolspel zou opklinken en ze naar het achterhuis konden gaan. Eigenlijk kwamen ze voor de vrouwen, niet voor het toneelstuk. Je hoefde maar één blik op de straten van Chinatown te werpen om te weten dat mannen hier veruit in de meerderheid waren. Elke maand arriveerde slechts een handjevol Chinese vrouwen met de stoomboot. De eerbare vrouwen trouwden en werden nooit in het openbaar gezien. Als ze van het soort waren dat 'glimlachjes verkocht', werden ze al snel weggestopt in de donkere steegjes achter de muren van door madams gerunde theehuizen. Theatergroepen vormden een derde mogelijkheid. Dit operagezelschap telde dan ook twee vrouwelijke leden en de vaste klanten van het gokhol zouden hen naar hartenlust kunnen begluren. Ze wachtten dan ook gespannen af.

Ah-Fat betrad de geïmproviseerde theaterzaal. Aan weerszijden van het podium schenen decoratieve gaslampen. Aan de ene kant

was aan de muur een vel papier geplakt waarop haastig was neer-
gekrabbeld:

Operagezelschap Heldere Bron zal vanavond De toverfee
geeft haar zoon terug aan de aarde *in zijn geheel opvoeren.*

*Wolk van de Gouden Bergen schittert in de mannelijke
hoofdrol van Tung Wan.*
*Schaduw van de Gouden Bergen is zeker niet te versma-
den als toverfee.*

Een tournee door de Gouden Bergen vergrootte de roem van de
acteurs in hun thuisland. Die toevoeging diende dan ook als een
geheugensteuntje voor het publiek. Ah-Fat was ermee ingenomen
dat Wolk nog altijd de hoofdrol vertolkte. Hij had Wolk en Schaduw op de eerste avond ook al gezien en vond hen best goed. Hun
spel was dan misschien niet adembenemend, maar wel origineel.
Hij wilde hen graag nog een keer zien.

Ah-Fat had *De toverfee* al verscheidene keren met zijn vader gezien. Het was een kort stuk over de Zevende Fee die door haar
vader, de Jaden Keizer, wordt gedwongen om naar het hemelse
paleis terug te keren en haar echtgenoot Tung Wan op aarde achter
te laten. Een jaar later lost ze haar belofte in door haar zoon naar
Tung Wan terug te brengen. De opera vormde vaak het voorpro-
gramma van andere voorstellingen. Maar deze versie volgde de
operatraditie van Anhui: het begon met de Zevende Fee die dag-
droomt over de aarde en vertelt hoe ze met Tung Wan is getrouwd,
waarom de Jaden Keizer hen heeft gescheiden en hoe ze naar de
aarde terugkeerde om haar zoon aan haar echtgenoot te geven. Het
was een avondvullende voorstelling.

Ah-Fat had tot nu toe alleen vertolkingen met een mannelijke
bezetting gezien, maar vanavond waren er dus ook actrices bij. Ze
zouden zelfs van rol wisselen. De toverfee werd door een man gespeeld en Tung Wan door een vrouw. Ah-Fat had al vaker een man
in de rol van de toverfee gezien, maar nog nooit een vrouw in de
rol van haar aardse echtgenoot. Hij keek er enorm naar uit.

Hij wierp wat munten op de toonbank en kreeg een stoel midden voor het podium. De oude man bij de deur kwam achter hem aan. 'Je hebt vijftig cent betaald. Daar kun je wel vijf kaartjes van kopen. Ik zal even wisselgeld pakken.'

'Trakteer de acteurs maar op een kop thee,' zei Ah-Fat.

De vioolspeler begon te spelen, ten teken dat het publiek moest gaan zitten. De gokkers gooiden hun dominesteentjes en dobbelstenen neer en stroomden naar de 'toneelzaal'.

Toen de stoelen waren bezet en mensen in het gangpad en bij de deur stonden, gebaarde de vioolspeler naar de fluitist dat hij kon gaan spelen.

Het was een nieuwe productie, die klaarblijkelijk in allerijl in elkaar was gezet. Op de door de viool en fluit ondersteunde zang was niets aan te merken. Maar bij de dialogen maakten de acteurs veel fouten. Met uitzondering van Tung Wan werden de andere rollen door nieuwe, onbekende acteurs gespeeld. De toeschouwers konden hun aandacht er maar moeilijk bij houden en de voorstelling werd steeds door bulderend gelach onderbroken.

Ah-Fat had gehoord dat de acteurs in het gezelschap familie van elkaar waren. De man die de Jaden Keizer speelde, was de vader. De toverfee, Tung Wan en het meisje met de parasol waren zijn kinderen. De muzikanten en de acrobaat waren zijn neven. Vroeger hadden ze in verschillende gezelschappen gespeeld en hadden ze door de Gouden Bergen en Zuidoost-Azië getoerd. Wolk was de oudste dochter. Ze had een breed, voornaam gezicht en een fluweelzachte stem. Aanvankelijk had ze alleen vrouwelijke bijrollen voor haar rekening genomen, maar dat had haar weinig roem opgeleverd. Pas toen ze zich aan de mannelijke hoofdrol waagde, begon ze naam te maken. Daarna had ze haar naam in Wolk van de Gouden Bergen veranderd en het uit slechts familieleden bestaande gezelschap opgericht. Zo reisden ze van stad naar stad door de Gouden Bergen.

Pas toen de Zevende Fee door de Jaden Keizer werd ontvoerd en naar het paleis werd teruggebracht – nadat haar echtgenoot Tung Wan de achtervolging had ingezet – zaten de toeschouwers weer op het puntje van hun stoel.

O mijn vrouw, jouw vertrek zal ons onbeschrijflijk veel leed berokkenen.

Nu jij, als sneeuwvlokken die dwarrelen in de wind,
naar je hemelse bestemming vliegt, onbereikbaar voor mij,
verlang ik wanhopig naar je terugkeer, zoals je verlangt
naar de maan
die in de onmetelijke oceaan is weggezonken.

Op dat moment schakelde Wolk over op haar natuurlijke stem. Ah-Fat had nog nooit zoiets gehoord. Chinese operazangers zongen doorgaans met een falsetstem, maar Wolk zong met een heldere, volle stem die galmde als een klok met van verdriet doordrongen barsten. Ah-Fat kon zijn ogen niet van haar afhouden. Ze kwam op hem mannelijk noch vrouwelijk over. Wolk van de Gouden Bergen had de ruwe randjes van het mannenlichaam met een wetsteen gladgeschaafd, maar tegelijkertijd had ze de poederachtige zachtheid van het vrouwenlichaam met een plumeau weggeveegd. Op het podium was ze verfijnder dan een man, maar stoerder dan een vrouw. Ze bevond zich ergens tussen het mannelijke en vrouwelijke, wat hem in verwarring bracht.

Na de voorstelling werden de stoelen weggehaald en de schilletjes van pompoenzaden, sigarettenstompjes en olijvenpitten opgeveegd, waardoor stofwolken werden opgeworpen. De acrobaat klauterde in de pilaren om de gaslampen een voor een weg te halen en geleidelijk werd het donker in de zaal. Ah-Fat stond nog altijd als aan de grond genageld voor het podium. Plotseling hoorde hij achter zich een stem: 'Het is al laat. Moet je niet naar huis?' Hij keek om en ontwaarde in het schemerduister een jonge vrouw. Ze droeg een donkerblauwe, met brokaat versierde mantel, een gewaad van marineblauwe zijde en een rond Chinees hoofddeksel. Daaronder prijkten dikke wenkbrauwen en rozerode wangen in een groot gezicht. Het was Wolk van de Gouden Bergen. Haar make-up was nog maar half verwijderd.

Ah-Fat wist dat operazangers zich graag volgens de laatste mode kleedden, maar had niet verwacht dat Wolk ook mannenkleding droeg als ze niet op het podium stond. Het stond haar wel erg goed. Zijn verbazing klonk door in zijn stem toen hij uiteindelijk wist uit te brengen: 'Uw natuurlijke stem, gezelschapsleider, is waarlijk hartveroverend.'

Wolk staarde Ah-Fat aan zonder iets te zeggen. Ah-Fat wreef

over het litteken in zijn gezicht. 'Dat heb ik jaren geleden overgehouden aan het werk aan de spoorweg,' zei hij. 'Maak je geen
zorgen. Ik heb niemand beroofd of vermoord.'

'Ik ben operazangeres. Ik heb werkelijk alles al eens gezien,' zei
Wolk lachend. 'Ik zou wel willen weten waarom je hier vandaag
opnieuw bent. Je zit op precies dezelfde plek als gisteren.'

Ah-Fat begon te lachen en vroeg toen: 'Heb je je de gevechts-
kunst eigen gemaakt? In de scène waarin de Zevende Toverfee
weeft voor Tung Wan, was je zo behendig.' De actrice was duidelijk
ingenomen met het feit dat Ah-Fat kennis van zaken had.

'Toen ik als kind tot operazangeres werd opgeleid,' vertelde ze,
'stond mijn leermeester erop dat al zijn leerlingen zich anderhalf
jaar lang in de vechtkunst bekwaamden. Hij heeft ons geleerd dat
het voetenwerk cruciaal is en dat een opera aan kracht wint als dat
deugt. We moesten dagelijks salto's maken. Als dat niet goed ging,
moesten we zonder eten naar bed.'

Ah-Fat slaakte een zucht. 'Volgens mij geldt voor elk vak dat het
moeilijk te leren is. Aan de dialoog moet trouwens nog wel worden
geschaafd.'

'We doen tien stukken per maand. Er is geen tijd om goed te
repeteren,' verzuchtte Wolk. 'Dit is een nieuw stuk voor ons. Sommige scènes moesten we improviseren. Dat houdt het boeiend.
Tegen de tijd dat we in Victoria zijn, zal het vast beter gaan.'

'Gaan jullie hierna naar Victoria?'

'Eerst naar New Westminster en dan naar Victoria. Daarna gaan
we met de trein naar Toronto en Montréal.'

'Staan er theaters op de plekken die jullie aandoen, gezelschapsleider?' vroeg Ah-Fat.

Er klonk weer gelach. 'Noem me toch niet zo. Wolk is prima. In
Zuidoost-Azië treden we soms op grote podia op. Maar in de Gouden Bergen heb je soms zelfs geen podium, laat staan een theater.
We hebben gehoord dat de Monarchistische Hervormingspartij in
San Francisco een theater gaat bouwen. Dat zou rondreizende gezelschappen een fijne thuisbasis bieden.' Ah-Fat verzekerde zich
ervan dat er niemand binnen gehoorsafstand stond en vroeg toen
zachtjes: 'Hoor je bij de monarchisten, Wolk?'

'Wij zijn operazangers. We behoren tot geen enkele partij of fac-
tie. Maar een echt theater is beter dan niets. Hoe zit het met jou?'

Ah-Fat moest de verleiding weerstaan om te zeggen: 'Nee, maar ik heb al mijn bezit verkocht om de keizer te kunnen helpen en moet je zien waar dat me heeft gebracht.' Hij herinnerde zich echter de waarschuwing van Ah-Lam, slikte zijn woorden in en antwoordde slechts: 'Veel Chinezen in Vancouver hebben zich bij de Monarchistische Hervormingspartij aangesloten. Hoe lang blijf je nog in Vancouver?'

'Nog tien optredens.'

Ah-Fat aarzelde even, maar zei toen: 'Dan kom ik elke dag kijken.'

In het flakkerende licht van de gaslamp stonden ze nog een tijdje te praten. Opeens zei Ah-Fat: 'Wacht, ik ben zo terug.' Hij rende weg en keerde terug met gevulde lotusbladeren. 'Je hebt de hele avond staan zingen en bent vast uitgehongerd. Het is al laat en de winkels zijn gesloten. Ik heb hier wat deegballetjes met worst en rijst. Eet maar. Ik ben bang dat ze inmiddels koud zijn.' Wolk nam ze aan. Er kwam nog een beetje warmte van af, waarschijnlijk van zijn hand, dacht ze. Bijna alle mannen kwamen naar de voorstelling om naar de meisjes te staren. Dit was de enige die ook van opera leek te houden.

De acrobaat haalde de laatste lamp weg. Opeens restte er nog slechts een kleine lichtbundel die Wolk bescheen, waardoor ze een lijkbleke gelaatskleur kreeg. De jongen klom van het podium en kwam naar hen toe. 'Grote zus, meneer Wen staat al uren bij de deur op je te wachten.'

'O,' zei Wolk, en ze gaf de deegballetjes aan hem.

'Verdeel dit onder elkaar.' Vervolgens wees ze naar Ah-Fat. 'Zorg dat je er morgen weer bij bent. Ik ga pas zingen als ik je heb gezien.' De vinger die eerder zulke sierlijke bewegingen had gemaakt, priemde nu in Ah-Fats gezicht en rook vaag naar jasmijnpoeder. Hij moest er bijna van niezen.

Toen ze wegliep, tekende haar lange smalle schaduw zich, trillend als een bamboeblad, af in het schemerlicht. Hij besloot haar te volgen. Hij zag dat aan het begin van de steeg een koets stond te wachten. Door de ruiten ontwaarde hij de vage contouren van een man in een kostuum. De man opende de deur en hielp Wolk met instappen. De koetsier schreeuwde iets naar de paarden en even later stierf het geklepper van paardenhoeven weg in de nacht.

Ah-Fat stond daar en voelde zich plotseling ontzettend eenzaam.

Toen hij naar het logement terugkeerde, waren Ah-Lam en de anderen er nog niet. Op betaaldag maakte iedereen het laat. Als ze zich niet aan gokken of opium te buiten gingen, lagen ze nu vast in de armen van een of ander meisje. Ah-Fat stak een sigaret op, zat een tijdje te roken, maar had nog geen zin om te gaan slapen. Hij ontstak de olielamp, pakte een vel papier en een penseel en bereidde wat inkt. Omdat zijn hand beefde, had hij moeite om de inkt te vermalen. Hij streek het papier glad en begon aan een brief voor Zes Vingers. De karakters leken al even verward als hijzelf en waren gespeend van de gebruikelijke statige robuustheid.

Lieve Ah-Yin,

Een operagezelschap heeft Vancouver en New Westminster aangedaan. Als kind nam mijn vader me vaak mee naar de opera, maar dat is nu alweer jaren geleden. Een vrouw speelde de mannelijke hoofdrol. Ze was niet zo stoer als een man normaal gesproken is, maar ook niet zo verfijnd en zachtaardig als een vrouw. Toch was ze aantrekkelijker dan beiden. Zou er iets kunnen bestaan wat het midden houdt tussen man en vrouw? Zo ja, dan zal die derde sekse de essentie en energie van zowel man als vrouw bezitten, omdat ze door geen van beiden beperkt is. Dat is toch wonderbaarlijk en prachtig? Je zult nu wel denken dat ik gek ben geworden.

Ah-Fat

Ah-Fat ging naar de tien resterende optredens, maar er deed zich geen nieuwe gelegenheid voor om met Wolk te praten. Na afloop werd ze na het omkleden steeds meteen opgepikt door de koets die nu voor de artiesteningang stond te wachten. Telkens als ze opkwam, gleed haar blik over het publiek. Ah-Fat had het gevoel dat ze hem met die blik doorboorde en merkte dan dat het litteken op zijn gezicht begon te gloeien. Hij voelde bijna hoe haar hartslag vlak voor het begin van de voorstelling weer tot rust kwam. Dan dacht hij aan wat ze die avond had gezegd: 'Ik ga pas zingen als ik je heb gezien.' Misschien waren dat geen loze woorden geweest.

Een warme jas voor de nacht was de laatste opera die ze opvoerden. Het was een langdradig, subtiel stuk waar Ah-Fat zijn aandacht maar moeilijk bij kon houden. Die avond voelde hij zich verscheurd. Enerzijds wilde hij dat het stuk voorbij was, anderzijds mocht het van hem eeuwig duren. Na afloop zou hij Wolk misschien weer te spreken krijgen en even in haar nabijheid kunnen zijn. Maar daarna zou ze naar een nieuwe stad gaan en voorgoed uit zijn leven verdwijnen. Hij wilde grip krijgen op dit wezen dat half man half vrouw was. Maar hij wist niet hoe hij dat moest aanpakken noch hoe het dan verder moest. Hij zat vol vage verlangens.

Eindelijk was de voorstelling afgelopen. Wolk werd steeds weer teruggeroepen en maakte diepe buigingen. Ze zag iedereen en glimlachte naar iedereen, ook naar Ah-Fat. Toch had hij het gevoel dat hij met lege handen stond. Toen Wolk eindelijk achter de bühne was verdwenen, verfoeide Ah-Fat zichzelf, omdat hij zich had ingebeeld dat een veelbelovende zangeres oog had voor een fabrieksarbeider die vis inblikte en een heel klein beetje verstand had van de Kantonese opera. Hij betekende niets voor haar. Hij mocht willen dat het anders was, maar zijn gevoelens werden niet beantwoord. Terwijl hij daar in gedachten verzonken stond, kwam de acrobaat naar hem toe met een in een doek gewikkeld voorwerp. 'Voor jou, van Wolk,' zei hij. In de doek zat een grote, zwarte schijf die met een naar binnen spiralende groef was bedekt en in het midden een gaatje had. Om het gaatje zat een etiket waarop een grote hoorn en een bruin hondje waren afgebeeld, met de tekst VICTOR TALKING MACHINE CO., 1905. Ah-Fat bekeek de schijf aan beide kanten, maar begreep er niets van.

De volgende dag ging hij met de schijf naar Rick, die hem vertelde dat het een grammofoonplaat was. De bruine hond die naar de grote hoorn luisterde was het logo van een beroemde platenmaatschappij. 'Wat is een grammofoonplaat?' vroeg Ah-Fat.

'De muziek en de zang van de opera staan op deze plaat,' legde Rick uit. 'Als je ernaar wilt luisteren, hoef je hem maar te pakken. Het is alsof je een deksel op een kom water legt. Telkens als je een slok wilt nemen, haal je het deksel weg. Uiteindelijk is het water op, maar naar deze plaat kun je altijd blijven luisteren.'

'Blijft het geluid er dan zelfs na het overlijden van de zanger op staan?'

'Het zal er over tien en zelfs over honderd jaar nog op staan.'

Ah-Fat hield de grammofoonplaat met beide handen vast en dacht hier in stilte over na.

Toen Ah-Fat vele jaren later naar zijn diaolou in het dorp Aansporing terugkeerde, nam hij de plaat mee. De zang van Wolk zou Tak Yin-huis tot de dakspanten vullen en elke steen en elke plank zou door de doordringende, verdrietige klanken worden beroerd.

De zangeres verliet Vancouver. Pas twee jaar nadat Kam Shan naar de Gouden Bergen was gekomen, zou Ah-Fat weer iets over haar vernemen van een Chinese restauranteigenaar uit San Francisco. Hij zou hem vertellen dat er in die stad een nieuw theater was gebouwd dat het Grand Stage Theatre heette. Een operazangeres die Wolk van de Gouden Bergen heette en een gezelschap van twintig leden leidde, had er haar thuisbasis van gemaakt. Ze had een grote reputatie als zangeres. Ah-Fat zou stilletjes glimlachen bij het horen van dit nieuws. Die doordringende, bedroefde stem zou nog jaren in zijn hoofd naklinken, maar het verlangen dat de zangeres in zijn hart had aangewakkerd was allang gedoofd.

Nog later zou Ah-Fats oog vallen op een kort artikel in *The Daily News*, een overzeese Chinese krant. De beroemde Kantonese operazangeres Wolk van de Gouden Bergen had zich verloofd met de heer William Huang. Hun huwelijk zou binnenkort groots worden gevierd in Honolulu. Ah-Fat had nog nooit van deze Huang gehoord, maar zou later ontdekken dat hij de jongere zoon van een vastgoedmagnaat in Honolulu was.

Dat was echter niet het laatste wat Ah-Fat van Wolk zou vernemen, al kon hij dat niet weten. Pas veel later zouden de zaadjes die voor hun vriendschap waren geplant onverwacht ontkiemen.

Het drieëndertigste jaar van de heerschappij van Guangxu (1907), Vancouver, Brits-Columbia

Mijn lieve Ah-Yin,

Dankjewel voor de brief en de schoolfoto's van Kam Shan en Kam Ho die je me met Nieuwjaar hebt gestuurd. Toen ik ze voor het laatst zag, was Shan een ondeugende jongen en Ho nog niet eens zindelijk. Wat vliegt de tijd. Wie had nu kunnen denken dat ik zeven jaar zou wegblijven? Mijn zonen zijn al zo groot, Ah-Yin. En kun jij je die man die naar de Gouden Bergen is gegaan, na al die jaren nog voor de geest halen? Jij verschijnt natuurlijk vaak in mijn dromen. Hoe zou ik het gezicht van mijn vrouw kunnen vergeten? Ik was in de jaren die achter ons liggen meerdere keren van plan om naar huis te komen, maar steeds gebeurde er weer iets onverwachts waardoor het niet kon doorgaan. Ik heb het geld voor de overtocht niet bij elkaar weten te krijgen. Mijn droom om als man en vrouw samen te leven spat telkens weer uiteen. Sinds het najaar gaan de zaken slecht bij de visfabriek. Bovendien heeft de baas in Amerika een machine gekocht die de vis automatisch van schubben ontdoet, wast en schoonmaakt. Dat gaat dertig keer sneller dan wanneer wij het doen. De yeung fan maken ons Chinezen belachelijk en noemen de machine 'de ijzeren spleetoog'. Sinds de komst van de machine zijn veel mannen, ook ik en Ah-Lam, hun baan kwijtgeraakt. Het leven is zwaar, maar onlangs heb ik geld geleend van een landgenoot. Daarmee heb ik een paar kamers aan de straatkant gehuurd en een wasserette geopend. Ik heb een jongen uit San Wui als hulpje aangenomen. Hij is een goede kleermaker en kan kleding in Chinese en westerse stijl maken. Zo kunnen we zowel kleding wassen als repareren en maken. Ik heb de oude naam, de Fluisterende Bamboe-wasserette, aangehouden. Dit is mijn derde wasserette en ik hoop dat het nu beter zal gaan dan de vorige twee keer. Ik hoop de overtocht eind dit jaar te kunnen betalen. Moeder wordt volgend jaar zestig en ik zou dolgraag een feest ter ere van haar hoge leeftijd willen geven. Hopelijk zorg je goed voor jezelf, bekommer je je zo goed mogelijk om moeder en zijn Kam Shan en Kam Ho in goede handen. Dan hoef ik me nergens zorgen om te maken.

Je man, Tak Fat, de zestiende dag van de vierde maand, 1907, Vancouver

Het was al donker toen Ah-Fat de winkel verliet. Terwijl hij de luiken sloot, wierp hij een vluchtige blik op de kalender aan de muur. Volgens de westerse kalender was het 7 september, maar volgens de Chinese kalender was het de eerste dag van de achtste maand. Hij pakte een krijtje en trok een cirkel om de datum. Toen kon hij nog niet weten dat deze datum nog vele jaren in geschiedenisboeken zou worden genoemd. Ah-Fat markeerde hem echter omdat hij eindelijk de lening voor zijn bedrijf had weten af te lossen. De zaken gingen goed nu hij een kleermaker had aangenomen. Het was niet makkelijk geweest, maar de Fluisterende Bamboe-wasserette had nu een gezonde basis. Hij voelde bijna hoe de dollars in zijn zak geleidelijk in een bootticket naar China transformeerden.

Hij was in een goede bui en had geen haast om naar huis te gaan. Toen hij de luiken had gesloten en de deur had vergrendeld, zei hij tegen Ah-Lam en de kleermaker: 'Laten we wat gaan eten bij Loong Kee. Ik trakteer.' In werkelijkheid ging het hem om drank. Hij dacht al sinds het krieken van de dag, nog voordat hij een rijstkorrel of waterdruppel tot zich had genomen, aan een borrel. De ondertekende, officiële akte waarin stond dat hij zijn schuld had afgelost, zat keurig opgevouwen in zijn broekzak. Bij elke stap die hij zette, voelde hij haar zitten. Het spoorde hem aan om door te lopen en dat drankje te bestellen.

Het was pikkedonker toen ze eenmaal op pad gingen. De winkels, die tot laat open waren, werden door lantaarns verlicht. Hun wazige gloed doorboorde de duisternis als ogen van verschillende grootte. De grootste hoorden bij de gokhollen en opiumkitten.

'Verdorie,' zei Ah-Lam. 'Ik heb er schoon genoeg van om altijd maar dezelfde gezichten in die theehuizen tegen te komen.'

'Heb jij dan tijd om naar het gezicht van zo'n meisje te kijken?' zei de kleermaker. 'Er staat altijd een lange rij.'

'De meisjes die vorig jaar zijn gekomen, zijn inmiddels oude, dikke feeksen,' zei Ah-Lam.

'Ze zijn al door zoveel kerels onder handen genomen. Natuurlijk zijn ze dik,' zei de kleermaker.

Ah-Fat schopte in zijn richting. 'Hoe weet jij dat nou? Je bent nog maar een snotneus.'

Ah-Lam keek met een kritische blik naar Ah-Fat. 'Waar moeten we dan aan denken? We zitten hier jaar in jaar uit zonder onze vrouwen.'

'Kom, laten we eerst wat gaan drinken. Als we ons hebben volgegoten, zien we wel verder.'

Dat Ah-Fat de mogelijkheid openliet, verraste hemzelf. Blijkbaar wilde hij vanavond niet alleen een borrel. Het document in zijn jaszak verschafte hem vrijheid, maar hij wist niet wat hij ermee aan moest. Zijn hoofd maalde maar door. Als een slang zonder schuilplaats kronkelden zijn gedachten door de donkerste hoeken en gaten van Chinatown en gleden ze door kieren tussen ramen, deuren en muren om te zien wat er zich binnen afspeelde. Die avond hielden hoofd en hart een dollemansrit.

De drie gingen bij Loong Kee naar binnen en een ober kwam naar hun tafeltje.

'Wat willen jullie eten?' vroeg hij.

Ah-Fat wees met zijn duim naar de andere twee. 'Dat mogen zij bepalen,' zei hij. Hij stak een sigaret op en ging ontspannen zitten roken. Toen het eten was besteld, zei hij: 'Breng ons ook twee flessen wijn. Een rode en een witte.'

De ober schonk drie kopjes helemaal tot de rand vol. Ah-Fat leegde zijn kopje in één teug en nadat hij zich had bijgeschonken, deed hij dat nog twee keer. De wijn steeg hem meteen naar het hoofd en hij werd bleker en bleker. Alleen zijn litteken stak helderrood af tegen zijn witte huid.

De jongen maakte zich zorgen om hem. Hij pakte een stukje geroosterde varkensdarm met zijn eetstokjes en legde dat in Ah-Fats kom. 'Eet iets, voordat u nog een glas leegt, meester,' zei hij.

Ah-Fat barstte in lachen uit. 'Je bent goed met je handen, kleine dwaas,' zei hij met dubbele tong en zwaar ademend. 'Als ik volgend jaar een nieuw filiaal open, mag jij het leiden.'

'Laat hem maar,' zei Ah-Lam tegen de jongen. 'Hij is gewoon blij. Hij is eindelijk van zijn schulden verlost.'

Ze nuttigden de wijn, gingen aan de achterzijde naar buiten om te plassen en zetten hun drinkgelag voort. Ah-Lam en de jongen waren inmiddels knalrood. 'Jullie wonen al jaren in de Gouden Bergen,' zei de jongen. 'Ik ben hier nog maar net en hoef nergens op te rekenen. Maar waarom hebben jullie er zo lang over gedaan om je schulden af te lossen?'

'Dan moet je bij hem zijn,' flapte Ah-Lam eruit, terwijl hij naar Ah-Fat wees. 'Je baas heeft namelijk alles wat hij bezat aan de Monarchistische Hervormingspartij geschonken. Zo raakten we hartstikke blut. We zijn door een hel gegaan. Maar denk je dat we maar iets van die lui hebben gehoord nadat hij hun een cheque met zo'n enorm bedrag had gegeven?'

Ah-Fat liep rood aan en smeet zijn kop op de grond. Hij stak waarschuwend zijn vinger naar Ah-Lam uit. 'Geen wonder dat het rijk van de grote Qing op de rand van de afgrond staat. Zo'n klootzak als jij kan het blijkbaar niets schelen dat ons land wordt vernederd.'

Ah-Lam verloor zijn geduld en greep Ah-Fats jasje vast. 'Jij arrogante etterbak. Vind je mij een klootzak? En zelf ben je zeker een hoge mandarijn? Je ziet jezelf misschien als een monarchist, maar de keizer heeft geen idee wie je bent!'

De jongen probeerde Ah-Lam weg te trekken. 'Zulke dingen moet u niet zeggen, meester! Als ze daar thuis lucht van krijgen, vermoorden ze uw hele familie.' Ah-Lam was te dronken om zich daarom te kunnen bekommeren en sloeg de hand van de jongen weg. 'De wereld is groot en de keizer is ver weg. Tegen de tijd dat ze dit horen, is er vast een nieuwe keizer.'

De jongen werd lijkbleek, greep Ah-Fats mouw en trok hem mee naar de deur. Met bevende stem fluisterde hij hem toe: 'Meester Ah-Fat, laten we naar huis gaan. Het is al laat.'

Ah-Fat wilde er echter niets van weten. 'Naar huis? Wat wacht ons daar nu?' Er ontstond een worsteling en de mouw van Ah-Fats jasje scheurde bij de schouder los. Ah-Fat keek naar de scheur, sloeg de jongen in het gezicht en riep woedend: 'Hoe durf je, snotneus!'

De jongen legde zijn hand op zijn wang en zweeg. Ah-Lam gooide zijn kop weg en mengde zich in de ruzie. 'Ah-Fat, je bent een volwassen man. Waarom reageer je je af op een kind?'

Ze werden onderbroken door geschreeuw op straat en een luide knal als een geweerschot. Nog voordat ze van de schrik waren bekomen, klonk er een nog hardere knal. Met een hevig bloedende hoofdwond en onder de glasscherven rende de restauranteigenaar op hen af. 'Ah-Fat, jij spreekt toch een beetje Engels? Ga eens kijken wat er aan de hand is. Het wemelt van de yeung fan op straat.'

Ah-Fat, die door de knal op slag weer nuchter was geworden, rende naar buiten. Er zaten twee gaten, zo groot als wasbakken, in de ruiten van het Loong Kee Café. De wind floot erdoor naar binnen. Een duistere menigte liep met geheven vuisten en banieren, vlaggen en stokken over straat. Ze waren met zoveel dat hun geschreeuw eerst onverstaanbaar was, maar uiteindelijk ving Ah-Fat wat losse flarden op. 'Chinezen ... weg ...' De yeung fan waren hier om herrie te schoppen.

Ze waren al eens eerder gekomen, maar nog nooit met zoveel. De restauranteigenaar besefte opeens dat zijn kinderen nog buiten speelden en rende de straat op om hen te vinden. Ze bleken door de betogers onder de voet te zijn gelopen. Met onder elke arm een kind rende hij weer naar binnen. Ah-Fat riep naar de ober dat hij de deur moest vergrendelen en de lampen moest doven en leidde iedereen naar de keuken. Daarachter bevond zich een kleine voorraadkamer, gevuld met stapels rijstzakken. Ah-Fat droeg hun op zich hier te verschuilen.

De jonge zoon van de restauranteigenaar was door een steen geraakt en had een eivormige bult op zijn voorhoofd. Hij huilde om zijn moeder. Ah-Fat legde een hand op zijn mond. 'Als je zo blijft huilen, zullen de buitenlandse duivels ons vinden en ons allemaal vermoorden,' zei hij zachtjes. Het doodsbange kind hield op met snikken en begon zachtjes te jammeren.

Ah-Fat hurkte neer achter de rijstzakken en luisterde naar het geluid van talloze marcherende voeten. Het klonk als gedempte donderslagen. De grond trilde ervan, waardoor zijn nekharen rechtovereind gingen staan. Er werd een paar keer op de voordeur gebonsd, maar die gaf niet mee. De vrouw van de restauranteigenaar zat gehurkt naast hem en klappertandde van angst. De ranzige geur van urine vulde het vertrek. De ene na de andere ruit sneuvelde. Wat begon als gedempte explosies, ging over in fel gerinkel en stierf weg als een sissende echo. Als het even stil was, hoorden ze opgewonden hondengeblaf, maar voordat andere honden konden inzetten, werd het geblaf al door geschreeuw overstemd. De duizenden bulderende stemmen waren als zijden draden die in een groot, dik kleed werden geweven, maar opeens wist Ah-Fat de afzonderlijke strengen toch te onderscheiden.

'Canada weer blank!'

De woorden klonken aanvankelijk aarzelend en met weinig overtuigingskracht, maar naarmate meer betogers ze overnamen, wonnen ze aan kracht en momentum. Binnen de kortste keren klonk het gebulder van deze woorden zo oorverdovend dat zowel de schreeuwers als de toehoorders even met stomheid waren geslagen.

Nu Ah-Fat op zijn hurken zat, werden zijn benen gevoelloos. Hij ging anders zitten en vanuit zijn voetzolen trok een stekende pijn naar zijn middel.

De uniformen. Allemachtig, de uniformen.

Opeens schoot het hem weer te binnen dat Rick hem driehonderd uniformen had gegeven om te wassen en te strijken. Ze waren van rode stof van de allerbeste kwaliteit, afgezet met goudborduursel, en werden alleen gedragen door personeelsleden die in de luxe suites of de eetzaal werkzaam waren. De gewassen uniformen lagen op keurige stapels tegen de muur. Zes hoge stapels van vijftig uniformen elk. Ze lagen pal voor het raam. Zelfs de geringste glinstering zou het dikke goudborduursel uitlichten. Je hoefde je hand slechts door een gebroken ruit te steken om ze te pakken. Rick had hem verteld dat alleen het Vancouver Hotel zich zulke dure uniformen van vijftig dollar per stuk kon veroorloven. Hoeveel waren driehonderd uniformen wel niet waard?

Ah-Fat had het gevoel dat zijn hoofd uit elkaar knalde.

Fluisterende Bamboe. Misschien lag het aan de naam. Misschien had hij nooit zo'n naam moeten kiezen. Het sloeg nergens op. Telkens weer had die naam hem hoop gegeven, maar die was hem even zo vaak weer ontnomen. Drie keer, om precies te zijn. Hij besloot ter plekke om nooit meer in die val te lopen.

Plotseling hoorde hij het gekletter van paardenhoeven en het schrille geluid van een fluitje. 'In de naam van koning Edward VII,' riep een stem, 'beveel ik jullie om onmiddellijk uiteen te gaan!' Ah-Fat kroop behoedzaam achter de rijstzakken vandaan en sloop naar de deur. Buiten voerde een groep Mounties op kolossale paarden een charge uit. Om aan de paardenhoeven te ontsnappen schoot de menigte alle kanten uit, als een zich terugtrekkende modderstroom. Vervolgens hergroepeerden de opruiers zich en dromden ze weer samen. Nadat dit proces zich enkele keren had herhaald, stroomde de menigte niet meer zo snel samen.

De moddervlekken werden steeds kleiner en verdwenen uiteindelijk.

Nadat het gekletter van de paardenhoeven was weggestorven, heerste er doodse stilte op straat. Ah-Fat haalde de deur van het slot en stapte een wereld in die hij niet meer herkende. Elke lantaarn voor elke winkel was van de gevel gesloopt en lag in scherven op de grond, platgestampt door de betogers. Het leek wel alsof de ogen van de straat waren uitgestoken. Ruiten waren ingegooid, kozijnen waren van winkels gesloopt en overal gaapten donkere gaten. Mens noch hond liet zich zien in het duister. Ah-Fat wist dat ze zich ergens in die duistere leemtes moesten ophouden. Er was geen maan. De nachtelijke hemel werd slechts door een handjevol parelkleurige sterren verlicht. De grond was bedekt door een dikke laag glasscherven die glinsterden als rijp in de herfst. Ah-Fat liep verder en struikelde over iets zachts. Een kat. Hij miauwde klaaglijk. Toen Ah-Fat het dier aanraakte, kleefden zijn handen van het bloed.

Op de tast baande hij zich een weg door de straten totdat hij bij de wasserette aankwam. De deur was weg. De plank was uit de gevel gerukt en lag nu overdwars voor de ingang. Een winkel zonder deur was als een mens zonder gezicht, onherkenbaar veranderd. Hij stapte over de plank en liep naar binnen. Het was pikkedonker en het duurde even voordat zijn ogen aan het duister waren gewend. Toen hij eenmaal contouren kon ontwaren, leek het vertrek merkwaardig vol. Hij besefte dat al het meubilair was stukgeslagen.

De kleding. De driehonderd uniformen van het Vancouver Hotel. Hij tastte langs het raamkozijn. Van voor naar achter, van links naar rechts. Er lag niets meer. De zes stapels die helemaal tot het plafond hadden gereikt waren spoorloos verdwenen.

Ah-Fat rende de straat op. 'Stelletje stomme klootzakken!' schreeuwde hij, terwijl hij woedend naar de nachtelijke hemel keek. 'Schorem!' Hoewel hij nog niet was uitgeraasd, bleven de woorden in zijn keel steken. Het voelde alsof de pezen in zijn slapen en nek waren geknapt en in vloeibare vorm over zijn lichaam stroomden. Zijn geschreeuw dat boven hem in de lucht echode, deed hem denken aan de kreten van de dieren die zijn vader vroeger had geslacht.

Plotseling werd er een grote hand op zijn mond gelegd.

'Niet schreeuwen. Ze zijn naar Japantown gegaan, maar ze kunnen elk moment terugkomen.'

Ah-Fat verroerde zich niet. De man sprak Engels. Hij besefte dat het Rick was.

'Ik zit hier al een eeuwigheid op je te wachten,' zei Rick.

Door het geschreeuw van Ah-Fat waren de mensen die zich in donkere hoekjes van hun winkels hadden verstopt, druppelsgewijs tevoorschijn gekomen. Ze staarden wezenloos naar de puinhopen op straat. Ze keken elkaar aan met een troosteloze blik in hun ogen. Ze herkenden hun straat en elkaar niet meer. Ze herkenden zichzelf niet eens meer.

De eigenaar van Loong Kee was de eerste die weer bij zinnen kwam. Hij naderde Rick geruisloos van achteren en haalde woest naar hem uit. Rick zag het niet aankomen. Zijn lichaam zakte ineen, maar rechtte zich weer.

'Dood die yeung fan. Dood hem!'

De op slag weer alerte omstanders omsingelden Rick en sloten hem in.

'Nee ... Sla hem niet ... Hij is niet ...' Ah-Fat probeerde het uit te leggen, maar kon opeens geen woord meer uitbrengen. In plaats daarvan sloeg hij zijn armen om Rick heen. De klappen regenden op zijn lichaam neer, maar vooral zijn mond kreeg het zwaar te verduren. Ah-Fat proefde bloed. Tegen de tijd dat de meute doorkreeg dat ze een landgenoot te grazen nam, was Ah-Fat al een voortand kwijt.

Ah-Fat bracht Rick naar de wasserette, ging voor hem staan als een goddelijke poortwachter en versperde de doorgang. De mannen keken het tweetal woest aan. Hun ogen glinsterden groen en wolfachtig in het duister.

'Stelletje idioten, hij staat aan onze kant,' zei Ah-Fat, bloederig speeksel uitspugend.

Toen hoorden ze in de verte twee doffe knallen.

'Dat zijn geweerschoten. De yeung fan zijn aan het schieten,' zei iemand. Een huivering trok door de meute en de donkere schaduwen trokken zich terug naar de inktzwarte deuropeningen.

'Het zijn Japanse geweren,' zei Rick tegen Ah-Fat. 'De Japanse wijk wordt door een gewapende militie beschermd. De Chinezen zijn veel kwetsbaarder. De herrieschoppers zullen daar niet lang blijven rondhangen. Voor je het weet staan ze weer hier. Hoeveel vrouwen en kinderen zijn hier?'

Ah-Fat maakte een snelle rekensom. 'Hooguit een stuk of twintig. Hier wonen vooral alleenstaande mannen,' zei hij.

'Verzamel hen. De secretaris van de Japanse Kamer van Koophandel is een vriend van me. Ze kunnen zich daar verschuilen. Ik breng hen wel. Jullie moeten weer naar binnen gaan en je verstoppen. Steek geen lantaarns aan en ga pas bij zonsopgang weer naar buiten. Er zullen vast gauw meer Mounties arriveren. Misschien sluiten ze de wijk af om niet-Chinezen te weren. Dan zullen jullie weer veilig zijn.'

Rick trok een in een doek gewikkeld voorwerp uit zijn zak en gaf het aan Ah-Fat. 'Wees er voorzichtig mee. Dit is geen speelgoed.' Ah-Fat betastte het behoedzaam. Het was een pistool.

Op dat moment klonk er in de verte gerommel en begon de grond weer te trillen. Ah-Fat wist wat dat betekende: de yeung fan waren weer in aantocht.

Lieve Ah-Yin

Eind vorig jaar heb ik iets meer dan negenhonderd dollar van de Canadese regering ontvangen. Meneer Henderson heeft een advocaat ingeschakeld die ervoor heeft gezorgd dat ik compensatie heb gekregen voor de vernieling van mijn wasserette twee jaar geleden, toen een meute yeung fan naar Chinatown was gekomen. Ik hoopte het geld voor de overtocht te kunnen gebruiken, maar heb vernomen dat enkele landgenoten grond hebben gekocht in New Westminster, zo'n twintig kilometer van Vancouver. Ze hebben hem beplant met fruitbomen en gewassen en doen nu goede zaken met de verkoop van groente en fruit. Ah-Lam en ik hebben hun voorbeeld gevolgd en zijn met Nieuwjaar naar New Westminster verhuisd. Van de compensatie heb ik land gekocht en nu hoop ik dat mij een goede oogst is gegund. Ik heb ook drie wasserettes geopend, maar die draaiden niet goed door allerlei onvoorziene omstandigheden. Daarom heb ik besloten daar niet

in verder te gaan. Ik heb nog zo'n vijfhonderd dollar over.
Dat is voldoende om één persoon naar Canada te laten
overkomen. Als moeder nog steeds niet instemt met jouw
overtocht, kan Kam Shan dan misschien komen? Het be-
bouwen van het land is zwaar werk. Ah-Lam is de vijftig
al gepasseerd en ik ben ook de jongste niet meer. We kun-
nen wel een jonge vent gebruiken. Moeder zal er wel niet
blij mee zijn, maar hopelijk kun jij haar overtuigen. Als je
deze brief hebt ontvangen, wil je dan mijn oom en Ha Kau
naar Kanton sturen om uit te zoeken wanneer de schepen
vertrekken. Ik hoop dat hij zo snel mogelijk kan komen.

Je echtgenoot, Tak Fat, de negenentwintigste dag van de
derde maand, 1909, New Westminster

**Voorjaar, het tweede jaar van de heerschappij van Xuantong
(1910), het dorp Aansporing, Hoi Ping, provincie Guangdong,
China**

Mak Dau waadde met Kam Ho op zijn rug door de Naamloze
Rivier. De zon stond al zo hoog dat zijn voorhoofd parelde van het
zweet. Achter hem giechelden de vrouwen om de donkere zweet-
plekken die op zijn jasje ontstonden. 'Die Mak Dau van jou is als
een lekkende zeef, Zes Vingers,' zei er een. 'Of het nu warm of
koud is, hij baadt altijd in het zweet.' Zes Vingers pakte een doek
uit de mand aan haar arm, liep naar Mak Dau en gaf hem deze.
Mak Dau hees de jongen nog hoger op zijn rug, maar weigerde de
doek. Hij glimlachte even naar Zes Vingers en ze begreep meteen
dat hij de doek niet wilde bevuilen. Als Mak Dau lachte, had Zes
Vingers altijd het gevoel dat de zon door de wolken brak. Hij had
de witste tanden van alle dorpelingen. De tanden van de andere
mannen waren vaalgeel van de tabak die ze rookten. Maar het
gebit van Mak Dau was als een rij fonkelende, melkwitte parels.

Mak Dau was de jongere neef van Ha Kau. Na zijn huwelijk met
Ah-Choi was Ha Kau gepromoveerd tot rentmeester van alle gebouwen en grond. De Fongs bezaten flink wat mu land en een
grote residentie met drie erven waar twee gezinnen en een tiental
knechten en bedienden woonden. Ha Kau kon het werk niet meer

in zijn eentje af en had Mak Dau om hulp gevraagd. Mak Dau werd het manusje-van-alles op wie iedereen een beroep kon doen.

'Mak Dau, Ah-Wong heeft zijn enkel verzwikt. Nu moet jij de zaailingen in het veld aan de rivier planten.'

'Mak Dau, de varkens hebben een gat in de staldeur gemaakt. Ga het snel repareren.'

'Mak Dau, ik heb geen hout meer. Ga jij even wat sprokkelen op de heuvel. Je moet wel opschieten, want ik moet nog koken.'

'Mak Dau, er zit een barst in de waterton. Haal Loong met de Vochtige Ogen om het te repareren.'

Iedereen had zijn naam op de lippen liggen. Hij kwam altijd goed van pas en in het huishouden werd het gewoonte om hem bij het minste of geringste te roepen. Mak Dau kon elk gat, rond of vierkant, klein of groot, dichten. Als het huishouden een kar was, was Mak Dau de as noch de velg, laat staan de spaken. Hij was de olie op de wielen. Hij was onzichtbaar, maar tegelijkertijd alomtegenwoordig. Zonder Mak Dau zouden de wielen blijven draaien, maar niet zo soepel als voorheen.

De broers Kam Shan en Kam Ho ontdekten als eersten hoe nuttig Mak Dau kon zijn.

Mak Dau kende de namen van alle vogels in het bos. Mak Dau hoefde een krekel maar één keer te horen tjirpen om te weten onder welk blad hij zich schuilhield. Mak Dau sprong soms in de Naamloze Rivier en bleef dan zo lang onder water (zonder dat er een luchtbelletje naar het oppervlak dreef) dat Kam Ho in paniek raakte en om hulp schreeuwde. Mak Dau plukte bananenbladeren en legde ze in zout water zodat ze zacht werden. Dan verwijderde hij de dikke groene laag, waardoor slechts een netwerk van fijne nerven overbleef. Dat rolde hij op tot een strakke koker en stopte die als een sigaar in zijn mond. Als hij erop blies, kwamen er bijzondere geluiden uit. Het klonk als de wind in de bomen en de regen op het water. Mak Dau hoefde maar één blik te werpen op een jonge haan langs de kant van de weg om te weten of hij een andere haan in een gevecht kon verslaan.

Maar er was één ding dat Mak Dau niet kon, en dat was lezen.

Die arme Mak Dau. Zijn naam betekende 'inkt om mee te schrijven', maar toch kon hij zijn eigen naam niet eens lezen. Op een dag verzamelde hij de moed om Kam Shan te vragen hoe hij zijn naam moest schrijven. Kam Shan dacht even na en liep toen naar zijn moeders kamer om papier te pakken. Hij schreef *Mesthoop Tse* op – Tse was Mak Dau's familienaam – en kreeg hem zover dat hij het met rijstelijm op zijn rug plakte en ermee door het dorp liep. Toen Zes Vingers hem zag, pakte ze een bamboestok uit het droogrek en sloeg Kam Shan ermee totdat hij het uitschreeuwde van de pijn. Die dag besloot ze dat Mak Dau samen met de jongens les mocht volgen.

Toen mevrouw Mak erachter kwam, vond ze dat maar niets. 'Waarom zou je een bediende leren lezen en schrijven? Dat is zonde van de tijd en de moeite.'

'Moeder, deze bediende brengt de godganse dag met je kleinzoons door,' zei Zes Vingers. 'Als hij niet wat kennis opdoet en wat karakters leert schrijven, is hij misschien wel een slechte invloed.'

Mevrouw Mak deed er het zwijgen toe. Als Zes Vingers wilde dat haar schoonmoeder ergens mee instemde, hoefde ze slechts de namen van de twee jongens te laten vallen en alle bezwaren verdwenen als sneeuw voor de zon. Hoewel Ah-Fat al verschillende keren had geschreven dat Kam Shan naar de Gouden Bergen moest komen, wilde mevrouw Mak er niets van weten. De overtocht werd telkens uitgesteld en Kam Shan bleef vooralsnog gewoon thuis bij Zes Vingers en mevrouw Mak.

De school van de jongens lag in Yuen Kai, een paar li van het dorp Aansporing verwijderd. Emigranten uit de omringende dorpen hadden er geld voor ingezameld, dus de meeste leerlingen (uitsluitend jongens) waren afkomstig uit families van de Gouden Bergen. De school werd door protestantse zendelingen geleid en de leerkrachten werden door de kerk aangesteld. Sommigen kwamen uit de streek en anderen uit Noord-China. De leken doceerden de traditionele Chinese vakken en de zendelingen gaven wiskunde en Bijbelstudie. Ook gaven ze muziekles en met Nieuwjaar en op andere feestdagen lieten ze toneelstukken opvoeren. Dan werden moeders en grootouders uitgenodigd om de voorstelling op school bij te wonen. Toen Kam Shan een rol in de paasvertelling kreeg, regelde Zes Vingers dat ze er met alle dorpsvrouwen die een echtgenoot in de Gouden Bergen hadden, naartoe kon. Kam Ho had 's nachts echter koorts gekregen en bleef die ochtend langer liggen. Hij zou later op de dag met zijn moeder meekomen.

Alles was de avond ervoor al voorbereid. Zo stond er een bamboe-mand klaar met eieren, sesampasteitjes en laagjestaart. De eieren waren een geschenk voor de leerkrachten en de pasteitjes en de taart waren voor onderweg. Zes Vingers liep met de mand onder haar arm het erf op, waar haar schoonmoeder een gebroken ei tussen duim en wijsvinger hield en Ah-Choi een standje gaf. 'Dit was nooit gebeurd als jij wat vroeger was opgestaan. Je luistert de laatste tijd niet meer naar me. Niemand in dit huishouden doet nog wat ik zeg.'

'Wat is er gebeurd?' vroeg Zes Vingers aan Ah-Choi.

'Een van de kippen heeft een windei gelegd en die is in de kippenren vertrapt,' antwoordde ze.

'Zorg ervoor dat je in het vervolg 's ochtends als eerste het kippenhok controleert, zodat dit niet nogmaals gebeurt,' zei Zes Vingers met een knipoog naar Ah-Choi. 'Maak nu een kruik voor mevrouw Maks handen. Het is nog steeds fris buiten.'

'O ja? Je zweet je kapot met die warme zon!'

Zes Vingers knipoogde weer naar Ah-Choi. 'Ik zeg wat je moet doen en jij hebt maar te luisteren. Geen wonder dat mevrouw erover klaagt dat je slecht luistert. Je bent zo lui dat er straks nog maden onder je voeten groeien.' Eindelijk begreep Ah-Choi de hint en ze verdween naar de keuken.

Nadat ze was verdwenen, riep Zes Vingers Kam Ho erbij. 'Zeg eens goedemorgen tegen je grootmoeder.' Mevrouw Mak pakte de jongen bij de hand en de rimpels rond haar mondhoeken en tussen haar wenkbrauwen verzachtten. 'Kam Ho, je hebt nog steeds koorts. Blijf vandaag lekker thuis om je grootmoeder gezelschap te houden.'

'Maar ik wil Kam Shan in de schoolopvoering zien!'

'Och, dat was ik vergeten. Wat heeft je grootmoeder toch een slecht geheugen!' zei ze, terwijl ze zich tegen het hoofd sloeg. 'Welke rol heeft je grote broer?'

'De ezel. Hij is de ezel. Jezus arriveert op zijn rug in de stad.'

'Zijn leerkracht verdient een aframmeling,' riep mevrouw Mak uit, 'omdat hij van je grote broer een lastdier maakt!'

'Kam Shan heeft tijdens de repetities alleen maar zitten lachen, dus hij heeft die rol voor straf gekregen.'

Mevrouw Mak begon zo breed te grijnzen dat haar gebit met

uiteenstaande tanden zichtbaar werd. 'Net goed! Het is een ondeugende jongen, die broer van jou. Niet zoals mijn kleine Kam Ho, die zo eerlijk is en zo goed voor zijn oude grootmoeder zorgt.'

Zes Vingers nam de jongen bij de hand. 'We moeten gaan, moeder, anders komen we nog te laat. Ah-Chu en Ah-Lin staan aan de rand van het dorp te wachten.'

Mevrouw Mak fronste haar wenkbrauwen weer. 'Ga jij dan ook? Naar die harige buitenlanders? Dat jullie jonge vrouwen niet doodsbang voor hen zijn!' Zes Vingers wist dat haar schoonmoeder hiermee op de protestantse zendelingen doelde.

'Ze kleden zich net als wij en dragen hun haar ook in een vlecht, moeder,' zei ze glimlachend. 'Je zou ze op het eerste gezicht echt niet voor een yeung fan houden. Ze spreken onze taal en zijn vriendelijker dan de leraren uit het noorden.'

'Yeung fan die op ons lijken, zijn wolven in schaapskleren!' riep mevrouw Mak. Toen liep ze in de richting van de keuken en riep Mak Dau.

Mak Dau stond messen voor Ah-Choi te slijpen. Kapmessen, hakmessen, groentemessen, aardappelschilmesjes en messen om de stoppelharen van een varkenshuid te schrapen lagen uitgespreid over de vloer. Mak Dau was bijna klaar met het aardappelschilmesje. Aan de laag slijpsel op het lemmet te zien was hij er al een tijdje mee bezig. Mak Dau veegde het mes schoon met een oliedoek en onderwierp het aan een nauwkeurige inspectie. Zachtjes blies hij op het lemmet, waardoor het een zoemend geluid voortbracht. Toen mevrouw Mak hem riep, stopte hij het mes achter zijn gordel en rende naar het erf.

'Ik wil dat je met Kam Ho en de jonge mevrouw meegaat naar school. Het zal er wel een dolle boel zijn, dus je moet goed op hen letten. Als het toneelstuk is afgelopen, moeten jullie meteen naar huis komen.'

'Ja mevrouw,' zei Mak Dau met een hoofdknikje. Hij was een man van weinig woorden. Alleen aan zijn ooghoeken en de plek tussen zijn wenkbrauwen viel op te maken wat hij dacht. Zonder onderbrekingen duurde het ruim een uur om van huis naar school te lopen. Als je onderweg stopte om te drinken en een hapje te eten, deed je er al snel twee uur over. Hij bracht de jongens elke dag naar school, maar had de jonge mevrouw nog nooit meegenomen.

Mak Dau stond bij ieder lid van het huishouden zijn mannetje, met uitzondering van de jonge mevrouw. Bij haar wist hij amper een woord uit te brengen. Ze was erg vriendelijk tegen hem, lang niet zo streng als de oude mevrouw. Maar Mak Dau was voor haar vriendelijkheid meer bevreesd dan voor de striktheid van de oude mevrouw. Aan striktheid wist je wat je had en hoefde je verder geen woorden vuil te maken. De vriendelijkheid van de jonge mevrouw was veel genuanceerder, waardoor zijn zwijgen dat ook moest zijn. Toch vond Mak Dau het geen probleem om haar vandaag te begeleiden.

Toen hij opkeek zag hij dat Zes Vingers haar dikke katoenen jas voor een linnen exemplaar had verruild. Hij reikte tot haar knieën en de zachtpaarse stof was versierd met donkere pluimasperges. Het jasje had een schuine rij traditionele knopen en er stak een lichtgroene zakdoek uit. Nu ze haar dikke winterjas niet meer droeg, waren haar rondingen veel beter zichtbaar. De asperges beefden licht door het ruisen van de jas. In het knotje in haar nek had ze een jaden pin gestoken waaraan een agaten hanger hing. Tijdens het lopen tinkelde de hanger vlak bij haar oor. Telkens als hij dat hoorde, maakte Mak Dau's hart een sprongetje en ging zijn ademhaling wat sneller.

'Zal ik dat voor u dragen, mevrouw?' vroeg hij, terwijl hij naar de mand wees.

'Dat hoeft niet, hoor. Zorg jij maar voor Kam Ho. Hij is nog steeds een beetje ziek.'

Bij de rivieroever voegden Zes Vingers, Kam Ho en Mak Dau zich bij de rest en gingen ze op pad. De man en de jongen liepen voorop, gevolgd door een vijftal vrouwen. Op het modderige pad lieten ze voetsporen van allerlei formaten achter.

De vrouwen kletsten over hun mannen. 'Wanneer verwacht je Ah-Kyun?' vroeg Zes Vingers aan Ah-Lin. 'Binnenkort. We hebben gehoord dat hij inmiddels in Hongkong is. Nu is het wachten op de brief van het ziekenhuis. Dan kan hij worden gehaald.' Het ging om het stoffelijk overschot van Ah-Kyun, die in de Gouden Bergen aan de tering was gestorven. Dat was inmiddels ruim zeven jaar geleden, dus Ah-Lin was al geruime tijd weduwe. Het eerste jaar had ze een witte, vilten bloem in haar knotje gedragen ten teken van rouw, maar in het tweede jaar had ze die voor een zwarte omgewisseld. Sindsdien droeg ze dit symbool van haar status als weduwe altijd.

In werkelijkheid was Ah-Lin lang voordat ze die witte bloem in haar haar had gestoken, al weduwe geworden. Ah-Kyun had in de Gouden Bergen een concubine genomen en was in tien jaar tijd slechts één keer huiswaarts gekeerd. Toen hij weer was vertrokken, had hij zijn oudste zoon meegenomen. Tijdens het lange ziekbed van Ah-Kyun had de concubine met haar werk in het theehuis de twee gezinnen moeten onderhouden. Na zijn dood was ze de concubine van een andere man geworden en vanaf die tijd was de zoon dollarbrieven gaan sturen. Volgens Ah-Lin had haar man geweten dat zijn tijd was gekomen. Daarom had hij zijn zoon meegenomen zodat hij de verantwoordelijkheid voor het gezin kon overnemen. Ze vertelde ook dat Ah-Kyun een goede man was geweest die zijn gezin in China niet in de steek had gelaten. Volgens haar had hij tegen zijn zoon gezegd dat hij thuis begraven wilde worden en stelde zij, als zijn wettige vrouw, ook heel wat meer voor dan zo'n minnaresje. Terwijl Ah-Lin dit allemaal zei, liep ze zo rood aan dat ze wel een blozende bruid in een draagstoel leek.

'Ha!' riep Ah-Chu. 'Het hangt van de man af of hij terugkomt of niet. Tante Cheung Tai is ook officieel met oom Cheung Tai getrouwd, maar hij is zelfs voor haar begrafenis niet teruggekomen.'

Tante Cheung Tai was een jaar eerder overleden en als haar aangenomen dochter had Zes Vingers de begrafenis verzorgd. Haar echtgenoot was niet komen opdagen. Ah-Chu merkte dit niet voor niets op: haar echtgenoot was vorig jaar thuisgekomen en had een tweede vrouw uit Tung Koon gehaald. Binnen vier maanden was hij weer vertrokken, omdat hij zo snel mogelijk het geld voor de koptaks en de overtocht bij elkaar wilde hebben. Toch had hij hun nog steeds niet verteld welke vrouw hij zou meenemen naar de Gouden Bergen.

'Die Ah-Fat van jou is ook al jaren niet meer thuis geweest. Heeft hij daar soms een vrouw?' vroeg iemand.

Toen Ah-Fat Kam Ho voor het laatst had gezien, was hij nog maar een maand oud. Nu ging hij al naar school, en Ah-Fat was nog steeds niet terug. Hij had in de afgelopen jaren krap gezeten en hoewel hij om de paar maanden dollarbrieven had gestuurd, waren het schamelere bedragen dan voorheen geweest. In een van haar brieven had Zes Vingers gevraagd wat er was misgegaan. Ah-Fats antwoord was kort en bondig geweest: dat zou hij haar nog wel vertellen als hij weer thuis was. Ze maakte eruit op dat er problemen waren geweest. Ze had zich van alles in het hoofd gehaald wat haar alleen maar had bedrukt. Toch glimlachte ze bij deze vraag. 'Als hij een vrouw heeft gevonden, vind ik dat prima. Dan heeft hij iemand die voor hem kan zorgen.'

Halverwege werden de vrouwen moe. Op een mooi plekje in de schaduw gingen ze zitten om even uit te rusten en de versnaperingen te nuttigen. Kam Ho was op Mak Dau's rug in slaap gevallen en had op zijn schouder gekwijld. Mak Dau gaf hem aan Zes Vingers, vond iets verderop een plekje voor zichzelf en trok zijn jasje uit om het zweet in de zon te laten drogen. Naast hem streek een grote gele vlinder met zwarte tekening neer op het blad van een struik. Het haarscherp tegen het geel afgetekende zwart deed hem denken aan de rand van een papieren raamscherm. In het felle zonlicht spreidde de vlinder zijn vleugels uit.

Wat jammer dat ik mijn krekeldoos niet heb meegenomen, dacht Mak Dau. Hij is prachtig. Ik had hem kunnen vangen en aan de jonge mevrouw kunnen geven. Dan had ze hem aan het gordijn van haar bed kunnen hangen.

Het begon te waaien, maar de warmte van de zon temperde de kilte die de wind meevoerde. De geur van Mak Dau's zweet dreef naar de plek waar de vrouwen zaten. Hij droeg een vest van ruwe katoen onder zijn jas. Het was gekrompen in de was en zijn spieren leken er bijna uit te knappen. 'Hoeveel stuks vee ga je dit jaar kopen?' vroeg Ah-Chu aan Zes Vingers.

'Niet een,' antwoordde ze. 'We hebben vorig jaar en het jaar daarvoor al voldoende gekocht.'

Ah-Chu tuitte haar lippen en keek naar Mak Dau. 'Heb je dan niet net een prijsstier aangeschaft? Moet je die spieren zien. Hij zou een mooie voor kunnen ploegen!'

Er werd luid gegiecheld. Als hun schoonfamilie niet in de buurt was, konden de vrouwen best schunnig uit de hoek komen.

Kam Ho trok aan zijn moeders mouw. 'Ik moet poepen, moeder.'

Zes Vingers was een strenge moeder en vond het niet goed dat haar kinderen plasten en poepten waar het hun uitkwam. Ze keek om zich heen naar het vlakke, lege landschap. Alleen verderop stonden enkele bomen die wat beschutting boden. Ernaast lag een half vergane muur van een meter hoog. Zes Vingers nam Kam Ho bij de hand en liep naar de muur.

Kam Ho kroop achter de muur, trok zijn jas op, deed zijn broek omlaag en hurkte neer. Opeens was er een windvlaag bij zijn oren en werd alles donker. Eerst dacht hij dat hij in een diepe kuil was gevallen, maar toen voelde hij zijn lichaam bewegen zonder dat zijn voeten de aarde raakten. Het leek wel alsof hij vleugels had gekregen en als een vogel door de lucht zweefde. 'Snel, er komt iemand aan,' klonk een norse stem met een vreemd accent. Hij besefte dat hij in handen van bandieten was gevallen.

Zes Vingers hoorde een ritseling en keerde zich om. Haar noodkreet werd gesmoord en ze proefde iets zoutigs. Ze probeerde te gillen, maar het geluid bleef in haar keel steken, alsof het door katoen werd gedempt. Iemand had haar met een vieze zweetsok gekneveld. Pas veel later, toen ze terugdacht aan die dag, wist ze weer wat ze op dat moment had proberen te schreeuwen: 'Mak Dau!'

Ah-Chu had als eerste in de gaten dat Zes Vingers en Kam Ho waren verdwenen. Ze keek om zich heen en zag drie potige, in het zwart geklede figuren wegrennen met twee bundels op hun rug. Ze zagen eruit als drie grote vleermuizen die langs de rand van het veld wegvluchtten, maar uit een van de bundels stak een met borduursels versierde schoen die draaide en trapte.

'Ze zijn ont... ontvoerd!' Ah-Chu's lippen beefden zo dat ze de woorden amper konden vormen.

Mak Dau, die in zijn vest en broek op een steen had liggen dutten, schoot overeind en zette de achtervolging in. Toen Ah-Chu na afloop vertelde wat er was gebeurd, bezwoer ze dat het leek alsof Mak Dau's benen die dag een eigen leven hadden geleid en los van zijn lichaam achter de bandieten aan waren gegaan. Mak Dau had hen bijna ingehaald toen hij weer aan het pas geslepen mes dacht dat hij die ochtend achter zijn gordel had gestoken. Hij haalde ermee uit naar de jas van de zwarte gestalte voor hem en de man zeeg neer als een halfvolle zak aardappelen. Terwijl hij viel, greep hij Mak Dau's enkel. Mak Dau sleepte de man met zich mee, maar ging niet meer zo snel. Hij kon alleen maar toekijken hoe de andere twee met Zes Vingers en Kam Ho in de verte verdwenen.

Mak Dau sleepte de gewonde bandiet mee naar huis. Hij martelde hem net zo lang tot hij bereid was zijn naam te zeggen: Kam Mo Keung. Hij was een stroman voor de bandiet Chu Sei. Met zijn bende hield Chu Sei zich in deze streek schuil. Hij ontvoerde en beroofde vooral families waarvan de man naar de Gouden Bergen was gegaan. Chu Sei was een wrede man die een hoog losgeld eiste en niet tot onderhandelen bereid was.

Toen mevrouw Mak ervan hoorde, kreeg ze een duistere blik in haar ogen en viel ze flauw. Ah-Choi wist haar met een glas peperwater weer bij zinnen te krijgen, maar ze kon niet opstaan. 'We moeten het de plaatselijke politie vertellen,' zei Ha Kau. 'We hebben in elk geval Kam Mo Keung.'

'Kam Mo Keung is maar een kleine vis,' zei Mak Dau. 'Het zal Chu Sei niets kunnen schelen wat er met hem gebeurt. Zijn leven is nog geen honderdste waard van dat van mevrouw en de jonge meester. We moeten het losgeld zo snel mogelijk bij elkaar zien te krijgen.'

'Om hoeveel gaat het?' vroeg mevrouw Mak. 'Minstens vijfhonderd dollar. Anders zul je de jonge meester niet terugzien,' zei Kam Mo Keung. 'Chu Sei heeft nog nooit met minder genoegen genomen. Normaal gesproken ontvoert hij geen vrouwen. Die zijn immers niets waard, aangezien de meeste families niet de moeite nemen om hen terug te kopen. Zes Vingers is alleen maar meegenomen, omdat ze om hulp schreeuwde.'

Mevrouw Mak knarsetandde en viel opnieuw flauw. Ze brachten haar naar haar kamer, waarna Ha Kau met Ah-Fats oom en tante ging praten. De twee mompelden maar wat en waren zo vertwijfeld dat Ha Kau zich uiteindelijk tot Mak Dau wendde. Samen besloten ze land van de familie te verkopen.

Omdat er haast bij was, moesten ze genoegen nemen met de bespottelijke prijzen die werden geboden. Het bleek niet genoeg te zijn. Ze dwongen de oom en tante van Ah-Fat om sieraden te verkopen en wisten zo uiteindelijk voldoende geld bij elkaar te krijgen om Zes Vingers en Kam Ho vrij te kopen.

Mak Dau ging bij Kam Mo Keung te rade. 'Je mag geen wapens dragen bij een ontmoeting met Chu Sei,' waarschuwde Kam. 'Voordat je de palissade mag betreden, word je van top tot teen gefouilleerd. Als ze ook maar iets vinden, zullen ze je ter plekke onthoofden.' Mak Dau hurkte zonder iets te zeggen neer en rookte zijn halve pijp leeg. Even later nam hij Ha Kau terzijde. 'Ga in de dorpswinkel wat voetzoekers kopen, hoe meer hoe liever,' zei hij.

'Ben je gek geworden? We zitten in de penarie en jij wilt met voetzoekers spelen?'

'Luister, Ha Kau, verpak ze goed en leg ze in de varkensstal. En zorg ervoor dat niemand je ziet.'

Ha Kau deed wat hem was gevraagd en legde het pakketje in de stal. Mak Dau ging naar binnen. 'Blijf bij de deur staan en zorg dat niemand binnenkomt,' droeg hij Ha Kau op. Even later kwam hij met zijn pijp in zijn hand weer naar buiten. Ha Kau wierp een blik in de stal en zag dat de grond bezaaid was met rode stukjes papier. Toch had hij niet gehoord dat de voetzoekers waren afgestoken.

'Wat is dit voor flauwe grap?' zei hij.

Mak Dau hield de pijp op. 'De voetzoekers zitten allemaal hierin. Ik weet niet of ik hiermee iedereen in de palissade te grazen kan nemen, maar ik zal er in elk geval een of twee raken.'

Ha Kau werd lijkbleek. 'Je ... Je ... Je speelt met je leven,' stamelde hij. 'Je moeder heeft me gevraagd om goed voor je te zorgen en ik wil je graag weer heelhuids aan haar teruggeven.'

Mak Dau begon te lachen. 'Maak je geen zorgen, oom. Ik wil de mevrouw en de jonge meester weer veilig thuisbrengen. Dan zal ik het er toch levend van af moeten brengen?'

Mak Dau ging op pad toen het begon te schemeren. Niemand deed een oog dicht. Ze brandden een kaarsje en wachtten af. Een etmaal later liep een toegetakelde Mak Dau midden in de nacht het erf op met een donkere bundel op zijn rug. Ze tuurden ernaar. Het bleek mevrouw te zijn. Haar lange, donkere haar was losgeraakt en omhulde haar hele lichaam. Mak Dau zette haar neer en ze zakte meteen in elkaar. Kam Shan wierp zich op haar, greep haar jasje bij de revers vast en schudde haar door elkaar. De angstige familie barstte in snikken uit.

Na een tijdje kwam een stoffige gestalte het erf op gestommeld. Het was Kam Ho. Mevrouw Mak omhelsde hem zo stevig dat haar lange, bleke vingernagels diepe afdrukken in zijn huid achterlieten. Ah-Choi bracht een kom rijstgruwel en pas toen Zes Vingers en Kam Ho er allebei van hadden gedronken, durfde ze een bescheiden zucht van verlichting te slaken. Zes Vingers kwam overeind en zette een paar wankele stappen in de richting van mevrouw Mak. Ze knielde voor haar neer en zei huilend: 'Moeder!'

De oude, blinde vrouw keek haar aan, maar zei niets. Zes Vingers maakte drie voetvallen. 'Ik heb mijn plicht als schoondochter verzaakt en u veel verdriet gedaan.'

Mevrouw Mak mopperde: 'Denk je nu echt dat ik me druk maak om jou? Heb ik vanaf de dag dat jij door je huwelijk bij de familie Fong ging horen, enige invloed gehad op waar je ging of wat je vond? Jij gaat en staat waar je wilt. Jij doet wat je wilt. Ah-Fat verwent je en jij denkt het altijd beter te weten dan ik. Als je naar me had geluisterd en niet naar dat dekselse toneelstuk op die door buitenlandse duivels geleide school was gegaan, was dit nooit gebeurd. Elke cent waarvoor Ah-Fat de afgelopen twintig jaar in de Gouden Bergen heeft moeten zwoegen, al het land dat we met dat geld hebben gekocht, zijn we kwijt. Dat is jouw schuld. Mijn zoon is geruïneerd door jou.'

Zes Vingers had daar niet van terug. Toen Ah-Fat al die jaren geleden zijn verloofde voor Zes Vingers had ingeruild, had mevrouw Mak eelt op haar ziel gekregen. Nu wist Zes Vingers dat ze daar nog altijd verbitterd om was. Mak Dau pakte zijn pijp en wilde hem aansteken.

'Wil je soms dood?' schreeuwde Ha Kau en hij pakte hem snel af. Mak Dau stond even als versteend, maar begon toen te glimlachen. 'Dit is een andere pijp,' zei hij, waarna hij hem alsnog aanstak en een paar trekjes nam. 'U moet niet boos zijn, mevrouw. U weet dat Chu Sei onze familie al veel langer in de gaten hield. Zelfs als de jonge mevrouw elke dag was thuisgebleven om op de jongens te passen, zou hij nog zijn langsgekomen.' Mak Dau lachte en zijn hagelwitte gebit verlichtte het hele vertrek.

Jammer genoeg kon mevrouw Mak dat niet zien. Woedend riep ze: 'Wie denk je wel dat je bent? Wat geeft jou het recht om de familie Fong aan te spreken?' Ze smeet haar wandelstok in zijn richting. Mak Dau wist de stok moeiteloos te ontwijken, waarna hij op een van de pilaren knalde en in tweeën brak. Het werd doodstil. Er was geen getjilp of geritsel te horen. Zelfs de bladeren van de banyan hingen roerloos. Iedereen wist dat mevrouw Mak streng was, maar ze hadden nog nooit meegemaakt dat ze de jonge mevrouw publiekelijk vernederde of een bediende met een stok sloeg.

Na een tijdje knielde Kam Shan neer voor zijn grootmoeder. 'Wees alstublieft niet kwaad, grootmoeder. Moeder en Kam Ho zijn weer veilig thuis. Als ik groot ben, koop ik dat land wel voor u terug. Dan zullen we meer grond dan ooit hebben.'

Ondanks alles werd mevrouw Mak geraakt door zijn woorden. Haar ogen liepen vol tranen, die ze met het voorpand van haar jas wegveegde. 'Breng Zes Vingers en Kam Ho naar hun kamers,' verzuchtte ze tegen Ah-Choi. 'Je moet hen wassen en soep met lotuszaden geven. Verder mogen ze nog niets eten. Als je een tijdlang niets hebt gegeten, moet je niet met vast voedsel beginnen.'

Toen iedereen was vertrokken, riep mevrouw Mak Ah-Choi bij zich. 'Van nu af aan hou jij haar voor mij in de gaten. Je komt het me zeggen als ze naar buiten gaat. Trouwens, aan die Mak Dau heb je meer dan aan jouw echtgenoot. Kijk uit naar een geschikte dienstmeid. Dan kan hij met haar trouwen en bij onze familie blijven.'

'Ja mevrouw,' zei Ah-Choi. Ze stond op het punt om weg te lopen toen mevrouw Mak kuchte en haar zachtjes in het oor fluisterde: 'Ik wil dat je goed kijkt of ze daaronder geen verwondingen heeft.'

Ah-Choi keek haar niet-begrijpend aan totdat uiteindelijk het kwartje viel. 'Goed, mevrouw.'

Een paar weken lang bleef mevrouw Mak op haar kamer. Ze brandde wierook en bad tot Boeddha. Tijdens het opzeggen van haar gebeden sloeg mevrouw Mak ritmisch op een houten vis. Het geluid werd op elke hoek van de drie erven weerkaatst.

Op een ochtend betrad Ah-Choi de kamer toen mevrouw Mak net een voetval wilde maken voor het vergeelde portret van haar echtgenoot. 'Ze ... Ze ...' begon Ah-Choi, die snel bloosde en dan altijd begon te stotteren.

Mevrouw Mak kwam overeind. 'Wat is er? Zeg wat je op je hart hebt.'

Ah-Choi aarzelde maar zei toen: 'De jonge mevrouw. Ze is ongesteld geworden.'

Mevrouw Mak legde haar handen op haar borst en haar lichaam werd zo slap als een gefileerde vis. 'Genadige Boeddha,' mompelde ze bij zichzelf.

Pas na een paar maanden ontdekte Ah-Fat dat Zes Vingers ontvoerd was geweest. Hij hoorde het van enkele mannen die van een bezoek aan zijn geboortestreek terugkwamen. Hij schreef zijn vrouw meteen:

Mijn lieve Ah-Yin,

Je zult me wel niet over dit afschuwelijke voorval in onze familie hebben verteld omdat je me niet ongerust wilde maken. Ik heb besloten om een versterkte diaolou voor jullie te laten bouwen zodat jullie tegen zulke bandieten beschermd zijn. Ik heb een architect gevraagd een bouwtekening te maken op basis van de instructies die ik hem heb gegeven. Ik ga het bouwmateriaal hier in Vancouver aanschaffen. Over een paar dagen zal ik het via Hongkong naar huis laten verschepen. De Sincere Company in Kanton zal voor de bouw verantwoordelijk zijn. Ze hebben hier ook tussenpersonen en doen nu al een aantal jaren zaken met Canadese bedrijven, dus ik weet dat ze te vertrouwen zijn. Ik zal de financiering voor mijn rekening nemen. Dat betekent wel dat ik niet naar huis kan komen. Mak Dau en Ha Kau zullen goed op de bouw moeten toezien. Wil je moeder laten weten dat het me spijt dat ik niet bij haar zestigste verjaardag zal kunnen zijn, zoals een plichtsgetrouwe zoon betaamt? Weet je al wanneer Kam Shan deze kant op komt? Ik kijk enorm uit naar zijn komst. Stuur Kam Ho maar niet meer naar school. Ik wil niet dat jullie nog zoiets overkomt. Kijk uit naar een geschikte privéleraar die hem thuis kan onderwijzen. Vraag Mak Dau om knechten aan te nemen die met wapens overweg kunnen. Koop wat westerse en Chinese wapens en bewaak de toegangspoort. Pas goed op jezelf, vrouw, en ga niet zonder mannelijke escorte van huis. Dat meen ik serieus.

Je echtgenoot, Tak Fat, de zevenentwintigste dag van de zevende maand, 1910, Vancouver, Canada

Het eerste jaar van de Republiek (1912), het dorp Aansporing, Hoi Ping, provincie Guangdong, China

Terwijl ze zich aankleedde, besefte Zes Vingers dat ze was aangekomen. Ze had dit jasje de vorige herfst laten maken, maar nu kon ze de knoopjes nog maar amper dicht krijgen. De stof sneed in haar oksels en zat strak om haar buik als ze bukte. Ze wist dat ze de laatste tijd maar weinig lichaamsbeweging had gekregen. Mevrouw Mak hield haar sinds de ontvoering, nu twee jaar geleden, nauwlettend in de gaten. Hoewel Zes Vingers en Kam Ho dag en nacht door een zestal gewapende bewakers werden beschermd, mocht Zes Vingers van mevrouw Mak geen stap buiten de deur zetten. Omdat ze toch niet naar buiten mocht, zat Zes Vingers vaak op haar kamer te kalligraferen en te schilderen. Voor haar gevoel had ze daarin grote vorderingen gemaakt.

Zes Vingers opende het raam en hoorde hoe Kam Ho in de ontvangstkamer tijdens de ochtendles een tekst opzegde. Ze hadden net een nieuwe leraar aangetrokken.

> *De herfst krijgt gestalte: de kleuren zijn grauw, de mist verdwijnt en de wolken beginnen op te lossen. Het is fris maar helder weer, met een hoge hemel en kristalhelder zonlicht. Het wordt koud, zodat je tot het bot verkleumd raakt. Van de verlaten bergen en rivieren gaat troosteloosheid uit. Het brengt een ijzingwekkend en doordringend geluid voort, een schreeuw van grote woede. Als het overvloedige gras nog groen is, heb je er misschien niet eens oog voor. Als de mooie bomen in bloei staan, zijn ze een lust voor het oog. Maar in het najaar verandert het gras van kleur en verliezen de bomen hun blad. Dit verval hoort, hoe meedogenloos ook, bij het leven.*

Zes Vingers leunde uit het raam en luisterde stilletjes. De tekst kwam haar bekend voor. Misschien had ze dit als kind ooit met haar neefje, de jonge Loong, geleerd. Kwam het niet uit de *Rapsodie van de Herfstklanken* van de dichter Ouyang Xiu uit de Songdynastie? Als Kam Ho straks klaar was, zou ze het hem vragen.

De stem van Kam Ho klonk zo anders dan die van Kam Shan,

dacht ze. Kam Shan was inmiddels alweer twee jaar weg. Al voor zijn vertrek was mevrouw Mak zo bedroefd geweest dat ze zijn naam niet meer had kunnen uitspreken zonder een zucht te slaken die als een tochtvlaag door de ontvangstkamer was getrokken. Als Zes Vingers haar probeerde te troosten, zei mevrouw Mak dat zij haar mannen, haar eigen vlees en bloed, niet eens miste. Maar als Zes Vingers haar met rust liet, beschuldigde mevrouw Mak haar ervan dat ze de hele familie naar de Gouden Bergen zou sturen en haar als eenzame, oude vrouw aan haar lot zou overlaten. Wat ze ook zei, ze deed het nooit goed. Mevrouw Mak had zoveel verdriet dat Zes Vingers bijna vergat dat zij eigenlijk degene was die zou moeten treuren om het vertrek van haar zoon.

In het jaar van zijn vertrek was Kam Shan zo snel als een vervellende zijderups gegroeid. Zijn stem was zwaarder geworden en soms klonk hij als een kwakende woerd. Toen Ah-Choi zijn haar had gewassen, had ze geroepen: 'De jonge meester krijgt een baard!' Op zijn vijftiende was de jongen al even lang als Mak Dau geweest. Hoewel hij zich nog altijd gedroeg als een koppig kind, had hij er voorgaand Nieuwjaar in de traditionele kleding die hij droeg voor de rituelen ter ere van de voorouders als een volwassene uitgezien. Kam Shan was in zijn hele leven nog geen dag ziek geweest. Hij was zo taai, onbuigzaam en onuitroeibaar als een grote bamboeplant. Als de twee broers naast elkaar stonden, zag je geen enkele gelijkenis. Kam Ho was al vanaf zijn geboorte een ziekelijk kind en liep snel blessures op. Hij had nog altijd geen groeispurt gehad en bleef klein, als een niet tot volle wasdom gekomen bamboescheut. Hij zag eruit alsof je hem makkelijk in tweeën kon breken. Als hij zijn leerstof opzei, klonk het als het gedrein van een mug. Het leek totaal niet op het krachtige stemgeluid van Kam Shan.

Nadat Zes Vingers een tijd naar Kam Ho had geluisterd, leunde ze verder uit het raam en zag ze dat de bamboeplanten langs de muur in een hoek van het erf van kleur waren veranderd. Ze waren nu geel en bespikkeld met witte vlekjes. Ze besloot een kijkje te nemen en ontdekte al snel dat de planten door een dunne laag bloesem waren bedekt. Haar hart sloeg over.

Ze wist dat bamboeplanten minstens tientallen jaren en soms

wel honderd jaar leefden. Het waren groenblijvende woekerplanten. Maar als ze eenmaal bloesem kregen, gingen ze kort erna dood, wat werd beschouwd als een voorbode van naderend onheil, zoals de val van een dynastie. Er was inderdaad een eind aan de Qing-dynastie gekomen. De keizer was afgetreden en er was nu een republiek. Maar was deze volksrepubliek ook echt van het volk? In de afgelegen gebieden, ver van de hoofdstad, was er niets veranderd. Het wemelde er nog steeds van de bandieten. In Chek Ham waren op de vorige marktdag tientallen studenten en hun leraren op klaarlichte dag ontvoerd. Als de keizer al geen controle op de verschillende regio's kon uitoefenen, zou de republikeinse regering dat ook niet kunnen. De oude dynastie was er niet meer, maar toch stond de bamboe in bloei. Wat betekende dat? Was Ah-Fat of Kam Shan iets overkomen? Geschrokken liep ze weer naar binnen om hun een brief te schrijven.

Ze streek het papier glad, maar de woorden wilden niet komen en haar penseel bleef in het luchtledige hangen. Er ging van alles door haar heen, maar het lukte haar niet om de draad in de kluwen van haar gedachten te vinden. Ah-Fat, Kam Shan en Kam Ho, mevrouw Mak ... Ze spookten allemaal door haar hoofd. Dat gold ook voor de diaolou. Ze kon over familienieuwtjes schrijven en haar brief oppervlakkig houden, alsof ze met een bamboelepel slechts kroos uit een poel schepte. Andere gedachtes lagen echter als kiezels op de bodem van de poel. Daar kon ze geen vat op krijgen.

Sinds Mak Dau haar twee jaar geleden uit handen van de bandiet Chu Sei redde, had niemand haar ooit gevraagd wat haar tijdens haar gevangenschap was overkomen. Hoewel ze er niet naar vroegen, hadden ze zich duidelijk van alles in het hoofd gehaald. Mevrouw Mak zei steeds minder en was steeds meer gaan zuchten. Ze had verschillende soorten zuchten: de zucht die voor Zes Vingers was bedoeld, ontsnapte snuivend uit haar neusgaten. De zucht die van haar tong gleed was voor de rest van het huishouden bedoeld. En dan was er nog de zucht die eerst stilletjes op haar hart lag, voordat hij uiteindelijk aan haar mond ontsnapte. Die zucht was alleen voor haar eigen oren bestemd.

Als Zes Vingers het erf op liep, voelde ze hoe de bedienden naar haar keken. Uit elke uithoek en elk vertrek van de Fong-residentie leek altijd geklets op te klinken, maar zodra zij een kamer betrad, vielen gesprekken abrupt stil.

Toch vielen deze stiltes nog in het niet bij die van Ah-Fat. Hij had haar in de afgelopen twee jaar weliswaar vaker geschreven dan vroeger, maar zijn brieven handelden slechts over futiele details van de bouw. Van de Romeinse zuilen onder het dak tot het hout-snijwerk boven de ingang, Ah-Fat gaf bij alles precies aan welk materiaal gebruikt moest worden. Hij repte echter met geen woord over haar ontvoering en verwees er in zijn brieven zelfs niet indi-rect naar. Hij zweeg het onderwerp gewoon dood. Zes Vingers kon de anderen wel aan. Met haar kalme houding wist ze hun argwaan af te weren. Maar Ah-Fats stilzwijgen vond ze veel verontrusten-der. Ze wist niet waar het begon en ophield en had het er moeilijk mee.

Op dat moment kwam Mak Dau aanrennen. Zijn gezicht glansde van het zweet. 'Mevrouw, ik heb uw instructies uitgevoerd,' zei hij, zonder Zes Vingers aan te kijken. In plaats daarvan bestudeerde hij de bovenzijde van zijn blauwe, stoffen schoenen. Hij doelde op de plek van het altaar met de gedenkplaten van de voorouders. In het oorspronkelijke plan zou die onder het dak komen, zodat het hele pand hun bescherming zou genieten. Zes Vingers wist echter dat haar blinde, oude schoonmoeder nooit alle trappen op kon klimmen om wierook te branden en de voorouders eer te betonen. Daarom had ze de bouwvakkers gevraagd het altaar op de tweede etage te bouwen. Met die aanpassing waren ze niet blij geweest.

'Heb je meneer Lau van de Sincere Company gesproken?' vroeg Zes Vingers.

'Ja.'

'Hebben jullie het over de aanpassing gehad?'

'Ja.'

'Is meneer Lau het ermee eens?'

'Ja.'

'Heeft meneer Lau ook gezegd wanneer het af zou zijn?'

'Zo snel mogelijk. Dat zei hij.'

'Wil je een oogje in het zeil houden? De datum van oplevering staat vast. Die valt op de laatste marktdag van de eerste maand van het nieuwe jaar. Dat is de tweeëntwintigste. Het is een gunstige dag voor een verhuizing. Toen de werkzaamheden vorig jaar begonnen, is die datum vastgesteld. Een monnik heeft al een voorschot gekregen om dan een offer aan de voorouders te brengen en boze geesten te verjagen.'

Mak Dau zei niets.

Zes Vingers lachte even. 'Heeft de kat je tong soms opgegeten? Normaal gesproken klets je honderduit.' Mak bleef zonder iets te zeggen naar zijn schoenen staren. Na een tijdje vervolgde Zes Vingers: 'Is er dan niemand meer die mij in vertrouwen wil nemen? Jij bent al net zo erg als de rest.'

Aarzelend keek Mak Dau op. Hij zag dat Zes Vingers' ogen vol tranen stonden. Hij werd door tederheid overmand en zijn toon was direct een stuk vriendelijker. 'Heeft ze nu eindelijk met de verhuizing ingestemd?' vroeg hij. Zes Vingers wist dat hij op mevrouw Mak doelde. Ze wilde niets van de versterkte woning weten, ook al was het een idee van haar zoon.

Ze had in niet mis te verstane bewoordingen laten weten dat ze al tientallen jaren in dit huis woonde, waar ze haar schoonfamilie had geholpen en voor haar kinderen had gezorgd. Ze was aan dit huis gewend en wilde niet verhuizen. Bovendien was de diaolou te hoog. Hoe moest een blinde, oude vrouw met ingebonden voeten al die trappen beklimmen? Zes Vingers had gezegd dat ze iemand zou aannemen die er alleen mee belast zou zijn om haar de trappen op en af te dragen. Even was het stil geweest, maar toen had mevrouw Mak haar toegebeten: 'Ik ben niet als jij. Ik laat me niet zomaar door iemand ronddragen.'

Zes Vingers zag het somber in. Ze besefte dat haar schoonmoeder zo haar eigen redenen had om niet te willen verhuizen.

Sinds de bouw vorig jaar was begonnen, tobde mevrouw Mak al met haar gezondheid. Ze leed aan een vreemde ziekte: ze hoefde niet over te geven noch had ze diarree, ze had geen koorts, koude rillingen of pijn. Maar ze had geen eetlust meer en zat de hele dag te dutten. Ze werd dunner en dunner. Meerdere kruidendokters werden geraadpleegd en mevrouw Mak had tientallen brouwsels gedronken, maar ze was niet opgeknapt. Naarmate haar toestand verslechterde, was ze nu eens helder en dan weer verward. Ze praatte aan één stuk door. Twee dagen geleden was ze na het ontbijt rechtop gaan zitten. Haar haar had compleet in de war gezeten. Ze had op het bed gestompt en gescholden op Ah-Fat. 'Ik reken met je af voordat de politie dat kan doen, jij ongehoorzame, trouweloze zoon van me, jij kwaadaardige wolf! Zelfs voor mijn zestigste verjaardag ben je niet thuisgekomen!'

Zes Vingers had de oude vrouw snel weer terug in de kussens geholpen. 'Moeder, Ah-Fat heeft al zijn geld aan het nieuwe huis gespendeerd, maar dat heeft hij voor jou gedaan.' Mevrouw Mak had haar handpalm vastgegrepen en haar scherpe nagels erin begraven. 'Hij heeft dat huis voor jou gebouwd, niet voor mij,' had ze gezegd, 'en daarom heeft hij geen geld om naar huis te komen. Als jij niet was ontvoerd, zou hij dat geld aan nieuwe grond hebben besteed. Waarom moet hij nou zo nodig een diaolou bouwen?'

'Moeder, als we eenmaal zijn verhuisd, kunnen we het oude huis verkopen. Met de opbrengst daarvan kunnen we nieuwe velden kopen,' had Zes Vingers gezegd.

Mevrouw had haar blinde ogen geopend en Zes Vingers wezenloos aangestaard. Uiteindelijk had ze kwaad uitgeroepen: 'Bah! Ben jij eigenlijk nog wel familie? Hoe waag je het om jezelf nog een Fong te noemen na je terugkeer van Chu Sei.'

Zes Vingers had de hand van de oude vrouw van zich afgeschud. Ze had het gevoel gehad dat de grond onder haar voeten was weggeslagen. Mevrouw Mak was helemaal niet verward. Ze deed alleen maar alsof, omdat ze dan kon zeggen wat ze maar wilde.

Een druppel speeksel van mevrouw Mak was op Zes Vingers' wang terechtgekomen. Ze had het met het voorpand van haar jas afgeveegd en was het vertrek uit gestrompeld. Buiten hadden enkele bedienden gestaan die haar niet hadden durven aankijken. Ze waren gewoon doorgegaan met hun werk, maar Zes Vingers wist dat ze het gesprek hadden opgevangen. Ook Mak Dau was erbij geweest. Hij had een mand waarmee rijst werd geplukt gerepareerd en met een woeste blik in zijn ogen de repen bamboe neergegooid. Van frustratie had hij zijn hoofd tegen een pilaar geslagen. 'Mevrouw, laat het me toch alstublieft vertellen. Waarom mag ik het niet vertellen?'

'Begin jij nu ook je verstand te verliezen, net als de oude mevrouw?' had Zes Vingers hem toegesnauwd. 'Klets toch geen onzin! En nu aan de slag, jullie allemaal!' De bedienden waren uiteengestoven.

Vanaf die dag verstijfde Mak Dau als een kemphaan zodra hij

Zes Vingers in het oog had gekregen, maar zijn gedachten hield hij voor zich.

Nadat ze haar brief had voltooid, ruimde Zes Vingers haar schrijfspullen op en vroeg ze Mak Dau: 'Hoe oud ben je nu? Vijfentwintig of zesentwintig?'

'Ik ben aan het eind van het jaar jarig, mevrouw, dus het is eigenlijk allebei goed.'

'Moet je dan niet eens een keer trouwen?' vroeg Zes Vingers. Mak Dau deed er het zwijgen toe. 'Wat vind je van Ah-Yuet?' drong Zes Vingers aan.

Ah-Yuet was de dienstmeid van Ah-Fats tante. Ze was achttien en dus ook op een leeftijd dat ze geacht werd te trouwen. Mak Dau bleef zwijgen. Toen Zes Vingers doorvroeg, zei hij uiteindelijk schoorvoetend: 'Ze waggelt als een eend.'

'Ze werkt hard en is eerlijk. En ook nog eens best knap. Je moet haar niet van de achterkant maar van de voorkant bekijken.' Mak Dau barstte in lachen uit, waardoor zijn stralend witte tanden zichtbaar werden. 'Zelfs als ik mijn best zou doen, kan het me niet ontgaan als ze voor me loopt.'

'Volgens mij is ze een geschikte vrouw voor jou,' zei Zes Vingers. 'Als je met iemand binnen de familie trouwt, kun je hier net als Ha Kau je hele leven blijven.'

Mak Dau staarde voor zich uit. Na lange tijd zei hij: 'Als u denkt dat ik er goed aan doe, jonge mevrouw, dan doe ik het.'

'Goed, ik zal ervoor zorgen dat het Derde Omaatje je over een paar dagen een voorstel doet.'

Met gebogen hoofd draaide Mak Dau zich om en maakte aanstalten om weg te lopen. Toen keerde hij zich weer om en zei aarzelend: 'Waarom mag ik het niet vertellen, mevrouw? Het is niet eerlijk dat ze zo naar tegen u doen. Als meneer terugkomt van de Gouden Bergen, gelooft hij die roddels misschien wel. Wat moet u dan?'

Zes Vingers glimlachte. 'Als hij ervoor kiest die te geloven, kan ik hem wel honderd keer vertellen hoe het zit, maar dan heeft dat toch geen zin. De waarheid komt toch wel boven tafel, wat er ook wordt gezegd.'

Mak Dau deed er het zwijgen toe en liep weg. Zes Vingers leunde uit het raam en riep: 'Ga kijken of de leraar al thee wil. Als dat zo is, stuur Kam Ho dan naar me toe.'

Even later kwam Kam Ho binnen. 'Je vader heeft veel tijd en geld gestoken in de bouw van een versterkte woning en Mak Dau heeft op alle werkzaamheden toegezien. Maar ik heb haar nog nooit gezien, terwijl ze begin volgend jaar klaar zal zijn. Laten we er een kijkje nemen.'

Kam Ho keek zijn moeder vertwijfeld aan. 'En grootmoeder dan? We mogen niet naar buiten van haar.'

Zes Vingers schonk hem een ironisch glimlachje. 'Chu Sei wist me niet achter slot en grendel te houden. Dan zal iemand anders dat ook niet lukken. Maak je niet druk. Mijn tijd is nog niet gekomen. Als de man met de zeis me komt halen, maakt het niet uit of ik thuis ben of niet. Aan hem valt toch niet te ontkomen. Maar als mijn tijd nog niet gekomen is, zal zelfs een mes op mijn keel me niet deren.' Kam Ho had er net als zijn moeder schoon genoeg van om in huis opgesloten te zitten en had al een tijdje zitten broeden op een smoes om op pad te kunnen. Haar woorden trokken hem over de streep.

Ze gingen net de deur uit toen ze Ah-Choi tegenkwamen. 'De oude mevrouw ...' stamelde de dienstmeid. Zes Vingers legde haar met een strenge blik het zwijgen op. Ah-Choi liep snel weg, maar wist de lijfwachten met een hoofdknik nog wel duidelijk te maken dat ze Zes Vingers en Kam Ho moesten volgen.

Zes Vingers liep de trap voor het huis af en bereikte de zandweg. Het had pas geregend en het was nog steeds licht bewolkt. Hoewel zonnestralen door het wolkendek braken, was de weg nog nat. De zolen van haar met borduursels versierde stoffen schoenen waren er niet tegen bestand. Toen Zes Vingers opkeek, deed het zonlicht pijn aan haar ogen. De wilde bananenbomen langs de kant van de weg waren met grote, witte bloesems bedekt. De bloemen en bladeren ruisten in de wind, waardoor ze een enigszins spookachtige aanblik boden. Zes Vingers wilde ze graag van dichterbij bewonderen, maar haar benen weigerden dienst. Ze was bijna twee jaar niet meer buiten geweest en de weg, de zon en de wind overweldigden haar.

Ze zette nog een paar wankele passen en zag toen een nieuw gebouw. Oorspronkelijk had de feng-shuimeester bepaald dat het moest worden gebouwd op een verhoging aan het begin van het dorp, de aangewezen plek waar de draak zijn parel zou kunnen tonen. Maar daartegen werd bezwaar gemaakt, omdat zo'n hoog gebouw de voorspoed van de andere dorpelingen zou belemmeren. Ze waren noodgedwongen uitgeweken naar een stuk braakliggend land aan de andere kant van het dorp naast een groep wilde bananenbomen. Hoewel het een stuk verder lopen was, konden ze hun nieuwe huis vanaf deze plek al zien. Zes Vingers beschouwde het weliswaar als een huis, maar eigenlijk zag ze in dit stadium slechts de bamboeschermen die de bouwvakkers bescherming boden tegen wind en regen en moesten voorkomen dat het gebouw in onvoltooide staat te zien zou zijn.

Ze kon wel zien hoe hoog het was. Ze wist dat ze nog maar bij de vierde verdieping waren, maar vond het nu al angstaanjagend hoog. Ze had nog nooit zo'n hoog gebouw gezien. Daarbij viel alles in de nabije omgeving in het niet. De zwakke zonnestralen die door de wolken waren gebroken leken recht op het dak van hun nieuwe huis te vallen. Zes Vingers sloeg haar handen op haar hart en slaakte een bewonderende zucht. 'O, Ah-Fat!' wist ze alleen maar uit te brengen.

'Dit wordt vast het hoogste gebouw in de hele streek,' zei ze tegen haar zoon.

'Moeder,' zei Kam Ho, 'we zijn nooit in het keizerlijk paleis geweest, maar dit moet wel het hoogste gebouw in de streek zijn. Zelfs de kerk in Yuen Kai heeft maar twee etages.'

Geleidelijk begon Zes Vingers te stralen, alsof haar ogen door de zonnestralen werden verlicht. Ze zuchtte even. 'Kam Ho, als je groot bent, moet je net als je broer naar de Gouden Bergen gaan om je vader bij te staan. Je vader heeft het erg zwaar gehad.'

'Wanneer komt vader me halen?' vroeg Kam Ho.

'Als je een grote jongen bent. Zul je moeder missen als je vertrekt?'

Kam Ho gaf geen antwoord. Hij was nog maar twaalf jaar en kon zich niets voorstellen bij zo'n afscheid. Hij dacht aan iets anders. 'Moeder, klopt het dat de Gouden Bergen met goud zijn geplaveid?' vroeg hij na een tijdje.

'Natuurlijk niet. Je vader heeft elke cent opzij moeten zetten om dit te kunnen bouwen. Daar heeft hij tientallen jaren over gedaan.'

'Maar hier sparen de mensen toch ook elke cent die ze overhouden? Waarom bouwen zij dan geen diaolou?'

Zes Vingers wist er niets op te zeggen.

'Mevrouw! Mevrouw!' Ah-Choi kwam schreeuwend op hen afrennen.

'De oude ... oude mevrouw!' stamelde ze buiten adem.

Zes Vingers als stond als aan de grond genageld, terwijl Ah-Choi zwaar stond te hijgen. Het had geen zin om aan te dringen als ze zo opgewonden was. Pas als ze weer wat was gekalmeerd, zou ze weer iets kunnen uitbrengen.

'De oude mevrouw geeft bloed op!'

Tegen de tijd dat Zes Vingers en Kam Ho terugkeerden, had de kruidendokter al de pols van de patiënt opgenomen en zijn medicijnkistje geopend. Mevrouw Mak lag in bed. Ze was lijkbleek, maar op haar lippen zaten wat helderrode vlekjes van bloed dat nog niet was weggeveegd. Haar ademhaling was erg zwak. Ah-Fats oom en tante stonden erbij te jammeren alsof ze al was overleden.

'Hoe is haar pols?' vroeg Zes Vingers.

'U kunt maar beter voorbereidingen voor de begrafenis treffen,' zei de kruidendokter. 'Ze is al lange tijd ziek en de kans is klein dat ze nu nog beter wordt.'

'Kunt u haar geen brouwsel geven?'

De kruidendokter schudde zijn hoofd. 'Jullie kunnen nu alleen nog maar bidden.'

Zes Vingers liet hem uit. Alle ogen waren op haar gericht. Ze wist dat ze eigenlijk zou moeten huilen, maar hoezeer ze ook haar best deed, ze kon er geen traan om laten. Er werd gespannen afgewacht, maar toen de tranen uitbleven, werden haar achterdochtige blikken toegeworpen.

Zes Vingers schraapte haar keel. 'Niet huilen. Moeder heeft rust en stilte nodig.' Ze haalden hun neus op. 'Ze heeft zo'n zwaar leven geleid. Dan is verdriet toch op zijn plaats?' zei Ah-Fats tante, een vrouw die haar mening altijd voor zich hield en eigenlijk zelden een woord zei. Nu ze wel sprak, vielen haar woorden neer als loden gewichten die kraters in de grond sloegen. Zes Vingers ontweek de kraters en wist haar evenwicht ternauwernood te bewaren. Ze dwong zichzelf om stil te blijven staan. 'Wacht buiten,' zei ze tegen

Kam Ho. Vervolgens sprak ze de anderen aan: 'Ga naar jullie kamers en rust uit. Ik heb moeder een paar dingen te zeggen.'

De ontroostbare tante leidde iedereen naar buiten. 'Nu is het te laat voor praten!' Zes Vingers negeerde hen en sloot de deur.

Ze ging bij het bed zitten en zag hoe breekbaar mevrouw Mak eruitzag. Ze leek te zijn gekrompen tot het formaat van een klein kind. Haar blinde ogen, weggezonken in hun duistere kassen, leken diepe poelen van verdriet. Het leven van haar schoonmoeder hing aan een zijden draadje. Ze knielde neer en greep haar uitgemergelde, klauwachtige handen.

'Ik weet dat je op Ah-Fat wacht, moeder. Ik weet dat je mij niet mag, omdat Ah-Fat zoveel van me houdt. Maar geloof me, die liefde is niet verspild. Ik ben hier voor mezelf en voor Ah-Fat. Ik zal je laten zien hoeveel we van je houden en je eerbiedigen. Ga niet weg, moeder, blijf bij me.'

Ze huiverde toen de scherpe vingernagels van mevrouw Mak zich in haar handpalm boorden.

Zes Vingers bevrijdde zich uit de grip van de oude vrouw, sloeg haar jasje open en pakte het mes dat ze altijd in haar gordel bij zich droeg. Het kleine mes was zo'n vijftien centimeter lang en zat in een versierde, zilveren schede. Mak Dau had het enkele jaren eerder voor een aanzienlijk bedrag gekocht van een *yamen*-schildwacht.

Tegenwoordig droeg Zes Vingers het altijd bij zich, zodat ze zichzelf in geval van nood kon verdedigen. Ze had geen idee hoe ze het moest gebruiken, maar toch voelde ze zich erdoor gesterkt. In werkelijkheid had ze zelfs nog nooit een kip gedood. Als kind had ze altijd haar handen op haar oren gelegd en zich in de verste uithoek van de kamer verstopt als de varkens en het vee van de buren werden geslacht. Ze kon het niet aanzien als levende vissen in de hete olie van de braadpan spartelden, dus het geschreeuw en geloei van stervende dieren kon ze al helemaal niet aanhoren. Slechts één keer had ze een levend wezen met een mes toegetakeld, en dat was ze zelf geweest.

Ze had nooit gedacht dat ze zichzelf weer met een mes zou gaan verwonden.

Zes Vingers pakte het mes uit de schede. Het lemmet had een kille schittering. Hoewel ze het nooit gebruikte, sleep Mak Dau het om de paar weken voor haar. Ze hield het mes dicht bij haar ogen en blies wat haartjes naar het lemmet. Moeiteloos werden ze in tweeën gekliefd. Met dit trucje, dat ze van Mak Dau had geleerd, kon ze zien of het lemmet wel scherp genoeg was.

Voor het uitstapje naar het nieuwe huis had ze een broek aangetrokken waarvan ze de wijde pijpen nu oprolde. Nadat ze ze enkele keren had omgeslagen, werd haar dijbeen zichtbaar. Haar vlees glansde, zacht en bleek. Ze greep het handvat van het mes en begon te beven. Plotseling voelde ze zich oud. Ze was geen roekeloze zeventienjarige meer, maar een vrouw van vijfendertig.

Destijds had ze kind noch kraai gehad. Destijds had ze zich iets voorgenomen waar niemand haar nog van af had kunnen brengen. Maar nu lag alles anders. Haar hart behoorde vele mensen toe ... Haar echtgenoot had er een stukje van, net als haar zonen en haar schoonmoeder. Slechts een flintertje behoorde nog aan haarzelf en daardoor was ze niet meer zo doelgericht en vastbesloten als toen.

Ze hief het mes op, liet het weer zakken, hief het op en liet het weer zakken. Ze legde haar linker- op haar rechterhand om extra kracht te kunnen zetten. Steek, beval haar linkerhand; ik ben bang, jammerde haar rechterhand. Ze aarzelde, vertwijfeld of ze nu haar linker- of rechterhand moest gehoorzamen. Precies op dat moment kreunde mevrouw Mak. Door dat geluid kwam Zes Vingers eindelijk in actie. Zonder er verder nog bij stil te staan, begon ze te snijden. Ze voelde een scherpe pijn die direct naar haar hart trok, alsof ook daar een stukje werd weggesneden. Ze snikte van de pijn. Maar toen ze durfde te kijken, zag ze dat ze slechts een dun laagje huid van haar dij had gesneden.

Ze had de moed niet om het nogmaals te proberen.

'Moeder!' huilde ze, terwijl ze het mes weggooide. Ze werd door verdriet overmand omdat ze besefte dat ze geen moeder had. De tranen kwamen niet druppelsgewijs maar in een woeste stroom die over haar gezicht gleed. Zes Vingers huilde onbedaarlijk.

Ze pakte het mes en stak het in de sprei die naast mevrouw Mak lag. In haar razernij ging ze maar door totdat plukken katoen als sneeuwvlokken door de kamer dwarrelden. Terwijl Zes Vingers haar woede zo op het bed botvierde, schudde het zwakke lichaam van mevrouw Mak heen en weer.

De oude vrouw kreunde opnieuw. Deze keer was het een langgerekte jammerklacht. Ze riep om Ah-Fat.

Zes Vingers hief het mes opnieuw en zonder te kijken sneed ze ermee in haar dij. Aanvankelijk voelde ze geen pijn, slechts een zich langzaam uitbreidende gevoelloosheid. Ze probeerde haar been te bewegen, maar dat leek niet meer bij haar lichaam te horen. Haar spieren wilden maar niet gehoorzamen. Ze opende haar ogen en zag vlak boven haar knie een rode lomp, zo groot als een duivenei. Aan een zijde was een huidflap nog met haar dijbeen verbonden. Haar vlees. Dit was haar eigen vlees.

De pijn was als duizend draadjes die zo strak om haar hart werden getrokken dat het compleet werd vermorzeld. Ze trok hard aan de lomp en scheurde hem los. Hij was warm en kleverig en leek te kloppen. 'O Boeddha!' probeerde ze te schreeuwen, maar de woorden bleven steken in haar keel.

Mak Dau betrad het vertrek als eerste. Zes Vingers zat in een poel bloed. Ze reikte hem iets aan. 'Ah-Choi moet hier soep van maken en die snel aan de oude mevrouw geven. Schiet op.' Toen viel ze achterover op de vloer.[4]

Even later kwam Ah-Choi binnen met de soep voor mevrouw Mak. Het bed werd verschoond, de vloer werd schoongeboend en de plukken katoen opgeveegd. Toch bleef de ranzige geur van bloed in het vertrek hangen. Ah-Choi had zo'n brok in haar keel dat het voelde alsof die elk moment uit haar mond kon schieten. Mevrouw Mak zette haar tanden op elkaar en Ah-Choi moest haar mond met een lepel openduwen. Uiteindelijk wist ze haar de soep te voeren.

De oude dame lag de hele middag in een diepe slaap verzonken, maar tegen de avond werd ze opeens wakker. Met opengesperde ogen riep ze om haar dienstmeid. Het was voor het eerst in twee dagen tijd dat ze weer sprak. Ah-Choi haastte zich naar binnen. Mevrouw Mak had de dekens afgeworpen en zat rechtop in bed. Haar oude handen zwaaiden woest door de lucht.

'Soep ... soep!' zei ze.

Ah-Choi schreeuwde naar de kok dat hij een kom soep met lotuszaden moest brengen. Mevrouw Mak kreeg er een lepel van

---

4 In een oude Chinese mythe snijdt een goede zoon in een wanhopige poging om zijn doodzieke moeder te redden een stuk vlees uit zijn dijbeen dat zij als offerande moet opeten. Zijn respect voor zijn moeder ontroerde de goden zo dat zijn moeder op wonderbaarlijke wijze genas.

gevoerd, maar spuugde het meteen weer uit. 'Soep ... Die soep!' zei
ze nadrukkelijk, terwijl ze Ah-Choi aanstaarde met haar donkere,
niets ziende ogen.

Ah-Choi begreep het meteen. 'Nee, daar kunt u niets meer van
krijgen,' fluisterde ze in haar oor. 'De jonge mevrouw heeft een
stuk uit haar eigen vlees gesneden, zodat we die soep voor u konden maken, dus ik zou maar snel beter worden als ik u was.'

Mevrouw Mak zweeg. Ze verroerde zich niet en steunde tegen
het hoofdeind van het bed. Er verstreek een hele tijd. Ah-Choi
maakte zich ongerust en probeerde de oude vrouw weer zover te
krijgen dat ze ging liggen, maar mevrouw Mak greep haar arm.

'Water met tungboomschilfers. Kam.'

'U mag niet naar buiten. Waarom wilt u uw haar doen?'

'Draag me ... naar de diaolou. Ik wil het zien,' beval mevrouw
Mak.

Het tweede jaar van de Republiek (1913), het dorp Aansporing, Hoi Ping, provincie Guangdong, China

Kam Ho zag ze aankomen toen hij op zijn driewieler naar de wilde
bananenbomen reed.

Zijn vader had de driewieler van de Gouden Bergen naar huis
laten verschepen toen hij zes jaar oud was. Niemand had destijds
ooit zoiets gezien en hij werd steevast door een meute dorpskinderen achternagezeten als hij van de ene naar de andere kant van het
dorp reed. Als hij er genoeg van had, wilden de anderen de driewieler lenen. Maar ze waren met zoveel dat hij niet wist wie hij
moest kiezen.

'Je moet er gewoon iets voor terugvragen,' raadde Kam Shan
hem aan. Al snel dromden de kinderen samen met sprinkhanen,
mussen, glazen knikkers of pasteitjes van groene bonen of sesamzaadjes. Als Kam Ho dan nog steeds geen keus kon maken, liet hij
zich door zijn oudere broer adviseren. Een tijdlang waren de broers
heer en meester in het dorp en riepen ze constant problemen over
zich af. Maar dat duurde niet lang. Na een tijdje kregen ook andere kinderen driewielers en was die van Kam Ho niet meer zo'n
zeldzaamheid.

Kam Ho paste er eigenlijk al jaren niet meer op. Zijn dertienjarige benen waren zo lang dat hij ze bijna moest dubbelvouwen om er nog op te kunnen fietsen. Het zag er behoorlijk lachwekkend uit. Hij wilde dat zijn moeder zijn vader om een fiets vroeg. Een grote, zoals de zendelingen van de school in Yuen Kai hadden. Maar dat had ze geweigerd. Hij was aan het sparen voor de overtocht, zei ze, en ze ging hem niet vragen om zijn geld aan iets anders te spenderen. Kam Ho's vader was vertrokken toen hij amper een maand oud was en hij had geen herinneringen aan hem. Natuurlijk was hij nieuwsgierig naar zijn vader, maar hij wilde ook dolgraag een fiets. Hij zou moeten wachten totdat zijn vader genoeg geld voor de overtocht bij elkaar had. Dan kon hij het hem zelf vragen.

Het was rond het middaguur en de mannen aten op het land de zoete aardappels, rijst en radijssoep die de vrouwen in kommetjes van aardewerk hadden gebracht. Ze zaten met hun borduurwerk op schoot aan de rand van het veld te wachten totdat hun mannen waren uitgegeten. Hun vlugge vingers schoten heen en weer met de naald. Rond dit tijdstip waren er geen kinderen in het dorp te bekennen. Ze stonden in hun blootje in de Naamloze Rivier en spetterden elkaar nat. Dit voorjaar had de regentijd onzettend lang geduurd, maar plotseling was er toch een eind aan gekomen en was de zomer aangebroken. De kinderen hadden er lang op moeten wachten, dus zodra de eerste zonnestralen te zien waren, hadden ze niet kunnen wachten om naar de rivier te gaan. Het was rustig in het dorp. Zelfs de honden namen niet de moeite om te blaffen.

Twee mannen liepen achter elkaar over het pad langs de rivier. De voorste droeg een gewaad van grijze zijde dat aan de scherpe vouwen te zien nog gloednieuw was. Op zijn hoofd prijkte een vilten hoed en hij droeg een parasol van oliepapier. Al met al viel hij nogal uit de toon: het was te warm voor een vilten hoed en een parasol had je met dit weer niet nodig. Achter hem liep een drager met een bamboehoed, een al vaak opgelapt jasje en een broek met opgerolde pijpen waaruit met modder besmeurde benen staken. Hij ging gebukt onder een schouderjuk waarvan de vrachten aan weerszijden bijna de grond raakten.

Het stel kwam maar langzaam vooruit, de drager vanwege de zware vracht en de andere man omdat hij was afgeleid. Hij keek steeds om zich heen en aanvankelijk dacht Kam Ho dat hij de weg niet goed wist. Maar toen hij zag dat de man elke geul en kei blindelings wist te vermijden, besefte hij dat deze man het pad door en door kende.

Kam Ho wilde naar hen toe, maar wist dat dat niet ging. Van zijn grootmoeder mocht hij zonder bediende niet verder dan de wilde bananenbomen. Daarom bleef hij rustig op zijn driewieler zitten en keek toe hoe de twee mannen naderden.

De mannen strekten hun nek om de diaolou goed te kunnen zien. Het was een vierkant gebouw waarvan het dak aan alle kanten door ronde pilaren werd ondersteund. De pilaren waren dik aan de uiteinden en smal in het midden. Ze leken van steen of misschien van jade gemaakt, ware het niet dat ze witter dan steen en doffer dan jade waren. In werkelijkheid waren het marmeren imitaties van Romeinse zuilen. Het gebouw had talloze ramen, maar die waren zo klein dat het geen blikvangers waren. Naast sommige waren donkere schietgaten aangebracht die in het geval van een aanval van pas konden komen. De uitstekende dakramen waren aan weerszijden met een grote bol versierd, waardoor het vanuit de verte leek alsof elk raam ogen had.

Toen de twee mannen dichterbij kwamen, zagen ze dat een stenen plaat van minstens zes meter breed boven de ijzeren poort voor de diaolou uitstak. Hij was rijkelijk versierd met reliëfbeelden van vele lagen bladeren en bloemen. De bloemen zagen er vreemd uit, alsof ze niet uit China kwamen. De reliëfs waren allemaal beschilderd met groene bladeren, okerkleurige, met elkaar vervlochten stengels en fuchsiakleurige bloemen tegen een goudkleurige achtergrond. Maar in het midden was een lege plek. Het huis had dus nog geen naam.

Toen ze vlak bij Kam Ho waren, bleven de mannen staan. De voorste man zei tegen de drager dat hij zijn last even mocht neerzetten. Hij nam zijn vilten hoed af, wuifde zich er koelte mee toe en keek naar de jongen. Zijn blik gleed over Kam Ho, die zich opeens heel klein voelde. Pas toen zijn blik op de driewieler viel, begon hij te lachen waardoor er bij zijn ooghoeken lachrimpeltjes ontstonden.

'Die driewieler is veel te klein voor je, Kam Ho! Waarom rij je er nog steeds op?'

De man hurkte neer en greep de handvatten.

Kam Ho was stomverbaasd. Hoe wist deze man zijn naam, vroeg hij zich af. Plotseling zag hij de loodgrijze duizendpoot op de wang van de man die licht kronkelde als hij lachte. Kam Ho gooide de driewieler neer en ging ervandoor. Hij stoof zo snel weg dat hij een stofwolk opwierp en op slechts één schoen bij zijn huis arriveerde.

'Moeder ... Moeder!' Kam Ho stormde binnen en omhelsde zijn moeder. Zijn hart ging tekeer alsof het elk moment uit het voorpand van zijn jas kon springen.

De man had Kam Ho makkelijk kunnen inhalen, maar deed dat niet. Hij zette de driewieler op zijn schouder en wandelde rustig achter hem aan. Na een paar passen zag hij de verloren schoen. Hij raapte hem op, veegde de kippenstront en het stof van de zool, hing hem aan het handvat en liep verder.

Zes Vingers zat in de keuken een schoenzool vast te stikken, terwijl ze erop toezag hoe de kok pasteitjes van gestoomde rijst en osmanthusblaadjes maakte. De schoen was voor Mak Dau. Ze maakte hem als huwelijksgeschenk namens de bruid, Ah-Yuet. De bruiloft zou op de tiende dag van de tiende maand plaatsvinden. De familie van Mak Dau had Ah-Yuet al huwelijksgeschenken gegeven. Omdat Ah-Yuets familie haar als dienstmeid aan de Fongs had verkocht, namen de Fongs haar huwelijksgeschenken voor hun rekening. Alleen de traditionele stoffen schoenen voor de bruidegom moesten nog worden gemaakt. Aangezien Ah-Yuet twee linkerhanden had, deed Zes Vingers dat voor haar.

Kam Ho wierp zich op zijn moeders borst als een big die wil drinken. Hij was rood aangelopen en snakte naar adem. Zes Vingers vroeg zich af hoe het toch mogelijk was dat haar zonen zo verschillend waren. Ze hield van allebei, maar op een andere manier. Haar oudste zoon had haar lef en haar jongste zoon haar zachte aard. De oudere zoon was ver weg, maar toch kon ze op hem rekenen. Met haar jongste zoon, de zoon van haar hart, was ze nog steeds met elke vezel in haar lichaam verbonden.

Zes Vingers veegde Kam Ho's gezicht af met het voorpand van haar jas. 'Wat is er? Heeft iemand je de stuipen op het lijf gejaagd?'

'Het is vader ... Hij is terug,' zei Kam Ho, wijzend naar de deur.

'Nonsens. Hij schreef dat hij pas op zijn vroegst in het midden van de achtste maand hier kan zijn.'

'Toch is het zo. Vader is terug.'

Zes Vingers barstte in lachen uit. 'Je weet niet eens hoe je vader eruitziet. Hoe zou je hem dan kunnen herkennen?'

'Het litteken.' Kam Ho trok met zijn vinger een grillige lijn over zijn wang.

Zes Vingers schoot in haar met borduursels versierde slippers en rende naar de voordeur. Ze tuurde door het kijkgaatje en liet de zool die ze had proberen vast te naaien op de grond vallen.

'Vergrendel de deur. Pas als ik het zeg, mag er worden opengedaan,' beval ze.

Ze vloog de trap op. Toen ze de hoek omkwam, zag ze dat haar schoonmoeder geknield wierook brandde voor het portret van haar overleden echtgenoot.

'Moeder,' schreeuwde ze. 'Ah-Fat is terug.' Zonder een antwoord af te wachten, rende ze haar kamer in en sloeg de deur achter zich dicht.

Met bonzend hart ging ze voor het dressoir zitten. Op de spiegel, die ze al lange tijd niet meer had gebruikt, lag een fijn laagje stof. Ze veegde met haar mouw een stukje schoon en zag een vaalgeel gelaat dat met enkele sproeten was bedekt. Na al die tijd schrok ze van haar spiegelbeeld. Ze trok de la open en zocht de rouge. Uiteindelijk vond ze het doosje in een hoekje. Maar na al die jaren was de rouge vastgeklonterd en keihard geworden. Ze schraapte er wat af met haar nagel, maakte het nat met speeksel en smeerde het op haar wangen en lippen. Zo zag ze er in elk geval niet zo bleek uit.

Er zaten ook geen versiersels in haar haar. Het was alweer vele maanden geleden dat ze een bloem in haar knotje had gestoken. Ze dacht aan de jaden haarpin waarop ze zo was gesteld. Tijdens zijn vorige bezoek had Ah-Fat die voor haar gekocht. Hij had evenveel gekost als een mu land. Ze bewaarde hem in een rode doek in het geheime laatje aan de achterzijde van de spiegel. De ene kant van de pin was afgebroken, maar de agaten hanger aan de andere kant oogde nog zo goed als nieuw. Ze legde de spiegel neer en pakte de haarpin. Het kostte haar veel pijn en moeite om de afgebroken zijde door haar haar te trekken, maar uiteindelijk wist ze hem zo in haar haar te steken dat het kapotte gedeelte onzichtbaar was. De agaten hanger tinkelde tegen haar oor en opeens voelde ze zich een stuk beter.

Zes Vingers had zich nog graag omgekleed, maar daar was geen tijd meer voor. Beneden werd er al aangeklopt. Ze haalde diep adem, stond op en schopte de kruk bijna om. De wond op haar dijbeen was inmiddels genezen, maar het ruwe, strakke litteken-weefsel trok als ze een onhandige beweging maakte.

Een mank been valt niet met make-up te maskeren, dacht ze.

Ze opende de deur van haar kamer. In het schemerduister stond een gestalte die bijna in haar armen viel. Het was mevrouw Mak. Aanvankelijk zag Zes Vingers alleen een donkere schaduw, maar toen haar ogen aan het donker gewend waren geraakt, zag ze dat mevrouw Mak een bundeltje in haar hand hield. Ze reikte het Zes Vingers aan. Het was een lange reep stof: de schoongewassen windsels voor haar voeten.

'Doe dit in je schoen, dan valt het minder op dat je mank loopt.'

Zes Vingers voelde zich helemaal warm worden. De tranen ston-den in haar ogen en ze beefde even. Toen ze de tranen doorslikte, proefde ze zout. Ze ging op handen en voeten voor de oude vrouw staan, alsof ze een lastdier was.

'Ik til je wel naar beneden, moeder, zodat Ah-Fat u kan begroe-ten.'

Toen Ah-Fat de laatste gast had uitgelaten en naar de slaapkamer ging, zat Zes Vingers voor de spiegel haar make-up te verwijderen. De jaden haarpin met het gebroken uiteinde lag op het dressoir en schitterde kil in het lamplicht. Zes Vingers zag er moe uit. Nu hij haar na dertien jaar terugzag, zag hij de kraaienpootjes in haar ooghoeken en de rimpeltjes op haar voorhoofd.

Ah-Fat pakte de haarpin en streek er met zijn hand over. De af-gebroken zijde was zo scherp dat hij er zijn huid aan openhaalde.

Ah-Fat liet haar lange, donkere haar over zijn hand vallen. Met zijn vinger streek hij over haar nek, totdat hij bij het kuiltje onder haar rechteroor kwam. Daar zat een rond litteken, zo groot als een erwt.

Zes Vingers verstijfde. Hij wreef zachtjes over het litteken, alsof hij het met fijn schuurpapier glad probeerde te maken. Ze had het litteken overgehouden aan de ontvoering. Toen Chu Sei had gepro-beerd om haar te verkrachten, had ze zichzelf met de haarpin in haar keel gestoken. Vanaf dat moment had de bandiet haar met rust gelaten, omdat hij het losgeld maar al te goed kon gebruiken.

'Doet het nog pijn?'

Zes Vingers was verbijsterd. 'Wie heeft je dat verteld?' vroeg ze.

Ah-Fat begon te lachen. 'Hoeveel mensen heb je wel niet geleerd om te lezen en te schrijven? Tegenwoordig zijn zelfs de honden van de familie Fong geletterd. Familiezaken kun je toch niet voor me verborgen houden.'

Ze besefte dat Mak Dau Ah-Fat geschreven moest hebben. Hij was de enige die op de hoogte was.

'Ah-Yin, je moet deze haarpin niet meer gebruiken,' zei Ah-Fat. 'Over een paar dagen ga ik naar Kanton. Dan koop ik er eentje van zilver voor je. Vrouwen die met hun tijd meegaan dragen geen jaden maar zilveren sieraden.'

'Vraag een edelsmid of hij de afgebroken zijde wil gladmaken, dan kan ik hem gewoon weer dragen,' zei Zes Vingers. 'Hij is me erg dierbaar en ik wil er liever geen afstand van doen.'

'Niets is mij dierbaarder dan de familie-eer,' zei Ah-Fat. 'Als ik het geld had, zou ik een huis van goud voor je kopen.'

Zes Vingers lachte even. 'Dat had je misschien kunnen doen, als je je geld niet aan de Monarchistische Hervormingspartij had geschonken.'

'Wie heeft je dat verteld?' vroeg Ah-Fat.

'Ik heb ook zo mijn bronnen,' zei Zes Vingers. 'Heb je er spijt van? Hoeveel land en woningen had je wel niet van dat geld kunnen kopen? En je hebt de keizer er niet eens mee op de troon kunnen houden.'

Ah-Fat slaakte een zucht. 'Je weet nooit hoe het loopt in de wereld. Als keizer Guangxu nog in leven was, was het grote Qing-rijk misschien niet ten onder gegaan. Maar toen ons land eenmaal in handen van de jonge keizer kwam, was alle hoop vervlogen.'

Zes Vingers keek naar de diepe rimpels in Ah-Fats gelaat en nam zijn hand in de hare. 'Of het nu een keizerrijk of een republiek is, wij gewone burgers zijn toch niet in staat om het land te redden. Zorg jij nu maar gewoon voor je eigen familie.'

Zes Vingers' handen waren zacht. Ze hadden al vele jaren niet meer in de aarde gewroet of mest weggeschept en waren ook al heel lang niet meer met zeep of pekel in aanraking gekomen. Ze waren vlezig en bleek en op de rug van elke hand zaten vijf kuiltjes.

Ah-Fats blik gleed van het ene kuiltje naar het andere en zijn handen, gevangen in de hare, kwamen op allerlei ideeën. Hij maakte zich los uit haar greep en stak een hand in haar jasje. Hij voelde een obstakel. 'Draag je het korset?' vroeg hij.

Zes Vingers lachte opnieuw. 'Natuurlijk. Ik heb het toch van jou gekregen?'

Ah-Fat friemelde aan de ingewikkelde knoopjes en het duurde even voordat hij ze los wist te krijgen. Eindelijk gleden zijn handen ongehinderd over haar lichaam. Als bevroren aarde die door de zon wordt verwarmd, lag haar zachte lichaam onbeholpen tegen hem aan. Voordat Ah-Fat haar kon tegenhouden, had ze de kaars al uitgeblazen en was het vertrek in duisternis gehuld.

Met Zes Vingers in zijn armen vond Ah-Fat op de tast het bed. Ze was veel molliger dan vroeger, iets wat Ah-Fats handen ontdekten voordat hij haar goed had kunnen bekijken. Zijn handen werden nog een verandering gewaar: haar lichaam stond in vuur en vlam. De vlammen likten over zijn vingers, omhulden hem en verzengden sissend zijn lichaam. Ah-Fat merkte dat een opwinding zich van Zes Vingers had meester gemaakt die hij niet van haar kende.

Na afloop streelde Ah-Fat haar klamme haar. 'Ah-Yin, de volgende keer moet je het licht niet uitdoen. Elk litteken op je lichaam heb je door mij gekregen. Ik wil ze zien zodat ik daarvan goed doordrongen ben.' Zes Vingers zweeg. Ze wilde niet dat Ah-Fat de tranen op haar wangen zou zien.

Tegen de tijd dat haar tranen waren opgedroogd, lag Ah-Fat al te snurken. Zes Vingers kon zich niet herinneren dat hij dat de vorige keer ook had gedaan. Zijn gesnurk weergalmde in haar oren als de donder. Ze kon niet meer slapen en schudde hem wakker.

Eerst wist Ah-Fat even niet meer waar hij was. 'Laat me met rust, Ah-Lam,' mompelde hij. Zes Vingers kreeg het opeens te kwaad. 'Toen de man van Ah-Chu vorig jaar naar huis kwam, heeft hij haar syfilis gegeven. Ga jij daar soms ook met andere vrouwen om?'

Ah-Fat was inmiddels klaarwakker, maar zei niets. Toen Zes Vingers aandrong, zei hij: 'Ah-Yin, ik blijf deze keer maar vier maanden. Ik wil terug om het geld af te betalen dat ik voor de bouw van de diaolou heb geleend. Als ik vervolgens het bedrag voor de koptaks bij elkaar heb, laat ik jou overkomen.'

Zes Vingers had geen antwoord gekregen, maar durfde het niet nogmaals te vragen.

'Wat gebeurt er dan met moeder als ik weg ben?' vroeg ze.

'Ik leen wel bij, zodat jullie allebei kunnen overkomen.'

'Maar moeder wordt oud,' verzuchtte Zes Vingers. 'Ze zal de overgang naar de Gouden Bergen veel te groot vinden. Het was al heel wat om haar zover te krijgen dat ze het oude huis achterliet ...'

Ah-Fats hand gleed over de kuil in haar dij waar het litteken-weefsel zat en wist niet wat hij moest zeggen. Aan de ene kant stond zijn moeder, aan de andere zijn vrouw. Hij kon geen van beiden missen. Hij wist dat er niets anders op zat dan af te wachten totdat zijn moeder kwam te overlijden. Maar hoe lang zou dat nog duren? Dat kon een jaar, vijf jaar, tien jaar of zelfs nog twintig jaar duren. Misschien zou zijn moeder hem wel overleven. Of mis-schien was Zes Vingers wel een oude vrouw met grijze haren tegen de tijd dat zijn moeder stierf. Het leek voorbestemd dat de korte periode die tussen de dood van de een en de ander lag, van vreug-de was gespeend.

'Neem Kam Ho dan mee. Als hij groter is, kan hij je helpen,' zei Zes Vingers.

'Dat zie ik nog niet gebeuren,' bromde Ah-Fat. 'Van de jongens valt weinig te verwachten.' Met haar vinger wreef Zes Vingers de diepe rimpels tussen Ah-Fats wenkbrauwen glad. 'Heeft Kam Shan iets misdaan?' vroeg ze voorzichtig. Sinds zijn komst had Ah-Fat nog met geen woord over zijn oudste zoon gerept.

Ah-Fat gaf geen antwoord, maar draaide zich om om weer te gaan slapen.

De volgende ochtend lagen ze nog in bed toen de kok twee kom-men soep met jujube en lotuszaden boven liet brengen. Zes Vin-gers boog zich over de kom en zag de schaduw van een ekster in de vloeistof drijven. Ah-Fat had haar dus bevrucht.

Ah-Fat dronk niet van de soep. Na het slechte voedsel van de Gouden Bergen had zijn maag tijd nodig om te wennen aan de verfijnde kost die hij thuis kreeg voorgeschoteld. Hij staarde naar Zes Vingers terwijl ze de soep opdronk.

'Ah-Yin, we hebben het huis nog geen naam gegeven. Ik vind dat het "Tak Yin-huis" moet worden. Ik, Fong Tak Fat, ben met jou,

Kwan Suk Yin, getrouwd, en dat heeft de familie grote voorspoed gebracht. En dan nog iets: als je zwanger raakt en me weer een zoon schenkt, noem hem dan Kam Tsuen. Als het een meisje is, moet ze de generatienaam Kam krijgen, maar mag jij de andere naam kiezen.'

Negen maanden later beviel Zes Vingers in Tak Yin-huis.

Toen ze na de geboorte lag uit te rusten, vroeg ze Kam Ho om Ah-Fat te schrijven dat hij een dochter had gekregen die Kam Sau heette.

De wegen van de Gouden Bergen

Het tweede jaar van de heerschappij van Xuantong tot het tweede jaar van de Republiek (1910-1913), Brits-Columbia

'Hoeveel broers en zussen heeft je grootvader?'
  'Hij heeft alleen een jongere broer.'
  'Hoeveel kinderen heeft die jongere broer?'
  'Mijn oudoom heeft een zoon en twee dochters.'
  'Hoe heet die zoon?'
  'Fong Tak Hin.'
  'Waar woont je oudoom?'
  'Hij woont bij ons.'
  'Woont hij boven of beneden?'
  'Hij woont aan het tweede erf.'
  'Hoeveel traptreden telt de trap naar het erf?'
  'Twee.'
  'Fout. De vorige keer zei je vijf.'
  'Er zijn vijf traptreden bij de hoofdingang, maar van het eerste naar het tweede erf zijn het er slechts twee.'
  'Stroomt er een rivier door jouw dorp?'
  'Ja, een riviertje. De dorpskinderen zwemmen er 's zomers altijd.'
  'Hoe heet die rivier?'
  'Hij heeft geen naam en wordt de Naamloze Rivier genoemd.'
  'Langs welke huizen loop je als je van de rivier naar huis gaat.'
  'Van de waterkant ga je een trap op. Dan sta je bij het huis van de oude mevrouw Cheung Tai. Dan passeer je de huizen van Pigmy Fong en Au Syun Pun. Hun huizen zijn met de rug naar elkaar gebouwd. Dan moet je het hele dorp door lopen om bij ons te komen.'
  'In welke windrichting staat de houtschuur ten opzichte van het huis?'

Deze vraag verraste Kam Shan. Het was in elk geval niet een van de vele vragen waarop zijn vader hem had voorbereid. Hij wist waar de houtschuur stond. Vroeger had hij er met Kam Ho vaak verstoppertje gespeeld. Hij stond aan de kant van de keuken en het erf, ergens ertussenin. Was dat dan het noorden of het westen? Hij aarzelde en zei toen met twijfel in zijn stem: 'Het noorden. Hij staat aan de noordkant.' Zijn ondervrager en tolk wisselden een blik van verstandhouding en zetten beiden een vraagteken in hun notitie-boek. Kam Shan voelde hoe de moed hem in de schoenen zonk.

Uiteindelijk werd Kam Shan naar zijn cel teruggebracht. Het was een kleine ruimte waar aan drie zijden stapelbedden stonden. Hij had vier celgenoten: twee volwassenen en twee kinderen. Alleen een jongen van een jaar of tien bevond zich bij zijn terugkeer in de cel. Hij kwam uit Toi Shan en was een paar dagen eerder gearri-veerd. Hij lag boven in een stapelbed en leek zich stierlijk te verve-len. Hij plukte aan de versleten mouwen van zijn jasje. Zodra Kam Shan binnenkwam, sprong hij overeind. 'Zijn ze al klaar met jou? Dat was snel. Wat hebben ze gevraagd?'

Kam Shan keek nors en ging zitten zonder iets te zeggen. Hij was met hetzelfde schip als Ah-Lams vrouw gekomen en was nu vijf dagen in de Gouden Bergen. Vancouver was eigenlijk de eind-bestemming geweest, maar vlak voor aankomst had het schip koers naar Victoria gezet. De helft van de Chinese passagiers was meteen opgesloten, ook Kam Shan en Ah-Lams vrouw.

Zijn vader en Ah-Lam waren één keer op bezoek gekomen. Zijn vader had buiten gestaan, waar hij nauwlettend door de tolk in de gaten was gehouden, en had naar het raam van Kam Shan ge-schreeuwd. Door de harde wind waren Ah-Fats woorden in alle windrichtingen verstrooid, waardoor zijn zoon er slechts een paar had kunnen verstaan.

'Krijg ... te eten?'

'Heb ... 's nachts ... niet koud?'

Kam Shan had tussen de tralies voor zijn raam door op zijn va-der neergekeken. Het hoofd van zijn vader had wel iets weg gehad van een doormidden gesneden meloen. De voorste helft was wit met wat donkere stukjes (het geschoren deel) en de achterste helft was donker waardoor wat wit heen kwam (zijn grijze haren).

Hij had zijn vader al tien jaar niet meer gezien en kon zich niet herinneren of hij destijds ook al grijs was. Maar hij had zijn vader ook nog nooit zo goed van bovenaf kunnen bekijken. Ah-Fat had een grijze, katoenen jas gedragen, en een wijde, zwarte broek waarvan de pijpen bij de enkels waren samengebonden en stoffen schoenen met ronde tenen. Zijn kleding was sjofel en opgelapt bij de knieën en mouwen. Hij had eruitgezien als een oude boer die zijn hele leven in het dorp Aansporing had gewoond.

Kam Shan had geweten dat zijn vader speciaal voor hem uit New Westminster was gekomen. Dat verklaarde vast zijn uiterlijke verschijning; hij had op de velden gewerkt toen hij van Kam Shans komst had gehoord en was, zonder zich om te kleden of de modder van zijn schoenen te vegen, meteen gekomen. Hij had er in elk geval totaal anders uitgezien dan bij zijn vorige bezoek. Toen had hij een gloednieuwe mantel gedragen waarin nog vouwen hadden gezeten. Hij had zelfverzekerd met een waaier rondgelopen, of het nu warm was of niet. Zijn vader had lijzig gesproken en niet zo staan schreeuwen als deze onopvallende, boerse verschijning bij wie de jaren waren gaan tellen. Wie was zijn echte vader? De arme boer of de man die naar zijn geboortedorp was teruggekeerd? Kam Shan had naar beneden geschreeuwd: 'Schrijf moeder en zeg haar ...' Het laatste gedeelte van de zin was door de wind terug in zijn mond geblazen, waardoor hij een zware hoestbui had gekregen. Na afloop besefte hij dat hij hem niet eens met vader had aangesproken.

Toen bekend werd wanneer Kam Shan naar de Gouden Bergen zou vertrekken, had Zes Vingers gehuild. Ze had niemand er iets van laten merken, maar aan haar rode, dikke ogen had hij kunnen zien dat ze elke ochtend in tranen wakker was geworden. De dag dat ze aan de rand van het dorp afscheid van hem had genomen, had ze openlijk gehuild. 'Kam Shan, nu jij en je vader weg zijn, zal het huis leeg zijn,' had ze in tranen gezegd.

'Maar je hebt Kam Ho toch nog?' had Kam Shan geopperd.

De tranen hadden zijn moeder over het gezicht gestroomd. 'Vroeg of laat gaat hij ook weg. Iedere zoon zal vertrekken. Had ik maar een dochter. Die zou ik misschien bij me kunnen houden.'

Kam Shan had willen zeggen dat ze op een dag zelf ook naar de Gouden Bergen zou komen, maar wist dat dat een loze belofte was. Zolang zijn grootmoeder nog leefde, kon zijn moeder geen kant op.

'Als ik in de Gouden Bergen ben, zal ik schrijven,' was het enige wat hij had gezegd.

'De vrouwen hebben vandaag flink herrie geschopt,' zei de jongen uit Toi Shan. Hij was urenlang alleen geweest en had behoefte aan een praatje. 'De vrouwen moesten medisch gekeurd worden, maar weigerden zich uit te kleden. Ze vochten als wilde katten om hun kleren aan te kunnen houden.'

Kam Shan had geen zin in een gesprek en deed alsof hij sliep. Hij had tijdens de ondervraging al meer dan genoeg gezegd. Voor zijn vertrek had zijn vader een plattegrond van het dorp laten maken waarop de huizen van alle families stonden. Volgens hem was de koptaks elk jaar hoger geworden en stond die nu op vijfhonderd dollar. Toch weerhield dat de Chinezen er niet van om over te komen. Als de mannen van de Gouden Bergen naar huis terugkeerden, bleven ze meestal één of twee jaar weg. Sommigen kregen kinderen, anderen niet. Maar toch deden ze allemaal aangifte van de geboorte van een zoon als ze naar de Gouden Bergen terugkeerden. In het geboorteregister stonden alleen maar zonen en soms tweelingen vermeld. In een poging de toestroom van Chinese immigranten in te dammen had de overheid nu een detentiecentrum opgericht waar ze een paar dagen of soms zelfs enkele maanden moesten blijven. Ze werden aan een medische keuring onderworpen en verklaringen van vader en zoon werden naast elkaar gelegd. Bij de geringste afwijking werd een immigrant op de volgende boot terug naar Hongkong gezet. Alleen gezonde immigranten met overeenstemmende verklaringen werden in de gelegenheid gesteld om de vijfhonderd dollar voor de koptaks te betalen.

Zijn vader had erop gestaan dat Kam Shan zich elk detail van de plattegrond zou inprenten. Hij schreef pagina's vol vragen die Kam Shan bij een verhoor moest kunnen beantwoorden. De onderwerpen van de vragen varieerden van details over de constructie van hun huis tot de leeftijd van alle familieleden. Kam Shan was de afgelopen dagen meerdere keren verhoord en had tot nu toe alle vragen goed kunnen beantwoorden. Toch was zijn vader tekortgeschoten in de voorbereiding. Hij had de houtschuur over het hoofd gezien. In welke windrichting stond die? Kam Shan kende elke baksteen, tegel, elk hoekje en gaatje van zijn huis, maar op die vraag moest hij het antwoord schuldig blijven.

Het noorden. Kam Shan bad in stilte dat zijn vader dat ook zou antwoorden.

Toen de jongen uit Toi Shan geen poging meer deed om een gesprek aan te knopen, opende Kam Shan zijn ogen weer. Hij lag onder in het stapelbed en zag alleen de bedplank van het bovenste stapelbed. De plank was besmeurd met vlekken die verdacht veel op snot leken. Kam Shan beeldde zich in dat het de wilde bananenplanten voor hun huis waren. Daarna vervormden ze tot het waterrad op het veld en de donderwolken die de voorbode van regen vormden. Hij fantaseerde door totdat hij verveeld raakte.

Het was een mooie dag en het zonlicht scheen op de muur naast zijn stapelbed. Iemand had er met een mes in een klein, kriebelig handschrift Chinese karakters in gekerfd. Toen Kam Shan ze op de dag van aankomst nauwkeurig had bestudeerd, had hij slechts een paar karakters kunnen onderscheiden: OPGESCHREVEN DOOR ANONIEM UIT SAN WUI. Nu de muur baadde in het zonlicht, kon hij het beter lezen. Hij ging zitten en keek nog eens goed naar de karakters. DE ZWARTE DUIVEL GEDRAAGT ZICH HARTSTIKKE ONREDELIJK. IK MOET OP DE VLOER SLAPEN. EN IK LIJD HONGER. WE KRIJGEN SLECHTS TWEE MAALTIJDEN PER DAG ...

Plotseling werd het donker in de cel. De jongen uit Toi Shan was voor het raam gaan staan en blokkeerde de lichtinval. Hij zat hier al twee dagen, maar was nog niet bezocht of ondervraagd. Hij verveelde zich dood en probeerde de hele tijd een gesprek met zijn celgenoten aan te knopen. Nu telde hij de tralies voor het raam: één, twee, drie, vier, vijf, zes. En weer terug: zes, vijf, vier, drie, twee, één. Kam Shan had opeens met hem te doen. 'Weet je vader wel dat je hier zit?' vroeg hij.

'Hij woont in Montréal en kan niet komen. Hij heeft mijn broer gevraagd om me op te halen.'

'Waarom is hij er dan niet?'

De jongen gaf geen antwoord, maar zei in plaats daarvan: 'In het dorp zeiden ze dat het een goed teken was als de yeung fan je in een cel stoppen. Uiteindelijk laten ze je wel weer vrij. Als ze je echt niet willen hebben, laten ze je niet van boord gaan.'

Kam Shan ergerde zich. 'Je staat in mijn licht,' riep hij.

De jongen gniffelde. 'Het gaat regenen. Daarom is het opeens zo donker. Het maakt niet uit of ik voor het raam sta.'

'Hé!' zei Kam Shan. 'Denk je soms dat je de Jaden Keizer bent die beslist of het gaat regenen? Dan kom je niet ver, want het is een prachtige dag.'

De jongen wees naar de tralies. 'Kijk zelf maar als je me niet gelooft.'

Kam Shan kroop van het bed en ging voor het raam staan. Over de tralies krioelden talloze mieren. Het waren er zoveel dat ze over elkaar heen buitelden en de tralies wel twee keer zo dik leken. Hij kreeg kippenvel van de aanblik alleen al. 'Breng die kruk bij de deur eens.'

'Waarom?' vroeg de jongen.

'Doe wat ik zeg,' zei Kam Shan.

De jongen pakte de kruk en zette hem voor het raam. Kam Shan ging erop staan, deed zijn jas omhoog, stak zijn hand in zijn broek en haalde zijn penis eruit. Hij werd dik in zijn hand en veranderde van bruin in roze. Hij richtte hem op het raam en plaste in een warme, gele straal over de tralies heen. De mieren wisten niet hoe snel ze moesten wegkomen. De urine werd al snel zwart en troebel van alle mieren en de tralies waren meteen een stuk smaller. Nadat de jongen van zijn verbazing was bekomen, barstte hij in lachen uit. Ze bulderden nog steeds van de lach toen ze een gil in de gang hoorden.

Het was een afschuwelijke gil, zo ijzingwekkend dat hij door de lucht sneed, het zonlicht verdrong en alles in duisternis hulde. Er klonk een wirwar van voetstappen over de binnenplaats en een zestal yeung fan in witte jassen rende met een brancard langs hun deur. Op de brancard lag een lichaam dat geheel door een met rode vlekken besmeurd laken werd bedekt. Het was strak om het lichaam gewikkeld, maar het viel Kam Shan op dat de punt van een kleine schoen eronderuit stak.

Het was een stoffen schoen met een roze lotusbloem op de teen. Vrouwen uit zijn geboortedorp borduurden vaak zulke bloemen op hun nette schoenen.

Kam Shan herkende deze lotusbloem, omdat er een gele libel op zat.

De schoen was van de vrouw van Ah-Lam.

'Ze zal haar keel wel hebben doorgesneden,' zei de jongen uit Toi Shan.

Pas twee weken later, toen zijn vader hem eindelijk uit het detentiecentrum kwam halen, hoorde Kam Shan hoe ze was gestorven.

Ze had haar keel niet doorgesneden, maar eetstokjes in haar oren geramd, waarna ze was doodgebloed. Die bewuste ochtend hadden ze haar uitgekleed en overal betast. Ze hadden gezegd dat het voor de medische keuring was, maar Ah-Lams vrouw was nog nooit op zo'n manier onderzocht. Toen het eindelijk voorbij was, wilde ze niet meer leven.

Die avond richtte Kam Shan de lamp op de muur bij het bed en kerfde hij er met zijn duimnagel vier woorden in. Groot en duidelijk, zodat het ook met slecht weer leesbaar zou zijn, schreef hij: IK NEUK JE MOEDER.

Nadat de Fluisterende Bamboe-wasserette was geplunderd en Ah-Fat zijn zaak voor de derde keer had moeten sluiten, besloot hij het over een andere boeg te gooien. Aan de rand van New Westminster, zo'n twintig kilometer van Vancouver, had hij land gekocht. Samen met Ah-Lam had hij bomen en struiken gekapt en waren ze er groente gaan telen. Ze namen twee knechten aan, hielden enkele tientallen kippen en eenden en een tiental schapen en varkens. De mest gebruikten ze voor het land. Ze verkochten eieren en vlees op de boerenmarkt in de stad en hielden bescheiden porties achter voor eigen consumptie. Ze kochten zelfs een kar om hun waar op te vervoeren.

Ah-Lam kwam uit een familie van groentetelers. Hoewel er in de Gouden Bergen andere gewassen werden verbouwd dan thuis, wist hij er toch alles van. Ah-Fat had als kind zijn vader menig varken en schaap zien slachten en ook dat kwam nu goed van pas. De voorspelling van Fong Yuen Cheong dat zijn zoon duizenden li's zou reizen om varkens te slachten kwam na al die jaren alsnog uit.

De twee mannen lieten Chinatown achter zich en begonnen een nieuw leven. Ah-Fat wist van het perceel uiteindelijk een bloeiend boerenbedrijf te maken dat in de wijde omtrek bekendheid genoot. Maar dat was natuurlijk pas veel later. Aanvankelijk hoopte Ah-Fat genoeg geld te verdienen met de verkoop van eieren, groente, fruit en vlees om nog meer land te kunnen kopen. Nadat hij er dertig jaar had gewoond, hunkerde Ah-Fat nu naar zijn eigen stukje grond in de Gouden Bergen.

De dag dat Ah-Fat hem uit het detentiecentrum van de douane kwam halen, kreeg Kam Shan niet de kans om Vancouver te bekijken. Ze gingen meteen naar huis. Het was al laat in de herfst en de fruitbomen waren hun blad al verloren. De groentes waren geoogst en het land lag er kaal en zwart bij. Aan de rand van de akkers stond een wankel hutje, omgeven door een schots en scheef gebouwd hek. Langs het hek stond een groot aantal omgekeerde manden: het waren de hokken van zo'n honderd kippen en eenden die luid kakelend en kwakend rondscharrelden. Het had kort daarvoor geregend en naast het pad woelden biggetjes door de modder. Ze zwaaiden met hun staartjes en lieten hoopjes stinkende stront achter op de grond. Het veld, de hut, het karrenspoor ... het bood een armoedige, troosteloze aanblik die hem op geen enkele manier aan zijn geboortedorp deed denken.

Kam Shan had heus wel nagedacht over het leven hier. Maar door de koffers en kleding die zijn vader van de Gouden Bergen had meegenomen en de gewoontes die hij er had opgedaan, had Kam Shan zich er een heel andere voorstelling van gemaakt. Dat waren de verre Gouden Bergen geweest. Hij had nooit verwacht dat de échte Gouden Bergen zo anders zouden zijn. Hij was met stomheid geslagen door de barre werkelijkheid.

Kam Shan volgde Ah-Fat zwijgend naar de hut. Ze duwden de deur open. Binnen zat een oude man een pijp aan te steken. Hoewel er krukjes stonden, zat de oude man gehurkt op de vloer. Hij maakte een slurpend geluid, niet omdat hij trekjes van zijn pijp nam, maar omdat er bij elke ademteug snot uit zijn neusgaten liep. Ondanks het warme weer droeg hij een oude, gevoerde jas. Op het voorpand plakten aangekoekte rijstkorrels en opgedroogde saus.

'Kniel en maak een voetval voor je oom Ah-Lam,' zei Ah-Fat tegen zijn zoon. Kam Shan schrok, omdat hij de oude man amper herkende. Slechts twee weken geleden was Ah-Lam nog meegekomen naar het detentiecentrum om zijn vrouw te bezoeken. Maar door haar overlijden was hij in razend tempo afgetakeld. Zo bleek maar weer dat een man echt niet zonder zijn vrouw kon.

Ah-Fat haalde Kam Shans ransel van de kar, wrong een natte handdoek uit en reikte zijn zoon deze aan, zodat hij zijn gezicht en nek kon wassen. 'Kam Shan,' zei hij, 'ik denk eraan om je naar school te sturen voordat je echt aan het werk gaat. Op weg naar de markt komen we altijd langs een school. Daar kan ik je afzetten.'

Kam Shan schudde zijn hoofd. 'Moeder heeft me gestuurd zodat ik je kan helpen. Ze vertelde me dat je maar een jaar ouder was dan ik toen je hier aankwam. En dat je van meet af aan hebt gewerkt om de familie te onderhouden.'

Ah-Fat wist even niet wat hij moest zeggen. Hij dacht terug aan zijn komst hier met Roodhaar. Dat leek nu een leven geleden. Roodhaars botten waren ongetwijfeld tot stof vergaan. 'Toen had ik geen keus,' verzuchtte hij. 'Maar nu is het anders. Onze kinderen gaan allemaal naar school als ze hier komen. Je moet toch Engels leren spreken? Ik hoop dat je gauw handel met de yeung fan zult kunnen drijven.'

'Ik weet alles wat ik moet weten,' zei Kam Shan. 'En ik spreek al een beetje Engels. Dat heb ik van de zendelingen geleerd. Ik wil niet meer naar school.'

Ah-Fat haalde luid zijn neus op. 'Wat ben je dan van plan?' vroeg hij. 'Het land bewerken? Varkens hoeden? Kippen slachten? Onze kinderen verrichten bijna geen zware arbeid meer. Ze worden door hun ouders verwend.'

Kam Shan zweeg even, maar zei toen: 'Pap, ik kan met jou mee naar de stad om groente te verkopen. Ik spreek echt een aardig woordje Engels ...'

Ah-Fat had van Zes Vingers al vaak gehoord hoe koppig hun zoon kon zijn en besloot het onderwerp voorlopig te laten rusten. Er was nog tijd genoeg om hem tot inkeer te brengen. Hij hield zijn bezwaren voor zich en zei: 'Als je niet naar school wilt, zal ik je niet dwingen, jongen. Maar op vijftien minuten lopen ligt een protestantse kerk. De oude missionaris komt dagelijks langs om de knechten mee te nemen naar zijn kerk. Misschien kun je daar je Engels bijspijkeren.'

Dat idee stond Kam Shan zichtbaar aan. 'Ik ken protestantse zendelingen,' zei hij. 'Die zijn aardig. De zendelingen in Yuen Kai kleedden zich in lange mantels, net als de Chinezen, en droegen ook nepvlechten. Twee keer per maand maakten ze drie grote wokken vol rijstpap en deelden die uit voor de kerk. Daar stonden de mensen echt voor in de rij.'

Ah-Fat fronste zijn wenkbrauwen bij het horen van Kam Shans

enthousiasme. 'Je laat je niet in met dat geloof, hoor. Je gaat er alleen naartoe om Engels te leren.'

'Wat is er mis met dat geloof?' wierp Kam Shan tegen. 'In Engeland, Frankrijk, Duitsland en Amerika belijden ze het allemaal. Daar hebben ze de keizer afgezet. Rijk en arm zijn er nu gelijk.'

Ah-Fat werd overvallen door woede. Hij smeet Kam Shans ransel op de grond en schreeuwde: 'Als jij als die buitenlandse duivels wilt zijn, zonder keizer die het land regeert, zonder patriarch die aan het hoofd van de familie staat, dan moet je vooral je gang gaan!' Hij was witheet en dikke, blauwgrijze aderen klopten op zijn voorhoofd.

Ah-Lam zette Ah-Fat echter neer op een kruk. 'De hemel is hoog en de keizer is ver weg,' zei hij. 'Waarom laat je je zo op de kast jagen omdat je zoon iets tegen de keizer heeft? De pap en de ingelegde eieren staan nog op het vuur. Eet het lekker op nu het nog warm is. Kam Shan zal in elk geval wel honger hebben van de lange reis.'

Het was bijna winter en er waren geen groenten meer om op de markt te verkopen. De eieren bleven langer goed, dus ze hoefden niet dagelijks naar de stad. Kam Shan ging 's avonds naar de kerk om Engels te leren, maar overdag had hij niets anders te doen dan te luisteren naar de twee mannen die hem alles vertelden wat ze wisten over het land bebouwen. Hij luisterde maar met een half oor.

De eerste paar maanden hing Kam Shan maar wat rond, totdat het tijd werd om te zaaien. Het klimaat aan de westkust was mild en vochtig zodat bijna alles er wel wilde groeien. Ah-Fat plantte allerlei groentes: komkommers, tomaten, aubergines, broccoli, groene paprika's, munt, verschillende koolsoorten en nog het een en ander. Sommige zaden werden uit Guangdong geïmporteerd, maar ook die kwamen ondanks de klimaat- en bodemverschillen snel tot bloei. Hij had ook fruitbomen die appels, perziken en peren opleverden, en kersenbomen die hij zelf had geënt. Hoewel de vruchten nog niet rijp waren, hadden ze nog augurken en jam van het vorige seizoen en vers vlees en eieren om op de markt te verkopen. Om de paar dagen laadde Ah-Fat de kar vol met hun waar en verkocht die in Vancouver of New Westminster. Van de opbrengst kocht hij spullen die ze thuis nodig hadden. Ah-Fat ontdekte al snel dat de zoon, die geen interesse in het boerenbedrijf had, toch iets had waarmee hij zijn voordeel kon doen: zijn uiterlijk.

Ah-Fat duwde zijn kar eerst naar de markt. Wat hij daar niet verkocht, hevelde hij over in manden waarmee hij in de naburige straten en lanen langs de deuren ging. Zolang hij zijn zoon bij zich had, verkocht hij alles in rap tempo en tegen een goede prijs.

Kam Shan moest niets hebben van afdingen. Op een eenvoudige, maar originele manier bood hij weerstand aan mensen die op een koopje uit waren. Hij toverde een grote glimlach op zijn gezicht. Hij leek totaal niet op de andere Chinese kinderen die net naar de Gouden Bergen waren gekomen, constateerde zijn vader verbaasd. Die waren verlegen en timide en verscholen zich in gezelschap achter hun vader. Ze keken naar de grond en durfden je niet aan te kijken. Ze waren nogal saai. Van hun gezichten viel nooit enige emotie af te lezen en voor het minste of geringste deinsden ze al terug, waardoor ze stijf overkwamen.

Kam Shan leek totaal niet op die kinderen.

De eerste keer dat hij met Ah-Fat naar de markt ging, probeerde een yeung fan-vrouw bij hem af te dingen. Hij schonk haar een grijns van oor tot oor. Hij had haar ter wille kunnen zijn, maar in plaats daarvan bleef hij haar gewoon lachend aankijken. Hij pinde haar vast met zijn blik, maar verzachtte dat met zijn glimlach totdat ze zich ongemakkelijk begon te voelen. De marktgangers hadden nog nooit zo'n glimlach gezien, al helemaal niet van een jonge Chinees. Het zorgde er in elk geval voor dat er niet meer over de prijs werd gekibbeld.

Als een van de knechten op marktdag de kar begon vol te laden, zag Ah-Fat het gezicht van zijn zoon veranderen. Het begon in zijn ogen, waar een parelachtige traan de pupillen bevochtigde. Vervolgens breidde deze parel van vocht zich uit naar zijn wenkbrauwen en mond. Tegen de tijd dat Ah-Fat aan de teugels trok, de paarden in beweging kwamen en het gedempte hoefgetrappel op het pad naast de hut klonk, was Kam Shans glimlach tot volle bloei gekomen.

Maar die glimlach kon net zo snel wegebben als hij was verschenen. Wanneer ze hun waar hadden verkocht en de knecht de lege manden op de kar zette, verdampte de glimlach weer als een regenplas in de middagzon. Het paard liep in een sukkeldrafje door de schemering terug naar de hut. Ah-Fat zag dan hoe het gezicht van zijn zoon verdorde als een opgedroogde kreek. Zo bleef het tot de volgende marktdag.

Zijn zoon hield van drukte om zich heen. In het gewoel en gedrang en bij de felle lichten van de stad was hij in zijn element. De boerderij was te saai, te klein en te rustig voor hem. Ah-Fat vroeg zich af hoe hij hem in hemelsnaam bij zich kon houden.

'Is Vancouver een grote stad?' vroeg Kam Shan op een dag toen ze de kar schoonveegden en op het punt stonden weer naar huis te gaan.

In tegenstelling tot de andere Chinese kinderen, die net als hun ouders de stad Zoutwaterhaven noemden, gebruikte hij de echte, Canadese naam. Ah-Fat besefte dat hij zijn zoon nog nooit had rondgeleid door de stad waar hij zo lang had gewoond.

Toen ze op een dag al hun waar hadden verkocht, nam Ah-Fat zijn zoon mee naar het pasgebouwde theater in Vancouvers Chinatown. Die avond stond *De toverfee geeft haar zoon terug aan de aarde* op het programma. Ah-Fat bestudeerde het affiche, maar zag Wolks naam nergens staan. Hij leek ook wel gek om ook maar één ogenblik te denken dat Wolk hem op het hoogtepunt van haar roem nog zou herkennen.

Enkele weken later nam Ah-Fat Kam Shan op een middag mee toen hij thee ging drinken met een stel oude vrienden. Na afloop gingen ze kijken hoe een menigte zich verdrong voor het yeungfanwarenhuis. Ten slotte liet Ah-Fat hem het huis zien waar hij vroeger had gewoond en waar de wasserette had gezeten.

'Dit hebben de yeung fan destijds vernield. Nu is het herbouwd. Hier woonden oom Ah-Lam en ik vroeger. Ze hebben er een etage op gebouwd. Eerst woonde hier een oude Italiaan. In die tijd was hij de enige die aan Chinezen wilde verhuren. Helaas is hij vorig jaar overleden. Hij was nog geen zestig.'

Kam Shan luisterde maar half. Hij was nog te jong voor nostalgie. Zijn aandacht werd vooral getrokken door de krantenkiosk die met Chinese pamfletten was beplakt. Ah-Fat zag hoe zijn zoon op zijn tenen ging staan om over de hoofden van de menigte heen te kunnen kijken en het nieuws van de Chinese overzeese gemeenschap te lezen. Opeens wist hij weer hoe het was om zestien te zijn. De tranen stonden hem in de ogen.

'Nog nieuws?' vroeg hij. Zijn ogen waren achteruitgegaan en hij kon de krantenkoppen amper nog lezen.

'Hanengevechten. Daar schrijft de *Daily News* over. Volgens *The Chinese Times* zijn de Monarchistische Hervormingspartij en de Revolutionaire Partij elkaar in de haren gevlogen.'

'Het gepeupel,' zei Ah-Fat, terwijl hij van minachting een zuinig mondje trok. Kam Shan wist dat hij op de Revolutionaire Partij doelde.

'Ene Freedom Fung gaat flink tekeer, en terecht als je het mij vraagt. Waarom hebben wij Chinezen ons eigenlijk eeuwenlang door die barbaarse Mantsjoes laten overheersen?' zei Kam Shan.

Ah-Fat had geen zin om ertegenin te gaan. Hij trok Kam Shan weg en dacht dat hij hem tien of twintig jaar geleden niet had laten wegkomen met zulke onzin. Maar Ah-Fat was niet langer de driftkop die hij ooit was geweest.

Ah-Fat leidde zijn zoon rond door Chinatown, maar liep in een grote boog om het gokhol en het smoezelige kamertje erboven heen. Ze vormden het hart van Chinatown, maar alleen volwassen mannen kwamen er. Ooit zou Kam Shan ernaartoe gaan en er ervaringen opdoen die een man van hem zouden maken. Nu was het echter nog te vroeg om hem te laten kennismaken met wat er zich in die donkere hoeken en gaten afspeelde.

Kam Shan voelde zich helemaal thuis op de boerenmarkt van Vancouver. Als er veel op het land moest gebeuren, zei hij tegen zijn vader: 'Laat mij en Loong Am maar naar de markt gaan. Dan kunnen oom Ah-Lam en jij allebei op het land werken.' Loong Am was de knecht. Aanvankelijk moest Ah-Fat weinig hebben van het idee, maar al snel werd duidelijk dat de aftakelende Ah-Lam niet langer kon toezien op het boerenbedrijf. Zo kreeg Kam Shan toch zijn zin.

De eerste paar keer stond Kam Shan voor dag en dauw op om de kar vol te laden en keerde hij in de avondschemering terug voor het avondeten. De kar was altijd leeg en hij wist altijd precies te vertellen wat ze hadden verkocht. Een gerustgestelde Ah-Fat liet hem zijn gang gaan.

Maar geleidelijk begonnen er dingen te veranderen. Kam Shan

kwam steeds later terug. Eerst was hij een halfuur te laat, toen een uur en vervolgens twee uur. Op een avond keerde hij pas rond middernacht terug. Volgens hem hadden er meer kippenboeren op de markt gestaan, waardoor hij maar moeilijk van de eieren was afgekomen. Toen hij ze niet had weten te verkopen, was hij ermee langs de deuren gegaan, en dat had veel tijd gekost. Ah-Fat geloofde hem niet en nam Loong Am terzijde. De knecht was een eerlijke man. Hij bekende dat Kam Shan een theaterkaartje voor hem had gekocht toen ze alle waar aan de man hadden gebracht. Hij had hem na de voorstelling bij de ingang van het theater moeten opwachten. Loong Am wist echter niet wat Kam Shan in de tussentijd had gedaan.

Ah-Fat zei er niets van, maar besloot de volgende dag de boeken erop na te slaan. Er bleken steeds grotere bedragen te ontbreken. Eerst tien cent, vervolgens vijftig cent en uiteindelijk ontbrak er soms per tocht wel een of twee dollar. Alles bij elkaar ging het om een behoorlijk bedrag.

Op een dag keerde Kam Shan na het avondeten uit Vancouver terug. Tot zijn verbazing brandde er geen licht meer in de hut. Normaal gesproken wachtte zijn vader hem buiten al op met een lantaarn in zijn hand, maar vanavond was dat niet het geval. Hij tilde de lege manden van de kar en liep op de tast, met de zweep in zijn hand, naar de deur. Terwijl hij de deur opende, botste hij op iets hards. Hij wreef over zijn zere knie en zag een gloeiend rood stipje voor zijn ogen. Zijn vader stond er een sigaret te roken.

Hij draaide zich om om weg te rennen, maar het was al te laat. Een welgemikte trap van een spijkerschoen op zijn kuit zorgde ervoor dat hij neerviel. Het drong tot hem door dat hij zich in het licht bevond en zijn vader in de schaduw stond. Zijn vader kon hem goed zien en had al die tijd in het duister op hem staan wachten.

Hij liet de zweep vallen, maar voordat hij hem kon terugpakken, had Ah-Fat hem al te pakken en kreeg hij een flinke afranseling. De zweepslagen kwamen op zijn rug en schouders terecht, maar niet op zijn hoofd. Hij voelde een bijtende hitte, alsof hij peper in zijn ogen had gewreven. De echte pijn kwam pas later.

Als kind was Kam Shan vanwege allerlei kattenkwaad ettelijke keren door zijn moeder geslagen. Met de bamboestokken van het droogrek kreeg hij dan rake klappen totdat hij over de grond rolde van de pijn. Hoewel zijn moeder hem vaak zo had gestraft, was hij nooit bang voor haar geweest. De woede van zijn moeder kon weliswaar als een woest kolkende rivier zijn, maar werd altijd beteugeld door de rivierbedding die het gezag van zijn blinde grootmoeder vormde.

De afstraffing van zijn vader was compleet anders. Hij had nog nooit zoiets meegemaakt en wist niet wat zijn vader in zijn woede allemaal zou doen.

Kam Shan verroerde zich niet. Hij wist dat hij op de drempel van volwassenheid stond. Als hij nu begon te huilen, zou hem de toegang worden ontzegd. Als hij deze afranseling zou doorstaan, was hij straks misschien een man.

'Hoe durf jij het voedsel uit de monden van je moeder en grootmoeder te stelen?' bulderde Ah-Fat. 'Ben je naar het gokhol gegaan? Zeg op!'

Ah-Fat was niet van plan geweest om zijn zoon zo af te ranselen. Kam Shan had sinds zijn komst naar de Gouden Bergen altijd hard gewerkt. Hoewel hij weinig talent had voor het boerenbedrijf, ploegde en zaaide hij, raapte hij eieren, sneed hij het vlees, laadde de kar vol en stond hij op de markt, net als de knechten. Maar in tegenstelling tot hen kreeg hij geen cent betaald.

Het geld dat Ah-Fat verdiende, verdeelde hij in twee porties. Het ene deel stuurde hij naar Zes Vingers en het andere hield hij voor zichzelf. Hij wist dat hij nog geen cent kon beknibbelen op het geld dat hij naar huis stuurde, omdat een tiental mensen ervan moest leven. Ze waren afhankelijk van zijn dollarbrieven. Hij probeerde het bedrag dat hij voor zichzelf hield dan ook tot een minimum te beperken. Van het verdiende geld moest veel worden betaald, hier en thuis.

Hij had van verscheidene mensen geld geleend om de diaolou te kunnen bouwen en die schuld moest nu worden afbetaald. Zijn moeder was de zestig gepasseerd en had een zwakke gezondheid. Als zij overleed, kon Zes Vingers ook naar de Gouden Bergen komen. Het werd dus hoog tijd dat hij voor haar koptaks begon te sparen.

Bovendien speelde er nog iets: Kam Shans huwelijk. Hij was nu bijna zestien. In het dorp Aansporing hadden jongens zich dan al verloofd. En als de tussenpersoon eenmaal voor de deur stond, moest je wel voor de huwelijksgeschenken hebben gespaard.

Hij had zijn vrouw noch zijn zoon over zijn plannen verteld, maar was zuiniger met zijn geld dan ooit. Telkens als hij de knechten betaalde, kreeg zijn zoon een smachtende blik in zijn ogen. Ah-Fat deed dan altijd net alsof hij dat niet zag.

Hij wist dat de kleine bedragen waarmee zijn zoon sjoemelde niet in verhouding stonden tot het loon dat hij hem had onthouden. Bovendien woonden ze op een afgelegen plek zonder buren, afgezien van enkele yeung fan. Kam Shan was, zoals ieder kind van die leeftijd, nieuwsgierig en levenslustig, maar er waren geen leeftijdsgenoten met wie hij de tijd kon verdrijven. Het was niet meer dan logisch dat hij vertier zocht in Vancouver. Toen Ah-Fat de leeftijd van Kam Shan had, had Roodhaar hem naar alle duistere uithoeken van Chinatown meegevoerd.

Ah-Fat hoopte vurig dat Kam Shan iets zou zeggen: een ontkenning, een excuus, een protest of zelfs een beschuldiging. Dan kon hij de aframmeling staken en de smeekbede of het excuus van zijn zoon aanvaarden zonder gezichtsverlies te lijden. Dan zou hij de rijst met worst en kip die hij de hele avond had warm gehouden opscheppen en met zijn zoon van een late maaltijd genieten.

Maar Kam Shan zei niets en verroerde zich niet. De jongen gaf zich over aan de razernij die zich van zijn vader meester had gemaakt. Omdat hij zich op geen enkele manier probeerde te verweren, leek er geen eind aan die woede te komen.

'Is de dag al begonnen? Waarom heeft de haan niet gekraaid?' vroeg Ah-Lam, die slaperig in de deuropening verscheen met een olielampje in zijn hand. Hij droeg zijn versleten oude jas en in het zwakke licht waren zijn blote benen zichtbaar, met daartussen zijn slappe penis, als een bruine pijp die van ouderdom morsig was geworden.

Ah-Fat smeet de zweep neer en duwde hem terug het huis in. Hij pakte de lamp af, greep een broek van het bed en gooide hem die toe. 'Wat doe je nou raar? Het is nog avond. Je zou je moeten schamen dat je je zo aan Kam Shan durft te vertonen.'

Ah-Lam keek hem verdwaasd aan. 'Als jouw zoon hier is, waarom is Ah-Tak er dan niet?'

Ah-Tak was Ah-Lams zoon. Hij bevond zich nog in zijn geboortedorp in Hoi Ping. Ah-Lam was van plan geweest om na de komst van zijn vrouw voor de koptaks van Ah-Tak te sparen, maar hij had nooit verwacht dat zijn vrouw het detentiecentrum niet zou overleven. Ah-Fat was bezorgd om de wazige blik in Ah-Lams ogen en probeerde hem te kalmeren. 'Trek deze broek nu maar aan en ga lekker slapen. Morgen zal ik Ah-Tak schrijven en vragen of hij een ticket voor de eerstvolgende overtocht koopt.'

Ah-Lam probeerde vergeefs een been in een broekspijp te krijgen. 'Nu is het te laat,' verzuchtte hij. 'Als Ah-Tak niet komt, wie brengt dan mijn botten naar huis?'

Deze onomwonden boodschap deed Ah-Fat nog meer verdriet dan Ah-Lams eerdere verwarring. Hij hielp de oude man weer in bed. 'Maak je geen zorgen. Als Ah-Tak niet kan komen, zal Kam Shan ook jouw botten naar huis brengen. Wacht maar af.' Het drong tot hem door dat zijn zoon nog steeds buiten was. Als Ah-Lam niet naar buiten was gestommeld, had hij misschien wel meer schade aangericht dan wroeging ooit nog kon goedmaken. Misschien had Boeddha Ah-Lam wel gezonden om zijn zoon te redden.

Ah-Fat liep met de lamp naar buiten waar zijn zoon geknield op de grond zat. De achterkant van zijn jas was door de zweepslagen helemaal aan flarden. Hij kon niet zien of zijn zoon bloedde. Kam Shan verstijfde toen hij Ah-Fats voetstappen hoorde, maar keek niet op. De stilte drukte zwaar op Ah-Fat, die zich erg klein voelde. De sfeer was stekelig als een distelbol waaraan je je lelijk kon bezeren. Hij wist dat het nog maar weinig scheelde of de kloof die hem van zijn zoon scheidde, zou onoverbrugbaar worden.

Ah-Fat draaide zich om en liep naar de keuken. Hij legde twee kommen en twee paar eetstokjes op tafel. Toen pakte hij de ijzeren pot met de rijst en worst. Hij aarzelde of hij nu een of twee kommen moest vullen. Zijn handen trilden van besluiteloosheid, maar uiteindelijk schepte hij alleen voor zichzelf op en ging zitten.

Hij was uitgehongerd en de geur van de worst deed zijn maag rommelen. Toch kreeg hij geen hap door zijn keel. Hij voelde hoe de blik van zijn zoon zich in zijn rug boorde, waardoor hij onmogelijk rustig kon blijven zitten.

Hij sloeg met de kom op tafel. 'Moet ik je soms met een lepel voeren?' snauwde hij.

Toen Kam Shan achter hem overeind kwam, klonk er geritsel.

Het leek alsof de jongen even wankelde voordat hij zijn evenwicht hervond. Toen liep hij naar de tafel, schepte zijn kom vol en ging zitten. Ah-Fat keek naar Kam Shan en zag hoe een straaltje stollend bloed uit zijn neusgaten was gelopen. Het bloed had een inktzwarte kleur. Ah-Fat moest er bijna van kokhalzen en voelde hoe de rijstkorrels die in zijn keel waren blijven steken als maden omhoog probeerden te kruipen. Hij wilde zijn zakdoek aan zijn zoon geven. Hij had zijn hand al in zijn zak gestoken, hield de stof tussen duim en wijsvinger, maar opeens werd de zakdoek loodzwaar in zijn slappe hand.

Och Ah-Yin, kreunde hij in stilte. De tranen stonden hem in de ogen. Kam Shan en hij waren als twee eeuwenoude vuurstenen die onder het gewicht van een berg werden samengeplet. Zes Vingers had hen uiteen kunnen houden, dacht hij. Zij zou een kleine spleet hebben weten open te wrikken. Die minuscule leemte was van levensbelang. Zonder zouden zijn zoon en hij voorgoed in een impasse blijven. Opeens miste hij Zes Vingers vreselijk.

Vanaf die dag drukte Ah-Fat Loong Am op elke marktdag op het hart om Kam Shan geen seconde uit het oog te verliezen. Kam Shan stond vroeg op en kwam op tijd thuis. De bedragen die hij mee naar huis bracht, klopten min of meer. Heimelijk meende Ah-Fat dat die aframmeling helemaal niet zo slecht voor hem was geweest. Hij was er een man van geworden. Langzaamaan ontspande hij weer.

Maar al te gauw zou hij ontdekken dat hij het helemaal mis had.

Het twee jaar eerder gekochte perceel, waarop hij gewassen had geteeld en dieren had gehouden, had Ah-Fat verrassend veel geld opgeleverd. Toen zijn Italiaanse buren in het voorjaar besloten hun land te verkopen om bij hun zoon in een van de prairiestaten te gaan wonen, kon hij hen voor een habbekrats uitkopen. Hierdoor werd de oppervlakte van zijn perceel verveelvoudigd. Hij had nu zoveel land dat hij aan de rand van een akker kon staan en het andere uiteinde met het blote oog niet meer kon zien. Vandaag keek hij ook uit over de akkers. Het had geregend en de van de druppels zware bladeren bedekten de bodem als een ongeschonden groen tapijt. Dit was niet het oude groen van het vorige jaar, maar het frisse groen van het nieuwe jaar. Ah-Fat slaakte een tevreden zucht. Wat waren de Gouden Bergen toch uitgestrekt. In

Hoi Ping konden talloze mensen leven van zo'n lap grond. Zelfs de rijkste landheer bezat daar niet zoveel.

En dan was er natuurlijk nog het huis. De Italianen hadden een mooi gebouw neergezet. Op de bovenverdieping waren de muren van hout, maar beneden stonden degelijke, bakstenen muren. In heel Chinatown was waarschijnlijk niet zo'n solide huis te vinden. Het zou ook niet lang leeg blijven staan. Hij wilde Zes Vingers vragen om een bruid voor Kam Shan te zoeken. Binnen afzienbare tijd moest het Kam Shans huis worden.

Voor één keer stuurde Ah-Fat het geld dat hij overhield na de aankoop van het land en het huis, niet naar Zes Vingers. Hij zette het opzij voor de oude, gebroken Ah-Lam, nog maar een schim van de man die hij ooit was geweest. Vanbinnen rotte hij weg als een door wormen aangevreten appel. Het viel moeilijk te zeggen hoe lang hij nog had. Ah-Fat wilde niet dat Ah-Lam in de Gouden Bergen aan zijn einde kwam. Hij was van plan om hem na de oogsttijd naar huis te brengen. Dan kon de bruiloft van Kam Shan ook mooi worden gehouden. Daarom wilde hij het resterende bedrag gebruiken voor Ah-Lams overtocht en toelage. Als Ah-Lam zonder een cent thuiskwam, zou hij het respect van zijn zoon en kleinkinderen verliezen. De oude man had geen makkelijk leven gehad en Ah-Fat wilde er alles aan doen om ervoor zorgen dat Ah-Lam kalm en waardig kon sterven.

Maar net toen Ah-Fat zijn plannetjes zorgvuldig had gesmeed, deed een wervelwind alles ineenstorten. Hoe groot zijn handen ook waren, Ah-Fat kon het puin niet meer ruimen.

Het gebeurde een week later.

Ah-Fat ging met het vlees van een varken en een schaap en wat eieren naar de boerenmarkt van Vancouver. Hij was niet alleen gekomen om zijn waar te verkopen, maar wilde Kam Shan ook op sleeptouw nemen. Als zijn zoon niet op de markt stond, at of sliep, zat hij bij het fornuis in hun hut en stopte hij handenvol pompoenzaadjes in zijn mond. Er zaten al kleine krasjes in zijn tanden van het openbijten. Hij zei maar weinig tegen zijn vader. Soms gingen er dagen voorbij dat hij hooguit een paar woorden zei. Ah-Fat was bang dat zijn zoon misschien iets onder de leden had en besloot Kam Shan met een uitje te verrassen.

Ah-Fat had het al helemaal uitgedacht. Ze zouden op de ochtendmarkt zo veel mogelijk verkopen en dan vertrekken. Het overgebleven vlees zouden ze met zout bestrooien en de eieren konden ze inleggen en thuis opeten. De markt lag maar een halfuurtje lopen van het stadscentrum. Hij was van plan Chinatown links te laten liggen en naar het deel van de stad te gaan waar de yeung fan woonden. Hij had met Rick afgesproken om vis met patat te gaan eten in een restaurant nabij het Vancouver Hotel.

Sinds zijn vertrek uit Vancouver had hij Rick niet meer gezien. Volgens Rick werd het restaurant waar ze hadden afgesproken uitgebaat door Ieren die geweldig konden koken. Ah-Fat hechtte weinig waarde aan die aanbeveling, aangezien de smaak van de yeung fan en de Chinezen mijlenver uiteen lag. Er zouden wel kaas en ui bij de vis zitten, want zulke smerige dingen werden altijd toegevoegd aan het eten van de yeung fan. Ze kregen vast twee kleine stukjes vis op een bedje van sla. Daar kon je hooguit een vogelmaag mee vullen. Maar hoe ranzig ook, Ah-Fat was toch bereid het tot zich te nemen, omdat Kam Shan nog nooit zulke vreemde kost had gegeten. Bovendien had hij Rick nog nooit ontmoet. Als geschenk voor zijn vriend nam Ah-Fat twee varkensribben met een mooie mengeling van mals en vet vlees en een mandje eieren mee.

Als ze inderdaad maar weinig vis kregen, had Ah-Fat nog iets achter de hand. Hij nam een fles thee mee, gewikkeld in een dikke doek om hem warm te houden, en wat pasteitjes met groene bonen, zodat zijn zoon geen honger hoefde te lijden. Na de lunch wilde Ah-Fat Kam Shan meenemen naar het warenhuis van de Hudson's Bay Company. Zolang het maar niet te duur was, mocht hij daar dan wat spulletjes uitkiezen.

Ah-Fat had het varken en het schaap de avond ervoor geslacht. Kam Shan had er niet van kunnen slapen, omdat het geschreeuw van het varken en het geblaat van het schaap als een gekarteld, roestig mes in zijn oren hadden gekrast. Vader en zoon hadden niet méér van elkaar kunnen verschillen. Als kind had Ah-Fat juist altijd als gebiologeerd gekeken naar het mes waarmee zijn vader een dier slachtte, maar Kam Shan wilde zelfs het vlees van door zijn vader geslachte dieren niet eten.

Toen Kam Shan zich die ochtend had aangekleed en naar buiten was gegaan, werd hij de doordringende geur van oud bloed gewaar. Onder de walnootboom naast de deur zag hij een paar donkerbruine vlekken. Kam Shan nieste hard. Uit zijn lege maag kwam het zuur naar boven en kokhalzend hurkte hij neer naast het pad.

'Als je nu niet in beweging komt, moeten we straks gepekeld in plaats van vers vlees verkopen,' beet Ah-Fat hem toe.

Hij had meteen spijt van zijn woorden. Eigenlijk had hij willen zeggen: 'Kom, we gaan. Als we het vlees hebben verkocht, heb ik een verrassing voor je.' Maar hij kreeg die woorden niet over zijn lippen. In plaats daarvan rolden er kille, kwetsende woorden uit zijn mond die hij eigenlijk meteen weer wilde terugnemen. Hij had geen idee waarom hij telkens iets anders zei dan hij bedoelde als hij zich tot zijn zoon richtte.

Kam Shan zweeg. Hij liep het huis in, pakte een oude sprei en gooide die op de wagen. De lentenachten waren hier koud en als er onverhoopt op de terugweg een wiel van de wagen brak, zouden ze misschien wel doodvriezen. Kam Shan leunde tegen de opgerolde sprei en gaf zijn vader de zweep. Telkens als vader en zoon samen op pad gingen, nam Ah-Fat de teugels. Hij was ervan overtuigd dat de opvliegende Kam Shan het paard te hard liet lopen. Het was al een oud dier, dat niet meer zo stevig op zijn benen stond.

Langs de weg stonden zilverberken waarvan de donkere stammen tegen de ijsblauwe hemel in elkaar overvloeiden. Een grote troep kraaien vloog luid krassend op, waardoor de hemel verduisterd werd. 'In het Kantonees worden mensen die onheil voorspellen "kraaien" genoemd,' merkte Ah-Fat op. 'Thuis wordt het gekras van een kraai als een ongunstig voorteken gezien. Maar in de steden van de Gouden Bergen zijn zoveel kraaien dat niemand zich er iets van aantrekt.'

Kam Shan bromde instemmend maar zei verder niets.

'Zal ik je na de lunch meenemen naar het warenhuis? Wat zou je graag willen hebben?' vroeg Ah-Fat in een poging het gesprek op gang te houden. Kam Shan vouwde een sperwer van een stuk papier en zei zonder op te kijken: 'Goed hoor, pap.'

'Wil je misschien een doosje chocola voor missionaris Andrew kopen?' vroeg Ah-Fat. 'Je hebt je toch nooit laten bekeren?'

Kam Shan was klaar met vouwen en voorzichtig liet hij de vleugels van de papieren vogel op en neer gaan.

'Nee hoor, pap.'

Kam Shans ongeïnteresseerde blik ontging Ah-Fat niet en zijn geduld begon op te raken. Hij wist een boze reactie maar met moeite te onderdrukken, want uitgerekend vandaag wilde hij geen ruzie. Daarom slikte hij de bittere woorden weer in die in zijn binnenste in gal veranderden.

Toen Kam Shan genoeg had van de papieren vogel, wierp hij hem in de lucht. Het was een mooie dag en de vogel zweefde nog een eindje in de stevige bries.

'Pap, kunnen we een ring voor moeder kopen? Een ring met een groene smaragd? De vrouw van missionaris Andrew heeft er ook een. Die heeft haar moeder haar nagelaten,' zei hij.

Ah-Fat wist even niet wat hij moest zeggen. De eerdere verbittering loste op als sneeuw voor de zon. Zijn zoon was nu al maanden van zijn moeder gescheiden. Vaders geven hun zonen moed, moeders geven hun liefde, dacht Ah-Fat. Een leven zonder moederliefde was een armzalig leven. Die arme Kam Shan miste zijn oude leven, zijn vaderland en zijn moeder. Maar dat betekende ook dat alle hoop nog niet verloren was. Ooit zou Zes Vingers naar de Gouden Bergen komen en zou Kam Shan weer moederliefde kennen. Dan zouden vader en zoon vast ook een betere band krijgen.

Ah-Fat kon het niet over zijn hart verkrijgen om te zeggen dat hij met het geld dat hij op zak had geen smaragden ring kon kopen. Daarom lachte hij en zei: 'Op een dag gaan we dat doen ...' Hij was opeens een stuk vrolijker. Negen zonnen leken op hem neer te schijnen, waardoor de weg glinsterde en fonkelde. Terwijl de wagen voortrolde, begon hij zelfs te neuriën. Hij zong een liedje waarvan hij de woorden en de melodie niet meer precies wist, maar zijn opgetogenheid klonk door in zijn stem.

Je spreekt liefdevolle woorden, maar liefde moet oprecht
zijn
Schenk je liefde niet aan iedereen
De valstrik van de liefde ... la, la, la
Je moet ... tie-da, tie-da ... wekken

Toen ze bij de markt aankwamen, was het er opmerkelijk druk. Binnen een uur hadden ze alles verkocht. Omdat ze nog wat tijd moesten doden voor de ontmoeting met Rick, nam Ah-Fat zijn zoon mee naar Chinatown om wat versnaperingen te kopen. Ah-Fat ging naar de bakkerswinkel om een keus te maken.

'Vader,' zei Kam Shan. 'Ik wil de kranten in de kiosk doorlezen.'

'Kom snel weer terug. Ik wacht hier op je,' riep Ah-Fat, die wist dat zijn zoon graag de krant las.

Maar Kam Shan kwam niet meer terug.

Kam Shan was al een tijdje niet meer alleen in Chinatown geweest. In de kiosk lagen een paar nieuwe kranten. Hij bestudeerde de rubrieken – kunst en cultuur, oorlogen, binnen- en buitenlands nieuws – op zoek naar een specifieke naam. Freedom Fung. Hij zag hem echter nergens.

De politieke pagina's waren met twee lange artikelen gevuld – de monarchisten en revolutionairen voerden een retorische strijd. Het vanuit het revolutionaire standpunt geschreven artikel was van een medestander die hij niet kende. Hij las het vluchtig door, maar was niet onder de indruk. De enige die over deze materie een degelijk stuk kon schrijven, was meneer Fung, zo dacht Kam Shan. Zijn artikelen waren goed onderbouwd en of er nu verontwaardiging of sarcasme in doorklonk, hij wist altijd de juiste toon te treffen.

Hij verliet de kiosk en wilde naar de bakkerswinkel teruggaan. Halverwege passeerde hij het uithangbord van het kantoor van *The Chinese Times*. In een opwelling stapte hij naar binnen. Een oude man die als manusje-van-alles fungeerde, riep hem toe: 'Kam Shan! Wat hebben we je lang niet meer gezien! Heb je inmiddels je fortuin vergaard?'

Kam Shan gaf geen antwoord, maar vroeg: 'Waar is meneer Fung?'

'Hij is er vandaag niet. Hij heeft bezoek.'

'Dat moeten dan wel belangrijke gasten zijn als hij niet eens meer voor de krant kan schrijven!' zei Kam Shan. 'Zonder zijn artikelen is deze krant alleen nog goed genoeg om je kont mee af te vegen!'

De oude man barstte in lachen uit. 'Laat de baas dat maar niet horen, want dan maakt hij gehakt van je.' Hij trok de jongen naar zich toe en fluisterde: 'De voorzitter is over uit de Verenigde Staten. Hij zamelt geld in voor een of ander groots plan en heeft meneer Fung meegenomen op een tournee van lezingen.' Hij doelde op de voorzitter van de Hongmen, een geheim Chinees genootschap.

Kam Shan kende iedereen bij de *Times*. Nadat hij de artikelen van meneer Fung had gelezen, was hij zo nieuwsgierig geworden dat hij naar zijn kantoor was gegaan om de man een compliment te maken. Toen hij vervolgens zijn standpunten over de politieke situatie in het Oosten en Westen vernam, had hij steeds sterker het idee dat meneer Fung de enige in de Gouden Bergen was die zijn respect en vriendschap waard was. Vanaf dat moment had hij Loong Am naar het theater gestuurd, zodat hij meneer Fung kon bezoeken.

Meneer Fung had maar weinig opleiding genoten, maar hij was charismatisch en welbespraakt. Hij was van mening dat de Mantsjoese Qing-dynastie zich, als zoethoudertje voor de westerse grootmachten, middelen toe-eigende die eigenlijk het Chinese volk toebehoorden. De dagen van de dynastie waren echter geteld. Volgens meneer Fung kon de belangrijkste taak waarvoor ze zich gesteld zagen – de Mantsjoese barbaren vernietigen en China aan de Chinezen teruggeven – alleen worden volbracht met de steun van overzeese Chinezen, waar ook ter wereld. Als meneer Fung sprak fonkelden zijn ogen als twee lantaarns in een duistere nacht. Zijn bevlogen toespraken zetten Kam Shan in vuur en vlam.

Hoewel Kam Shan de kranten las, begreep hij lang niet alles van het Chinese binnenlandse beleid. Hij was er echter van overtuigd dat meneer Fungs campagne bijzonder uitgekiend was. Daarom nam hij steeds wat kleingeld weg van de dagopbrengst om in de collectebus te stoppen die in het kantoor van de krant stond. Meneer Fung hield nauwkeurig bij wat Kam Shan doneerde en schreef steeds een bonnetje voor een 'lening' uit. Hij beloofde hem dat hij het dubbele zou terugkrijgen als de revolutie een succes zou worden. Kam Shan glimlachte bij dat idee, maar eigenlijk ging het hem daar niet om. Hij doneerde omdat meneer Fung hem inspireerde. Voor Kam Shan was de revolutie maar een vaag begrip, iets wat zich ver weg afspeelde. Meneer Fung gaf hem het gevoel dat hij er deel van uitmaakte, maar dat visioen vervaagde zodra hij het kantoor van de *Times* verliet en weer op straat stond. Naarmate hij meer met zweetvlekken besmeurde bonnetjes in zijn jaszak had zitten, vroeg hij zich steeds vaker af hoe hij ooit aan zijn vader kon uitleggen wat er met het verdwenen geld was gebeurd. Kam Shan wist dat de krant ook eigendom was van de Hongmen, het geheime genootschap waarvan meneer Fung lid was. Als hun voorzitter naar Vancouver was gekomen, stond er vast iets belangrijks te gebeuren. 'Hoe heet de voorzitter eigenlijk?' vroeg Kam Shan opgewonden.

'Sun Yat-sen,' antwoordde de oude man. Kam Shan herinnerde zich dat hij die naam vaak in de artikelen van meneer Fung had zien staan.

'Waar zijn ze nu?' vroeg hij.

'Ze geven een lezing in een theater aan Canton Street. Er zijn duizenden mensen op af gekomen.'

Kam Shan dacht geen moment meer aan zijn vader, duwde de deur open en rende de straat op.

Hij tilde zijn mantel op om sneller te kunnen rennen en had niet in de gaten dat donkere wolken als plukken katoen boven zijn hoofd samenpakten. Het waaide zo hard dat het stof van straat opdwarrelde en zijn neusgaten kietelde. Maar Kam Shan rende verder, niet wetend dat het lot hem diep in de afgrond stortte en hem in een hachelijke situatie bracht waarop hij totaal niet was voorbereid.

Toen hij bij de ingang van het theater was, barstte een wolkbreuk boven hem los. Opeens begon het zo hard te plenzen dat zelfs de snelste voetganger de stortbui niet wist te ontwijken. Kam Shan stond al met één voet over de drempel van het theater, maar toch was zijn mantel al doorweekt toen hij zijn tweede voet ook naar binnen had getrokken. De degelijke mantel was van ruwe blauwe katoen, maar door de regen begon de kleur uit te lopen. In Kam Shans kielzog liep al snel een blauw stroompje. Eenmaal binnen liet Kam Shan zijn mantel los en veegde de regen uit zijn gezicht, waardoor er blauwe strepen achterbleven.

In het theater was het bomvol. Mensen stonden zelfs in de gangpaden, maar voor deze blauwe geestverschijning gingen ze wel aan de kant. Kam Shan baande zich een weg naar voren en vond een plekje bij een pilaar. Hij leunde ertegenaan en had het opeens koud. De natte mantel omhulde hem als een stekend laagje ijs. Al snel moest hij nodig plassen.

Eerst was het een vaag besef, maar toen werd de aandrang zo hevig dat hij het bijna niet meer kon inhouden. Hij begon te rillen en opeens leek er iets te knappen. Hij voelde warm vocht in het kruis van zijn broek. Als ik maar een beetje kwijt ben, kan ik het wel ophouden, dacht hij nog.

Maar nu de sluizen openstonden, was er geen houden meer aan. Hij hield zijn benen tegen elkaar terwijl de warme urine langs zijn benen en enkels stroomde en van zijn broekspijpen op de grond druppelde. Het troebele geel van de urine vermengde zich met de blauwe verf en stroomde in een zigzagpatroon door het gangpad. Het stonk, maar toen Kam Shan om zich heen keek, zag hij tot zijn opluchting dat de omstanders zo in de toespraken opgingen dat ze er niets van roken.

Hoewel hij het nog steeds koud had, ontspande hij nu een beetje. Als hij op zijn tenen stond, kon hij het hele podium overzien. Er stonden zes mannen, die op één na allemaal westers gekleed gingen. Kam Shan herkende meneer Fung, maar had de anderen nog nooit gezien. De middelste man voerde het woord. Hij was van gemiddelde lengte en wat ouder dan de rest, en had een dikke, zwarte snor. Naast hem stond een potige kerel met een pistool aan zijn riem, waarschijnlijk een lijfwacht. Hij sprak in het Kantonees, zodat iedereen het kon verstaan en hield een vlammend, opruiend betoog.

'Het volk smacht naar Chinese heerschappij. Hogere machten voorzien de ondergang van de barbaren en het welslagen van de revolutie. Het zal niet lang meer duren ... Nu we de voorbereidingen treffen, hebben we dringend geld nodig, zodat we dankzij een gezamenlijke inspanning China aan de Chinezen kunnen teruggeven. Het voortbestaan van ons land hangt ervan af. Het revolutionaire leger zal zich in de strijd werpen ...'

Bij elke zin werd instemmend gejuicht. Hoe heser de spreker werd, des te enthousiaster werd het publiek. Op het hoogtepunt van de toespraak haalde de enige in Chinese kledij gehulde man op het podium een schaar tevoorschijn. Hij zette zijn hoofddeksel af, hield zijn vlecht vast en knipte hem af. De lange sliert plofte als een onthoofde slang op de grond en viel na wat laatste stuiptrekkingen uiteen. De man hield de schaar op voor het publiek en schreeuwde: 'De revolutie begint hier en nu! Wie volgt mijn voorbeeld en hangt de revolutie aan?'

De uitzinnige menigte viel abrupt stil, alsof de ziel er opeens uit was. Totdat die schaar ten tonele was verschenen, had de revolutie een fantastisch avontuur geleken waarvan je hart sneller ging kloppen, maar was het ook een ver-van-je-bedshow geweest. Door die schaar was die afstand echter weggevallen en werden ze direct met de revolutie geconfronteerd. Je moest de schaar aanpakken of weggaan. Er was geen tussenweg.

De schaar werd op het podium omhooggehouden, ver bij de tot op het bot verkleumde Kam Shan vandaan. Maar toen hij zijn neus ophaalde, moest hij oorverdovend niezen. Het geluid weergalmde als een donderslag door de zaal. De spreker keek naar hem.

'Je bent helemaal doorweekt, jonge kameraad. Kom je van ver?'

Kam Shan was stomverbaasd. Pas toen omstanders hem naar voren duwden, besefte hij dat meneer Sun het tegen hem had. Alle ogen waren nu op hem gericht, waardoor het voelde alsof het licht uit honderden straatlantaarns op hem viel. De stoom sloeg van Kam Shans natte mantel en op zijn voorhoofd parelde zweet. Zijn lippen trilden, maar hij wist niets te zeggen.

'Hoor je bij de Hongmen?' vroeg meneer Sun.

Hij stamelde maar wat, terwijl meneer Fung meneer Sun iets in het oor fluisterde en de laatste in lachen uitbarstte.

'Hij is geen lid van de Hongmen, maar zijn inzet voor de goede zaak is groot. Kameraad, wil je je nu bij de Hongmen aansluiten?'

Kam Shan aarzelde, maar op het podium probeerde meneer Fung hem de boodschap duidelijk te maken door met zijn vuist op zijn borst te slaan. Kam Shan had het gevoel alsof die vuistslagen op hem neerregenden en er vlamde iets op in zijn hart.

'Ja, dat wil ik.'

Tot zijn verbijstering hoorde hij het zichzelf zeggen. De woorden leken hem bijna door iemand in de mond te zijn gelegd. Toch kon hij ze niet terugnemen.

De man met de schaar sprong van het podium, greep Kam Shans vlecht en riep: 'Deze jonge kameraad sluit zich aan bij de revolutie. Wie toetreedt tot de Hongmen, zweert dat hij zich nooit ten dienste stelt van de Qing-regering!' Kam Shan voelde hoe zijn hoofdhuid werd strakgetrokken en toen weer ontspande. Opeens voelde zijn hoofd zo licht dat het niet meer aan zijn lichaam leek te zitten.

'Revolutie! Revolutie!' schreeuwden de toeschouwers, die hun adem hadden ingehouden. Als een steen die in een ondiepe poel werd geworpen, creëerde de kreet rimpelingen die de muren van de theaterzaal bijna overspoelden. De schaar ging van hand tot hand en overal werden vlechten afgeknipt. Niemand lette nog op Kam Shan, die gehurkt op de grond zat.

Hij omklemde zijn vlecht zo stevig dat hij er het water uit had kunnen wringen. Op dat moment schoot hem weer te binnen dat zijn vader voor de bakkerswinkel op hem stond te wachten. Toen hij die ochtend van huis was gegaan, was hij nog ongeschonden en compleet geweest. Maar door één enkele misstap was hij iets verloren wat van levensbelang was. Als hij een hand, voet of zelfs een oog was kwijtgeraakt, had hij alles nog eerlijk aan zijn vader kunnen opbiechten. Maar nu was hij datgene kwijtgeraakt wat zijn vader met trots en liefde vervulde. Zijn vader zou het niet kunnen verkroppen.

Kam Shan baande zich een weg door het uitzinnige publiek en strompelde de straat op. Het regende niet meer, maar het was nog altijd zwaarbewolkt. 'Revolutie ... Revolutie ...' Het geschreeuw was zelfs op straat te horen, maar het deed hem niets meer. Nu hij meneer Fung en de anderen had verlaten, was de revolutie weer een vaag begrip geworden. Het enige wat hij duidelijk voor zich zag, was het gezicht van zijn vader. Het grijsblauwe litteken in de vorm van een duizendpoot en de rimpels op zijn voorhoofd als hij lachte.

'God, maak me lam of blind, maar geef me mijn vlecht terug!' Er plakte iets nats en kouds op Kam Shans gezicht. Hij besefte dat het tranen waren. Voor het eerst in zijn leven voelde hij angst.

Uit plichtsbesef wilde hij eigenlijk meteen naar zijn vader gaan, maar schaamte dreef hem in tegengestelde richting. Steeds verder raakte hij van de bakkerswinkel en van Chinatown verwijderd. Voordat hij het wist, stond hij op de oever van de rivier.

Achter hem klonken ritselende voetstappen, alsof iemand op zijn tenen over rijststro liep. Eerst klonken ze ver weg, maar ze kwamen steeds dichterbij, totdat er iemand vlak achter hem stilhield. Kam Shan keek om en zag nog net een donkere gestalte, voordat zijn voeten van de grond kwamen en hij door de lucht vloog.

Enkele dagen later stond er een kort bericht in een plaatselijke Chinese krant:

*Een voorbijganger heeft gezien hoe twee in het zwart ge-
klede mannen een jongen in de Fraser River hebben gegooid. Naar verluidt had de jongen een geldinzamelings-
actie van de Hongmen bijgewoond in het theater aan
Canton Street in Chinatown. Hij zou het slachtoffer zijn
geworden van een complot van plaatselijke monarchisten.
Na een week is er nog altijd niets van hem vernomen en
voor zijn leven wordt gevreesd.*

...

*We hebben reden om aan te nemen dat de indianen als
minderwaardig ras plaats moeten maken voor een intel-
ligenter en beter toegerust ras om de wildernis te cultive-
ren, zodat er akkers en huizen komen te staan.*

British Columbia Colonial News, *9 juni 1861*

Toen Sundance wakker werd, voelden haar oogleden zwaar. Het
zonlicht was stroperig als honing. Het deed haar beseffen dat het
voorjaar was aangebroken. Ze stond op, trok haar leren laarzen en
een degelijke linnen jurk aan en sloeg haar okerkleurige pelsmantel
om. Ze wist al dat het een mooie dag zou worden. Buiten kabbelde
de rivier en ze rook vaag de geur van wilde-eendenpoep. De lange
winter was voorbij. Het was geen strenge winter geweest. De rivier
was niet dichtgevroren, zodat haar vader wanneer hij maar wilde in
zijn kano naar de stad had kunnen varen om inkopen te doen.

In haar vaders familie was kano's maken van generatie op generatie overgeleverd. Als kanomaker was hij in deze contreien dan
ook vermaard. Zijn kano's waren soms nog langer dan een huis en
werden gemaakt van het beste sequoiahout. Ze hadden een strakke, rechte romp, een diepe uitholling in het midden en twee hoofden bij de voor- en achtersteven. Soms sneed hij ook wel twee
arendskoppen of eendenbekken uit. Niemand mocht toekijken als
hij aan het werk was, zelfs haar moeder niet.

Voordat hij aan een kano begon, voerde hij een dans met een ramshoorn uit, zong hij een lied voor de voorouders en dankte hij de goden van de aarde, de wind, de bomen en het water. Leden van de stam betoonden hem dan eer door te zeggen dat hij mooi had gezongen. Alleen hij wist de geesten van de voorouders met zijn zang zo te beroeren dat ze de beitel en de bijl in zijn hand aanstuurden. Als iemand een kano wilde, bracht hij geschenken voor de voorouders mee. Het hele jaar door hingen er bij hen dan ook wild en watervogels aan het plafond. Het opperhoofd bood hem uit respect altijd drie sigaretten aan als ze elkaar tegenkwamen.

Aan de boom bij hun voordeur hing een tas van koeienhuid. Aan het stiksel te zien was hij niet van hen. Haar moeder werkte veel netter. Sundance deed de zak open en zag een gele mantel en een verzameling halskettingen en arm- en enkelbanden, gemaakt van schelpen en dierenbotten. Aan de boord van de mantel van prachtig hertenleer hingen zilveren belletjes. In het middelste was een aardbei gegraveerd.

Sundance hield de mantel dicht tegen zich aan. Ze vond hem prachtig. De belletjes tinkelden vrolijk in de frisse ochtendlucht. Sinds Sundance eerder dat jaar veertien was geworden, had ze wel vaker zulke geschenken voor hun huis aangetroffen. Ze wist van welke familie deze zak afkomstig was. Als ze de geschenken aannam, zou een man op een avond trots hun huis binnenlopen en bij de haard plaatsnemen. Dan zou hij haar hand pakken en haar naar een ander huis brengen.

Sundance staarde verlangend naar de geschenken. Ze was niet van plan om ze aan te nemen, omdat ze nog niet wilde verhuizen. Ze wilde nog even genieten van alle voordelen die het had om veertien te zijn. Zuchtend van spijt vouwde ze de mantel op en legde hem weer in de zak. Als ze de zak niet mee naar binnen nam, werd hij de volgende ochtend weer door de eigenaar opgehaald. Als ze elkaar in de toekomst tegenkwamen, konden ze elkaar vriendelijk begroeten en doen alsof er niets was gebeurd.

Watervogels scheerden over de rivier. Het geluid van hun geklapwiek werd door het dorp weerkaatst. Het was zondag en de meeste leden van hun stam waren naar de kerk, ook haar moeder en haar broertjes en zusje. De missionaris was een blanke man. Aanvankelijk had niemand zich tot zijn geloof willen bekeren, maar toen het opperhoofd daar wel toe besloot volgden anderen al snel. Het was als volgt gegaan: op een dag was de vrouw van het opperhoofd bezeten geraakt. Schuimbekkend had ze over de vloer van hun woning gerold en haar halve tong afgebeten. De medicijnman had vergeefs geprobeerd de demonen uit te drijven. Toen was de missionaris met een flesje gekomen. Nadat hij haar een lepel van de roze vloeistof had gegeven, was de aanval meteen gestopt.

'Wat zit er in dat toverflesje waarmee je die demonen hebt verdreven?' vroeg het opperhoofd.

'Dat komt niet door het flesje,' antwoordde de missionaris, 'maar door de heilige Jezus.' Zo was het opperhoofd bekeerd.

Sundance wachtte op haar vaders thuiskomst. Daarom was ze ook niet met de anderen meegegaan naar de kerk. Ze zou hem helpen om de boot vast te binden en de gekochte waar uit te laden. Hij peddelde naar de stad om gedroogde zalm en rieten matten te ruilen tegen rijst en houtskool. Vorig jaar waren grote scholen zalm in de ondiepe kreken gestrand. Samen met haar moeder had Sundance de vis dagen aaneen te drogen gelegd op een grote kei bij de oever. De vissen hingen nu in repen aan het plafond, zo dicht op elkaar als dansers bij een *powwow*. Haar vader was twee dagen geleden vertrokken en zou normaal gesproken vandaag terugkeren. Sundance en haar moeder hadden hem gevraagd om voor hen allebei een zwart hoedje met een rand te kopen zoals moderne, blanke vrouwen in de grote stad ook droegen.

De missionaris wist heel goed dat wachten op haar vader slechts een smoesje was. Sundance voelde er gewoon niets voor om op een warme, zonnige zondag te luisteren naar preken over God. Sundance was van mening dat God zo vrij als de wind en de wolken was en zich niet binnen liet opsluiten. Ze wist dat God eerder te zien was in de vleugel van een vogel dan in een kerk. Toen ze zich had verexcuseerd, had de missionaris haar niet proberen te dwingen. Hij wist dat ze zijn argumenten makkelijk kon afdoen, dus hij liet haar begaan.

'Mijn grootvader was al gedoopt voordat uw vader zelfs maar geboren was,' had ze namelijk kunnen zeggen. Maar dat deed ze niet.

Sundance' grootvader was een Engelsman. Hij was hier tientallen jaren geleden per boot gearriveerd. In opdracht van de Hudson's Bay Company moest hij een handelspost in het dal van de Fraser River opzetten. Met de plaatselijke indianenstammen verruilde hij goederen als lucifers, kerosine, beddengoed, naalden, garen en pijptabak tegen huiden en pelsen. Hij was niet de eerste blanke die naar de westkust was gekomen om ruilhandel met de indianen te drijven. Zijn voorgangers hadden ook met de indianen gehandeld. Van hen hadden de verschillende stammen al snel allerlei trucjes geleerd, zoals waar van goede en slechte kwaliteit met elkaar te vermengen, prijsafspraken te maken en goederen achter te houden zodat de prijs door schaarste werd opgedreven. Hoewel Sundance' grootvader al een echtgenote in Engeland had, was hij met de dochter van een plaatselijk opperhoofd getrouwd om de handel goed op gang te houden.

Sundance' grootvader woonde vijftien jaar in Brits-Columbia en kreeg zeven kinderen met zijn indianenvrouw. Toen hij uiteindelijk met pensioen ging en naar Engeland terugkeerde, droeg hij haar op om naar de stad te verhuizen, zodat hun kinderen op een school voor blanke kinderen het best mogelijke onderwijs zouden krijgen. De vrouw deed wat haar was gevraagd, maar keerde binnen enkele maanden al terug naar haar stam, omdat ze niet kon aarden in de grote stad. Tromgeroffel klonk dag en nacht in haar oren, een teken dat haar voorouders haar opriepen om naar huis te komen. En dat deed ze dan ook.

Toen Sundance' grootmoeder naar haar stam terugkeerde, na maanden in de stad te hebben gewoond en jaren met een blanke getrouwd te zijn geweest, ontdekte ze dat er nog veel meer kinderen waren die er precies zo uitzagen als de hare: kinderen van blanke mannen, verwekt toen die als een wervelwind door het leefgebied van de indianenstammen waren getrokken. De moeders spraken vaak met elkaar over hun mannen aan de overkant van de oceaan. Bij die gelegenheden zei Sundance' grootmoeder maar weinig en bij thuiskomst doordrong ze haar kinderen ervan dat ze anders waren dan de rest. 'Jullie vader is door de grote Hudson's Bay Company gestuurd. Hij is ooit zelfs op audiëntie bij koningin Victoria geweest.' Vijftien jaar huwelijk had een stempel op haar gedrukt. Hoewel ze naar haar eigen volk was teruggekeerd, voelde ze zich toch een vreemde.

Ze was nooit hertrouwd. Haar Engelse echtgenoot had ervoor

gezorgd dat het haar aan niets ontbrak en, in tegenstelling tot de andere vrouwen, hoefde ze niet op zoek naar een nieuwe man. Hij keerde echter nooit meer terug naar Brits-Columbia. Sundance' vader, de jongste van zijn kinderen, was nog maar een dreumes toen hij vertrok. Hij kon zich zijn vader niet meer voor de geest halen. Het werd echter de missie van Sundance' grootmoeder om de herinnering aan haar echtgenoot levend te houden. Als een strijdbijl hakten haar woorden een blijvende beeltenis in het geheugen van haar kinderen.

Deze herinneringen werden ook in het geheugen van haar kleinkinderen geëtst. Ze bereikte een hoge leeftijd en maakte zelfs nog de geboorte van een achterkleinkind mee. Lang daarvoor was het geld dat haar echtgenoot haar had nagelaten al opgeraakt. De rest van haar leven moest ze net als de rest van de stam de eindjes aan elkaar knopen. Toch was ze tevreden omdat ze haar missie had volbracht: de kinderen en kleinkinderen van haar kinderen zouden de herinnering aan haar man honderd jaar levend houden.

Om in het felle zonlicht beter te kunnen zien legde Sundance een hand boven haar ogen. Ze kon ver kijken, tot waar de sequoia's zo klein als noten leken. Daar, in de bocht van de rivier aan het eind van het dorp, zou haar vader verschijnen. Ze hoorde de schrille roep van een vogel in de pijnboom naast het huis. Hoewel hij schuilging tussen de takken, wist Sundance dat het een blauwe gaai was. Haar vader zei altijd dat haar gehoor nog scherper was dan dat van een wapitihert.

'Wat probeer je me te zeggen? Komt mijn vader eraan?' zei Sundance, terwijl ze omhoogkeek.

De vogel zweeg, maar de takken ruisten in de wind. Sundance begon te lachen. Ze duwde haar haren opzij, ging liggen en legde haar oor tegen de aarde. Als de kano eenmaal de bocht om was, zou ze het gepeddel in het water kunnen horen. Sommige leden van de stam hadden iets gekocht wat ze een motor noemden. Als ze die in de boot legden, zo had Sundance gehoord, scheen de kano benen te krijgen en door het water te kunnen lopen. Haar vader wilde er echter niets van weten. De peddel was de ziel van de kano. Wat moest een boot nu zonder zijn ziel?

Sundance lag stilletjes te luisteren. Geleidelijk hoorde ze een zacht gesnor. Ze wist dat het het zuchten van Moeder Aarde was.

De Aarde had zo lang geslapen en moest nu ontwaken. Als dat gebeurde, zou het gras weer groen worden, zouden de knoppen van de bloemen opengaan, bruine beren en wapitiherten uit de wouden tevoorschijn komen en zou de blauwe gaai zich niet meer tussen de donkere takken verschuilen.

Maar vandaag luisterde ze niet naar de geluiden van de Aarde.

Teleurgesteld maakte ze aanstalten om weer overeind te komen, toen ze een ander geluidje hoorde. Het was een sussend geluid dat met een vleugje warmte langs haar trommelvlies streek.

Het geluid van haar vaders peddel in het water.

Sundance sprong opgewonden overeind. Ze tilde haar rok op en rende naar de bocht in de rivier. Zodra ze hem zou tegenkomen, zouden ze een wedstrijdje doen wie het snelste thuis was: hij in de kano of zij rennend over de oever.

De blauwe gaai vloog plotseling op uit de pijnboom en cirkelde boven haar hoofd. Ze zwaaide met het uiteinde van haar riem naar de vogel, die even wegvloog maar haar al snel weer volgde. Sundance' hart sloeg over. Ze herinnerde zich opeens dat een blauwe gaai boven haar vaders hoofd had gecirkeld op de dag dat haar grootmoeder overleed.

Sundance pakte een steen, gooide hem naar de gaai en raakte zijn vleugel. Het dier krijste en fladderde weg. Sundance begon te rennen, maar de wind zorgde ervoor dat haar benen in haar rok verstrikt raakten en haar haren in haar ogen werden geblazen. Ze kende echter elke boomwortel en kei op het pad. Sundance zou de plek waar haar vader de bocht omkwam blind weten te vinden.

Sundance hield halt en pakte een verdorde rietstengel om haar haar mee vast te binden. In de verte zag ze de contouren van haar vaders kano, die als een wilde eend langzaam haar kant op dreef. Ze maakte een kommetje van haar handen, zette die tegen haar mond en schreeuwde: 'Vader!'

De sequoia's weerkaatsten haar kreet, waardoor hij luid om haar heen echode.

Ze kon de kano nu beter zien. Hij leek zwaarder dan normaal. De nek van de uitgesneden eendenkop lag diep in het water, zodat alleen de helderrode bek zichtbaar was.

Sundance sprong op een kei en zag in een oogopslag dat er enkele grote zakken in de kano lagen: goederen die haar vader in de stad had verruild. Rijst, houtskool, misschien wat verse groente of zelfs snoep. Heel misschien had hij ook twee zwarte hoedjes met opstaande randen bij zich.

Opeens fronste Sundance haar wenkbrauwen omdat ze iets vreemds in de boot bespeurde.

Tussen de zakken lag een lichaam, gehuld in een vreemde mantel van blauwe katoen.

Hij had het gruwelijk warm. Van zijn voetzolen tot zijn haren leek zijn lichaam wel een gloeiende ijzerplaat. Zijn vet smolt weg, zoals de reuzel van het varken droop als zijn moeder dat met Nieuwjaar kookte.

Water ... Water.

Kam Shan opende zijn ogen en zag de rode gloed van een vuurkuil. Ernaast dreef iets groots en ronds in zijn gezichtsveld. Langzaamaan zag hij weer scherper en ontwaarde hij het gezicht van een meisje. Hoge jukbeenderen, diepliggende ogen, dikke lippen. Een vreemde. Hij kende niemand die er zo uitzag. Die gedachte bezorgde hem barstende koppijn. Met een stem zo schril als het gezoem van een mug kreunde hij: 'Pap ... Is er ook pap?'

Het meisje staarde hem niet-begrijpend aan. Kam Shan zag dat ze een pelsmantel droeg die bij de boorden met franjes was versierd. Een roodhuid. Ze was een roodhuid, hoewel ze eruitzag als een Chinees meisje. Nu begreep hij waarom ze hem niet kon verstaan.

Godallemachtig, hij was in handen van de roodhuiden gevallen!

Hij had verhalen over de roodhuiden gehoord. Dat ze mensen scalpeerden, hun hart wegsneden en kettingen van mensentanden maakten. Zelf had hij op de markt alleen maar goede ervaringen met hen, maar het koude zweet brak hem uit en zijn haren gingen rechtovereind staan.

Hij sloot zijn ogen weer. Hij wilde niet door een stelletje roodhuiden aan zijn eind komen. Toen hij vorig jaar aan boord van het stoomschip ging, was het geen moment in hem opgekomen dat zowel hij als Ah-Lams vrouw in de Gouden Bergen zou sterven. Zijn vader had toch niet al dat geld voor de koptaks bij elkaar geraapt zodat hij hier binnen een jaar het loodje legde?

Er waren nu meer geluiden in het vertrek. Hij hoorde geschuifel, misschien van leren laarzen op de lemen vloer of van een mes dat uit een schede werd getrokken. Er klonken ook stemmen, van een man en van een vrouw. Kam Shan begreep geen woord van wat ze zeiden, maar door de zware ademhaling vlak bij zijn gezicht wist hij dat ze vlakbij waren.

'Och, sta me bij, Keizer ... Guan Yu ... Tan Gong ... genadige Guanyin ... Jezus ... de heilige Paulus ... de heilige Petrus ...' Kam Shan riep alle goden en heiligen aan die hij maar kon bedenken. 'Als u me hieruit weet te krijgen, dan beloof ik plechtig dat ik een gouden standbeeld van u zal laten maken. En dan zal ik ervoor zorgen dat mijn vader nooit meer reden heeft om kwaad op me te zijn. Ik zal mijn moeder elke maand schrijven. Ik zal nooit meer geld van mijn vader stelen. Ik beloof ...'

Maar het was zinloos. Hij voelde het lemmet al op zijn voorhoofd. Merkwaardig genoeg deed het geen pijn. Het voelde ruw en kriebelig, alsof er schuurpapier over zijn huid ging.

Als jullie me willen doden, doe het dan snel. Ik kan niet tegen pijn. Ik kan echt niet tegen pijn ... Hij deed deze smeekbede in stilte, maar zijn oogleden trilden als de vleugels van een mot.

'Je hebt een hele dag geslapen. Nu is het tijd om wakker te worden,' zei een vrouw. Hoewel ze gebroken Engels sprak, kon hij haar wel verstaan.

Zijn ogen gingen weer open. Op zijn voorhoofd lag geen mes, maar een ruwe, vereelte vrouwenhand. Het gezicht van de vrouw had een verweerde, koperachtige kleur en het vuil in haar rimpels leek wel kopergroen. Naast haar stond een meisje met een rond gezicht.

'Ben je wakker? Ik zal even wat water pakken,' zei het meisje, amper in staat om haar opwinding te verbergen. Als ze sprak, zag Kam Shan een gebit van ongelijke, vergeelde tanden, wat hem om de een of andere reden geruststelde.

Ze bracht een kom water en Kam Shan dronk het in één keer leeg. Het liet een branderige, rokerige smaak achter in zijn mond. Het meisje pakte de kom weer.

'Is er nog meer?' vroeg Kam Shan.

Het meisje glimlachte. 'Je moet nu niet te veel drinken. Dat is niet goed als je dagenlang niets hebt binnengekregen. Eet eerst maar wat, dan kun je daarna weer wat drinken.'

Het meisje sprak veel beter Engels dan haar moeder. Kam Shan begreep wat ze bedoelde. Zijn maag rommelde van de honger en hij had zo'n trek dat hij de beleefdheden maar oversloeg. 'Heb je misschien pap?' wilde hij eigenlijk vragen, maar hij kende het Engelse woord voor pap niet. In plaats daarvan vroeg hij: 'Mag ik misschien wat rijst met water?'

Het meisje staarde hem wezenloos aan, maar haar moeder schonk hem een brede grijns. 'Hij wil pap,' zei ze, het Chinese woord ervoor gebruikend. 'De Chinezen eten graag pap met zwarte eieren erin.'

Het zijn ingelegde eieren, geen zwarte eieren, dacht Kam Shan. Hij keek haar bedrukt aan en zei met trillende lippen: 'Ik vind alles best.'

Ze bukte, pakte een tang, haalde iets tussen de stenen in de vuurkuil vandaan en legde het in zijn kom. 'Het is gaar,' zei ze. 'Eet maar op.'

Kam Shan keek naar het zwarte ding in zijn kom. Het rook een beetje naar gebraden vlees. Er zat geen zout of olie op, maar dat maakte hem niets uit. Hij at het meteen op. Al snel proefde hij dat het vis was, maar het stilde zijn honger nauwelijks. Hij herinnerde zich dat zijn moeder en grootmoeder hem altijd hadden geleerd nooit om een tweede portie te vragen als je ergens op bezoek was, maar vandaag trok hij zich daar niets van aan.

Hij slikte een paar keer om zijn tong te bevochtigen en zei toen met krassende stem: 'Nog een beetje?' Voordat hij het had gezegd, was de vrouw al naar het vuur gelopen. Ze kwam terug met een grotere portie vis. Kam Shan at deze keer rustiger. Er waren geen stokjes, dus hij at met zijn vingers, die er helemaal warm van werden. Hij merkte dat het meisje ernaar stond te kijken. Haar blik leek hem met een laag olie te omhullen. Nu zijn honger enigszins was gestild, voelde hij zich opeens onhandig en verlegen.

Hij at de vis met graten en al op. Hij zette de kom neer en liet een luide boer, die een sterke visgeur verspreidde.

Hij keek om zich heen. Het houten roodhuidenhuis was lang en smal en had een lemen vloer. In het midden bevond zich een grote vuurkuil met aan elke zijde bedden – houten planken met biezen matten. Zelf lag hij ook op een houten plank vlak bij de deur. Bij de vuurkuil hing een reusachtige wapitihertenkop aan de muur.

Voor het vuur stond een stellage van takken waarop zijn mantel te drogen hing. Hij was vaalgrijs en bijna droog. Onder de mantel zag hij een blauwe broekspijp uitsteken. Zíjn broekspijp.

Wat droeg hij nu dan? Wie had zijn broek uitgetrokken? De vrouw? Of het meisje?

Van dat idee moest Kam Shan zo blozen dat hij er een hele rivier mee aan de kook had kunnen brengen. Hij hoorde gegiechel en merkte dat hij vanuit een hoekje werd bekeken. De ogen glinsterden wolfachtig groen in het licht van de lantaarn. Toen zijn ogen aan het duister gewend waren, zag hij drie kleine kinderen op een houten bed zitten. Ze waren blootsvoets en deelden een deken.

'Sundance!' beval de oudere vrouw. Het meisje rende naar de kinderen en begon ze aan te kleden.

Sundance. Zo heette het roodhuidmeisje dus. Kam Shan vond het een mooie naam.

'Waar woon je? Hoe ben je in de rivier beland?' De man had nog geen woord gesproken, maar mengde zich opeens in de conversatie. Hij hurkte neer, pakte een brandende tak uit het vuur en stak een sigaret aan. Het was vast een plaatselijke soort tabak, dacht Kam Shan. De sigaret was zo dik als de duim van de roodhuid en de rook prikte in zijn keel. Kam Shan herinnerde zich opeens weer dat de man hem hetzelfde had gevraagd toen hij hem in de kano had getrokken.

'Niet ver van Vancouver,' antwoordde Kam Shan vaag.

Hij wist niet hoe hij de tweede vraag moest beantwoorden. Zijn kennis van het Engels reikte niet zo ver dat hij zo'n lang en ingewikkeld verhaal kon vertellen. Over een vlecht nog wel.

Maar de man liet het er niet bij zitten. 'Hoe ben je in de rivier beland?' vroeg hij nogmaals. 'Je bent een heel eind stroomafwaarts geraakt.'

Dankzij zijn gebrekkige Engels wist hij zijn verwarring en aarzeling te maskeren. Hij zweeg lange tijd, maar zei uiteindelijk: 'Ruzie ... Iemand duwde mij ... In de rivier.'

'Waarom?' vroeg de man geïnteresseerd.

'Vrouw,' mompelde Kam Shan.

Hij stond versteld van zijn eigen leugen. Wat vrouwen betreft was hij een onbeschreven blad. Hij tuurde in het duister, maar zag Sundance' gezicht niet meer. Hij ontwaarde alleen haar handen die de deken uitschudden waarin haar broertjes en zusje hadden geslapen.

De man barstte in lachen uit en sloeg Kam Shan op de schouder. 'Je kunt in elk geval niet zwemmen,' zei hij. 'Ik dacht dat het een dode zeehond was die op dat drijfhout lag. Het is maar goed dat je meisje je zo niet heeft gezien.'

De man gooide wat er nog van zijn sigaret restte in het vuur en tikte de as van zijn vinger. 'Sundance moet maar een pelsmantel voor hem regelen en ervoor zorgen dat hij genoeg te eten krijgt. Als ik over een paar dagen weer naar de stad ga, neem ik hem wel mee. Dan kan ik hem aan zijn vriendinnetje teruggeven.'

Kam Shan was geschokt.

Toen hij vele jaren later terugdacht aan zijn tijd bij de roodhuiden, zag hij pas in dat één kleine leugen alleen maar tot meer leugens leidde. Het was net als wanneer zijn moeder per ongeluk met de inkt op rijstpapier knoeide. Om de bijna onzichtbare vlek te verwijderen moest je hem met zoveel water vermengen dat hij uiteindelijk een veel groter deel van het papier bestreek.

Maar Kam Shan was op dat moment pas zestien jaar oud, te jong om ver vooruit te kijken. Hij zat in het nauw en wilde zich zo snel mogelijk uit die benarde positie bevrijden.

Aangezien hij die eerste leugen niet meer ongedaan kon maken, moest hij er maar op voortborduren.

Hij kon zijn vader echt nog niet onder ogen komen. Hoe kon hij zoveel pech verklaren? Wat zou hij zeggen? De donkere afgrond die vader en zoon van elkaar vervreemdde, was er nog steeds. Alleen met zijn vlecht viel die kloof nog te overbruggen. Hij kon pas naar huis als zijn vlecht weer was aangegroeid.

'Maar eigenlijk ... wil ik ... dat meisje niet meer zien,' zei Kam Shan. 'Eigenlijk ... heb ik geen huis. Ik zwerf ... van plek naar plek.'

De vrouw gooide wat takken op het vuur die knetterend in brand vlogen. Vonken schoten in het rond en het roet deed haar ogen tranen. Met het voorpand van haar jasje veegde ze haar gezicht droog. 'Mijn moeder heeft me verteld dat de Chinezen die het spoor hebben aangelegd ook zo'n leven leidden. Ze kwamen van ver en gingen waar de aanleg van het spoor hen bracht,' zei ze.

'Kan ik een tijdje bij jullie wonen? Ik kan werken ...' vroeg Kam

Shan aan de vrouw. Ze had een goed hart. Dat kon hij aan haar ogen zien.

De vrouw gaf geen antwoord, maar keek naar de man. De man zweeg ook en pulkte aan een eeltknobbel op zijn handpalm. Er hing opeens een doodse stilte in het vertrek. Sundance' opgeheven hand bleef stil in de lucht hangen. Kam Shans hart bonsde zo luid dat iedereen het moest kunnen horen.

Uiteindelijk keek de man op. 'Wat kun je dan?' vroeg hij.

Kam Shan wist al weer niet wat hij moest zeggen. Wat kon hij doen? Hij had geen verstand van de zaken waarmee roodhuid-mannen en -vrouwen zich bezighielden, zoals vissen, jagen, riet vlechten en vlees roken. Zonder zijn vader zou hij zich niet eens in leven weten te houden.

Zijn oog viel op de grote, tegen de muur opgestapelde zakken waarin de spullen zaten die de man gisteren uit de stad had mee-genomen. Op de boerenmarkt van Vancouver en New Westmin-ster had hij gezien dat roodhuiden hun waar verruilden voor goe-deren die ze nodig hadden. Opeens kreeg Kam Shan een idee.

'Houtskool! Ik kan houtskool maken!' riep hij uit.

Dat was ook een leugen. Hij had in zijn geboortedorp weleens gezien hoe Mak Dau houtskool maakte. Maar dat moest voldoende zijn. De roodhuiden waren ook stom: ze hadden enorme bossen, maar toch verruilden ze heerlijke gerookte vis voor houtskool.

De vrouw wachtte niet eens meer op een reactie van de man. Ze sprong overeind en riep naar de andere zijde van het vertrek: 'Sun-dance, als het opklaart, neem hem dan mee naar het bos om hout te hakken.'

In die tijd van het jaar viel er een vreemdsoortige regen. Hij striemde niet in je gezicht noch druppelde hij omlaag. Je kon het zelfs geen motregen noemen. Maar als je buiten stond, hoefde je je handen maar als een kommetje op te houden en dan vulden ze zich al met water. Als het regende, raakte de aarde verzadigd. De bomen in het bos dijden uit en de muren en lemen vloeren werden met mos bedekt. Maar op een dag brak eindelijk de zon door, bar-stend van de energie na de lange winterslaap. Hij slurpte het vocht uit de lucht en het struikgewas. Toen de mensen naar buiten kwa-men, was alles groen geworden.

In het voorjaar hadden de missionarissen het druk. (De roodhuiden noemden hen Gods mannen en vrouwen, omdat ze de juiste benamingen ondanks Engelse les niet konden uitspreken.) Aan het eind van de winter begonnen de lessen weer en moesten alle kinderen die nog geen veertien jaar waren, naar school. De kinderen van het opperhoofd gaven het goede voorbeeld. Gods vrouwen droegen ook hun steentje bij door de dorpsvrouwen spinnen en breien te leren. 'Mannen weten zich op hun manier in leven te houden. Dat zou ook voor vrouwen moeten gelden. Als je geen man hebt, kun je dan altijd voor jezelf zorgen.'

De roodhuidvrouwen begrepen er niets van. Hoe kon een vrouw nu geen man hebben? Als je je man verloor, zocht je toch gewoon een ander? Als een vrouw zelf de kost moest verdienen, waar had ze dan nog een man voor nodig? De roodhuidvrouwen vonden Gods vrouwen maar dom. Het was eigenlijk niet zo vreemd dat ze geen man hadden. Maar hoewel ze op Gods vrouwen neerkeken, bewonderden ze hun breiwerk. Ze hadden nog nooit zulke kleuren en zoveel verschillende stijlen gezien noch zulke zachte, warme wol gevoeld. Gods vrouwen hadden dan ook altijd genoeg leerlingen.

In tegenstelling tot haar broertjes en zusje ging Sundance niet naar school. Ook de breilessen van haar moeder sloeg ze over. Ze was te oud voor school en te jong voor de breiles, dus ze kon doen wat ze wilde.

Vandaag zat ze op een grote kei voor hun huis de bijlen te slijpen. Ze had een korte en lange bijl, allebei bedoeld om hout mee te kappen. De lange bijl diende voor takken en de korte voor het weghakken van het kreupelhout. Gedurende de winter hadden de bijlen in hun leren schede gezeten. Sundance had maar twee andere bezigheden gehad: zalm roken en jam maken. Van twee grote zakken vol met in de herfst geplukte bessen had ze een eikenhouten emmer vol jam gemaakt. De bovenste laag hadden ze voor zichzelf gehouden en de rest had haar vader op de markt verkocht. De hele winter lang had Sundance van haar handen tot haar haren afwisselend naar gerookte vis en jam geroken. Zo ging het nu eenmaal elke winter en tot dit jaar had ze dat nooit erg gevonden. Maar opeens kon ze de stank van de vis niet meer verdragen. Toen ze gisteravond naar bed was gegaan, hoorde ze de bijlen in hun schedes gonzen. Net als zij misten ze de bossen.

Terwijl zij de bijlen sleep, was haar vader de vishengels aan het verzamelen. Hij had gisteravond hetzelfde gevoeld en miste het water evenzeer als zij het bos. Vandaag zou hij naar het midden van de rivier peddelen waar het water het diepst en het warmst was. De zalm die daar had overwinterd zou maar wat graag willen bijten. De mannen van de stam wisten niet hoe ze groenten moesten verbouwen of vee moesten houden. Ze konden alleen maar jagen en vissen. Rijst en verse groentes namen ze van de markt mee naar huis.

Vlak voordat haar vader op pad ging, stopte hij een paar repen gerookt hertenvlees in Sundance' leren tas. 'Blijf vandaag een beetje in de buurt,' zei hij. 'Ga niet verder dan de rand van het bos. Als een bruine beer na zijn winterslaap honger heeft, kan hij erg gevaarlijk zijn. Als je er eentje tegenkomt, werp hem dan wat vlees toe. Als je wegrent, doe dat dan zo dat hij zich moet omdraaien om achter je aan te gaan. Beren hebben grote buiken die in de weg zitten als ze zich plotseling moeten omdraaien. Let bij het kappen van bomen op vogels en bijennesten. Vogels staan het dichtst bij onze voorouders, dus hun nesten mag je nooit aanraken. En zorg ervoor dat je ook bij bijennesten uit de buurt blijft.'

Sundance begon te lachen. 'Vader, dit is niet de eerste keer dat ik hout ga kappen in het bos.'

'Ja, jij weet het allemaal wel, maar hij niet,' zei zijn vader, doelend op Kam Shan.

In het bos hing nog de winterkou. Kam Shan trok de dunne pelsjas en hertenleren laarzen van Sundance' vader aan en volgde haar naar buiten. Het meisje baande zich een weg door het kreupelhout door dode takken weg te hakken. De jonge loten liet ze ongemoeid. Nog een paar zonnige dagen en dan zouden ze door groene bladeren zijn omhuld. Ze gooide de takken naar achteren, zodat Kam Shan ze met de korte bijl in kleine stukken kon hakken. Kam Shan wist echter niet goed hoe hij die moest gebruiken en al snel zaten zijn handpalmen onder de blaren. Sundance gaf hem wat twijgjes zodat hij het hout tot bundeltjes kon samenbinden. Maar de twijgjes sneden in de blaren en raakten doorweekt van zijn bloed.

'Je hebt tegen mijn vader gelogen,' schamperde Sundance. 'Jij kunt helemaal niet houthakken of houtskool maken.'

Kam Shan gooide de bijl en de twijgjes neer en ging op een bundeltje hout zitten. 'Houtskool maken kan ik wel,' zei hij zwakjes. 'Ik kan alleen niet houthakken. Thuis, in China bedoel ik, hadden we daar bedienden voor.'

'Wat is een bediende?' vroeg Sundance.

'Iemand die voor je werkt.'

'O, je bedoelt slaven. Volgens mijn vader waren er vroeger oorlogen tussen de verschillende stammen. Als wij wonnen, bleven mensen van de andere stam hier om voor ons te werken,' zei Sundance.

Kam Shan wilde haar tegenspreken, maar zijn Engels was te gebrekkig om het goed te kunnen verwoorden. Daarom knikte hij slechts en zei: 'Ja, zoiets.'

'Vonden je ouders het goed dat je vertrok?' vroeg Sundance. 'Mij laten ze nooit ver van huis gaan.'

Kam Shan wist niet wat hij moest zeggen. Vond zijn moeder het erg dat hij vertrok? Dat had ze nooit hardop gezegd. Op haar aandringen was de beste kleermaker van het dorp, meneer Au, vijf dagen bezig geweest om kledingstukken voor hem te maken. Zelf had ze niet werkeloos toegekeken, maar katoenen sokken genaaid. Ondertussen had ze de kleermaker zo nauwlettend in de gaten gehouden dat ze zich met de naald had geprikt en er een grote druppel bloed op het sneeuwwitte katoen van een sok was gevallen.

'Je moet het er meteen uit wassen. Als het eenmaal is opgedroogd, krijg je het er nooit meer uit,' had Ah-Choi geroepen.

'Nee, ik laat het zo, als aandenken voor Kam Shan,' had zijn moeder gezegd.

Zes Vingers had de kleermaker opgedragen de kleding een paar maten te groot te maken. 'Kam Shan is nog in de groei. Tegen de tijd dat deze kleding hem niet meer past, zullen we een trouwpak voor hem moeten laten maken,' had ze gezegd, terwijl haar stem was gebroken als een droge tak die op het vuur wordt gegooid.

'Helaas raak je je zoon kwijt als je een schoondochter krijgt,' had zijn grootmoeder verzucht. Kam Shan had geweten dat deze opmerking voor zijn moeder bestemd was. Grootmoeder zei vaak zulke dingen tegen haar, maar zijn moeder deed altijd net alsof ze het niet hoorde.

Zijn grootmoeder had ook bij de kleermaker gezeten. Leunend tegen de muur had ze met haar blinde ogen voor zich uit gestaard. In haar ene hand had ze haar handenwarmer gehouden en in de andere een doosje met versnaperingen zoals vers bereide pasteitjes met groene bonen en pannenkoekjes van zoete aardappel waar de stoom nog van af sloeg. Omdat ze niettemin bang was dat ze koud zouden worden, had ze het doosje op de handenwarmer gezet. Als Kam Shan even geen kleding hoefde te passen, gaf ze hem een lekker hapje.

'Arme, arme jongen,' snikte ze steeds, waarbij haar tandeloze mond openviel. 'Als je eenmaal in de Gouden Bergen bent, zul je niets meer te eten krijgen.' Zijn grootmoeder huilde niet. Sinds een tijdje was al het vocht uit haar ogen getrokken. Het leken wel twee volledig opgedroogde waterputten. In plaats daarvan kwamen er tranen uit haar neusgaten, als bloedzuigers die uit graftombes gleden.

Zo hadden ze laten blijken dat ze hem niet graag zagen gaan. Maar of ze het nu leuk vonden of niet, hij had geen keus gehad. Ze waren voor hun voortbestaan totaal van zijn vader afhankelijk geweest. Zijn moeder had het vreselijk gevonden dat hij die verantwoordelijkheid in zijn eentje had moeten dragen en jarenlang gewacht totdat Kam Shan oud genoeg was om hem te kunnen ontlasten. Maar voordat hij echt zijn steentje had kunnen bijdragen, was hij er al vandoor gegaan. Hij werd misselijk als hij eraan dacht hoe bezorgd zijn vader nu moest zijn. Zou zijn moeder al op de hoogte zijn?

Opeens miste Kam Shan zijn ouders vreselijk.

Hij begroef zijn hoofd tussen zijn knieën en trok hard aan de stekelige plukjes haar, alsof hij zijn hoofdhuid wilde uittrekken. Sundance zag dat zijn schouders beefden. Tussen zijn vingers trilden de haren alsof een musje zich erin verschool. Ze wist dat hij van streek was, maar begreep niet waarom. Ze gooide de bijlen neer en liep het bos in. Even later keerde ze terug met een bosje gras. Inmiddels was Kam Shan weer gekalmeerd en staarde hij wezenloos naar de blauwe hemel. Ze kneedde het gras tot een kompres dat ze op Kam Shans handpalm legde. 'Dit is een oud, natuurlijk geneesmiddel dat Eekhoornstaart heet. Het stelpt het bloeden.' Kam Shan had het gevoel alsof een bloedzuiger over zijn handpalm kroop. Het kompres was koel, vochtig en glad en al snel deed zijn hand geen pijn meer.

'Laten we maar stoppen,' zei Sundance. 'We kunnen morgen terugkomen.' Ze raapten de bijlen op, bonden het hout samen en droegen de dikkere takken op hun schouders. Achter elkaar liepen ze door het bos naar huis. Ze hadden geen haast en Sundance hield geregeld halt om kruiden of grassen te plukken en de werking ervan aan Kam Shan uit te leggen.

'Dit is duizendblad. Dat helpt tegen verkoudheid.'

'Dit is lidsteng. Dat heelt wonden en stelpt bloedingen. De husky van Gods man werd een keer door een bruine beer gebeten. Toen heeft vader hem met lidsteng behandeld. Dit is rozenbottel, wat helpt als kinderen last hebben van verstopping. Dit is rode klaver, goed voor je ingewanden en de eetlust.'

Kam Shan, die na zijn recente beproeving nog snel moe was, zei niets. Bij de oever zette Sundance het brandhout neer, schopte een kiezel weg en wees naar de gele bloem die eronder groeide. 'Dit is sint-janskruid. Ik zal er thuis thee van trekken. Daar zul je van opknappen.'

'Waar moet ik dan van opknappen?'

Sundance keek Kam Shan recht in de ogen en zei: 'Je loopt de hele tijd rond alsof je er niet echt bij bent. Dit helpt daartegen.'

Kam Shan moest er ondanks alles om lachen. Hij was nog altijd niet tot bedaren gekomen toen iets geels op hem afvloog. Hij stak zijn handen in de lucht om het af te weren en zag toen pas dat het Sundance' mantel was.

Ze tilde haar rok op en knoopte hem om haar middel. Nadat ze haar laarsjes had uitgeschopt, liep ze naar de rivier. Het water was ondiep en kwam slechts tot halverwege haar kuiten. Haar benen, die de hele winter geen zon hadden gezien, waren spierwit. Toen ze naar een dieper gedeelte waadde, verdwenen ze in het water en was alleen haar bovenlichaam nog zichtbaar. Vervolgens zag hij nog slechts haar rug, omdat ze haar hoofd ook in het water stak om haar haren te wassen.

Allemachtig, die roodhuidvrouwen waren gewoon barbaars! Was ze dan niet bang om kou te vatten nu ze haar haren in ijskoud water waste?

Sundance droeg haar haar in twee vlechten waarover ze een sjaal had gebonden. Nadat ze die had losgemaakt, vloeide haar dikke haar als een waterval over haar rug. De zon stond op zijn hoogste punt en er was geen schaduw te zien. Het was bijna windstil en de bomen stonden er roerloos bij. Alleen aan de rimpelingen in het water was te zien dat er een licht briesje stond. Het wateroppervlak leek wel van fonkelende, goudkleurige zijde. Toen Sundance rechtop ging staan en het water uit haar haren schudde, leek ze door een regen van goudklompjes omringd. Kam Shan keek gebiologeerd toe. Had hij maar een camera, zoals de zendelingen van zijn school in China hadden gehad, zodat hij dit moment kon vastleggen en terugzien wanneer hij maar wilde.

Toen Sundance haar haar had gewassen, klom ze de oever op, ging op een kei zitten, knoopte haar rok weer los en spreidde die om haar heen uit. In de zon zouden haar kleding en lichaam snel drogen.

'Wil je mijn haar voor me vlechten? Ik kan het niet zien, want ik heb geen spiegel,' zei ze, terwijl ze Kam Shan wenkte.

Kam Shan was bang. Als kind was hij altijd op zijn moeders schouders geklommen om de pinnen uit haar haar te trekken, maar sindsdien had hij geen vrouwenhaar meer aangeraakt. Zijn hart bonsde in zijn keel en hij hield zijn adem in, terwijl hij aarzelde of hij gehoor zou geven aan haar verzoek. Toch liep hij als vanzelf naar haar toe, alsof Sundance een touw om hem heen had gebonden en hem naar haar toe trok.

Sundance gaf hem de benen kam uit haar leren tas. Hij was er al net zo onhandig mee als met de bijl en telkens als hij een knoop uitkamde, stokte haar adem. Toen hij uiteindelijk klaar was, maakte hij een slordige vlecht. 'Je haar is al net zo zwart als dat van mijn moeder,' zei hij.

'Mijn moeder zegt dat wij indianen onze geboortegrond nooit kunnen verlaten. Waarom ben jij niet bij je moeder gebleven?'

'Chinezen kunnen hun vaderland ook niet vergeten. Vroeg of laat zal ik teruggaan en haar weer zien.'

Sundance plukte een stengel veenreukgras en kauwde erop. 'Dat weet ik. De vader van mijn moeder is naar huis teruggekeerd toen hij hier rijkdom had vergaard. Toen is hij ook naar jouw land teruggegaan om zijn moeder weer te zien.'

Kam Shan liet de kam op de grond vallen. 'Wat? Is je grootvader dan Chinees?'

'De stam van mijn moeder leefde in de buurt van Barkerville. Mijn grootmoeder heeft er een bakkerswinkel geopend. Toen een Chinese goudzoeker taartjes bij haar kwam kopen, raakten ze aan de praat. Daarna kwam hij om de paar weken naar de stad en logeerde dan bij haar. Hij heeft vier of vijf jaar naar goud gezocht, en pas in de herfst van het laatste jaar, vlak voordat ze de berg tot verboden gebied verklaarden, vond hij een goudklomp. Tegen die tijd was mijn moeder al geboren. Mijn grootvader heeft de goud-klomp in tweeën gedeeld. Mijn grootmoeder kreeg de ene helft en met de andere is hij naar China teruggekeerd.'

Nu begreep Kam Shan waarom Sundance' moeder wist hoe je rijstpap maakte en waarom ze eruitzag als een Chinese. En hij snapte nu ook waarom ze zo aardig voor hem was.

'Heeft je grootmoeder je grootvader laten gaan?' vroeg hij Sundance.

'Volgens haar hoor je thuis op de plek waar je voorouders zijn. Je kunt iemand niet verbieden om naar huis te gaan.'

Kam Shan wist niet wat hij moest zeggen, maar besefte dat sommige roodhuiden een groot hart moesten hebben. Het was juist die Chinees die harteloos en onbetrouwbaar was geweest.

Ze zaten dicht bij elkaar en Kam Shan kon haar lichaam ruiken. Ze rook lekker, naar waterpest of wild gras of koeienmelk, vermengd met iets zoets. In haar door de zon getaande nek leken de donshaartjes wel van goud. Terwijl hij keek hoe druppeltjes uit haar haar op haar sleutelbeen vielen, zag hij een deel van haar dat hij nog nooit had gezien.

Zijn hart begon te bonzen en hij voelde hoe hij daar beneden keihard werd. Het voelde alsof het uit zijn broek wilde knappen. Alsof zijn handen een eigen wil hadden, gleden ze opeens over haar nek omlaag.

Twee zachte bollen. Niet al te groot. Ze pasten precies in zijn handen.

Sundance kwam eerst geschrokken overeind, maar leunde daarna zachtjes tegen hem aan. Die bolletjes smolten bijna in zijn handen. De twee kiezeltjes die er midden op zaten, drukten tegen zijn handpalmen.

Ze maakten hem stoutmoedig. Ruw duwde hij Sundance tegen de grond en trok hij haar rok omhoog. Haar benen waren zo zacht als gefileerde zalm. Toen Kam Shan er zachtjes tegen duwde, weken ze uiteen. Zo kwam hij bij een plek waar hij nog nooit was geweest. Hij wist niet wat hij moest doen en zij kon hem niet helpen. Toch ontbrandde een vonk van tederheid uit hun onhandige, vurige bewegingen.

Na afloop stond Kam Shan op. De ijzeren staaf hing nu slap tussen zijn benen, zijn hart klopte weer normaal en zijn hoofd was weer helder. Vanuit zijn ooghoeken zag hij dat Sundance met de rug van haar hand het bloed van haar benen en rok veegde. Hij wist niet of ze blij of verdrietig was en durfde haar niet aan te kijken. Hij wilde haar vragen of hij haar pijn had gedaan, maar de woorden bleven steken in zijn keel.

Na een tijdje raapte Kam Shan de mantel op die Sundance naast het pad had neergegooid. Ze pakten de bundels brandhout op en liepen zwijgend verder.

Sundance ging voorop. Ze liep een beetje mank en de bloedvlekken dansten als fakkels voor zijn ogen totdat hij er sterretjes van zag. Kam Shan zette zijn bundel neer en zei: 'Loop maar achter mij. Dat is makkelijker voor je.' Ze wisselden van plek. Nu de fakkels waren verdwenen, zag hij niet meer zo wazig. Nu was hij zich echter bewust van haar laarzen die in onvaste tred over de stenen sleepten. Het geluid deed pijn aan zijn oren en zijn hart kromp ineen.

Laat haar iets zeggen, al is het maar één zinnetje, smeekte Kam Shan in stilte.

Toen ze eindelijk sprak, zei ze iets wat Kam Shan totaal niet had verwacht. Haar woorden kwamen hem triviaal en onbetamelijk voor, maar hij werd er in elk geval wel door gerustgesteld. 'De volgende keer dat vader naar de stad gaat, moet je met hem meegaan om een cadeautje voor me te kopen.'

'Als ik de houtskool heb verkocht, zal ik dat doen,' beloofde hij. 'Wat wil je graag hebben?'

'Een rond, zwart hoedje met een omgeslagen rand en een veer. Ik heb er vader de vorige keer ook al om gevraagd, maar toen heeft hij het niet meegenomen.'

Kam Shan vond dat die roodhuidmeisjes zich wel erg makkelijk met prullen lieten paaien. Hij vond het eigenlijk onuitstaanbaar. 'Ik zal ook een cowboyjasje zonder mouwen voor je meenemen. Alle stadsmeisjes dragen die.'

Hij keek niet om, maar wist dat Sundance glimlachte. Hij voelde hoe haar stralende lach over zijn ruggengraat golfde en die met warmte overspoelde.

'Stop het dan in een tas van koeienhuid en hang die aan de boom voor onze deur. Als mijn ouders hem hebben gezien, neem ik hem mee naar binnen. Zo moet het gaan, anders kun je niets met mij beginnen.'

'Wat een gedoe om een cadeautje,' zei Kam Shan lachend.

Sundance lachte ook. Het vrolijke geluid dwarrelde als stofdeeltjes in de lentezon.

Kam Shan had net zijn eerste emmer houtskool verkocht toen het leven in het dorp werd verstoord. De missionaris was zijn camera kwijtgeraakt.

Eerst waren slechts een paar mensen op de hoogte. Maar toen hij het aan een van de nonnen vertelde, luisterde een van de dorpsvrouwen die op breiles zat mee. Ze ging naar huis en vertelde het haar dochter die toevallig bij de zoon van het opperhoofd in de klas zat. Al snel wist iedereen dat iemand de 'zwarte doos waarin Gods man mensen vastlegt' had gestolen.

Toen het opperhoofd bij Sundance' huis arriveerde, was haar vader net met het uithollen van een nieuwe kano begonnen. Hij was van sequoiahout. Hoewel de romp erg rank was, was het hout keihard en door geen enkel insectenholletje aangetast. Het had eerst maandenlang buiten gelegen, overgeleverd aan de elementen, voordat haar vader ermee aan de slag kon.

Eerst had Sundance' vader een gebed uitgesproken. Hoewel hij in de God van de blanken geloofde, betekende dat nog niet dat hij de voorouderlijke geesten die zo lang door de stam aanbeden waren, zomaar was vergeten. Daarom liet hij het in het midden tot wie zijn gebed was gericht.

O Grote God
Ik hoor uw stem in de wind
Met elke ademteug van u vermenigvuldigen tienduizend
dingen zich
Ik smeek u mij kracht te geven
Mij scherp zicht te geven

Zodat ik het mysterie van de opgaande en ondergaande
zon kan aanschouwen
Maak mijn handen vaardig
Zodat ik het wonder van uw hele schepping zal ontdekken
Maak mijn oren scherp
Zodat ik uw zuchten in de wind kan horen
Vul mijn hart met wijsheid
Zodat ik de ware kern van elke steen leer kennen

Toen hij neerhurkte en op het punt stond om zijn bijl neer te laten komen, kuchte het opperhoofd bescheiden.

'Wordt het weer een arendskop?' vroeg hij, terwijl hij hem een sigaret aanbood.

Sundance' vader stak de sigaret met een lucifer aan, maar zei niets. Hij vertelde nooit iets over een onvoltooide kano, zelfs niet aan het opperhoofd.

Het opperhoofd nam een paar trekjes en zei toen terloops: 'Heb je het al gehoord? De fotocamera van de missionaris is verdwenen.'

Sundance' vader bromde wat. Hij was een man van weinig woorden. Hoewel hij bij zijn doop de naam John had gekregen, stond hij bij iedereen in het dorp bekend als Stille Wolf.

Het opperhoofd schraapte zijn keel een paar keer en wierp een blik in de richting van het huis. Op fluistertoon zei hij: 'Die gast van jou schijnt foto's van Sundance te hebben gemaakt in het bos bij de bocht in de rivier.'

De man trok zijn wenkbrauwen even op, maar bleef zwijgen. Hij draaide zich om en liep naar het huis. Op de drempel bleef hij staan om het opperhoofd als eerste naar binnen te laten gaan.

'Een gast is als familie voor me. Zijn reputatie is mijn reputatie. Kom maar kijken of hier iets ligt wat niet van ons is.'

Het opperhoofd voelde zich zichtbaar opgelaten. Hij sloeg Stille Wolf op de schouder. 'Het is jouw familie. Vraag het hun maar. Als jij zegt dat er niets aan de hand is, dan zal dat vast zo zijn. Misschien geloven ze mij niet, maar jou zullen ze wel geloven.'

Het was stil in het vertrek. Sundance' moeder was naar breiles en de kinderen waren op school. Het was een prachtige dag en zilverkleurige stofdeeltjes zweefden loom in het zonlicht dat door het ene raam naar binnen viel. Het duurde even voordat hun ogen aan het schemerdonker gewend waren. Stille Wolf zag dat zijn dochter met Kam Shan in een hoek van de kamer zat. Ze leerde hem hoe je een mandje van veenreukgras vlocht.

Toen Kam Shan het opperhoofd zag, kwam hij meteen overeind. Stille Wolf bekeek Kam Shan van top tot teen, maar zijn middel leek even plat als anders. Hij wist hoe de zwarte doos van de missionaris eruitzag, omdat hij er altijd graag mee door het dorp struinde. Dan droeg hij hem aan een riem die hij over zijn schouder had geslagen en maakte hij foto's. Het was een groot ding, zo groot als zijn twee handen, en het zou maar net in een tas van koeienhuid passen.

'Misschien kun je me eens een keer leren hoe een fotocamera werkt,' zei hij tegen Kam Shan.

Sundance zag dat Kam Shan bleek werd, maar hij zei niets. De sfeer was zo geladen dat het leek alsof het bonzen van hun harten door het vertrek werd weerkaatst. Sundance voelde zich als een vis op het droge die wanhopig naar adem hapte. Ze kon er niet langer tegen en rende naar buiten.

Stille Wolf tilde Kam Shans kin op met zijn kromme vinger. 'Wees een man en help me om je naam te zuiveren bij het opperhoofd.'

Kam Shan kon de blik van de man niet langer negeren. Zijn ogen waren pikzwart, kil aan de oppervlakte maar met een smeulend vuur eronder. Kam Shans ogen werden meegezogen in die donkere ogen en raakten verblind door dit verborgen vuur. Hij voelde zich helemaal verdwaasd.

Het opperhoofd slaakte een zucht. 'Vorig jaar was er een uitbraak van dysenterie. Toen heeft de missionaris de demonen verdreven en ons allemaal gered. Die camera is zijn enige vermaak. Hij loopt er de godganse dag mee rond. Als jij hem hebt weggenomen, geef hem dan gewoon terug. Dan hebben we het er niet meer over.'

Stille Wolf schonk geen aandacht aan het opperhoofd. Hij hield zijn vinger nog steeds onder Kam Shans kin en zei: 'Kun je dat of kun je dat niet?'

Kam Shan had het gevoel dat zijn lippen versteend waren. Hoezeer hij ook zijn best deed om iets te zeggen, er kwam geen woord uit zijn mond.

Stille Wolf haalde zijn vinger weg en Kam Shans hoofd viel op zijn borst.

'Pak je spullen.'

Het opperhoofd keek hem aan. 'Misschien is hij het wel niet ...' zei hij aarzelend.

'We hebben nog nooit iemand in de familie gehad die zijn naam niet kon zuiveren,' sprak Stille Wolf op harde, meedogenloze toon. Er was geen twijfel over mogelijk dat hij meende wat hij zei.

Er zat voor Kam Shan niets anders op dan zijn spullen te pakken in de hoek waar hij sliep. Hij bezat maar weinig: het jasje, de broek en de mantel die hij had gedragen toen hij in het water was gevallen, een paar katoenen sokken en stoffen schoenen, en een tas van koeienhuid met een riem van fazantenveren, versierd met andere, felgekleurde veren. Die had hij twee dagen eerder in de stad gekocht toen hij met Stille Wolf de houtskool had verkocht. Hij had alleen nog geen tijd gehad om hem aan Sundance te geven.

De camera lag niet bij deze spullen. Die had hij verstopt in een holle boom aan de rivieroever op de dag dat hij na het houthakken langs de school was gekomen. Het klaslokaal was leeg geweest, want de missionaris had de kinderen voor het middaggebed meegenomen. Alleen de zwarte doos had op de lessenaar gestaan. Kam Shan had meteen geweten wat het was. Zijn hart had in zijn keel gebonsd. Na een korte aarzeling had hij de zwarte doos vastgepakt. Hij zou er gewoon een paar dagen mee spelen en hem dan weer terugleggen. Maar voordat hij dat had kunnen doen, was het nieuws van de diefstal als een lopend vuurtje rondgegaan. De zwarte doos werd een loden last waarvan hij zich niet meer kon ontdoen. Als hij hem nu zou teruggeven, zou hij zo door het slijk worden gehaald dat zelfs al het water in de rivier hem niet meer zou kunnen schoonwassen.

Hij sloeg de mantel open, legde het jasje, de sokken en schoenen erin en bond hem dicht met een twijgje. Toen maakte hij hem weer open om de sokken en schoenen te verleggen. Hij treuzelde omdat hij niet wilde vertrekken zonder Sundance nog te zien. Toen hij de bundel voor de derde keer weer openmaakte, kuchte Stille Wolf. Hij stond achter hem met twee dichtgeknoopte varkensblazen, eentje met water en eentje met rijst en gerookte vis. Zo had de jongen onderweg iets te eten.

Kam Shan sjokte achter Stille Wolf aan naar buiten. Daar ging hij op zijn tenen staan om de tas met de veren riem aan de eikenboom voor het huis te hangen. Hij liep verder, maar keek nog een keer om om te zien of de tas goed zichtbaar was.

In elk geval had hij een geschenk voor Sundance achtergelaten.

Toen Stille Wolf de kano te water wilde laten, hoorden ze opeens rennende voetstappen. Het was Sundance. Haar vlechten deinden door de lucht. Ze werd op flinke afstand gevolgd door de dikke missionaris die hevig zweette en zijn schuddende buik met beide handen vasthield, alsof hij wilde voorkomen dat hij voorover op de grond tuimelde.

Pas na een tijdje was de missionaris weer op adem gekomen, liet hij zijn buik los en begon te spreken: 'De camera ... Ik heb hem gegeven ... Aan deze jongeman. Ik wilde hem leren ... hoe je foto's maakt.'

Het opperhoofd en Stille Wolf waren met stomheid geslagen. Stille Wolf keek beurtelings van de missionaris naar Kam Shan, maar de jongen zei geen woord en keek niet op, omdat hij wist dat hij zijn verbazing niet zou weten te verbergen.

'Vooruit, jongen, vertel deze twee mannen maar van welk merk de camera is.'

'Kodak Brownie, nummer 2, model B.'

'Hoeveel foto's kun je er in één keer mee maken?'

'Honderdzeventien.'

'Hoe groot zijn de afdrukken?'

'Zo'n vijf centimeter.'

De missionaris knikte en sloeg Kam Shan op de schouder. 'Jij hebt echt talent, jongeman. Ik heb er goed aan gedaan om jou deze camera te geven.'

Vervolgens richtte hij zich tot Stille Wolf. 'Ik zou deze jongeman niet laten gaan. Hij is slim en leert snel.'

Voordat Sundance' vader kon antwoorden, zei het opperhoofd lachend: 'Het wordt al laat en ik heb honger. Komen jullie allemaal bij mij thuis eten? Ik heb gisteren een wapitihert gedood en daar kunnen we de hele lente wel van eten. Neem de jongen ook maar mee.'

Sundance hoorde het al niet meer, want ze had de tas aan de eikenboom gezien, zachtjes deinend in de wind. 'O, vader!' riep ze, met een stem die van blijdschap oversloeg.

Tegen de tijd dat Kam Shan de deur uit liep, met de tas van koeien-huid aan een stok over zijn schouder, hoorde hij reeds het geroffel van de powwowtrommels. Hij had de met wapitihuid bespannen trommels al eens gezien. Ze stonden in de grote tipi waar de voor-ouders werden vereerd. Ze waren enorm groot, nog groter dan de eettafel waaraan ze dineerden als zijn vader naar het dorp Aanspo-ring was teruggekeerd. Er konden wel twaalf drummers omheen zitten. Hij voelde hoe de grond onder zijn voetzolen trilde en schudde.

Hij hoorde ook gezang. Zo noemde Sundance het althans, maar hij vond het eerder klinken als de kreten van wilde dieren: het gebrul van een tijger of het huilen van een wolf. Hij wist niet wat het gezang betekende. Het kon een strijdlied zijn, of een vreugde-lied, een aanroeping van de geesten van hemel en aarde of een ui-ting van woede. Als hij niet bij Sundance was, klonk het gewoon als oorverdovend gegil en hemeltergend gegrom.

Hij vroeg zich af of Sundance al aan het dansen was. Bij een powwow zongen en trommelden de mannen. De vrouwen dansten rond de cirkel van mannen.

Sundance en haar moeder hadden erg naar de powwow uitgeke-ken. Haar moeder was tien jaar bezig geweest met het naaien van Sundance' danscape. Toen Sundance vijf jaar oud was, was ze er al mee begonnen. Op elke verjaardag had haar moeder er weer tien belletjes aan genaaid, waardoor er nu al honderd aan zaten. Sun-dance had hem de avond ervoor gepast. Het getinkel van de bel-letjes in het huis had helderder geklonken dan het geluid van edelstenen die op een schoteltje van jade vielen. Sundance had de hele avond met een gelukzalige grijns op haar gezicht rondgelopen. Kam Shan had die nacht slecht geslapen en hij wist dat voor haar hetzelfde gold. Hij had haar rieten matras horen knerpen omdat ze zo lag te woelen. Toen hij was opgestaan om te gaan plassen, had hij haar met haar rug tegen de muur op de grond zien zitten. Haar tanden hadden geglinsterd in de duisternis, omdat ze nog altijd had geglimlacht.

Ze was blij geweest omdat haar moeder een cape had gemaakt waaraan geen enkele moeder kon tippen en omdat dit de powwow was waarop haar volwassenwording werd gevierd. Maar Kam Shan wist dat er nog een reden voor haar blijdschap was.

Gisteravond had Sundance' vader tegen haar moeder gezegd dat hij het opperhoofd ging vragen Sundance' huwelijk te sluiten. Kam Shan had van schrik zo'n heftige beweging gemaakt dat de rijst uit zijn kom was gevallen.

'Gaat Sundance dan trouwen?'

Hij had geprobeerd om oogcontact met haar te krijgen, maar zij had gelaten naar haar eten gestaard.

'Als Sundance trouwt, blijft ze hier wonen, zodat ze me kan helpen met haar broertjes en zusje,' had haar moeder gezegd.

'Je zult geen hout meer hoeven te kappen of houtskool te maken,' had haar vader gezegd. 'Je kunt Sundance onderhouden met het geld dat je met fotograferen verdient.'

Pas na enkele minuten had Kam Shan beseft dat die opmerking tegen hem was gericht en het duurde nog langer voordat hij de strekking ervan had begrepen. 'I-ik?' had hij met trillende lippen gestameld.

'Sundance heeft jouw riem als geschenk aangenomen, dus wie anders?' had haar moeder vrolijk gezegd, terwijl ze Stille Wolf een zijdelingse blik had toegeworpen.

Het leek wel alsof Kam Shans hoofd in duizenden fragmenten was geëxplodeerd. De rest van de avond en de hele nacht was het hem niet gelukt om de stukjes weer aan elkaar te lijmen. Pas toen het weer licht begon te worden, had hij het gevoel gehad dat hij een beetje begreep wat hem was overkomen.

Zodra de haan begon te kraaien, had Sundance al naast haar bed gestaan. Ze stond tegelijk met de kleintjes op. Niet lang daarna was haar vader ook uit bed gekomen. Normaal gesproken bleef hij langer liggen, maar vandaag moest hij als hoofddanser van de powwow een speciale tooi dragen. Hij had een lang, blauw gewaad aangetrokken met een boord waaraan berenpoten waren genaaid. Op zijn borst droeg hij een geweven strook die met fazantenveren was afgezet. Hij had er al indrukwekkend uitgezien, maar het meest ontzagwekkende deel van zijn uitrusting moest nog komen: een hoofdtooi met prachtige arendsveren, grijs rond zijn hoofd en wit over zijn rug. De veren waren van ouderdom wat flets geworden, maar Stille Wolf droeg graag veren die de tand des tijds hadden doorstaan. Alleen jonge mannen werden verleid door pas gevonden veren. De hoofdtooi was groot en zwaar. Omdat Stille Wolf hem niet in zijn eentje kon opzetten, was Sundance' moeder ook vroeg opgestaan.

Kam Shan was als laatste uit bed gekomen. Hij had toegekeken hoe Sundance' moeder het gezicht van haar man had beschilderd. Sundance had eerst de kleintjes aangekleed en daarna zichzelf. Ze had hem aangekeken zonder iets te zeggen. Haar woorden waren tot uiting gekomen in haar kleding, in de belletjes die vol verwachting tinkelden als ze zich bewoog.

De powwow werd een paar kilometer van het dorp gehouden en mensen uit omringende dorpen kwamen er ook op af. Tijdens een powwow werd er niet alleen gedanst en gedrumd, maar ook gehandeld. Sundance' moeder nam houtskool en rieten matten mee en van de opbrengst wilde ze een 'honderd-goede-wensenquilt', een nieuwe set houten kommen en, als huwelijkskleding voor Sundance en Kam Shan, twee tunieken van hertenleer en twee paar lichte laarzen aanschaffen. Ook wilde ze twee zakjes uitstekende tabak voor het opperhoofd kopen als dank dat hij het huwelijk wilde sluiten.

De powwow begon pas rond het middaguur, maar niemand kon zo lang wachten.

'Wanneer gaan we?' had Sundance' vader gevraagd toen zijn gezicht was beschilderd, zo ongeduldig als een klein kind.

'Het is nog te vroeg,' had haar moeder na een korte aarzeling gezegd. 'De zon is nog niet eens helemaal op.'

Maar al snel had ze haar strenge houding laten varen. 'Laten we gaan!' had ze even later lachend geroepen. 'Waar wachten we eigenlijk op?'

Toen ontwaarde ze Kam Shan, zittend op de rand van zijn bed. Hij was al aangekleed, maar in zijn alledaagse kledij. Hij hield zijn hoofd in zijn handen alsof het zo zwaar was dat het er anders zou afvallen. Hij had zijn gezicht met zijn handen bedekt en hij had de hele ochtend nog geen woord gezegd.

'Wat is er met jou aan de hand, kniesoor?' had ze gevraagd.

'Maak je geen zorgen. Deze kniesoor zal dansen zodra er op de drums wordt geslagen,' had Stille Wolf gezegd.

Stille Wolf was voorop gegaan met de pony, die zwaar was beladen met twee grote zakken handelswaar en drie varkensblazen vol eten voor het ontbijt. Sundance' moeder liep naast haar vader, met de kleintjes in hun kielzog. Sundance en Kam Shan sloten de rij.

De drie jongste kinderen hadden een wedstrijdje gedaan wie het hoogst kon gooien met steentjes. Algauw waren de vogels geschrokken opgefladderd. De stevige pony had voor vertrek nog te eten gekregen en kletterde opgetogen en met geheven hoofd over het pad. Zelfs de dorpshonden hadden hun opwinding bespeurd en onophoudelijk geblaft totdat ze het dorp achter zich hadden gelaten. De aanblik van deze ochtend van de powwow was als een schildering op een hangende rol die zich voor Kam Shans ogen ontvouwde. Toch was slechts één geluid tot hem doorgedrongen: de tinkelende belletjes van Sundance' cape.

De belletjes hadden zijn trommelvliezen getart en zijn slapen waren gaan kloppen. Plotseling geïrriteerd riep hij: 'Sundance!' Zijn stem klonk vreemd en broos als een dode twijg.

'Wat is er?' zei ze, terwijl ze hem aankeek. Op haar voorhoofd parelde zweet. Kam Shan keek haar gebiologeerd aan en besefte dat ze in een paar maanden tijd een schoonheid was geworden.

Zijn lippen trilden. 'Sundance, ik ... ik ...' Maar de woorden bleven steken in zijn keel.

'Wat is er toch?' vroeg ze.

'Laten we maar gaan,' zei hij hoofdschuddend. 'Je moeder wacht op ons.'

Ze liepen verder zonder nog iets te zeggen.

Een kwartier nadat ze het dorp hadden verlaten, sloeg Kam Shan opeens zijn hand tegen zijn voorhoofd. 'Ik ben de camera vergeten,' zei hij. 'Ik kan mensen op de markt fotograferen tegen een kleine vergoeding.'

'Ga hem dan maar snel halen,' zei Sundance' moeder opgetogen. 'We wachten hier wel.' Ze had van meet af aan geweten dat hij een slimme jongen was.

'Jullie hoeven niet te wachten. Ik weet de weg en zie jullie daar wel,' antwoordde hij.

Kam Shan wierp Sundance zijn strohoed toe. 'Het is warm. Straks raak je nog door de hitte bevangen,' zei hij, terwijl hij zich omdraaide. Na een paar passen keek hij om en zag hoe het groepje verder liep over het pad totdat ze stipjes in de verte werden. Uiteindelijk sloegen ze een bocht om en verdwenen ze uit het zicht. Alleen het getinkel van de belletjes werd nog door de wind meegevoerd. Kam Shan voelde een grote leegte in zijn hart. Pas vele jaren later, toen hij een man van middelbare leeftijd was die in zijn leven veel hoogte- en dieptepunten had meegemaakt, wist hij wat hij die dag had gevoeld: eenzaamheid en verdriet.

Hij ging terug naar het huis en pakte de tas van koeienleer onder zijn kussen vandaan. Hij had hem niet meer geopend sinds de dag dat hij bijna had moeten vertrekken. Hij trok zijn leren laarzen uit, zette ze bij het bed van Stille Wolf en trok zijn oude stoffen schoenen aan. Hij knoopte de zak dicht, hing hem aan een stok over zijn schouder en ging op pad. Het dorp was verlaten. Iedereen was al naar de powwow. De stoffen schoenen waren zo licht dat het voelde alsof hij op lucht wandelde. Tegen de tijd dat hij eraan gewend was geraakt, had hij het dorp al verlaten.

Hij moest opschieten. De zon was al enige tijd op en hij moest de dichtstbijzijnde nederzetting voor het vallen van de avond bereiken. Hij maakte zich niet echt zorgen. In de zak zaten nog het water en het voedsel dat hij van Stille Wolf had gekregen. Zolang hij de camera maar had, zou hij overal een broodkorst en een slaapplek kunnen krijgen. Nu de roodhuiden dankzij de blanken met fotocamera's hadden kennisgemaakt, stond hun het idee wel aan dat een zwarte doos een afbeelding van hen maakte. Hij wist niet hoever hij zou moeten lopen naar de volgende nederzetting. Zijn haar streek langs zijn schouders. Nog een halfjaar, dacht hij. Nog een halfjaar en dan kon hij zijn vader weer onder ogen komen.

Hij kwam bij de bocht in de rivier en bleef als verlamd staan. Zijn tas viel met een plof op de grond. Iemand zat op de steen waaraan Stille Wolf zijn kano had vastgebonden. De stilte werd door het getinkel van belletjes verbroken.

'Stap in de kano. Ik breng je wel,' zei Sundance.

Ze wist het. Ze wist alles.

Kam Shan werd overmand door emoties en voelde de tranen in zijn ogen springen. Hij durfde haar niet aan te kijken, anders zou hij echt gaan huilen. En dat mocht niet. Roodhuidmannen huilden nooit.

'Ik ben niet … Ik …' stamelde hij, maar hij wist niet hoe hij zijn zin moest afmaken.

Ze onderbrak hem niet, maar toen hij bleef zwijgen, vroeg ze:

'Waarom? Waarom?' Ze keek omhoog, alsof ze haar vragen aan de hemel stelde.

Hij slaakte een zucht. Zij zuchtte ook. De stilte drukte op hen neer.

'De voorouders ... zullen je nooit accepteren,' zei hij weifelend.

Sundance knoopte het touw los en gaf hem de peddel. Hij stapte in en greep haar hand. Toen zij ook in de boot zat, liet hij haar hand niet los. Ze bevrijdde zich niet uit zijn greep, maar stond toe dat hun vochtige handpalmen tegen elkaar rustten.

'Dat zei mijn grootvader ook toen hij mijn grootmoeder in de steek liet,' zei ze zachtjes.

Kam Shan was meer dan een halfjaar onderweg geweest voordat hij van grote afstand een eerste glimp opving van de lampions naast zijn vaders deur, een aan elke zijde.

Nadat hij Sundance had verlaten, zwierf hij maandenlang van stam naar stam en van stad naar stad. Hij volgde dezelfde route als zijn vader zoveel jaren eerder in zijn tijd als spoorwegarbeider, maar daar zou hij pas veel later achter komen. Tijdens zijn tocht draaide het steeds om één ding: voor het donker de volgende nederzetting bereiken om daar zijn honger te stillen.

Bij het naderen van de winter kregen zijn doelloze omzwervingen richting: huiswaarts wilde hij gaan.

Het idee was plotseling bij hem opgekomen. Zijn haar was nog niet lang genoeg. Hij kon het nog altijd maar in een korte stomp vlechten, maar toch bracht een krantenartikel hem op andere gedachten.

Op een dag liep hij rond op een markt voor roodhuiden toen hij een man zag met een fles sojasaus die hij had gekocht in het Chinatown van Vancouver. Het was voor Kam Shan al een hele tijd geleden dat hij sojasaus had geproefd. Alleen al de aanblik van de fles deed hem het water in de mond lopen. Zijn aandacht werd echter vooral getrokken door de krant waarin de fles was gewikkeld. Het was al zo lang geleden dat hij Chinese karakters onder ogen had gehad dat hij voor wat centen de besmeurde krant van de man kocht en op de grond ging zitten om hem te lezen.

De krant was enkele maanden oud, door vele handen gegaan en beduimeld. Toch spelde Kam Shan hem minutieus. Zijn oog viel op een berichtje dat alle andere naar de achtergrond deed verdwijnen.

De kappers van Chinatown doen de laatste tijd uitstekende zaken. Het succes van de revolutie betekent tegelijkertijd het einde van de vlecht. De Chinezen hebben geen moment geaarzeld om in de voorbereiding op de viering van het allereerste Nieuwjaar van de Republiek allemaal het hoofd kaal te laten scheren.

The Chinese Times, *12 februari 1912*

Hij legde de krant neer. Zijn eerste gedachte was dat hij een schaar te pakken moest krijgen. Toen hij een aantal weken later er eindelijk een kon lenen van een roodhuid, aarzelde hij. Zijn vader diende die schaar te hanteren, niet hij.

Vader, o vader.

Die woorden spoorden Kam Shan aan om onmiddellijk naar huis te gaan.

Het was geen gemakkelijke reis. Het was een strenge winter en er lag een dikke laag sneeuw. De stoffen schoenen die zijn moeder voor hem had gemaakt, waren al snel versleten, waarna hij van een roodhuid een paar laarzen van dik hertenleer had kunnen kopen. De rivieren waren dichtgevroren waardoor er geen boten voeren en hij de hele afstand te voet moest afleggen. Wanneer hij in een marktplaats arriveerde, maakte hij portretfoto's en leerde hij de roodhuiden houtskool maken. In ruil daarvoor vroeg hij geen geld, maar proviand en warme kleding. Zijn tas van koeienhuid zat soms propvol. Soms lukte het hem niet om voor het donker een dorp te bereiken en moest hij bescherming tegen de nacht zoeken in een holle boom of een grot. De gedachte dat hij elke dag weer een stukje dichter bij huis kwam, was voldoende om de moed erin te houden.

Voor de laatste etappe van zijn reis regelde hij een rit op een wagen naar Vancouver. Nadat de man hem had afgezet in Chinatown, besloot hij een bezoek te brengen aan het kantoor van *The Chinese Times*. Al het personeel was nieuw. Alleen de oude portier herkende hem nog.

'Waar is meneer Fung?' vroeg Kam Shan.

'Terug naar China. Al een hele tijd.'

'Werkt hij nu als ambtenaar van de Republiek?'

'Nee hoor, vergeet het maar! De Hongmen hebben al hun bezittingen verpand en het geld aan meneer Sun gegeven zodat hij in China de macht kon grijpen. Maar toen meneer de voorzitter eenmaal had wat hij wilde hebben, vergat hij de Hongmen. Ze hebben sindsdien nooit meer iets van hem vernomen.'

Kam Shan zweeg. Meneer Fung was als een woeste stroom en hij, Kam Shan, niet meer dan een zandkorrel die in zijn kielzog was meegesleept. Maar zo had meneer Fung wel zijn broeders van de Hongmen in de steek gelaten, en hij zijn vader en moeder.

Hij zou zich nooit meer in de buurt van die woeste stroom wagen noch zijn vader en moeder in de steek laten. Vanaf nu bemoeide hij zich niet meer met de revolutie.

Vanaf nu bekommerde hij zich alleen nog om zijn ouders.

Terwijl hij voortliep naar huis, repeteerde Kam Shan wat hij bij het weerzien tegen zijn vader zou zeggen: 'De afgelopen twee jaar, vader, heb ik geen cent verdiend die ik naar moeder en grootmoeder heb kunnen sturen. Jij hebt elke cent opzij moeten leggen om de bouwkosten van de diaolou terug te betalen. Maar let vanaf vandaag goed op mij. Vanaf vandaag zijn het niet langer jij en oom Ah-Lam die de mest moeten uitrijden, maar zijn het Loong Am en ik die al het zware en smerige werk voor onze rekening zullen nemen. Behalve het slachten van de varkens dan. Ik ben niet in staat om varkens te slachten. Vanaf nu mag je mijn hulpje zijn en ben ik het dakspant dat het huis van onze familie overeind houdt. Mijn camera zal ook goed van pas komen. De roodhuiden geven me voor elke foto proviand voor een paar dagen en ik heb gehoord dat je in de stad twee dollar voor een foto kunt vragen. O vader, ik beloof dat ik genoeg geld ga verdienen om moeder en grootmoeder en mijn broer en onszelf te onderhouden. Geloof je me, vader?'

Het begon te schemeren toen Kam Shan de eerste huizen van New Westminster in het oog kreeg. Terwijl hij de gebarsten traptreden naar de voordeur op liep, voelde hij zich bijna door een oceaan aan ingehouden tranen overweldigd worden. Omdat hij zich niet langer op het grondgebied van de roodhuiden bevond, probeerde hij ze ook niet langer tegen te houden. Maar om de een of andere reden wilden de snikken van verdriet hem niet verlaten. Slechts enkele tranen vertroebelden zijn zicht.

De rode lampions uit het jaar van zijn komst hingen er nog steeds, ook al waren ze vergeeld en verfomfaaid aan de randen. De nieuwjaarswensen waren wel veranderd. De oude waren opgesteld en geschreven door zijn vader:

> *Mogen degenen die huiswaarts keren genieten van een*
> *aangenaam einde aan het oude jaar*
> *Mogen de oogsten van de Gouden Bergen overvloedig zijn*
> *in het nieuwe jaar.*

En erboven over de hele breedte: *Vrede voor de hele familie.*

De kant-en-klare regels die er hingen, leken uit Chinatown afkomstig. Het papier was goudbespikkeld en het handschrift keurig, maar de boodschap banaal.

> *Grondvest de familie op hard werken; zegen de kinderen*
> *met een lang leven.*

En bovenaan over de hele breedte: *Moge het nieuwe jaar voorspoed brengen.*

Waarom had zijn vader de wensen niet zelf geschreven? Hij had nooit eerder door iemand anders geschreven strofes gekocht. Hij was nooit erg gecharmeerd van andere handschriften. Was er iets mis?

Bij dat idee begonnen Kam Shans knieën te knikken. Hij vond nog net steun aan de deurstijl en klopte aan.

Alstublieft God, laat het vader zijn die de deur opent. Laat het goed met hem gaan. Als alles met hem in orde is, loop ik niet zomaar naar binnen, maar kniel ik neer op de drempel en sla ik honderd keer met mijn hoofd tegen de grond om te tonen hoezeer alles mij spijt.

Hij moest lang wachten voordat er eindelijk iemand naar de deur kwam.

Het was de knecht, Loong Am.

Bij het zien van Kam Shan sprong Loong Am achteruit en sloeg de deur dicht. Kam Shan stond perplex totdat hij zich realiseerde dat Loong Am waarschijnlijk dacht dat hij een geest was. Hij bonsde op de deur en riep. 'Ik ben het, Kam Shan. Ik leef nog! Kom mijn hand maar voelen. Die is warm. Dode mensen zijn koud!'

Het bleef stil aan de andere kant van de deur.

Kam Shan probeerde het opnieuw. 'Loong Am, als ik een geest was, had ik jou toch niet nodig om de deur voor me te openen? Kijk maar door het raam. Dan zie je mijn schaduw. Geesten hebben geen schaduw.'

Eerst bleef het nog een poos stil, maar daarna ging de deur eindelijk open. Loong Am kwam behoedzaam tevoorschijn. Van angst stonden zijn haren bijna rechtovereind. Hij nam Kam Shan aandachtig in zich op voordat hij vroeg: 'Waar heb je al die tijd gezeten, Kam Shan? Je vader was in alle staten. Hij heeft overal gezocht, tot aan de hellepoort toe. En waarom heb je nog steeds een vlecht? De Republiek bestaat al een tijdje.'

Kam Shan gaf geen antwoord op zijn vragen. 'Waar is mijn vader?' vroeg hij.

'Je grootmoeder was erg ziek. Je vader is terug naar Hoi Ping. Hij is nog geen maand weg,' verzuchtte Loong Am.

Kam Shans tas viel met een bons op de vloer. Hij keek met lege blik voor zich uit. Geschrokken door de uitdrukking op Kam Shans gelaat, vroeg Loong Am haastig: 'Heb je gegeten? Er zit nog wat pap in de pan. Zal ik wat voor je opwarmen?'

Kam Shan stond stokstijf en zei nog altijd niets. Uiteindelijk vermande hij zich en zei: 'Inktsteen.'

Loong Am begreep hem niet, totdat Kam Shan een lusteloos gebaar maakte en zei: 'Breng me de inktsteen van mijn vader.'

Uit de andere kamer haalde Loong Am snel de inktsteen, papier en kwasten. 'Het is maar goed dat je er weer bent,' zei hij. 'Sinds je vader weg is, is er niemand meer die brieven kan schrijven. Als je klaar bent met de brief aan je vader, mag je voor mij een brief naar huis schrijven.'

'Waar is Ah-Lam?' vroeg Kam Shan terwijl hij ter voorbereiding op het schrijven de inkt maalde.

'Die is overleden. In de maand na je vertrek. Hij was helemaal in de war, liep steeds de akkers op zonder broek aan. Hij joeg de yeung fan zo'n schrik aan dat ze de politie belden. Op het laatst piste en scheet hij elk moment en overal wanneer hij er zin in had.'

Het penseel hing in de lucht terwijl Kam Shan tevergeefs de juiste woorden zocht voor wat hij wilde schrijven.

Kam Shan trok het gordijn opzij. Het was zwart en had een dikke vulling van katoen die lang niet overal even gelijkmatig was verdeeld. Bovendien zat het gordijn onder de vegen en glinsterde het van de vele vetvlekken. Er was van alles aan afgeveegd: handen na het poepen, monden na het eten en neuzen na het snuiten. Achter elke veeg stak een verhaal. Het gordijn droeg ze als schandvlekken.

Vandaag kreeg Kam Shan het naakte Chinatown te zien. Zijn hart bonsde in zijn keel.

Sinds zijn vader hem drie jaar geleden had opgehaald uit het detentiecentrum was hij vaak in Chinatown geweest. Hij had meneer Fung van de krant leren kennen, hij had de banketbakkers en kruidenierswinkels bezocht, hij had in het theater toneelstukken gezien en hij had gegeten en gedronken in alle cafés die Chinatown rijk was. Hij wist in welke winkels de weegschalen het gunstigst stonden afgesteld, welke cafékoks het royaalst waren met de olie en waar het gevaar op muf voedsel het grootst was. Maar hoewel hij alle listen en lagen van Chinatown kende, besefte hij op het moment dat hij het gordijn opzij trok dat zijn kennis ervan altijd oppervlakkig was geweest.

Het vertrek boven het gokhol was niet aangegeven met een lantaarn of een uithangbord. Die hadden de mannen van Chinatown niet nodig. Ze vonden hun weg naar het gordijn op de tast via de smalle wenteltrap. Op betaal- en feestdagen kon de rij voor het gordijn zo lang zijn dat hij tot voor de ingang beneden leidde. Ongeduldige jongelingen sloegen met een vuist tegen de deursponning totdat mannen met hun broek nog los weer opdoken.

'Hoe was het?' vroegen de wachtenden dan altijd.

'Ga zelf maar kijken,' luidde het antwoord onveranderlijk.

Bij zulke lange rijen kwam het geregeld voor dat je een bekende tegen het lijf liep. Soms kwamen broers elkaar tegen, andere keren waren het een vader en een zoon. Wie het ook was, je vermeed diens blik en ging hem uit de weg. Als er niets anders op zat, begroette je hem met: 'Hé, jij ook hier?'

Vandaag was het echter geen Nieuwjaar of een andere feestdag.

Het was zelfs geen betaaldag. Het weer was ook afgrijselijk: de wolken hingen zo laag dat je bijna je hoofd ertegen stootte. Afgezien van de pandjeshuizen, die altijd goede zaken deden, was Chinatown nagenoeg verlaten.

Maar Kam Shan was er wel.

Voor het gokhol kocht hij een pakje Pirate-sigaretten van een straatventer. Zijn hand beefde toen hij het pakje opentrok waardoor hij het stukscheurde en alle sigaretten op de grond vielen. Hij hurkte neer om ze op te rapen en merkte dat hij bloosde. Om de venter niet te laten merken dat hij zich opgelaten voelde, bleef hij buitensporig lang zijn sigaretten verzamelen. Ten slotte kwam hij overeind en vroeg stuurs om een vuurtje. Hij kneep zijn lippen samen, stak de sigaret in zijn mond en nam een flinke haal. Het was alsof er een mes in zijn keel werd gezet en hij barstte uit in een hoestbui.

Hij veegde zijn loopneus af aan zijn mouw, schuifelde met een rood gezicht naar de deur en banjerde de trap op. De venter gniffelde terwijl hij hem zag verdwijnen. Hij had al zoveel mannen die trap op zien gaan dat hij heus wel in de gaten had dat dit Kam Shans eerste keer was.

Nadat hij het gordijn opzij had getrokken, zag hij dat de ruimte erachter in twee kamertjes was verdeeld, elk met een eigen deur. Hij vroeg zich af welke hij moest hebben toen juist op dat moment de deur links openvloog en een slechts in onderbroek geklede getaande gestalte struikelend naar buiten kwam. Zijn jasje en broek werden achter hem aan gesmeten en landden onder aan de trap. De man kwam moeizaam overeind, stommelde de trap af en probeerde, wanhopig met zijn voet naar de pijp zoekend, zijn broek aan te trekken. Er verzamelde zich een groep toeschouwers om hem heen, die aan hem kleefde als roet aan pastei van plakrijst.

Uit het kamertje kwam een zwaar opgemaakte vrouw tevoorschijn. Haar ochtendjas dichtknopend tierde ze tegen de man vanaf de bovenste tree van de trap: 'Denk maar niet dat ik je niet herken omdat je je staart hebt afgeknipt. Je komt me morgen om deze tijd mijn geld brengen en tot op de cent precies, anders kalk ik je naam op alle deuren hier zodat iedereen weet wat voor iemand jij bent!'

De man was er eindelijk in geslaagd zijn broek aan te trekken, slingerde zijn jasje over zijn schouder en haastte zich de straat op.

Iedereen barstte in lachen uit, behalve de vrouw. Ze schraapte haar keel, spuugde op de grond en verdween terug naar haar kamertje waarbij ze de deur met een klap achter zich dichtsloeg. Kam Shan wist dat hij de andere deur moest hebben, want de madam had hem een jong meisje toegezegd dat hier nog niet al te lang verbleef.

Kam Shan duwde de rechterdeur open. Voor het raam, dat amper groter was dan een wok, hing een doek, waardoor het in het kamertje even duister was als op de overloop. Een lamp in een hoek verspreidde een bundeltje wazig licht. Het duurde even voordat Kam Shan het bed en een krukje kon onderscheiden. Het waren de enige meubels in het vertrek.

Op het bed lag een opgerolde deken. Vanwaar Kam Shan stond leek hij matgroen en doorweven met een bloemenpatroon. Het waren de enige kleuren in het vertrek. Aan het voeteneinde van het bed lag een stapeltje grijze kleding. Het stapeltje kwam in beweging. Kam Shan besefte dat dit de vrouw was voor wie hij zojuist had betaald.

Kam Shan gooide de sigaret op de vloer en verpulverde hem met zijn voet. Hij ging op de rand van het krakkemikkige bed zitten dat onder zijn gewicht luid begon te kraken en trok de deken naar zich toe. Hij verspreidde nog een beetje warmte. Recht voor zich zag hij een grote vlek als van het sap van een geplette watermeloen. De vlek zag er zo goor uit dat hij bijna moest kokhalzen. De deken was te walgelijk om vast te houden en daarom liet hij hem op de grond vallen.

'Hoe word je genoemd?' vroeg hij met een zo onbewogen mogelijk gezicht, maar zijn stem verraadde hem. Hij hoorde zelf ook hoe onervaren hij klonk.

Het grijze stapeltje kwam overeind, maar zweeg.

Kam Shan stond op en stak een lucifer af die hij vlak voor zijn ogen hield. Het licht gaf hem wat moed en hij richtte zich nu op ruwere toon tot haar: 'Draai je om. Ik vroeg je iets.'

Ze draaide zich naar het licht. Tot zijn verbazing zag Kam Shan een stel ogen dat zo groot was dat ze bijna niet in haar gezicht pasten. De irissen schitterden als glazen kralen onder water. In het flakkerende licht van de lucifer verkleurden ze langzaam van donkerbruin naar donkerblauw. Toen Kam Shan de lucifer optilde, zag hij er ook een grijsgroene zweem in.

'Kattenogen?' riep hij verbijsterd uit.

Haar irissen lichtten even op waarna ze vertroebelden en de groene zweem verdween.

'Eentje maar. Oké?'

Ze strekte haar hand uit voor een sigaret. Haar vingers waren gerimpeld als uitgedroogde druiven en op haar polsen zat een laag donshaartjes. Ze was zo mager dat haar nachthemd leeg leek, alsof het op een bamboedroogrek hing.

Ze is nog maar een kind, dacht Kam Shan.

Hij greep zijn pakje sigaretten, haalde er eentje uit, stak hem aan en gaf hem haar waarna hij er zelf ook een opstak. Hij keek naar het meisje, dat uiterst begerig, alsof ze uitgehongerd was, aan de sigaret trok. Ze nam drie keer achtereen een haal voordat ze de rook uitblies en hield daarbij zo lang de adem in dat dikke, blauwgrijze aderen opzwollen in haar nek, die ze als een reiger uitstrekte.

'Rustig maar, niemand pakt jou die sigaret af,' zei Kam Shan.

'Ik heb een slecht gebit. Als ik rook heb ik minder last van de pijn.' Het meisje gniffelde. Kam Shan kreeg kippenvel van het lachje dat klonk als een slang die ritselde in het gras.

'U kent mij, meneer?' Met een paar flinke halen had ze haar sigaret op. Ze wilde er overduidelijk nog een. Omdat ze te bedeesd was Kam Shan erom te vragen, glimlachte ze slechts verlegen naar hem.

'Ik hoorde dat ze je Kattenogen noemden op de dag dat ...' De woorden bleven in zijn keel steken. Het lukte hem niet de zin te voltooien.

Hij had haar een paar maanden eerder voor het eerst gezien. Kam Shan en Loong Am hadden op de boerenmarkt al hun eieren verkocht en waren in Chinatown thee gaan drinken. Ze zaten nog maar net toen Loong Am al de trap af was gelopen voor een bezoek aan de wc op de achterplaats. Hij bleef zo lang weg dat Kam Shan hem op een gegeven moment beneden was gaan zoeken. Er hing minstens een tiental mannen rond bij de deur naar de achterplaats. De toegang werd bewaakt door een potige, in het zwart geklede vent die Kam Shan meteen herkende. Het was de broer van de jongen die zijn vader altijd had ingehuurd voor naaiwerk toen hij de wasserette had gedreven. Nadat hij had gezegd op zoek te zijn naar Loong Am, mocht hij verder.

Het was druk op de binnenplaats. In het midden had iemand van wat stenen en een plank een verhoging gemaakt. Op de plank stond een meisje. Het broodmagere kind was zelfs op de verhoging nog kleiner dan de mannen om haar heen. Ze droeg een blauwe tuniek en een met een zwarte bies afgezette, blauwe broek. Beide waren van ruw katoen, maar wel schoon. Het meisje hield haar handen in haar mouwen en liet haar hoofd zo hangen dat alleen haar kruin te zien was. Aan het begin van haar vlechten had ze een lint gebonden dat misschien ooit felrood was geweest, maar nu donker en vies leek.

Naast het meisje stond een schriele kerel die met een vinger tussen haar ribben porde en zei: 'De dochter van mijn oudere broer. Ze heeft een zware tijd achter de rug want meteen na haar aankomst hier is haar vader overleden. Ik kan me haar niet langer veroorloven. Voor wat contanten mag u haar hebben.'

Hij vervolgde: 'Kijk eens goed naar haar, naar dat gezichtje. Natuurlijk vergelijk ik haar niet met die keizerlijke dames uit vroegere ... Die vergelijking is ongepast, nietwaar? Maar vindt u ook niet dat ze op zijn minst iedere operaster die u ooit hebt gezien de loef afsteekt? Hebt u ooit zulke ogen gezien? Maak haar tot uw vrouw of bijzit en laat u door haar in de watten leggen. Baat het niet, dan schaadt het niet.'

Hij stak twee klauwachtige vingers uit en tilde haar kin op zodat haar gezicht eindelijk zichtbaar werd. De toeschouwers sisten van verbazing.

Ze was een gewoon Kantonees meisje met een gebruinde huid, breed voorhoofd en hoge jukbeenderen, zoals je die op de rijstvelden, bij vismeertjes of achter het weefgetouw ook tegenkwam. Ze had echter wonderbaarlijke ogen. Ze waren als enorme meren, zo vol dat hun oevers dreigden te overstromen. De irissen waren opmerkelijk zwart en werden omfloerst door een grijsgroene schittering.

'Kattenogen! Ze heeft kattenogen!' werd er geroepen.

De schriele man perste tevreden zijn lippen op elkaar en zei: 'Waar u ook zoekt in de Gouden Bergen – in Vancouver, Victoria noch New Westminster – ik garandeer u dat u geen tweede als haar vindt. Indien wel, dan mag u dit exemplaar gratis en voor niks hebben.'

'Is ze schoon?' vroeg een man in een kort jasje die wat ouder was dan de rest.

De man giechelde alsof iemand zijn oksels had gekieteld: 'Ze is nog maar twaalf, wat dacht u dan? Geen jochie heeft haar ooit aangeraakt, laat staan een man!'

Iedereen begon te lachen. 'Nou, dat zou je op het eerste gezicht niet zeggen. Waarom zouden we je geloven?' vroeg de man met het korte jasje. De schriele verkoper spuugde een groene fluim op de grond. 'Kom maar voelen als u me niet gelooft. Kom maar kijken of ze schaamhaar heeft of niet.'

De man liep naar de verhoging en maakte het broektouw van het meisje los. Met de ene hand hield hij haar broek op terwijl de andere in haar kruis verdween, waar hij haar eens flink betastte. Het meisje probeerde zich uit zijn greep te bevrijden, maar tevergeefs, waarna ze ineenkromp en zich stijf en klein als een draadijzeren paspop hield.

'Een paar haartjes,' deelde de man mee, terwijl hij de toeschouwers toeknikte. Hij trok zijn vinger terug en rook eraan. Sommigen barstten in lachen uit.

'Ik kom haar ook even proberen,' riep een ander.

Het gezicht van de schriele man betrok. 'Al te goed is buurmans gek,' zei hij. 'Wie haar wil proberen, moet ervoor dokken ... Twee dollar.'

De menigte zweeg.

De man met het korte jasje begon te lachen. 'Ik geef je dertig dollar. Voor dertig dollar verlos ik je van haar. Mijn vrouw zit thuis in Hoi Ping. Dit meisje mag mijn bijvrouw worden.'

De verkoper begon te schelden: 'Eikel! Om haar het land in te krijgen heeft mijn broer vijfhonderd dollar koptaks moeten betalen. Dat bedrag heeft hij van mij geleend. Ik hoef niet aan haar te verdienen, maar ik wil ook niet platzak eindigen.'

'Vijftig dollar! Wat vind je daarvan?'

De verkoper zei niets, maar pakte het meisje bij haar broektouw alsof hij haar weg wilde leiden.

'Tweehonderdvijftig,' riep een andere stem, afkomstig van een man aan de rechterkant die tot nu toe geen woord had gesproken. Hij had een groot, vierkant gezicht en zijn indrukwekkende gestalte was in een lange zijden mantel gehuld.

'En de koptaks dan?'

'Tweehonderdvijftig en geen cent meer.'

Terwijl de man dit zei, verstrakte zijn gezicht. Elke rimpel spande zich aan.

De schriele man keek ontevreden, smeet het broektouw tegen het meisje en zei: 'Oké, tweehonderdvijftig dan. Dat betekent dat ik een jaar nodig zal hebben om terug te verdienen wat ik door deze waardeloze slet ben kwijtgeraakt.'

Die dag reed Loong Am de kar naar huis. Kam Shan zweeg de hele weg. Hij zag voortdurend die katachtige ogen voor zich. Steeds als hij zijn ogen sloot, voelde hij ze op zijn oogleden drukken. Ze lichtten continu op als twee vonken van een houtskoolvuur, totdat zijn ogen ervan brandden en hij er hoofdpijn van kreeg.

Voordat ze thuis waren, was hij haar echter alweer vergeten. Er was al zoveel ellende in de wereld. Hij kon zich onmogelijk alles aantrekken. Door wat hij de afgelopen twee jaar allemaal had gezien had hij een dikke huid gekregen en raakte hij niet meer zo snel van slag.

Niettemin was het geen moment in hem opgekomen dat de man die tweehonderdvijftig dollar voor Kattenogen had neergeteld, haar niet als zijn eigen bijzit zou nemen. In plaats daarvan maakte hij haar de bijzit van vele mannen, stond hij toe dat ze haar van top tot teen betastten en vernederden. Ze was nog steeds Kattenogen, maar niet meer de Kattenogen zoals hij haar de eerste keer had gezien.

'Weet je oom dat je hier zit?' vroeg hij.

Kattenogen gnuifde. 'Welke oom? Mijn grootmoeder moet mijn eerste oom nog op de wereld zetten.'

'Dus die man die jou heeft verkocht was je oom niet?' vroeg Kam Shan verbaasd.

Kattenogen schudde het hoofd. 'Ik weet zelfs niet hoe hij heet. Ik ging met mijn oudere zus naar Kanton om daar naar de lichtjes te kijken toen we deze man tegen het lijf liepen. Hij zei dat hij ons zou meenemen naar de haven om de buitenlandse schepen te zien, maar hij heeft ons bedrogen en meegenomen over de oceaan.'

'En de koptaks? Heeft hij die dan betaald voor jou?'

'Hij heeft me het land in gekregen met een speciale pas voor terugreizende inwoners. De foto leek behoorlijk op mij.'

'En je zus?'

'Iemand op de boot heeft haar gekocht.'

Kattenogen haalde een hand onder de deken vandaan en hield die voor haar mond terwijl ze een geeuw liet horen waaraan geen einde leek te komen. Toen ze haar hand terugtrok waren haar vingers nat van het snot uit haar loopneus. Ze schudde het eraf waardoor de druppels op de toch al besmeurde wand belandden. Ze vertelde haar verhaal zonder verdriet te tonen. Het leek bijna alsof het over iemand anders ging.

'Wilt u opschieten, meneer, zodat ik daarna even kan slapen? Door de kiespijn heb ik de hele nacht geen oog dichtgedaan.'

Ze trok haar bovenhemd uit. Kam Shan zag dat ze daaronder niets droeg. Het was weliswaar winter, maar de sporen van het werk op het land dat ze 's zomers altijd had verricht, waren nog zichtbaar. Overal op haar schouders en rug bevonden zich plekjes zongebruinde huid, geribbeld als rijstkalanders. De twee vlezige verheffingen op haar borst, klein en uitgedroogd als aan de tak verwelkte knoppen, vormden de enige bleke delen van haar bovenlichaam. Kam Shan kneep erin. Ze voelden aan als twee hompjes deeg. Hierbij vergeleken waren de borsten van Sundance zo rijp dat ze bij de minste aanraking al leken te smelten.

De broek van Kattenogen was losjes dichtgeknoopt bij de heupen. Een korte ruk was genoeg om hem te openen. Ze droeg geen ondergoed. Haar benen zaten even los als haar broektouw. Bij het minste duwtje deed ze ze al uiteen. Haar schaamstreek was opgezwollen als een rotte perzik. Er sijpelde geel vocht uit. De stank was zo overweldigend dat Kam Shan ervan moest kokhalzen. Zijn mond vulde zich met de vieze nasmaak van de garnalendeegballetjes van zijn middagmaal. Hij voelde zich meteen slap worden.

'Kom je nog?' vroeg Kattenogen.

'Wat denk je godverdomme wel!' zei Kam Shan krachtig. 'Wil je me ook met de pokken besmetten of zoiets?'

Kattenogen zei niets meer. Kam Shan stond op en tastte in het rond, op zoek naar zijn broek. Toen hij hem aantrok voelde hij iets zwaars bij zijn voeten. Hij besefte dat het Kattenogen was die zich vastklampte aan zijn broekspijpen. 'Blijf nog even, meneer, alstublieft,' smeekte ze. 'U hebt voor een halfuur betaald. Eerder kan ze u niet op straat zetten. Blijf alstublieft zodat ik even kan slapen.'

Kam Shan tilde het meisje op met zijn voet en liet haar op bed vallen. Ze was zo licht als een veertje. 'Als ik jou was, zou ik een dokter naar je laten kijken,' zei hij, maar voor hij uitgesproken was, hoorde hij al gesnurk. Hij zag dat Kattenogen met dichtgeknepen oogleden diep in slaap was. Haar wimpers waren even weelderig als gras op een rivieroever. Een vochtige haarkrul plakte aan haar voorhoofd. Als ze al koket kon worden genoemd, dan resteerde daar nu helemaal niets meer van. Van het ene op het andere moment was ze weer kind geworden. Hij raapte de deken op en legde hem over haar heen. Daarna ging hij zitten en stak hij een sigaret op, de derde in zijn hele leven.

Het schemerde al op het moment dat Kam Shan het bordeel verliet. De wind was opgestoken en rukte aan de takken van de bomen waardoor grote, zwarte silhouetten zich scherp aftekenden tegen de hemel. Het was tijd voor avondeten, maar Kam Shan had geen honger. Er zat hem iets dwars. Hij wilde het uitschreeuwen of uitkotsen en voelde zich uitgeput. Hij tastte in zijn zak naar het pakje sigaretten, maar trof het niet aan. Hij herinnerde zich weer dat hij het pakje had achtergelaten bij Kattenogen. Moeder, als je deze keer een dochter baart, laat haar dan alsjeblieft nooit zo eindigen als Kattenogen, zei hij tegen zichzelf.

Hij liep een café binnen en nam een kom pap met ingelegde eieren, een kop thee en een fles wijn. Al snel vormden alle vloeistoffen één grote mengelmoes in zijn maag waardoor hij keer op keer naar het privaat moest. Toen hij eindelijk weer in zijn wagen zat en het paard koers liet zetten naar huis, voelde zijn tong als een klomp te sterk gerezen deeg die zijn mond verstopte. Hij was blij dat Loong Am er niet bij was, want hij had weinig zin om te praten.

Hij viel in de wagen in slaap, maar het paard wist feilloos de weg op de al zo vaak afgelegde route.

Op zo'n vijf kilometer van huis werd hij gewekt door een plotselinge windstoot. De stapel lege manden bij zijn voeten vloog van de wagen. Hij hield halt om ze op te rapen en zag toen een beweging bij een van de omgekeerde manden die nog wel op de wagen stonden. Omdat hij dacht dat de wind eronder was gekomen, wilde hij de mand grijpen. Plotseling schoot die echter omhoog. Kam Shan was op slag nuchter. Hij had de manden zelf op de wagen gezet en wist dat ze allemaal leeg waren. Hij wist echter ook dat zich langs deze weg niet-gemarkeerde graven van spoorwegarbeiders bevonden.

De zweep knalde door de lucht. In de nachtelijke stilte klonk het als een donderklap. Dat gaf hem een beetje moed. Met trillende stem riep hij: 'Wie is daar?'

In de mand stommelde iets. Het kwam overeind met twee in het maanlicht groen oplichtende ogen. Kattenogen. Kam Shans op hol geslagen hart bedaarde en zijn nekharen stonden niet langer overeind.

'Ik zag uw kar aan de overkant van de straat. Toen ze allemaal gingen eten, ben ik naar buiten gerend en heb ik me erin verstopt.'

'Het heeft geen zin om met mij mee te gaan. Ik heb het geld niet om je vrij te kopen.'

'Dat hoeft ook niet. U woont niet in Vancouver, dus ze zullen u toch niet vinden.'

Kattenogen sprong van de wagen en liet zich voor Kam Shan op haar knieën vallen. 'Meneer, ik zag bij binnenkomst meteen al dat u een goed mens bent,' drong ze bij hem aan. 'Ik haal bij een dokter medicijnen tegen de pokken. Ik ben jong en sterk en ben bereid om alles aan te pakken: het land bewerken, vissen, borduren, weven ... Als u al een vrouw hebt, word ik uw bijzit en zorg ik dag en nacht voor u, uw vrouw en uw kinderen. Als u al een bijzit hebt, word ik uw dienstmeid, dat beloof ik u.'

Kam Shan duwde haar weg met zijn voet.

'Je kunt niet met me mee. Als ik jou meeneem, schopt mijn vader me eruit. Vergeet het maar. Ik breng je terug naar de stad.'

Kattenogen kwam overeind, opende langzaam haar tuniek en pakte daarna haar broektouw. Ze trok het los waardoor de broek langs haar spillebenen omlaag gleed. Ze ging op haar tenen staan, wierp het touw over een laaghangende tak en maakte er een strop aan. Daarna zei ze met schorre stem: 'Ik ga absoluut niet terug. U mag gaan. Als u uw gang gaat, ga ik de mijne. Vergeet mij nu maar gewoon.'

Kam Shan trok het touw omlaag en smeet het op de grond. 'Beter een levende lafaard dan een dooie held. De grootste stommeling weet dat nog, Kattenogen. Ben jij nog dommer dan de grootste stommeling?'

Kattenogen raapte het touw op, bevestigde het weer om haar

broek en ging opnieuw in de kar zitten. Kam Shan zweeg, maar Kattenogen besefte dat zich hiermee een kleine kans had aangediend. Als ze haar voet tussen de deur hield, zou er een nieuwe toekomst gloren.

De rest van de tocht lag Kattenogen opgekruld als een slapende kat in een van de lege manden achter in de wagen. Kam Shan zei geen woord meer, maar de zaak liet hem niet met rust. In gedachten was hij al bezig om alles aan zijn vader uit te leggen.

Ah-Fat was voor een paar maanden naar hun geboortedorp teruggekeerd en zijn moeder was opnieuw zwanger. Het ging inmiddels een stuk beter met zijn grootmoeder en zijn vader zou dan ook snel zijn overtocht boeken en terugkeren. Kam Shan verzon de ene na de andere verklaring voor de aanwezigheid van Kattenogen. Aanvankelijk leken al die verklaringen uitkomst te bieden, maar als hij er goed over nadacht waren ze geen van alle steekhoudend. Hij pijnigde zijn hersenen, maar vond geen uitweg uit de moeilijke situatie waarin Kattenogen hem met haar aanwezigheid had gemanoeuvreerd.

Bij thuiskomst had hij het gevoel dat zijn hoofd uit elkaar barstte. Hij sprong van de wagen waarbij iets om zijn nek rinkelend tegen de zijkant van de wagen sloeg. Het was de crucifix die hij voor Kerstmis van missionaris Andrew had gekregen. Hij had zich maar half laten bekeren en droeg de crucifix dan ook vooral als een amulet. Het rinkelen ervan gaf hem troost, als een lucifer die wordt afgestreken in het duister.

Morgen. Zodra ik morgen wakker word, ga ik missionaris Andrew om raad vragen. Hij weet vast en zeker wat ik moet doen, dacht Kam Shan.

Een affaire in de Gouden Bergen

**Het vierde tot en met het elfde jaar van de Republiek (1915-1922),
Vancouver en New Westminster, Brits-Columbia**

Beste Ah-Yin,

*Ik ben ruim een maand terug in de Gouden Bergen en heb
me sindsdien met veel bezig moeten houden. Pas nu heb ik
tijd gevonden om pen en papier te pakken en jou te schrijven dat alles goed met me gaat. Tijdens de maanden die
ik met jou thuis doorbracht, had de knecht de boerderij
onder zijn hoede. Vorig jaar kampten we met droogte
waardoor de oogsten mager waren, het vee ziek werd en ik
nauwelijks nog inkomen had. Ik gebruikte al jaren mest
om het land vruchtbaar te maken, maar onlangs hebben
mijn yeung fan-buren me voor het gerecht gesleept omdat
ze vonden dat het stonk en dat het strijdig was met de regels voor de openbare hygiëne. Daar staan zware boetes
op, maar gelukkig was een oude vriend uit mijn tijd van
de spoorweg, Rick Henderson, zo vriendelijk te helpen
door een uitstekende advocaat voor me te regelen.*
*Maar ik ga het meest gebukt onder Kam Shan. Nadat hij
aan het begin van het jaar was teruggekeerd van de roodhuidenstam, bleek hij enorm veranderd. Hij heeft zo veel
mogelijk geleerd over vee houden en het boerenbedrijf en
ging helemaal op in zijn werk. Dat was geweldig: de verloren zoon was terug. Maar ik heb zojuist tot mijn grote
ongenoegen ontdekt dat hij met medeweten van een gees-
telijke in het geheim steeds onderdak heeft geboden aan
een hoertje uit een bordeel. Voor haar levensonderhoud*

heeft hij uit ons huis steeds kostbaarheden en geld gepikt.
Die jongen was altijd al eigenwijs en onhandelbaar. Giste-
ren ben ik tot het inzicht gekomen dat ik geen andere
keuze meer heb dan hem eruit te trappen. Mijn grootste
wens is dat ik het inkomen uit de boerderij zodanig opkrik
dat ik je met een gerust hart naar de Gouden Bergen kan
laten komen. Jij en Kam Shan hebben altijd een innige
band gehad en misschien lukt het jou hem weer op het
rechte pad te krijgen. Mijn oom en tante kunnen voor
mijn moeder zorgen. Ik heb jarenlang hun huisvesting
voor mijn rekening genomen. Met de zorg voor moeder
kunnen ze op simpele wijze hun dankbaarheid betuigen
en het zal mij geruststellen. Kam Ho is inmiddels dertien.
Als hij oud genoeg is, kunnen we voor hem op zoek naar
een geschikte bruid om in Hoi Ping een gezinnetje te vor-
men. Het duurt niet lang meer voor je kind wordt geboren.
Of het nu een jongen of meisje wordt, je kunt het altijd
achterlaten bij mijn oom en tante zodat zij er voorlopig
voor kunnen zorgen. Het belangrijkste is dat ik je zo snel
mogelijk hierheen haal. We hebben zo weinig in elkaars
nabijheid verkeerd en leven al zo lang gescheiden van el-
kaar. Ik mis je heel erg en voel me schuldig dat ik de be-
lofte die ik je al die jaren geleden heb gedaan, niet kan
inlossen.

Fong Tak Fat, je echtgenoot, op de zesde dag van de acht-
ste maand van het jaar 1915 in New Westminster

Ah-Fat was vroeg opgestaan, had zich gewassen en aangekleed. Hij
stak in de zuidoostelijke hoek van de kamer een staafje wierook
aan en knielde neer. In de hoek stond een beeldje van Tan Gong,
dat hij had meegenomen van zijn laatste thuisreis. Sinds hij had
vernomen dat Zes Vingers onderweg was, viel hij elke dag op zijn
knieën voor het beeldje neer. Tan Gong was de god van de zeevaar-
ders en Zes Vingers reisde over de oceaan naar de Gouden Bergen.
Ah-Fat maakte zich er vreselijk druk om. Hij was nog niet vergeten
dat Kam Shan vijf jaar geleden bij aankomst was opgesloten in het
detentiecentrum en dat Ah-Lams vrouw daar zelfmoord had ge-

pleegd. Alleen door zijn zorgen in handen te leggen van Tan Gong kon hij zich vervolgens aan zijn dagelijkse werkzaamheden wijden.

Eindelijk zou Zes Vingers met hem worden herenigd in de Gouden Bergen. Dat besluit had hij genomen toen hij weer uit Hoi Ping was vertrokken.

Eenentwintig jaar. Zes Vingers en hij waren inmiddels eenentwintig jaar getrouwd. Eenentwintig jaar lang waren hij en zijn moeder al aan het touwtrekken met Zes Vingers als een in het midden van het touw vastgebonden zakdoekje. Beiden wilden haar hebben. Zijn moeder maakte dit duidelijk door hem te treiteren dat hij een bijzit moest nemen, uit de Gouden Bergen of uit Hoi Ping. Ze had geen idee van Ah-Fats marktwaarde in de Gouden Bergen, maar wist dat de meisjes in Hoi Ping bijna voor niets in zee zouden gaan met een uit de Gouden Bergen afkomstige man. Ah-Fat weigerde en liet de kwestie jarenlang voortduren.

Zijn moeder wist dat Ah-Fat zelf zijn eten moest klaarmaken of koude kliekjes at als hij de hele dag op het land had gewerkt. Als zijn jas in het wiel van zijn kar verstrikt raakte, miste hij een handige vrouw om hem te repareren. Als hij hoofdpijn of koorts had, miste hij een vrouw die hem haar huismiddeltje toediende of zijn voorhoofd depte. Toen Ah-Fat nog jong was, had mevrouw Mak dit met lede ogen aangezien, maar nu de jaren ook bij hem begonnen te tellen, kon ze er niet meer tegen.

Hoewel mevrouw Mak het gezicht van haar zoon niet meer kon zien, was haar gehoor nog uitstekend. Toen hij over de drempel stapte, had hij met zijn zware stem maar 'Moeder!' hoeven zeggen of ze had al gehoord dat hij was veranderd. Zijn stem klonk hol als een door wormen uitgevreten hazelnoot. Hij had een familie moeten onderhouden met evenveel leden als een boom takken draagt waardoor er van hem nu slechts een uitgedroogde noot resteerde. Vanaf het moment dat haar zoon op zijn zestiende naar de Gouden Bergen was vertrokken, had hij keihard gezwoegd om zo veel mogelijk dollarbrieven naar huis te sturen.

Op de ochtend van Ah-Fats vertrek uit Hoi Ping ging de drager met zijn koffers voorop. Ah-Fat werd op de voet gevolgd door de blinde mevrouw Mak, ondersteund door Zes Vingers aan haar ene en Kam Ho aan haar andere zij. Ze volgden hem met zijn drieën helemaal tot aan de toegang naar het dorp. Kam Ho keek naar zijn vader en zei: 'Je bent dikker geworden, pap. Je jas gaat niet meer dicht.'

Zijn vader glimlachte. 'Dat komt door alle soep die ik van je moeder heb gekregen. Ze probeert me vet te mesten als een week-schildpad. Je hoeft niet jaloers op me te zijn. Wanneer ik terug ben in de Gouden Bergen is dit vet snel weer verdwenen. Daar is er geen soep voor mij.'

Zes Vingers wendde het hoofd af en zei niets. Als ze haar mond opendeed, zou ze meteen gaan huilen. Ze was inmiddels zichtbaar zwanger en het lopen ging moeizamer dan normaal. Ze verzette langzaam nog een paar stappen en slaagde erin de brok in haar keel weg te slikken. 'Luister maar niet naar je vaders praatjes, Kam Ho,' zei ze. 'Er is in de Gouden Bergen genoeg lekkers. Ze missen mijn soep echt niet.'

Mevrouw Mak bleef plotseling staan en keek chagrijnig. Ze pootte haar wandelstok zo hard in de grond dat er afdrukken ach-terbleven. 'Haast je, Ah-Fat,' zei ze, 'en zorg ervoor dat je geld op-zijzet als je terug bent in de Gouden Bergen.'

'Ja moeder, om meer land te kopen,' reageerde Ah-Fat, die zijn moeder dit al zo vaak had horen zeggen. Land, land en nog eens land. Mevrouw Mak geloofde niet in geld, hoeveel zilveren dollars ze ook in haar vuist geklemd hield. Ze was er pas gerust op als ze op de dijkjes rond de familievelden stond.

'Nee, niet voor land,' zei mevrouw Mak terwijl ze met haar stok naar Zes Vingers priemde. 'Zorg dat je snel genoeg geld bij elkaar hebt om haar mee te nemen.'

Ah-Fat en Zes Vingers waren met stomheid geslagen. Jaren en nog eens jaren hadden ze op deze woorden van mevrouw Mak gewacht. Na twintig jaar kwamen ze hun onwaarschijnlijker voor dan een bloeiende sagopalm.

Toen Zes Vingers haar stem terug had, zei ze: 'Moeder, ik zal er altijd voor je zijn.'

'Nou,' luidde de reactie, 'doe maar niet alsof!' De oude vrouw was goed van de tongriem gesneden en ze kon dingen flink inpe-peren.

Zes Vingers was echter allang gewend aan haar kwetsende op-merkingen. 'Wat zou je doen, moeder, als ik wegga?' vroeg ze met een flauwe glimlach.

'Nou,' reageerde mevrouw Mak opnieuw, 'dan ga ik wel bij zijn oom en tante wonen. Dankzij Ah-Fats geld zijn ze inmiddels zo dik als bodhisattva's. Zonder dat geld zou Ah-Fats oom helemaal niets voorstellen, dus hij kan me moeilijk de toegang weigeren.'

Ah-Fat trok zijn mantel op, knielde op de weg neer en boog drie keer in het stof voor zijn moeder. Ze kon hem niet zien, maar rook wel het stof dat opdwarrelde doordat haar zoon met zijn hoofd op de grond sloeg. 'Ik zal je altijd dankbaar blijven voor je goedheid, moeder,' zei hij. 'Wanneer ik terugben in de Gouden Bergen zal ik zorgen dat ik kilo's geld verdien zodat jij kilometers land kunt kopen. En als het mij niet lukt om elk jaar naar huis te komen, zorg ik dat Kam Shan jou zijn respect komt bewijzen zoals het een kleinzoon betaamt.'

Op het horen van de naam Kam Shan maakte mevrouw Maks strenge gelaatsuitdrukking plaats voor een voorzichtige glimlach.

'Zeg tegen Kam Shan dat de gesuikerde amandelen die hij had gestuurd erg lekker maar veel te hard waren. Herinner hem eraan dat grootmoeder niet zoveel tanden meer heeft en dat hij de volgende keer iets zachters moet sturen.'

Ah-Fat bromde instemmend en wierp een zijdelingse blik op Zes Vingers. Ze glimlachten, maar zeiden niets. Ze hadden Kam Shans verdwijning verborgen gehouden voor mevrouw Mak, maar die had Zes Vingers telkens weer gevraagd hoe het met hem ging. Op het laatst had Zes Vingers ten einde raad maar eigenhandig een paar brieven 'van Kam Shan' geschreven en passages daaruit aan de oude vrouw voorgelezen. Ah-Fat had net gedaan alsof de kleinigheden die hij had meegenomen cadeautjes van Kam Shan waren. Mevrouw Mak had niets vermoed. Pas nu Kam Shan was teruggekeerd hoefden Ah-Fat en Zes Vingers niet meer zo omzichtig te werk te gaan.

Hoewel mevrouw Mak er twintig jaar over had gedaan, had ze toch in een opwelling besloten dat Zes Vingers nu eindelijk naar de Gouden Bergen mocht reizen.

Elke dag sinds zijn terugkeer in de Gouden Bergen had Ah-Fat wierook ontstoken en gebeden. Hij was vastbesloten geweest om de koptaks voor Zes Vingers zo snel mogelijk bij elkaar te krijgen, zelfs als dat zou betekenen dat hij de afbetaling van de diaolou tijdelijk zou moeten staken. De oogsten werden steeds beter en zijn spaargeld nam toe. Binnen twee jaar had hij het geld bij elkaar.

Nadat Ah-Fat zijn gebeden voor Tan Gong had opgezegd, ging hij zijn bed opmaken. De katoenen vulling van de deken was allesbehalve nieuw, maar hij had hem opgeklopt waardoor hij weer lekker zacht was geworden. Het oude overtrek was door het vele wassen tot op de draad versleten geweest. Daarom had Ah-Fat in het warenhuis in Vancouver een nieuwe gekocht van mooi linnen. Hij ging nu eerst het overtrek vervangen. Daarna zou hij met paard-en-wagen naar het dorp rijden voor wat huishoudelijke benodigdheden en om zich te laten scheren bij de barbier. Dan zou het ook ongeveer tijd zijn om naar de haven te gaan en de boot te verwelkomen die om drie uur zou aanleggen.

Ah-Fat naaide juist de deken weer dicht toen Loong Am zijn hoofd om de hoek van de deur stak en zei: 'Nu tante komt, kunnen we vanavond wel soep eten. Dan kunnen we die muffe rijst van jou, waarvoor een varken nog zijn neus zou ophalen, eindelijk eens overslaan.'

Ah-Fat spuugde het uiteinde van een draad uit. 'Jij hebt wel lef, snotneus, om te klagen dat je het zo zwaar hebt,' reageerde hij, 'alsof je niet al jaren van me profiteert. Maar zelfs als ik jou wat meer zou betalen, levert dat je nog geen zonen en kleinkinderen op. Je kunt beter naar huis gaan om daar op zoek te gaan naar een vrouw. Die kan dan voor jou een heerlijke soep klaarmaken wanneer je maar wilt.'

Loong Am giechelde. 'U bent een enorme vrek, oom. U geeft geen cent meer uit dan noodzakelijk. Ik zal aan u nooit een stuiver overhouden. Ik mag al blij zijn dat ik genoeg te eten heb, om van een vrouw nog maar te zwijgen.'

Ah-Fat overhandigde Loong Am naald en draad. Door zijn verziendheid was het voor hem steeds lastiger om een draad in een naald te steken, te schrijven en zijn nagels te knippen.

'Oom, mijn kleine broertje zag Kam Shan een paar dagen geleden in Kamloops,' zei Loong Am, terwijl hij de draad door het oog van de naald stak.

Ah-Fat zweeg, maar hield de schaar opeens stil.

Sinds Kam Shan twee jaar geleden was weggegaan, zwierf hij van plaats naar plaats. In Vancouver durfde hij zich niet meer te vertonen, omdat hij daar dat meisje uit het bordeel had meegenomen.

Naar verluidt had hij zich in Port Hope opgehouden, en vervolgens in Yale. Met Nieuwjaar had hij zijn vader een cheque van vijftig dollar gestuurd. Op de enveloppe stond geen afzender, maar de postzegel was afgestempeld in Lytton. Ah-Fat was daar geweest tijdens de spoorwegaanleg, al was van die oude plaats niets meer over. Hij kon zich maar moeilijk voorstellen dat Kam Shan in dat spookstadje zoveel geld had weten te verdienen. In de dagen daarna hadden Ah-Fats ogen gefonkeld van de opwinding, maar verder nieuws was uitgebleven.

Ah-Fat had er spijt van dat hij zijn zoon de deur uit had gezet. Die jongen zorgde altijd voor problemen, of hij nu thuis woonde of niet. Maar thuis kon hij hem tenminste in de gaten houden. Nu Kam Shan weg was, had hij geen idee van wat hij allemaal uitspookte en bleef hij zich zorgen over hem maken. Uit het oog, uit het hart, was een gezegde waarin hij vroeger had geloofd. Maar nu niet meer. Het had Ah-Fat pijn gedaan om getuige te moeten zijn van het wangedrag van zijn zoon. Maar nu Kam Shan was verdwenen, voelde het alsof hij was verstrikt in een doornstruik waaruit hij zich niet kon bevrijden. Als hij een doorn had verwijderd, ontdekte hij al een volgende. Het was beter om hem in de buurt te hebben.

De doornen deden Ah-Fat pijn als ze hem staken en wanneer hij ze verwijderde. Maar hij hield zijn pijn voor zich en niemand liet Kam Shans naam in zijn nabijheid vallen. Het was alsof hij nooit een zoon had gehad. Als iemand dan toch melding van hem maakte, flakkerden zijn ogen nog dagenlang.

'Kam Shan heeft in een winkel een hoek gehuurd en doet daar gouden zaken als fotograaf. Hij maakt vooral portretten van roodhuiden,' vertelde Loong Am. 'Ze poseren met laarzen aan en pistolen op hun heupen, als cowboys.'

'Dat doet hij ... in zijn eentje?' vroeg Ah-Fat na een korte stilte. Dit was de eerste keer sinds Kam Shans vertrek dat hij openlijk blijk gaf van belangstelling voor zijn zoon.

Loong Am begreep waarop zijn baas doelde. Hij kuchte verontschuldigend en deelde met tegenzin mee: 'Die vrouw was erbij.' Hij keek even op om te zien of Ah-Fat boos werd en sprak verder: 'Volgens mijn broer spreekt ze beter Engels dan Kam Shan. Alle vrouwen, blank of roodhuid, willen met haar praten.'

Ah-Fat zette een gezicht als een donderwolk op.

Loong Am haalde een dichtgeknoopt zakje uit zijn broekzak en legde het in Ah-Fats hand. 'Mijn broer heeft Kam Shan verteld dat zijn moeder onderweg is naar Vancouver. Kam Shan vroeg wanneer ze aankomt omdat hij de boot wil verwelkomen. Mijn broer vertelde hem dat hij dat beter niet kon doen omdat jij dan kwaad zou worden. Kam Shan staarde hem een tijdje verdwaasd aan, liep daarna de trap op en kwam terug met dit zakje. Hij vroeg mijn broer of hij dat aan tante wilde geven zodat ze in de stad kleren voor zichzelf kon kopen. Kam Shan zei ook dat u er niets van mocht weten.'

Ah-Fat gooide het zakje op bed zonder het een blik waardig te gunnen. 'U bent ook niet de makkelijkste, oom!' riep Loong Am, 'want al met al heeft Kam Shan niets verkeerds gedaan. Wat zou u doen als een meisje zo aan u zou trekken? Zou u haar dan ook niet in huis nemen? Ik denk dat Kam Shan zijn goede inborst van u heeft. Bovendien moet je een gegeven paard niet in de bek kijken. U hebt geen huwelijksschat of haar koptaks hoeven betalen. Als u haar niet mag, regel dan een andere vrouw voor hem als zijn echtgenote en laat het daarbij. Waarom zou u zich er zo kwaad over maken?'

Ah-Fat zweeg nog altijd, maar keek al minder kwaad.

Nadat Loong Am was verdwenen, sloot Ah-Fat de deur en knoopte hij de zakdoek open. Hij bevatte een stapel kleingeld en een bundeltje verfomfaaide biljetten van de laagste waardes, klam van vet of zweet. Ah-Fat telde het geld: twaalf dollar en achtenzestig cent.

Die knul toch! Het bleef eigen vlees en bloed. Ah-Fats ogen werden vochtig. In elk geval wist hij nu dat Kam Shan een plek had gevonden. Misschien zou het Zes Vingers lukken om hen weer met elkaar te verenigen.

Vol verlangen naar Zes Vingers reed Ah-Fat met paard-en-wagen naar de kade. Alleen via haar konden vader en zoon weer tot elkaar komen. Zonder haar tussenkomst zouden ze altijd van gescheiden oevers naar elkaar kijken.

Het was echter niet Zes Vingers die die dag voet aan wal zette. Het was Kam Ho.

Hij was de laatste die de boot verliet en bezweek bijna onder het gewicht van een juk met twee gigantische koffers. Hij kwam even langzaam vooruit als een mier met een lading modder op zijn rug. Van verbazing zakte Ah-Fat bijna door zijn knieën.

'Waar is je moeder?'

'Moeder zei dat ik moest gaan omdat Kam Shan weg is en je hulp nodig hebt.'

'Was dat misschien een idee van je grootmoeder?' vroeg Ah-Fat, terwijl hij zijn zoon vastgreep bij de panden van zijn jas.

'Nee, helemaal niet. Grootmoeder vond juist dat ze moest gaan, maar moeder zei dat ze jou alleen maar geld zou kosten, dat ze niet haar steentje zou kunnen bijdragen. Ik wilde helemaal niet gaan, maar moeder bleef aandringen dat ik de overtocht zou maken.'

Terwijl Kam Ho maar wat stamelde, zag hij de teleurstelling op Ah-Fats gezicht. Hij besefte dat zijn vader helemaal niet op zijn komst zat te wachten. Na een paar stappen in de Gouden Bergen was hij al gestruikeld. Hoeveel zou hij er nog moeten zetten voordat hij met opgeheven kin zijn vader trots in de ogen kon kijken? Kam Ho begon almaar langzamer te lopen. Hij ging steeds zwaarder gebukt onder zijn last en leek zich te willen verbergen achter zijn eigen schaduw.

'Waarom huil je? Ik heb je toch niks gedaan?'

Ah-Fat keek kwaad en vol afkeer naar zijn zoons vieze, verwarde haren en de opgedroogde kots op zijn jas. Hij vroeg zich af hoe het mogelijk was dat zijn zoons zo van elkaar verschilden.

'We zijn er.'

Ah-Fat sprong van de bok, gaf Kam Ho zijn blauwe plunjebaal en liep naar het huis. Het was groot, met twee verdiepingen en een voortuin. Kam Ho stond voor het ijzeren hek en keek naar de tuin. De voordeur zag hij niet, alleen de veranda die drie zijden van het huis bestreek. Hij voelde de brandende, alles verblekende middagzon. In het felle zonlicht was het pikkedonker op de veranda. Kam Ho dacht aan de mensen die daar woonden en ondanks de hitte trok er een huivering over zijn rug.

'Ik wil hier niet heen, vader! Ik wil bij jou wonen en op de boerderij werken,' had hij eigenlijk willen zeggen. Maar hij had zich nog net kunnen inhouden. Nu lagen die woorden als een steen op zijn maag en was hij niet meer in staat om ze nog uit te spreken.

Ah-Fat had het idee voorzichtig ter sprake gebracht. 'De dienst-meid van de Hendersons is naar Engeland teruggekeerd om te trouwen en ze kunnen geen nieuwe hulp vinden. Mevrouw Henderson kampt met haar gezondheid en heeft een bediende nodig,' had hij tegen Kam Ho gezegd.

'Meneer Henderson is een vriend die ik heb leren kennen in mijn tijd bij de spoorweg. Hij heeft mij en je oom Ah-Lam vaak geholpen. Zonder hem had ik nooit het geld gehad om al dit land te kopen.'

Pas toen Ah-Fat steeds weer over de Hendersons was begonnen, begon het Kam Ho te dagen. Zijn vader wilde dat hij hem verliet om hun huisknecht te worden, een bediende zoals Ah-Choi en Ah-Yuet. Meneer Henderson had zijn vaders hachje gered en daarom kon Kam Ho hem niet laten zitten.

Het idee was als een ongekookte rijstkorrel in Kam Ho's keel blijven steken. Het had hem bijna de adem benomen. Toen hij weer kon praten, was hij bezwaren gaan opperen: 'Maar ik heb nog nooit eten gekookt. Ik weet niet eens hoe ik het fornuis moet aansteken.'

'Dat zal mevrouw Henderson je wel vertellen.'

'Maar ik begrijp helemaal niks van wat de yeung fans zeggen!'

'Dat leer je vanzelf.'

'Maar ...'

Zijn vader was langzaam maar zeker zijn geduld verloren. Hij had zijn wenkbrauwen gefronst en zijn litteken was opgezwollen. 'Ik snap niet waarom je moeder je hierheen heeft gestuurd!'

Daarna had Kam Ho zijn mond maar gehouden. Ah-Fat had een gevoelige plek geraakt, een wond die nog vele jaren nodig had om te genezen. Op de boot waarmee hij was gekomen, had eigenlijk zijn moeder moeten zitten. Zij had zijn vaders leven kunnen ver-aangenamen nu hij ouder werd. Dit vooruitzicht was door de komst van zijn zoon, die zelf ook liever bij zijn moeder was gebleven, in één klap verdwenen. Hoe oud hij ook werd, Kam Ho zou dat nooit meer goed kunnen maken.

Gedurende de rit had Kam Ho steeds over zijn plunjezak gebogen gezeten. Hij zweeg, niet in staat om iets te zeggen. Zijn ogen waren vochtig. Hij wist dat hij onbedaarlijk zou gaan huilen als hij begon te praten. Vier dagen geleden was hij in de Gouden Bergen gearriveerd. In die periode had hij alleen zijn vader en de boerderij gezien. De Gouden Bergen waren een bodemloze afgrond en zijn vader vormde het touw dat over de rand hing. Zonder hem zou Kam Ho verdwalen in het aardedonker en nooit meer het daglicht zien. Maar vandaag eiste zijn vader, de enige die hij hier kende, dat hij hem zou verlaten om in een vreemd huis de bediende van een yeung fan-vrouw te worden. Hij had geen idee of hij hun voedsel wel zou kunnen verdragen, of hij zou kunnen slapen in het bed dat ze hem gaven. Het ergste was echter dat hij geen woord verstond van wat ze zeiden.

'Thuis had je je eigen bedienden. Nu ga je naar het huis van de yeung fan om hun ten dienste te staan. Matig je geen maniertjes van een jongeheer aan. Scheten laten, boeren en hoesten doe je alleen als ze je niet horen. Je eet in de keuken, tenzij je anders wordt gevraagd. Was elke avond voordat je naar bed gaat je voeten. In de zak zit gezouten vis. Als je hun maaltijden niet lekker vindt, eet je dat erbij. Je werkt zes dagen per week en daarna heb je een dag vrij. Nadat je op zaterdagavond het eten hebt gekookt, mag je gaan. Dan kom ik je halen. Maandagochtend vroeg breng ik je weer terug. Je krijgt één dollar vijfentwintig per dag, ook als je vrij bent. Dat is zevenendertig dollar vijftig per maand. Je kost en inwoning worden betaald, dus je moet in een jaar tijd flink wat bij elkaar kunnen verdienen.'

Ah-Fat duwde het ijzeren hek open, liep in de richting van de veranda en legde plotseling een arm over zijn zoons schouder. Kam Ho was zo mager dat Ah-Fat zijn botten voelde. Zijn stem brak een beetje toen hij zei: 'De mensen in de Gouden Bergen hebben veel geld. Thuis zijn hun dollars veel meer waard. Als jij en ik dit een paar jaar volhouden, is de diaolou afbetaald.'

Ah-Fat klopte op de deur. Binnen begon een hond zo woest te blaffen dat de ramen in hun sponningen klapperden. De deur ging open op een kier en een vrouwengezicht werd zichtbaar. De vrouw sloot de deur en riep iets naar de hond, die bij wijze van antwoord terugblafte. Vrouw en hond vervolgden deze discussie nog een tijdje, totdat de hond zich schikte in zijn nederlaag en zijn bek hield. Daarop ging de deur open.

De vrouw was lang en spichtig, had een vale huid en bleke ogen.

Ze was zo kleurloos dat het leek alsof ze in de week had gelegen totdat alle kraak en smaak waren verdwenen. Ze droeg nauwsluitende bovenkleding en een rok tot op de grond. Toen ze zich omdraaide, sloot Kam Ho snel even de ogen omdat hij bang was dat ze bij de heupen zou afbreken.

De vrouw en zijn vader wisselden wat woorden waarvan Kam Ho niets begreep. Hij kromp ineen en zocht bevend bescherming bij zijn vader. Hij hield zijn plunjebaal vast alsof die het enige ter wereld was waaraan hij houvast kon ontlenen.

'Mevrouw Henderson vroeg hoe oud je bent. Ik zei vijftien, maar ze geloofde me niet. Ze vindt je eruitzien als tien,' verklaarde Ah-Fat.

Wel verdomme, schold Kam Ho in stilte. Grovere scheldwoorden kende hij niet.

'Mevrouw Henderson vraagt of er nog iets is wat je wilt weten.'

Nadat hij een tijdje had nagedacht, zei Kam Ho: 'Als ze maar niet denkt dat ik haar bed ga opmaken, echt niet.'

Zijn vader begon te bulderen van het lachen. Daarna wendde hij zich tot de vrouw en zei met een uitgestreken gezicht: 'Mijn zoon zegt dat hij niet weet hoe hij bedden moet opmaken.'

Mevrouw Hendersons gezicht betrok. 'Van Rick begreep ik dat hij nergens van op de hoogte is. Niets simpelers dan bedden opmaken, maar ik leer het hem wel.'

Ah-Fat woelde nog een keer door Kam Ho's haar. Toen hij vertrok, viel ook zijn beschermende schaduw weg, waardoor Kam Ho nu blootgesteld was aan de blik van de vrouw. Hij draaide zich om en zag dat zijn vader al op de kar was gesprongen. 'Zaterdag, vader. Zodra ...' zei hij, maar zijn woorden werden overstemd door de wind en het paard klepperde de straat al uit.

Kam Ho liet zijn plunjebaal vallen en leunde snikkend tegen de deursponning. Zijn tranen, zo lang weggedrukt dat ze als zandkorrels in zijn ogen prikten, spatten uiteen op de grond. Zijn vader was weg waardoor er geen hemel meer was om hem te beschermen en geen aarde om hem te ondersteunen. Hoe kon hij de wereld nu aan?

De vrouw keek hem vanuit de deuropening zwijgend aan. De hond kwam tevoorschijn en stak een bloedrode tong uit waarmee hij Kam Ho's zoute tranen van diens jas begon te likken.

In stilte zei hij tegen zichzelf: Het is maar voor een jaar. Dat heb je gezegd, vader.

Dat zou hij in de jaren daarna nog talloze malen tegen zichzelf zeggen totdat hij het uiteindelijk zelf niet meer geloofde.

'Ei ...'

Mevrouw Henderson pakte een ei uit de mand op, hield hem op en sprak het woord nadrukkelijk uit. Ze legde het ei terug, tekende met haar twee handen een cirkel in de lucht en zei luid en duidelijk: 'Ta...art.' Daarna wees ze naar een foto van meneer Henderson op een bijzettafeltje en vervolgens naar haar mond, waarmee ze 'eten' bedoelde.

Kam Ho verbleef inmiddels twee weken bij de Hendersons en dit was de gebruikelijke manier waarop mevrouw Henderson tegen hem sprak. In het begin had hij er niets van begrepen. Hij begreep er nog altijd niets van. Bij aankomst was zijn onbegrip als een grote zwarte kap over zijn hoofd geweest. Die kap droeg hij nog steeds, maar zo nu en dan drong er nu een streepje licht door.

Kam Ho dacht dat mevrouw Henderson een ei wilde bakken voor haar echtgenoot. Wat ze werkelijk wilde was dat hij ter gelegenheid van diens verjaardag een taart zou bakken.

Mevrouw Henderson pakte een ei, tikte het op de rand van de kom totdat het eigeel en het glimmende eiwit uit de schaal vloeiden. Dit herhaalde ze bij het volgende ei. Het derde ei gooide ze in de vuilnisemmer omdat het stuk was. Ze pakte een vierde ei, maar bedacht zich. Ze legde het terug in de mand, pakte Kam Ho's hand en zei langzaam: 'Nu jij.'

Kam Ho vermoedde dat hij hetzelfde moest doen. Hij pakte een ei en sloeg het stuk op de rand van de kom. Met de inhoud kwamen ook wat stukjes schaal in de kom terecht. Hij besefte dat hij het tweede voorzichtiger stuk moest slaan. De dooier en het wit gleden de kom in. Het derde tikte hij even op de rand waarna hij het in de vuilnisemmer wierp.

Mevrouw Henderson begon te lachen, eerst zachtjes en daarna steeds harder. Zo hard dat ze haar hoofd in haar nek gooide.

Ze had bijzonder veel last van jicht. De pijn was zo erg dat hij zich door haar hele lichaam leek te verspreiden. Als ze 's avonds ging slapen zat hij in haar vingers, maar als ze 's morgens wakker werd was hij omhoog gekropen naar haar schouders. Als ze haar koffie dronk, trok hij naar de onderkant van haar rug en als ze opstond, zat hij in haar knieën. Ze keek meestal gepijnigd en glimlachte zelden. Maar sinds Kam Ho bij hen verbleef, was ze al een aantal keren in lachen uitgebarsten totdat de tranen over haar wangen liepen.

Op de dag van Kam Ho's aankomst was dat meteen al gebeurd. 's Middags had ze hem willen laten zien hoe hij de woonkamer en de keuken moest schoonmaken. Ze had een plumeau gepakt en voorgedaan hoe hij die over de tafel en langs de muren diende te halen. Bij de eettafel had Kam Ho iets uit de muur bij de tafel zien steken en er een ruk aan gegeven. Er had een klik geklonken en de hele kamer had in het licht gebaad. Kam Ho had het uitgeschreeuwd van schrik en was snel met de handen over de oren op de grond gaan zitten. Mevrouw Henderson besefte dat de jongen nog nooit zulk sterk elektrisch licht had gezien. Hij meende vast dat hij door de bliksem was getroffen. In Hoi Ping gebruikte iedereen nog olielampen en zijn vader had in het huis in New Westminster maar twee peertjes van tien watt, die wel wat helderder brandden dan olielampen maar lang niet zo fel als deze lichten.

De volgende ochtend, toen meneer Henderson in de badkamer zijn tanden had gepoetst en Kam Ho in de keuken water had gekookt, had er in de woonkamer plotseling een hevig lawaai geklonken. Na lang zoeken ontdekte Kam Ho dat het geluid afkomstig was van een zwart vierkant voorwerp op het bijzettafeltje. Meneer Henderson was uit de badkamer komen rennen, met zijn tandenborstel nog in zijn met schuim bedekte mond, en had naar het zwarte ding gebaard. Kam Ho had zo goed en zo kwaad als het ging een tafelkleed om het voorwerp gewikkeld om het het zwijgen op te leggen. Het rinkelde minder luid, maar hij kon het nog steeds horen. Hij had wat kussens van de bank gepakt en die op het apparaat geduwd. Het was blijven rinkelen. Bij het ontbijt had meneer Henderson zijn vrouw verteld wat er was gebeurd. Ze had gelachen tot haar hele lijf ervan schokte. 'Dat arme joch heeft nog nooit een telefoon gezien,' zei ze. 'Waarom heeft zijn vader hem nog nooit over telefoons verteld?'

Toen ze eindelijk was uitgelachen en de tranen uit haar ogen had gewreven, pakte ze het gebroken ei uit de vuilnisbak en legde het terug op tafel. Terwijl ze hem boven de kom in tweeën brak, zuchtte ze eens diep. Allemachtig, hoe vaak zal ik die Mongoolse knul nog moeten uitleggen dat je niet elk derde ei moet weggooien, dacht ze.

Mevrouw Henderson pakte een houten lepel waarmee ze de eieren in de kom begon te klutsen en gaf de lepel aan Kam Ho. Hij zag er komisch uit met zijn opgetrokken schouders en door de woeste manier waarop hij de eieren klopte, alsof hij een vlieg wilde pletten met een steen. Wanneer hij een huishoudelijke vaardigheid leerde, ging dat eigenlijk steeds hetzelfde: hij leerde de bewegingen aan, maar leek nooit te begrijpen wat hij precies aan het doen was.

Mevrouw Henderson keek toe hoe op het ritme van zijn bewegingen een haarlok op zijn achterhoofd op en neer deinde. Ze kon een glimlach maar net onderdrukken. Als ze hem geen halt toeriep, zou deze onbesuisde Chinese jongen de kom nog aan gruzelementen kloppen. Ze speurde naar een emotie op zijn onbewogen gezicht. Het was alsof het door een doek werd gemaskeerd. In feite leek zijn hele lichaam door een ondoordringbaar pantser omhuld. Soms voelde ze de neiging er een gaatje in te boren, alleen maar om te zien of er bloed uit zou stromen.

Dat bleek echter niet nodig. Op de eerste zaterdag na zijn komst had Kam Ho zich, terwijl hij in de keuken de groenten aan het wassen was, allesbehalve onaangedaan gedragen. Zijn oren hadden getrild als die van een waakhond en zich bij elk geluid van buiten gespitst. Hij had de komst van zijn vader wanhopig afgewacht. Toen mevrouw Henderson het gat in zijn pantser eenmaal had gevonden, had ze ook geweten dat hij het verschrikkelijk vond om in haar huis te verblijven.

Ze voelde een stekende pijn in haar knieën en moest gaan zitten. Kam Ho's blik was louter gericht op de eieren die hij aan het kloppen was. Die Mongolen zien er eigenlijk vreemd uit, bedacht ze, met hun platte gezichten en hun ogen als twee sneetjes in een deegbodem. Ze droegen ook vreemde kleding. Hun bovenkleding leek op een lange jas, maar dan een die niet van voren was dichtgeknoopt, maar aan de zijkant, tot aan de oksel. Van hun broeken waren alleen de pijpen zichtbaar, die met een lint om de enkels werden gebonden. Hun schoenen en sokken waren van stof. Wat een gedoe moest het zijn om in zulke kleding naar het toilet te gaan!

Hun voedsel was al even bijzonder. Toen ze een paar dagen eerder een vreemde geur had bemerkt, was ze op zoek gegaan naar de bron. De geur kwam uit Kam Ho's kamer. Daar zat hij op een stuk gedroogde vis te kauwen, die hij bij haar binnenkomst snel in een la stopte. Het zag eruit als rottend afval, en zo rook het ook. Ze had al gemerkt dat hij heel weinig at en besefte dat hij gewoon honger had. Zijn maag was niet gewend aan het voedsel van de blanken. Ze gooide de zak gezouten vis weg, hoewel ze bijna moest overgeven toen ze hem aanpakte. Kam Ho protesteerde niet. Hij zweeg slechts en zijn gezicht bleef even onbewogen als altijd.

De volgende dag diende ze bij het avondeten op Franse wijze gestoomde vis op waarover ze gesmolten boter goot. Hij nam zijn bord mee naar de keuken, aangezien hij nooit bij hen aan tafel at. Vanuit haar ooghoeken zag ze hoe hij alles opat, zij het met lange tanden.

Vele jaren geleden, voordat ze getrouwd waren, had haar echtgenoot Rick bij de spoorwegaanleg samengewerkt met Chinese grondwerkers. Hij zat nog altijd vol verhalen over hen, die zij even fantastisch vond als de sprookjes uit *Duizend-en-een-nacht*. Ze was de dochter van een lakenkoopman uit Manchester en voor haar huwelijk met Rick naar Vancouver verhuisd. Ze had nooit eerder contact gehad met een Chinees, met uitzondering van de man die de Chinese kruidenierswinkel dreef. Toen Rick haar voorstelde Kam Ho als huisknecht te nemen, was haar Engelse meid een week weg. In een paar jaar tijd hadden ze al drie dienstmeiden versleten. Een kundige dienstmeid was het grootste geschenk dat de Heer een Britse huisvrouw kon geven. Maar zoals bij alle bijzondere geschenken kon je er moeilijk de hand op leggen en het nog moeilijker in bezit houden. Het stond wel vast dat een jonge dienstmeid die de Atlantische Oceaan overstak in het huis van haar mevrouw vroeg of laat een nette jongeman zou ontmoeten die wanhopig op zoek was naar een vrouw. In Vancouver was een Europese dienstmeid inmiddels een zeldzaamheid. Zodoende vonden nu steeds meer jonge Chinezen hun weg naar de keukens van blanke dames.

Twee jaar geleden had Rick zijn baan bij het Vancouver Hotel verruild voor een functie als hoofd inkoop bij Hudson's Bay Department Store. Dat betekende dat hij regelmatig voor zaken naar Londen, Parijs, München en de Canadese oostkust moest reizen. Het was een vermoeiende baan en ze merkte dan ook dat hij steeds geïrriteerd raakte wanneer zij het gesprek op een nieuwe bediende bracht. Over zijn voorstel om Franks zoon in dienst te nemen, sprak ze dan ook niet meteen haar veto uit, maar ze stemde er ook niet meteen mee in. Rick kon nog maar weinig hebben en haar kwalen waren daar de belangrijkste oorzaak van. Ze besloot dat ze het er voorlopig maar mee moest doen. Binnenkort kon ze de zenuwen van iemand anders op de proef stellen, namelijk die van een simpele Chinese jongen, die ze Jimmy noemde. Ze vond zijn Chinese naam zo lastig uit te spreken dat ze hem zelf maar een naam had gegeven.

'Stop, Jimmy, stop!' riep mevrouw Henderson tegen Kam Ho.

Kam Ho was echter doof voor elk ander geluid dan dat van de houten lepel die tegen de kom sloeg. Mevrouw Henderson moest op de grond stampen voordat hij haar hoorde.

Hij hield de lepel stil, ook al trilde zijn hand nog na als een paard dat tot stoppen is gedwongen maar stilstaand verder galoppeert.

Mevrouw Henderson wreef over haar kniegewrichten en kwam overeind. Ze begon aan de lastige klus van het bakken van een taart. Meel, kaneel, zuiveringszout, bakpoeder, suiker, water, olie. Ze mat alles precies af conform de in het recept genoemde hoeveelheden. Natuurlijk voegde ze ook de vanillecustard toe waarop Rick zo dol was. Ze had geen idee hoe lang deze Chinese knul nodig zou hebben om de kunst van het taartbakken machtig te worden. Niet al te lang, hoopte ze.

Rick werd vandaag zevenenvijftig jaar. Ze had gedaan alsof ze het compleet was vergeten, maar in werkelijkheid was ze al een paar dagen bezig met de voorbereidingen. Ze had een vijftien jaar oude rode bordeaux gekocht. Het voorgerecht betrof een clam chowder. De appetizer bestond uit ganzenleverpaté op sla. Gerookte zalm en lamsschouder zouden de hoofdgerechten worden. De taart vormde natuurlijk het dessert. Deze gerechten, die normaal alleen geserveerd werden in restaurants met een Europese keuken, zou ze allemaal zelf maken. Ze wist dat Rick genoeg had van alle etentjes waaraan hij steeds weer deel moest nemen. Het liefst plofte hij na een dag werken in zijn leunstoel neer om daarna een simpele, zelf bereide maaltijd te eten. De taart moest vijfenveertig minuten in de oven. Rick kwam altijd om zes uur thuis.

Dus ze zou hem er om halfzes in zetten. Als Rick binnen was ge-komen, zijn jas had uitgedaan en zijn das losgemaakt, zou ze op een taartschaal de warme en sponsachtig zachte taart tevoorschijn halen. Daarna zou ze in gespeelde verbazing uitroepen: 'Mijn he-mel! Wat een heerlijke taart. Volgens mij is er iemand jarig!'

Naast deze voorbereidingen om haar echtgenoot te plezieren had ze ook veel moeite gedaan om er zelf goed uit te zien. Ze had haar kleermaker in Vancouver volgens de laatste Parijse mode een avondjapon laten maken. Hij was van karmozijnrood satijn en af-gezet met kant. Bij hun kennismaking in Manchester had ze ook een lange karmozijnrode jurk gedragen. Ze hadden elkaar ontmoet bij een wederzijdse vriend. Hij was toen een kalende, acht-enveertigjarige man geweest en zij had op haar zesentwintigste al als een oude vrijster gegolden. Ze waren beiden het beste moment om te trouwen al gepasseerd, maar een man die succes had in het leven kon altijd wel een partner vinden. Ze hield zichzelf die dag op de achtergrond, deed geen speciale pogingen om een gesprek met hem aan te knopen of om zich te onderscheiden binnen het gezel-schap jonge vrouwen. Maar hij had voortdurend zo nadrukkelijk naar haar jurk gekeken dat ze die avond het hele eind naar huis nog steeds zijn blik op haar had voelen rusten. De volgende dag had ze zijn uitnodiging voor een lunch geaccepteerd. Ze zou nooit verge-ten dat hij van karmozijnrood hield. Als dochter van een textiel-handelaar was ze opgegroeid tussen allerhande stoffen. Ze wist welk weefsel en welke kleuren haar figuur het beste deden uitko-men en haar ogen deden fonkelen. Ze verlangde ernaar vanavond die fonkelingen in de ogen van haar echtgenoot terug te zien.

Ze keek omhoog naar de muurklok. Kwart voor drie. Ze had nog alle tijd om even een dutje te doen in een stoel voor ze zich boven ging verkleden voor het diner. Ze zette de taart op tafel en voelde plotseling een doordringende pijn in haar knieën. De pijn was zo hevig dat ze ineenzakte voordat ze ook maar een kreet had kunnen slaken. Kam Ho rende op haar af. Er stond vocht in de rimpels op mevrouw Hendersons voorhoofd. Kam Ho kon niet zeggen of het zweetdruppels of tranen waren. Bloed welde op uit haar slapen waarin ze haar vingernagels had geplant.

Kam Ho bleef als verstard staan, liet zich daarna op zijn knieën vallen, trok haar handen van haar hoofd en kneep in de huid tussen duim en wijsvinger, een drukpunt uit de acupressuur. Mevrouw Henderson zette grote ogen van verbazing op, terwijl de pijn langzaam wegtrok uit haar knieën. Kam Ho klemde zijn lippen op elkaar tot het bloed eruit weg was getrokken. Zijn pols trilde alsof hij het koud had. Al zijn bloed leek zich te verzamelen in zijn pincetvormige vingers. Mevrouw Henderson hield zich muisstil. Ze was bang dat door het minste geluid of de geringste beweging de pijn zou terugkeren.

Na een tijdje zuchtte Kam Ho eens diep en liet haar hand los. Mevrouw Henderson kwam trillend overeind. Ze voelde haar knieën nog gloeien, maar de pijn was lang niet meer zo scherp en hevig. Ze keek opgelucht op en zag hoe op Kam Ho's gezicht langzaamaan een glimlach verscheen, de eerste sinds hij bij hen woonde.

'Mijn moeder ... ik ...,' stamelde hij waarbij hij eerst in de verte wees en daarna naar zijn hand. Hij had Engels gesproken.

Mevrouw Henderson was zo door pijn en daarna door opluchting overvallen geweest dat ze hem aanvankelijk niet had begrepen. Pas toen ze de trap op strompelde, besefte ze dat de jongen haar duidelijk had willen maken dat zijn moeder in het verre China hem had geleerd hoe hij pijn kon verzachten.

Meneer Henderson was die avond niet om zes uur thuis, maar kwam pas om kwart voor acht. De eetkamer was donker op het licht van twee rode kaarsen op tafel na. Ze waren bijna opgebrand. Tranen van gesmolten was druppelden langs de zilveren kandelaars. De kaarsen vormden wazige kringen van licht waarin meneer Henderson twee hoge wijnglazen kon ontwaren.

'Phyllis, waarom is al het licht uit?' riep hij en hij zette de schakelaars om. In de vloed van het elektrisch licht leken de twee kaarsen nog slechts zwak schijnende vuurvliegjes. Meneer Henderson zag dat de tafel was gedekt voor twee personen met zilver bestek, goudgerand Engels porselein, linnen servetten met monogram en een kanten tafelkleed. Zijn vrouw bewaarde dit alles in de vitrinekast en gebruikte het zelden. Het was een huwelijksgeschenk geweest dat zijn schoonmoeder hun vanuit Yorkshire had toegestuurd. In de hoek tussen de keuken en eetkamer verroerde zich een donkere gestalte. Het was Kam Ho. Hij was ingedut op het voetbankje en had op het moment dat het licht aanging zitten dromen over zijn dorp en de rivier.

Kam Ho wreef in zijn ogen en stond op om de jas en hoed van meneer Henderson aan te nemen. Die kleding verspreidde een vreemde geur. Meneer Henderson snoof als een waterbuffel en zijn adem rook naar alcohol. 'Waarom heeft mijn vrouw al dat spul tevoorschijn gehaald?' vroeg hij.

Kam Ho wist niet wat hij moest zeggen en keek zijn meester zwijgend aan. Meneer Henderson pakte zijn zakdoek en wreef wat speeksel weg uit Kam Ho's mondhoek. 'Waar is mijn vrouw?' vroeg hij met dubbele tong. Kam Ho begreep zijn vraag en wees omhoog.

Vanaf de trap klonk een ruisen als het geluid van sprinkhanen die van blad naar blad naar blad springen. Zonder op te kijken wist meneer Henderson dat het de jurk van zijn vrouw was die langs de houten traptreden streek.

'Waarom ben je zo laat, Rick?'

Meneer Henderson keek zijn vrouw aan, maar een luide boer voorkwam dat hij iets kon zeggen. Het was duidelijk dat het niet bij deze ene boer zou blijven en hij rende meteen naar het toilet en trok de deur achter zich dicht.

Mevrouw Henderson nam een plek voor de deur in en luisterde naar het stromende water. Na een tijdje werd het stil. Tussen twee oprispingen door zei haar echtgenoot: 'Het spijt me. Ik ben met Mark een borrel gaan drinken. Zijn vrouw is naar Frankrijk en hij wilde nog niet naar huis.' Mark was de baas van meneer Henderson.

Uiteindelijk dook hij weer op uit het toilet. Hij keek naar zijn schitterend geklede vrouw, die met haar op haar voeten gerichte blik en lichtroze gloeiende wangen een meisje leek dat tijdens een bal wacht op het moment dat een jongen haar ten dans vraagt.

'Leuk hoor. Die kleur staat je goed,' mompelde meneer Henderson amper verstaanbaar. Hij gaf zijn vrouw een paar schouderklopjes en schoot langs haar heen de trap op.

Ze verstijfde en ook de zachte, satijnen plooien van haar avondjurk leken wel van steen. Ze zei niets, maar bleef naar haar tenen staren. De roze gloed op haar wangen trok langzaam weg en maakte weer plaats voor de lijkbleke gelaatskleur die eronder schuilging.

Kam Ho huiverde. Hij hoorde de tranen van mevrouw Henderson op de grond druppen.

'Krijgen we vanavond eters, lieverd?' vroeg meneer Henderson, terwijl hij zich over de trapleuning boog en een geur van Lux-zeep verspreidde.

Lieve moeder,

Je brief is een paar dagen geleden aangekomen. Ik ben heel blij dat oma gezond is en mijn zusje inmiddels kan lopen. De laatste paar jaar wordt er in heel Europa veel gevochten en veel mannen uit de Gouden Bergen doen daaraan mee. Nu er niemand is om het land te bewerken, heeft vader veel land goedkoop kunnen kopen. Volgens meneer Henderson is de oorlog binnenkort voorbij en zal de prijs van land en van alle gewassen omhooggaan. Vader zegt dat we in de toekomst veel kunnen doen met zulke goede grond. Ik ben nu een jaar bij de Hendersons en wil nog altijd graag naar huis om vader te helpen op de boerderij, maar het gaat nog niet goed met mevrouw Hendersons gezondheid. Vader zegt dat hij meneer Henderson veel is verschuldigd voor alle hulp die hij in het verleden van hem heeft gekregen en heeft me gezegd nog een jaar te blijven. Ik kan inmiddels eten koken, wassen en schoonmaken. Als ik vrij ben, leert mevrouw Henderson me wat Engels. Maak je alsjeblieft geen zorgen over me. Ik ga in alles vooruit. Kam Shan is hier ook een paar keer geweest. Hij woont nu in Kamloops, een heel eind van Vancouver, waar hij een fotostudio heeft opgezet. Er wonen daar veel roodhuiden die graag een foto van zichzelf laten maken, dus hij heeft weinig moeite om geld te verdienen. Vader en Kam Shan praten nog steeds niet met elkaar, maar nu we alle drie geld verdienen zullen we de schulden voor de diaolou snel kunnen afbetalen. Daarna kunnen we geld opzijleggen voor de overtocht van jou en mijn zusje. Dan kunnen we allemaal samen zijn.

Met het grootste respect, je zoon Kam Ho, het vijfde jaar van de Republiek, de achtste dag van de negende maand, Vancouver, Brits-Columbia

Volgens mevrouw Henderson was het in de tien jaar dat ze in Canada woonde, nog nooit zo koud geweest.

Kam Ho had nog nooit een hoed gedragen, maar deze winter zat er weinig anders op. Het was een geruit exemplaar met een brede rand die vroeger van meneer Henderson was geweest. Meneer Henderson had een groot hoofd waardoor de hoed continu over Kam Ho's ogen en neus viel. Hij moest hem voortdurend omhoog-duwen.

Op een koude ochtend keek Kam Ho door de voordeur naar buiten. Aan de dakrand hingen lange, doorschijnende staven. De ochtendzon werd zwak weerkaatst door de vreemde spiraalachtige vormen die erin schuilgingen en wel wat van wier weg hadden. Kam Ho had nooit eerder ijspegels gezien. Hij pakte de oude be-zem die in de vestibule stond, sloeg er een van de dakrand en stak het uiteinde in zijn mond. Zijn mond viel open van de kou, maar al snel begon het water te smelten op zijn tong en sijpelde het in zijn keel, wat pijn deed aan zijn strot. Hij likte zijn verdoofde lip-pen af, maar ontdekte dat er korrels aarde op zaten. Hij spuugde de aarde uit en herinnerde zich toen zijn dringende boodschap.

Deze route nam hij inmiddels al een jaar lang elke week. Hij kende dan ook elke boom op elke straathoek en alle barsten in de straatstenen.

Nadat hij door het tuinhek van de Hendersons was gegaan, hoefde hij maar een klein stukje te lopen naar een vrij smalle straat die net breed genoeg was voor de rijtuigen en de voetgangers. Hij volgde de straat een kwartier lang, ging daarna naar rechts waarna hij bij een school uitkwam. Eigenlijk diende hij over een paadje om de school heen te lopen, maar dat kostte hem nog eens een kwar-tier extra. In plaats daarvan nam Kam Ho altijd de kortste weg over het schoolplein waarna hij na vijf minuten lopen door kon steken naar een straat die aan de andere kant liep. Dat was nauwe-lijks meer dan een steeg, die van begin tot eind maar eenentwintig huizen telde, zoals Kam Ho nauwkeurig had vastgesteld. Hij liep de straat echter niet helemaal uit. Tussen het achttiende en negen-tiende huis was een smalle doorgang, net breed genoeg voor een man en een hond. Door die doorgang kwam hij uit aan de achter-zijde van Canton Alley.

Hij hoefde niet in Canton Alley zelf te zijn, want daar verkochten ze niet wat hij zocht. In plaats daarvan koos hij voorzichtig zijn weg langs hopen afval en oud papier naar de achterdeur van het Kwong Cheong-warenhuis. In de schappen lag precies dezelfde waar als in vergelijkbare winkels in Chinatown, namelijk fruit, groenten, rijst en specerijen. Bovendien waren ze op precies dezelfde manier uitgestald met de droge waar achter in en de verse groenten voor in de winkel. Maar dit was de enige plek in Chinatown waar Kam Ho kon kopen waarnaar hij op zoek was. Bovendien lag het niet in de schappen.

Hij ging via de achterdeur de winkel binnen, gedroeg zich zo veel mogelijk als een normale klant door uit een zak een handje gele bonen te pakken, die naar zijn neus te brengen en eraan te ruiken voordat hij ze terugwierp. Daarna pakte hij een gezouten eendenei uit een mand, hield hem bij zijn oor en schudde om te horen of de dooier nog vloeibaar was. Dit toneelstukje voerde hij alleen maar op ten behoeve van de andere klanten. Wanneer ze de winkel hadden verlaten, liep hij direct naar de toonbank waar hij de winkelier, samen met het geld in zijn broekzak, de lege fles gaf die hij steeds in de hand had gehouden. De winkelier nam niet de moeite het na te tellen. Hij kon uit het totaalgewicht van de munten afleiden dat het bedrag klopte. De fles was een oude sesamoliefles met een donker etiket dat glom van het vet. De winkelier bukte, tastte onder de toonbank tot hij had gevonden wat hij zocht, vulde de fles en gaf die terug aan Kam Ho. Dat was alles. Ze hadden geen enkele aanleiding tot een praatje of zelfs maar het uitwisselen van een blik. De winkelier wist dat de jongen volgende week zou terugkeren.

Kam Ho verliet de winkel zoals hij hem had betreden en begon aan de wandeling naar huis. Het hele uitje kostte hem ongeveer een uur. Als het speelkwartier was, wachtte hij doorgaans met het oversteken van het schoolplein tot een keurig geklede onderwijzeres met een tot de hals dichtgeknoopte blouse een handbel luidde ten teken dat de kinderen terug naar de klas moesten.

Vandaag kon hij niet wachten. Beter gezegd, het was mevrouw Henderson die niet kon wachten. Haar schouders hadden de hele nacht pijn gedaan. Kam Ho's kamer bevond zich aan de andere kant van het huis, maar toch hoorde hij haar 's nachts kreunen terwijl ze lag te woelen en te draaien. Zodra haar man naar zijn

werk was vertrokken, had ze Kam Ho eropuit gestuurd om de fles
te laten vullen.

Niet met sesamolie, maar met opiumsap.

Zijn broer Kam Shan had hem verteld dat opium de pijn verzachtte. Kam Shan was bij hem op bezoek geweest toen mevrouw
Henderson een keer een jichtaanval had gekregen. Hij had geopperd dat hij in Chinatown opiumsap tegen de pijn kon kopen. De
autoriteiten van de Gouden Bergen hadden opium jaren geleden al
verboden, zo vertelde Kam Shan, en alle opiumkitten dichtgetim-
merd. Alleen het Kwong Cheong-warenhuis verkocht het nog,
maar in het geniep, onder de toonbank, en slechts aan klanten die
de winkelier kende. Hij hoefde maar de naam Roodoogvleermuis
te laten vallen. Kam Ho had zijn broer zwijgend aangestaard. Kam
Shan woonde al jaren in Kamloops en kwam nog maar zelden naar
Vancouver, maar hij kende nog steeds alle geheimen van alle winkels in Chinatown.

Vanaf dat moment was mevrouw Henderson opiumsap gaan
drinken. Dat bleek zo effectief dat ze de fles altijd in het oog hield.

Toen Kam Ho de school naderde, zag hij een handvol kinderen
die elkaar op het schoolplein met stokken achternazaten. Ze gaan
zo op in hun spel dat ze me toch niet opmerken, dacht hij. Ik steek
gewoon over. Hij verborg de fles onder zijn jas en probeerde zo
onopvallend mogelijk over het terrein te sluipen.

Sjing Sjong de Chinees zat op een muur
hij klaagde luid: alles is zo duur.

Hij hoorde hun kreten toen ze hun neuzen dichtknepen en als een
dame probeerden te praten. Uit hun klaterende gelach leidde hij af
dat ze hem achtervolgden.

Sjing Sjong de Chinees zat op een hek
telde zijn centen als een vrek.

De schrille kreten zwollen aan tot een enorm kabaal. Ze zaten hem
op de hielen. Hij drukte de fles tegen zijn borst en liep snel verder.

Opeens voelde hij zich slap worden. Hij was door iets in zijn rug
geraakt. Een scherpe pijn zette zijn rug en schouders in vuur en

vlam. Ze gooiden stenen naar hem. De kinderen waren niet bang voor hem, want ze waren even groot. Op zijn zeventiende zag hij er nog altijd uit als een kind.

Opeens voelde hij een stekende pijn in zijn buik alsof er een touw rond zijn ingewanden werd gebonden. Het werd steeds strakker getrokken tot het leek dat zijn darmen één grote knoop vormden. Hij drukte de fles tegen zijn buik en ademde diep uit waardoor de pijn afnam. Zijn darmen vatten dat echter op als een uitnodiging zich helemaal te laten gaan. Hij voelde hoe het kruis van zijn broek warm werd en hij rook de stank.

Sneller, sneller, zei hij in gedachten tegen zijn benen, maar inmiddels waren zijn hersenen het commando kwijt. Hij hoorde een plok op zijn voorhoofd als het geluid van een op het veld achtergelaten watermeloen die openbarst. Er druppelde iets warms en plakkerigs in zijn ogen waardoor hij nauwelijks nog iets zag. Aan zijn ogen had hij niets meer. Hij had alleen nog zijn benen die door instinct werden voortgedreven. Ook zonder dat hij iets kon zien, wisten ze welke kant ze op moesten.

Langzaam maar zeker bleef de groep kinderen steeds verder achter.

Toen mevrouw Henderson de deur opende, zag ze daar Kam Ho staan met zijn gezicht onder het bloed. Hij trok zijn jas op, haalde de fles tevoorschijn en duwde hem haar in handen. 'Mijn hoed ... is weg,' wist hij nog uit te brengen, waarna hij in elkaar zakte.

Hij werd wakker doordat hij iets ijskouds op zijn borst voelde. Hij lag in een bed. Naast hem stond mevrouw Henderson en een bebrilde man met een zwarte hoed. De man kwam hem bekend voor. Het was dokter Walsh, de dokter van mevrouw Henderson.

Dokter Walsh bewoog het koude voorwerp een paar keer over Kam Ho's borst en zei: 'Zijn hartslag is goed, maar zijn temperatuur is ruim veertig graden. Niet alleen zijn de uitwendige verwondingen geïnfecteerd, hij heeft ook last van een darminfectie. Hoe vaak heeft hij zich vandaag ontlast?'

'Ik ben de tel kwijt. Mijn arme bed,' zei mevrouw Henderson.

'Heeft hij gisteren iets ongewoons gegeten?'

Mevrouw Henderson schudde het hoofd. 'Die Mongolen zijn net paarden. Ze eten echt alles. Maar hij krijgt hetzelfde als wij en wij hadden nergens last van.'

'Hij heeft medicijnen nodig om zijn darmen tot rust te brengen en iets wat de koorts verlaagt. Heb je ijs in huis?'

Kam Ho had het gevoel dat hij op een dikke, deinende wolkendeken lag. De stemmen van mevrouw Henderson en de dokter dreven in flarden aan hem voorbij. Hij begreep niet wat ze zeiden, maar wel dat het over hem ging.

'Henry, er schiet me iets te binnen!' hoorde hij mevrouw Henderson opeens uitroepen. 'Ik zag die domme knul vanmorgen een ijspegel afbreken en opeten.'

Kam Ho verstond dokter Walsh' antwoord niet doordat hij juist op dat moment in een trog tussen de wolken zakte. Hij hoopte alleen maar dat het niet mevrouw Henderson was geweest die zijn broek had uitgedaan om hem te wassen. Dat was zijn laatste heldere gedachte voordat hij in een diepe slaap viel.

Toen hij weer wakker werd was het avond. De avond van de derde dag, zoals hij later zou ontdekken. Uit het licht dat door het gordijn drong leidde hij af hoe laat het moest zijn. Het was duister in de kamer. Alleen op de vensterbank stond een brandende kaars, die een trillende schaduw over een groot blauw voorwerp wierp. Dat blauw nam de ene keer een hoekige vorm aan, de andere keer een ronde.

Kam Ho staarde naar het voorwerp dat langzaam maar zeker veranderde in een vrouwenrug, bekroond door twee knokige schouderbladen onder een blauwe nachtjapon. De nachtjapon schokte. De vrouw huilde.

'... Hij krijgt alleen kliekjes. Ik weet niet eens of hij wel genoeg te eten krijgt. Toen we met de vorige kerst Ricks tante uit Halifax op bezoek hadden, hebben we hem niet voor de feestdagen naar huis laten gaan en hem ook niets extra's betaald ... Toen hij Rick een keer in bed hielp, scheurde de zoom van diens overhemd en noemde ik hem een stomme Mongool ... Heer, u hebt weet van alles op aarde, u weet welk onrecht er geschiedt. Dit is mijn straf: u hebt hem tot een last gemaakt die ik moet torsen. U laat mij gebukt gaan onder het gewicht van mijn zonde. Ik kan dat niet, Heer. Ik bid u mij die last van mijn schouders te nemen ... U, schepper van al het leven, zelfs van het leven van de Mongolen ...'

Kam Ho draaide zich om in bed. 'Mevrouw,' zei hij zachtjes. Mevrouw Henderson sprong op van verbazing. Ze had echter te lang op haar knieën gezeten waardoor haar benen sliepen. Ze kwam moeizaam overeind en wankelde naar het bed, waarna ze weer op haar knieën viel. Ze stak opeens haar handen uit om hem te omhelzen. Twee warme, onder haar nachtkleding verborgen bobbels drukten stevig op zijn borst, zo stevig dat hij nauwelijks adem kreeg.

'Eindelijk ben je weer wakker, kind,' mompelde ze.

De volgende ochtend, nadat meneer Henderson naar zijn werk was gegaan, trok mevrouw Henderson een dikke bontjas aan. Ze wachtte hem op in de hal. 'Jij gaat mee,' zei ze en ze wees naar Kam Ho. Hij wilde haar vragen waarheen, maar durfde dat niet omdat haar gezicht was vertrokken van woede.

Hij liep achter haar aan de deur uit. Ze had vandaag de tred van een moederkip die met uiteengespreide klauwen en verfomfaaid verendek helemaal klaar was voor de strijd. Kam Ho moest hollen om haar bij te houden. Zijn benen leken wel met watten gevuld. Hij was nog erg slap, slingerde van links naar rechts en van rechts naar links en hoewel de zon hem in de ogen scheen, had hij het nog altijd koud. De wind waaide fluitend over de weg, sneed dwars door zijn katoenen jas en geselde hem. Hij had zoveel verband om zijn hoofd dat er geen hoed meer op paste. Hij hield zijn oren warm door ze met zijn handen te bedekken.

Mevrouw Henderson stak het schoolplein over en beende recht op de schooldeur af. Ze posteerde zich met haar handen in de zij voor de conciërge en zei luid en duidelijk: 'Ik wil ogenblikkelijk het hoofd van de school spreken!'

Kam Ho zat op de drempel en plukte een kip.

De kip was al geplukt toen hij hem kocht, maar niet goed genoeg naar de mening van mevrouw Henderson. Ze kon heel slecht tegen de zwarte stipjes die door de huid heen schemerden. Ze deden haar denken aan de maden van blauwe bromvliegen. Daarom moest Kam Ho de hele kip nog een keer onder handen nemen en elke veerwortel verwijderen.

In de tuin bloeiden de rozen uitbundig. In grote scharlaken slingers onttrokken ze het tuinhek aan het oog. Langs de straat stond een boom waarvan hij de soortnaam niet wist, maar waaruit bloemen zo harig als rupsen omlaag dwarrelden. Jenny kwam met haar uitgestrekte handen vol bloemen struikelend op hem af. 'Jimmy, Jimmy!' riep ze. 'Kijk ... bloemen!' Jenny was drieënhalf. Ze kwijlde als ze praatte en moest daarom altijd een slab dragen.

Ze was geadopteerd door de Hendersons en inmiddels een jaar bij hen. In al de jaren van hun huwelijk was het het echtpaar niet gelukt om kinderen te krijgen. Meneer Henderson had al een tijd een kind willen adopteren, maar zijn vrouw was ertegen geweest. Ze moest en zou bewijzen dat er niets mis was met haar vrucht- baarheid en wachtte steeds weer op het moment dat zaadcellen en het gesternte een gunstige combinatie zouden vormen. Maar na haar negenendertigste verjaardag had ze het vertrouwen in een goede afloop verloren en ingestemd met een adoptie.

Dat was echter veel te laat. Meneer Henderson maakte kennis met het vaderschap toen hij al oud genoeg was om grootvader te zijn. Tijdens het winkelen met zijn gezinnetje was hij een keer een oude vriend tegen het lijf gelopen met wie hij al jaren geen contact meer had gehad. De vriend greep zijn hand om hem te feliciteren, riep uit hoe goed hij eruitzag voor zijn leeftijd, en zei: 'Ik had er geen idee van dat je dochter al zo oud was en dat je inmiddels een kleindoch- ter hebt.' Meneer Henderson liet hem in die waan, maar vanaf dat moment ging hij met tegenzin met vrouw en kind op stap.

Kam Ho veegde Jenny's kin af met de slab. 'Ga maar kijken hoe de mieren aan het verhuizen zijn,' zei hij. Hij had nauwelijks aan- dacht voor de peuter en evenmin voor de kip. Hij lette op iets heel anders. Kam Ho hield zijn oren, die trilden als die van een konijn, gespitst in de hoop op straat een ratelend geluid te horen. Het was geen zaterdag en hij wachtte niet op zijn vader. Hij wachtte op een andere kar.

Een groentekar.

De oorlog in Europa was eindelijk voorbij. Daardoor waren de boeren naar de Gouden Bergen teruggekeerd. Bijna van het ene op het andere moment had het in de straten en stegen weer gewemeld van de groente- en fruitverkopers. Soms klopte er verscheidene keren per dag een verkoper aan, met verse waar in overvolle man- den bungelend aan schouderjukken of op volgestouwde, door paarden getrokken karren.

Het huis van de Hendersons stond op een steenworp afstand van de groentemarkt waar alles te krijgen was wat ze wilden hebben.

Niettemin kocht Kam Ho het liefst bij de venter die aan de deur kwam. De groenten waren vers en goedkoop en het was makkelijk. Dat was althans de verklaring die hij mevrouw Henderson gaf.

Hij was inmiddels zeven jaar bij de Hendersons. De eerste twee jaar had hij steeds naar de boerderij verlangd, maar zijn vader wenste hem niet om zich heen. Zijn vader leek wel voorgoed bij de Hendersons in het krijt te staan. Tijdens het derde jaar had Kam Ho zich bij de situatie neergelegd. Hij verdiende met deze baan per slot van rekening zijn brood, was ermee vertrouwd en vond het te veel moeite om naar een nieuwe betrekking uit te kijken. Enkele jaren daarna ging Ah-Fats boerderij over de kop, waarna de hele familie met het salaris van zijn zoon moest worden onderhouden. Zelfs als Kam Ho iets anders had willen zoeken, dan had dat dus niet gekund.

De van het slagveld teruggekeerde mannen verruilden hun leger-uniformen voor hun burgerkleren, keken eens goed om zich heen en zagen dat anderen van hun afwezigheid hadden geprofiteerd en rijk waren geworden. Ah-Fat had dankzij de oorlog de omliggende velden en akkers weten te verwerven. Voordat het allemaal mis-ging, mocht hij zich de eigenaar noemen van de grootste boerderij binnen een straal van honderden kilometers. Hij ging allang niet meer zelf langs de deuren, maar beschikte over negen wagens waarmee zijn groenten en fruit, vlees en eieren naar de markt wer-den vervoerd.

Ah-Fat had de diaolou afbetaald en genoeg geld gespaard om de koptaks voor zijn vrouw en dochter te kunnen betalen, maar had geen grote haast om ze over te laten komen. Hij wilde de verdien-sten van nog één seizoen opzijleggen en de boerderij daarna verko-pen. Dan wilde hij naar huis terugkeren om daar rustig te gaan rentenieren. Als hij voor zijn beide zoons een huwelijk met een fatsoenlijke vrouw wist te arrangeren, konden ze allemaal terugke-ren. Nog altijd ontkende hij het bestaan van de vrouw met wie Kam Shan samenleefde.

Dat seizoen betekende echter Ah-Fats ondergang. Het was zijn schranderheid die hem de das omdeed.

Zijn schranderheid werkte als een lamp die alleen de weg voor hem verlichtte. Ah-Fat wist niet dat achter hem de duisternis was ingevallen. Hij had er geen idee van dat zijn rijkdom de jaloezie van zijn concurrenten had aangewakkerd en was zo naïef om te denken dat hard werken en spaarzaamheid voldoende waren.

Een jaar eerder had een Amerikaanse zakenman in Vancouver een totaal andere manier geïntroduceerd om waar aan de man te brengen: alles werd uitgestald op planken en als in een warenhuis konden de klanten zelf kiezen. Ah-Fat ging enthousiast aan de slag en moest en zou zijn producten direct aan de supermarkt slijten. Dat zou heel veel tijd en moeite schelen. Door genoegen te nemen met een minimale winst lukte het hem uiteindelijk zijn waar in de winkel te krijgen. Ondertussen had hij niet in de gaten dat iemand al zijn handelingen nauwkeurig in de gaten hield.

Het vlees en de groenten afkomstig van Ah-Fats boerderij lagen nog maar twee weken in de supermarkt toen het noodlot toesloeg. Ah-Fat werd voor het gerecht gedaagd en ervan beschuldigd dat zijn kippenvlees besmet was en dat diverse klanten als gevolg daarvan ernstige voedselvergiftiging hadden opgelopen. Op die manier hoopte de supermarkteigenaar zijn eigen hachje te redden. De overheid blokkeerde al zijn bankrekeningen en stelde een onderzoek in.

Sinds hij zijn eerste wasserette had opgezet, was Ah-Fat al verschillende keren voor de rechter gedaagd. Hij zei altijd gekscherend dat hij vaker in de rechtbanken van de Gouden Bergen te vinden was dan thuis en dat hij de rechters beter kende dan zijn echtgenote. Steeds had hij zijn straf weten te ontlopen. Een enkele keer had hij er zelfs een slaatje uit kunnen slaan, maar deze keer niet. De vorige keren was hij een kleine neringdoende geweest die tegenslag had kunnen opvangen. Nu was hij een belangrijk zakenman en betekende het zijn faillissement. Het proces was nog maar net begonnen of zijn schuldeisers schoten uit de grond als paddenstoelen na een najaarsbui. Banken, kunstmestfabrikanten, water-, elektriciteit- en kolenleveranciers. Was het één schuldeiser geweest, dan had hij die nog wel aan het lijntje kunnen houden, maar niet zoveel tegelijk. Hij beschikte over maar weinig contant geld. Het was net genoeg om Loong Am en de andere knechten te betalen. Uiteindelijk kreeg Ah-Fat van meneer Henderson het advies zich failliet te laten verklaren. Van het ene op het andere moment was er van zijn bloeiende bedrijf niets meer over en was hij blut. De last van het onderhoud van de familie rustte nu op Kam Ho's schouders. Als zijn salaris werd betaald, griste zijn vader de biljetten meteen uit zijn handen.

Deze gebeurtenissen tekenden Ah-Fat. Dat toonde zich niet in zijn gezicht of houding, maar in zijn ogen. Hij had altijd een scherpe, kristalheldere blik gehad, maar nu stonden zijn ogen dof alsof er zandkorrels in waren gestrooid. Telkens als Kam Ho bij zijn vader op bezoek kwam, trof hij hem in zijn eentje in de woonkamer aan. Dan bungelde er een sigaret in zijn mondhoek en ging hij gehuld in alle rook die rond zijn hoofd kringelde. Hij woonde alleen en op dagen dat hij geen zin had om te koken volstond hij met een mok thee en een kaakje.

'Ga terug naar huis,' zei Kam Ho. 'Ga bij moeder in Hoi Ping wonen. Zij zal je lekker te eten geven.' Ah-Fat schudde hevig het hoofd. 'Ik kan alleen maar gaan als een rijk man. Anders zullen ze beweren dat ik teruggekeerd ben als bedelaar.'

'Wie zou jou durven uitmaken voor bedelaar?' wierp Kam Ho tegen. 'Kijk eens naar al het bezit van de familie. Bovendien stuur ik je elke maand geld en kun je daar zoveel roken als je wilt.'

Ah-Fat keek zijn zoon aan. In zijn ogen welden tranen op.

'Ik heb je uit werken gestuurd vanaf het moment dat je van de boot stapte, ik heb je nooit de kans gegeven om naar school te gaan. Je broer wilde nooit studeren, maar jij moest te hard werken om dat te kunnen doen. Als je dat had gedaan, had je geweten hoe alles hier in zijn werk gaat en had je mij die mensen van het lijf kunnen houden.'

In zijn huidige toestand wilde Ah-Fat niet terug naar Hoi Ping. Hij verkocht zijn laatste eigendom – het huis waarin hij meer dan tien jaar had gewoond – en keerde terug naar Vancouver. Toen hij de plek verliet die hem zoveel problemen had bezorgd, liep hij tegen de zestig.

Ah-Fat kreeg maar weinig voor het huis in New Westminster en kon zich in Vancouver dus hooguit een kleine woning veroorloven. Daarna ging hij hard op zoek naar werk, maar hij was een slechte kok en ook ongeschikt als keukenhulp. Hij vroeg om werk in de wasserettes, maar doordat zijn ogen achteruitgingen kon hij geen kleren repareren of strijken. Hij kreeg een baantje als losser bij een warenhuis, maar op de eerste dag ging hij al door zijn rug. Uiteindelijk zat er nog maar één ding op en dat was een nering aan huis beginnen als briefschrijver en vervaardiger van nieuwjaarswensen, huwelijksaankondigingen en koopcontracten. Er was echter nauwelijks vraag naar zijn diensten omdat tegenwoordig, in tegenstelling tot vroeger, voldoende jonge mensen konden lezen en schrijven.

Ah-Fat besefte tot zijn eigen ontsteltenis dat hij als zestigjarige volstrekt overbodig was en dat hij zichzelf niet eens kon onderhouden.

Op een dag zei Kam Ho tegen hem: 'Zorg dat Kam Shan bij je komt wonen.' Het was al jaren geleden dat Kam Shan was weggelopen met de prostituee, en het bordeel waar ze had gewerkt, was al tijden gesloten. Hij zou zonder problemen kunnen terugkeren naar Vancouver. Kam Ho had deze oplossing al eerder gesuggereerd, maar zijn vader was er altijd op tegen geweest. Deze keer zweeg hij echter. Kam Ho vatte zijn zwijgen op als instemming.

Kam Ho besefte waarom zijn vader had toegegeven: de vrouw van Kam Shan was in verwachting. Het was haar eerste kind. Door haar werk in het bordeel was ze zo beschadigd geraakt dat het haar jarenlang niet was gelukt om zwanger te worden. Nu Ah-Fat op leeftijd was, verlangde hij naar een kleinkind in zijn armen en daarom had hij de hand over het hart gestreken. Na tien jaar verlieten Kam Shan en zijn vrouw Kamloops en namen ze hun intrek bij zijn vader in Vancouver.

Jenny hurkte neer onder de boom en keek naar de mieren. De hond strekte zich naast haar uit en keek hoe zij naar de mieren keek. Er klonk geen enkel geluid, zelfs niet van een vallend blad. De schoolkinderen zaten op school, de kantoorlui op kantoor. De straat leek stil en doods als een doorgeprikte zeepbel. Kam Ho blikte naar de lucht en vervolgens naar de grond. Zo rond het middaguur waren er nauwelijks schaduwen.

Hij vroeg zich af waarom ze er nog altijd niet waren.

Het was niet warm genoeg voor de krekels om te tjirpen, maar Kam Ho zweette. Hij had er ook voor kunnen kiezen de kip in de schaduw te gaan plukken, maar had de voorkeur gegeven aan zijn huidige plek omdat hij vandaar de hele straat kon overzien.

Hij hoorde een zwak geluid en sprong op van zijn kruk. Het was een bel, de bel van een karrenpaard. Er waren heel wat venters die hun groenten aan de deuren verkochten, maar slechts één van hen had een paard met een bel om de nek. Kam Ho schermde zijn ogen af en tuurde in de verte. Om de hoek van de straat zag hij een zwarte stip verschijnen.

Kam Ho's hart begon zo luid tegen zijn borst te slaan dat iedereen in de tuin het had kunnen horen. Hij wierp de kip op de grond, trok zijn schort uit en knoopte zijn overhemd dicht tot de hals. Hij was al lang geleden uit de Chinese tunieken en broeken gegroeid die hij bij aankomst had gedragen. Inmiddels kocht mevrouw Henderson zijn kleren. Hij zag er westers uit met zijn vest, overhemd, broek en leren schoenen. Eindelijk had hij ook spieren gekweekt en wat vlees op de botten gekregen. Als hij dat belachelijke schort niet zou dragen, kon niemand zich voorstellen dat deze goed geklede, knappe, flinke jonge vent een bediende was in het mooie huis achter hem.

Kam Ho vloog naar de poort, maar vond opeens dat hij wel erg onbesuisd reageerde. Hij wilde zich omdraaien om weer te gaan wachten in de tuin toen de hond langs hem heen de straat op schoot en daar woest begon te blaffen. Het dier was inmiddels oud en uitgezakt, maar zijn door de huizen weerkaatste geblaf klonk nog even indrukwekkend als altijd. Kam Ho wist dat de dochter van de groenteman bang was voor honden en het huis zo niet zou durven naderen. Hij schreeuwde naar het beest dat, even eigenzinnig als altijd, slechts terugblafte. Het leek alsof man en hond ruzieden. Uiteindelijk gaf de hond zich gewonnen. Met de staart tussen de poten glipte hij weer de tuin in.

Het geluid van de karrenwielen klonk steeds luider. Kam Ho hoorde hoe een man met een schorre stem en een sterk Kantonees accent zijn verse groente aanprees. Het gebroken Engels herinnerde hem aan zijn begintijd bij de Hendersons. Hij onderdrukte een glimlach. De venter was de vader van het meisje. Haar Engels was beter dan dat van haar vader, maar Kam Ho wist dat ze te verlegen was om te roepen.

Vanuit de omliggende huizen kwamen een stuk of vijf vrouwen tevoorschijn die met manden aan de armen bij de kar samendromden. Kam Ho hoorde haar stem. Die was dun en schuchter, maar klonk duidelijk boven de andere stemmen uit. Hij luisterde hoe zij en haar vader onderhandelden over de prijs, het geld in ontvangst namen en wisselgeld gaven.

Zijn hart ging tekeer in zijn borst. Het geld dat hij in zijn hand geklemd hield was klam van het zweet. Terwijl hij op zijn beurt wachtte oefende hij angstvallig zijn bestelling. Mevrouw Henderson had hem het beheer over het huishoudgeld gegeven en hij bepaalde als enige welk voedsel er in huis moest komen. Kam Ho wilde de dochter van de venter niet aanspreken in aanwezigheid van de vrouwen en wachtte op het moment dat hij nog de enige klant was.

Eindelijk was het zover. De vrouwen verspreidden zich en de stilte trad in rond de kar. Het meisje zat op een lege mand, haalde een in haar bovenkleding weggestopte zakdoek tevoorschijn en depte haar voorhoofd. Ze droeg een blauwe katoenen tuniek die schuin was dichtgeknoopt en een broek met wijde pijpen. Haar haar was vastgebonden met een rood lint. De kleding die ze droeg was typisch voor een meisje van het Kantonese platteland. Bij een ander had Kam Ho dat misschien te boers gevonden, want hij was kieskeuriger geworden in de jaren bij de Hendersons. Maar in haar geval vond hij haar dracht precies bij haar passen.

Dit was de derde keer dat ze met haar vader en hun groenten en fruit langs de deur kwam, steeds op woensdagochtend. Hij wist niet hoe ze precies heette, maar had gehoord dat haar vader haar een keer Ah-Hei had genoemd. Ook haar leeftijd wist hij niet, maar hij schatte haar op een jaar of achttien. Ze zou nu wel ongeveer een jaar in de Gouden Bergen zijn. Meisjes die er langer waren, kleedden zich westers en pas gearriveerde meisjes spraken nog geen Engels.

Ze zag hem staan, stopte haar zakdoek weg en glimlachte naar hem. Het duurde even voordat Kam Ho besefte dat ze naar hem glimlachte. Zijn knieën knikten. Hij wilde die lach beantwoorden, maar ontdekte dat de spieren van zijn gezicht helemaal strak stonden.

De paar stappen naar de zijkant van de kar leken een reis naar de andere kant van de wereld. Zijn gezicht was rood van de inspanning toen hij eindelijk bij haar was.

Hij overhandigde haar de klamme biljetten. Bij het terugtrekken van zijn hand voelde hij hoe iets hards en scherps de huid van zijn handrug schuurde. Het waren de eeltplekken in haar handpalm.

Net als hij moest ze hard werken. Ze hield het geld in haar hand en wachtte zwijgend af. Uiteindelijk begon ze te lachen, wees naar de manden vol groenten en vroeg: 'Wat wil je hebben?'

Hij schrok op. Hij had haar niet gezegd wat hij wilde hebben. Het bloed steeg met zo'n geweld naar zijn gezicht dat hij vreesde dat zijn hoofd ging ontploffen.

Spreek met vaste stem. Zo luidde de opdracht van zijn hoofd aan zijn mond, maar zijn mond trok zich daar niets van aan. Zijn lippen trilden en wilden alle kanten op, als rijst die geslagen wordt in een vijzel, waardoor zijn woorden als verbrijzeld klonken.

'Een handje radijsjes ... een stronk broccoli ... twee kroppen kool ... maar twee.'

Ze bond alles behendig samen en gaf het. 'Iets anders? Dit koop je altijd.'

Hij schrok. Ze herinnerde zich hem en wist nog wat hij doorgaans kocht. Hij voelde zich kalmer worden. Het plan dat hij een week lang had gewikt en gewogen, kreeg steeds meer gestalte.

Hij moest het juiste moment zien te vinden om haar vader aan te spreken. Hij wilde hem vertellen dat zijn eigen vader ook ooit groenten en fruit had verkocht en dat hij wist welke groothandelaar de hoogste prijzen betaalde. Vervolgens kon hij hem terloops vragen waar zij woonden en zeggen dat hij zijn vader zou vragen om hen aan de groothandelaar voor te stellen.

Er zat ook daadwerkelijk een kern van waarheid in wat hij wilde zeggen. Hij koesterde inderdaad de wens dat zijn vader op bezoek zou gaan bij de vader, maar niet om over de prijs van groente te praten. Kam Ho wilde dat zijn vader de zaak voortvarend aanpakte en een huwelijk tussen hem en het meisje zou arrangeren.

De voorbije jaren was de koptaks de lucht in geschoten. De meeste immigranten konden het zich nog slechts veroorloven om hun zonen over te laten komen. Nog maar een enkeling liet zijn dochter inschepen. Het gevolg was dat er in de Gouden Bergen amper Chinese meisjes te zien waren. Zijn vader had al verschillende keren gezegd dat hij Kam Ho's moeder wilde vragen om in Hoi Ping een goede partij voor hem te zoeken. Hij was niet bijster enthousiast geworden van het idee. De reden had hij zijn koppige vader alleen met veel moeite kunnen vertellen.

'Ik wil geen huwelijk zoals jij en moeder hebben. Ik hier en zij daar, zonder te weten wanneer we ooit samen zullen zijn.'

Op het moment dat hij het zei, wist hij al dat hij er verkeerd aan had gedaan. Zijn vader en moeder hadden allang met elkaar verenigd kunnen zijn, als hij op de boot niet de plek van Zes Vingers had ingenomen. Deze keer raakte Ah-Fat echter niet uit zijn humeur. 'Dus je wilt voor de rest van je leven vrijgezel blijven?' had hij slechts verzucht.

Kam Ho wilde eveneens zuchten, maar kon de trieste aanblik van zijn vader niet verdragen. In plaats daarvan glimlachte hij en zei: 'Wacht maar tot ik drie keer de koptaks bij elkaar heb gespaard. Dan ga ik naar Hoi Ping, trouw ik en kom ik terug met moeder, mijn zusje en mijn vrouw.'

Zijn vader lachte. 'Tegen de tijd dat je zoveel bij elkaar hebt, heeft het geen zin meer ze nog hierheen te halen. Dan kun je net zo goed voorgoed in Hoi Ping blijven en daar van het leven genieten.'

Kam Ho besefte dat zijn vader gelijk had, maar dat deed niets af aan het feit dat het leven in de Gouden Bergen zijn prettige kanten had. Dat durfde hij zijn vader echter niet te zeggen.

Deze jonge Kantonese vrouw, deze Ah-Hei, leek echter de door God gezonden oplossing voor Kam Ho's problemen. Ze bevonden zich aan dezelfde kant van de oceaan, wat de zaak een stuk simpeler maakte. Bovendien had hij haar gezicht gezien zodat zich, wanneer hij de rode bruidssluier zou optillen, geen onaangename verrassing kon aandienen. De tussenpersoon zou haar met zijn gladde praatjes niet mooier kunnen maken dan ze was. Ze zou gewoon in levenden lijve voor hem staan. Hij hoefde ook het geld voor de koptaks niet bij elkaar te sparen. Hij hoefde slechts voldoende moed te verzamelen om daadkrachtig haar hand te pakken.

'Er kopen altijd alleen maar vrouwen bij ons. Woont er geen vrouw in jouw huis?' vroeg haar vader terwijl hij wat groenteafval van de bodem van de kar op de grond veegde. Het meisje was bezig geweest de modder van haar jasje te strijken en had haar bewegingen onderbroken. Hij besefte dat ze zijn antwoord op haar vaders vraag wilde horen.

'Ik leid het huishouden,' zei hij na enige aarzeling dapper. De eerste zin was de moeilijkste geweest. Daarna vloeiden de woorden uit zijn mond. 'De heer des huizes is de directeur van Hudson's Bay

Company, het grootste warenhuis van Vancouver. De koning van Engeland heeft tijdens zijn bezoek mijn baas uitgenodigd voor de thee. De vrouw des huizes gaat altijd met hem mee naar etentjes en daarom ben ik de baas in huis.'

Kam Ho had in zijn hele leven nog niet zo'n lang antwoord gegeven. Hij stond dan ook versteld van zichzelf. Het was veel makkelijker geweest dan hij had gedacht.

'Nou, nou,' zei de vader verbaasd. 'Niet zo vreemd dus dat ze in zo'n chic huis wonen.'

'Heb je de Engelse koning weleens gezien?' vroeg het meisje, terwijl ze naar hem opkeek.

Kam Ho wist niet zo snel wat hij moest antwoorden. Hij kon zich er niet toe zetten om ronduit te liegen. Maar hij wilde het ook niet ontkennen, want hij koesterde zich in de van bewondering fonkelende blik die ze hem schonk. Daarna ontglipten de woorden hem als vanzelf. Met een glimlachje zei hij: 'Wij gewone mensen kunnen de koning niet ontmoeten, maar ik heb wel een keer een foto van hem gezien die mijn baas mee naar huis had genomen. Hij is jong en knap.' Kam Ho was tevreden over zijn antwoord. Hij had totaal niet opschepperig geklonken, maar niettemin indruk gemaakt.

'Jimmy! Jimmy!' riep mevrouw Henderson.

Kam Ho wilde niet ogenblikkelijk reageren, maar het geroep onderbrak zijn gedachtestroom, waardoor hij niets meer wist te zeggen. Hij tilde de groentemand op en vroeg: 'Willen jullie volgende week bonen meebrengen?' Het meisje knikte voordat de vader antwoord kon geven. Kam Ho wist nu dat hij haar volgende week weer zou zien.

'Jimmy! Jimmy!' klonk het weer.

Kam Ho moest terug naar het huis. Hij had veel gesproken, maar niet gezegd wat hij had willen zeggen. Maar de volgende woensdag zou zich een nieuwe kans aandienen.

Bij de tuinpoort hield Kam Ho abrupt halt. Hij zette de mand neer en zocht een scherpe kiezelsteen. Hij sneed een rozensteel door, rende terug naar de kar, gooide de roos naar de mand waarop Ah-Hei zat en zei: 'Hij ruikt lekker. Ruik maar.' Het liefst wilde hij dat ze hem in haar haar zou doen, maar dat durfde hij haar niet voor te stellen. Hij was bang voor de reactie. Niet voor de hare, maar die van haar vader. De man stond tussen hen in en Kam Ho had nog geen manier kunnen bedenken om langs hem heen te glippen.

Terwijl hij de traptreden naar het huis op liep, botste hij bijna tegen mevrouw Henderson op. Doordat hij vanuit het felle zonlicht het duistere portaal betrad, zag hij haar niet.

'Meneer Henderson komt vandaag vroeg thuis en neemt Jenny dan mee naar Stanley Park om naar de zeilboten te kijken. Maak een picknick voor ons klaar. Jij gaat natuurlijk ook mee.'

'Ja, mevrouw,' antwoordde Kam Ho, al had hij niet eens gehoord wat ze zei.

Met al zijn gedachten en zintuigen was hij nog bij Ah-Hei. Een heel eind verder in de straat zag hij vrouwen uit hun huizen naar de kar lopen. Haar schuchtere stem streelde zijn oren als het blad van een boom. 'Verse groenten. Pas geoogst. Van eigen land, zonder insecten,' antwoordde ze op de vragen van de vrouwen.

'Prikte hij, Jimmy?' vroeg mevrouw Henderson.

'Wat?'

'De roos,' antwoordde mevrouw Henderson met een glimlachje.

Hij sloeg de ogen neer en wilde het liefst wegkruipen in de schoongeplukte kip in zijn hand. Hij kon geen antwoord geven op haar vragen omdat hij wist dat hij zou gaan blozen zodra hij zijn mond opendeed. Het was heel vreemd, maar sinds deze zomer steeg het bloed soms spontaan naar zijn gezicht.

Mevrouw Henderson legde de groenten die Kam Ho had gekocht in een schaal en pakte de mand. Ze liep de straat op, helemaal naar de kar. Ze wisselde een groet uit met de andere huisvrouwen en overhandigde vervolgens de mand aan het Chinese meisje, terwijl ze haar iets in het oor fluisterde. Ah-Hei's ogen verloren direct al hun glans. Het was alsof er een laagje roest op was neergedaald, een roest die zich verspreidde over haar gezicht en haar lichaam, totdat ze helemaal was verstijfd.

'Mijn bediende, die Chinese jongen,' zei mevrouw Henderson, 'is vergeten de mand terug te geven. Die arme jongen heeft ze niet allemaal op een rijtje. Hij vergeet wel vaker iets.'

De woensdag daarop bleef de kar weg.

De woensdag daarna kwam hij wel, maar was het meisje er niet meer bij. In haar plaats was haar broer meegekomen. Stamelend vroeg Kam Ho uiteindelijk naar haar.

'Ze woont nu in Edmonton bij haar tante. Die zorgt ervoor dat ze daar naar school gaat,' vertelde haar vader. 'Haar tante vindt dat de meisjes in de Gouden Bergen ook naar school moeten.'

Kam Ho rekende de groenten af, maar vergat ze mee te nemen. Hij ging het tuinhek door, liep de trap op naar de vestibule. Jenny riep hem, evenals mevrouw Henderson, maar hij hoorde hen niet. Hij liep meteen door naar zijn kamer, sloot de deur en ging op bed zitten.

Ah-Hei was verdwenen.

Ze was een opspringende vonk geweest die tijdelijk zijn weg had verlicht, totdat ze was uitgedoofd en Kam Ho zich opnieuw in het duister bevond. Maar het was een andere duisternis dan eerst, een onverdraaglijke duisternis.

Hij bleef lang op zijn kamer. Hij hoorde gekletter beneden: mevrouw Henderson maakte in de keuken koffie, toast en een salade voor de lunch. Het klaarmaken van de lunch was de taak van de bediende. Maar Kam Ho voelde zich volstrekt krachteloos en niet in staat een vin te verroeren. Hij zou daar blijven zitten tot de wereld verging.

Mevrouw Henderson opende de deur. Hij hoorde dat ze naar hem toe kwam, maar hij draaide zich niet om. Ah-Hei had hem laten vallen, haar vader had ingestemd met haar vertrek. Jan en alleman was tegen hem. Hij had het zelf verknald en niets was het nog waard om voor te leven.

Van achteren werden twee armen om hem heen geslagen die hem stevig vasthielden. Zijn nek smolt in de zachte warmte. De warmte dompelde hem onder. Hij wilde zich uit de greep bevrijden, maar miste daarvoor de kracht.

Laat me dan maar verdrinken, dan is alles voorbij, dacht hij.

'Arm kind. Arm, arm kind,' fluisterde mevrouw Henderson.

Kam Ho's tranen begonnen te stromen.

Die nacht had hij een droom. Hij droomde dat zijn mond vol rozendoornen zat die hij steeds opnieuw probeerde uit te spugen. Maar in plaats daarvan spuugde hij zijn tanden uit. Handenvol tegelijk. Rood en wit als de zaden van dadelpruimen.

Hij werd badend in het zweet wakker en herinnerde zich iets wat zijn moeder hem vroeger had verteld: 'Als je droomt dat je je tanden verliest, overlijdt er binnenkort een familielid. Zijn het je boventanden, dan is het een oud persoon. Zijn het de ondertanden, dan is hij of zij nog jong.'

Hij pijnigde zijn hersens, maar kon zich niet herinneren welke tanden het waren geweest.

Het elfde jaar van de Republiek (1922), het dorp Aansporing, Hoi Ping, China

Halverwege de vierde maand begon de regen, die pas stopte bij de start van het Drakenbootfestival aan het begin van de vijfde maand. Toen hij ophield, was de grond bedekt met een ongelijkmatig tapijt van paddenstoelen en waren de bananenbomen de hemel in geschoten. De muren van de huizen zaten aan de binnenkant onder de slakkensporen.

Ah-Choi, de kok en een bediende waren achter het fornuis druk bezig met het bereiden van in bladeren gerolde en gevulde rijstballetjes voor het feestmaal. Op het moment dat het water begon te koken, gooide de kok er wat as in. Na elke oogst werden de rijststengels verbrand en bewaarde men de as, die nu door een fijne zeef in het water werd gestrooid waardoor de rijstballetjes een bijzondere smaak kregen.

Ze hadden de rijstballetjes de avond ervoor al bereid in vier variaties: met worst, pasta van gezoete bonen, gezouten ei en gedroogde garnaal. Kam Sau zat neergehurkt op de vloer en bond de balletjes met riet samen in plukjes van vijf. Zo'n bosje werd aan een ander gebonden waarop de balletjes met tien tegelijk in de pan gingen. Kam Sau zat in de tweede klas van de streekschool en zou na de zomer overgaan naar de derde. De school, opgericht door mannen uit de Gouden Bergen, stond in de dichtstbijzijnde stad. Doordeweeks bleven de kinderen op school. Alleen op zondag gingen ze naar huis, maar vanwege het Drakenbootfestival hadden ze een extra dag vrij. Mak Dau had Kam Sau en Ah-Yuen opgehaald. Ah-Yuen was zijn zoon en slechts vier maanden jonger dan Kam Sau. Toen Kam Sau was opgegeven voor school, had Zes Vingers Ah-Yuen ook meteen ingeschreven. Zo kon hij als vriend en metgezel voor Kam Sau dienen.

Zes Vingers was het huis aan het uitroken met behulp van alsem.

Bij het bereiken van de gang stuitte ze op Mak Dau. Hij maakte de revolver schoon die hij een paar weken geleden van een lokale burgerwacht had gekocht. Hij zat op de grond en had het wapen op een krukje gelegd. Van Kam Ho's laatste dollarbrief had Zes Vingers hem de helft gegeven zodat hij de revolver kon aanschaffen. Naar Mak Dau's zeggen was het een licht en handzaam wapen dat hij op lange reizen makkelijk achter zijn gordel kon verbergen. Zes Vingers was een zuinige vrouw, maar nu haar echtgenoot en zoons weg waren, had ze het toch een goed idee gevonden om wapens aan te schaffen. Een huishouden zonder mannen leek slecht verdedigd en werd daardoor een doelwit voor overvallers. De wapens vormden haar verdediging. Deze revolver was het derde wapen; ze had al twee jachtgeweren.

'Als je hem hebt gekocht, wikkel er dan een rode zijden doek omheen en leg hem boven op de doos. We vieren de aankoop met voetzoekers,' had Zes Vingers bevolen. Hoewel ze niet te koop liep met hun rijkdom, maakte ze graag kenbaar dat ze een nieuw wapen had aangeschaft.

'Je zet het weer in elkaar precies zoals je het uit elkaar hebt gehaald,' instrueerde Mak Dau zijn zoon. 'Iedereen kan een wapen demonteren, maar alleen wie een goed stel hersens heeft, kan het ook weer in elkaar zetten.'

'Waarom leer je zo'n klein kind al zulke dingen?' vitte Zes Vingers.

Mak Dau grinnikte. 'De wereld is slecht,' zei hij. 'Een jongen moet al het mogelijke leren dat helpt bij zijn verdediging.'

Zes Vingers hurkte bij hen neer. 'Wat voor nieuwe dingen ga je leren in je volgende klas?' vroeg ze Ah-Yuen. De jongen hoestte en proestte van de alsemrook. Hij haalde een zakdoek tevoorschijn om zijn neus af te vegen en antwoordde: 'Biologie, aardrijkskunde en muziek. En net als in de vorige klas Chinees, rekenen, Engels en geschiedenis.'

Zes Vingers schonk de jongen een goedkeurende blik. 'Hij veegt zijn neus af aan een zakdoek,' zei ze, 'niet aan zijn mouw, zoals jij.'

'We leren ook manieren,' piepte Ah-Yuen. 'Welke kleren je aantrekt, hoe je je moet gedragen en hoe je eet. Daar krijgen we straks ook een cijfer voor.'

Mak Dau gaf zijn zoon een klopje op zijn hoofd. 'Holle vaten klinken het hardst,' vermaande hij hem. 'Je wilt toch niet dat mevrouw je uitlacht?'

Zes Vingers gooide het hout op de grond en begon in gedachten verzonken met haar vingers Ah-Yuens haar te kammen.

Mak Dau wist dat ze haar zoons miste. Hij keek even of iemand het kon horen voordat hij haar zachtjes vroeg: 'Heb je nog een brief gekregen?'

Zes Vingers schudde haar hoofd. 'Niet meer sinds vorig Nieuwjaar. Dat is alweer ruim twaalf maanden geleden. Niet één. Is er iets gebeurd wat ze me niet willen vertellen?'

'En hoe zit dat met de twee jongeheren? Waarom schrijven zij niet?'

'Je kent zijn buien,' zei Zes Vingers. 'De jongens zijn allebei bang voor hem. Als hij het hun verbiedt, durven zij me niet te schrijven. Kam Ho heeft wel een brief gestuurd, maar alleen om te vertellen dat Kam Shan is teruggekeerd naar Vancouver om bij zijn vader te gaan wonen.'

'Maak je geen zorgen,' zei Mak Dau. 'De dollarbrieven blijven komen. Ik weet zeker dat er met de oude heer niks aan de hand is. Je zult de jongens ongetwijfeld missen ... de een is alweer twaalf jaar weg, de ander zeven. Ik mis hen ook.'

Zes Vingers boog het hoofd. Tranen druppelden op haar schoenen. Omdat ze in haar eentje de verantwoordelijkheid droeg voor een omvangrijk huishouden kon ze zichzelf nooit laten gaan in het bijzijn van de bedienden. Ze wist dat ze dan een indruk van zwakte zou wekken en hield haar emoties daarom zo goed mogelijk verborgen. Als ze al huilde, dan alleen in het bijzijn van Mak Dau.

Mak Dau ging in zijn zakken vergeefs op zoek naar een zakdoek, trok ten slotte die van Ah-Yuen tevoorschijn, vouwde hem in een schone punt en gaf hem aan Zes Vingers. Ze depte haar ogen en zei met een flauwe glimlach: 'Kam Shan schreef dat zijn vrouw zwanger is. Of het nu een jongen of een meisje wordt, hij komt thuis om het kind aan zijn grootmoeder te laten zien.'

'Je bent bijna grootmoeder,' zei Mak Dau, 'maar in mijn ogen nog altijd zo jong als een bruid.'

Zes Vingers snoof. 'Pas maar op! Die tong van jou is zo honingzoet dat er wespen op afkomen. En waag het niet de gek met mij te steken!'

Mak Dau voelde zich zo tekortgedaan door haar woorden dat de aderen op zijn voorhoofd opzwollen. 'Nee, echt niet,' riep hij uit. 'Ik zou het niet durven de gek met je te steken. Ik meen het: je bent niets veranderd. Je ziet er nog hetzelfde uit als toen ik in dit huis arriveerde.'

Zes Vingers staarde dromerig voor zich uit. 'Ik heb de bruidegomsschoenen gemaakt die Ah-Yuet jou heeft gegeven. Dat lijkt pas gisteren, maar kijk eens hoe groot de kinderen al zijn. Natuurlijk ben ik veranderd in die jaren,' zei ze.

Boven zich hoorden ze luid kloppen. Het was de wandelstok van mevrouw Mak. Met dat geluid gaf ze Zes Vingers te kennen dat ze naar beneden wilde. 'Ik kom eraan, moeder,' schreeuwde ze.

Door toedoen van de omhoog zwevende, verleidelijke geur van de rijstballetjes had de oude vrouw echter weinig geduld. 'Al die luxe die mijn zoon met zijn blote handen heeft verdiend,' jammerde ze kribbig, 'zonder dat je mij maar één hap gunt. Je zou het nog eerder aan de ratten voeren dan aan mij.'

'Dat is toch geen manier om tegen mevrouw te praten,' zei Mak Dau afkeurend. 'Het is een slecht voorbeeld voor de bedienden.'

Zes Vingers glimlachte alleen. 'Ze is soms wat verward, maar andere keren is ze weer helemaal bij de pinken.'

'Laat mij haar dragen,' zei Mak Dau. 'Ze is te zwaar voor je.'

'Nee, ik kan haar makkelijk hebben. Ze weegt bijna niets meer.'

'Er komt tegenwoordig zoveel op je schouders terecht. Ik ben maar een eenvoudig man, alleen geschikt voor het zware werk. Toch wil ik je zo veel mogelijk helpen,' verzuchtte Mak Dau.

Zes Vingers was geroerd. Omdat ze niet wist wat ze moest zeggen, zweeg ze even. Daarna zei ze: 'Ik ben de enige die haar mag dragen.'

Mak Dau schonk haar een van zijn overweldigende glimlachjes. 'Kijk maar hoe ik dat aanpak,' zei hij, en hij liep stampend de trap op.

Even later klonk er een nog luider stampen. Mak Dau kwam de trap af met mevrouw Mak op zijn rug.

Zes Vingers pakte een rieten stoel voor mevrouw Mak. De rijstballetjes waren klaar. De oude vrouw snoof de geur op en zei: 'Er zit te weinig as in het water.'

Zes Vingers glimlachte: 'Niemand kan zo goed ruiken als jij,

373

moeder.' Ze haalde twee schalen tevoorschijn, een grote en een kleinere. 'Ah-Yuet, op de grote schaal van elke smaak graag twee mooie. Op de kleine één van elke smaak.'

De grootste portie diende als voorouderoffer, de kleinere was voor Kam Sau's oudtante, die boven woonde en inmiddels weduwe was. Haar man was een jaar geleden gestorven. Zij deelde haar woning met haar zoon en diens vrouw, want haar dochters waren intussen getrouwd en hadden het huis verlaten. Na de dood van Kam Sau's oudoom had ze last van haar hart gekregen. Ze was te zwak om naar beneden te komen.

Ah-Yuet lepelde olie in de grote schaal toen die uit haar handen glipte. Hij landde met een luide klap op de grond. Het was een porseleinen offerandeschaal die Ah-Fats vader na zijn plotseling vergaarde rijkdom in een antiekwinkeltje in Kanton had gekocht. De schaal was dus een oud familiestuk.

Van ontzetting zei niemand iets. Daarna gaf Mak Dau zijn vrouw een klap in het gezicht. 'Zo'n onhandig schepsel als jij heb ik nog nooit gezien!' viel hij uit. 'In al die jaren dat je nu bij mevrouw werkt, is dat altijd zo gebleven!'

Mak Dau riep Ah-Yuet wel vaker tot de orde, maar dan altijd achter gesloten deuren. Niet eerder had hij haar in het bijzijn van de rest van het huishouden zo te kijk gezet. Zonder iets te zeggen bracht ze een hand naar haar gezicht. Haar lippen trilden als espenbladeren.

Zes Vingers keek Mak Dau verwijtend aan: 'Hoe slim of dom je ook bent, je slaat nooit je vrouw in het bijzijn van de oude mevrouw.'

Daarop barstte Ah-Yuet in tranen uit. 'Het is maar een ouwe schaal!' schreeuwde Zes Vingers tegen haar. 'Geen enkele reden tot huilen. Ruim alles op en pak een nieuwe.'

Het was voor iedereen duidelijk dat deze woorden bedoeld waren voor de blinde mevrouw Mak, die niet gezien had welke schaal er was gesneuveld.

Mevrouw Mak glimlachte smalend en vroeg Kam Sau bij haar te komen.

'Ja, grootmoeder?'

Mevrouw Mak nam een hand van het meisje in de hare. 'Blijf uit haar buurt,' zei ze, 'want ze heeft het niet op onze voorouders.'

Iedereen zweeg opgelaten. Met 'ze' bedoelde ze vast en zeker Zes Vingers. 'Huh! Die pukkel is een slecht teken ... van bloed doordrenkt ...' vervolgde mevrouw Mak toen. Het pukkeltje waarop ze doelde, zat echter op Ah-Yuets kin en was inderdaad helderrood.

Zes Vingers liep naar haar toe en vroeg met bevende stem: 'Moeder, kunt u Ah-Yuets pukkel zien?'

Mevrouw Mak gaf geen antwoord. In plaats daarvan nam ze Zes Vingers in zich op. 'Had je niet iets mooiers kunnen aantrekken ter ere van onze voorouders? Heeft Ah-Fat niets voor je gekocht?'

Zes Vingers had nog geen tijd gehad om haar simpele grijze, met zwart afgezette katoenen tuniek te verwisselen voor iets anders.

'De oude mevrouw kan zien! Ze kan zien!' werd er geroepen, nadat iedereen van zijn verbazing was bekomen.

Kam Sau stak twee vingers op. 'Hoeveel vingers steek ik op, grootmoeder?' vroeg ze.

'Steek niet de draak met me, kleine wijsneus! Dankzij mijn hemelse oog kan niemand me nog om de tuin leiden.'

Zes Vingers keek even naar Mak Dau. Samen verlieten ze het vertrek. Nadat ze zich ervan had vergewist dat niemand hen was gevolgd, wiste Zes Vingers het zweet van haar gezicht en zei: 'Het ziet er niet goed uit voor de oude mevrouw. Haal bij de uitvaartwinkel haar begrafenisschoenen. Snel!'

Mevrouw Mak stierf nog diezelfde dag rond het middaguur met een half opgegeten rijstballetje met gezoete bonenpasta in haar hand. Ze was vierenzeventig jaar geworden.

De laatste twintig jaar was ze nu eens helder van geest en dan weer verward geweest. De laatste druppel olie had haar levenslamp lang brandende gehouden, totdat hij uiteindelijk was gedoofd. Op het laatst teerde ze niet alleen in op haar eigen reserves, maar ook op die van haar schoondochter. Toen Zes Vingers mevrouw Mak naar haar volgende leven stuurde met de opzichtigste begrafenis die het dorp ooit had gezien, was ze vijfenveertig.

Nadat de wake erop zat en ze de laatste gast had weggestuurd uit de diaolou, deed Zes Vingers de grendel op de ijzeren deur. Ze liep naar boven, ging op haar bed zitten en veegde met kalme bewegingen het stof van de spiegel op haar kaptafel. Nadat ze een stuk ter grootte van een waaier had schoongeveegd, bekeek ze haar gezicht. Ze had haar gezicht niet gepoederd. De lijntjes bij haar ooghoeken en jukbeenderen waren dik van de tranen. De witte bloem die ze in haar knotje had gedragen hing slap. Ze trok hem eruit en stak hem recht weer terug. Ze zou deze witte rouwbloem nog een tijdje moeten dragen. Dat vond ze niet erg, want het zou de aandacht afleiden van het feit dat ze grijs werd.

'Achtentwintig jaar geleden heb je beloofd dat ik me ooit bij jou in de Gouden Bergen zou voegen, Ah-Fat,' mompelde ze bij zichzelf. 'Nu kan die belofte eindelijk worden ingelost.'

Het twaalfde jaar van de Republiek (1923), Vancouver, Brits-Columbia

Toen meneer Henderson het tuinhek opende stond Jenny op haar tenen onder een boom. Ze sprak tegen een roodborstje op een tak. 'Als je gaat slapen, hou je je ogen dan open of doe je ze dicht?'

De vogel tjilpte, wat zowel ja als nee kon betekenen. De reactie van de vogel ergerde Jenny en ze kneep haar neusgaten dicht. 'Heeft jouw moeder je niet geleerd fatsoenlijk te antwoorden?'

Meneer Henderson barstte in lachen uit en liep naar zijn dochter. Hij wilde haar eens stevig omhelzen, maar zag daar toch maar van af. Voorzichtig aaide hij haar over haar gezicht. Jenny was bijna het hele jaar ziek geweest. Eerst had ze mazelen gekregen en daarna een verkoudheid die in een bronchitis over was gegaan. Daarnaast had ze door een val een wond opgelopen die lang ontstoken was gebleven. Haar lijf leek zo kwetsbaar als vloeipapier: je hoefde het maar aan te raken en er zat al een gat in. Er was echter ook vooruitgang: ze kwijlde niet meer en hoefde geen slab meer om. Die bewaarde ze nu in haar schortzak.

Hij pakte haar hand en samen liepen ze naar de voordeur. Die zat dicht. Meneer Henderson moest hem openen met zijn sleutel. Hij stond op het punt naar binnen te gaan toen een verward ogende Kam Ho uit de keuken kwam gerend. Meneer Henderson snoof de lucht op: 'Wat is dat voor brandlucht?' vroeg hij. 'Heb je het voetbad droog laten koken?'

Kam Ho bleef zijn handen maar aan zijn schort afvegen en stamelde: 'Het zou weleens het ... het Chinese medicijn van mevrouw kunnen zijn.'

'Mijn god,' riep meneer Henderson uit. 'Mijn vrouw slaat die Chi-

nese bocht achterover alsof haar leven ervan afhangt! Waarom nodig je niet meteen ook alle heksen en tovenaars van Chinatown uit?'

Hoewel Kam Ho gewend was aan de grappen van meneer Henderson, kwetste deze hem toch. Een blos verspreidde zich over zijn
gezicht als vermiljoenkleurige inkt over rijstpapier. Kam Ho was
een man van weinig woorden, maar zijn gezicht sprak altijd duidelijke taal. Meneer Henderson had hem al vaker rood zien worden:
de ene keer uit schaamte, de andere keer van schrik, vaak ook
zonder duidelijke reden. Maar deze keer kwam het voort uit
kwaadheid, uit het soort kwaadheid dat zich maar moeilijk liet
wegdrukken.

Meneer Henderson begon bulderend te lachen en sloeg Kam Ho
op de schouder. 'Toen ik je vader leerde kennen,' zei hij, 'was hij
jonger dan jij nu, maar hij had een veel dikkere huid. Om je de
waarheid te zeggen: hij was zo gehard als een paar oude laarzen.'
Kam Ho was nog steeds rood. Meneer Henderson pakte een papiertje uit zijn zak en drukte het hem in handen. 'Wanneer je dit weekend naar huis gaat, neem je vader dan mee uit eten in dat nieuwe
Franse restaurant aan de baai. Zeg hem dat ik heb getrakteerd.'

Kam Ho wierp een vluchtige blik op zijn handen. Hij hield een
splinternieuw biljet van twintig dollar vast. Dat was ruim een half
maandsalaris en zonder meer voldoende voor een aantal uitstekende maaltijden in welk restaurant ook. Zowel meneer als mevrouw Henderson gaf hem boven op zijn maandelijkse loon af en
toe iets extra's, maar nog nooit zo'n enorm bedrag. Zijn hand leek
gevoelloos te worden door het gewicht ervan. Hij had graag gezegd
dat het te veel was, dat hij het niet kon accepteren, maar de woorden weigerden zijn mond te verlaten. 'Dank u,' mompelde hij
slechts. Als meneer Henderson niet die opmerking had gemaakt
over 'Chinese bocht', had hij ook oprechte dankbaarheid gevoeld.
Maar nu overheerste de woede om zijn minachting.

Hij bevond zich echter niet in de positie om lang boos te kunnen
blijven. Hij wist onmiddellijk wat hij met het geld wilde doen. Hij
zou zijn vader niet meenemen naar een Frans restaurant. Sterker
nog, hij zou hem dat twintigdollarbiljet nooit laten zien. Hij zou
het bij de stapel kleingeld voegen die hij al had opgespaard. Later
zou hij alles in een enveloppe doen, die aan zijn moeder adresseren
en officieel laten verzegelen. Hij spaarde stiekem voor de koptaks

en wilde ervoor zorgen dat zijn vader eindelijk de gezinshereniging zou meemaken die hem al zo lang was ontzegd.

Kam Ho nam meneer Hendersons jas en aktetas aan en liep naar de keuken om koffie te zetten. Een kop sterke, zwarte koffie – zonder melk of suiker – was altijd het eerste wat hij wenste als hij thuiskwam. Meneer Henderson hield meer van de geur dan van de smaak ervan. Steevast bracht hij de stevig tussen beide handen geklemde mok verse koffie naar zijn neus en ademde dan diep in, terwijl de omhoogkringelende damp zijn gezicht omhulde. Hij deed dit zo lang dat Kam Ho af en toe dacht dat hij in slaap was gevallen. Een keer had hij op het punt gestaan de mok uit zijn handen te nemen toen meneer Henderson plotseling zijn ogen had geopend en gezegd: 'Jimmy, deze koffie is echt zalig.'

Nadat hij zijn koffie had opgedronken, vroeg hij waar zijn vrouw was.

'Ze had vandaag last van hoofdpijn, dus ze heeft alleen haar medicijn genomen en is gaan slapen.' Het liefst had hij gezegd dat ze alleen maar die 'Chinese bocht' had gedronken. Het biljet in zijn borstzakje voelde warm tegen zijn borst en maakte hem opeens spraakzaam. Hij stond zelfs op het punt om een mop te vertellen, maar zag daar uiteindelijk toch van af.

'Als ze wakker wordt, kun je mijn spullen pakken. Ik ga morgen naar Saskatoon.'

Kam Ho wist dat het bedrijf van meneer Henderson daar een magazijn had waar hij geregeld naartoe ging. 'Is het daar leuk?' vroeg hij.

'Het ligt er maar aan wie je dat vraagt. Het vee en de paarden vinden het er leuk. Het enige wat je daar ziet is gras en nog eens gras.' Kam Ho glimlachte tegen wil en dank. 'Maar weet je wat je er wel kunt doen?' vervolgde meneer Henderson. 'Je kunt er uitstekend vissen. De volgende keer dat ik erheen ga, neem ik je mee en gaan we daar vissen.'

'Ik kan vissen,' reageerde Kam Ho. 'Als kind ging ik samen met mijn broer forel kietelen in de rivier. Gaat mevrouw dan ook mee?'

'Wat? Haar meenemen? Als de zon te fel is, krijgt ze hoofdpijn. Als het waait, speelt haar knie op. Ze kan niet lopen vanwege de pijn aan haar voeten. Als het bewolkt is, kan ze niet zien waar ze loopt en als het helder is, heeft ze last van de schittering van de zon. Kijk naar Jenny. Die wordt straks precies haar moeder: breekbaar als porselein.'

Kam Ho hoorde de trap zacht kraken. Hij wilde meneer Henderson waarschuwen dat zijn vrouw naar beneden kwam, maar het lukte hem niet diens woordenstroom te onderbreken. Mevrouw Henderson dook op achter haar echtgenoot en zei met een glimlachje: 'Zo breekbaar ben ik toch niet, Rick? Ik neem aan dat Bridget minder stevig in elkaar zat.' Bridget was meneer Hendersons eerste verloofde geweest. Voordat ze konden trouwen was ze al overleden aan een hartkwaal.

Eerst keek meneer Henderson opgelaten, maar daarna begon hij te lachen en zei: 'Wil je de deur niet op slot doen als Jenny in de tuin speelt?'

Mevrouw Henderson reageerde niet. Ze keek Kam Ho betekenisvol aan en zei: 'Wil je Jenny halen en zorgen dat ze haar handen wast? Het is etenstijd.' De blik betekende dat hij drankjes voor hen moest inschenken. Door zijn werk was meneer Henderson 's avonds vaak weg en at hij zelden met het gezin mee. Wanneer hij wel thuis was, dronk zijn vrouw voor het eten graag een drankje met hem.

Kam Ho bracht Jenny binnen, liet haar haar handen wassen en haalde vervolgens een tien jaar oude fles port uit de kelder. Mevrouw Henderson had haar goede smaak voor port als jongedame in Engeland opgedaan. Kam Ho zette twee glazen met lange stelen voor hen neer. Meneer Henderson trok de wenkbrauwen op en schonk Kam Ho een veelbetekenende blik. Hij hield niet van wijn of port, omdat hij die als vrouwendrankjes beschouwde. Hij dronk altijd whisky, de ene keer met ijs, de andere keer zonder. Al het andere viel naar zijn mening niet als 'borrel' te bestempelen.

In de acht jaar dat Kam Ho inmiddels bij de Hendersons diende, had hij vooral geleerd om hun gezichtsuitdrukkingen goed te lezen. Het probleem was echter dat die uitdrukkingen vaak tegengesteld aan elkaar waren waardoor Kam Ho zich altijd weer gedwongen zag partij te kiezen voor een van de twee echtelieden. Zelfs als hij begreep wat beiden wilden, wist hij niet hoe hij daarop moest reageren. Aanvankelijk had hij steeds het gevoel gehad dat hij werd geplet tussen de twee. Daarna had hij geleerd om zelf positie in te nemen tussen de twee echtgenoten, waardoor hij genoeg ruimte overhield om te manoeuvreren.

Onverstoorbaar schonk Kam Ho voor beiden een glas port in. Hij gebaarde vervolgens naar meneer Henderson: 'Mevrouw wil graag op uw gezondheid drinken. Ze wenst u bovendien een behouden reis en hoopt op een snelle terugkeer, nietwaar mevrouw?'

Mevrouw Henderson sloeg haar port in één keer achterover en gebaarde met het lege glas naar Kam Ho. Hij schonk opnieuw in, waarna ze de drank opnieuw in één slok achteroversloeg. Ze kampte al de hele dag met zware hoofdpijn en had wat opiumsap genomen, maar op het moment dat ze eindelijk tijd had gehad voor een dutje was meneer Henderson thuisgekomen. Zoals dezer dagen wel vaker het geval was, liep ze nog altijd rond in haar ochtendkleding: een zijden Japanse kimono, karmozijnrood met daarop geborduurde vlinders in blauwe, groene en roze kleuren. Hij reikte tot aan de grond, maar was laag uitgesneden waardoor het bovenste deel van haar sneeuwwitte boezem zichtbaar was.

Kam Ho durfde haar niet aan te kijken. Bij de aanblik van dat witte vlees stond hij in vuur en vlam. Voor ze ziek werd, moest meneer Henderson wel dol op haar zijn geweest, bedacht hij. Hoe triest was het dan dat hij niets meer voor haar voelde en hoe triest dat zij steeds weer probeerde die gevoelens nieuw leven in te blazen. Mevrouw Henderson behandelde haar echtgenoot als een god en wilde niets liever dan zich geborgen bij hem voelen. Maar haar echtgenoot wilde niet dat iemand aan hem trok of hem betuttelde. Hoewel Kam Ho dat duidelijk inzag, had mevrouw Henderson het niet in de gaten. Ze klampte zich wanhopig aan hem vast, totdat er niets meer over was om vast te houden.

'Vind je het prettig om van huis te zijn, Rick? Om geen last te hebben van mij en Jenny?' vroeg ze, waarbij ze opnieuw met haar lege glas naar Kam Ho gebaarde.

Kam Ho keek meneer Henderson aan, omdat hij het glas niet nogmaals vol durfde te schenken. Meneer Henderson pakte het uit haar hand en zei: 'Je hebt genoeg gehad. Als je zo doorgaat, wordt Jenny bang.' Op deze woorden trok de blos op mevrouw Hendersons wangen verder omhoog totdat zelfs haar ogen rood waren.

'Moet je hem horen!' zei ze. 'Alsof jij zo'n goede vader bent. Jenny, weet je nog de laatste keer dat je vader dronken was? Ik denk dat hij niet eens meer weet dat je erbij was.'

Meneer Henderson gooide zijn glas op tafel en liep kwaad naar boven. De port liep langzaam langs een vouw in het witte tafelkleed alsof de tafel in tweeën was gehouwen en er bloed uit de wond sijpelde. 'Papa!' gilde Jenny waarop ze in huilen uitbarstte.

Er klonken zware voetstappen. Meneer Henderson kwam luid stampend de trap weer af, pakte bij de voordeur zijn jas uit de garderobekast, trok hem aan en knielde neer om zijn veters te strikken. Kam Ho vloog achter hem aan en blokkeerde de voordeur. Meneer Henderson kwam overeind en keek hem aan. 'Vannacht slaap ik in een hotel. Pas goed op Jenny,' zei hij, waarna hij zich probleemloos langs Kam Ho wurmde en het huis verliet. Kam Ho zag hoe zijn stevige gestalte, met een kleine reistas in de hand, werd opgeslokt door het schemerduister. Het viel hem op dat meneer Henderson de laatste tijd steeds krommer ging lopen.

Jenny huilde niet meer, maar was de haren van haar pop aan het vlechten. Kam Ho ruimde de portglazen op en depte de gemorste drank op. Het was heel stil in huis. Het enige geluid kwam van de pruttelende stoofschotel in de keuken. Het geborrel klonk als dikke, olieachtige scheten. Kam Ho voelde dat mevrouw Henderson naar hem keek en hem met haar blik vastpinde. Het was duidelijk dat ze met hem wilde praten, maar hij had daar op dit moment geen behoefte aan. Daarom liet hij die priemende blik gelaten over zich heen komen.

'Denk je dat er mannen zijn die altijd bij dezelfde vrouw blijven, Jimmy?' vroeg ze.

Het was een simpele vraag, maar wel een waarop Kam Ho het antwoord niet wist. Hij was inmiddels drieëntwintig jaar oud, maar had in emotioneel opzicht nog niets meegemaakt. Alleen Ah-Hei, het Kantonese meisje, had korte tijd voor beroering in zijn voortkabbelende bestaan gezorgd.

Achter hem klonk een schamper lachje. 'Het heeft geen zin om jou dat te vragen, nietwaar Jimmy?' zei mevrouw Henderson. 'Ik bedoel: je hebt nog nooit een vrouw gekend. Echt gekend ...'

Kam Ho voelde zweetdruppels op zijn voorhoofd en het puntje van zijn neus parelen. Hij gloeide van schaamte en het zweet stoomde bijna van hem af. Hij voelde het bloed naar zijn gezicht trekken. Inmiddels was hij vast en zeker vuurrood. Helemaal in de war liep hij naar het fornuis en tilde het deksel van de pan. Luid kletterend viel het op de grond.

'Meneer Henderson is weggegaan zonder dat hij iets heeft gegeten,' zei Kam Ho.

'Vanzelfsprekend, maar hij is niet de enige die nog niets heeft gegeten. Ik heb ook honger,' zei mevrouw Henderson.

Die nacht droomde hij dat de hond van de Hendersons door het raam naar binnen was gekropen en op hem zat. Met zijn rode tong begon hij Kam Ho te likken en lebberde hij zijn gezicht af. De hond drukte zwaar op zijn borst en hij kreeg nog maar nauwelijks lucht. Hij probeerde hem steeds opnieuw weg te duwen totdat hij er wakker van werd.

In het duister keken twee ogen hem glinsterend aan. Het licht van de vollemaan scheen door de kieren tussen de gordijnen en deed de ogen blauw oplichten. Kam Ho's nekharen gingen rechtovereind staan, maar er schoof een hand over zijn mond die zijn angstkreet smoorde. Een andere hand gleed tussen de knoopjes van zijn pyjama door, verkende zijn borst en gleed over zijn buik omlaag totdat hij uiteindelijk bij de plek tussen zijn bovenbenen arriveerde.

Kam Ho had het gevoel dat zijn lichaam een lont was die door de spelende vingers werd ontstoken. De vlammen dansten op en neer. Tussen zijn bovenbenen werd hij zo hard als een rots. De vlammen likten eraan. Het ding stond in vuur en vlam.

Kam Ho liet een kreun ontsnappen.

Na een hevige stuip ontsnapte er een vloed aan warm vocht. Ze schrokken er beiden van.

Het vuur doofde waarna Kam Ho zich leeg voelde, ontdaan van alle kracht in zijn lichaam. Toch hield een ondefinieerbaar genot nog stand. Hij had het onbestemde gevoel bijna niets meer te wegen en als een wolk door de lucht te zweven. Niet helemaal, want iets trok hem omlaag. Nu zijn ogen aan het halfduister waren gewend, zag hij een kimono met glinsterende vlinders. Een noodlotsgevoel bekroop hem. Zijn tanden begonnen van ontzetting te klapperen.

Twee zachte, vochtige lippen beroerden zijn wangen. Een naar munt ruikende adem speelde rond zijn oren. 'Jimmy, het is niet erg om een beetje plezier te hebben. Wees niet bang,' klonk het als in een fluistering.

Na afloop viel hij in een diepe slaap. Toen hij wakker werd, scheen de warme zon vol in zijn gezicht. Hij sprong uit bed en zocht zijn kleren bij elkaar.

Hij was te laat voor mevrouw Hendersons ontbijt.

Mevrouw Henderson. Bij die naam bonsde zijn hart tegen zijn borstkas en kwam de herinnering aan de voorbije nacht naar boven. Het was maar een droom geweest, toch? Hij stelde zich gerust met de gedachte dat hij de laatste tijd wel vaker bijzonder vreemde dromen had gehad. Maar toen hij de lakens terugsloeg, zag hij een vlek ter grootte van een vrucht van de sukadeboom. Hij liet zijn vinger langs de randen gaan. De vlek was nog nat. Hij zakte neer op het bed. Zijn hart bonsde in zijn keel.

Het was geen droom geweest, maar echt gebeurd.

Hij bleef een hele tijd zitten. Op het moment dat hij wel moest opstaan, zag hij iets onder het hoofdkussen uit steken. Het was een stukje papier waarop het gekroonde hoofd van de oude Engelse koningin stond afgebeeld.

Een biljet van vijf dollar. Het leek te branden in zijn handen en veroorzaakte een blaar op zijn handpalm.

Hij kleedde zich aan en pakte snel zijn spullen bij elkaar. Dat was niet veel: drie, vier stel kleren, een paar schoenen en wat brieven van zijn moeder. Hij had nog steeds zijn oude, door het wassen verbleekte plunjezak. Hij stopte er alles in, bond hem dicht en slingerde hem over zijn schouder. Hij merkte hoe klein hij eigenlijk was.

Hij had geen idee wie zijn volgende baas zou worden of waar zijn volgende maaltijd vandaan zou komen. Hij wist al helemaal niet hoe hij dit ooit aan zijn vader moest uitleggen, maar daar zou hij wel iets op verzinnen. Hij moest hier in elk geval onmiddellijk weg.

Hij verliet zijn kamer en was net beneden toen hij Jenny een schrille schreeuw hoorde slaken: 'Mammie!'

Hij wierp de zak op de grond en vloog de trap weer op. Mevrouw Henderson lag op haar rug in het bad met een hand bungelend over de rand. Over haar pols kroop een dikke rode worm. Van afschuw kon Kam Ho geen stap meer zetten. Hij staarde naar de grond waarover zich een rode plas bloed verspreidde.

Mevrouw Hendersons bloed.

Kam Ho trok zijn overhemd uit, scheurde het aan stukken en bond de repen strak om haar pols.

'Waarom? Waarom?'

Mevrouw Henderson hield haar ogen gesloten alsof ze sliep. Haar kimono bolde op in het water. De vlindervleugels waren doorweekt en dreven levenloos op het water.

'Probeert u me de schrik van mijn leven te bezorgen?'

Kam Ho besefte niet dat hij huilde totdat hij iets over zijn wangen voelde stromen wat een brandende pijn veroorzaakte.

Mevrouw Henderson opende haar ogen, schonk hem even een lege blik en sloot ze weer. 'Ik weet dat je ervandoor wilt. Jij, Jenny en hij ook. Jullie gaan allemaal weg en laten mij alleen achter,' mompelde ze.

Hij probeerde haar rechtop te laten zitten door met de ene hand aan het geïmproviseerde verband om haar pols te trekken en de andere hand in haar nek te leggen. Maar ze trok al haar spieren aan en weigerde ook maar iets mee te geven. Ook Kam Ho's kleren waren al snel drijfnat en het water klotste over de rand van het bad, vormde grote plassen op de grond.

'Als u rechtop gaat zitten en mij dokter Walsh laat bellen, dan bezweer ik u dat ik niet zal gaan,' zei hij.

Kam Ho liep over straat en keek bewonderend naar de prachtig blauwe hemel boven zijn hoofd. Hij was al een maand niet meer buiten geweest. Sinds mevrouw Hendersons terugkeer uit het ziekenhuis was haar gezondheid nog verder verslechterd. Ze verloor hem geen seconde uit het oog. Vandaag had ze hem eindelijk een vrije dag gegund zodat hij naar huis kon. Hij had niet geweten dat het al volop zomer was. De bloeitijd van de seringen was al voorbij, evenals die van de kersen-, appel- en perenbloesem. Aan de takken van de bomen langs de straat hadden zich kleine groene vruchten gevormd, die de indruk wekten elk moment druppels zuur te kunnen lekken. De kraaien vlogen krassend over hem heen. Inmiddels was hij eraan gewend. Hier waren er zoveel dat als ze werkelijk een slecht voorteken vormden, zoals thuis werd beweerd, iedere inwoner van de Gouden Bergen aan rampspoed ten prooi zou moeten vallen. Vandaag zou hem zeker geen rampspoed ten deel vallen. Niets kon zijn goede humeur bederven.

Kam Ho hield een hand in zijn zak en stevig om een zwaar stoffen zakje geklemd. De bankbiljetten leken in het bezit van tongetjes die door het dunne weefsel heen begerig aan zijn handpalm likten. Hij had ze keer op keer opnieuw geteld. Van elk wist hij hoe hij in het bezit daarvan was gekomen. Het tiendollarbiljet waarop iemand een obscene boodschap had gekrabbeld had deel uitgemaakt van zijn eerste loon. Het vijfdollarbiljet dat een hoekje miste had hij van de Hendersons gekregen ter gelegenheid van zijn tweede Kerstmis onder hun dak. En dan had hij nog het vijfdollarbiljet met dat minuscule brandgaatje aan het puntje van de neus van de koningin, het biljet dat mevrouw Henderson onder zijn kussen had gelegd.

De voorbije twee jaar had Kam Ho regelmatig een dollarbrief naar zijn moeder thuis gestuurd en zijn vader voorzien van zakgeld, maar van de rest had hij elke cent opzijgelegd. Zijn vader had wel enig benul van waarmee zijn zoon bezig was, maar geen idee dat het bij elkaar zoveel was. Ah-Fat beschuldigde hem er ook regelmatig van zo krenterig te zijn dat hij als het even kon liever een halve dan een hele cent weggaf. Hij had ook gezegd dat Kam Ho gierig was omdat hij geen cadeautje had gekocht toen de vrouw van Kam Shan een kind had gekregen. Kam Ho had daar niets op gezegd. Hij beschouwde het stoffen zakje als een emmer die langzaam voldruppelde. Hij wachtte op het moment dat de emmer was gevuld en zou dan zeggen wat hij op zijn hart had. Daarop had hij echter heel lang moeten wachten.

Alleen zijn vader en Yin Ling waren thuis. Yin Ling was Kam Shans vijf maanden oude dochtertje. Ze lag zachtjes snurkend in bed met een dunne sprei over zich heen. De vrouw van Kam Shan werkte zes dagen per week als serveerster in een restaurant. Ze liet Yin Ling dan thuis, maar Kam Shan bracht het kind twee keer per dag langs voor de borstvoeding.

Toen Kam Ho arriveerde, was zijn vader net inkt aan het vermalen. In de periode tussen de feestdagen was er weinig behoefte aan zijn diensten, dus het merendeel van de inkt die hij nu klaarmaakte zou ongebruikt blijven. Als er tegen het middaguur nog geen klant in de deuropening was verschenen, vormde zich een zwart korstje op de inkt. Ah-Fat had in zijn leven onvoorstelbare ontberingen doorstaan, maar nietsdoen was het enige wat hij werkelijk onverdraaglijk vond. Hij werd er zo chagrijnig van als een beer met hoofdpijn.

'Zo, dus je bent je familie nog niet helemaal vergeten!' snoof Ah-Fat zoals gebruikelijk.

Kam Ho begon te lachen. 'Mevrouw Henderson was ziek en meneer Henderson wilde me geen dag vrij geven,' zei hij.

'Huh!' snoof Ah-Fat opnieuw. 'Ik snap niet hoe zo'n capabele vent zo'n vrouw heeft kunnen nemen. Als hij in Hoi Ping had geleefd, had hij zich allang van haar ontdaan en was hij opnieuw getrouwd.'

'Mevrouw Henderson is juist ziek door toedoen van meneer Henderson,' zei Kam Ho. 'Als hij haar wat beter zou behandelen, zou het vast beter met haar gaan.'

Ah-Fat gooide de inktstaaf op tafel waardoor er zwarte inktspetters op kwamen te zitten. 'Wat weet jij daar nu van?'

Kam Ho liet zich echter niet van de wijs brengen. Vandaag zou niets of niemand de glimlach van zijn gezicht kunnen verdrijven.

'Hoe is het met mijn broer? Gaat het al beter met hem?'

Ongeveer een maand eerder had Kam Shan zijn been gebroken toen hij onderweg naar Port Hope door zijn paard uit het zadel was geworpen. Het been was weliswaar gezet, maar hij liep nog steeds mank. Zijn vader zette een stuurse blik op. 'Hij heeft de hele nacht pijn geleden en is nu zalf halen bij de kruidengenezer.'

Yin Ling werd wakker, stak haar handjes boven de sprei uit en zette het op een huilen. Baby's van deze leeftijd groeiden nog sneller dan onkruid. Ze was al een stuk groter dan de vorige keer dat Kam Ho haar had gezien. Hij tilde haar op, pakte een biljet van twintig dollar uit zijn zak en duwde dat in haar hemdje. 'Niet huilen, meisje!' zei hij vrolijk. 'Je oom gaat lekkere snoepjes voor je kopen.'

Ah-Fat draaide zich om en keek zijn zoon aan. 'Sinds wanneer ben jij zo vrijgevig? Ben je onderweg hierheen toevallig op het schip met geld gestuit?'

Kam Ho legde de baby terug, haalde op zijn gemak het stoffen zakje tevoorschijn en deponeerde het voor zijn vader op tafel.

'Inderdaad. Een schip met vijfhonderdnegenentwintig dollar en vijfentachtig cent om precies te zijn. Tel maar na.'

Ah-Fat opende het zakje en zag stapels munten en een rolletje bankbiljetten van verschillende waardes. Hij was met stomheid geslagen.

'Ik heb genoeg bij elkaar gespaard voor de koptaks voor moeder. Gebruik die inkt maar voor een brief aan haar. Schrijf haar dat ze een kaartje moet kopen voor de eerstvolgende overtocht.'

Zijn vader leek voor Kam Ho's ogen helemaal ineen te krimpen en liet zich uiteindelijk op de vloer vallen. Hij rukte aan zijn haar alsof hij het uit zijn hoofd wilde trekken.

'O, genadige Boeddha, waarom speelt u zulke gemene spelletjes met mij? Waaraan heb ik dit verdiend?'

Was zijn vader gek geworden van vreugde? Kam Ho vloog op hem af om hem overeind te helpen, maar Ah-Fat duwde hem weg. Hij wees naar het bed en stamelde: 'Daar ... de krant ... lees dan wat erin staat.'

Op het bed lag *The Chinese Times*. Iemand had met een penseel een grote cirkel rond een artikel op de voorpagina getrokken.

Het Canadese parlement heeft vandaag een wetsontwerp goedgekeurd waarin Chinezen of mensen van deels Chinese afkomst de toegang tot het land wordt ontzegd, met uitzondering van consulair personeel, handelaren in het bezit van fatsoenlijke geloofsbrieven (waarvan eigenaren van restaurants en wasserettes zijn uitgesloten) en universitaire studenten. Gezinsleden van Chinezen die al in Canada woonachtig zijn, mogen zich niet meer bij hen voegen. Chinezen die hier wonen dienen zich binnen een jaar na aanvaarding van dit wetsontwerp te laten registreren. Verzuim wordt bestraft met uitzetting. Chinezen die een bezoek wensen te brengen aan het vaderland dienen binnen twee jaar naar Canada terug te keren. Alleen in Vancouver mogen ze nog aan land gaan. Elke boot die de Canadese wateren binnenvaart mag maar één Chinees per tweehonderdvijftig ton bruto gewicht aan boord hebben.

Voordat in het westen van Canada de opbouw ter hand werd genomen, was het land één grote woestenij. Chinese immigranten zonder angst voor ontberingen offerden zich dapper op voor het zware en gevaarlijke werk van het aanleggen van wegen en spoortrajecten. Maar sinds dit werk

is voltooid, heeft de Canadese regering zich uiterst genie-
pig gedragen tegenover de Chinezen en steeds tal van hin-
dernissen opgeworpen op onze weg naar vast werk.
Canada voerde als eerste land ter wereld een koptaks in en
laat dat nu volgen door een nieuwe immigratiewet die,
gezien het verbod op gezinshereniging, kan gelden als een
diepe belediging van ons land en ons volk. Het gevolg
daarvan is dat honderdduizenden voorgoed door een oce-
aan van elkaar gescheiden zullen zijn. De regering van de
Republiek heeft gereageerd door onmiddellijk een diplo-
matieke afvaardiging te sturen. Dat zal echter weinig uit-
halen, gezien de internationaal zwakke positie van ons
land. Intussen rest ons niets anders dan ons neer te leggen
bij deze vernederende en bevoogdende wet!

Kam Ho smeet de krant op de grond. Ook hij leek ineen te krimpen. Ah-Fat en hij hurkten samen zwijgend neer. Ze hielden hun hoofd in hun handen en hoorden het hartverscheurende gehuil van de baby niet eens meer. Wat was dit een ontzettend wrede gril van het lot. Zulke scènes zou je in een opera verwachten, maar ze hadden nooit gedacht dat zo'n lot hun ook ten deel kon vallen. Acht jaar lang had Kam Ho niet alleen het benodigde geld, maar ook hoop verzameld. Precies op het moment dat hij dacht zijn vader en moeder te kunnen herenigen, nadat ze zich tientallen jaren hadden opgeofferd en gescheiden waren geweest, sloeg het noodlot alsnog toe.

Van diep in zijn binnenste voelde Kam Ho iets opwellen, eerst naar zijn borst en vervolgens naar zijn keel. Wellicht had hij een diepe zucht willen slaken. Maar voordat die zijn mond verliet, transformeerde hij in een giechel die opkwam en wegviel en opnieuw opkwam, totdat Kam Ho in de greep van een onbedaarlijke lachbui schuddebuikend op de grond lag.

Hij is er compleet van doorgedraaid, dacht Ah-Fat geschrokken, en hij begon zijn zoon op de rug te slaan. Kam Ho hoestte een grote fluim op en hield uiteindelijk op met schudden. Hij stond op, veegde zijn neus af en vroeg: 'En waar blijft de Liefdadigheidsorganisatie nu? Ze staan altijd voor de deur zodra het tijd is om contributie te betalen, maar als iemand ons het vuur na aan de schenen legt, zijn ze nergens te bekennen.'

'Ze vergaderen over wat hun beleid moet worden. Je broer gaat er elke dag heen,' zei Ah-Fat. 'Alle organisaties hebben afgevaardigden naar het parlement gestuurd om te protesteren. Dus niet alleen die van ons, maar ook van Victoria, Montréal, enzovoort. Maar het haalt niks uit. Gewone mensen kunnen nooit tegen een regering op. Niet tegen hun eigen regering en al helemaal niet tegen die van een ander land.'

Kam Ho zag nu voor het eerst dat het grijsblauwe litteken dat altijd als een worm over zijn vaders gezicht had gekronkeld, was gekrompen tot een haar, zo smal als de barst in een porseleinen kopje. Zelfs de kleur was verbleekt. Zijn vader werd echt oud. Vroeger zou hij zich nooit bij zoiets hebben neergelegd. De jonge Ah-Fat zag indertijd alle overheidsfunctionarissen als smeerlappen en zou niet hebben geaarzeld om met het kapmes op hen af te gaan.

'Als moeder niet hierheen kan komen,' zei Kam Ho, 'dan moet jij teruggaan. Als je dat wilt, kun je binnen twee jaar terugkomen.'

Zijn vader zweeg.

Even later stak hij zijn hand uit naar de geldzak op tafel en klemde hem vast alsof zijn leven ervan afhing. 'Geef mij dit geld, zoon,' zei hij.

Hij sprak op zijn gebruikelijke dwingende toon, maar Kam Ho zag dat zijn blik iets smekends had. Zijn vader had in zijn hele leven nog nooit om iets gevraagd. Kam Ho voelde een vlaag van verbittering, omdat zijn vader nog maar een schim was van de man die hij eens was.

'Je mag met dat geld doen wat je wilt, vader.'

Zijn doffe blik kwam plotseling weer tot leven. 'Ik verdeel het in tweeën. Het grootste deel geef ik aan Kam Shan zodat hij jou en Yin Ling kan meenemen voor een bezoek aan jullie moeder. Dan kan een fatsoenlijke dokter naar zijn been kijken. Jullie moeder kan dan ook mooi een bruid voor jou vinden. De rest is voor mijn levensonderhoud. Jij en Kam Shan blijven twee jaar in China en ondertussen blijf ik hier en werk ik nog twee jaar door. Het kan toch niet zo zijn dat het mij nooit eens meezit?'

Onder het spreken werden Ah-Fats ogen rood als die van een gokker aan de Fan-Tantafel.

'Vader, op jouw leeftijd moet je niet meer aan het werk gaan. Kam Shan en ik zorgen wel voor je.'

Ah-Fat verstijfde. 'Geef me nog twee jaar ... Als Kam Shan en jij terugkomen betaal ik je elke cent terug. Ik ga niet als een schandelijke oude zwerver naar huis.'

Yin Ling had zo liggen krijsen dat ze inmiddels de uitputting nabij was. Uit het bedje klonk nog slechts een gesmoord gejammer. Kam Ho liep naar toe om haar op te tillen en zag een blaar ter grootte van een kiezelsteen op haar voorhoofd.

Hij zuchtte. 'Ik kan niet. Kam Shan moet maar zonder mij gaan. Ik heb mevrouw Henderson beloofd dat ik bij haar zou blijven. Dat is echt van levensbelang.'

Het zeventiende jaar van de Republiek (1928), Vancouver, Brits-Columbia

Opiumsap werd steeds moeilijker verkrijgbaar. De politie was het Kwong Cheong-warenhuis nu al zo vaak binnengevallen dat de verschrikte eigenaar zijn voorraden verstopte in het donkerste hoekje dat hij kon vinden. Mevrouw Henderson kon erop vertrouwen dat Kam Ho altijd wel de hand kon leggen op een voorraadje, maar intussen rezen de prijzen de pan uit. Tegen de tijd dat meneer Henderson ontdekte dat een groot deel van het huishoudgeld opging aan de aanschaf van 'Chinese kruiden', was zijn vrouw al verslaafd aan de opium. Meneer Henderson zei er niets van, maar liet zijn portemonnee nergens meer rondslingeren. Het lukte mevrouw Henderson niet meer om hem geld te ontfutselen. Ze was gedwongen op zoek te gaan naar andere manieren om haar pijn te onderdrukken.

Die ochtend, vlak nadat Jenny naar school was gegaan, kreeg ze last van een ondraaglijke pijn in haar knieën. Ze had het gevoel dat zich daar een nest ratten schuilhield dat hongerig en rusteloos aan haar botten knaagde. Tegen zo'n acute pijn stond ze machteloos. Daartegen hielpen Kam Ho's acupressuurmethodes niet.

Ze had nauwelijks tijd gehad om het uit te schreeuwen of de ratten zetten al een nieuwe aanval in die haar de adem benam. Ze lag op de sofa en keek naar haar echtgenoot, die hun bruin-witte Cavalier King Charles-spaniël aan de lijn deed en zich klaarmaakte voor een wandeling. Hij was inmiddels een belangrijke adviseur bij de Kamer van Koophandel en hoefde slechts een paar keer per week naar kantoor voor vergaderingen of om zijn handtekening onder wat documenten te zetten. Daardoor had hij veel vrije tijd. Na elke maaltijd liet hij de hond uit om de tijd te doden. Hij ontleende veel plezier aan deze gewoonte, die alleen werd uitgesteld of onderbroken voor iets belangrijks. De jicht van zijn vrouw viel daar niet onder.

Dit was de derde hond van de Hendersons. De vorige twee waren golden retrievers geweest. De eerste was van ouderdom gestorven en de tweede was zoekgeraakt nadat meneer Henderson hem tijdens een wandeling los had laten lopen. De hond was achter een flink verwilderde teef aangegaan en nooit teruggekeerd. Meneer Henderson was ontroostbaar geweest.

Sinds hij gepensioneerd was, werden zijn herinneringen aan mensen steeds vager, maar van zijn honden wist hij nog alles. Hij gebruikte ze zelfs als referentiepunten. Als hij niet meer exact wist in welk jaar iets was gebeurd, zei hij zoiets als: 'het voorjaar dat Spotty bij ons kwam' of 'rond de tijd dat Leggy mijn Italiaanse schoenen had stukgebeten' of 'in de periode dat Ruben schurft had'.

Toen meneer Henderson het huis verliet met Ruben aan de lijn, stond Kam Ho in de keuken af te wassen. Het ontbijt leverde nooit veel werk op, alleen een paar kopjes en ontbijtbordjes. Hij had geen haast. In zijn broekzak had hij een brief van zijn moeder, die zijn vader had doorgestuurd. In de enveloppe zat een foto, een minuscuul portret van een jong meisje met een rond gezicht. Ze zag eruit als alle andere dorpsmeisjes: hoge jukbeenderen, dikke lippen en een doodse gelaatsuitdrukking waaruit nauwelijks viel op te maken of ze blij of verdrietig was.

Ze heette Au Hsien Wan, woonde in het dorp Wai Yeong en was verre familie van de Au's in het dorp van Kam Ho's familie. Dat had zijn moeder verteld in haar brief.

Zijn moeder had ook geschreven dat ze achttien jaar was, een aantal jaren lagere school had gehad, en dat ze kon lezen, schrijven en rekenen. Ze had hun horoscoop laten trekken waaruit was gebleken dat ze perfect bij elkaar pasten.

Het was niet voor het eerst dat Kam Ho zo'n foto onder ogen had gekregen. Nadat Kam Shan drie jaar geleden terug was gekeerd van zijn bezoek aan huis, had hij zijn broer een stuk of zes foto's laten zien die zijn moeder had meegegeven. De tussenpersoon had nog veel meer meisjes geselecteerd, maar Zes Vingers stelde als voorwaarde dat ze naar school waren geweest. Ze vond dat een vrouw moest kunnen lezen en schrijven. In de twee jaar dat Kattenogen met Kam Shan en Yin Ling bij haar schoonmoeder had verbleven, had Zes Vingers het totaal niet met haar kunnen vinden, omdat ze haar eigen naam niet eens kon schrijven. Kam Ho had alle foto's bewaard die zijn moeder hem in de loop der jaren had toegestuurd en keek er af en toe naar. Dan spreidde hij ze uit op bed alsof hij de aloude Gele Keizer uit de Verboden Stad was, die uit een grote schare schoonheden zijn keizerin en concubines kon kiezen.

Kam Ho mocht dan met het hoofd in de wolken lopen, hij stond nog altijd stevig met beide voeten op de grond. Hij besefte dat hij eigenlijk met geen van de meisjes op de foto's zou moeten trouwen, omdat hij de bruid van zijn keuze dan veroordeelde tot een leven waarin ze van hem was gescheiden. Hij wilde geen huwelijk zoals dat van zijn vader en moeder. Hij was liever een eenzame vrijgezel dan dat hij smachtend zat te wachten op een vrouw die hij nooit zou kunnen zien.

Veel mannen in de Gouden Bergen dachten er hetzelfde over als Kam Ho, maar waren minder stoïcijns en woonden inmiddels samen met roodhuidvrouwen. Uit die verbintenissen kwamen weliswaar kinderen voort, maar er werden geen trouwdocumenten opgemaakt noch werd er om de zegen van de voorouders gevraagd. Toen goedbedoelende vrienden Ah-Fat hadden gesuggereerd dat zijn zoon ook een roodhuid als vrouw kon nemen, had die slechts gegrimast en gezegd: 'Dan kan hij net zo goed met een zeug trouwen.'

Kam Shan was bij het horen van deze woorden in lachen uitgebarsten. 'Roodhuidvrouwen zijn vaak mooi en werken hard. Veel Chinese vrouwen zijn lelijk en lui. Scheer ze niet over één kam!'

'En als ze kinderen krijgen? Welke voorouders moeten die dan eren?' luidde Ah-Fats reactie. 'Mijn kleinzoons zullen dan geen prinsen zijn, maar ze zijn in elk geval op-en-top Chinees en geen wilden.'

Omdat Kam Shans vrouw niet in staat was gebleken de Fongs een kleinzoon te schenken, wist hij daarop niets te zeggen.

Kam Ho had zelf plannen. Hij legde stiekem geld opzij zodat zijn vader voorgoed naar China terug kon. Met het geld dat hij een aantal jaar geleden van zijn zoon had geleend, had Ah-Fat een eethuisje geopend. Hij had echter totaal geen idee gehad hoe hij een restaurantmaaltijd moest bereiden en had daarom een kok moeten inhuren. De kok werkte slordig en Ah-Fat had daar geen verbetering in kunnen aanbrengen. Het eethuisje bracht dan ook maar weinig op. Na betaling van het loon van de kok resteerde er nagenoeg niets. Zo ging het nu al een paar jaar en hoewel zijn zoons erop aandrongen dat hij de zaak zou opgeven, wilde Ah-Fat per se doorgaan. Hij had geld geleend van zijn zoon en achtte het zijn plicht om alles terug te betalen. Kam Ho wist echter dat zijn vader er stiekem zoveel hoopte te verdienen dat hij als een schijnbaar achtenswaardig man naar zijn vrouw kon terugkeren. Nu hij ouder werd, deed Ah-Fat zich niet meer zo belangrijk voor als hij vroeger had gedaan, maar hij had nog altijd zijn trots. Hij wilde Zes Vingers niet in de steek laten.

De waarheid was dat Kam Ho lang niet zo hevig verlangde naar een vrouw als de andere vrijgezellen van Chinatown. Kam Ho droeg een geheim met zich mee dat niemand ooit aan hem zou kunnen onttrekken.

Zijn betrekking bij de Hendersons had een ander mens van hem gemaakt. Onder mevrouw Hendersons toeziend oog was hij van een twijgje uitgegroeid tot een machtige boom, die dankzij de dauw en het zonlicht steeds verder uitliep. Van een onderdeurtje was hij een potige jonge vent geworden. Zonder mevrouw Henderson zou zijn goed ontwikkelde biceps er slap en nutteloos bij hebben gehangen, maar zij liet hem verboden vruchten proeven en gaf zich aan hem totdat elke vezel in zijn lijf naar haar hunkerde. Kam Ho was kieskeurig en weinig genegen tot het accepteren van een minder smakelijke maaltijd.

Kam Ho had er nooit moeite mee gehad om de door zijn moeder gestuurde brieven en foto's te negeren, maar vandaag was dat anders. Iets wat zijn moeder had geschreven liet hem niet meer los. Het verstoorde zijn gemoedsrust.

'Als je niet naar huis komt om te trouwen, zal je vader bij leven nooit een kleinzoon hebben.'

Dat herinnerde Kam Ho eraan dat zijn vader dit jaar vijfenzestig werd. Althans volgens de berekeningswijze van de yeung fan, die de eerste en laatste jaren weglieten. In hun geboortedorp werden het begin en eind juist wel meegeteld. Volgens hun berekening was Ah-Fat zevenenzestig, nog maar drie jaar verwijderd van een leeftijd die vrijwel niemand op het platteland bereikte. Kam Ho begon onwillekeurig te huiveren. Hij droogde zijn handen af aan zijn schort, haalde de foto uit de enveloppe, stopte hem in zijn zak en liep naar de woonkamer. Het kon niet langer wachten. Hij moest het haar vertellen. Vandaag nog.

Bij het betreden van de kamer trof hij mevrouw Henderson ineengedoken op de grond aan. Zweet parelde op haar voorhoofd door toedoen van een nieuwe pijnaanval. Hij bukte om haar overeind te helpen. Ze wees naar de keuken. Kam Ho wist dat ze op het opiumsap doelde. Hij had vorige week nog wat gekocht, maar daarvan resteerde alleen nog droesem. Pas als hij over drie dagen van meneer Henderson weer wat huishoudgeld had gekregen, zou hij een nieuwe voorraad kunnen inslaan. Hij pakte de fles, deed er wat water in om hem schoon te spoelen en voegde aan het waterige mengsel een halve theelepel bruine suiker toe. Daarna schonk hij het in een zwarte kop om de bleke kleur te verhullen en gaf die aan mevrouw Henderson.

Ze nam een grote slok. 'Jimmy, je bent al net zo'n bedrieger als iedereen!' jammerde ze, terwijl ze de kop op de grond kapotsmeet. Het mengsel van opium en water dreef op de vloer. Kam Ho keek naar de klauwachtige hand die het oor nog vasthield. Mevrouw Hendersons botten zagen er inmiddels uit alsof ze door sprinkhanen waren doorboord. Het opiumsap werkte als een verdelgingsmiddel, maar de ene zwerm was nog niet dood of de andere zette een nieuwe aanval in. Ze teisterden haar botten zonder dat de opium ze allemaal kon doden.

Kam Ho hurkte neer om het gebroken porselein op te ruimen. In zijn hoofd maakte hij sommetjes en hij vroeg zich af of hij misschien zijn eigen spaargeld moest aanspreken om opiumsap voor haar te kopen. Hij tilde haar op van de grond en droeg haar naar haar bed. Met een handdoek veegde hij het zweet van haar voorhoofd. Ze stak een arm uit en greep hem krachtig bij zijn overhemd. Hij ontworstelde zich aan haar greep waarbij een aantal knopen lossprong. Vandaag was hij in gedachten bij heel andere zaken, maar mevrouw Henderson nam geen genoegen met een weigering. Haar hand gleed door de opening van zijn overhemd en volgde de bekende weg omlaag. Vandaag leek het echter alsof er schubben op haar hand zaten. Haar aanraking irriteerde hem.

Opeens had Kam Ho er genoeg van. Hij duwde haar hand weg, trok haar jurk op, dwong haar haar benen uit elkaar te doen en stootte zich in haar. Dit was de eerste keer dat hij het initiatief nam. Hij stortte zich op haar zonder verdere poespas, als een onbehouwen boer. Mevrouw Henderson schrok zo van zijn actie dat ze overeind probeerde te komen totdat ze besefte dat de pijn in haar gewrichten op slag was verdwenen.

Het gebeurde wel vaker dat de pijn wegtrok wanneer hij bij haar was. De sprinkhanen toonden geen enkel medelijden met haar verouderende lijf. Voor haar waren ze niet bang, maar wel voor hem. Zijn levenskracht spoelde hen weg zoals een gezwollen rivier zand met zich meesleurt.

Kam Ho's lichaam was bedekt met zweet. Opeens maakte hij zich zorgen. Hij tilde zijn hoofd op om mevrouw Henderson te bekijken. Ze lag daar met een blos op haar wangen. Haar bezwete haren plakten in slierten aan haar voorhoofd en een zweem van een glimlach krulde om haar mondhoeken. Ze was niet ontevreden. Kam Ho ontspande.

Sinds de eerste keer dat ze intiem waren geworden, had hij geleidelijk meer zelfvertrouwen gekregen. In het begin twijfelde mevrouw Henderson steeds of ze hem wel geld moest geven, maar niettemin had ze telkens een klein bedrag onder zijn kussen gestopt. Kam Ho was langzamerhand ook meer gaan genieten. Als ze een paar dagen niet bij hem kwam, miste hij het enorm. Na een tijd had hij geweigerd om nog geld van haar aan te nemen en zelfs een keer in haar bijzijn een verfrommeld tweedollarbiljet door het toilet gespoeld. Sindsdien had ze hem geen geld meer gegeven en had Kam Ho ook niet meer het gevoel gehad dat hij haar op haar wenken moest bedienen. Nu was hij van mening dat zij ook dingen moest doen om hem te plezieren. Elke kerst gaf meneer Henderson Kam Ho bij het overhandigen van diens kerstcadeau een klap op de schouder en zei: 'Geen idee waarom je zo'n positieve invloed hebt op mijn vrouw, maar ze is de laatste jaren een stuk liever geworden. Zo bespaar je me een hoop problemen.'

Terwijl Kam Ho het gewicht van de enveloppe vol bankbiljetten dan inschatte, voelde hij zich vrij van schaamte en trots.

Hij hielp haar met het aantrekken van een nieuw stel kleren waarbij hij merkte hoe ontspannen haar lichaam was in vergelijking met de stramheid van nog maar een kwartier geleden. De voorbije zomer was ze dunner geworden en haar borsten waren nu zo slap als twee in de zon uitgedroogde krenten. Hij bedacht dat ze ooit een sappige vrucht was geweest, maar hij had dat vocht aan haar onttrokken. Opeens voelde hij zich ellendig. Toch had hij geen tijd te verliezen. Hij moest het haar vertellen.

Kam Ho haalde de foto van het meisje tevoorschijn en gaf hem aan mevrouw Henderson. 'Ik wil naar huis, mevrouw, om met dit meisje te trouwen.'

Mevrouw Henderson zei niets terug en negeerde de foto. Hij kon bijna horen hoe haar hart in haar keel bonsde. Ze staarde naar de muur met ogen als twee diepe, duistere en drooggevallen putten met alleen wat steengruis op de bodem.

Kam Ho durfde haar niet aan te kijken. Hij tuurde naar zijn handen en voelde het bloed naar zijn gezicht stijgen. Uiteindelijk stamelde hij: 'Ik moet ... moet wel. Mijn v-vader ... kleinzoon.'

Mevrouw Henderson zweeg nog steeds. Daarna hoorde hij het geluid van stenen die in de droge diepten van de putten langs elkaar schuurden. Een breekbare, schrille stem zei zacht: 'Zes maanden. Je krijgt zes maanden van me.'

Beste Ah-Fat,

Kam Ho is zo'n vijf dagen geleden gearriveerd en omdat hij maar zo weinig tijd heeft voordat hij weer weg moet, hebben we gisteren de bruiloft gevierd. De situatie hier is heel onzeker. Overal zijn bandieten en we zijn dan ook heel voorzichtig omgegaan met de huwelijksgeschenken. We hebben alle geschenken onder dekking van de duisternis naar de familie Au gezonden en zij hebben hetzelfde gedaan. Gelukkig kon Mak Dau meereizen. Tot onze geruststelling was hij gewapend. In zo'n roerige wereld vinden we slechts bescherming bij wapens, dus wellicht kopen we er volgend jaar meer. De huwelijksmaaltijd was heel eenvoudig, met niet meer dan een stuk of tien tafels waaraan alleen familieleden aanschoven. Kam Ho was nog maar een knul toen hij naar de Gouden Bergen vertrok, slechts veertien jaar. Hij is zo veranderd dat ik hem niet had herkend als ik hem op straat was tegengekomen.

Bij je laatste vertrek zat Kam Sau nog in mijn buik. Ondertussen is ze alweer zestien jaar, maar ze heeft haar vader nog nooit gezien. Ze heeft haar schooldiploma behaald en bereidt zich nu voor op de toelatingsexamens voor de provinciale onderwijzersopleiding. Die school zit in de stad. Ik maak me zorgen om haar veiligheid als ze daar steeds in haar eentje heen moet, dus ik denk eraan haar te verloven met Ah-Yuen, de zoon van Mak Dau. Hij is weliswaar niet van dezelfde stand als onze familie, maar Ah-Yuen is bijzonder slim en heeft het uitzonderlijk goed gedaan bij zijn schoolexamens. Deze jongeman heeft een veelbelovende toekomst. Kam Sau en Ah-Yuen zijn samen opgegroeid en heel erg op elkaar gesteld. Wat vind jij ervan? Als je ermee instemt, kunnen ze zich nog deze herfst met elkaar verloven en trouwen wanneer Kam Sau klaar is met haar opleiding. Ik zou graag willen dat je dan terugkeerde en de leiding zou nemen bij alle plechtigheden.

Kam Ho zegt dat je eerst meer geld wilt verdienen voordat je naar huis terugkeert. Je weet dat de bezittingen en akkers van de familie Fong voldoende opleveren om nog vele jaren in ons levensonderhoud te voorzien. Bovendien word je een jaartje ouder en dan behoor je thuis te zijn bij je gezin. Ik hoop dat je snel beslist. Zelfs de allerhoogste bomen hebben hun wortels. Het gras op het graf van je moeder schiet de hoogte in en hoewel ik er regelmatig heen ga om het te onderhouden, mist ze de aanwezigheid van haar zoon die haar zijn respect komt betuigen. Gaat het beter met Kam Shans been? Zit Yin Ling inmiddels op school? Ze kan heel veel leren op een buitenlandse school, maar ze mag haar eigen prachtige taal niet vergeten. Ik hou ermee op en hoop dat je in goede gezondheid verkeert.

Je allernederigste vrouw Ah-Yin op de negende dag van de
eerste maand van het achttiende jaar van de Republiek in
het dorp Aansporing

Het negentiende jaar van de Republiek (1930), Vancouver, Brits-Columbia

De zaken gingen die dag beroerd in het eethuisje van Ah-Fat. Er was slechts een handvol gasten geweest, die ook niet meer dan een kleine portie rijst met worst hadden besteld. De kok had, leunend tegen het fornuis, de hele middag slapend doorgebracht. Eenmaal wakker had hij een grote kom rijst met worst naar binnen geschrokt, het vet van zijn mond geveegd en vervolgens een dikke plak gekookt varkensvlees afgesneden en in lotusblad gewikkeld om mee naar huis te nemen. Het had op het puntje van Ah-Fats tong gelegen om hem te zeggen dat hij het vlees terug in de koelkast moest leggen, dat hij er morgen ook nog mee toe moest, maar naar zijn idee zou dat te onverbiddelijk hebben geklonken. Hij zweeg en deed uiteindelijk maar alsof hij het niet had gezien. Vervolgens was hij kwaad op zichzelf omdat hij zo laf was.

Ah-Fat ruimde het resterende voedsel op en hing een gele zijden bloem in de deuropening. De volgende dag vierden de Canadezen Dominion Day. Dat was tegelijkertijd de zevende verjaardag van de Wet op de Uitsluiting van de Chinezen. De Liefdadigheidsorganisatie had alle Chinese immigranten opgedragen ter ere van die feestdag geen Canadese vlag op te hangen, omdat zij zichzelf daarmee zouden vernederen. In plaats daarvan had de organisatie badges verspreid met het karakter voor China. Ah-Fat droeg deze badge altijd en zei zijn zoons hetzelfde te doen. Maar hoewel de organisatie elk jaar protestbijeenkomsten hield en er in de krant regelmatig artikelen verschenen over de uitsluiting van de Chinezen, haalde het allemaal niets uit. Ah-Fat begon de moed te verliezen.

Juist op het moment dat hij de luiken voor de ramen wilde doen, kwam een vrouw binnen die noedels met geroosterde eend bestelde. Ah-Fat haalde de noedels en het vlees weer tevoorschijn en begon haar bestelling te bereiden. De vrouw nam plaats aan een tafeltje. Ah-Fats eethuisje was maar klein en de meeste klanten namen hun maaltijden mee. Er stonden dan ook slechts twee tafeltjes en vier gammele stoelen. Ze koos een schone stoel, ging zitten, haalde een zakdoek tevoorschijn en veegde het tafeltje schoon.

Ze droeg een zwarte rok en een keurige, grijze blouse die vaal was van het vele wassen en gerafeld bij de manchetten. Ze leek Ah-Fat in de veertig en had her en der een grijze lok. Het keurige knotje in haar nek had ze opgesierd met een twijgje jasmijn. Ze was uitzonderlijk dun en zat kaarsrecht. Op haar blouse droeg ze een China-badge van de Liefdadigheidsorganisatie, maar ze zag er anders uit dan de doorsneebezoeker van Chinatown. Omdat er nog maar weinig Chinezen in het land werden toegelaten, kende Ah-Fat inmiddels alle vrouwen van gezicht. Maar deze vrouw had hij hier nog niet eerder gezien.

Hij bracht haar een kom noedels en een kop sojamelk. 'Bent u pas in Vancouver?' vroeg hij beleefd. De vrouw knikte, maar zei verder niets. Ze veegde haar eetstokjes schoon met haar zakdoek en begon te eten. Ze at langzaam en viste de noedels behoedzaam en een voor een uit haar kom alsof ze aan het borduren was. Ze leek met haar gedachten elders en haar oren trilden als die van een geschrokken konijn.

Ah-Fat wilde graag naar huis, maar vond het onbeleefd om haar op te jagen. Toen hij zag dat ze de eerste bijna ophad, bracht hij een tweede kop sojamelk, waarna hij weer achter haar ging zitten. De vrouw gebaarde dat ze de melk niet wilde. 'U hoeft hem niet te betalen, want u bent de laatste klant,' verzekerde Ah-Fat haar. 'Anders moet ik de rest toch in de gootsteen gieten.' Ze accepteerde de melk en vervolgde rustig haar maaltijd.

'Waar komt het vandaan?'

Ah-Fat dacht dat ze de sojamelk bedoelde. 'Hiernaast. Uit de winkel van Ah-Wong.'

De vrouw lachte. 'Ik bedoel de operamuziek.' Ah-Fat besefte dat ze zo langzaam at omdat ze de muziek wilde horen. Hij had op de keukenkast een pick-up staan waarop hij op momenten dat er geen klanten waren operamuziek kon afspelen. Het apparaat was oud, de platen zaten onder de krassen en de naald sloeg af en toe over.

'Die pick-up heb ik jaren geleden van een vriend gekregen,' antwoordde Ah-Fat. 'Houdt u van opera?'

De vrouw sloot haar ogen en begon mee te neuriën, gelijke tred houdend met de lang door de zangeres aangehouden noten. Ze had zo'n aangename en zuivere stem dat Ah-Fat erdoor werd geraakt. Hij ontdekte dat hij zelf ook meeneuriede. Hun stemmen gingen gelijk met de muziek de hoogte in en weer omlaag.

'Hebt u weleens een optreden van Wolk van de Gouden Bergen meegemaakt?' vroeg ze toen ze waren opgehouden met zingen.

'Ik heb al haar twaalf optredens in Vancouver bezocht. Ik zat op de eerste rij, in het midden. Een kaartje kostte twintig cent. Echt spotgoedkoop.'

'Hoe zong ze?'

'Ze was indertijd nog niet beroemd, maar ze zong de mannelijke rollen zo krachtig dat het dak ervan begon te trillen. Ze zong iedere man van het podium af. Ik hoorde haar en wist meteen dat haar een grootse toekomst wachtte.'

De vrouw opende de ogen en stak twee vingers uit. 'Mag ik alstublieft een sigaret van u?' vroeg ze.

Ah-Fat haalde het pakje uit zijn zak, stak een sigaret voor haar op en vervolgens een voor zichzelf. Hij zag dat haar tanden onder de gele vlekken zaten. Ze moest al jaren een zware rookster zijn. Ze rookte wel met stijl: de benen over elkaar geslagen, het hoofd licht achterover en de sigaret tussen twee omhooggestoken, licht trillende vingers. De rook kringelde langzaam van haar mond omhoog, totdat hij tegen de muur kaatste en oploste in lucht.

'Vond u Wolk van de Gouden Bergen echt goed?' drong ze aan.

Ah-Fat lachte luid. 'Ik was een enorme fan van haar,' antwoordde hij. 'De wandeling naar haar optreden kostte me elke dag een uur, maar ik was er altijd al voordat de zaal openging. Na haar optreden bleef ik hangen in de hoop een woordje met haar te kunnen wisselen. Maar ik werkte in de visfabriek en zij had een rijke heer die haar elke avond op een dinertje trakteerde. Na haar laatste optreden heeft ze me echter als presentje een van haar platen gestuurd. Die hoort u nu.'

De vrouw draaide zich om naar Ah-Fat en staarde hem aan. 'Dat litteken op uw gezicht ... het is nauwelijks meer te zien.'

Ah-Fat was verbijsterd. Toen hij weer iets kon zeggen vroeg hij haar: 'Bent u het echt? Wolk van de Gouden Bergen?'

Ze antwoordde slechts: 'Het is allemaal zo lang geleden. Het lijkt wel een vorig leven.'

Nadat ze in San Francisco grote successen had gevierd, was ze een nieuw leven begonnen met een van haar bewonderaars, een rijke Chinees uit Hawaï, genaamd Huang. Ze nam afscheid van het podium, trouwde met hem en ging in Honolulu wonen. Een paar jaar lang leidde ze het leven van een rijke dame, totdat Huang het op een dag aan de stok kreeg met een dealer en werd doodgestoken in een opiumkit. Wolk van de Gouden Bergen zag zich gedwongen om naar San Francisco terug te keren en weer de bühne op te gaan. Ze nam elke rol aan die ze kon krijgen. In de tussenliggende jaren hadden de oude stukken, waardoor zij een beroemdheid was geworden, plaatsgemaakt voor nieuwe, waardoor voor haar nog slechts bijrollen overbleven. Nadat ze haar stem was kwijtgeraakt, gingen zelfs die rollen aan haar neus voorbij. Ooit was ze beroemd tot ver buiten de Gouden Bergen, maar nu was ze vergeten. Inmiddels was ze afhankelijk van de liefdadigheid van haar oudere broer, die het zingen lang geleden al had opgegeven en een winkeltje in Montréal had uitgebaat. Maar haar broer was vorige maand aan tbc overleden. Omdat ze niet met haar schoonzus overweg kon, was Wolk naar Vancouver gekomen.

'Waar woont u? Hoe houdt u zich in leven?' vroeg Ah-Fat.

'Ik verzorg in het theater de rekwisieten en de kostuums en mag in een hoekje van de garderobe slapen. Dat spaart me huur uit.'

'Krijgt u betaald?'

'Genoeg voor een kom noedels.'

Ah-Fat zuchtte diep. Na zoveel faam en rijkdom in zulke armoede vervallen ... Wat kon hij daar nog op zeggen?

Nadat Kam Ho die zaterdagavond de avondmaaltijd van de Hendersons had opgediend, zette hij koers naar huis. Na het passeren van het tuinhek zag hij dat zijn vader hem al aan het eind van de straat opwachtte. De angst sloeg Kam Ho meteen om het hart en hij rende naar hem toe. 'Wat is er gebeurd?'

Zijn vader zei niets, haalde slechts zijn sigaretten tevoorschijn, gaf Kam Ho er een en stak er zelf ook een op. Ah-Fat bleef onbeweeglijk staan, rookte zijn sigaret totdat de askegel doorboog en op de grond viel. Uiteindelijk vroeg hij Kam Ho: 'Heb je geld bij je?'

Kam Ho zweeg. Zijn reis naar huis en het huwelijk met Ah-Hsien hadden hem al zijn spaargeld gekost. Zijn vrouw was inmiddels hoogzwanger. Elke cent die hij verdiende stuurde hij naar Hoi Ping.

'Twintig ... of als je geen twintig hebt, is tien ook goed,' drong zijn vader aan.

'Waarvoor?'

Ah-Fat antwoordde niet, maar zijn gezicht sprak boekdelen. Hij gooide de sigaret die hij nog maar net had opgestoken op de grond en plette hem onder zijn schoen. Hij schraapte zijn keel en snauwde: 'Het is toch niet nodig om een hele overeenkomst af te sluiten als je oude vader alleen maar wat geld van je wil lenen?'

'Ik heb gisteren nog een dollarbrief naar huis gestuurd,' zei Kam Ho terwijl hij vijf dollar uit zijn broekzak haalde. Ah-Fat nam het biljet aan dat klam was van Kam Ho's zweterige handpalm.

'Pa, we zijn geen gokkers en het lot is ons nooit gunstig gezind geweest. Op jouw leeftijd hoor je ook niet meer op die manier geld over de balk te gooien.'

Ah-Fat werd rood. Even had hij de aandrang het biljet te verfrommelen en het zijn zoon in het gezicht te gooien. Maar op dat moment zag hij de jaden armband van Wolk van de Gouden Bergen weer voor zich, hoe volmaakt die schitterde, als kaarslicht in het duister. Met deze vijf dollar plus de vijf die hij zelf had gespaard kon hij voorkomen dat ze er afstand van moest doen. Vandaag althans. Tandenknarsend duwde hij het biljet in zijn zak.

Vanaf dat moment leende Ah-Fat vaker geld van Kam Ho. Was het geen twintig, dan wel tien. Was het geen tien, dan wel vijf. Als Kam Ho geen vijf dollar kon missen, was Ah-Fat met drie of soms zelfs met één dollar al tevreden. Een enkele keer ook met een paar cent. Tot de dag dat Kam Ho weigerde om hem nog maar iets te geven.

'Binnenkort vieren we dat mijn zoon Yiu Kei een maand oud is en ik mag moeders verjaardag niet vergeten. De familie heeft meer wapens nodig. Het geld groeit me niet op de rug. Wanneer was de laatste keer dat jij een dollarbrief naar huis hebt gestuurd, vader? Wie onderhoudt onze familie nu? Waarom stoot je je vrouw en kleinzoon het eten uit de mond zodat je kunt gaan gokken?'

Ah-Fat verstarde en de aderen op zijn voorhoofd zwollen op. Met veel moeite lukte het hem zijn woede te onderdrukken.

'Volgend jaar,' mompelde hij. 'Volgend jaar verkoop ik het eethuisje en ga ik terug naar huis. Ik heb tot op de cent bijgehouden wat ik van je heb geleend en als ik alles heb verkocht, krijg je het met rente terug.'

Kam Ho barstte in lachen uit. 'Je eethuisje? Dat draait alleen maar met verlies. Je bewaart al het eten zo lang dat de worst krioelt van de maden. Niemand gaat ooit dat eethuisje van je overnemen, al zou je er geld op toeleggen.'

Ah-Fat werd paars van woede. Hij stond op het punt zijn zoon eens goed de waarheid te zeggen, maar de woorden bleven als gruis in zijn keel steken. Zijn jongste zoon, die hij nooit voor vol had aangezien, maakte nu de dienst uit. Dat had hij nooit kunnen denken. Kam Shan, wiens been nooit goed was genezen, kon niet in zijn eigen levensonderhoud voorzien. De last van het onderhouden van de familie, zowel in Canada als in China, lag op de schouders van slechts twee personen: Kam Ho en Kattenogen.

Ah-Fat had er al zijn jaren in de Gouden Bergen voor nodig gehad om twee onaangename waarheden in te zien. De eerste was dat wie de dollarbrieven naar huis stuurde het voor het zeggen had, en de tweede dat bedelaars altijd het onderspit dolven. Regelmatig stond hij op het punt om Kam Ho te vertellen waarvoor hij het geld werkelijk nodig had, maar als puntje bij paaltje kwam bleven de woorden in zijn keel steken. Wat hij wilde zeggen, spookte steeds door zijn hoofd, maar hij wist nooit de juiste woorden te vinden. Ergens was het gewoon makkelijker om Kam Ho te laten denken dat hij het bij het juiste eind had. Daarom zweeg hij maar.

Wacht maar af, dacht hij. Je oude vader leeft niet lang meer. Als het me niet lukt om mijn zelfrespect terug te verdienen en met opgeheven hoofd naar huis terug te keren, dacht hij vurig, dan ga ik nooit terug.

Het vijfentwintigste jaar van de Republiek (1936), Vancouver, Brits-Columbia

Onder het bestuderen van haar gezicht in de handspiegel zonk Jenny de moed steeds verder in de schoenen. Haar gezicht was te plat, haar ogen stonden te ver uiteen en waren bovendien te klein waardoor het voortdurend leek alsof ze half sliep. Haar wangen zaten onder de sproeten, maar dat was allemaal zo erg nog niet. Het ergste was dat haar figuur nog zo plat als een dubbeltje was en dat ze geen van de rondingen vertoonde die haar leeftijdsgenoten wél hadden.

Er waren nog drie weken te gaan tot het schoolbal. Haar moeder had al een afspraak gemaakt bij de kapper en haar avondjurk besteld. Haar vader had reeds zes maanden geleden voor vijftig man tafels gereserveerd in het Vancouver Hotel voor een diner ter gelegenheid van haar debuut. Dat was althans de reden die hij opgaf. In Engeland organiseerden welgestelde families een diner om hun zoons en dochters een vliegende start in de maatschappij te geven. Haar vader had dit Engelse gebruik overgenomen, maar dan met de opzet om een rijke echtgenoot voor zijn dochter te vinden. Als er echter iets was waarvan Jenny zich geen voorstelling kon maken, was dat wel een rijke echtgenoot. Het enige waarop ze hoopte was dat een jongen, maakte niet uit welke, haar bij de hand zou nemen om haar de dansvloer op te leiden.

Bijna alle meisjes uit haar jaar hadden een partner voor het bal. Mary had de hare al in de eerste klas geregeld terwijl Susie door drie jongens was gevraagd, maar nog steeds geen beslissing had genomen. Jennifer had eerst ja gezegd tegen Billy, maar vervolgens voor Vincent gekozen waarop Billy en Vincent slaags waren geraakt op het schoolplein. Van juffrouw Smith, het hoofd van de school, hadden ze een week lang de borden moeten schoonvegen en de woordenboeken van de leraar Frans en het klassenboek moeten dragen.

Alleen anderen maakten zulke dingen mee, dacht Jenny wanhopig. Geen enkele jongen had haar ooit een blik waardig gekeurd, laat staan gevraagd voor het bal. Alleen Linda Wong, dat rare Chinese meisje met die spleetogen, zat in dezelfde situatie als zij. Maar wie wilde er ook gezien worden met een meisje wier haren en kleren naar bakolie stonken? Jenny huiverde bij de gedachte.

Ze knielde op de grond en vouwde de handen samen voor een gebed. Ze had in haar leven al veel gebeden opgezegd, waarvan de meeste echter dankzeggingen bij de maaltijd of voor het slapengaan. Het gebed dat ze nu opzegde, was een smeekbede.

'Barmhartige Vader in de hemel, ik smeek U mij niet alleen naar het bal te laten gaan, zoals Linda Wong, dat Chinese meisje. Heer, ik heb in het verleden vele zonden begaan. Twee jaar geleden heb ik met Kerstmis, toen ik van mama geen lippenstift op mocht, een geheime vloek over haar uitgesproken en gezegd dat ik hoopte dat ze snel dood zou gaan. Nadat mijn klasgenoten me hadden gepest om onze Mongoolse huisknecht heb ik laxeermiddel in zijn eten gedaan. Toen ik niet naar natuurkunde wilde, beweerde ik dat ik ziek was en heb ik mama een briefje laten schrijven. En telkens als ik met papa en mama naar de kerk ga, tel ik de seconden af en hoop dat dominee Carter een beetje opschiet met zijn preek. Heer, u hebt meer dan genoeg redenen om mij te straffen, maar wilt u dat alstublieft uitstellen tot na het bal? Ik spring liever in een vuur van zwavel dan dat ik alleen op het bal arriveer, ook al zegt de leraar van de zondagsschool dat alleen heidenen, die niet in God geloven, op die manier worden gestraft. Ik geloof in u, Heer, dus laat me alstublieft niet vallen. Ik heb nog maar drie weken. Daarom smeek ik u om ervoor te zorgen dat ik zo snel mogelijk word gevraagd, hopelijk morgen al. Ik ben met iedere jongen tevreden met uitzondering van Jack met zijn loopneus. Zelfs de jongen die door Susie wordt afgewezen, is nog beter dan niemand. Ik smeek u me een teken te geven dat u mijn gebed hebt gehoord.'

Plotseling viel de teddybeer van het bed op de grond. Jenny's hart maakte een sprongetje. Dit was een teken van God. Het betekende dat ze niet gedwongen zou zijn in haar eentje naar het bal te gaan. Heel snel, misschien morgen al, zou ze toch gevraagd worden. Dan hoefde ze niet langer tien minuten voordat de laatste bel klonk, haar tas al in te pakken, zodat ze het lokaal zo snel mogelijk kon verlaten om te voorkomen dat ze naar het geklets van de andere meisjes over het bal moest luisteren. Ze zou dan rustig met Mary, Susie en Jennifer een gesprek kunnen beginnen over welke baljurk ze zou gaan dragen en in welke kleur.

Jenny had het gevoel dat een last van haar schouders viel. Ze was niet gewend aan zo'n gevoel van gewichtloosheid en vouwde haar handen stevig over haar borst alsof ze bang was plotseling naar het plafond op te zullen stijgen.

Ze begon zichzelf minutieus in de spiegel te inspecteren. De spiegel was niet groot genoeg waardoor ze hem steeds langzaam moest kantelen om haar lichaam helemaal te kunnen bestuderen. Het verbaasde haar een lichte rode blos op haar wangen te zien, waardoor haar sproeten minder opvielen. Haar borst was nog even plat, maar als ze hem met twee handen samendrukte verscheen er zowaar iets wat op een decolleté leek. Haar nek leek te lang, maar dat kwam vooral doordat ze haar haar altijd opstak.

Als ze het los liet hangen of er een lange vlecht in Franse stijl in zou maken, zou het er heel anders uitzien. Door deze complete inspectie van zichzelf besefte Jenny uiteindelijk dat elk gebrek aan haar te verhelpen was.

Ze draaide de spiegel iets waardoor ze met behulp van het spiegelende oppervlak plotseling door de halfopen deur een blik in de woonkamer kon werpen. In een hoek van de door een gordijn aan het oog onttrokken Franse ramen zag ze twee personen: haar moeder en Jimmy.

Jimmy hield een karaf beet waaruit hij water in een kopje schonk dat hij in de andere hand hield. Jenny wist dat Jimmy haar moeder een Chinees middeltje gaf (dat haar vader als 'Chinese bocht' aanduidde). Haar moeder nam het al bijna twintig jaar om de pijn te verzachten. Deze 'Chinese bocht' werd elk jaar duurder, wat tot steeds heftigere ruzies tussen haar ouders leidde. Haar vader was met het klimmen van de jaren steeds krenteriger geworden, terwijl haar moeder juist steeds meer behoefte aan het middel had gekregen, naarmate ze ouder werd.

Jenny zag via de spiegel hoe haar moeder de 'troep' dronk en Jimmy haar een handdoek gaf om haar mond mee af te vegen. Ze nam de handdoek echter niet aan, maar greep in plaats daarvan Jimmy bij de mouw. Hij trok zijn arm terug, maar ze liet niet los en uiteindelijk stond hij toe dat zij haar mond aan zijn mouw afveegde. Jenny kon haar ogen amper geloven.

In de loop der jaren was haar moeder steeds meer op Jimmy gaan leunen. Hij was haar wandelstok, het kussen waarop ze haar hoofd neervlijde, de zakdoek waarmee ze haar tranen droogde. Veel van Jenny's klasgenoten woonden bij haar in de straat en ze wisten allemaal dat de Hendersons een Chinese huisknecht hadden. Susie had een keer gevraagd: 'Iemand zag de Chinees je moeders rug schrobben. Klopt dat?' Mary wilde daarna delen in de lol: 'Ik heb gehoord dat als Chinezen hun loon hebben ontvangen ze dat niet op de bank zetten, maar het verstoppen in de zool van hun schoenen. Doet jullie Jimmy dat ook?' Door deze stomme vragen was Jenny rood geworden van woede. Uiteindelijk had ze een grove opmerking gesist over Jimmy die de rug van Susies moeder zou schrobben en haar vriendinnen vervolgens een week lang doodgezwegen.

Daarna hadden ze niet meer naar Jimmy gevraagd, maar de achterdochtige blikken die ze haar schonken waren Jenny niet ontgaan. Hun ogen waren vol minachting of misschien wel medelijden geweest, alsof ze wilden zeggen: zo'n leuke griet, wat jammer toch dat ze een Chinese huisknecht heeft. Ze probeerde zich er zo weinig mogelijk van aan te trekken, maar uiteindelijk bleef er onder hun meedogenloze blikken maar heel weinig over van haar trots.

Ten slotte was het haar allemaal te veel geworden. Op een dag, toen Jimmy zoals gewoonlijk voor het huis had gewacht op haar terugkeer van school, mocht hij haar schooltas niet aannemen. Ze liep langs hem heen en ging rechtstreeks naar de kamer van haar moeder. Op het moment dat ze haar moeder zag, aarzelde ze even. Opeens leek het aansnijden van het onderwerp haar even moeilijk als het boren van een gaatje in een ijzeren gordijn.

Met de blik op haar tenen gericht, stamelde ze: 'Mama, hebben we Jimmy ... hebben we hem echt nodig?'

Haar moeder deed geen poging te achterhalen waarom ze die vraag had gesteld, maar gaf rechtstreeks antwoord. Terwijl ze Jenny's hand vastpakte, zei ze: 'Ja, we hebben hem nodig. Je vader, ik en jij ook. Wij alle drie hebben Jimmy nodig.'

De nonchalance waarmee haar moeder dit zei, ergerde Jenny. Ze duwde haar hand weg. 'Wij niet, alleen jij,' zei ze.

Haar moeder liet zich niet van de wijs brengen. 'Als je mij niet gelooft,' zei ze kalm, 'vraag het dan je vader maar. Wie anders dan Jimmy is bereid om naar zijn eindeloos herhaalde grappen te luisteren en erom te lachen alsof hij ze voor het eerst van zijn leven hoort?'

De moed zonk Jenny in de schoenen. Ze realiseerde zich heel goed dat haar vader evenzeer op Jimmy leunde als haar moeder.

'En in feite heb jij Jimmy ook nodig,' zei haar moeder. 'Natuurlijk weet je dat niet meer, maar Jimmy deed jou als baby altijd in bad en verschoonde je luiers. Toen je difterie had, legde hij je op zijn buik totdat je in slaap viel. Denk je dat het ontbijt vanzelf op tafel komt? Wordt je rok vanzelf gewassen, opgevouwen en in de kast gehangen? Het stof op je bureau verdwijnt ook niet vanzelf. Als Jimmy vandaag zou vertrekken, ben jij morgen mijn kokkin, schoonmaakster, tuinierster en verpleegster. Als je daartoe bereid bent, stuur ik hem meteen weg.'

Jenny verliet haar moeders kamer en zei de rest van de dag niets meer. Ze huiverde bij de gedachte dat Jimmy's aapachtige gele klauwen haar ooit hadden aangeraakt op de intiemste plekken van haar lichaam.

Jenny had nu evengoed de blik van de spiegel kunnen afwenden of de deur van de woonkamer dicht kunnen doen. Ze was van streek door die mouw tegen de mond van haar moeder en had geen zin meer om zichzelf in de spiegel te bewonderen. Toch bleef ze hen in de gaten houden en dat had ze beter niet kunnen doen.

Nadat haar moeder haar mond had afgeveegd, liet ze Jimmy's arm niet los. Met een hand als een opengesperde slangenbek greep ze zijn hand, legde die tegen haar wang, liet hem langs haar nek glijden en via de opening van haar jurk uiteindelijk op haar borsten rusten.

Jenny hoorde een gigantische klap. Het was alsof haar hoofd in ontelbare stukken uiteenbarstte. Ze had de spiegel losgelaten, die vervolgens aan gruzelementen was gevallen. Ze rende blootsvoets over de scherven, maar pijn voelde ze niet.

Mevrouw Henderson liet Jimmy's hand los, maar het was al te laat. Jenny vloog langs hen heen en liet een spoor van bloedige voetafdrukken achter. Mevrouw Henderson stond op en ontdekte dat haar knieën, geteisterd door zoveel jaren pijn, plotseling hun oude dynamiek en veerkracht terug hadden. Zonder op de rest van haar lichaam te letten, dreven ze haar benen razendsnel vooruit. Ze achtervolgde haar dochter de trap af en de straat op.

Aan het einde van de straat had ze Jenny ingehaald. Ze greep haar vast aan haar roze jurk en dook boven op haar. Jenny verzette zich hevig, maar slaagde er niet in zich aan haar moeders greep te ontworstelen. Daarop begon ze met haar elleboog wild tegen haar borst te slaan. Mevrouw Henderson had het gevoel alsof ze werd neergeknuppeld. Ze tilde haar hoofd op en zag alleen nog sterretjes.

Toen ze weer bijkwam, stond er een groepje mensen om haar heen. Ze hoorde een vrouw met een parasol in de hand tegen een man zeggen: 'Er gebeuren vandaag de vreemdste dingen. Ik zag net Jenny nog voorbijvliegen. Het arme ding is daarna precies voor de ingang van de school aangereden door een auto.'

Mevrouw Henderson zag plots Jenny's ogen weer voor zich. Toen ze haar had aangekeken, hadden ze geschitterd als kralen. Mevrouw Henderson begon als een razende over haar wangen te krabben totdat ze een en al bloedige krassen waren. Niemand begreep dat ze probeerde die kralen uit haar eigen gezicht te krabben.

Beste Kam Ho,

De vijftig dollar die je Tai Sek Lou had toevertrouwd zodat hij die mij kon overhandigen, heb ik ontvangen. Hij vertelde me dat je broer en jij er eindelijk in zijn geslaagd je vader ervan te overtuigen dat hij het eethuisje moet sluiten en dat jullie er bij hem op aandringen een kaartje voor de definitieve thuisreis te kopen. Hij is altijd al koppig geweest en vindt het moeilijk om als arm man terug te keren. Ik hoop dat je broer en jij hem troost blijven bieden en zullen ondersteunen.

De Japanse indringers zijn inmiddels opgerukt tot Wai Yeong. Op een marktdag hebben hun vliegtuigen een hele menigte marktbezoekers gebombardeerd. Drie leden van de familie van je vrouw Ah-Hsien zijn daardoor overleden en twee zijn er gewond geraakt. Alleen je schoonvader en zwager zijn eraan ontsnapt omdat ze hun zeugen naar een dorp vlakbij hadden gebracht om die daar te laten bevruchten. Vooral je jongste zwager is op een verschrikkelijke manier aan zijn eind gekomen: zijn halve lichaam hing in een boom en zijn darmen lagen overal over de grond verspreid. Het Japanse leger bombardeert niet alleen, maar begaat overal waar het komt allerlei wreedheden. Hun soldaten verkrachten, moorden, plunderen en branden alles plat.

Omdat de situatie hier allesbehalve veilig is, moet je vader blijven waar hij is en zich niet haasten om naar huis te komen. Nu hij ouder wordt, neemt hij nauwelijks nog de moeite te schrijven. Ik heb dit jaar bijna geen brief van hem ontvangen. Ik ben blij dat jij me regelmatig schrijft. Dat troost me. Je zusje Kam Sau en je zwager Ah-Yuen

hebben hun diploma behaald en zijn teruggekeerd om hier
een school op te zetten. Ze geven jongens en meisjes samen
les en de school begint al naam te maken. Er komen steeds
meer leerlingen. Yiu Kei gaat nu ook naar school. Je zoon
is een slimme jongen en gaat snel vooruit. Alle onderwij-
zers zijn met hem ingenomen. Hij en Wai Kwok, Kam
Sau's zoon, zijn boezemvrienden. Het is verdrietig dat Yiu
Kei nog nooit zijn vader heeft gezien en slechts een vaag
idee van je heeft. Ook ik word ouder en verlang er steeds
meer naar mijn kinderen en kleinkinderen om me heen te
hebben. Ik zal pas gelukkig zijn als na de oorlog je vader,
jij, Kam Shan en Yin Ling allemaal naar huis komen zo-
dat de hele familie samen kan zijn ...

Je moeder op de achtste dag van de elfde maand van het
zevenentwintigste jaar van de Republiek in het dorp Aan-
sporing

Het negenentwintigste jaar van de Republiek (1940), Vancouver, Brits-Columbia

Kam Ho verliet 's morgens zijn bed om koffie te zetten. Hij wierp een blik door het keukenraam naar de kersenboom in de tuin. De boom was al bijna al zijn bladeren kwijt, maar Kam Ho zag plotseling enkele rode stipjes. Hij liep de tuin in om het beter te kunnen bekijken. Er was plotseling een dunne nieuwe tak aan de boom gegroeid waaraan een paar knoppen waren ontsproten. Hij sneed de tak af, zette hem in een vaas en liep naar de trap om die naar mevrouw Henderson te brengen.

Onder aan de trap botste hij tegen meneer Henderson op, die de hond wilde gaan uitlaten. 'Goedemorgen!' groette Kam Ho hem. 'Heeft mevrouw goed geslapen?' Op het moment dat hij de vraag stelde, zag hij zijn stommiteit al in. Meneer en mevrouw Henderson hadden al jaren ieder een eigen slaapkamer.

Meneer Henderson antwoordde niet en tuurde slechts naar de vaas in Kam Ho's hand. 'Volgend weekend kun je niet naar huis. Dan neem ik je mee naar White Rock. Daar gaan we dan samen vissen.'

Kam Ho was al een paar keer eerder met meneer Henderson gaan vissen en had toen ontdekt dat het gezinshoofd een beroerde visser was: ongeduldig en onhandig tegelijk. Meneer Henderson trok er ook eigenlijk alleen maar met het visgerei op uit om van huis te kunnen zijn en veel in de buitenlucht te kunnen vertoeven. Op die momenten deed hij Kam Ho denken aan een jochie dat spijbelt.

Kam Ho aarzelde en zei vervolgens: 'Maar dan is er niemand thuis. Mevrouw ...'

Meneer Henderson schudde gelaten het hoofd: 'O ja ...' Hij liep weg met de hond en Kam Ho keek hem na. Het viel hem op dat meneer Henderson de laatste jaren veel minder vast ter been was geworden.

Toen Kam Ho mevrouw Hendersons kamer betrad was ze al wakker. Ze lag op haar rug en keek met een lege blik naar het plafond. Hij trok haar handen onder de dekens vandaan en haalde het touw rond haar polsen uit de knoop. Al het spierweefsel was verdwenen en haar armen waren slap als deeg, wat het er voor Kam Ho niet eenvoudiger op maakte.

Sinds Jenny's overlijden was mevrouw Henderson nu eens helder en dan weer in de war geweest, maar in de loop der jaren waren de periodes van helderheid steeds korter geworden. Ze zette regelmatig haar nagels in haar gezicht, maar dat leek haar geen pijn te doen. Ze probeerde dan Jenny's ogen op te diepen uit haar huid, legde ze uit. Elke avond als ze ging slapen, bond Kam Ho haar polsen vast.

Kam Ho zag dat er allemaal rode plekken op de polsen van mevrouw Henderson zaten en leidde eruit af dat ze een onrustige nacht had gehad. Hij hield de vaas met de tak vlak voor haar neus zodat ze de knoppen van de kersenbloesem kon zien. 'Het lijkt erop dat het elk moment kan gaan sneeuwen, maar toch gaan ze open. Vreemd, nietwaar?' zei hij.

Mevrouw Henderson negeerde de bloemen en begroef haar gezicht in Kam Ho's haar. 'Jimmy, ik hoor iets suizen.'

'Dat zal de koffie zijn die kookt,' zei Kam Ho.

Mevrouw Henderson schudde het hoofd. 'Nee, het is iets anders. Het zijn je grijze haren die opkomen.'

Kam Ho glimlachte ondanks zichzelf. 'Wat u bedoelt te zeggen is dat ik inmiddels veertig ben, wat oud is voor een Chinees. Ik hoor al grootvader te zijn.'

'Terwijl je nog niet eens vader bent.' Mevrouw Henderson raakte zachtjes zijn gezicht aan. 'Je zoon is dood.'

Zijn familie had het nieuws van Yiu Kei's dood voor hem verzwegen, maar Kam Ho had het uiteindelijk vernomen van een streekgenoot die een bezoek aan zijn vaderland had gebracht. Hij had zijn zoon nooit in levenden lijve gezien, alleen op foto's die zijn moeder hem had gestuurd. Hoewel de jongen voor al zijn behoeften van hem afhankelijk was geweest, had hij hem verder onberoerd gelaten. Tegen de tijd dat het nieuws tot Kam Ho doordrong, was Yiu Kei al bijna een jaar dood. Zijn vader had zich hooguit enkele minuten verdrietig gevoeld. De liefkozing van mevrouw Henderson riep alles echter in herinnering. Kam Ho voelde een steek van verdriet waarop hij niet was voorbereid.

'Mijn Jenny kan zijn maatje zijn,' zei mevrouw Henderson.

Kam Ho schrok op. Dit was de eerste keer in lange tijd dat ze iets begrijpelijks had gezegd. Hij hielp haar overeind om haar een andere nachtjapon aan te trekken. Haar hele lichaam was vandaag zo slap als gefileerde vis. Ze zakte voortdurend opzij waardoor Kam Ho het zweet op de rug kwam te staan. Ten slotte werd hij kwaad. 'Als u nu niet meewerkt, ga ik weg en kom ik nooit meer terug!' zei hij. Na dit dreigement draaide mevrouw Henderson doorgaans bij, maar vandaag had het totaal geen effect.

Kam Ho liet haar hand vallen en stond op het punt om de kamer te verlaten. Hij was al bij de deur toen er opeens een kreet van mevrouw Henderson klonk: 'Jenny is hier!'

Kam Ho voelde de rillingen over zijn rug trekken. 'U bent gek,' schreeuwde hij.

'Nee, dit is een boodschap van Jenny,' zei mevrouw Henderson. Ze wees naar de kersenbloesemtak in de vaas. 'Jenny zegt dat ik met haar moet meegaan.'

Kam Ho huiverde onwillekeurig. Hij herinnerde zich opeens dat zijn grootmoeder had gezegd dat bloemen die buiten het seizoen bloeiden een teken van rampspoed waren. Hij greep de vaas, bracht hem terug naar de keuken en knipte de tak met een schaar in stukken en gooide hem in de vuilnisbak. Bij terugkeer in de slaapkamer zag hij dat mevrouw Henderson leunend tegen het hoofdeinde in slaap was gevallen. Hij probeerde haar wakker te schudden, maar tevergeefs. Hij maakte een handdoek nat, wrong hem uit en legde hem op haar voorhoofd. Uiteindelijk opende ze haar ogen tot spleetjes. Ze stonden troebel en verward als twee door een stortbui in beroering gebrachte meren.

'Mevrouw!' riep Kam Ho paniekerig. Haar mond ging open en dicht als die van een stervende vis. Ze liet geen enkel geluid horen en haar ogen werden duister. Hij vond de kracht om nog een paar keer haar naam te roepen, maar dat haalde niets uit. Hij besefte dat hij haar zou moeten aankleden, dat dit waarschijnlijk de laatste kans was. Snel ging hij door haar garderobe en koos een jurk die ze had gekocht met Kerstmis, het jaar voordat Jenny was gestorven.

Hij trok haastig de strik in het zijden lint van haar nachtjapon los. Hij voelde hoe ze zijn hand heel lichtjes aanraakte en bracht zijn oor naar haar mond. Ze fluisterde iets, maar zo zwak dat hij het amper kon verstaan. Het duurde even voordat hij begreep wat ze zei.

'Ik wil niet ...'

'Wat wil je niet?' vroeg Kam Ho, maar ze had niet meer de kracht voor een antwoord. 'Wil je deze jurk misschien niet aan?' Geen reactie. Ze bleef hem doodstil en met strakke blik aankijken.

'Wil je niet dat de dominee komt?' Ze bleef hem zwijgend aanstaren.

Gefrustreerd sloeg Kam Ho op het bed. 'God, vertel me alstublieft wat ze niet wil!' Ze bewoog opnieuw haar hand. Opeens besefte hij wat ze wilde zeggen.

'Bedoel je hem? Wil je niet dat hij binnenkomt?' vroeg hij.

Ze knipperde een keer met haar ogen. Haar hand, die hij steeds had vastgehouden, ontspande.

Toen meneer Henderson weer thuiskwam, hoorde hij op de bovenverdieping een zwak geluid. Het klonk als bijen die met hun vleugels fladderden of als twee trillende gloeidraden in een lamp. 'Jimmy!' riep hij, maar er kwam geen reactie. 'Phyllis!' Hij stond beneden aan de trap en spitste zijn oren. Het geluid kwam uit de slaapkamer van zijn vrouw. Hij liep naar boven, klopte een paar keer op haar deur en liep vervolgens zonder een reactie af te wachten naar binnen.

Zijn vrouw lag op bed, gekleed in een felrode jurk. Het was zo'n krachtig rood dat de muren het leken te weerkaatsen. Het was lang geleden dat hij haar in zoiets fels had gezien. Jimmy zat geknield bij het bed. Op een bijna komische manier depte hij haar gezicht met een natte handdoek: hij boog zijn arm met de licht trillende hand helemaal over haar heen. Hij ging zo ingetogen en voorzichtig te werk alsof ze een kostbare Ming-vaas was.

Jimmy bromde zacht tussen zijn nauwelijks geopende lippen door, als een volwassen zijdeworm die de wirwar aan draden uitspuugt die tezamen zijn cocon moeten vormen. Meneer Henderson dacht dat het een of ander liedje was, maar hij begreep niets van de woorden. Hij kon natuurlijk niet weten dat het een slaapliedje was dat Kam Ho's moeder altijd had gezongen als ze hem de borst gaf.

> De ekster zingt 'Gelukkig Nieuwjaar'
> Vader woont in de Gouden Bergen, raar maar waar
> Als hij ommekeert een rijk man
> kopen we er een huis en velden van

Meneer Henderson verloor zijn geduld. 'Jimmy, je kunt toch wel zien dat ze stapelgek is geworden. Ze ligt op bed met haar hoge hakken aan!'

Jimmy draaide zich langzaam om, keek hem even aan en wees vervolgens naar de deur: 'Weg ... wezen!'

De dag na mevrouw Hendersons begrafenis diende Kam Ho op het kantoor van haar jurist te verschijnen. Zijn mededeling luidde: 'Volgens haar testament laat ze haar hele bezit van vierduizend dollar aan u na.'

Kam Ho was sprakeloos. Na een tijdje zei hij vertwijfeld: 'Maar dat kan niet. Ze was afhankelijk van haar echtgenoot. Ze had geen eigen geld.'

De jurist opende de dossierkast en pakte haar testament. Hij wees op de al vervagende handtekeningen. 'Ze heeft dit testament tien jaar geleden laten opstellen,' vertelde hij. 'Indertijd waren haar dochter Jenny en u haar begunstigden. Nu Jenny dood is, bent u de enige. Het geld was een persoonlijke gift van de moeder van mevrouw Henderson aan haar dochter, die nog van voor haar huwelijk dateerde. Ze mocht ermee doen en laten wat ze wilde.'

Tegen de tijd dat Kam Ho het juristenkantoor verliet, was het al donker. Er blies een ijzige wind door de straten. Een vogel op een kale tak begon luid te sissen. Hij keek omhoog en zag een oude en kalende blauwe gaai. Kam Ho pakte een steen en gooide hem naar de vogel, die krijsend de tak verliet en vlak over Kam Ho's hoofd wegvloog. Hij moest er weer aan denken dat mevrouw Henderson vlak voor haar dood had gezegd dat Jenny haar middels de kersenbloesem een boodschap had gestuurd. Hij vroeg zich af of deze vogel nu een boodschap van mevrouw Henderson was.

Waarom, dacht hij, heb je je hele leven niets anders gedaan dan steeds je man een paar centen ontfutselen terwijl je zelf over zo'n kapitaal beschikte? Je had al het opiumsap van de hele wereld kunnen kopen! Waarom maakte je het jezelf zo moeilijk?

Er kwam geen antwoord op zijn vragen. Pas op dat moment kwamen de tranen.

Bij zijn terugkeer was het volledig donker in het huis van de Hendersons. Door de vage gingeur die in de keuken en de gang zweefde, wist hij echter dat meneer Henderson thuis was. Hij liep in het donker de trap op. Hij wilde geen licht aandoen en vervolgens het risico lopen zijn meester tegen het lijf te lopen. Zijn plunjezak had hij de vorige avond al gepakt. Hij tilde hem van het bed en liep weer naar beneden.

Plotseling ging het licht in de hal aan waardoor Kam Ho een paar tellen verblind was.

'Jimmy, waarom blijf je niet?' De bevende stem klonk ergens in het duister.

Kam Ho zei niets en slingerde zijn plunjezak over zijn schouder. Hij wilde naar de deur lopen en de gebarsten treden van de trap af lopen, weg van hier. Dit licht, deze man, dit huis ... hij stond er al mijlenver van af.

Maar de stem volgde hem, kroop rond zijn voeten en klampte zich vast aan zijn broekspijpen. 'Ik weet dat je boos op me bent omdat ik haar niet goed heb behandeld, maar weet je waarom?'

De stem zweeg even, verzamelde nieuwe kracht en vervolgde: 'Om jou. Dat was om jou.'

Kam Ho liet van verbazing zijn tas vallen.

'Jij was het die ik wilde, vanaf het eerste moment dat ik je zag. Maar zij kwam tussenbeide. Jij was onbereikbaar voor me, dus ik ging jullie zo veel mogelijk uit de weg. Die zakenreisjes, weet je nog? Ik heb haar nooit begeerd. Dat was haar schuld niet. Ik hield niet van vrouwen. Van geen enkele vrouw.'

Uit het duister kwam een rond, roze gezicht tevoorschijn dat Kam Ho naderde.

Kam Ho rende pijlsnel de deur uit en de trap af. Op de laatste tree verzwikte hij zijn enkel. Hij keek om en was opgelucht dat meneer Henderson hem niet volgde. Hij ging zitten om de opkomende bult te masseren. Op het moment dat hij zijn tas wilde pakken, besefte hij dat die nog binnen lag.

Hij liet vijfentwintig jaar van zijn leven achter in dat huis. Wat maakte hij zich dan nog druk om een tas?

Hij liep de avondlucht in en bleef lopen. Zijn hoofd voelde plakkerig als de lijm die zijn moeder vroeger gebruikte om de zolen aan zijn schoenen te lijmen. Zijn hele leven lang was hij maar één weg gegaan. Het was een lange en zware weg geweest, maar om hem af te leggen had hij aan zijn voeten voldoende gehad. Hij had er nooit bij hoeven nadenken. Als kind was het zijn moeder geweest die hem steeds had gezegd welke weg hij moest nemen. Toen zij hem opdroeg naar de Gouden Bergen te gaan, scheepte hij in en vertrok. Daarna had zijn vader zijn weg uitgestippeld. Toen zijn vader hem naar de Hendersons had gestuurd, was hij gegaan. Vervolgens was het mevrouw Henderson die hem de weg had gewezen. 'Blijf,' had ze gezegd. En hij was gebleven. Vierentwintig jaar lang.

Door de cheque in zijn zak lagen plotseling alle wegen voor hem open. Nu was hij het die besloot welke hij zou nemen. Hij had heimelijk bewondering voor zijn broer, omdat die zijn eigen weg was gegaan, en dat al vanaf zijn geboorte. Hoewel er tussen zijn ouders en Kam Shan harde woorden waren gevallen als gevolg van zijn opstandige aard, wist Kam Ho dat ze bewondering hadden voor zijn karakter en lef. Inmiddels was zijn broer natuurlijk oud en diende hij zich erbij neer te leggen dat zijn vrouw hem onderhield.

Na zoveel jaren voor de Hendersons te hebben gewerkt, wist Kam Ho uitstekend waarvoor hij de cheque in zijn zak allemaal kon gebruiken. Hij kon een deel aan zijn vader geven voor diens boottocht naar huis. Hij kon zijn moeder het een en ander sturen zodat ze velden kon kopen die zich uitstrekten tot voorbij de horizon. Ook zou hij zijn broer in staat kunnen stellen om een fatsoenlijk huis met een tuin te kopen. Kam Shan en zijn vrouw waren gewend geraakt aan het leven in de Gouden Bergen en zouden moeilijk weer kunnen aarden in Hoi Ping. Zijn broer was nooit officieel getrouwd waardoor Kam Ho nog altijd twijfelde over hoe hij diens vrouw moest aanduiden. In het bijzijn van zijn broer had hij het altijd over 'zij'. Als hij haar ergens tegen het lijf liep en wel direct móést aanspreken, volstond hij met 'Hallo!' of 'Jij hier!'. Ze klaagde er nooit over, maar Kam Ho voelde zich er al jaren ongemakkelijk bij.

Maar Yin Ling was natuurlijk de belangrijkste reden om voor zijn broer een huis te kopen. Zij was een zaadje dat in de aarde van de Gouden Bergen was geplant. Ze zou liever sterven dan dat ze naar het platteland van Hoi Ping verhuisde. En als zij niet ging, bleef haar vader ook. Evenals diens vrouw. Zes Vingers had het al jaren over een grote familiehereniging in hun geboortedorp, maar dat was niet meer dan een droom.

Aan het einde van de straat bedacht hij dat hij zijn vrouw in het geheel niet had betrokken in zijn plannen met de cheque. Hij had alleen de paar maanden volgend op hun huwelijk met haar samengewoond in de diaolou, wat al een fikse tijd geleden was. Ze schreef hem nauwelijks, hoewel ze geen analfabete was. Soms voegde ze een zin toe aan een brief van zijn moeder: 'De leren schoenen die je aan Yiu Kei hebt gestuurd zijn erg mooi', of: 'Wat zal ik kopen voor mijn vader ter gelegenheid van zijn verjaardag later dit jaar?' Hij had de foto nodig om zich haar gezicht voor de geest te kunnen halen. Hij herinnerde zich vaag dat ze links van haar mond een pukkeltje had. Bij ieder ander had zo'n pukkel het uiterlijk verlevendigd, maar Ah-Hsien leek er slechts doodser door te worden.

Toen hij na het bruiloftsmaal in de bruidskamer haar sluier had opgetild, bleek ze tot zijn verbazing zittend op het bed in slaap te zijn gevallen. Uit haar mondhoek had wat kwijl gedropen. Nadat hij haar wakker had gemaakt, had ze hem zo wazig aangekeken dat het leek alsof ze niet meer wist wie hij was. Hij had de kaars uitgeblazen. In een paar stoten was hij klaar. Ze had geen enkel geluid laten horen, zelfs niet van pijn. Hij had gemeend dat dat kwam doordat ze geen flauw idee had van de dingen die een man en een vrouw met elkaar deden. In de daaropvolgende weken was haar reactie echter hetzelfde gebleven. Kam Ho was gaan beseffen dat zij kennelijk zo in elkaar stak. Per slot van rekening had hij ervaring met vrouwen. Na mevrouw Henderson was het contact met Ah-Hsien als het drinken van water na eerst de nectar van osmanthus-bloemen te hebben geproefd. Hij vond dat er kraak noch smaak aan Ah-Hsien zat.

Welke weg moest hij nemen? De weg terug naar Hoi Ping, samen met zijn vader, om daar de rest van zijn dagen te slijten met een vrouw die zo stijf was als een plank? Of moest hij bij zijn broer gaan wonen en het tot zijn dood zonder vrouw stellen? Hij liet alle mogelijkheden steeds weer passeren, maar kon niet beslissen. Het enige besluit dat hij nam, was ophouden met piekeren. Hij zou te-ruggaan naar het huis van zijn vader en broer, de trap op gaan naar de zolder en daar in het stapelbed in slaap vallen. Daarna zou hij wel verder zien. In elk geval had hij dan even rust. Niemand ver-wachtte nog van hem dat hij 's morgens opstond om aan het werk te gaan, een praatje zou maken of opiumsap zou toedienen.

. De voordeur van het huis zat niet op slot. Hij duwde hem open, maar zag binnen niemand. Wel hoorde hij zachtjes operamuziek. Zijn vader draaide vast en zeker die oude plaat van hem. Hij bukte om zijn schoenen uit te trekken en zag plotseling een paar vrou-wenschoenen staan die hem onbekend voorkwamen. Eén blik was voldoende om te zien dat ze niet van Kattenogen waren. Katten-ogen had als kind altijd op de velden gewerkt en daardoor grote voeten gekregen. Dit waren sierlijke, blauwe, leren schoenen met witte zolen en borduursels van roze pioenen. Op de pioenblaadjes zaten twee vlindertjes klaar om op te vliegen. Het was vreemd om in het moderne Chinatown zulke ouderwetse, sierlijke schoenen te zien.

Kam Ho ging naar binnen en struikelde bijna over een stapel spullen: Yin Lings jas en schooltas. Hij hing de jas aan de kapstok, liep door de rommelige kamer via de donkere gang naar de keu-ken. Daar stonden een man en een vrouw samen bij het raam opera te zingen. De vrouw leek niet te hebben ingezongen want ze zong aarzelend en met hese stem. Toch nam ze zowel de manne-lijke als de vrouwelijke partij voor haar rekening terwijl de man haar begeleidde door zo te neuriën alsof hij de vioolbegeleiding vormde.

De dansende vlinders zijn verdwenen
De wielewaal betreurt het korten van de dag
Als ridder noch als boogschutter ben ik geboren
Mijn kunst is de poëzie en het lied
Sterven voor mijn gevallen rijk is wat ik begeer
Liever dan in schande en ongenade te blijven leven
Maar als ik het zuiden zie, in handen van de indringers
Mijn volk dakloos en het land door strijd verscheurd
Dan berust ik in dit leven in schandelijke gevangenschap
Opdat mijn onderdanen in vrede leven.

Bloed en tranen huilt uwe majesteit
Maar hoeveel u ook toegeeft, de nieuwe keizer toont geen
genade
De oorlogswolken hangen boven de zuidelijke zee
Als gekooide vogels hopen we vergeefs op onze vrijheid

Kam Ho meende hierin de opera te herkennen over keizer Li
Houzhu en de jonge keizerin Zhou. Zijn vader neuriede de begelei-
dende vioolmuziek. De vrouw stond met haar rug naar Kam Ho.
Het enige wat hij van haar zag was het knotje in haar nek. Haar
haar vertoonde grijze lokken. Vermoedelijk was ze een operavrien-
din van zijn vader. Kam Ho wist dat zijn vader sinds hij het eethuisje had gesloten regelmatig in de Kantonese-operaclub het gezelschap van andere operaliefhebbers opzocht. Zo nu en dan nam
hij een van hen mee naar huis om samen te roken, te zingen en
over opera te praten, totdat het Kam Shan te veel werd.
    Kam Ho kuchte luid en de zang werd midden in een noot afge-
broken. 'Het is vandaag toch geen zaterdag!' riep zijn vader met
opgetrokken wenkbrauwen uit. 'Wat kom je hier dan doen?'
    Zijn vaders woorden benamen hem de adem. Even was hij spra-
keloos. Daarna zei hij: 'Je bedoelt dat ik op een andere dag niet
thuis mag komen?'
    De vrouw draaide zich om en vertrok haar mondhoeken voor
een glimlachje. 'Jij moet Kam Ho zijn,' zei ze. 'Volgens je vader ben
je de betrouwbaarste zoon van Chinatown.'
    De vrouw droeg een donkergroene, zijden *qipao*-jurk met een
jaden pin bij de nek. In haar knotje had ze een paarlemoeren speld

gestoken. Met haar hele verschijning wekte ze de indruk uit een ander tijdperk te komen. Haar kleding rook zelfs muf. De vleiende toon van haar stem beviel Kam Ho niet. Hij glimlachte kil en zei: 'Hopelijk laat u zich niet misleiden door wat mijn vader zegt.'

De vrouw was even van slag door zijn onvriendelijke reactie, maar wist zich goed te houden en bleef rustig glimlachen. 'Maak eens kennis, Kam Ho,' zei zijn vader terwijl hij naar de vrouw gebaarde. 'Dit is Wolk van de Gouden Bergen, een ster van de Kantonese opera. Zo'n twintig jaar geleden kende iedere inwoner van San Francisco haar naam. Indertijd gold ze als de koningin van de opera.'

Het schoot Kam Ho te binnen dat de zangeres op de oude operaplaat die zijn vader keer op keer draaide, ook Wolk van de Gouden Bergen heette. Hij bromde wat en vroeg vervolgens: 'Waar is Yin Ling?'

'Haar klas van de Chinese school gaat morgen op mars om geld in te zamelen voor de Chinese troepen en voor vliegtuigen om tegen de jappen te strijden. Ze is nu aan het oefenen.'

'En mijn broer?'

'De Organisatie zet een campagne op om rekruten te werven voor het Chinese leger. Daar vergaderen ze nu over.'

Het lag op het puntje van Kam Ho's tong om te zeggen dat zijn broer als gevolg van zijn manke been niet eens in staat was zichzelf te onderhouden, laat staan dat hij ten strijde zou kunnen trekken tegen de Japanners. Maar ten overstaan van een vrouw die hij niet kende, hield hij dergelijke opmerkingen liever voor zich. Daarom draaide hij zich maar om en liep de trap op.

Hij ging in de zolderkamer op het bed liggen. Het was van hout en kraakte onder zijn gewicht. Van beneden klonk opnieuw het geluid van de imitatieviool en de zang. Het werd gedempt door de planken vloer, maar vormde nog altijd een aanslag op Kam Ho's oren. Hij trok de deken over zijn hoofd, maar het geluid drong nog steeds tot hem door. Hij wierp de deken af en stampte op de vloer. Dat leverde hem maar een paar tellen rust op want vervolgens klonk het gekletter van kookgerei. Zijn vader ging de avondmaaltijd bereiden.

Kam Ho besefte dat hij rond etenstijd thuis was gekomen, maar dat zijn vader hem niet had gevraagd of hij al had gegeten. In plaats daarvan maakte hij nu een maaltijd voor dat mens, voor Wolk van de Gouden Bergen. Nog nooit in zijn leven had hij voor Zes Vingers gekookt, hoewel zij zijn drie kinderen had grootgebracht en voor mevrouw Mak had gezorgd tot de dag van haar dood.

Tussen het kletteren van de pannen door hoorde Kam Ho de vrouw lachen. Telkens maakte zijn hart daardoor een sprongetje als een kikker die na een regenbui in een meertje duikt. Hij tastte onder het kussen en de deken en keek in het nachtkastje. Gelukkig voor hen vond hij niets wat als wapen had kunnen dienen. Als hij op een mes was gestuit, dan zou hij ermee naar beneden zijn gestoven.

Wolk had hem in feite niets misdaan. Bovendien hielden Kam Shan en hij beiden van Kantonese opera's. Vorig jaar had het Rode Jaden Operagezelschap uit Singapore nog een bezoek aan Vancouver gebracht. Hij had drie weekenden aaneen een optreden bezocht en daarbij kaartjes gekocht voor de beste plaatsen: in het midden van de eerste rij. Op elke andere dag en tijd had hij het totaal niet erg gevonden om een kop thee te zetten en vervolgens met de vrouw een goed gesprek te voeren over de Chinese opera in Canada. Vandaag echter niet. De onwaardige manier waarop zijn vader zich gedroeg tegenover deze vrouw deed Kam Ho eraan denken dat zijn moeder hem op de boot naar de Gouden Bergen had geduwd. Elk jaar opnieuw zei zijn vader dat hij naar haar zou terugkeren, maar zijn moeder bleef maar wachten. Het leek erop dat zijn vaders boot nooit zou afmeren en ondertussen werd zijn moeder elk jaar ouder. En dat in alle eenzaamheid terwijl zijn vader zich hier vermaakte met een andere vrouw. Een vrouw als Wolk van de Gouden Bergen nog wel.

Hij wilde geen moment langer in het huis van zijn vader verblijven. Op zoek naar zijn schoenen tastte hij met zijn voeten onder het bed. Dat leverde alleen een oude krant op. Hij bladerde hem door en stuitte op de middelste pagina op een artikel met een enorme kop.

De oorlogssituatie in de Stille Oceaan wordt met de dag ernstiger. Chinezen van overzee kopen oorlogsobligaties zodat met het geld het nationale leger kan worden bevoorraad. Sommige heethoofden overwegen zelfs een terugkeer

naar China om zich bij het leger aan te sluiten teneinde de
Japanse misdadigers zo snel mogelijk in de pan te hakken.
Bij de overzeese Chinezen lopen de meningen hierover
uiteen. De een vindt dat wanneer zijn land in moeilijkhe-
den verkeert, jongemannen alles in het werk dienen te
stellen om het te beschermen. De ander woont inmiddels
al zo lang in Canada dat het zijn tweede thuis is gewor-
den. Het Canadese leger kent een tekort aan strijdkrach-
ten. Onze jongemannen zouden zich bij dat leger kunnen
aanmelden om het vertrouwen van de Canadese regering
te winnen. Zolang de wetgevende macht van de provincie
Brits-Columbia de Chinezen het stemrecht blijft ontzeg-
gen, kan van het dienen van dit land echter geen sprake
zijn. De Canadese Chinezen hebben onlangs een organisa-
tie opgezet die tot doel heeft de federale overheid ervan te
overtuigen onze jongemannen toestemming te geven om
als Canadese burgers tot het leger toe te treden. Zodoende
kunnen ze hun loyaliteit betuigen tegenover het land dat
ze als hun vaderland beschouwen.

Kam Ho besefte met een schok waaraan hij de cheque in zijn zak wilde besteden. Hij vroeg zich af of het voldoende was om een vliegtuig te kopen. Hij zou het zijn broer vragen zodra die weer thuis was.

Obstakels in de Gouden Bergen

**Het dertiende jaar van de Republiek (1924), het dorp
Aansporing, Hoi Ping, China**

Kattenogen liep naar de Naamloze Rivier met een mand wasgoed
op haar arm. Yin Ling lag tegen haar rug te slapen, knikkebollend
op het ritme van haar voetstappen. Op het eerste gezicht zag
Kattenogen eruit als alle andere vrouwen in Aansporing: ze droeg
een twijgje jasmijn achter het oor, ging gekleed in een blauwe, katoenen tuniek die aan de voorzijde schuin was dichtgeknoopt en in
een donkerblauwe broek met wijde pijpen. Ze droeg houten klompen die klotsten over de kasseien. Zelfs de zwarte, katoenen doek
met veel borduursels van pioenrozen waarin ze Yin Ling meevoerde, was volgens de dorpsmode. De banden kruisten elkaar
tussen haar door de melk gezwollen borsten en duwden ze naar
voren waardoor het bijna watermeloenen leken. Maar natuurlijk
waren het alleen buitenstaanders die Kattenogen voor een dorpe-
linge hadden kunnen verslijten, zoals ze alle inwoners van de
Zuid-Chinese provincies op één hoop gooiden. De bewoners van
Aansporing hadden een scherpere blik. Ze keken dwars door haar
uiterlijk heen en zagen daaronder een vrouw uit de Gouden Bergen.

Haar ondergoed was het eerste geweest wat haar had verraden.
De dorpsvrouwen hadden ontdekt dat Kattenogen een beha droeg
toen ze Yin Ling een keer de borst gaf. Hoewel ze hun de rug had
toegedraaid om de baby te voeden, merkten de vrouwen op dat ze
na het openslaan van haar jasje nog een laag van kantachtig wit
katoen openmaakte. Ook haar broekjes waren onderwerp van gesprek in het dorp. Alleen Kam Shan wist dat zij ze droeg tot op een
dag een van de huisbediendes ze aantrof in de wasmand. Daarop

was ze haar vriendinnen gaan vertellen dat de vrouw uit de Gouden Bergen zo gierig met stof was dat haar broekjes nauwelijks groot genoeg waren om haar billen te bedekken.

Die broekjes waren natuurlijk nog maar het begin geweest. Kattenogen wist er niets van, maar er deden veel roddels over haar de ronde. De opmerkingen van de dorpelingen golden ook veelal haar schoonmoeder. Hun commentaren stapelden zich op in haar oren. Zes Vingers werd met de dag norser.

Eigenlijk hoefde Kattenogen niet zelf haar kleren te wassen. In huis waren meer dan genoeg bediendes om te koken, te wassen en te naaien. Ze wilde echter niet dat iemand haar ondergoed onder ogen kreeg. Bovendien ging er iets troostrijks uit van de Naamloze Rivier omdat die haar herinnerde aan het dorp waar ze was opgegroeid. Net als Aansporing had haar thuisdorp veel water gehad, waarop haar familie zich voor haar voedsel evenzeer had verlaten als op het land. Ze had aan de zijde van haar moeder in de velden gewerkt, en als haar vader ging vissen had zij de boot geroeid. Ze had niets meer van haar familie gehoord sinds de dag dat zij en haar oudere zus waren ontvoerd naar de Gouden Bergen. Dus toen ze vorig jaar met Kam Shan naar Aansporing was afgereisd, had ze hem gevraagd haar naar haar geboortedorp te brengen. Niemand van het gezin was nog in leven geweest. Op de onverzorgde graven van haar ouders schoot de alsem de lucht in.

Het had enkele dagen continu geregend. Het water van de Naamloze Rivier stond zo hoog dat aan de oever alleen de bovenste stenen tree niet onder water stond. Kattenogen zette de mand neer, ging op de bovenste tree zitten, rolde de pijpen van haar broek op en stak haar voeten, met daaraan haar klompen, in het water. Ze boog zich voorover totdat ze haar weerspiegeling kon zien. Het water golfde in de wind waardoor haar gezicht de ene keer lang was als een komkommer en de andere keer breed als een tomaat. Kattenogen lachte en hoorde hoe het water haar iets toefluisterde. Een zachte smeekbede: 'Kom ... kom erin ...!'

Kattenogen schrok op uit haar mijmeringen. Ze herinnerde zich hoe haar vader haar en haar zus had gewaarschuwd toen ze nog klein waren. Als het regent en de rivier aanzwelt, zo had hij gezegd, dan lokken de watergeesten mensen de rivier in. Kattenogen was echter niet bang voor het water en ook niet voor geesten. Met haar voet liet ze de modder opdwarrelen. 'Dat had je gewild,' luidde haar reactie. Het water zweeg weer. Kattenogen kon op dat moment nog niet weten dat zo'n tien jaar later een andere Fong het water zou horen spreken en zich wel zou laten verlokken omdat hij niets af wist van watergeesten.

Het water mocht dan zwijgen, Kattenogen bleef op haar hoede. Op momenten als deze was het altijd beter een man in de buurt te hebben, maar Kam Shan was niet het soort man dat graag in de nabijheid van een vrouw vertoefde. Toen hij haar jaren geleden had gered, wist ze dat hij alleen had gehandeld uit een medelijden zoals hij dat ook bij een kreupel paard of een hond met een gebroken poot had kunnen voelen. Indertijd was medelijden voor haar voldoende geweest. Het was de reddingslijn die haar uit het moeras had getrokken. Maar eenmaal veilig had ze beseft dat het niet voldoende was. Ze hongerde naar meer.

Gedurende hun eerste twee jaar samen had Kam Shan haar niet één keer aangeraakt. Ze wist dat hij haar als een afgelikte boterham zag en bang was om syfilis op te lopen. Doordat hij haar had meegenomen uit het bordeel had hij zich schuldig gemaakt aan ontvoering waardoor ze zich geen van beiden ooit nog konden vertonen in het Chinatown van Vancouver. Ze hielden zich schuil in zo'n klein en afgelegen plaatsje dat zelfs de Dondergod hen niet had kunnen vinden. Ze slaagde er daar niet in een Chinese kruidengenezer op het spoor te komen. Uiteindelijk wist missionaris Andrew voor haar de hand te leggen op wat arsfenamine waarmee ze haar syfilis kon genezen.

Uiteindelijk liet Kam Shan zich vermurwen en werd hij intiem met haar. Vanaf de eerste keer wist ze dat ze hem een kind wilde schenken. Hij sprak kwaad over de afwijzing door zijn vader, maar ze wist dat deze woede slechts de buitenlaag was. Daaronder ging het hart van een goede zoon schuil. Zolang zijn vader en hij ruzie hadden, kon hij niet voorgoed ergens met haar gaan wonen en haar fatsoenlijk trouwen. Een kleinkind was het enige wat de twee mannen zou kunnen verzoenen. Dan moest dat natuurlijk wel een jongen zijn.

Ten behoeve van Kam Shan had ze allerlei middelen – afkomstig van de Chinezen, de blanken en de roodhuiden – op zichzelf toegepast. Ze had die tot bouillon gekookt, tot as verbrand, tot poeder gestampt, vermengd met pannenkoekendeeg en met spuiten geïnjecteerd. In tien jaar tijd nam ze genoeg middelen om de Naamloze Rivier mee te kunnen dempen, maar haar buik bleef even plat als altijd.

Haar onvruchtbaarheid deed het zelfvertrouwen van Kattenogen geen goed. Ze kon alleen maar hulpeloos toekijken als Kam Shan de bloemetjes buitenzette met wilde roodhuidvrouwen in cowboylaarzen en met cowboyhoeden op het hoofd. Ze zaten bij hem op schoot, draaiden zijn sigaretten en plantten die tussen zijn lippen. Soms bleef hij de hele nacht weg. Als hij 's morgens terugkwam, vroeg ze hem nooit waar hij was geweest, maar stak ze alleen maar het fornuis aan om wat havermoutpap op te warmen voor zijn ontbijt.

Op het moment dat ze ervan overtuigd was nooit zwanger te zullen worden, gebeurde dat uiteindelijk toch. In eerste instantie dacht ze, terwijl ze boven de gootsteen het hart uit het lijf kotste, dat ze ziek was geworden van het middel dat ze had geslikt. Maar toen ze na drie maanden nog niet ongesteld was, besefte ze dat ze zwanger was. Ze vertelde het Kam Shan pas op het moment dat ze de eerste bewegingen in haar buik had gevoeld. Kam Shan zei niets, maar begon op een dag zijn fotostudio stukje voor beetje af te breken. De tranen liepen haar over het gezicht. Ze wist dat hij terug naar huis kon en zijn vader weer onder ogen kon komen, en dat zij heel misschien bij hem eveneens voet aan de grond zou krijgen.

Hoewel ze een meisje baarde, was Kattenogen blij en trots. Ze was nog jong. Haar lichaam was een veld waarin de padie was opgeschoten. Vroeg of laat zou het ook tot een jongen leiden. Dat de eerste een meisje was, betekende dat ze hulp zou hebben bij alle jongetjes die hierna werden geboren. Kattenogen besefte niet dat de geboorte van Yin Ling een wonder was geweest, dat zon, regen en aarde eendrachtig hadden samengewerkt om dat toeval te creëren. Ze zou daarna weer vele jaren onvruchtbaar blijven.

Kam Shan was onlangs naar Kanton vertrokken en zou pas aan het begin van de negende maand terugkeren. Dan vierden ze de verjaardag van Yin Ling. In het dorp werd voor jonge meisjes zelden een feest gegeven, maar Zes Vingers had het per se gewild. Yin Ling was haar grootmoeders lust en leven. De baby bracht het grootste deel van de tijd dan ook in de armen van haar grootmoeder door. Kattenogen kreeg amper de kans om het kind zelf te verzorgen tenzij het tijd was voor de borst. Yin Ling was, in de woorden van Zes Vingers, de eerste van de volgende generatie. Haar kleine ronde gezicht, vlezige oorlelletjes en de groef in haar bovenlip waren gunstige voortekenen. Volgens aloude overtuigingen wezen die erop dat ze nog vele broertjes en zusjes in deze wereld zou verwelkomen.

Kam Shan was afgereisd naar Kanton om zijn been te laten behandelen. Nog voor hun schip afmeerde, was Zes Vingers al inlichtingen over artsen gaan inwinnen. Ze was op het spoor gekomen van een hoogaangeschreven kruidengenezer in Kanton die ooit zorg had gedragen voor de gebroken botten en andere kwetsuren van de keizerlijke familie. Hij was op leeftijd en allang met pensioen, maar door twee mu land om te zetten in een grote hoeveelheid zilvergeld was hij uiteindelijk bereid tot een consult met Kam Shan.

Door zijn slechte been kon Kam Shan niet veel lopen of lang blijven staan, wat betekende dat hij er niet op uit kon trekken voor fotografieopdrachten. Nu en dan fotografeerde hij alleen nog wat klanten die hem thuis opzochten. Met zijn vader Ah-Fat was het niet veel beter gesteld: nadat zijn boerderij over de kop was gegaan, maakten zijn schuldeisers hem het leven dusdanig zuur dat hij niet meer naar huis durfde. Wat Kam Ho per maand als loon bij de Hendersons ontving, was niet voldoende om twee families te onderhouden, waardoor Kattenogen gedwongen was geweest op zoek te gaan naar werk. In Chinatown was onlangs een nieuwe eetgelegenheid geopend: het Lycheetuin-restaurant. Daar hadden ze een serveerster gezocht. Kattenogen was er langsgegaan en de chef had haar ogenblikkelijk aangenomen.

Ze begreep wel waarom.

In Chinatown leefden indertijd nauwelijks vrouwen, van wie er bovendien heel weinig buitenshuis werkten. Wie dat wel deed, werd beschouwd als een lichtzinnige vrouw. In het restaurant moest Kattenogen voortdurend de blikken verdragen van mannen die haar met de ogen uitkleedden. Het raakte haar niet. Voor een meisje dat in een bordeel had gewerkt stelden die blikken niets voor. Het interesseerde haar niet of ze haar als een slet beschouwden, zolang haar nieuwe familie maar geen honger had.

Ze werd echter niet alleen in het restaurant in de gaten gehouden. Thuis bleef Kam Shan altijd op haar wachten totdat ze na haar dienst, na middernacht, thuiskwam. Voor het geval dat ze thuis werd gebracht door een man verschool hij zich achter de oude, stoffige gordijnen en keek hij toe hoe ze in haar zakken naar de huissleutel zocht. Voorheen was zij bezorgd geweest over wat híj allemaal deed, maar nu was dat andersom. Dat beviel haar wel. Ze begon bijna te hopen dat zijn been nooit meer beter zou worden.

Toen ze eens laat op de avond van haar werk was thuisgekomen, ging ze zonder het licht aan te doen naar binnen en liep ze door de donkere gang naar de keuken. Kam Shan zei geen woord, maar volgde haar slechts met zijn ogen, die haar verslonden. Ze boende snel haar gezicht schoon en was klaar om naar bed te gaan. Maar Kam Shan had de hele dag thuisgezeten zonder iets omhanden en verlangde naar haar. Hij drukte haar op het bed en duwde zichzelf woest in haar. In het verleden had hij deze moeite slechts hoogstzelden genomen en dan ook nog eens plichtmatig. Nu was het echter alsof hij elke keer dat hij haar zag zijn verlangen niet kon bedwingen. Zijn ogen lichtten dan groen op. Bij wijze van grap zei hij dat ze niet haar, maar hem Kattenogen moesten noemen.

Pas na enige tijd ontdekte ze waarom hij zich zo gedroeg. 'Als die andere mannen je mogen hebben, ik ook,' had hij zich op een gegeven moment dronken laten ontvallen. De volgende dag was hij compleet vergeten dat hij dit had gezegd, maar Kattenogen niet. Zijn woorden knaagden aan haar. Hoewel Kam Shan haar nooit had gemogen, had hij haar wel behoed voor nog meer misbruik en de hongerdood. Dat had hem wel iets gekost, want als gevolg daarvan had hij zijn vader en moeder tien jaar lang niet gezien. Maar hoe wreed zijn woorden ook waren, het waren niet meer dan woorden. Ze sloot zich ervoor af.

Ze maakte zich wel grote zorgen om het feit dat Kam Shan een overtocht naar China had geboekt. Kam Ho had steeds geld opzijgelegd om zijn moeder te laten overkomen, maar door de Wet op de Uitsluiting van de Chinezen kon ze de oversteek nu niet meer maken. In plaats daarvan had Kam Ho van het geld Kam Shans overtocht betaald. Zes Vingers wilde graag haar eerste kleinkind zien. Kattenogen ging mee omdat een baby nu eenmaal niet zonder haar moeder kon. Ze maakte zich zorgen omdat zij en Kam Shan de traditionele huwelijksceremonieën niet hadden uitgevoerd en dorpsmeisjes maar wat graag een echtgenoot uit de Gouden Bergen aan de haak wilden slaan. Als Kam Shan van plan was om tijdens zijn verblijf in het dorp een fatsoenlijke bruid uit te kiezen, dan kon Kattenogen daar absoluut niets tegen doen.

Het laatste stukje van hun reis, van hun aankomst in Aansporing tot aan de diaolou, legden zij op hun knieën af om respect te betonen aan Kam Shans moeder. Zes Vingers verwelkomde hen en zei Kattenogen op te staan. 'Wat is je schoolnaam?'

Kattenogen begreep haar niet. 'Wat is een schoolnaam?'

Zes Vingers legde het haar uit: 'De naam die de onderwijzer je geeft op je eerste schooldag.'

'Moeder, Kattenogen heeft nog nooit een school gezien,' zei Kam Shan, 'laat staan dat ze er voet over de drempel heeft gezet.'

Op Kam Shans woorden begonnen de buren en de familie, die opeengepropt in de hal van de diaolou stonden, te brullen van het lachen. Kattenogen wist dat iedereen in het huishouden van de Fongs, de ploegossen incluis, kon lezen en schrijven. Zes Vingers had het iedereen geleerd. Ze wist ook dat de Fongs haar tot het mikpunt van hun spot zouden maken nu ze bekendstond als analfabete. Haar eigen man had haar als eerste belachelijk gemaakt en iedereen zou hem daarin volgen. Haar schoonmoeder lachte even, maar Kattenogen merkte dat niet op omdat ze hard op zoek was naar een muur waartegen ze haar hoofd kon slaan. Had ik nu maar het leven gelaten in het bordeel, dacht ze bedroefd, in plaats van veroordeeld te zijn tot deze ellende en vernederingen.

Kam Shan pakte Yin Ling uit haar armen en gaf de baby over aan zijn moeder. Ondertussen fluisterde hij duidelijk hoorbaar in haar oor: 'Ze kan dan misschien niet lezen en schrijven, ze verdient goed. De helft van de velden die je de laatste jaren hebt gekocht, heb je aan haar te danken.'

Kattenogen was Kam Shan dankbaar voor deze reddingsboei. Haar man had haar tekortkomingen geopenbaard, maar dat had iedereen kunnen doen. Hij was echter de enige die haar waarde voor het voetlicht kon brengen, zoals hij nu ook had gedaan. De hele reis had ze zich zorgen gemaakt, maar nu brak eindelijk de zon door en keerde de rust terug in haar hart.

Yin Ling werd wakker en begon rusteloos te trappelen in haar draagzak. De banden rond de borsten van Kattenogen werden strakgetrokken en ze voelde hoe een warme guts melk haar jasje bevochtigde. Na een aantal maanden in het dorp had ze zich eindelijk kunnen aanleren om net als de dorpsvrouwen haar baby in alle openbaarheid de borst te geven. Maar in tegenstelling tot hen hield ze het hoofd van haar kind voor haar ontblote borst zodat die nauwelijks te zien was.

Het was nog vroeg. Alle hanen in het dorp kraaiden. De vrouwen die al waren opgestaan dreven hun kippen naar buiten naar de dorsvloer. De honden volgden hen. Hun staarten zwiepten, terwijl ze de door de dauw vochtig geworden kippenuitwerpselen oplikten. Door elke porie van haar lichaam zoog Kattenogen de vochtige lucht naar binnen. Het was hier best vredig als je maar vroeg genoeg opstond, bedacht ze.

Ze gaapte lui. Juist op dat moment verschenen de dochter en schoondochter van meneer Au, de kleermaker van het dorp, op de rivieroever. Meteen nadat Kam Shan met zijn gezin was gearriveerd, had Zes Vingers de kleermaker ontboden en hem opgedragen voor hen een stel zomer- en winterkleren te maken. De jonge vrouwen waren met hem meegekomen en hadden de knoopsgaten gemaakt. Zodoende kende Kattenogen hen van gezicht. De Fongs mochten dan neerkijken op de familie Au, maar de kleermaker genoot toch enig aanzien. Zijn aanwezigheid en die van zijn dochters werd getolereerd zolang hun diensten nodig waren.

De dochter was nog maar twaalf. Toen ze met haar wasmand en de stok waarmee ze op het vuile goed sloeg langs Kattenogen liep, viel haar oog op het stuk zeep in haar mand. Ze stopte en pakte het op. Zeep was voor de dorpelingen een bezienswaardigheid. Het meisje smeerde het rijkelijk uit over alle kleding en haar handen totdat zich een dikke laag schuim had gevormd. Kattenogen ergerde zich in stilte: telkens als ze ging wassen en andere vrouwen tegen het lijf liep, ging haar zeep van hand tot hand totdat er nauwelijks iets van over was. Inmiddels sneed ze voor ze naar de rivier ging de zeep in kleinere stukken, maar dat leidde er alleen maar toe dat de vrouwen er nu niets meer van overlieten.

'Kattenogen, heb je er altijd al zo uitgezien?' vroeg de schoondochter.

'Nee. Volgens mijn moeder ben ik als kleuter een keer 's morgens zo wakker geworden.'

De jonge vrouw boog zich naar Kattenogen toe en tuurde in haar ogen. 'Waren je voorouders van die harige yeung fan?'

Kattenogen bromde. 'Lang niet zo harig als jouw moeder.' De vrouw begon vrolijk te lachen en het meisje hinnikte met haar mee. Ze neigde nog tot ondeugendheid en deed slechts alsof ze de kleren waste door onder dekking van de schuimlaag alleen maar in haar handen te wrijven.

'Die zeep van de Gouden Bergen is erg goed. De driedoornpeulen die we thuis gebruiken om mee te wassen leveren lang niet zoveel schuim op, ook al wrijf je je de huid van je handen,' zei ze met een diepe zucht.

'Als je zo dol bent op de Gouden Bergen moet je Kattenogen vragen of je misschien Kam Shans tweede vrouw kunt worden. Dan mag je met hen mee naar de Gouden Bergen,' zei de schoondochter.

Het meisje werd vuurrood en ook Kattenogen bloosde. Na even zwijgen zei ze: 'Zelfs als je zijn eerste vrouw was, zou je niet naar de Gouden Bergen kunnen. De overheid laat niemand meer toe.'

'Dat zou haar niks uitmaken,' zei de schoondochter. 'Ze zou als zijn jongste vrouw in de diaolou met allemaal bedienden om zich heen de hele dag plakrijst kunnen eten. Dat is beter dan zoals wij leven: alleen maar naaien, naaien tot we geen naald meer kunnen zien en verder zuinig zijn met alles.'

Kattenogen wilde zeggen dat het leven in de Gouden Bergen ook moeilijk was, maar ze besefte dat zoiets hun een leugen leek en hield zich in. In plaats daarvan boog ze zwijgend het hoofd over de baby aan haar borst.

De schoondochter van de kleermaker stond op het punt om zich naar het water te begeven toen haar aandacht werd getrokken door de mand van Kattenogen. Ze hurkte neer en begon de vuile was te doorzoeken. Op de bodem vond ze een lang, dun en doorzichtig kledingstuk. Ze trok het tevoorschijn en vroeg aan Kattenogen: 'Wat is dit?'

Kattenogen was klaar met het voeden van Yin Ling, knoopte haar jasje dicht en wierp een blik opzij. 'Zijden kousen,' antwoordde ze.

'Hoe kunnen dit nu kousen zijn? Ze zijn veel te dun om de kou tegen te houden. Je kunt net zo goed niets aantrekken.'

Kattenogen glimlachte. 'Wat weet jij nou van kousen? De mannen in de Gouden Bergen houden ervan dat hun vrouwen zulke kousen dragen. Ze houden ervan dat het lijkt alsof je niets hebt aangetrokken.'

De vrouw spreidde de kousen uiteen over haar vingers en hield ze omhoog terwijl ze erdoorheen tuurde. Het zonlicht filterde door de dunne stof heen en wierp sterrenpatronen van licht. Daarna sloot ze haar vuist om de kousen.

'Kattenogen, mag ik ze alsjeblieft een paar dagen lenen om mijn man te behagen?'

'Nee, dat kan niet,' antwoordde Kattenogen. 'Kam Shan heeft ze voor me gekocht. Hij wordt boos als jij ermee vandoor gaat.' Ze wilde ze terugpakken uit de hand van de schoondochter, maar die kneep haar vuist zo hard samen dat de aderen grijsblauw opzwollen.

'Het zijn maar kousen! Maak je niet zo druk, Kattenogen.' Ze vervolgde hatelijk: 'Per slot van rekening heb jij tijdens je werk in de Gouden Bergen al alles gezien wat er te zien valt.'

Kattenogen zag een diepe afgrond voor zich opengaan. Hoe hard ze ook haar best deed zich hier staande te houden, ze wist dat ze er uiteindelijk in zou vallen. In gedachten zag ze voor zich hoe het gezicht van Zes Vingers telkens betrok als ze haar aankeek. Eindelijk was het haar duidelijk: dat had weinig te maken met het feit dat ze niet kon lezen en schrijven, maar alles met haar verleden. Dat zou haar blijven achtervolgen. Het was onmogelijk om te ontsnappen aan de duistere schaduw die dit over haar leven wierp.

Plotseling betrok de lucht. De zonnestralen smoorden in de wolken nog voor ze hun kracht hadden kunnen laten gelden. Kattenogen propte Yin Ling snel terug in de draagzak, pakte haar mand met het nog ongewassen goed en haastte zich terug naar de diaolou.

Ze wilde hier niet langer blijven, geen dag meer.

Het negentiende jaar van de Republiek (1930), het dorp Aansporing, Hoi Ping, China

Zes Vingers ontwaakte voordat de haan kraaide. Ze was wakker geworden door een onbetekenende gedachte, niet groter dan een mosterdzaadje. Maar hoe ouder ze werd, hoe lichter ze sliep en dan kon ze inderdaad wakker worden van iets wat zo klein als een mosterdzaadje leek.

Zes Vingers was wakker geworden door de gedachte aan varkenspootjes gesmoord in gember. Ze had ze gisteravond al opgezet en inmiddels waren ze bijna klaar. Ze hoefde ze alleen nog maar opnieuw op te warmen en er een scheut rijstewijn bij te doen, maar dat moest wel zorgvuldig gebeuren. Het mocht niet te snel en ook niet te langzaam gaan koken, zodat het vlees zijdezacht werd en bijna van het bot viel. Het huishouden van de Fongs beschikte over een kok voor het bereiden van de maaltijden, maar zelfs hij kon niet zulke lekkere in gember gesmoorde varkenspootjes klaarmaken als Zes Vingers. Haar oudere zus had het recept na haar huwelijk met Roodhaar gekregen en de bereiding ervan ook aan Zes Vingers geleerd. Zoals zij het gerecht bereidde, dreef er een laag helderrode olie boven op de pootjes en smolt het vlees bijna op je tong. Haar dochter Kam Sau kon rustig een hele kom naar binnen werken.

Kam Sau was vorig jaar in Kanton begonnen aan haar opleiding tot onderwijzeres. Tijdens haar middelbareschooltijd was ze in de weekenden altijd naar huis gekomen, maar nu lukte haar dat nog maar eens in de paar maanden, of tijdens oogsttijd wanneer de studenten vrijaf kregen om hun families te gaan helpen. Zes Vingers miste haar dochter.

Vandaag was een van die zeldzame dagen in het jaar dat ze thuis was. Ze lag boven te slapen. Haar zoon Kam Shan had haar zes jaar geleden nog bezocht, samen met die vrouw met wie hij nooit officieel was getrouwd, en zijn dochter Yin Ling. Ze waren bijna twee jaar gebleven en Kam Shan had in die periode heel veel geld uitgegeven aan de behandeling van zijn manke been. Toen dit zonder resultaat bleef, waren ze teruggekeerd naar de Gouden Bergen. Zes Vingers wist niet wanneer zij hen opnieuw zou zien.

Kam Ho had het dorp vorig jaar bezocht om te trouwen. Hij bleef lang genoeg om zijn vrouw zwanger te maken, waarna hij meteen naar de Gouden Bergen was teruggegaan, omdat hij naar zijn zeggen niet langer mocht blijven van zijn bazen.

Zes Vingers had het gevoel dat ze al haar energie gestoken had in het groot en sterk maken van de mannen in haar leven, alleen maar om ze vervolgens te deponeren in de maag van de leeuw die de Gouden Bergen heette. Ze vocht een bittere strijd uit met die leeuw, maar zou nooit kunnen winnen. Tegen de tijd dat haar dochter groot genoeg was geweest, had het parlement van de Gouden Bergen de Wet op de Uitsluiting van de Chinezen aangenomen. De mannen van de Gouden Bergen waren daar woest over, maar Zes Vingers had er vrede mee. In het geheim deed het haar zelfs genoegen, want zo hield ze ten minste één kind thuis.

Kam Sau volgde haar opleiding in Kanton samen met Ah-Yuen, de zoon van Mak Dau. Al haar leven lang had Kam Sau onderwijzeres willen worden. Haar ambitie was om met Ah-Yuen na hun afstuderen een school op te zetten in het dorp. De school in de nabijgelegen stad werd gefinancierd door de mannen van de Gouden Bergen, dus alleen hun kinderen werden toegelaten. Kam Sau wilde echter dat haar school voor alle kinderen toegankelijk was, inclusief de kinderen van boeren, vissers en huisknechten. Er zou geen inschrijfgeld betaald hoeven worden en bovendien zorgde de school voor de middagmaaltijd. Kam Sau was, net als haar moeder, altijd al een hartstochtelijk voorvechtster van geletterdheid geweest. Als ze thuiskwam van school, verzamelde ze altijd de kinderen van de bedienden om zich heen om hun te leren lezen en rekenen. Als pasgetrouwde vrouw had Zes Vingers alle bedienden van de Fongs de beginselen van het lezen en schrijven bijgebracht. Nu onderwees Kam Sau hun kinderen.

Zes Vingers mocht Kam Sau dan missen, ze vond wel troost in het feit dat haar dochter, in tegenstelling tot de meeste meisjes, na haar trouwen niet het huis zou verlaten. Zij en Ah-Yuen zouden snel naar huis terugkeren om voorgoed te blijven. Ah-Yuen was in de diaolou opgegroeid en zou de inwonende schoonzoon van de Fongs worden. Nu Zes Vingers niet op de aanwezigheid van haar twee eigen zoons kon rekenen, had ze in elk geval Ah-Yuen om zich heen. Zes Vingers beschouwde deze plichtsgetrouwe en goedhartige knul als haar eigen kind.

Ze verliet de slaapkamer op haar tenen in de hoop Kam Sau niet te wekken. Toen ze op het punt stond de trap af te gaan zag ze een streep licht onder Kam Sau's slaapkamerdeur door. Kam Sau had de oude kamer van mevrouw Mak, die grensde aan de kamer van Zes Vingers. Ze duwde de deur open en zag dat haar dochter zittend op bed in een boek was verdiept.

Kam Sau was een boekenwurm. Ze zat met haar neus altijd zo dicht op de pagina's dat het leek alsof ze hun geur opsnoof. 'Rare meid,' zei Zes Vingers, 'heb je de hele nacht gelezen?'

Kam Sau bromde wat en reageerde uiteindelijk met: 'Ik was net van plan te gaan slapen.'

'Als je zo doorgaat, word je nog eens scheel. Dan is er niemand die nog met je wil trouwen,' vermaande Zes Vingers haar dochter.

Kam Sau begon te giechelen. 'Is dat niet precies wat je wilt? Dan kan ik altijd voor je zorgen.'

Zes Vingers begon ook te lachen: 'Dan komt Mak Dau achter me aan met een geweer. Hij wil maar al te graag een schoondochter.'

Kam Sau bloosde.

Zes Vingers ging op het bed zitten en begon over haar dochters voeten te wrijven. 'Ze geven je te weinig te eten op school,' zei ze. 'Je wordt mager.' De waarheid was dat Kam Sau op haar zeventiende een jonge uitvoering van de stevige en sterke Kam Shan was. Ze was haar hele leven nog geen dag ziek geweest. Zes Vingers kon er echter niets aan doen dat ze haar dochter graag beschermde.

Zes Vingers bladerde vluchtig door het boek dat Kam Sau aan het lezen was en dat *De gids* was getiteld. Ze las even op de pagina waaraan Kam Sau een ezelsoor had gemaakt en zag woorden en zinsneden staan als 'imperialisten', 'uitheemse feodale klasse', 'steun aan krijgsheren', 'onderdrukking van de revolutie van het volk'. Zes Vingers begreep er niets van. De boeken die haar dochter las, leken niet op die uit haar eigen jeugd. Ze kende de woorden, maar in dit verband zeiden ze haar niets. 'Worden met "imperialisten" de buitenlanders bedoeld?' vroeg ze.

Kam Sau gaf geen antwoord op haar vraag. In plaats daarvan vroeg ze: 'Moeder, weet je nog dat de Britten en Fransen een paar jaar geleden op het eiland Shamin met machinegeweren Chinezen hebben neergemaaid?'

'Ja, natuurlijk weet ik dat nog,' zei Zes Vingers. 'Er zijn heel veel doden gevallen.'

'Maar moeder, weet jij waarom ze moesten sterven?'

Zes Vingers schudde het hoofd.

'Het begon met de Japanners die in Sjanghai textielarbeiders hadden doodgeschoten,' vertelde haar dochter. 'Vervolgens ging de bevolking van Sjanghai protesteren. De Britten schoten daarbij dertien demonstranten dood. De inwoners van Hongkong en Kanton betuigden slechts hun steun aan de textielarbeiders, maar ook zij werden neergeschoten. De Japanners en de westerlingen houden zich in hun eigen land keurig aan de wet, maar zodra ze hier zijn denken ze dat ze mogen doen en laten wat ze willen.'

'Het is de schuld van de armoede. Een arm land als het onze is geen partij voor de grootmachten in de wereld,' verzuchtte Zes Vingers. 'Het zijn altijd de armen en zwakken onder aan de ladder die de volle laag krijgen.'

'Niet armoede is het probleem,' reageerde Kam Sau, 'maar onwetendheid. Daarom wil ik hier een school opzetten. Door onderwijs worden mensen bewust van alles en komen ze wel in verzet als die buitenlanders ons wreed behandelen.'

'Maar hebben we het ook niet aan de buitenlanders te danken dat je vader en je broers zoveel verdienen dat we hier al dat land kunnen kopen en in dit huis wonen?' bracht Zes Vingers tegen Kam Sau in.

Haar dochter trok haar wenkbrauwen op. Van verontwaardiging ging haar stem een stuk de hoogte in: 'Als mijn vader en zijn vrienden niet hun leven hadden gewaagd om die spoorweg aan te leggen, was de Gouden Bergen nog altijd een wildernis geweest!'

Zes Vingers begon spottend te lachen: 'Waar heb je al die kennis in dat hoofdje van je vandaan?'

'Meneer Auyung heeft me dit verteld. Hij weet alles.' Meneer Auyung Yuk Shan was leraar Chinees. Kam Sau, Ah-Yuen en de andere studenten aan wie hij lesgaf, adoreerden hem.

'Toen je vader jong was, kende hij ene meneer Auyung Ming. Die wist ook alles. Misschien zijn ze wel familie,' zei Zes Vingers.

Terwijl ze zo aan het praten waren, werd het langzaamaan dag en begonnen de hanen te kraaien. 'Heb je honger?' vroeg Zes Vingers. Kam Sau schudde het hoofd.

'Wacht dan maar totdat ik mijn in gember gesmoorde varkens-pootjes heb opgewarmd,' zei haar moeder. 'Dan krijg je vanzelf honger.'

Het noemen van dat gerecht wekte ogenblikkelijk Kam Sau's eetlust op. Het water liep haar in de mond en haar maag begon te rommelen. Ze stapte uit bed, liep naar het raam en keek naar buiten. Bij de put op het erf zaten een oude en jonge man op krukjes de geweren van de familie schoon te maken. Het waren Mak Dau en zijn zoon Ah-Yuen.

Mak Dau was een wapenfanaat. Hij drong er bij Zes Vingers voortdurend op aan om er meer te kopen. Ze waren duur, maar de verder altijd zo zuinige Zes Vingers kocht ze zonder blikken of blozen. Het eerste wapen was een ouderwets geweer geweest, gevolgd door een karabijn en een revolver. Twee maanden geleden had Mak Dau ook een Browning gekocht. Ze beschikten nu dus over twee wapens met een lange loop en twee handvuurwapens.

Mak Dau besteedde elk vrij uurtje aan het schoonmaken en oppoetsen van de wapens. Ah-Yuen kon nog maar net lopen toen zijn vader hem al leerde hoe hij een wapen kon demonteren en weer in elkaar zetten. Zes Vingers had hem een uitbrander gegeven omdat hij zo'n klein kind zulke dingen bijbracht, maar Mak Dau had geantwoord: 'Als ik te oud ben om nog een geweer op te tillen, wie anders moet dan de diaolou beschermen?' Daarop had Zes Vingers niets weten te zeggen. Ze gaf Mak Dau toestemming om Ah-Yuen alles over wapens te leren, maar dan alleen op het erf. Zes Vingers wilde ze niet in huis hebben voor het geval er per ongeluk een afging.

Ah-Yuen was groot geworden, opgeschoten als jong gras na een voorjaarsbuitje. Zo naast zijn vader zittend, was het duidelijk dat hij op hem leek, hoewel hij een stuk dunner was. Hij deelde zijn vaders liefde voor geweren en kende alle buiten- en binnenlandse modellen. Van meneer Auyung mocht hij ook boeken over wapentuig lenen. Meneer Auyung vergeleek China met een leeuw met een etterende steenpuist. Als de steenpuist niet op tijd genas, zou de leeuw nooit meer kunnen lopen. Meneer Auyung vroeg zijn leerlingen wat zij vonden dat er moest gebeuren. Als met één stem zei dan iedereen: richt scholen op, onderwijs voor iedereen, zodat mensen zich van zaken bewust worden. Iedereen met uitzondering van Ah-Yuen.

Ah-Yuen vond dat het onderwijzen van mensen te lang duurde en vergeleek het met het toedienen van Chinese geneesmiddelen aan iemand met een acute ziekte. Als het middel te langzaam werkte, was de kans groot dat de patiënt voortijdig overleed. Om de Chinese leeuw te redden was volgens Ah-Yuen een snelle chirurgische ingreep nodig zoals westerse artsen die uitvoerden. Het opbouwen van militaire macht was de enige manier om de westerlingen en Japanners te verjagen en China er weer bovenop te helpen. Ah-Yuen blonk uit op school en was in alles de beste van de klas. Als hij in een verhitte discussie verwikkeld raakte, was hij een en al bravoure. Kam Sau vond dat verleidelijk en beangstigend tegelijk.

De vader van Ah-Yuen maakte al vele jaren deel uit van het huishouden van de Fongs. Al sinds hij Kam Shan en Kam Ho als baby's op zijn rug had gedragen. In het verleden had hij de broers altijd als 'jonge heren' aangeduid, totdat Zes Vingers hem eindelijk had kunnen overreden om hen bij hun gewone namen te noemen. Nadat Ha Kau, de eerste rentmeester van de Fongs, was overleden, kreeg Mak Dau de verantwoordelijkheid over het huis en de boerderij. Hij bleef echter een bediende. Zijn gezin en hij aten samen met de andere bedienden en deden hun was in een ander deel van de rivier dan de Fongs.

Aangezien Ah-Yuen geboren was als de zoon van een bediende, diende hij volgens de traditie zijn leven ook zo te slijten. Zes Vingers had hem echter een nauwelijks merkbaar duwtje in een andere richting gegeven door hem, evenals haar dochter, naar de beste school in de wijde omtrek te sturen. Zo kwam het dat de blik van de jongen nu verder reikte dan de grenzen van zijn geboortedorp. Ah-Yuen was vlugger van begrip en schranderder dan Kam Sau. Waar zij gewoon vorderde, vloog hij voor haar uit en wees haar de weg.

Ah-Yuen gedroeg zich altijd heel attent ten opzichte van Kam Sau, maar nooit op de nederige manier van zijn vader. Kam Sau wist dat haar moeder Ah-Yuen als haar inwonende schoonzoon wenste. Ze plaveide de weg voor hem, zorgde ervoor dat hij zijn trots kon behouden zodat hij straks als een achtenswaardige jongeman de bruidskamer kon betreden. In de ogen van de dorpsbewoners mocht het dan weinig respectabel zijn om in te trekken bij de bruid, in de ogen van zijn toekomstige schoonmoeder was dat niet het geval. Zes Vingers was oneindig slim. Ze zorgde er altijd voor dat ze kreeg wat ze wilde.

Toen Kam Sau beneden kwam had haar moeder het fornuis al ontstoken en warmden de gisteravond bereide varkenspootjes langzaam op. Terwijl de dril zacht werd en smolt, trok een verrukkelijke geur door het huis. Wachtend op het moment dat het gerecht klaar was, tastte Zes Vingers in haar zakken naar een bamboekam om haar dochters haar te doen. Ze haalde de vlechten uit waarna Kam Sau's dikke, glanzende haar over haar knieën viel. De scherpe tanden van de kam sneden erdoorheen als een mes door de boter. Kam Sau gaf zich over aan het aangename gevoel dat de regelmatige halen van de kam haar gaf.

Ze leunde achterover tegen haar moeder aan en vroeg zonder bijzondere reden: 'Breng je mijn schoonzus ook een schaaltje varkenspootjes?' Ze doelde op de vrouw van Kam Ho.

'Ze heeft zelf ook benen, toch? En een rat met honger vindt altijd wel iets te eten.'

Kam Sau giechelde. 'Je bent echt op haar gesteld, hè moeder.'

'Ze draagt het volgende kleinkind van de Fongs. Wat er ook gebeurt, ik zal goed voor haar zorgen, maar in mijn hele leven ben ik nog nooit zo'n duf wezen tegengekomen als zij. Er zit nog meer leven in de boom op het erf. Toen Kam Ho terugging naar de Gouden Bergen en we hem met zijn allen naar de rand van het dorp brachten, zei zelfs de vrouw van Mak Dau nog: "Schrijf ons, Kam Ho, als je behouden bent aangekomen. Dan hoeft je moeder zich geen zorgen te maken." Maar die sufkop zei helemaal niets tot op het allerlaatste moment. En zelfs toen kraamde ze slechts kolder uit.'

Kam Sau barstte in lachen uit. 'Zo praatte je vroeger nooit, moeder. Je bent nog erger dan de bedienden.'

'Weet je wat ze zei?' vervolgde Zes Vingers. 'Ze flapte eruit dat haar broer aan het einde van het jaar het geld voor een bruidsschat moest opbrengen. Als dat geen kolder is, weet ik het ook niet meer. Je broer stuurt elke cent die hij verdient naar huis, en dan wil zij dat hij ook nog eens haar familie gaat ondersteunen?'

'Maar duf of niet, jij hebt haar uitgekozen. Mijn broer had haar nog nooit gezien op het moment dat hij haar naar de bruidskamer bracht. Je kunt het alleen jezelf kwalijk nemen.'

Kam Sau durfde als enige uit de familie zo direct te zijn tegen Zes

Vingers. 'Op de foto zag ze eruit als een degelijke jonge vrouw,' verzuchtte haar moeder. 'Tijdens ons bezoek aan haar was ze beleefd, al zei ze niet veel. Wie had gedacht dat ze zo zou blijken te zijn? Het had ook geen zin om haar te leren lezen. De karakters gingen het ene oor in en het andere uit.'

'Waarom geen "huwelijk uit liefde", waarover meneer Auyung het altijd heeft?' vroeg Kam Sau. 'Als Kam Ho haar eerst had leren kennen, was hij nooit met haar getrouwd.'

'Maar mannen hebben toch niks te vrezen wat dat betreft,' riep haar moeder uit. 'Als de een ze niet bevalt, kunnen ze op zoek naar een ander om mee te trouwen. Maar vrouwen kunnen niet kiezen. Die moeten het doen met wat ze hebben, of die man nu deugt of niet.'

'Wat een ouderwetse manier van denken, moeder,' zei Kam Sau. 'Zelfs Wen Xiu, de keizerlijke concubine, is het gelukt om van keizer Xuantong te scheiden. Waarom zouden andere vrouwen dat dan niet kunnen?'

Kam Sau tilde haar hoofd op zodat Zes Vingers haar haar kon gaan vlechten. Ze zag haar moeders gezicht betrekken en glimlachte. 'Zijn vader en jij echt uit liefde getrouwd?' vroeg ze. 'Mijn oudtante zegt dat vader voor jou een verloving met een ander meisje heeft verbroken en dat hij haar af heeft moeten kopen met alle spullen die hij had meegebracht uit de Gouden Bergen. Klopt dat?'

Zes Vingers zweeg even. Uiteindelijk zei ze met tegenzin in haar stem: 'Hij kocht haar af door een paar koffers uit de Gouden Bergen aan haar af te staan, maar ik betaalde bijna met mijn leven, dus wat mij betreft staan we quitte.'

'Dus vader en jij zijn inderdaad uit liefde getrouwd!' zei Kam Sau met een triomfantelijke glimlach, 'Maar mijn broer mocht dat niet. Moeder, je bent een despoot.'

Zes Vingers wist niet wat een despoot was, maar de rest van wat Kam Sau zei was begrijpelijk genoeg. 'En wat is er dan zo geweldig aan trouwen uit liefde?' riep ze uit. 'Ik was nog maar achttien toen ik met je vader trouwde. In dertig jaar tijd is hij maar drie keer naar huis gekomen. De laatste keer dat hij wegging, zat jij nog in mijn buik. Hij is nu over de zestig, maar weigert naar huis terug te keren voordat hij het allerlaatste goud heeft gedolven. Maar zelfs als hij morgen thuis zou komen, is al de zoete nectar al verdwenen en opgedroogd. Wat heeft dat dan nog voor zin?'

Kam Sau's glimlach vervaagde terwijl Zes Vingers zo sprak. Ze wist er niets op te zeggen. Haar vader had ze nog nooit gezien. Voor haar bestond hij alleen op de foto's en in de dollarbrieven die hij vanuit de Gouden Bergen naar huis stuurde. Soms, als Zes Vingers de brieven voorlas die hij had gestuurd, zag ze hoe haar moeder ervan opvrolijkte.

Ze hoorden een zware tred op de trap. Kam Sau hoefde het hoofd niet om te draaien om te weten dat het haar schoonzus Ah-Hsien was die naar beneden kwam. Ze was inmiddels hoogzwanger en liep alsof ze een grote houten emmer achter zich aan sleepte. Bij haar aankomst in de keuken droop ze al van het zweet. Ze bleef staan en vroeg: 'Zijn de varkenspootjes klaar?'

Zes Vingers schonk haar een koude glimlach. 'Ik neem aan dat je die vraag aan mij stelt? Ik ben toevallig je schoonmoeder, maar het kan zijn dat je moeder je geen manieren heeft bijgebracht.'

'Ja, moeder,' zei het meisje doods.

Ah-Hsien zag er niet uit: ze had de slaap nog in haar ogen, haar tuniek zat scheef dichtgeknoopt waardoor het ene pand lager hing dan het andere, en haar voeten waren zo opgezwollen dat haar katoenen schoenen open dreigden te scheuren.

'Wil je als je volgende keer naar beneden komt eerst je gezicht wassen en je haar kammen? Je wilt toch niet dat de bedienden je zo zien?'

Ah-Hsien richtte haar blik op de grond en zei niets. Ze pufte en hijgde als een os. Kam Sau bracht haar een kruk. Ah-Hsien liet zich erop vallen waardoor een van de poten doorboog. Voordat ze weer kon opstaan, klonk er een luid gekraak en spleet de poot in tweeën. Ah-Hsien plofte als een zak rijst op de vloer.

Zes Vingers en Kam Sau renden op haar af om haar overeind te helpen, maar Ah-Hsien zakte hulpeloos onderuit. Terwijl het dode gewicht van haar lijf de twee andere vrouwen omlaag trok, schreeuwde Zes Vingers woest: 'Waarom ging je dan ook op de rand van de kruk zitten? Zat er in het midden soms een luis die in je kont wilde bijten?'

Ze was nog niet uitgesproken of Kam Sau slaakte een luide kreet. Met een hand trillend als een espenblad wees ze naar de onderkant van Ah-Hsiens broekspijpen.

Iets roods vloeide langs haar benen en verzamelde zich op de vloer.

Bloed.

In de eerste uren van de volgende dag baarde Ah-Hsien een jongetje genaamd Fong Yiu Kei. Hij was de eerste kleinzoon binnen de familie Fong.

Het drieëntwintigste jaar van de Republiek (1934), Vancouver, Brits-Columbia

Yin Ling werd wakker van een luide klap. Ze had gedroomd over Johnny. Johnny en zij volgden samen lessen in etiquette bij juffrouw Watson.

Alle vijfdeklassers moesten de lessen volgen. Het gezicht van juffrouw Watson, hun lerares, stond continu strak van afkeuring. Ze was uiterst precies in het hun bijbrengen van de etiquetteregels, zoals die voor het juiste bestek bij een officieel diner of de geschikte kleding voor een maatschappelijke bijeenkomst. Ze leerde hun ook de wals, de foxtrot en de tango. Yin Ling kon voor de andere lessen, met name voor natuurkunde en geschiedenis, maar weinig interesse opbrengen. Doorgaans sukkelde ze tijdens het eerste kwartier al in slaap. Haar leraren gaven haar echter zo vaak een uitbrander dat ze leerde in slaap te vallen met haar ogen open waardoor ze geen ongewenste aandacht meer trok.

Bij de etiquettelessen lette ze echter altijd goed op, al was er in feite maar één onderdeel dat haar echt interesseerde: stijldansen.

Juffrouw Watson liet de jongens en meisjes altijd met elkaar dansen, waarbij ze bij elke nieuwe dans van partner moesten wisselen. Ze kregen de lessen nu al een aantal weken en de volgende week zouden ze de tango gaan doen. Steeds als ze van partner wisselden werd Yin Ling opgezadeld met een of ander sulletje, maar ze bleef stiekem hopen dat ooit haar droomwens in vervulling zou gaan.

Die droomwens was dansen met Johnny.

Johnny was de langste en meest gespierde jongen van de klas. Hij had maïsblond haar met woeste krullen, die als zijn haar nat was in pijpenkrulletjes veranderden. Hij droeg zijn schooluniform zelden of nooit volgens de regels. De ene keer hing er een mouw van zijn overhemd los, de andere keer had hij het bovenste knoopje niet dicht. Johnny was ook in andere opzichten een durfal. Als juffrouw Watson tijdens een onderbreking even haar neus ging poederen, stak hij snel een sigaret op. Als hij rookte, kneep hij zijn ogen half dicht, helde hij zijn hoofd naar achteren en zette hij een blik op alsof de wereld aan zijn voeten lag.

En dan was er nog zijn gitaar. Met zijn muziek raakte hij iedereen tot in het diepst van hun hart. Zijn spel dreef de meisjes tot waanzin. Yin Ling besefte donders goed dat ieder meisje ervan droomde hem bij de hand te nemen en samen de tango te dansen. Ze bestierf het bijna bij de gedachte dat ze neerzeeg in de bocht van zijn arm en ondertussen haar been de hoogte in zwaaide.

Overdag durfde ze zulke dingen niet te denken. Dan was ze ook niet meer dan een klein spichtig Chinees meisje met spleetogen aan wie Johnny's blik nooit bleef hangen. 's Nachts was dat echter anders. Dan gingen haar dromen tekeer als dolle stieren. Vannacht had ze bijvoorbeeld gedroomd dat ze tijdens de les van juffrouw Watson haar hand in die van Johnny had gelegd. Voordat ze had kunnen opkijken naar zijn hazelnootbruine ogen, had een enorme klap haar echter wakker geschud.

Ze lag een tijdje in bed met haar handen op haar bonzende hart gedrukt, voordat ze besefte dat het haar vader en moeder waren die ruziemaakten.

Yin Ling had al een hele tijd niet meer met haar moeder kunnen praten. Soms zagen ze elkaar een hele week niet. Haar moeder kwam altijd pas na middernacht thuis van haar werk en als Yin Ling 's ochtends opstond om naar school te gaan, sliep ze nog. Yin Ling wilde al maanden dat haar moeder haar een keer meenam naar het warenhuis op Dupont Street om een nieuwe jas te kopen. De jas die ze nu droeg was een oude, vermaakte jas van haar moeder. De mouwen waren aan het uiteinde tot op de draad versleten en bij de zak zat een zwart brandgaatje van haar vaders sigaret. Haar moeder had op maandag altijd vrij. Maandagavond was de enige avond waarop ze samen konden eten en praten. Vandaag was het maandag.

Tijdens het eten had zowel Yin Ling als Kattenogen met haar gedachten elders gezeten. Haar moeder at normaal altijd in het restaurant. Als ze thuis at, was de sfeer aan tafel altijd zo gespannen dat Yin Ling het als vrijwel onmogelijk ervoer om een gesprek te beginnen, vooral niet over geldzaken.

Het ging nog altijd even slecht met haar vaders been. Afgezien van het af en toe maken van een portret was hij niet tot lichamelijke arbeid in staat. Wat hij per maand binnenbracht was amper genoeg om zijn sigaretten van te betalen. Het eethuis van haar grootvader draaide nog, maar na betaling van de kok en de huur hield hij maar net genoeg over voor een kaartje voor de Kantonese opera.

Yin Ling had haar moeder vaak genoeg over het eethuisje horen fluisteren tegen haar vader. 'Hoe kan het dat hij geen rode cijfers draait?' zei ze dan. 'Als hij erop verliest, moet hij de tent gewoon sluiten.' Dan schreeuwde haar vader tegen Kattenogen dat ze haar mond moest houden, maar Yin Ling wist dat haar vader er eveneens op hoopte dat haar grootvader de zaak sloot, zij het om een andere reden. Kam Shan wilde graag dat Ah-Fat terugkeerde naar Hoi Ping om daar bij zijn moeder te gaan wonen. Kattenogen wilde juist dat hij thuis wat vaker de handen uit de mouwen zou steken.

Kattenogen was de enige in het huishouden die een normaal salaris binnenbracht. Ze kreeg per week betaald waarna het bedrag in allerlei parten werd opgedeeld.

Eén deel werd opzijgezet om naar grootmoeder te worden gestuurd. Om de paar maanden stuurde Yin Lings grootmoeder een brief met elke keer hetzelfde nieuws: de oogst was tegengevallen, ze had de pacht niet kunnen innen, ze moest zoveel monden te eten geven, het leven werd steeds duurder. Kattenogen kon niet lezen, dus daarom las Kam Shan met luide stem die brieven telkens voor aan zijn vader. Die stem was, zo besefte Kattenogen, in feite tot haar gericht. In het bijzijn van haar schoonvader hield Kattenogen haar mond, maar als hij hen niet kon horen, zei ze tegen Kam Shan: 'Het is nog goedkoper om een boeddhistisch klooster te onderhouden dan jouw familie.' Kam Shan was niet blij met zulke uitspraken, maar hij had zich er maar bij neer te leggen. Kattenogen zorgde met haar loon voor voedsel, kleding en onderdak voor de hele familie. Om dit onverkwikkelijke feit kon Kam Shan slechts de schouders laten hangen.

Yin Lings moeder mocht dan klagen, ze slaagde er aan het einde van elke maand weer in om geld naar Hoi Ping te sturen. Van wat resteerde ging een deel naar de afbetaling van de schulden van haar grootvader. Nadat zijn boerderij over de kop was gegaan, was Ah-Fat achtergebleven met forse schulden. Van tijd tot tijd stonden de schuldeisers weer voor de deur.

Van het salaris van Kattenogen werd ook in de eerste levensbehoeften voorzien. Wanneer de strijd om haar loon was gestreden, resteerden er meestal nog maar een paar centen. Kattenogen klampte zich daar wanhopig aan vast en gebruikte ze doorgaans om wat aardigheidjes voor zichzelf te kopen. Als Yin Ling een nieuwe jas wilde, zou ze dat geld bij haar moeder moeten lospeuteren. Om dat voor elkaar te krijgen, moest ze haar moeder treffen in een van haar zeldzame buien van vrijgevigheid.

Meteen nadat Kattenogen aan tafel was gaan zitten, richtte Yin Ling een zijdelingse blik op haar. Het was onduidelijk in wat voor stemming haar moeder was. Haar grote katachtige ogen met de donkergroene irissen stonden zo onbeweeglijk in haar gezicht dat het leek alsof ze erop geschilderd waren.

Yin Ling had tot dusver in haar leven haar moeder maar één keer hartelijk horen lachen. Dat was op de dag dat haar grootvader met haar vader naar Whitewater was afgereisd om wat oude vrienden te bezoeken uit de dagen van de spooraanleg. Haar moeder had die dag toevallig vrij en wat vriendinnen uit het restaurant uitgenodigd voor een maaltijd bij haar thuis.

Zonder een man over de vloer hadden de vrouwen de bloemetjes eens flink buitengezet en samen twee flessen shaoxingwijn gedronken. Het gezicht van Kattenogen kleurde donkerroze. Uit haar schort had ze een bloemboeketje gevouwen voor in haar haar. Op een gegeven moment was ze enthousiast in de aria *Perzikbloesemrood* uitgebarsten terwijl ze allerlei opera-vingergebaren had gemaakt. Yin Ling was verbijsterd geweest dat haar moeder zo mooi kon zingen. Wanneer grootvader zijn plaat met Kantonese operamuziek opzette, liet ze nooit enig geluid horen.

Toen Kattenogen schor was van het zingen, gingen de vrouwen aan tafel zitten voor een spelletje mahjong. Kattenogen had geluk die dag en veegde iedereen van tafel. Op het laatst bond ze een zakdoek om het gewonnen geld en stuurde ze haar dochter eropuit om snacks voor haar en haar vriendinnen te gaan kopen. In Yin Lings ogen was haar moeder die avond als een door een kei geplette bloem geweest die eindelijk weer eens wat zon had gezien en daardoor tot volle bloei was gekomen. Daarna had ze haar nooit meer zo zien lachen.

Als haar moeders gelaatstrekken zich ontspanden en ze even

rustig ging zitten, was ze een knappe vrouw. Ze kreeg echter zelden de gelegenheid rustig te gaan zitten. In het restaurant liep ze de hele dag waardoor ze een weinig aantrekkelijk loopje had gekregen dat haar oud en triest deed lijken.

Het viel Yin Ling op dat haar moeder anders was gekleed dan normaal. Thuis droeg ze doorgaans een grijze, katoenen tuniek met knopen aan de voorkant. Daarvan had ze er twee: als ze de ene droeg, hing de andere aan de waslijn. Vandaag droeg ze echter een groene jurk met een donker bloemenmotief. Ze had haar krullende haren keurig achter haar oren gedaan en aan één kant vastgezet met een zilveren haarspeld. Dat betekende vast dat ze die avond uit zou gaan, wat ze alleen deed als ze blij of juist gedeprimeerd was. Yin Ling keek toe hoe haar moeder de laatste rijstkorrels uit haar kom opdiepte en waagde het er toen op.

'Moeder, ik wil een nieuwe jas,' mompelde ze in haar kom, die haar woorden leek te weerkaatsen. De oorverdovende galm joeg haar angst aan.

Haar moeder keek verrast als had Yin Ling haar om een hele stapel goud of zilver gevraagd. Ze schonk haar dochter een harde blik. Yin Ling voelde zich daardoor ineenkrimpen als een sneeuwpop in de warme zon.

'En ik zou graag een bontjas willen. Krijg ik daarvoor van jou dan ook geld?' zei ze uiteindelijk kil.

'We kunnen kijken als de kerstuitverkopen beginnen,' zei Kam Shan, wiens hoofd eveneens schuilging in zijn kom. Het was niet duidelijk of hij daarmee doelde op de jas voor Yin Ling of de bontmantel voor Kattenogen.

Kattenogen zette haar kom op tafel. 'Hoorde je dat, Yin Ling? Tegen kerst kun je je vader om geld vragen.'

Yin Ling besefte dat de kans op een nieuwe jas nihil was. Ze zou de oude nog de hele winter naar de etiquettelessen van juffrouw Watson moeten dragen en ermee in het bankje voor Johnny moeten zitten. Die zou haar glanzende, versleten mouwen zien en dan mompelen: 'Die spleetogen zijn ook allemaal hetzelfde!'

Yin Ling voelde haar ogen branden. Als ze nu niet meteen van tafel ging, zouden er tranen van teleurstelling over haar wangen biggelen. Ze deponeerde haar kom en eetstokjes op tafel en vloog de trap op naar haar kamer.

Ze deed haar bedlampje aan. Dat had een peertje van twaalf watt dat een minuscule cirkel van geel licht in het duister van haar slaapkamer verspreidde. Om stroom te besparen, gebruikten ze in het hele huis zulke zwakke lampjes. Yin Ling ging op bed zitten. Moet ik nu echt de rest van mijn leven in een huis als dit doorbrengen, vroeg ze zich af. Hoe lang duurde levenslang? Was dat even lang als de Fraser River of tien keer zo lang? Honderd keer zo lang? Of kwam levenslang overeen met duizend keer de Fraser River? Niet eerder in haar leven had ze zich zo alleen gevoeld.

Geld, geld, geld. Iedereen in huis was altijd druk aan het rekenen met haar moeders salaris en hield de uitkomst voor zichzelf, maar Yin Ling kwam in geen enkele berekening voor.

Ze hoorde voetstappen de trap op komen. Snel deed ze het licht uit, ging in bed liggen en trok de deken over haar hoofd. Ze hoefde even niemand meer te zien. Iemand strompelde door de kamer en struikelde, waarna er een luide klap klonk. Ze wierp de deken van zich af, deed de lamp aan en zag haar grootvader, die mompelend over zijn knie wreef.

Hij haalde iets uit zijn zak en legde het op haar tafeltje. 'Het is maar goed dat het niet is gebroken,' zei hij. Het was een varken van aardewerk met een grote bek, grote oren en een kleine gleuf in zijn kop. Het was het soort spaarpotje waarin mensen de geluksmunten bewaarden die ze met Chinees Nieuwjaar kregen.

Vervolgens haalde hij wat kleingeld uit zijn zak, die hij in de gleuf liet vallen en die rinkelend in de buik van het varken landden. 'Ik ben gestopt met roken,' zei hij. 'Het geld dat ik daarmee bespaar leg ik opzij voor een jas voor mijn kleindochter. Vandaag is dat net voldoende voor een knoop, maar binnen een paar dagen heb je de eerste mouw al bij elkaar.'

Yin Ling keek stuurs en zweeg. Ze wilde haar grootvader zeggen dat het zinloos was. Het kon niet langer wachten. Tegen de tijd dat het varken vol zat, waren de etiquettelessen al voorbij.

Met de jas die ik nu heb, kan ik onmogelijk met Johnny de tango dansen, dacht ze. Ze dacht na over hoe ze de lessen van juffrouw Watson kon mijden als ze haar bij de tango aan Johnny zou koppelen. Dan meld ik me ziek, dacht ze. Ja, ik meld me ziek. Duizelig, buikpijn, verkouden ... Dat voldoet allemaal prima.

'Vergeet niet dat je moeder een zware baan heeft,' zei haar grootvader.

Yin Ling bedacht dat ze eigenlijk uit bed moest stappen om zijn been even te masseren, maar haar lichaam voelde aan als lood. Ze kon geen vin verroeren. Ze was zelfs niet in staat een vinger uit te steken toen ze zag hoe hij de kamer uit hobbelde en de trap af liep.

Een tijdje later hoorde ze de voordeur opengaan en in het slot vallen. Dat was vast haar moeder die vertrok. De twee mannen waren alleen. Ze spraken niet, waardoor het stil was in huis. Daarna verspreidde zich vanuit de woonkamer via de spleten onder de deuren en langs de trap omhoog langzaam maar zeker een scherpe geur. De geur prikte in haar neusgaten en in haar keel.

Haar vader en grootvader waren aan het roken.

'Gestopt met roken? Het zal wel,' mompelde ze kwaad.

Yin Ling scheurde een vel uit een schoolschrift en legde het op bed om een brief te gaan schrijven. Ze noteerde de karakters voor 'grootmoeder' en pauzeerde daarna even. Niet omdat ze niet wist wat ze wilde schrijven, maar omdat ze niet wist hoe ze dat in het Chinees moest zeggen. Thuis sprak ze Kantonees, maar ze had het probleem dat ze geen Chinese karakters kon lezen of schrijven.

Toen ze overging naar de derde klas van de lagere school was ze, omdat haar grootvader dat zo graag wilde, ook lessen gaan volgen aan de Overzeese Chinese School in East Pender Street. Yin Ling had echter elke keer weer een reden gevonden om niet te gaan: het was te winderig, te nat, te koud of juist te warm. En natuurlijk kon ze ook nog altijd terugvallen op het smoesje van hoofdpijn of koorts. Als de smoezen op waren en ze wel moest gaan, vond ze alleen papierknippen en het maken van drakenlampions leuk. Ze vond het stomvervelend om Chinese karakters te leren tekenen. Na twee jaar op de Overzeese Chinese School had ze alleen de karakters van de maandkalender kunnen schrijven.

Yin Ling begon de eerste zin.

Die zin diende uit drie woorden te bestaan, maar ze wist niet hoe ze het derde woord moest schrijven. Daarom liet ze tussen 'ik' en 'u' maar een forse ruimte over, want het tussenliggende woord was vermoedelijk ook een heel lang woord. Ze pijnigde haar hersenen, maar kon zich niet herinneren hoe ze het moest schrijven. Uiteindelijk koos ze ervoor het woord in het Engels te noteren.

Ik HAAT *u.*

Dat was nog maar het begin. Er waren heel veel zinnen die zich aan haar opdrongen. Zoals: 'Grootmoeder en tante Kam Sau, waarom verdienen jullie je eigen geld niet? Jullie staan altijd zo keurig gekleed op de foto, maar omdat mijn moeder al het geld dat overblijft elke maand weer naar jullie stuurt, kan er voor mij niet eens een nieuwe jas van af.' Of: 'Mijn klasgenootjes maken altijd weer grapjes over "Spleetogen die van een dubbeltje een dollar willen maken", maar in onze familie moet elke cent een dollar opleveren. En dat alleen maar vanwege jou.'

Yin Ling had deze wrevel al jaren opgespaard. Nu barstte hij los als een door regen opgezwollen rivier met schuimende golven. De punt van haar pen was echter zo dun als een naald. Hoe groot haar wrevel ook was, ze slaagde er niet in hem door het oog te krijgen.

Yin Lings slapen begonnen te kloppen alsof in haar hoofd bidsprinkhanen hevig in gevecht waren, en haar ogen puilden uit haar kassen. Ze verfrommelde de brief en gooide hem in de prullenmand. Ze ging weer op bed liggen en staarde naar een vieze bruine vochtplek op het plafond, totdat de randen steeds waziger werden en ze ten slotte in slaap viel.

Ze was wakker geworden van de klap van een deur die werd dichtgesmeten. Haar moeder was thuisgekomen en haar vader, die haar op had staan wachten in de gang, liep zo snel mogelijk achter haar aan. In de stilte van de nacht, wanneer zelfs de straatkatten lagen te slapen op de stoepen, weerkaatste het geluid tussen de huizen door en deed deuren en ramen trillen.

Yin Ling gleed in haar slippers, schuifelde naar de deur van haar slaapkamer en opende hem. Vervolgens liep ze op haar tenen naar de bovenste traptrede. Ze zag haar moeder met een leren tasje in de hand rechtstreeks naar de keuken lopen. Ze liet haar tasje op het fornuis vallen en pakte een handdoek van de waslijn. Daarna boog ze zich over de gootsteen en begon haar gezicht te wassen.

Haar vader tilde het tasje op en woog het in zijn hand. Hij begon zachter te praten: 'Hoeveel heb je verloren?'

Haar moeder rukte de tas uit zijn hand, hing hem over haar schouder en ging verder met het wassen van haar gezicht. Ze schrobde het alsof het vuil tot diep in haar poriën was doorgedrongen en al het water in de rivier niet volstond om haar schoon te krijgen. Uiteindelijk verloor Yin Lings vader zijn geduld. Hij greep haar in de kraag van haar jurk en trok haar weg van de gootsteen als was ze een kip die hij bij haar nekvel optilde.

'Je hebt geen geld om voor Yin Ling een jas te kopen, maar wel genoeg om dat over de balk te smijten met mahjong?'

Haar moeder sloeg zijn hand weg, wreef met de punt van de handdoek in haar ogen en beet hem toe: 'Voor haar een jas kopen? Waarom zou zo'n snotneus als zij al naar de jongens moeten lonken? Wil je graag dat ze een slet wordt? Bovendien geef jij je geld het liefst weg aan een stelletje luilakken, dus waag het niet om mij ervan te weerhouden ook iets voor mezelf uit te geven! Vergeet niet dat ik dat geld met mijn eigen handen heb verdiend!'

Met 'stelletje luilakken' doelde haar moeder op de Chinese Liefdadigheidsorganisatie, waar haar vader overdag vaak te vinden was omdat hij verder niets omhanden had en omdat secretaris Ah-Lai een goede vriend van hem was. Hij wist precies welke zaken er speelden en droeg ook graag bij, dus hij hield zijn geld nooit lang op zak. Of het nu ging om het opknappen van de Chinese school, het voor het gerecht dagen van de Canadese overheid, om een geldinzameling vanwege een ramp of de bouw van een school of ziekenhuis, bij het minste of geringste verhuisde het kleingeld uit haar vaders zakken naar het geldkistje van de organisatie. Haar moeder was daar elke keer weer kwaad over en zanikte eindeloos dat hij niet met geld moest smijten, maar dat liet haar vader koud.

Deze keer kaatste hij terug: 'En hoe verdien je dat geld dan precies?'

Kattenogen werd eerst vuurrood en daarna lijkbleek. Ze verschoot nog een aantal keer helemaal van kleur voordat ze met de handdoek naar hem uithaalde en woest zei: 'Vertel jij me dat maar, Fong Kam Shan, hoe ik dat geld verdien!' De natte handdoek raakte hem vol op de wang en liet een rode striem achter. Waterdruppels liepen over zijn gezicht. Naar Yin Lings idee stond het haar van haar vader inmiddels overeind.

Kam Shan rukte de handdoek uit de hand van zijn vrouw en smeet hem op de grond waar hij kletsnat en week als gefileerde vis bleef liggen.

'Denk je dat ik niet heb gezien wie jou die ene keer thuisbracht?' wierp hij op.

Yin Lings moeder reageerde spottend: 'O, dus dat is het. Het sneeuwde en stormde die avond. Het liefst wilde ik dat jij me kwam halen, maar dat was je natuurlijk te veel moeite.'

De woorden van Kattenogen troffen doel. Kam Shan zweeg. Iedereen in Vancouver die met zijn tijd meeging, had tegenwoordig een auto waarmee hij luid toeterend voortdurend de stad doorkruiste. Maar Kam Shan had niet alleen geen auto, hij was ook mank en kon geen lange einden lopen. Los van het feit of er nu een sneeuwstorm had gewoed of niet, hij had Kattenogen hoe dan ook niet kunnen ophalen van haar werk.

Even zweeg hij, om daarna woorden te uiten die hij zo lang voor zich had gehouden dat ze zijn keel bijna schroeiden: 'Als je zo dol bent op auto's, was dan in dat hol gebleven in plaats van mij achterna te lopen naar huis.'

Yin Ling wist niet wat hij precies bedoelde, maar zag wel het effect van deze woorden op haar moeder. Kattenogen verschrompelde als een slak die met zout wordt bestrooid. Ze greep opeens een theemok van tafel en smeet die tegen de muur. Het duurde even voordat Yin Ling begreep dat niet de muur maar de mok kapot was. Haar moeder hurkte neer tussen de scherven met haar handen voor haar gezicht.

'Ik wil dood, ik wil dood, ik wil dood,' huilde ze doordringend.

Dit was niet de eerste ruzie tussen haar vader en moeder waarvan Yin Ling getuige was, en evenmin was het de eerste keer dat ze haar moeder zag huilen. Ze had Kattenogen echter nog nooit zo overstuur gezien als nu. Dit huilen joeg haar angst aan en bezorgde haar kippenvel.

'Ik hoor dit niet, ik hoor dit niet,' fluisterde Yin Ling keer op keer tegen zichzelf en ze drukte haar handen tegen haar oren. Ze wist dat iemand anders in het vertrek ernaast de ruzie ook gehoord moest hebben en nu eveneens de handen tegen zijn oren drukte.

Haar grootvader.

Ik blijf hier geen seconde langer.

Een duistere wanhoop daalde over haar neer.

2004, Hoi Ping, provincie Guangdong, China

Rond het middaguur nam meneer Auyung Wan Amy Smith mee naar het verpleegtehuis voor een bezoek aan Tse Ah-Yuen.

Amy had haar reisschema al twee keer gewijzigd. Ze was van plan geweest om één dag te blijven en de documenten te tekenen waardoor de diaolou in handen zou komen van de plaatselijke overheid, waarna ze via Hongkong naar Vancouver had willen terugvliegen.

Bij Amy's aankomst hadden de namen van de steden Kanton en Hoi Ping, van de diaolou Tak Yin en de oude man Tse Ah-Yuen haar maar weinig gezegd. Ze was slechts gekomen om een belofte aan haar moeder in te lossen.

Maar één dag was twee dagen geworden en twee werden er drie. Voor ze er erg in had, verbleef ze al vijf dagen in Hoi Ping. Meneer Auyung had onafgebroken zijn best gedaan om haar belangstelling te wekken en was daar uiteindelijk in geslaagd. Ze vroeg zich af of ze haar terugticket opnieuw moest omboeken zodat ze een hele week kon blijven. Op de universiteit was het semester voorbij dus ze hoefde zich niet terug te haasten om college te geven. Wel moest ze met Mark praten over het eventueel uitstellen van hun reis naar Alaska.

Mark was Amy's vriendje, hoewel ze het licht komisch vond om hem zo aan te duiden. Een vriendje behoorde in de twintig te zijn. Dat een vrouw van bijna vijftig dat woord gebruikte voor een man die tegen de zestig liep, voelde al even ongepast als dat een gerimpelde, oude vrouw een minirok aantrok. Maar vooralsnog kon Amy geen betere term bedenken dan 'vriendje'. Ze had een hekel aan de alternatieven 'geliefde', 'partner' of 'relatie'.

Mark was docent aan dezelfde universiteit als Amy. Zij in de sociologie, hij in de filosofie: verschillende subfaculteiten, maar beide onderdeel van de faculteit Humaniora en Menswetenschappen. Die faculteit telde echter een grote hoeveelheid docenten. Aanvankelijk hadden ze slechts vriendelijk naar elkaar geknikt. Vervolgens was er een groot feest ter gelegenheid van het afscheid van het faculteitshoofd geweest. Met een martini in de hand was Amy op Mark afgestapt en hadden ze voor het eerst met elkaar gesproken. Die avond lag het initiatief helemaal bij Amy. Zij flirtte schaamteloos onder het mom dat ze aangeschoten was. Haar relatie met haar vorige vriendje was kort daarvoor stukgelopen. Ze wilde dat gat in haar leven graag opgevuld zien.

Ze had hem niet blind uitgekozen. Terwijl ze op hem afliep had ze de ronde, witte afdruk onder aan de ringvinger van zijn linkerhand gezien. Tot voor kort had daar een trouwring gezeten. Hoe kort maakte niet uit; belangrijker was dat hij hem niet meer droeg.

Haar poging om hem te versieren slaagde helemaal. Na drie martini's ging Mark met haar mee en eindigden ze in haar flat in bed. Hij bleef het hele weekend, maar ze gingen niet meteen samenwonen. Een tijdje vormden ze een weekendpaar: de ene keer in haar appartement, de andere in dat van Mark. Ze hielden zich een jaar aan deze strikt neutrale regeling totdat Mark voorstelde om te gaan samenwonen. Amy stemde daarmee in want na een jaar was het haar tot haar opluchting wel duidelijk dat hij niet met haar wilde trouwen.

Beiden koesterden een weerzin tegen het trouwboekje, maar om verschillende redenen. Mark betaalde een buitensporig bedrag – bijna de helft van zijn maandsalaris – aan alimentatie voor zijn ex. Wat resteerde was net genoeg voor een eenvoudig vrijgezellenbestaan. Als de helft nog eens in tweeën gedeeld zou moeten worden, eindigde hij op een bankje in een park. En wat Amy betrof: ze was nooit getrouwd om redenen die, zoals ze het zelf zei, dateerden uit het verre en duistere verleden.

De vrouwen in Amy's familie leken ertoe voorbestemd ongetrouwd te blijven. De moeder van haar moeder, haar alleen bekend onder een bijnaam, had haar hele leven samengewoond met Amy's grootvader, zonder ooit officieel te trouwen. De inscriptie in haar grafsteen luidde weliswaar MEVROUW CHOW, ECHTGENOTE VAN FONG KAM SHAN, maar dat was alleen omdat haar man het zo had gewild. Amy had haar grootmoeder, die Kattenogen werd genoemd, nooit gezien doordat haar moeder, Fong Yin Ling, al op jonge leeftijd uit huis was gegaan. Toen Yin Ling haar moeder weer wilde ontmoeten, bleek Kattenogen al overleden.

Yin Ling, Amy's moeder, was dus evenmin getrouwd, maar had gewoon de ene man voor de andere ingeruild. In het begin hield ze hen een jaar of twee, maar naarmate de jaren vorderden, waren de 'grote liefdes' elkaar steeds sneller opgevolgd. De kortste duurde van begin tot eind twee dagen. Amy was het toevallige gevolg van een van deze vluchtige relaties. Nog altijd wist ze niet wie haar biologische vader was. Afgaande op de kleur van haar haar en haar ogen moest de man in kwestie, die nooit meer iets van zich had laten horen, blank zijn geweest. Yin Ling had haar dochter beslist geen Chinese achternaam willen geven en had daarom bij de geboorteaangifte gekozen voor Smith, de meest voorkomende Engelse achternaam.

Misschien is het iets in onze genen, dacht Amy.

Dat had ze in elk geval als reden opgevoerd ter verklaring van haar visie op het huwelijk.

Hoe ze zich ook hadden opgesteld – van passieve acceptatie bij Kattenogen tot een welbewuste keuze bij Amy –, de drie generaties vrouwen uit de familie Fong hadden het huwelijk gelaten voor wat het was, zij het alle drie om een andere reden.

Mark had Amy zwijgend aangehoord, daarna zijn armen om haar heen geslagen en een lichte zucht geslaakt. Amy had verwacht dat het een zucht van opluchting zou zijn, maar deze zucht had bijna medelijdend geklonken. Dat had haar verbaasd.

Amy en Mark hadden besloten onmiddellijk na afloop van het semester naar Alaska te gaan. Dat was bedoeld als vakantie, maar ook als gelegenheid om de Inuit-cultuur te bestuderen. Amy had echter niet verwacht dat ze eerst naar China moest noch dat zich daarbij complicaties zouden voordoen. Alaska moest worden uitgesteld.

Toen Mark haar naar het vliegveld had gebracht, had hij tegen de stuurse Amy gezegd: 'Dit is je kans om je wortels te vinden.'

Amy had als reactie droefgeestig geglimlacht. 'Als je zoals ik helemaal geen vader hebt gehad en maar een halve moeder,' had ze gezegd, 'en de wortels die je hebt dus hooguit tot een centimetertje in arme grond reiken met daaronder steen, is er weinig om naar op zoek te gaan. Dat heeft dan gewoon geen nut.'

Op het moment dat ze in Tak Yin-huis met een stapel brieven in de hand op de onderste trede van de trap zat, was er echter iets gekanteld. De foto van haar naar de camera lachende grootmoeder, die met een baby op de arm bij de Naamloze Rivier had gestaan, ontroerde haar. Ze had dus toch wortels.

Alles wat ze in Hoi Ping ontdekte, beschreef ze in haar e-mails

aan Mark. Mark hield niet van schrijven, tenzij het om weten-
schappelijke artikelen ging, en hield al helemaal niet van kletsen
aan de telefoon. Amy vertelde hem alles omdat ze haar hart wilde
luchten. Ze verwachtte geen antwoord op haar berichten, dus het
verbaasde haar dat hij er toch een stuurde.

Ik snap het.
Wat gaat er nu gebeuren?
Heb geduld. De waarheid kost tijd.
Ongelooflijk.
Graaf nog wat dieper.
'Waarom niet?'

Hoe meer Amy ontdekte over de Fongs, hoe groter haar opwinding werd. Deze keer waren het echter Marks opmerkingen die
haar raakten. Dit was de eerste keer in de drie jaar dat ze nu sa-
menwoonden dat hij zijn masker van nonchalance had laten vallen. Hij was kennelijk oprecht geïnteresseerd in wat haar bezig-
hield.

Onderweg naar het verpleegtehuis bracht meneer Auyung Amy
haar precieze familieband met Tse Ah-Yuen in herinnering. 'Hij
was de echtgenoot van uw oudtante. Na haar dood is hij nooit hertrouwd.'

Amy snapte die aanduiding voor de familieverhoudingen amper,
maar niet omdat haar Chinees tekortschoot. Haar Chinees was
uitstekend. Ze maakte slechts af en toe een fout. In de laatste fase
van haar studie aan Berkeley had ze ook een vreemde taal moeten
kiezen. Ze had indertijd getwijfeld tussen Swahili en Chinees. Ze
overwoog het eerste omdat haar scriptie handelde over het ontstaan van leefgemeenschappen in Afrika, en het tweede omdat ze
daarvan al een redelijke kennis had, waardoor ze makkelijker aan
haar universitaire verplichtingen zou kunnen voldoen. Uiteindelijk koos ze voor Chinees.

Die kennisvoorsprong had ze niet te danken aan haar moeder,
want zij had tegen Amy altijd alleen Engels gesproken. Ze had het
een en ander van de taal opgepikt tijdens haar vakantiebaantjes in
Chinese restaurants.

De werkelijke reden waarom Amy de aanduiding 'de echtgenoot

van uw oudtante' amper snapte, was dat haar woordenschat nauwelijks voorzag in begrippen voor familieverhoudingen. Eigenlijk kende ze er slechts twee: 'moeder' en 'grootvader van moederskant'. Ze kende haar vader niet en had aan die kant dus ook geen familie. En haar moeder had als enig kind ook maar weinig verwanten gehad.

Meneer Auyung pakte een vel papier en begon een boom te tekenen met een grote hoeveelheid takken. Op elke tak schreef hij een aantal karakters. 'Dit is een vereenvoudigd schema van je familie,' zei hij. 'De mensen die bovenaan staan zijn al zo lang overleden dat je ze nooit gekend zou kunnen hebben. We slaan ze even over en beginnen met je overgrootvader.

Je overgrootvader heeft Tak Yin-huis gebouwd. Hij had twee zoons en een dochter. Zijn oudste zoon was jouw grootvader, Fong Kam Shan. Hijzelf, zijn broer en zijn zus zijn nu allemaal dood. De enige van die generatie die nog leeft, is Tse Ah-Yuen, de echtgenoot van de zus van je grootvader. Ze hebben alle drie kinderen gekregen, maar je moeder is van hen de enige die nog leeft. Zij heeft alleen jou als kind gekregen. Van alle directe afstammelingen van Fong Tak Fat leven dus alleen nog je moeder, jij en Tse Ah-Yuen. Hij is een aangetrouwde oom van je moeder, jouw oudoom dus.'

Amy pakte het vel en bestudeerde het uitgebreid. 'Ik neem het mee en dan maak ik thuis een kopietje voor mijn moeder,' zei ze. 'In het Engels noemen we dit een stamboom.'

In het verpleeghuis werden ze bij de ingang opgewacht door de directrice. Ze schudde Amy's hand waarna ze meneer Auyung haar kant op manoeuvreerde door hem nauwelijks merkbaar aan de mouw te trekken. Terwijl Amy in de hal wachtte, volgde meneer Auyung de directrice naar haar kantoor.

Ze sloot de deur en wekte een opgelaten indruk. 'Het Bureau van Chinese Zaken Overzee heeft ons hier een aantal keer over gebeld. Natuurlijk doen we al het mogelijke om te helpen, maar meneer Tse weigert mevrouw Smith te ontvangen. Hij zei: "Als die halfbloed hier verschijnt, schop haar dan de deur uit!"'

Meneer Auyung glimlachte. 'Voor zijn negentig jaar heeft hij nog flink wat pit in zijn lijf! Maakt u zich geen zorgen, ik kan hem wel aan.'

'Als u dat vindt,' reageerde de directrice, 'dan acht ik u verantwoordelijk, aangezien er een Chinese van overzee bij betrokken is. U had hem vanmorgen eens moeten zien. Hij was in alle staten, maar bij het middagmaal heeft hij wat kalmeringsmiddelen gekregen en hij is daarna gaan slapen. Hij is nu rustig.'

Toen meneer Auyung zich weer bij Amy vervoegde, zei ze onmiddellijk: 'Mijn oudoom wil me niet zien. Dat is het ongetwijfeld.'

Meneer Auyung begon te lachen: 'Je hebt weer eens gelijk, mevrouw de professor.'

'Nou,' zei Amy, 'een paar dagen geleden gaf hij me er flink van langs in het hotel.'

'Misschien voelde hij zich daartoe gerechtigd,' zei meneer Auyung. 'Zijn hele familie is op een gewelddadige manier om het leven gekomen. Je overgrootvader beweerde keer op keer dat hij de hele familie naar de Gouden Bergen zou laten overkomen, maar dat heeft hij nooit gedaan. Was dat wel gebeurd, dan waren de zaken heel anders gelopen. Bovendien is er nog maar één persoon over met wie hij oude rekeningen kan vereffenen, en dat bent u. Als u bang bent, kunnen we ook weer gaan.'

Amy nam een gevechtshouding aan, met één voet vooruit en haar vuisten in de aanslag. 'Wie is hier zogenaamd bang?' zei ze grappend. 'Ik heb de blauwe band in taekwondo. Kom maar op!'

'Ik zou niet durven!' reageerde meneer Auyung met een glimlach, waarna ze naar Ah-Yuens kamer liepen.

Ah-Yuen was ontwaakt uit zijn dutje en lag in bed naar het plafond te staren. Zijn ogen waren vochtig en troebel als een modderpoel na de regen. Meneer Auyung ging op de rand van het bed zitten, veegde wat kruimels weg rond de mond van de oude man en vroeg hem: 'Hebt u lekker gegeten, oudoom Ah-Yuen?'

Ah-Yuens ogen flitsten even op en hij antwoordde met krachtige stem: 'Ik heb een kom rijst leeggegeten en een pot vol keiharde keutels gescheten.' De oude man was zijn tanden al lang geleden kwijtgeraakt en droeg een kunstgebit dat tijdens het praten klapperde, alsof hij een mond vol knikkers had.

Meneer Auyung lachte en haalde een fles tevoorschijn. 'Verstopping is een heel vervelend probleem als je ouder wordt. Dit middel komt uit het buitenland. Elke ochtend een eetlepel van dit spul mengen met koud water en dat opdrinken. Het smaakt als sinaasappelsap en maakt een einde aan de verstopping.'

457

Ah-Yuen negeerde de fles en greep meneer Auyungs hand. 'Als ik jou hoor praten, is het net alsof ik je grootvader hoor toen hij nog jong was,' zei hij.

'Maar oudoom, ik ben al over de vijftig!' protesteerde meneer Auyung. 'Ik ben toch niet jong meer.' De oude man hield zijn hand in een ijzeren greep waardoor de aderen paars opzwollen. 'Ik had al die jaren geleden mee moeten gaan met je grootvader.'

Meneer Auyung hielp Ah-Yuen rechtop, waarop de oude man Amy in het oog kreeg, die in de deuropening was blijven staan. Hij duwde meneer Auyung weg. 'Je hebt die halfbloed dus toch meegenomen!'

'Ze is het achternichtje van uw vrouw,' zei meneer Auyung, 'en de enige overgebleven Fong. Ze is helemaal vanuit Canada hierheen gekomen om u te bezoeken. Windt u zich alstublieft niet zo op!'

'Huh! Breek mij de bek niet open over de Fongs. Je kunt er niet één vertrouwen.' De oude man was zo kwaad dat op zijn voorhoofd een ader begon te kloppen.

Meneer Auyung gaf hem een klapje op zijn schouder. 'Geen onzin praten, oudoom. De overheid van de Gouden Bergen had de komst van meer Chinezen verboden. Wat konden ze daartegen beginnen? Na de opheffing van dat verbod heeft uw zwager Kam Shan in een brief aan Kam Sau gevraagd of ze ook naar de Gouden Bergen wilde komen, nietwaar? Maar u dacht indertijd alleen nog maar aan de revolutie en hebt het aanbod afgewezen. U kunt dat alleen uzelf kwalijk nemen.'

Ah-Yuen leunde snakkend naar adem achterover tegen het hoofdeinde van het bed. Na een poosje kalmeerde hij en zei hij op vlakke toon: 'Zeg haar dat ze me mijn Kam Sau en Wai Heung moet teruggeven.'

Meneer Auyung gebaarde naar Amy. 'Ze heeft ze inderdaad bij zich.'

Amy pakte een linnen zakje uit haar tasje en knielde bij het bed. 'Oudoom,' zei ze vol respect, 'voordat ik hierheen kwam, vroeg mijn moeder u dit te geven. Ze had het in bewaring. Mijn grootvader gaf het haar voordat hij overleed en heeft toen gezegd dat dit ooit naar Hoi Ping moest worden teruggebracht.'

Amy opende het zakje, dat enkele van ouderdom vergeelde foto's bevatte en een metalen doosje. Het deksel van het doosje was versierd met de kop van een schitterende vrouw en droeg het op-schrift AMANDELCHOCOLAATJES met daaronder de naam van de fabrikant. De lak was deels afgesleten en het gezicht van de vrouw vertoonde roestplekjes.

Amy opende het doosje en haalde er een dichtgevouwen doek uit. Nadat ze de hoeken had teruggeslagen kwam een lok haar te-voorschijn met een rood lint eromheen. Ze nam althans aan dat het ooit rood was geweest, maar inmiddels was het helemaal ver-bleekt. Onder de lok ging een papiertje schuil met daarop in ver-vaagde inkt de woorden: *Een herinnering aan de eerste verjaardag van Wai Kwok.*

Er waren drie foto's. De eerste was van de bruiloft van Ah-Yuen en Kam Sau. Hij droeg linksonder een stempel met de woorden HOI WOI FOTOSTUDIO (KANTON). JAAR 22 VAN DE REPUBLIEK. De tweede foto was een portret van Wai Heung in een met borduur-werk versierde tuniek met op de achterkant de aantekening *Wai Heungs eerste verjaardag.* Op de laatste foto stond de hele familie met Zes Vingers in het midden, Kam Sau met Wai Heung in haar armen links, en Ah-Yuen die Wai Kwok bij de hand hield rechts. Er stond niets op de voor- of achterkant van de foto, maar Wai Heung was hooguit een paar maanden oud.

Ah-Yuens hand begon te trillen en de foto's dwarrelden op de lakens. Hij liet ze daar liggen. Hij had het gezicht van zijn vrouw al vijftig jaar niet meer gezien. Nu, aan het einde van zijn leven, zag hij zich plotseling meer dan een halve eeuw teruggeplaatst in de tijd en werd hij geconfronteerd met zijn gezin en zijn jongere ik. Het was alsof hij zich tijdens een wandeling had omgedraaid om te ontdekken dat een geest hem steeds had achtervolgd. De herinne-ringen aan die afgrijselijke dag werden hem te machtig. Hij trok een hoek van de deken over zijn hoofd en begon te jammeren als een geslagen hond.

Tegen de tijd dat meneer Auyung en Amy het verpleeghuis ver-lieten, schemerde het al. Meneer Auyung haalde zijn mobiele tele-foon tevoorschijn en stond op het punt om hun chauffeur te bellen toen Amy voorstelde te gaan lopen. Hij borg zijn telefoon weer op. De straten van de stad kwamen langzaam tot leven. Tegen de don-kere lucht brandden felle neonlichten. Zwijgend liepen ze terug naar het pension.

'U kent mijn oudoom schijnbaar erg goed,' zei Amy terwijl ze even de pas inhield.

Meneer Auyung knikte. 'Onze familie zit al vele generaties in het onderwijs. Mijn overovergrootvader gaf les aan uw overgrootvader. Mijn grootvader gaf les aan uw oudoom en oudtante. Toen uw oudoom nog jong was, heeft hij zich bijna voor het leger aangemeld in navolging van mijn grootvader.'

De e-mail die Amy die avond verstuurde, was heel kort. Hij telde slechts twee zinnen: *Ik ben vandaag met meneer Auyung op bezoek geweest bij mijn oudoom van negentig. Ik ben bang dat hem dat nog fataal zal worden.*

Marks antwoord was met één zin nog korter: *Er is dus licht aan het einde van de tunnel.*

Het achtentwintigste jaar van de Republiek (1939), het dorp Aansporing, Hoi Ping, provincie Guangdong, China

Zes Vingers zat op het erf en kamde haar haar uit.

Het Midherfstfestival was juist voorbij en de zon scheen al wat minder fel, al verspreidden haar stralen nog altijd een loom makende warmte. Het haar van Zes Vingers was bijzonder lang. Ze bevrijdde het uit haar knot en vulde een wasteil met water. Her en der verscheen wat grijs, maar voor het overige was het nog even dik en gezond als altijd. Toen ze klaar was met wassen, zat het flink in de war. Het was een heel gedoe om het uit te kammen, maar dat deed ze nog altijd zelf. In het verleden had ze geprobeerd haar schoondochter zover te krijgen dat ze het kamde, maar Ah-Hsien was allesbehalve handig en had zo hard aan haar haar getrokken dat Zes Vingers' hoofdhuid nog dagen pijn had gedaan.

Ze verplaatste de kruk zodat de wind vat kreeg op haar haar en wachtte tot het droog was. Ze hield de versiering al in de hand: een jaden haarpin met aan het uiteinde een agaten hanger in de vorm van een bloem. Ah-Fat had iemand weten te overreden om dat sieraad ergens in Zuidoost-Azië voor haar te kopen. Zes Vingers had het al vele jaren in bezit. Door de haarolie die ze altijd gebruikte was het agaat inmiddels donkerrood verkleurd. Het was een kleur die paste bij een vrouw van tweeënzestig: flatterend zonder op te vallen.

Toen haar kapsel gereed was, pakte Zes Vingers een handspiegel en bekeek ze haar gezicht. Ah-Choi had 's ochtends het haar rond haar gezicht geknipt. De huid verspreidde een witte glans. Zes Vingers had er in de loop der jaren wat kilo's bij gekregen en haar huid stond zo strak dat de rimpels waren verdwenen. Het was vandaag geen Nieuwjaar noch een andere feestdag en Zes Vingers had geen plannen om ergens op bezoek te gaan. Ze verwachtte evenmin bezoek, maar niettemin zorgde ze er zoals altijd voor dat ze er verzorgd uitzag. Hoe vaak had ze haar schoondochter inmiddels al niet gezegd dat ze, ook al was haar man afwezig, zorg diende te besteden aan haar uiterlijk? Het was telkens aan dovemansoren gericht.

In een hoek van het erf versierde de weduwe Ah-Lin een schoen met borduursels. Haar man was al vele jaren geleden overleden. Toen hij nog leefde, ontving Ah-Lin elke twee, drie maanden een dollarbrief. Daarna waren de omstandigheden waaronder het gezin moest leven snel verslechterd. Ze hadden al hun akkers verkocht en pachtten nu een paar mu nauwelijks vruchtbare grond. Zes Vingers had de vrouw ingehuurd om af en toe wat naaiwerk voor haar huishouden te verrichten. Dat was deels uit liefdadigheid, maar ondanks het feit dat ze enkele jaren ouder was dan Zes Vingers, had Ah-Lin uitstekende ogen en vaardige vingers. Ze was een eersteklas naaister.

Ah-Lin naaide borduursels op een paar kinderschoenen van zwart, gekeperd satijn. Ze had een ontwerp gemaakt en zocht de juiste draad voor de pioenen. De schoenen waren voor Wai Heung, Kam Sau's dochter. De drie kinderen van Zes Vingers hadden het aantal familieleden aanzienlijk opgekrikt. Yin Ling, de dochter van Kam Sau, was met haar zestien jaar de oudste. Daarna kwam de negen jaar oude Yiu Kei, de zoon van Kam Ho. De twee kinderen van Kam Sau waren de jongste: haar zoon Wai Kwok was vijf en Wai Heung nog maar een peuter.

Zes Vingers had inmiddels dus twee kleinzoons en twee kleindochters. Ze prees zich gelukkig dat drie van haar kleinkinderen bij haar in de diaolou woonden. Kam Sau en Ah-Yuen woonden in de school die ze dreven in de nabijgelegen stad en lieten hun kinderen achter onder de hoede van Zes Vingers. Yiu Kei woonde bij zijn moeder Ah-Hsien in haar kamer op de bovenverdieping van de diaolou. Hij was in de schoolleeftijd, maar Zes Vingers weigerde hem naar de school van zijn oom en tante te laten gaan. In plaats daarvan liet ze een onderwijzer naar de diaolou komen. Ze beweerde keer op keer dat de school te ver was en de reis te gevaarlijk. De laatste jaren vonden er weliswaar minder ontvoeringen plaats, maar Zes Vingers was er nog altijd niet gerust op.

Dat zei ze althans. De werkelijke reden (die ze voor zich hield) was dat ze gewend was aan het gekwetter van de drie kinderen in en rond de diaolou. Als Yiu Kei op school in de kost zou gaan, later gevolgd door Kam Sau's kinderen, zou ze niets meer hebben om naar te luisteren. Die stilte zou haar beangstigen.

Ah-Lin stak de naald in haar haar om hem vet te maken en vroeg Zes Vingers: 'Mevrouw Kwan, hoe lang is het geleden dat de vader van Kam Sau voor het laatst thuis was?' Nu ze in de zestig was, werd Zes Vingers door iedereen respectvol aangesproken als 'mevrouw Kwan'.

'Vele jaren geleden ... Ik kan me niet eens herinneren hoeveel,' zei Zes Vingers met een vage glimlach. De waarheid was dat ze het nog precies wist. De laatste keer dat Ah-Fat terugging naar de Gouden Bergen was ze zwanger geweest van Kam Sau. Die werd dit jaar zesentwintig. Het was meer dan veertig jaar geleden dat Zes Vingers als achttienjarige bruid lid van de familie Fong was geworden. Het was meer dan veertig jaar geleden sinds die eerste nacht in de bruidskamer toen Ah-Fat had beloofd haar mee te nemen naar de Gouden Bergen.

En al die jaren had Ah-Fat ook steeds gesproken over een terugkeer naar huis, zonder ooit te zeggen wanneer. Telkens als hij zoiets had geopperd, had Zes Vingers een blik op de kalender geworpen, op zoek naar een gunstige datum voor zijn terugkeer. Het Drakenbootfestival ging echter elk jaar weer voorbij zonder Ah-Fat. Zes Vingers stelde haar hoop vervolgens op het Midherfstfestival. Maar als ze de laatste maancake achter de kiezen hadden, begon Zes Vingers te hopen dat hij nog voor het nieuwe jaar zou arriveren. Als na afloop van het nieuwjaarsfeest de lampions naar beneden werden gehaald, durfde ze eindelijk toe te geven dat ze er weer eens naast had gezeten. Met de jaren verminderde haar verlangen naar zijn terugkomst. Ze wist dat haar man niet platzak en failliet durfde terug te keren en zichzelf voorhield dat het geluk spoedig eens aan zijn kant zou staan. Dat hoopte hij echter al meer dan tien jaar.

'Hij is al zo lang weg. Bent u niet bang dat hij daar een andere vrouw heeft?' vroeg Ah-Lin.

Hij zou niet de eerste man in de Gouden Bergen zijn die omgang had met een prostituee of er een als bijzit had genomen. Als jonge vrouw was Zes Vingers nog wel bezorgd geweest dat Ah-Fat in het dorp of in de Gouden Bergen een bijvrouw zou nemen. In de loop van de decennia was die angst echter vervaagd en had zich een dikke korst gevormd op die wond in haar hart. Maar als Ah-Lin maar hard genoeg drukte, zou daaronder vandaan nog altijd wat bloed tevoorschijn kunnen komen. De frequentie van Ah-Fats brieven was ook steeds verder afgenomen.

Zes Vingers dwong zichzelf tot een lach. 'Hij is de vijfenzeventig inmiddels gepasseerd en, in tegenstelling tot jouw man, was hij nooit zo'n versierder. Vorig jaar zei hij nog dat hij voorgoed naar huis zou komen, maar ik heb hem tegengehouden. Het was te gevaarlijk met de Japanners hier. Ik heb hem gezegd te wachten tot de oorlog voorbij is.'

Ah-Lin beet een draad door en verplaatste haar kruk tot vlak bij Zes Vingers. Ze keek haar aan en zei aarzelend: 'Mevrouw Kwan, waarschijnlijk denkt iemand dat hij grappig is, maar mijn neefje uit Wing On, die ook in Vancouver woont, was vorige maand hier. Ik ben toen bij hem op bezoek geweest en hij zei dat Ah-Fat ... dat Ah-Fat ...'

Ah-Lins weifelen dreef Zes Vingers tot woede. 'Kom ermee voor de dag, mens!' riep ze uit. 'Bedoel je te zeggen dat Ah-Fat daar een bijzit en nog een gezin heeft?'

Ah-Lin lachte kort. 'Nee, dat is het niet, maar volgens mijn neef is hij veel in het gezelschap van een vrouw, van een of andere voormalige actrice, en onderhoudt hij haar ook.'

Zes Vingers had het gevoel dat haar wereld instortte en dat haar hart werd verbrijzeld. Tevergeefs probeerde ze de jaden haarpin in haar knot te steken. Bij het zien van haar ontsteltenis gooide Ah-Lin de schoen neer, sloeg ze haar armen om de knieën van Zes Vingers en begon haar te wiegen.

'Het zijn maar roddels. Ik weet zeker dat hij het bij het verkeerde eind heeft. Geloof er nou maar niks van, mevrouw Kwan,' zei ze troostend. 'U kunt schrijven. Waarom schrijft u hem geen brief om te vragen wat daarvan waar is?'

Zes Vingers bevrijdde zich uit Ah-Lins greep en zei met een flauwe glimlach: 'Hij is nu eenmaal gek van opera. Dat zal het wel zijn.'

Ze stond op. Haar oren zoemden alsof er een wespennest in huisde. Ze trok haar haarspeld los en porde ermee in haar oor. Iets dieper. Nog iets. Dat was beter. Ze trok de speld terug en veegde hem af aan haar mouw waarop een spoor van helderrode oorsmeer achterbleef.

Haar manke been, waarvan ze zoveel jaren geleden een stuk af had gehakt, leek plotseling nog korter. Hoezeer ze het ook probeerde, ze leek niet meer in staat de ene voet voor de andere te zetten. Steun zoekend tegen de muur lukte het haar uiteindelijk het erf af te strompelen en het huis binnen te gaan. Het was er doodstil. Het enige geluid dat ze hoorde was het tiktakken van de klok aan de muur. Zes Vingers bleef staan. Toen haar ogen gewend waren aan de schemering, zag ze hoe Kam Ho's vrouw lag te slapen op de trap. Ah-Hsien hield haar hoofd tussen haar knieën en uit haar neusgaten klonk een regelmatig snurken als half onderdrukte scheten. De witte vilten bloem in haar haar glansde in het weinige licht. Vorig jaar was haar moeder om het leven gekomen bij een bombardement op de markt door de Japanners. Die witte bloem droeg ze nog altijd ten teken van haar rouw.

'Waar is Yiu Kei, Ah-Hsien?' vroeg Zes Vingers op vlakke toon.

Op dat moment was Yiu Kei met Wai Kwok onderweg naar de Naamloze Rivier.

Yiu Kei had drie dagen vrij, omdat zijn onderwijzer voor het Midherfstfestival terug was gegaan naar zijn geboortedorp. Op andere dagen had hij om deze tijd altijd les. Die ochtend had Zes Vingers Ah-Hsien opdracht gegeven om Ah-Tsung, de dorpskapper, te gaan halen zodat hij het haar kon knippen van alle mannen in het huishouden. Zijn vorige bezoek was drie maanden geleden geweest ter gelegenheid van het Drakenbootfestival en het haar van de mannen was inmiddels veel te lang. Toen Ah-Hsien bij de kapper arriveerde, bleek dat hij zich de avond daarvoor aan rijstewijn te buiten was gegaan en nog lag te slapen. Ah-Hsien was na verloop van tijd het wachten moe en alleen teruggekeerd. Na thuiskomst was ze op de trap gaan zitten om zelf ook eerst een dutje te doen.

Yiu Kei had zijn kans schoon gezien en was met Wai Kwok de diaolou uit geslopen.

De lente had dit jaar weinig regen gebracht, maar in de herfst was de ene na de andere stortbui gevallen. In de zon waren de wegen opgedroogd tot witte korsten waaronder de modder schuilging. De kinderen plonsden door de plassen en lieten natte voetafdrukken achter. Van Zes Vingers mochten ze maar zelden buiten de diaolou spelen, dus alles wat ze zagen was nieuw voor hen. Niet ver van het huis stuitten ze op een groepje wilde bananenbomen. Een stelletje modderige kinderen zat gebogen over iets op de grond. Yiu Kei baande zich een weg tussen hen door en zag dat ze een mierennest bestudeerden.

De mieren krioelden rond een dode vlieg met een rode kop en een groen lijf. De rond hun buit zwermende insecten leken op minuscule sesamzaadjes, maar hoezeer ze dat ook probeerden, het lukte ze niet de vlieg in beweging te krijgen. Uiteindelijk wrong een aantal mieren zich onder de buik van het insect, waarna het beestje ogenschijnlijk wegdreef onder begeleiding van de schelle kreten van de kinderen.

'Dat is toch niks bijzonders?' zei Yiu Kei. 'Volgens mijn leraar kunnen mieren bergen verzetten als ze samenwerken.'

'Bleekscheet,' riepen de kinderen naar de teleurgestelde jongen, waarna ze zich verspreidden.

Daar stond Yiu Kei nu. Hij voelde zich een beetje belachelijk.

Hij had in zijn hele leven nog nooit rijstzaailingen verplant of rijst geoogst, nog nooit geroeid of vissen gekieteld. De zon had nog nooit zijn gezicht bruin gebrand noch had de regen tegen zijn wangen gestriemd. Daardoor was hij bleek in vergelijking met de dorpskinderen. Hij had er een hekel aan als ze hem bleekscheet noemden. 'Hoe kom ik van dat witte gezicht af?' had hij zijn grootmoeder eens gevraagd.

Zes Vingers was na zijn vraag bijna niet meer bijgekomen van het lachen. 'Zo moeilijk is dat niet,' zei ze. 'Je gaat een paar dagen ravotten in de rivier en vis kietelen. Dan ben je meteen geen bleekscheet meer. Mensen met een donkere huid die lichter willen worden, hebben daarvoor veel meer tijd nodig. Soms duurt dat zelfs een aantal generaties.'

Maar Yiu Kei had geen genoegen genomen met haar antwoord. Hij wilde echt een dorpskind worden dat blootsvoets en gebruind al kopjeduikelend van de dammetjes in het water dook, dat minutenlang onder water bleef om naakt weer op te duiken en andere kinderen voor bleekscheet uit te schelden.

De zon rees verder aan de hemel. Wai Kwok werd bang: 'Laten we teruggaan, Yiu Kei. Anders wordt grootmoeder boos.'

'Nog niet. We gaan samen vis kietelen,' zei zijn neef.

'Kun je dat echt, Yiu Kei?'

'Natuurlijk, dat kan iedere idioot,' schamperde Yiu Kei. Ze trokken hun schoenen uit en liepen naar de rand van het water.

Zo vroeg op de dag was er nog niemand bij de rivier te bekennen. Het water was nog niet opgewarmd door de zon en de eerste zwemmers zouden pas tegen het middaguur verschijnen. Het was er zo stil dat ze de vissen naar adem hoorden happen. De door de regens gezwollen rivier reikte tot halverwege de trappen. Yiu Kei voelde een rukje aan zijn hand.

'Laten we naar huis gaan, Yiu Kei,' zei Wai Kwok beverig.

'Nee,' zei Yiu Kei, hoewel zijn stem licht trilde.

Eigenlijk wilde Yiu Kei ook terug. Zijn weigering was slechts stoerdoenerij. Voordat hij zich kon omdraaien, stak er een windvlaag op waardoor het water plotseling tot leven kwam. De golven knikten hem toe en streelden zijn voetzolen. 'Kom erin, jochie. Kom alsjeblieft!' fluisterden ze hem toe.

Zo'n smeekbede kon Yiu Kei niet weerstaan. Hij liet Wai Kwoks hand los en daalde de treden af.

Yiu Kei's lichaam keerde een uur later terug naar de diaolou. De familie en bedienden keken toe hoe dorpsmannen een met slijk bedekt pakketje naar het erf droegen. Ze legden het op de grond waarna eromheen zich plasjes smerig water vormden.

Zes Vingers tilde Yiu Kei op en zette hem op haar knieën. Ze drukte zijn gezicht tegen het hare, maar huilde niet.

Ah-Hsien rende jammerend op Zes Vingers af om haar zoon van haar over te nemen. Zes Vingers wrikte de speld uit haar knotje en stak hem in Ah-Hsiens gezicht. 'Ga weer slapen en word nooit meer wakker,' beet ze haar toe.

Ah-Hsien zakte op de grond ineen. Ze hield haar hoofd in haar handen en kermde als een geslagen hond. Mak Dau riep enkele bedienden, die haar met moeite het huis in droegen.

Zes Vingers haalde een teiltje water en begon Yiu Kei helemaal schoon te boenen. Ze rolde de hoek van een handdoek op tot een punt waarmee ze zijn zeven lichaamsopeningen en zijn vingernagels uiterst zorgvuldig schoon begon te maken. Keer op keer ververste ze het water in het teiltje totdat het uiteindelijk helemaal helder bleef. Ze kreeg zijn gezicht echter maar niet schoon. Het was alsof het slik tot diep in zijn huid was doorgedrongen waardoor die nu een donkere, paarse tint had gekregen.

Zes Vingers waste hem en bleef hem wassen.

Mak Dau probeerde haar te troosten. 'Ah-Hsien is nog jong genoeg om u een huis vol kleinkinderen te schenken. Maar laat dit kind hier niet naakt liggen. Kleed hem aan voordat hij verstijft.'

Mak Dau stak zijn hand uit naar de handdoek in haar hand. Eerst weigerde Zes Vingers hem te geven, maar uiteindelijk liet ze hem los. Mak Dau hielp haar naar een boom waar ze in de schaduw kon zitten.

'Blijf daar niet zo staan! Ga kleren voor hem halen,' schreeuwde Mak Dau tegen zijn vrouw.

Ah-Yuet keerde terug met Yiu Kei's schooluniform, dat donkerblauw was met een kakikleurige kraag. Hij had dit jaar een groeispurt gehad waardoor al zijn kleren hem te klein waren geworden. Daarom had Zes Vingers meneer Au gevraagd om een nieuw uniform te maken. Het was spiksplinternieuw en Yiu Kei had het zelfs nog nooit gedragen.

Mak Dau en Ah-Yuet kleedden Yiu Kei aan. Door de grondige wasbeurt was zijn huid zo teer als sprinkhaanvleugels. Terwijl Ah-Yuet de knoopjes van zijn blouse dichtknoopte, kraste ze met een vingernagel licht zijn wang. Onmiddellijk sijpelde er bloed uit de verwonding.

'Stomme koe!' riep Mak Dau. Hij schopte haar opzij en voltooide zelf het aankleden. Het uniform was niet gewassen en daardoor nog iets te lang. Mak Dau rolde de mouwen en de broekspijpen wat op en kamde Yiu Kei's natte haar met een scheiding in het midden.

Zijn gelaat vertoonde nog altijd een paarse tint. Hij leek wel een boerenjongen die altijd buiten had gespeeld, welk weer het ook was.

Op dat moment begon Zes Vingers hartverscheurend te huilen.

Het dertigste en eenendertigste jaar van de Republiek (1941-1942), Vancouver, Brits-Columbia en Red Deer, Alberta

Meteen nadat Yin Ling na terugkeer uit school de deur had geopend, wist ze dat er iets anders was dan normaal.

Zoals gewoonlijk speelde de oude grammofoon van haar grootvader, maar in plaats van Kantonese opera draaide hij een plaat met oude volksliedjes uit Guangdong, die hij had gekocht bij een inzamelingsbeurs voor de Overwinning. Het avondeten was klaar en de tafel was gedekt. Het was duidelijk dat het eten net was klaargemaakt en niet uit kliekjes uit het restaurant bestond. Yin Ling zette grote ogen op bij het zien van het gerecht van tijgergarnalen met gember en sjalotjes. Dat was een traktatie die ze hooguit één keer per jaar te eten kreeg. In de steelpan borrelde een soep. Yin Ling tilde het deksel op en zag een rijkelijk met eend gevulde tahoebouillon. Haar moeder had vandaag vrij, maar ze bracht haar vrije dagen nooit door met het bereiden van zulke heerlijke maaltijden als deze. Omdat Kattenogen zes dagen per week werkte, liet ze op haar vrije dag het huishouden graag voor wat het was.

'We hebben een brief gekregen van je oom,' zei haar grootvader. Hij overhandigde haar een met postzegels bedekte enveloppe.

Haar oom Kam Ho had zich eind vorig jaar bij het leger gemeld. Op dat moment werden in Brits-Columbia Canadezen van buitenlandse afkomst echter nog niet toegelaten. Om die reden was Kam Ho naar Manitoba gereisd. Dat was al een aantal maanden geleden, maar dit was pas zijn eerste brief. Kam Shan had een akelig voorgevoel gehad bij het plan van zijn broer en daarom sinds zijn vertrek zijn naam niet meer laten vallen tegenover zijn vader. Nu was er tot hun verrassing deze brief gekomen.

Yin Ling opende de enveloppe, maar voordat ze de kans kreeg de brief te lezen, griste haar grootvader hem weer uit haar hand. 'Je kent amper Chinees. Hoe denk je dan wijs te kunnen worden uit die krabbels van je oom? Ik lees hem wel voor.'

Hij vouwde de brief open, zette zijn leesbril op en las de woorden langzaam voor. Hij moest hem inmiddels uit zijn hoofd hebben geleerd, want hij dreunde de zinnen op zonder dat zijn ogen over het papier gleden.

Beste vader en de rest van de familie,

Ik verblijf nu al bijna zes maanden met het leger in Frankrijk. We zijn voortdurend onderweg. Onze operaties zijn geheim en daarom mochten we geen brieven naar huis sturen. Vandaag ben ik echter voor een opdracht in Parijs waardoor ik jullie deze brief kan sturen. Ik kan jullie verzekeren dat alles uitstekend met me gaat. Hier in Frankrijk zie ik hoezeer het gewone volk lijdt onder de Duitse bezetting en daardoor moet ik denken aan het leed dat onze familie in China ondergaat. Ik wilde dat ik me bij hen kon voegen om de strijd met de Japanse duivels aan te binden. Naar verluidt zijn ze Hongkong binnengevallen en wordt post niet meer doorgestuurd. Ik weet niet of mijn moeder en Kam Sau het wel redden. Sinds ik me heb aangemeld voor het leger rust de zware taak van de ondersteuning van onze familie helemaal op de schouders van mijn schoonzus. Daar voel ik me erg schuldig over. Ik hoop dat mijn broer rekening met haar houdt en dat jullie allemaal vriendelijk voor elkaar blijven.

Yin Ling wierp een blik op haar moeder, die in de soep roerde met de rug naar hen toe. Ze zag hoe haar schouders schokten en leidde daaruit af dat ze huilde. Dit was voor het eerst dat Kam Ho haar zijn 'schoonzus' had genoemd.

Ik hoop dat alles goed gaat met mijn broer en schoonzus. Yin Ling, mijn geweldige nichtje, jij zit toch in het laatste jaar van je middelbare school? Ben je van plan om naar de universiteit te gaan? Jouw vader en ik waren nog heel jong toen we naar de Gouden Bergen kwamen, maar de omstandigheden waren er indertijd niet naar om daar naar school te gaan. Jij bent de derde generatie Fong in de Gou-

den Bergen en ik hoop oprecht dat je naar de universiteit
gaat zodat je onze familie vooruit kunt helpen. Als ik deze
brief op de bus heb gedaan, vertrek ik naar een stadje in
het zuiden van Frankrijk. Daarna gaan we weer op weg.
Ik heb dan ook geen idee wanneer ik weer kan schrijven,
maar zit niet over mij in: ik zal goed op mezelf passen.

In alle nederigheid, je zoon Kam Ho op de tiende dag van
de vierde maand van het dertigste jaar van de Republiek,
in Parijs

Kam Shan tikte met zijn eetstokjes tegen Yin Lings kom. 'Heb je
goed gehoord wat je oom schreef? Als je goed leert en naar de universiteit gaat, snap je alles en kunnen de yeung fan ons nooit meer
zwartmaken!'

Kattenogen draaide zich om. 'Ha! Alsof het iets uitmaakt of ze
gaat studeren of niet. Straks gaat ze toch trouwen en krijgt ze kinderen. Ik vind het veel belangrijker dat ze een baan zoekt en haar
eigen brood verdient, zodat ik mij de rest van mijn leven niet meer
zo hoef uit te sloven!'

Haar vaders gezicht betrok en hij mompelde iets als 'sommige
vrouwen ...' Met zichtbare moeite slikte hij de rest van de zin in.

De maaltijd verliep in pais en vree. Voor het eerst dronk Kattenogen een glas rijstewijn samen met Yin Lings vader en grootvader. Na de laatste slok kreeg ze een hevige hoestbui. Ze begon
steeds harder te hoesten. Uiteindelijk rende ze naar de gootsteen
en spuugde daar alles weer uit. Het was Yin Ling opgevallen dat
ze de laatste tijd steeds vaker moest kotsen. Haar vader trok een
handdoek van de waslijn en gaf hem aan zijn vrouw zodat ze haar
mond kon afvegen. 'Als je niet tegen drank kunt, moet je niet
drinken,' zei hij. 'Niemand dwingt je ertoe.' Yin Ling merkte dat
hij vandaag ongewoon vriendelijk tegen haar was.

Toen Yin Ling haar maaltijd ophad, stond ze op om naar haar
kamer te gaan waarop haar moeder uitriep: 'Als iemand anders
voor jou heeft gekookt, kun je dan niet even het fatsoen opbrengen
om af te wassen? Je bent al achttien. Kun je dan niks anders dan
achter jongens aan lopen? Wat een luiwammes ben je toch! Ik
zorgde op mijn achtste al voor eten voor het hele gezin ...'

De woorden van haar moeder zoemden als een halsstarrige vlieg in haar oren. Yin Ling begon te tellen. Eén, twee, drie, vier. Als haar moeder niet opgehouden was wanneer ze bij de tien was, zou ze het bord in haar handen in duizenden stukjes slaan. Maar bij acht verdween haar moeder naar haar kamer.

Haar vader en grootvader staken een sigaret op en het vertrek vulde zich met de scherpe, smerige rook.

Yin Ling hoorde hoe haar moeder weer een hoestbui kreeg. Het klonk alsof ze elk moment weer kon gaan kotsen. Plotseling hield het hoesten op. Kattenogen dook op uit haar kamer in haar mooiste kleren en met een tasje in de hand.

'Ga je er in deze regen op uit?' vroeg Kam Shan nors.

Hij kreeg alleen een grom ten antwoord. Kattenogen ging op een krukje zitten om haar schoenen aan te trekken. Kam Shans gezicht stond intussen op onweer.

'Je bent zeker pas tevreden als je ook je allerlaatste cent hebt verloren!' schreeuwde hij en hij sloeg daarbij zo hard met de vuist op tafel dat de theekopjes opsprongen en het donkere vocht zich over tafel verspreidde.

'En jij mag zeker zoveel roken en drinken als je wilt zonder dat ik een paar spelletjes mahjong mag spelen!' beet Kattenogen terug. Ze verliet het huis zonder nog om te kijken.

Het bleef lang stil totdat Yin Lings grootvader uiteindelijk zei: 'Een vrouw hoort niet uit werken te gaan om haar hele familie te onderhouden.'

Ah-Fat had zijn eethuisje een paar jaar geleden gesloten. Toen het nog open was, had hij tenminste nog over wat geld beschikt, in elk geval voldoende om sigaretten te kopen. Nu hij zijn eethuisje niet meer had, kon hij zich zelfs niet meer het goedkoopste kaartje veroorloven voor de opera op Canton Street.

'Kam Shan, het gaat alleen maar slechter met je studio. In oorlogstijd wil niemand een foto van zichzelf. En als ze dat al willen, gaan ze naar de grote studio's. Waarom zoek je geen baan, eentje waarbij je kunt blijven zitten, voor een paar uur per dag? Dat is in elk geval toch beter dan niks?'

Kam Shan schudde het hoofd. 'Alsof ik daar niet naar heb gezocht. Alleen de munitiefabrieken nemen nog mensen aan en bij dat werk moet je de hele dag staan. Dat kan ik niet.'

'Of we kopen bonen, laten die ontkiemen waarna we de taugé aan de winkels van de yeung fan verkopen. Wat vind je daarvan?' probeerde zijn vader opnieuw. 'Om zo'n handeltje op te zetten heb je nauwelijks contanten nodig en wat we niet verkopen, eten we zelf op. Ah-Tong, die hier aan het einde van de straat woont, doet dat. Volgens mij verdient hij daar wel wat aan.'

'Geen slecht idee. Als ze zijn uitgelopen, kan Yin Ling ons na schooltijd helpen de taugé aan de man te brengen. Ze spreekt goed Engels. De yeung fan verstaan haar wel.'

Opnieuw trad er een stilte in.

'Ik heb wel verdomd veel pech dat ik op deze manier oud moet worden,' zei Ah-Fat met een diepe zucht. 'Als ik terugdenk aan de boerderij die ik had in New Westminster en hoe jaloers de yeung fan op me waren ... Ik heb geen idee hoe je moeder het nu thuis redt.'

'Ze kunnen in het dorp in elk geval wat land verkopen. Dat zal ze de laatste jaren geholpen hebben,' vervolgde hij. 'Heel anders dan wij. Wij blijven maar de broekriem aanhalen. Als het geld op is, is het op.'

Yin Ling zette het laatste bord in het droogrek, deed haar schort af en holde de trap op naar haar kamer. Ze deed de deur achter zich op slot en liet luid haar afkeuring blijken. Dit huis was als een sardineblikje en zij een van de visjes in het overbevolkte, verstikkende duister. Ze rilde bij de gedachte dat ze met een mand vol kletsnatte taugé over de groentemarkten zou lopen, ondertussen roepend: 'Vindt u een dubbeltje te duur, dan is acht cent ook goed.'

Ze hoorde hoe haar grootvader beneden de ene zucht na de andere slaakte. Daarna klonk het geluid van kokend water. Haar vader vulde Ah-Fats theekop bij.

'Niemand gaat eropuit in dit hondenweer, maar zij wel,' hoorde Yin Ling haar vader kwaad zeggen, waarmee hij natuurlijk op haar moeder doelde. Hoe het weer ook was, elke maandag als Kattenogen vrij had van haar werk, ging ze 's avonds weg om met vriendinnen een paar spelletjes mahjong te spelen.

'Kam Shan, zit toch niet de hele tijd op haar te vitten,' zei haar grootvader. 'Misschien heeft ze wel een jongetje in haar buik. Misschien zorgt Boeddha ervoor dat mijn tak van de familie toch niet uitsterft.' In zijn stem klonk vreugde door.

472

Yin Ling was als door de bliksem getroffen. Het duurde even voordat ze weer helder kon nadenken.

Haar moeder, die oud genoeg was om grootmoeder te zijn, was zwanger.

Het huisje waarin zij met zijn allen woonden moest binnenkort aan nog iemand onderdak bieden. Ze besefte dat dat vooral ten koste van haar zou gaan. Als de baby een jongetje bleek, zou hij het halve huis in beslag nemen. De andere helft zouden ze met zijn vieren moeten delen en het was wel zeker dat zij het kleinste deel zou krijgen. Rekenen was niet haar sterkste punt, maar deze som kon ze nog wel maken.

Was ze maar dood.

Yin Ling balde een hand en sloeg ermee tegen haar borst. Ze voelde de kaart die ze in haar borstzakje had verstopt. Het was haar recentste rapport. Dat zat al twee dagen in haar borstzakje verstopt. Het begon naar zweet te ruiken.

Engels	6,2
Wiskunde	5,8
Natuurkunde	4,7
Geschiedenis	5,5
Sociale wetenschappen	6,2
Gymnastiek	7,8

De rectrix, mevrouw Sullivan, had Yin Ling op haar kamer ontboden en haar persoonlijk dit rapport overhandigd. 'We moeten een afspraak met je vader en moeder maken en met hen overleggen hoe je alles gaat ophalen,' zei mevrouw Sullivan, die de indruk wekte doodmoe te zijn en zo bleek was dat de aderen blauw door de huid op haar voorhoofd en in haar nek schemerden. De aderen kronkelden als wormen toen ze erop liet volgen: 'Als je tenminste dit jaar je diploma wilt halen.'

Met haar vader en moeder? Een man met een manke poot en met gele tanden van het roken die koeterwaals sprak? Een vrouw die naar bakolie en rook geurde? Ze kon echt niet toestaan dat die twee onder het oog van alles en iedereen koers zouden zetten naar de kamer van mevrouw Sullivan.

'Heb je die spleetogen gezien, die vader en moeder van Yin Ling?'

'Moet je nou eens kijken! Mogen zulke ouwe kerels hun vrouw nog zwanger maken?'

De hatelijke opmerkingen spookten al door haar hoofd als vlooien die zich niet lieten verjagen.

Ze hoopte dat de aarde haar zou opslokken. Dan zou ze nooit meer naar haar moeders gekanker hoeven luisteren en was ze verlost van het gezucht en gesteun van haar vader en grootvader. Ook zou ze niet meer de trillende aderen in de nek van mevrouw Sullivan hoeven zien en bleef haar de nachtmerrie bespaard van het taugé uitventen op de markt.

Johnny.

Die naam kwam plotseling bij haar boven uit het diepst van haar gedachten.

Tot haar grote verrassing had juffrouw Watson haar bij de tangolessen inderdaad aan Johnny gekoppeld. Johnny leek niet gezien te hebben dat de mouwen van haar jas zo versleten waren dat ze glansden en ze was niet flauwgevallen op het moment dat ze neerzeeg in de bocht van zijn arm. Steeds als de les voorbij was geweest, hadden ze nog een tijd met elkaar zitten praten. Yin Ling was er op die manier achter gekomen dat Johnny's vader een dronkaard was die zelden thuiskwam. Als de middelste van drie kinderen had Johnny altijd het gevoel gehad buiten de boot te vallen. Toen zijn moeder uiteindelijk een poging had ondernomen om hem weer in het gareel te krijgen, was het al te laat geweest. Toen hij in de vierde klas had gezeten, had hij er aan het eind van het schooljaar de brui aan gegeven. Met jongens uit een hogere klas had hij de band The Bad Boys gevormd en samen waren ze naar Montréal vertrokken.

Nadat Johnny van school was gegaan, stuurden nogal wat wanhopige meisjes hem een brief. Ook Yin Ling. Stuk voor stuk vonden ze in de loop der tijd allemaal een nieuw vriendje op wie ze hun aandacht konden richten en hun herinneringen aan Johnny vervaagden. Alleen Yin Ling bleef Johnny schrijven. Af en toe stuurde hij antwoord.

Hij bleef maar drie maanden in Montréal omdat de inwoners er Frans spraken en niet naar Engelstalige muziek luisterden. De band volgde de rivier St. Lawrence naar het westen en stopte onderweg in allerlei stadjes om daar op te treden. In Thunder Bay kreeg Johnny ruzie met de andere bandleden en vervolgde hij zijn weg naar de Canadese prairies. In zijn laatste brief schreef hij dat hij de prairies had verlaten en was teruggekeerd naar het westen. Hij bevond zich in de Rocky Mountains en wel in de plaats Red Deer in de provincie Alberta. Daar zong hij in een kroeg.

Johnny zou heel goed Yin Lings uitweg kunnen zijn, haar toevluchtsoord. Op die manier zou ze haar vader en moeder, haar grootvader, mevrouw Sullivan en de taugé nooit meer hoeven zien.

Als Johnny sprak van 'door het leven schaatsen' doelde hij op het telkens van de ene naar de andere stad trekken, op verkassen naar een nieuwe woonplaats voordat de straten waar je je bevond je al te bekend voorkwamen, op het elke nacht elders onderdak vinden en het elke ochtend onder een andere hemel wakker worden. Ook Yin Ling wilde door het leven schaatsen.

Ze nam een besluit. De vlooien staakten meteen hun springen. De hatelijke opmerkingen verstomden en Yin Ling kalmeerde.

Red Deer was niet al te ver van Calgary. Als je 's morgens vroeg de trein nam vanuit Vancouver was je er 's middags al. Haar bagage zou uit niet veel meer bestaan dan een paar setjes schone kleren, een paar waterdichte schoenen en een paraplu. Gelukkig was het geen winter want in dat geval had ze de familiekoffer nodig gehad, wat de aandacht zou trekken.

Geld. Dat had ze nodig.

Yin Ling pakte het spaarvarken van tafel en peuterde er alle munten uit via zijn bek. Het waren allemaal centen en dubbeltjes waardoor ze een eeuwigheid nodig had om het geld te tellen. Ze kwam uit op acht dollar en zevenennegentig cent. Dat was het bedrag dat haar grootvader voor haar bij elkaar had gespaard. Hij had haar gezegd dat hij het geld had uitgespaard door niet te roken, maar was daar ondertussen rustig mee doorgegaan. En hoewel ze dit spaarvarken al jaren had, was hij daardoor niet erg gevuld geraakt. Gelukkig was het genoeg voor een treinkaartje en van wat overbleef zou ze nog een paar keer wat te eten kunnen kopen.

Ze wilde wachten tot volgende week, wanneer haar moeder haar salaris had gekregen. Dan kon ze nog twee of drie dollar uit haar portemonnee pakken. Daarna zou ze ervandoor gaan. Ze wist precies waar haar moeder haar geld bewaarde. Ze had al veel vaker aan weglopen gedacht, maar deze keer ging ze het ook echt doen.

Maar wat als het geld op was? Als het zover was, zou ze gewoon wel zien.

Toen ze de volgende ochtend opstond, sliepen haar vader en moeder nog. Haar grootvader was al wel op, want in de donkere gang zag ze nu en dan het rode uiteinde van een sigaret oplichten. Ze liep langs hem heen om in de deuropening haar schoenen aan te trekken.

'Yin Ling, neem een beker sojamelk,' riep hij haar na. 'Hij is vers.'

'Nee, dank u,' riep ze terug. Op het moment dat ze de deur uit wilde gaan, draaide ze zich echter om. Haar grootvader overhandigde haar de beker, die ze leegdronk.

'Dank u, grootvader,' zei ze met een brok in haar keel.

Red Deer lag een stuk noordelijker en bovendien een eind van de oceaan. Wanneer de zomerzon de stad eindelijk had bereikt, straalde hij nog maar weinig warmte uit.

Het was al bijna donker toen Yin Ling uit de trein sprong met een propvolle schooltas. De lantaarns langs de koude straat verspreidden maar weinig licht. De donkere leemtes ertussen leken op de tandeloze monden van oude besjes. De wind speelde met haar mouwen en deed haar huiveren. In Vancouver was de wind een stevige, zachte hand die zich onderdompelde in de oceaan waarna hij het vocht liefkozend over de huizen, bomen en mensen uitspreidde. De wind in Red Deer was echter een eeltige, zware hand die ruw aanvoelde op haar wangen. Yin Ling verbaasde zich daarover, maar het beangstigde haar niet. Die angst zou veel later komen. Op dat moment was er te veel dat haar aandacht trok en niets wat haar goede humeur kon verpesten.

Red Deer bestond uit slechts een paar straten. Yin Ling vroeg de weg aan enkele voorbijgangers. Na drie straatjes door te zijn gelopen stond ze voor de kroeg. Hij had buiten een lichtbak met het opschrift THE GOLDPANNER en lag aan een lange weg. Yin Ling ging tegenover de ingang op een bankje zitten die de inwoners van het stadje gebruikten om de benen even rust te geven, de krant te lezen of koffie te drinken. Terwijl ze daar zo zat in die vreemde stad, op dat vreemde bankje met vreemde ogen die over haar dwaalden, voelde ze elke porie van haar lichaam tot leven komen.

Ze zag door het raam dat de kroeg was bevolkt door mannen die in grote wolken sigarenrook werden omhuld. The Goldpanner was een clandestien drankhol waar mijnwerkers en boerenknechten zich na hun werkdag verzamelden om te roken, te drinken en te pokeren. Af en toe ging er een vrouw naar binnen, maar altijd een van het soort dat heel goed wist hoe je mannen geld moest aftroggelen. Yin Ling besefte dat ze er beter aan deed buiten te blijven. Ze was bereid om op het bankje te blijven wachten tot het licht werd. Ze was nog nooit een hele nacht wakker gebleven, maar werd nu gedreven door een hevig verlangen. Ook was ze niet bang.

Terwijl ze daar zo zat te wachten, wakkerde haar verlangen verder aan totdat haar hart dezelfde aangename hitte had als in een wok geroosterde pinda's.

Van alle mannen in die kroeg had ze maar met één een band. Ze hoorde dat hij er was.

Naar het westen, met al zijn aders goud
Naar het westen, met zijn land onbebouwd
Hé gouddelver, waar je paard blijft staan
Dat land is van jou, dus komaan.

De gitaarakkoorden priemden gaten in de nachtelijke hemel als was het geweerhagel. Hij zong het nummer met zo'n rauwe stem dat het leek dat de woorden zich omhoog klauwden uit zijn keel. Het vertrek stonk naar zweet en de mannen tikten met hun met modder besmeurde laarzen het ritme mee op de vloer van ruw dennenhout. Yin Ling merkte dat ze met hen meetikte.

Het was moeilijk te geloven dat op dit moment aan de andere kant van de wereld een bloedige oorlog werd gestreden. Ze had klasgenootjes van wie de oudere broer meevocht aan het front. Hun gezinnen verkeerden continu in angst over het nieuws dat de postbode zou brengen.

Muziek en drank hadden een kalmerende uitwerking op mensen. Daardoor vergaten ze de oorlog, het eindeloze wachten op nieuws en de dood.

Het bezeten aanslaan van de gitaarakkoorden putte ten slotte ook Yin Ling uit. Ze strekte zich uit op het bankje en viel in slaap.

Ze werd gewekt door een straatveger. 'Juffrouw, hoort u zo laat in de nacht niet thuis in bed te liggen?' Het was een oude man met een vriendelijk uiterlijk, het soort man dat de politie belde om te vragen of die een kijkje bij haar wilde nemen.

'Ik wacht op mijn oudere broer. Hij komt zo en neemt me dan mee naar huis,' antwoordde ze.

De man leek haar niet te geloven, maar liet haar toch alleen.

Yin Ling wreef in haar ogen. De lucht was van een verwarrende, onbestemde kleur. Het kon het rokerige grijs van de avondscheme-ring zijn, maar ook de dageraad aankondigen. Haar kleren waren vochtig van de dauw. Ze keek naar de overkant van de straat. Het licht van The Goldpanner was uitgegaan zonder dat ze het had opgemerkt. Nu brandde er alleen nog een zwak peertje boven de deur. Het leek erop dat iemand met een grote zak op de rug aan het afsluiten was. Yin Ling greep haar tas, vloog de straat over en bots-te tegen de man bij de deur op.

'Johnny.'

De tranen liepen haar over de wangen. Ze had hem een jaar niet gezien. Hij had altijd een babyface gehad, maar door zijn aanhou-dende zwerftocht van stad naar stad waren zijn gladde gelaatstrek-ken ruw geworden en had zijn gezicht karakter gekregen. Yin Ling voelde zich aangetrokken tot de nieuwe Johnny als een mot tot een vlam.

Johnny's gezicht verstarde in een verbijsterde grimas.

'Yin Ling! Wat doe jij hier?'

'Op zoek naar jou,' antwoordde ze aarzelend.

'Weten je vader en moeder dat je hier bent?'

'Heb jij je ouders gezegd dat je wegging?'

Johnny wist even niet meer wat hij moest zeggen en barstte ver-volgens in lachen uit. Het geluid werd weerkaatst door de muren, wekte de sluimerende straat.

'Jij bent bepaald geen doorsnee-Chinese,' zei hij. Hij wiste de tranen van haar wangen.

Yin Ling was nu niet meer bang voor Johnny's reactie. Ze zag in zijn hazelnootbruine ogen dat hij aangenaam getroffen was.

Voorlopig althans.

Verder vooruit durfde ze nog niet te kijken.

Johnny woonde in een huis van twee verdiepingen op nog geen twee minuten lopen van de kroeg. Daar had hij een ruimte in de kelder betrokken.

Het huis was van een Nederlands echtpaar, dat er ook woonde. De man was jurist en de vrouw huisvrouw. Hun kinderen waren inmiddels het huis uit en getrouwd, met uitzondering van de jongste zoon. Die was het leger in gegaan en vocht nu in Europa. Toen Johnny in Red Deer was aangekomen en met spoed een verblijfplaats nodig had, had hij hun kelder mogen huren. Het echtpaar had gedacht dat hij hen gezelschap zou gaan houden, maar ze zagen hem nauwelijks. Elke middag ging hij er met zijn gitaar over de schouder op uit om pas tegen het ochtendgloren terug te keren. Als zij opstonden, ging hij juist slapen.

Zijn kelderwoning had een eigen ingang. Voor de deur nam Johnny Yin Ling onder zijn arm alsof hij een kat droeg. Stilletjes glipte hij met haar naar binnen. Yin Ling kon in het duister haar lachen niet inhouden, maar Johnny legde snel een hand over haar mond.

'Pas op. Ze hebben oren als jachthonden. Het is maar goed dat ze helemaal bovenin slapen,' fluisterde hij Yin Ling in het haar terwijl hij haar op de grond zette.

Johnny's adem rook naar bier en sigaretten. Hij kietelde haar oor en nek. Yin Ling voelde zich plotseling helemaal nat worden bij haar dijen. Dit was wat haar moeder dus bedoelde wanneer ze haar uitschold voor slet. Maar haar moeder was er nu niet om haar tot de orde te roepen. Sterker nog, ze leek nauwelijks in staat zichzelf tot de orde te roepen. Ze verhief haar mond naar die van Johnny, die haar kus beantwoordde, begon te slurpen als een eend water opslurpt. Yin Ling begon zo hevig te trillen dat ze nauwelijks nog adem kon halen.

Johnny legde haar op het bed. Het was een oud houten ledikant dat onder hun gewicht krakend en piepend begon te protesteren. Johnny trok zich er niets van aan. Zijn handen verdwenen onder Yin Lings kleren. Hij maakte zich niet druk om knoopjes en trok haar blouse op tot over haar gezicht. Yin Ling zag hem niet meer, maar voelde wel hoe een paar gloeiend hete handen haar smalle, nog nauwelijks ontwikkelde borsten kneedden als waren ze van deeg.

Zijn handen verlieten haar borsten en trokken haar broek omlaag. Yin Ling wachtte op het moment dat zijn handen ook de plek tussen haar benen zouden gaan kneden, maar in plaats daarvan voelde ze hoe een ijzeren staaf zich in haar lichaam drong. Ze was niet voorbereid geweest op de schrijnende pijn die dit opriep. Ze kon even niets zeggen. Kreten van pijn drongen zich op naar haar keel. Maar met het Nederlandse echtpaar in het achterhoofd lukte het haar om ze weg te slikken.

De staaf drong nog een aantal keer haar lichaam in en verslapte toen. 'Zo is de eerste keer altijd. Als we het vaker doen, ga je het zo lekker vinden dat je er geen genoeg van krijgt.'

Johnny trok Yin Lings blouse omlaag en wiste het zweet van haar voorhoofd.

Het werd dag. Door het kelderraampje sijpelde licht naar binnen. Het kabbelde over Johnny's biceps. Yin Ling liet een vinger over zijn arm gaan en vroeg aarzelend: 'Heb je het al veel vaker gedaan?'

Johnny antwoordde aanvankelijk niet, maar toen Yin Ling aandrong, zei hij: 'Ze komen vanzelf naar me toe. Je weet hoe dat gaat in de muziek. Altijd vrouwen om je heen.'

Yin Lings hart sloeg een slag over. Ze zag zichzelf even als een van die vrouwen die om Johnny heen hingen. Maar dan deden ze het vast maar een of twee keer, totdat het nieuwe eraf was, verzekerde ze zichzelf. Zij was anders. Zij wilde de rest van haar leven bij hem blijven. Zij had geen vader, moeder of grootvader meer. Niemand meer. Alleen Johnny.

Ze draaide zich om en klemde hem in haar armen.

Vanaf dat moment was Johnny's woning ook de hare. Eigenlijk was schuilplaats een betere benaming dan woning. Ze sliepen elke dag tot in de middag. Daarna vertrok Johnny naar The Goldpanner en probeerde Yin Ling de honger te verjagen door op wat kapjes brood te kauwen die Johnny had meegenomen uit de kroeg. Ze hield zich zo stil mogelijk zodat het echtpaar haar niet zou horen. Hun voetstappen klonken zo luid dat het leek alsof ze over haar hoofd liepen. Een enkele keer zag ze een rok langs het kelderraam strijken. Dan was de vrouw in de tuin aan het werk. Door de aanwezigheid van het echtpaar voelde Yin Ling zich nooit op haar gemak.

Als het donker werd glipte ze de kelder uit om naar Johnny's kroeg te gaan. Ze liep de nog lege ruimte binnen, begroette Johnny en verdween direct naar de keuken. Johnny stond in een goed blaadje bij de kroegbaas waardoor Yin Ling er een baantje had gekregen. Ze waste af en maakte sandwiches klaar.

'Vind je haar niet prachtig?' zei Johnny telkens wanneer hij haar aan iemand voorstelde. 'Haar vader is Frans en haar moeder Vietnamees.'

Yin Ling had haar haar laten knippen en in de krul laten zetten. Ze had geleerd haar wenkbrauwen te epileren tot een dunne streep en droeg inmiddels donkerblauwe oogschaduw en roze lippenstift. Als ze in de spiegel keek, leek het er inderdaad sterk op dat er Frans bloed door haar aderen stroomde. Ze had deze stijl van opmaken overgenomen van de pin-ups in de tijdschriften die in de kroeg rondslingerden. 'Je ziet er niet meer als een schoolmeisje uit,' zei Johnny. Ze nam aan dat hij dat als compliment bedoelde.

Naarmate ze langer in Red Deer verbleef, was ze minder op haar hoede en deed ze ook minder haar best om haar aanwezigheid in de kelder te verhullen. Toen Johnny en Yin Ling op een ochtend terugkeerden naar huis paste de sleutel niet meer op de deur. Johnny morrelde nog wat aan het slot totdat de deur tot zijn verbazing werd geopend en het Nederlandse echtpaar opeens voor hen stond.

'Hoe lang woont zij hier al?' vroeg de hospita, wijzend naar Yin Ling.

Johnny wilde iets antwoorden, maar de vrouw onderbrak hem: 'Mijn zoon strijdt in Europa voor onze vrijheid, maar jij haalt dit Chinese stuk vreten in huis om onder onze ogen de smerigste dingen met haar uit te halen!' viel ze uit.

'Wegwezen!' schreeuwde de man, een vinger in Johnny's gezicht zwaaiend. Er vloog iets langs hen heen waarop een doffe klap klonk. Het was de tas met Johnny's bezittingen.

'Haar vader is Frans en ...' begon Johnny nog, maar de deur werd al dichtgeslagen.

Zodra het licht was, gingen Johnny en Yin Ling op zoek naar een nieuwe plek om te wonen. Ze klopten op elke deur met het bordje KAMER TE HUUR. 'Hebt u een kamer te huur voor mij en mijn vrouw?' probeerde Johnny eerst. Al snel gooide hij het over een andere boeg. 'Hebt u een kamer te huur voor ieder van ons beiden?' vroeg hij dan. Toen dat ook geen uitkomst bood, vroeg hij steeds: 'Hebt u een kamer te huur voor deze jongedame?'

Bij de eerste benaderingswijze keken de huiseigenaren telkens betekenisvol naar hun ringvingers zonder trouwringen. Bij de tweede en derde variant bleef de blik van de huurbaas steeds op Yin Ling rusten. Het antwoord luidde steeds onomwonden en simpelweg 'nee'.

En 'nee' bleef het.

Nog voor het middaguur kwamen ze tot het inzicht dat niemand in de hele wereld onderdak wilde bieden aan een ongetrouwd stel, vooral niet als een van de twee Chinees was.

Johnny liet mismoedig de schouders hangen, terwijl hij maar voortliep met Yin Ling achter zich aan. Zijn maag rammelde op het ritme van zijn voetstappen. Uiteindelijk wierp hij zijn tas neer op de stoep, ging erop zitten en stak een sigaret op. Yin Ling keek toe hoe hij hem chagrijnig oprookte en vroeg hem vervolgens behoedzaam: 'Zal ik het dan maar eens proberen aan de overkant?'

Ze wees naar een winkel aan de overkant van de straat die Wen Ah Tsun heette. Op de bovenverdieping hing achter een zolderraampje een briefje met daarop in het Chinees: MOOIE KAMER TE HUUR.

Johnny reageerde slechts door een nieuwe sigaret uit zijn zak op te diepen, die hij aanstak met de peuk van de vorige.

Yin Ling liep de winkel binnen. Achter de toonbank stond een Chinese vrouw van middelbare leeftijd die rijstepap uit een kom dronk. Yin Ling vroeg zonder verdere omhaal: 'Hoeveel is de kamer?'

De vrouw nam haar helemaal op. 'Waar kom jij vandaan? Ben je studente? Ik ken iedere Chinees in deze stad, maar jou heb ik nog nooit gezien.'

Yin Ling zweeg. Terwijl ze die ochtend van deur naar deur waren getrokken, was ze tot het inzicht gekomen dat wat ze ook zou antwoorden, Johnny en zij toch geen kamersleutel zouden krijgen. Daarom koos ze er nu voor haar mond te houden.

'Dertig dollar per maand, zonder maaltijden.'

De vrouw blufte. Ze kon zich absoluut niet voorstellen dat Yin Ling akkoord zou gaan met dit absurde bedrag. Ze verwachtte dat ze zou gaan afdingen.

Dat deed Yin Ling echter niet. Ze zei slechts: 'Dertig dollar is prima, maar het gaat je niks aan dat ik soms een vriend meeneem.'

De vrouw leek te schrikken en aarzelde.

Yin Ling haalde een paar biljetten uit haar zakken en legde ze met een klap op de toonbank. 'Ik geef je vijfendertig. De helft nu, de andere helft volgende week. Niemand anders in de hele wereld is bereid dat bedrag te betalen voor die kamer.'

De vrouw zei niets. Ze verdween in de achterkamer waarop Yin Ling haar hoorde mompelen met iemand anders, misschien haar echtgenoot. Na een tijdje kwam ze weer tevoorschijn. Ze pakte het geld dat Yin Ling op de toonbank had gelegd.

'Maar niet in de winter gaan klagen dat we de verwarming niet hoog genoeg zetten.'

Yin Ling draaide zich om om de winkel te verlaten. Op dat moment zei de vrouw zacht: 'Als ik een dochter thuis had, had ik je die kamer niet verhuurd.'

Het duurde even voordat Yin Ling snapte wat de vrouw werkelijk wilde zeggen, namelijk: als ik een dochter had, zou ik niet willen dat ze jouw slechte voorbeeld ging volgen. Terwijl ze naar de deur liep, voelde ze de blik van de vrouw in haar rug priemen. Ze dacht dat Yin Ling een prostituee was.

Ze was echter niet de eerste die haar ten onrechte voor een prostituee hield, en zou ook niet de laatste zijn. Yin Ling besefte heel goed dat waar ze zich buiten de kroeg met Johnny maar vertoonde, mensen haar voor een hoer aanzagen. Het raakte haar niet. Haar grootste behoefte op dat moment was een dak boven haar hoofd, een dak waaronder ze beiden beschutting konden vinden. Het interesseerde haar echt geen snars of ze als hoer bekendstond of niet. Binnen een paar weken had ze al een olifantshuid gekregen.

Zij en Johnny verhuisden naar de zolderkamer boven de Wen Ah Tsun-winkel. Deze keer was de situatie echter precies tegengesteld aan de vorige. Nu was het Johnny die stiekem naar binnen en buiten moest sluipen. Ze durfden nauwelijks adem te halen omdat ze deze keer op de verdieping boven de hospita woonden en niet onder haar.

In Red Deer duurde de herfst nooit lang. Winter en zomer droegen gedurende de verplichte ceremonie van een paar regenachtige dagen de taken aan elkaar over. Eind september, tijdens de eerste sneeuwbui, drong het tot Yin Ling door wat de hospita precies had bedoeld met: 'Maar niet in de winter gaan klagen dat we de verwarming niet hoog genoeg zetten.' De stoomverwarming ging maar twee keer per dag even aan: 's morgens bij het opstaan en 's avonds voor bedtijd. Maar Johnny en Yin Ling hielden er natuurlijk een heel ander dagritme op na dan hun hospita. De verwarmingsmomenten liepen ze keer op keer mis.

Als Johnny en Yin Ling 's morgens vroeg thuiskwamen, was het ijskoud in hun kamer. Zonder de moeite te nemen hun gezicht te wassen, doken ze meteen het bed in waarna ze lagen te rillen tussen de ijslagen van dekens en matras. Johnny sloeg dan de lakens terug en ging rechtop zitten om zich vervolgens op Yin Ling te storten. Dat was zijn nieuwste methode om warm te worden. Yin Ling verzette zich niet, maar maande hem wel tot stilte: 'Vergeet niet dat ze beneden zijn!' Maar met elke stoot werden Johnny's kreten luider.

'Dat zal die spleetogen leren om niet van elk dubbeltje een dollar te willen maken.'

Yin Ling lachte kort. 'Vergeet niet dat die spleetogen de enigen zijn in Red Deer die ons een kamer wilden geven.'

Johnny verslapte plotseling. Hij plofte naast haar neer op bed. Yin Ling paste elke truc toe die ze kende, maar hij wilde niet opnieuw stijf worden. Ze trok de dekens over hen heen, gleed met haar been over hem heen en drukte hem zo stevig mogelijk tegen zich aan.

'Waarom gaan we hier niet weg en proberen we het in een andere stad?'

Johnny zei niets. In het halfduister van de ochtendschemering zag Yin Ling zijn ogen mat glanzen. Na een poos doofde ook die gloed. Yin Ling veronderstelde dat hij in slaap was gevallen, maar opeens bewoog hij weer: 'Het maakt niet uit waar we heen gaan. We kunnen de mensen toch niet ontlopen,' zei hij.

December was een akelige maand.

De oorlog laaide steeds verder op. De radioberichten waren allerminst geruststellend. De Amerikaanse vloot was nagenoeg geheel verwoest door de aanval bij Pearl Harbor. Kiev was ingenomen, Leningrad werd belegerd en Hongkong was gevallen. Slecht nieuws werd gevolgd door nog slechter nieuws. Vanuit Red Deer vertrokken grote groepen mannen naar het front. Hun werk werd overgenomen door de vrouwen die achterbleven. De frontsoldaten mochten het dan niet makkelijk hebben, voor de achterblijvers gold dat evenzeer. Er was een tekort aan voedsel en water, evenals aan elektriciteit en kolen. De prijzen rezen de pan uit. Alleen een mensenleven was niets meer waard.

Zes dagen voor Kerstmis bereikte de lijst met oorlogsslachtoffers Red Deer. Vijf gezinnen hadden een zoon verloren. Dat jaar was Kerstmis allerminst een vrolijke gebeurtenis. De kerstbomen in de straten waren allemaal versierd met geelzijden bloemen. De kerstgezangen klonken als klaagliederen voor overleden beminden. Zelfs The Goldpanner moest in alles mee en verklaarde, toegevend aan de druk, dat er ter nagedachtenis van de gesneuvelden op eerste kerstdag geen alcohol werd geschonken.

Onderweg naar de kroeg zag Yin Ling overal gele bloemen aan de deurknoppen hangen. Dat riep bij haar gedachten op aan Kam Ho, die in Frankrijk was gelegerd. Ze vroeg zich af of haar familie de laatste tijd nog iets van hem had gehoord. Ook haar vader en grootvader zouden ongetwijfeld elke dag met angst en beven uitkijken naar de postbode.

Yin Ling kon zich nog herinneren dat Kam Ho haar eens met Chinees Nieuwjaar op zijn schouders had genomen en met haar naar Chinatown was gelopen om voetzoekers te kopen. Haar grootvader was achter hen aan gerend en had geschreeuwd: 'Zet haar neer, Kam Ho! Een meisje vlak bij je hoofd dragen brengt ongeluk!'

Kam Ho had er slechts om moeten lachen. 'Yin Ling is mijn geluksster. En als ze in mijn nek piest, is dat des te beter want dat spoelt mijn pech weg,' had hij geroepen.

Yin Ling volgde Johnny The Goldpanner in. De rest van het personeel was al druk bezig met het klaarzetten van de tafeltjes en het vegen van de vloer. De laatste tijd nam het aantal bezoekers aan de kroeg alleen maar af, dus de zaken gingen slecht. Johnny haalde zijn gitaar uit de tas en begon hem te stemmen. Yin Ling trok in de gang naar de keuken haar werkoverall aan. Ze wendde het hoofd en zag Johnny met de kroegbaas praten. De baas leek warm te glimlachen, maar Johnny zette een vreemde grijns op die zijn tanden ontblootte. Yin Ling probeerde het gesprek op te vangen toen plotseling een kleine hand haar in haar darmen kneep en haar mond zich vulde met een smerig smakend vocht. Voordat ze zich voorover kon buigen, kotste ze de garnalennoedels van haar middagmaal al over haar overall heen. Ze had de noedels in het winkeltje onder hun kamer gekocht. Misschien waren de garnalen bedorven geweest.

Yin Ling rende naar de wc. Ze was juist haar kleren en schoenen aan het schoonmaken toen het handje opnieuw haar ingewanden in beroering bracht. Haar maag was echter al leeg en er kwam alleen nog maar gal omhoog. Ze kokhalsde en bleef kokhalzen, totdat ze zich uiteindelijk beter begon te voelen. Johnny had gelijk dat je bij 'spleetogenwinkels' nooit fatsoenlijke verse etenswaren kon vinden.

Ze begon in de keuken sandwiches te smeren. Er waren zo weinig klanten dat ze er niet te veel klaar wilde maken. Tegen de tijd dat ze klaar was, rammelde ze van de honger. Ze beet een hoekje van een sandwich af, maar hij smaakte nergens naar en ze legde hem terug. Daarna drongen van de voorkant van het pand vertrouwde gitaarklanken tot haar door. Johnny begon te zingen. Hij zong de nummers die hij altijd zong, maar zonder de bravoure die hij normaal tentoonspreidde.

Voor het voorbije Chinese Nieuwjaar had haar grootvader zich in de voorspellingen voor het komende jaar verdiept. Naar zijn zeggen waren ze niet gunstig. Families moesten zich voorbereiden op moeilijke tijden en zaken anders aanpakken. Hij had gelijk gehad. Het was een zeer bewogen jaar geweest, vol rampspoed en verdriet. Ook de levenslustige Johnny leed eronder. Gelukkig was het nog maar drie dagen tot het nieuwe jaar. Yin Ling was benieuwd wat dat voor hen in petto zou hebben.

Terwijl ze van de kroeg terugliepen naar huis, viel er een dik pak sneeuw. De vlokken waaiden hun recht in het gezicht. Het viel niet mee om tegen de bijtende wind in hun weg te vinden. Daardoor vergat Yin Ling Johnny te vragen naar zijn gesprek met de kroegbaas. Pas in bed stootte ze hem aan en vroeg: 'Wat vertelde de baas je vanavond allemaal?'

Johnny antwoordde niet, maar draaide haar slechts zijn rug toe. Yin Ling klom boven op hem en bracht haar gezicht tot bij het zijne: 'Ik vroeg je iets.'

Johnny schoot geïrriteerd overeind en duwde haar van zich af. 'Doe nou eindelijk eens een keer niet zo vervelend!'

Dit was de eerste keer dat hij zo tegen haar uitviel. Yin Ling wist even niet wat ze moest zeggen. Terwijl ze daarover nadacht, stapte Johnny zonder haar aan te kijken uit bed. Hij tastte in zijn jaszakken en diepte een pakje sigaretten op. De sigaretten waren vochtig geworden van de sneeuw. Pas na een paar lucifers lukte het hem er een aan te steken. Hij rookte er eentje en stak vervolgens met de brandende peuk de volgende aan, rookte die op en direct erna nog een. Na de derde zei Yin Ling: 'Probeer je de kamer blauw van de rook te zetten?'

Johnny haalde zonder iets te zeggen nog twee sigaretten tevoorschijn en stak ze aan. De ene bracht hij naar zijn eigen mond, de andere gaf hij aan Yin Ling. 'Probeer eens.'

Ze stak hem op dezelfde manier in de mond als Johnny en ademde in. De eerste teug rook sneed haar in de keel. De tweede ook, maar het mes leek al iets minder scherp. Bij de derde was het lemmet bot en kietelde de rook nog slechts haar keel.

Johnny keek haar aan. 'Weet je, Yin Ling,' zei hij, 'jij doet alles met zoveel stijl. Zelfs als je iets voor het eerst van je leven doet, lijkt het alsof je nooit iets anders hebt gedaan.' Yin Ling keek hoe de rook mooi uit haar mond kringelde en langzaam zijn vorm verloor totdat hij als een zeepbel tegen het plafond uiteenspatte.

'Zoals wat?'

'Zoals roken. Of weglopen van huis.'

'Je steekt de draak met me. Ik weet het zeker.'

Johnny draaide zich naar haar om en zei in alle ernst: 'Luister, Yin Ling. Ik heb nog nooit de draak met je gestoken. Je bent de boeiendste vrouw die ik ooit heb ontmoet.'

'Omdat mijn vader Frans is?' Ze barstten beiden in lachen uit.

Johnny greep Yin Ling bij de schouder: 'Ik weet dat je je familie mist,' zei hij.

Yin Ling schudde verwoed het hoofd, maar toch sprongen de tranen haar in de ogen. Over twee dagen was het oudejaarsavond. Voor de maaltijd op oudejaarsavond zouden er vijf stoelen om de tafel staan, maar twee daarvan zouden onbezet blijven. Hoeveel haar moeder ook klaagde, het was onvoldoende om die plaatsen op te vullen. Misschien dat haar tweede kind hun afwezigheid kon compenseren.

Johnny had die ochtend geen zin in seks. In plaats daarvan nam hij haar in zijn armen alsof ze een baby was. Hij hield haar zo stevig vast dat hij er kramp van kreeg.

Yin Ling viel in een diepe, droomloze slaap. Toen ze wakker werd, was de kamer gevuld met een bijna verblindend fel licht. Ze kon niet uitmaken of dit nu door de zon of door de sneeuw kwam. Duizenden zilverkleurige stofdeeltjes dansten in het licht. Yin Ling strekte een arm uit, maar op Johnny's kussen lag niemand. In plaats daarvan voelde ze een brief.

Ze opende de enveloppe. Er zaten een biljet van tien dollar en een volgekrabbeld briefje in.

> *De baas heeft mij ontslagen omdat bezoekers zeggen dat wij de 'sfeer' van de stad geen goed doen en zij ons niet meer kunnen velen. Ik moet verder, maar heb geen idee wat de volgende halte zal zijn. Gebruik dit geld voor een treinkaartje naar Vancouver. Als je snel gaat, ben je misschien op tijd thuis voor het nieuwjaarsfeest. Het door het leven schaatsen is niet voor jou weggelegd. Het spijt me. Echt.*

Na de val van Hongkong was er een einde gekomen aan het postverkeer met China. Nog altijd stelden sommigen hun leven roekeloos in de waagschaal door in China hun families te bezoeken. Ze keerden terug met het nieuws dat Wai Kwok door een Japans bombardement om het leven was gekomen. Op dat nieuws verdween Ah-Fat naar bed en weigerde hij twee dagen lang te eten en te drinken.

Op de derde dag stond hij uit eigen beweging weer op, schepte voor zichzelf een grote kom rijst uit de pan, deed er wat ingelegde komkommer bij en schoof alles naar binnen. Hij zette de kom neer en zei tegen Kattenogen: 'Pak tien dollar en zeg tegen Kam Shan dat hij die aan de Chinese Liefdadigheidsorganisatie moet geven.'

Kattenogen vertrok haar gezicht: 'We hebben laatst nog tien dollar gegeven.'

Ah-Fats ogen puilden bijna uit hun kassen. 'Wacht je soms tot de jappen heel Hoi Ping onder de voet hebben gelopen voordat je eindelijk iets gaat doen?' schreeuwde hij.

Ah-Fat was met de jaren apathischer geworden. Het was lang

geleden dat ze hem nog zo kwaad hadden gezien. Kam Shan probeerde de aandacht van Kattenogen te trekken, maar ze keek expres de andere kant op. Hij trok aan haar mouw, maar ze bevrijdde zich uit zijn greep.

'Zelfs als ik mezelf zou verkopen, zou ik nog geen tien dollar hebben. Je weet heel goed waaraan we onze laatste centen hebben besteed.'

Het restaurant waar Kattenogen werkte, had een nieuw filiaal geopend waarheen Kattenogen als serveerster was overgeplaatst. Het was een eind weg en inmiddels was ze te zwanger om er lopend naartoe te gaan. Ze had twaalf dollar gespendeerd aan een oude barrel van een Ford.

Ah-Fat wees naar de borden op tafel: 'Vanaf vandaag eet ik nog maar één kom rijst per dag. Zo dragen wij ook ons steentje bij, nietwaar?'

In de laatste paar jaar hadden de Chinezen uit Vancouver in totaal twee contingenten jonge soldaten naar China gestuurd om hun bijdrage te leveren aan de strijd. Sommigen van hen waren in San Francisco speciaal getraind door uit China afkomstige vliegeniers. Wapens en apparatuur kostten geld, evenals het benodigde voedsel. De Chinese Liefdadigheidsorganisatie had de pet inmiddels al een paar maal rond laten gaan, maar haalde elke keer minder op. Daarna hadden in de overzeese Chinese kranten oproepen gestaan om per dag één kom rijst minder te eten en het uitgespaarde geld als oorlogsbijdrage naar China te sturen.

'De bedoeling is dat je per dag één kom minder eet, vader,' zei Kam Shan, 'niet één kom in totaal. Je kunt toch niet tegen die Japanse duivels ten strijde trekken als je vergaat van de honger?'

'Pff, wat kan dat de zangmeisjes nu schelen?' zei zijn vader. Hij schoof zijn handen in zijn mouwen en liep de trap op naar zijn kamer.

Kam Shan had lang genoeg op school gezeten om die regel uit dat aloude gedicht te herkennen. Hij keek Kattenogen aan: 'Vrouwen op het platteland baren zelfs in een varkensstal. Wat maakt jou dan zo bijzonder?'

Kattenogen besefte dat dit een steek onder water was omdat ze een auto had gekocht. Het lag op het puntje van haar tong hem erop te wijzen dat er twee nodig waren om een baby te verwekken, maar Kam Shan liep de deur uit en liet die met een luide klap dichtvallen.

Hij kwam pas tegen het avondeten thuis. Kattenogen was inmiddels al naar haar werk. Overal in huis brandde licht. Zijn vader zat aan de keukentafel met een kwastje in de hand over een vel papier gebogen.

Het was lang geleden dat hij papier en inkt tevoorschijn had gehaald. Zijn schrijfhand trilde heel erg. De inkt waarin hij het wolfharen kwastje had gedoopt, vloeide alle kanten op over het papier. In grote karakters had Ah-Fat geschreven:

Fong Yiu Mo (de pracht van de krijgsman)
Fong Yiu Kwok (patriottische pracht)
Fong Yiu Keung (de pracht van de onverzettelijkheid)
Fong Yiu Bon (de pracht van de natie)
Fong Yiu Tung (oosterse pracht)

Kam Shan besefte dat zijn vader een naam zocht voor hun ongeboren zoon. Na 'Kam' zou de volgende generatie de naam 'Yiu' dragen. De enige tot dusver geboren kleinzoon was Yiu Kei geweest, maar hij was twee jaar eerder in de Naamloze Rivier verdronken. Ah-Fat had zijn laatste hoop nu gevestigd op de zwangere buik van Kattenogen.

Toen Kam Shan binnenkwam, wierp Ah-Fat zijn kwastje neer. Hij stak een sigaret op. Na een aantal halen viel de askegel op het papier met een schroeiplekje tot gevolg.

'Welke naam heeft jouw voorkeur? Ik vind dat het Yiu Mo moet worden. We hebben briljante krijgsmannen nodig om het land te redden.'

'Ik moet pissen,' zei Kam Shan, en hij haastte zich naar de wc. Hij leunde over de pot en steunde met een arm tegen de muur. Het lukte hem niet er meer dan enkele druppels uit te persen. Zijn vader riep hem, maar hij hield zich doof. Plotseling drong een duistere gedachte zich aan hem op. Wat als zijn vader stierf voor het kind van Kattenogen was geboren? In Aansporing werden mannen zelden ouder dan zestig, maar zijn vader was inmiddels achtenzeventig. Hij zou het ongetwijfeld niet lang meer maken ...

Nadat haar dienst er om middernacht op zat, reed Kattenogen met de oude, hevig schuddende Ford naar huis. Tot haar verrassing stond Kam Shan niet op zijn gebruikelijke post bij de deur. Hij lag al in bed.

Hij sliep echter niet. Toen Kattenogen de slaapkamer betrad, ging hij verliggen om ruimte voor haar te maken. Kattenogen kroop onder de dekens en voelde haar lichaam zacht worden als warm katoenpluis. Gedurende alle jaren dat ze samen waren, had Kam Shan nooit eerder het bed voor haar opgewarmd.

Ze was al bijna ingedommeld toen ze wakker schrok. Ze vloog overeind, trok Kam Shans hand naar zich toe en zei: 'Moet je eens voelen! Die kleine deugniet schopt!'

Kam Shan legde zijn hand op de witte buik van Kattenogen. Het voelde alsof daarbinnen zich een aan onzichtbare draden hangende marionet verborg die alle kanten op trapte.

'Ik was gisteren bij Fat Kei, de kruidengenezer. Hij keek naar mijn buik en zei dat ik het kind zo hoog droeg dat hij er negentig procent zeker van was dat het een jongen zou worden,' zei Kattenogen.

Kam Shan zei niets. Zijn hand trilde als een espenblad. Kattenogen moest denken aan het aloude gezegde dat er geen groter geluk was dan op latere leeftijd nog een zoon te baren. Ze streelde de rug van Kam Shans hand: 'Als Yin Ling terugkomt, is ons gezin weer compleet.'

Kam Shan sliep die nacht niet, maar lag de hele tijd te woelen. Toen hij 's morgens opstond en in de spiegel keek, zag hij tot zijn verbijstering dat hij in één nacht helemaal grijs was geworden.

De dienst van Kattenogen begon in de middag. Juist op het moment dat ze de auto startte, kwam Kam Shan naar buiten gerend. Hij tikte op het raampje. Ze draaide het omlaag en moest glimlachen bij de aanblik van Kam Shan met zijn muts diep over de oren getrokken. 'Je gaat toch niet de deur uit met dat rare ding op je hoofd?' vroeg ze.

Hij keek haar slechts aan. Kattenogen stond op het punt om weg te rijden toen Kam Shan zich liet ontvallen: 'Wil je op je volgende vrije dag 's avonds niet uitgaan?'

Hij vroeg haar dit al jarenlang keer op keer. De vraag ging Kattenogen steeds het ene oor in en het andere uit. Maar deze keer leek hij met precies dezelfde vraag een andere bedoeling te hebben dan de andere keren. Hij vertederde haar. 'Wil je een avond met zijn tweeën zijn?' vroeg ze.

Kam Shan knikte. 'Ik wil graag met jou naar dat fish-and-chips-restaurant naast het Vancouver Hotel.'

Kattenogen lachte. 'Is het schip met geld binnengekomen? Voor ons soort mensen is dat toch veel te duur!'

'Ik heb geld,' zei Kam Shan. Hij wilde ook nog zeggen dat hij haar dan iets wilde vertellen, maar Kattenogen was inmiddels al de straat uit.

Ze zouden nooit uit eten gaan, want nog voor haar volgende vrije dag zou Kattenogen een miskraam krijgen.

Tijdens haar werk in het Lycheetuin-restaurant begon ze hevig te bloeden waarbij ze het bewustzijn verloor. Ze brachten haar naar het ziekenhuis. Ze was nog maar vijf maanden zwanger en de baby overleefde het niet.

Het was een jongetje.

Bij het horen van dit nieuws hurkte Kam Shan neer op de vloer en begon hij onbedaarlijk te huilen. Het was de eerste keer in zijn leven dat Ah-Fat zijn zoon zag huilen. Als hij zo doorging, dacht Ah-Fat, zou de hemel in stukken barsten en de aarde in een bodemloze put veranderen. Ah-Fat had het idee dat het niet alleen verdriet was wat zijn zoon hiertoe aanzette. Het was ook alsof er een grote last van zijn schouders was gevallen.

De volgende dag zocht Kam Shan een stille plek op om een papier te verbranden dat hij steeds in zijn zakken had gedragen.

Het was een officiële overeenkomst die als volgt had geluid:

Ik, Fong Kam Shan, uit het dorp Aansporing, district Hoi Ping, provincie Guangdong, China, nu woonachtig in Vancouver, Brits-Columbia, stem samen met mijn vrouw, mevrouw Chow, in met de verkoop van het kind dat mevrouw Chow nu draagt, los van het feit of het een jongen of meisje wordt, aan meneer en mevrouw Tseng Yiu Nam voor het bedrag van zeventig dollar. Dit bedrag dient in zijn geheel geschonken te worden aan het fonds ter financiering van de oorlogsinspanningen tegen de Japanners. Dit document behelst de definitieve vastlegging van deze overeenkomst.

Opgetekend op de derde dag van de achtste maand van
het dertigste jaar van de Republiek

Tot dan toe had Ah-Fat zichzelf nooit als oud beschouwd.

Zijn haar was al lang geleden grijs geworden en zijn ogen waren achteruitgegaan, maar als hij zijn bril opzette kon hij nog altijd kranten en boeken lezen. Hij was een paar tanden kwijtgeraakt, maar kauwen ging nog steeds prima. Hij liep met gebogen knieën, maar dat hinderde hem nauwelijks op zijn wandelingen door de straten. Als hij zijn schrijfkwastje vasthield, trilde zijn hand weliswaar, maar hij tekende gewoon de karakters die hij wilde. Iedereen zei dat hij een oude man was – Kam Shan, Kam Ho, Kattenogen, Wolk – maar hij legde zulke opmerkingen glimlachend naast zich neer. Hij nam niet de moeite met hen in discussie te gaan, want in zijn hart was hij overtuigd van het tegendeel. Het maakte niet uit wat anderen zeiden. Belangrijk was slechts hoe hij zich zelf voelde.

Na zijn terugkeer van een bezoek aan Rick Henderson was hij echter niet meer zo overtuigd.

Sinds Kam Ho weg was bij de Hendersons, had Ah-Fat zijn oude vriend niet meer bezocht, totdat hij op een dag toevallig in de straat was waar de Hendersons woonden. Hoe dichter hij het huis naderde, hoe duidelijker hij zag dat er op het gazon voor het huis een bord met TE KOOP stond. Dat verbaasde Ah-Fat. Hij liep de trap op en klopte op de deur. Er werd niet opengedaan. Wel kwam er een buurman naar buiten om te vertellen dat Rick was overleden.

Het was ongeveer een maand geleden gebeurd. Niemand wist de precieze dag. Rick had de hond niet uitgelaten, zoals hij altijd had gedaan, zo vertelde de buurman. Op een dag hadden ze de hond continu horen blaffen. Uiteindelijk was de buurman erop afgegaan. Hij had met de vuisten op de deur gebonkt. Toen er niemand opendeed, had hij de deur uiteindelijk geforceerd. Hij had Rick Henderson dood op de keukenvloer aangetroffen. Hij was al een aantal dagen dood. De ratten hadden zijn ogen weggeknaagd. De hond had er levenloos naast gelegen.

De volgende dag kocht Ah-Fat een bosje bloemen waarmee hij de heuvel op liep om Rick de laatste eer te bewijzen.

Het was niet voor het eerst dat hij hier omhoogliep. Ook toen

Ricks dochter Jenny was overleden en zijn vrouw Phyllis was gestorven, was hij hier geweest. Hij legde het door de vorst enigszins verlepte bosje witte chrysanten op het graf en diepte twee sigaretten op uit het pakje in zijn zak. De ene legde hij op de deksteen, de andere stak hij op. Hij hurkte neer en rookte.

'Je hebt ook wel pech gehad, Rick. Je hebt dit stukje grond gekocht, zodat je vrouw en dochter je hier konden begraven, maar uiteindelijk heb jij hen eerst moeten begraven en was er niemand meer om jou weg te brengen. Je bent me ontglipt, schoft. Ik ben de enige die nog leeft,' zei Ah-Fat.

Hun team had uit eenendertig man bestaan. Enkelen waren de lucht ingevlogen terwijl ze zich met explosieven een weg zochten door de Rocky Mountains. Nog meer waren er verdwaald tijdens hun terugtocht nadat het werk voltooid was. Een aantal was later in Victoria van de honger gestorven en sommigen waren teruggekeerd naar Guangdong. Slechts vier van hen waren in Vancouver gebleven. Ah-Lam was dertig jaar geleden al overleden. Een ander twee jaar geleden. Nu Rick Henderson dood was, bleef alleen Ah-Fat over.

Hij kon zoveel verhalen vertellen over de aanleg van de spoorlijn. Waarom had hij er niet tijdig aan gedacht die op papier te zetten? Inmiddels kon hij zich de verhalen nog wel herinneren, maar was hij niet meer in staat om ze op te schrijven. Hij zou die onvertelde verhalen meenemen in zijn graf, waar ze voorgoed door gras en mos overwoekerd zouden raken.

Terwijl Ah-Fat de heuvel afliep, had hij opeens het gevoel dat hij een beenspier miste. Het lukte hem niet meer om rechtop te blijven staan. Zijn hele lichaam was ineens gekrompen. Misschien word ik nu toch echt oud, dacht hij. Dat moet ook wel, want ik loop tegen de tachtig.

Hij strompelde over de weg naar huis. Van een afstand zag hij hoe de lichten van Chinatown werden ontstoken: zwakke, vrolijke vlekken in het zich verdichtende duister. Hoe wreed het leven ook was, Nieuwjaar moest nu eenmaal gevierd worden, dacht hij. Als hij thuis was, zou hij de feestlampions van zolder halen, ze afstoffen en ophangen.

Hij dacht na over zijn familie in China, in dat dorpje in Hoi Ping. Hij had al tijden geen brieven van thuis meer ontvangen, niet meer sinds Hongkong in handen van de Japanners was gevallen. Hoe zou het met Zes Vingers gaan? Hij had haar al ruim twintig jaar niet meer gezien. Als hij in de tussentijd geen foto's van haar onder ogen had gekregen, zou hij inmiddels zijn vergeten hoe ze eruitzag.

Terwijl hij op zoek was naar zijn sleutel, stootte hij met zijn voet tegen een pakketje bij de voordeur. Waarom waren familieleden toch zo lui dat ze niet eens de moeite namen om het vuilnis aan de straat te zetten, mompelde hij boos. Hij had het nog niet gezegd of het pakketje kwam tot leven.

'Grootvader!'

Ah-Fat zakte van schrik bijna door de knieën. Hij keek nog eens goed. Dit was niet een of andere geest want in de koude lucht zag hij adem aan de neusgaten van dit wezen ontsnappen. Hij liet zijn sleutel voor wat die was, begon verwoed op de deur te slaan. 'Yin Ling is terug!' riep hij.

Even later gooide Kattenogen de deur open. Kam Shan stond achter haar. Ze deden het licht aan en zagen vervolgens een met vuil besmeurde gestalte in een jas die zo smerig was dat de oorspronkelijke kleur onmogelijk nog viel vast te stellen. In de schemering gingen de grijze lippen uiteen waardoor roze tandvlees zichtbaar werd. 'Moeder, vader!'

Kattenogen verloor de kracht in haar benen en moest op de grond gaan zitten.

'Zo, dus je herkent ons nog wel? Maandenlang hebben we voor jou via de radio en de kranten oproepen uit laten gaan. Maar nu het geld op is dat je hebt meegepikt, kom je zeker weer naar huis?'

Kam Shan trok Kattenogen naar achteren. 'Hou je muil, mens. Ga water opzetten zodat ze zich kan wassen.'

Yin Ling ging in bad waarna ze een stel schone kleren van haar moeder aantrok. Nog rood van het hete water, voelde ze zich eindelijk weer mens. Het avondeten stond op tafel. Zoals ze al had verwacht, bestond die uit kliekjes van gisteren uit het restaurant. Ze ging zitten, keek om zich heen en naar haar moeders platte buik en vroeg toen: 'Waar is de baby?'

Er viel een stilte aan tafel.

Na een tijdje vroeg Ah-Fat: 'Waar heb je gezeten, Yin Ling? Je vader en moeder hebben zich de haren uit het hoofd getrokken van zorgen om jou.'

'Op heel veel plekken,' antwoordde Yin Ling en ze richtte de blik op haar kom. Ze bracht de rijst naar haar mond, maar lette goed op dat ze niets van het vlees en de groenten at voordat haar vader en moeder hadden opgeschept. Ze heeft eindelijk wat manieren geleerd, dacht haar grootvader.

Kattenogen schonk haar dochter een koude blik en zag hoe mager ze was geworden in haar gezicht. Zo mager dat haar jukbeenderen scherp als messen boven haar sproetige wangen uitstaken. Yin Ling stond op om nog wat rijst te pakken. Ze liep op een wat merkwaardige manier. Haar vermoedens werden Kattenogen te machtig. Zonder eerst haar kom leeg te eten, sprong ze op en sleepte Yin Ling mee naar haar kamer.

Ze deed de deur achter zich dicht en greep haar meteen bij de hals. 'Wanneer was de laatste keer?' vroeg ze dwingend.

Yin Ling keek naar haar voeten en zei niets. Kattenogen stelde de vraag opnieuw en verstevigde haar greep waardoor haar dochter nauwelijks nog adem kreeg. Haar mond ging open en dicht als die van een naar lucht happende vis. Ten slotte stamelde ze: 'Ok... oktober.'

Kattenogen liet haar los en keek haar aan zonder iets te zeggen. Haar ogen zonken diep weg in haar kassen als waren het twee drooggevallen putten. 'Ik wist het ... ik wist het!' zei ze.

Yin Ling was doodsbang. Ze greep haar moeders mouw en huilde op meelijwekkende toon: 'Moeder, moeder!' Kattenogen trok zich los, opende de deur en vloog de trap af.

De twee mannen waren net klaar met eten en staken hun eerste sigaret op. De tabaksprijzen waren de pan uit gerezen, maar mannen wilden nu eenmaal roken waardoor de kwaliteit van de sigaretten voortdurend minder werd. Kattenogen baande zich een weg door de rookwolken, trok de sigaret uit Kam Shans mond en smeet hem in de gootsteen.

'Ben je nu helemaal gek geworden, achterlijk mens!' Kam Shan viste de sigaret uit de gootsteen, maar die was helemaal doorweekt. Vloekend scheurde hij het papier stuk en spreidde de tabak uit op tafel zodat die kon drogen.

Kattenogen spoog een groene fluim uit. 'Die kleine slet die jij je hele leven zo hebt verwend, heeft zich meteen na vertrek laten bezwangeren! Ze is nu drie, vier maanden onderweg. God mag weten wie de vader is!'

Kam Shan was zo overvallen door dit nieuws dat zijn handen begonnen te schokken en alle tabak op de grond viel.

Kattenogen hield een vinger voor zijn gezicht. 'Heeft ze ooit naar me geluisterd? Dat hoefde niet met zo'n vader als jij. En wat heb jij haar ooit geleerd? Ze mag van mij naar de hel lopen. Ik wil niks meer met haar te maken hebben.'

Kam Shan greep de voor zijn gezicht heen en weer zwaaiende vinger en boog hem krachtig achterover. Kattenogen gilde als een mager speenvarken.

'Zo moeder, zo dochter. Met zo'n slet als moeder is het niet zo vreemd dat ze zelf ook een slet is.'

Kattenogen had het gevoel dat hij haar met een mes in haar hart had gestoken. Ze drukte haar handen tegen haar borst alsof ze het mes eruit wilde trekken, maar haar hart zoog het lemmet naar binnen. 'Toen ik in het bordeel zat, wist de hele stad wat ik was,' zei ze met op elkaar geklemde kaken. 'Maar ik hoefde niet in de stad op zoek naar een vent. Jij kwam vanzelf naar me toe. Als ik een slet ben, wat maakt jou dat dan?'

Ah-Fat vond het genoeg geweest. Hij sloeg met de vuist op tafel, zo hard dat de huid tussen zijn duim en wijsvinger scheurde en begon te bloeden.

'Als jullie ruzie willen maken, doe dat dan buiten. Is de hele stad ook meteen op de hoogte. En dan is één ding ook zeker: dat Yin Ling nooit meer een vent krijgt.'

Kam Shan en Kattenogen deden er allebei het zwijgen toe. 'Ga naar Fat Kei, de kruidengenezer, met een zak koekjes van walnoten en rode bonen,' beval Ah-Fat, 'en praat met zijn moeder. Zorg dat je van haar een middel krijgt om ervan af te komen. Zeg haar dat je onverwacht zwanger bent geworden, maar te oud bent om nog een kind groot te kunnen brengen. De kruidengenezer is een brave zoon. Hij doet wat zijn moeder zegt.'

Kattenogen begreep waarop Ah-Fat doelde en keek beschaamd. 'Waar wacht je nog op, mens!' riep Ah-Fat. 'We hebben geen tijd te verliezen. Als het te laat is om ervan af te komen, wie wil er dan nog met haar trouwen?'

Kattenogen moest het hele huis overhoophalen voordat ze eindelijk een papiertje vond waarin ze de koekjes kon verpakken.

Het mengsel dat de kruidengenezer haar gaf, was effectief. Yin

Ling begon te bloeden. Wekenlang bleef het vloeien.

Nadat het bloeden eindelijk was gestopt, probeerde Kam Shan Yin Ling te overreden om terug te gaan naar school en haar opleiding af te maken. Ze was echter onvermurwbaar. 'Ik pleeg nog liever zelfmoord,' luidde haar reactie. Kam Shan was bang dat als hij te zeer aandrong ze zich aan haar woord zou houden. In plaats van naar school terug te keren ging ze net als haar moeder als serveerster aan de slag in het Lycheetuin-restaurant.

Ze bleef daar niet lang. Ze bleef daar zelfs zo kort dat ze nauwelijks de drankenlijst en alle gerechten op het menu kende. Deze keer ging ze ervandoor met een yeung fan die John heette. Hij had als vaste klant meteen een oogje op haar laten vallen. Het was onder de neus van Kattenogen gebeurd, die er echter niets van had gemerkt. Vier maanden nadat ze was teruggekeerd, ging Yin Ling er opnieuw vandoor.

Deze keer zou ze meer dan tien jaar wegblijven. Bij haar terugkeer waren haar grootvader en moeder dood en leefde alleen haar vader nog.

Die keer zou ze in het gezelschap zijn van een dochter, genaamd Amy.

Op een dag, vroeg in de zomer van 2004, bezocht ene Amy Smith uit Canada onder begeleiding van overheidsfunctionaris meneer Auyung de vooroudertempel van de Fongs om hun eer te bewijzen. In de stukken van de familie Fong Tak Fat trof ze de volgende tekst aan:

> *Fong Tak Fats jongste zoon, Fong Kam Ho, trouwde in het achttiende jaar van de Republiek een vrouw uit de familie Au uit het dorp Wai Yeung. Ze kregen één zoon, Yiu Kei, die op negenjarige leeftijd overleed. In het negenentwintigste jaar van de Republiek doneerde Fong Kam Ho vierduizend Canadese dollar aan de nationale regering in Guangdong voor vliegtuigen om de Japanners te bestrijden. Uit waardering voor zijn vaderlandsliefde werd hij onderscheiden met een herdenkingsmedaille. In datzelfde jaar nam Fong Kam Ho dienst in het Canadese leger. Hij werkte als geheim agent in een stadje in het zuidwesten van Frank-*

rijk, waar hij inlichtingen verzamelde en het verzet op-leidde. Hij werd verraden in het vierendertigste jaar van de Republiek aan de vooravond van de geallieerde overwinning en vervolgens om het leven gebracht. Te zijner ere is een brug in het stadje omgedoopt tot Jimmy Fong-brug (Jimmy Fong was Fong Kam Ho's Engelse naam).

Gouden Bergen blues

Het dertigste jaar van de Republiek (1941), Hoi Ping, provincie Guangdong, China

Zes Vingers en Mak Dau bemerkten het vliegtuig boven hun hoofd, terwijl ze met Wai Kwok huiswaarts keerden.

Wai Kwok bezocht nog maar net de school van zijn vader en moeder, waar hij in de kost was. Gisteren had Kam Sau een bericht gestuurd dat haar zoon ziek was. Een in het westen opgeleide dokter had hem behandeld en zijn koorts was gezakt, maar hij voelde zich nog altijd heel slap. Kon iemand hem ophalen, zodat hij in de diaolou kon uitzieken?

Zes Vingers droeg een tas vol nog warme, met taugé gevulde loempia's die ze die ochtend had gemaakt. De helft had ze achtergelaten voor Kam Sau en Ah-Yuen. De rest was bedoeld om onderweg naar huis op te eten.

Dezer dagen was alles en iedereen in oorlog met elkaar. Ook het postverkeer verliep uiterst chaotisch. Zodra Zes Vingers had begrepen dat ze niet langer op de dollarbrieven kon rekenen, was ze overgegaan tot de verkoop van land. Het was maar goed dat ze een aantal jaren geleden, toen alles een stuk rustiger was, voor weinig geld een aantal velden had aangeschaft. Die kon ze nu, met één mu per keer, met winst verkopen, zodat ze eten op tafel kon blijven zetten.

Zes Vingers hield nog steviger dan voorheen de hand op de knip. Met uitzondering van Mak Dau en zijn vrouw Ah-Yuet had ze alle bedienden weggestuurd. Zelfs Ah-Choi, die haar tientallen jaren had gediend, was met haar spulletjes naar haar dorp teruggekeerd. Ah-Fats oom en tante waren al jaren dood. Hun zoon en dochter hadden de diaolou na hun trouwen verlaten. Daardoor waren alleen Kam Sau en Ah-Yuen met hun kinderen, Mak Dau en Ah-Yuet, en Ah-Hsien, de vrouw van Kam Ho, overgebleven. Ah-Hsien was in de ogen van Zes Vingers een complete idioot en kreeg daarom alleen opdracht tot de allersimpelste klusjes. Zes Vingers maakte meestal het eten klaar.

Mak Dau liep met lege handen, maar hield onder zijn broeksband een revolver verborgen. Tegenwoordig droeg hij altijd een wapen bij zich, zelfs als hij ging slapen. In deze roerige tijden kon een wapen levens redden. Niet alleen zijn eigen leven, maar dat van iedereen in de diaolou.

Het oorspronkelijke idee was geweest dat Mak Dau Wai Kwok alleen ging ophalen, maar Zes Vingers had zich zo'n zorgen om de jongen gemaakt dat ze hem per se had willen vergezellen. Mak Dau had een oude tuniek opgediept die Ah-Yuet alleen bij smerige klusjes droeg, en Zes Vingers gezegd die te dragen. Daarna gaf hij haar opdracht de jaden haarpin los te trekken, met haar handen door haar haar te woelen en er een slordige knot van te maken. Vervolgens was hij met een schaal vol as uit het fornuis opgedoken en had hij Zes Vingers gezegd haar gezicht en nek ermee in te wrijven.

'Ik ben geen mooi meisje van achttien meer,' protesteerde Zes Vingers. 'Wie let er nu nog op mij?'

Mak Dau schaterlachte. 'Ook al word je honderd, je zult altijd mooi blijven,' zei hij.

'En ook al word jij honderd, je zult altijd mooie praatjes blijven verkopen,' antwoordde Zes Vingers, maar inwendig was ze ingenomen met zijn opmerking.

Ze waren nog maar net op weg of Zes Vingers hield plotseling de pas in. 'Je moet me één ding beloven, Mak Dau,' zei ze.

'Wat dan?'

'Je moet me het eerst beloven, daarna vertel ik het.'

'Hoe kan ik nou iets beloven als ik niet weet wat dat is?'

'Als je me het niet belooft, vertel ik het je niet.'

Zo bleven ze bekvechten totdat Zes Vingers uiteindelijk zei: 'Ik wil dat je me belooft dat wanneer er iets gebeurt tijdens deze tocht je je uiterste best zult doen om mij te redden. Maar als dat niet kan, schiet mij dan maar een kogel door het hoofd.'

Het bleef lang stil. Ten slotte zei Mak Dau: 'Vertrouw me maar.

Als ik je niet kan redden, dan is de eerste kogel voor jou en de tweede voor mij. Ik beloof dat ik je altijd zal bijstaan.'

Zes Vingers was geroerd door dit blijk van Mak Dau's loyaliteit. Meteen daarop voelde ze pijn. Eigenlijk had iemand anders al die jaren op haar moeten passen, namelijk haar wettige echtgenoot.

Toen ze bij de school arriveerden en Zes Vingers Wai Kwok onder ogen kreeg, riep ze meteen bezorgd uit hoe mager en bleek hij was. Ze hadden de terugreis nog maar net aangevangen of de jongen moest al even uitrusten. Ze gingen zitten om loempia's te eten en toen ze hun tocht vervolgden, nam Mak Dau de jongen op zijn rug. Wai Kwok viel al snel in slaap. Zijn gewicht drukte zwaar op Mak Dau, die zich gedwongen zag diep voorovergebogen verder te lopen.

'Je wordt oud, Mak Dau,' zei Zes Vingers.

'Met een kleinzoon die al zo groot is, zou het vreemd zijn als het anders was.' Mak Dau was twee van zijn voortanden kwijtgeraakt waardoor zijn adem tijdens het spreken fluitend door de opening streek.

Zes Vingers ging in gedachten terug naar de tijd, al zoveel jaar geleden, dat Mak Dau voor het eerst zijn opwachting had gemaakt bij de Fongs. Hij had toen bijzonder sterke en stralend witte tanden gehad. Als hij glimlachte, was het hele erf opgelicht. Voor iedereen brak echter op een gegeven moment de ouderdom aan. Zelfs voor Mak Dau.

'In elk geval ben jij nog geen kleinzoon verloren. Alleen maar door toedoen van die dwaas,' zei Zes Vingers verbitterd. Ze doelde op Yiu Kei. Telkens als Zes Vingers terugdacht aan haar kleinzoon, vervloekte ze haar schoondochter Ah-Hsien.

'Hou daar toch eens een keer over op,' zei Mak Dau. 'Het is al bijna drie jaar geleden. Het is eigenlijk ook maar goed dat ze zo'n stomkop is. Daardoor raakt al jouw vitten en schelden haar niet. Je schiet er ook niks mee op. Ik denk dat het nooit de bedoeling was dat Yiu Kei deel van de familie zou worden. Hij heeft alleen een tijdje bij je verbleven terwijl hij onderweg naar een ander leven op een andere plek was. Als je hem laat gaan, zal hij je in zijn volgende leven belonen. En je hebt Wai Kwok toch nog? Mijn kleinzoon is ook de jouwe. Als de tijd daar is, zal hij voor ons zorgen en ons begraven. Hij zal het bezuren als hij het waagt zich te misdragen!'

Door Mak Dau's onomwonden boodschap vrolijkte Zes Vingers weer wat op.

Er stak een frisse wind op. Het was een marktdag en de weg was tjokvol mensen die manden met groenten en fruit aan schouderjukken droegen. Mak Dau en Zes Vingers keken geamuseerd toe hoe bij een venter diens breedgerande hoed van het hoofd waaide. Hij rende er achteraan, maar de hoed rolde net buiten zijn bereik voortdurend verder. Uiteindelijk gaf de man de jacht maar op. Bezweet en vloekend ging hij in de berm zitten.

Ze lachten nog altijd om het beeld van de man die zijn hoed achternarende toen ze een geluid hoorden. Het was een luid gezoem als van een gigantische metalen waaier en kwam van boven. Mak Dau keek op en zag aan de horizon een verzameling zwarte stippen. De stippen werden steeds groter en bleken uitgerust met vleugels. 'Vliegtuigen! Jappen!' schreeuwde iemand. De venters lieten meteen hun juk vallen en begonnen naarstig dekking te zoeken.

Dit was niet de eerste keer dat Japanse vliegtuigen overvlogen. Jaren eerder hadden ze het dorp Wai Yeung gebombardeerd. Daarbij waren diverse leden van Ah-Hsiens familie om het leven gekomen. Ook dat was op een marktdag gebeurd. Zes Vingers had niet eerder een bombardement meegemaakt. Verstard van schrik bleef ze staan.

Het was nog vroeg in de lente. Aan beide kanten van de weg waren de gewassen nog maar net aan het uitlopen. Er was nauwelijks dekking. Toen ze opnieuw opkeken, waren de vliegtuigen al zo dichtbij dat ze op hun staart de rode spat van de Japanse vlag konden onderscheiden. Mak Dau zette Wai Kwok snel op de grond bij een grote boom naast de weg. 'Blijf hier!' riep hij. Daarna rende hij naar Zes Vingers. Hij duwde haar op de grond en ging naast haar liggen.

Zes Vingers lag boven op een verse hondendrol. De stank benam haar bijna de adem, maar dat kon haar weinig deren. Ze kneep haar ogen stijf dicht en herhaalde steeds weer: 'Boeddha wees genadig, Boeddha wees genadig.' Er klonken vier doffe klappen die uit het binnenste van de aarde leken op te klinken. De grond onder hen beefde hevig. De afzonderlijke geluiden smolten samen in een continu, angstwekkend geraas. Er kwam van alles omlaag dat met een metalen klank op haar rug landde. Misschien waren het klui-

ten aarde. Haar lichaam voelde steeds zwaarder aan alsof ze langzaam werd verpletterd onder de ene na de andere met katoen gevulde deken. Ten slotte werd alles donker om haar heen. Ik ben
levend begraven, dacht ze.

Even later stierven de geluiden weg, hield de aarde op met beven
en trad de stilte in. Zes Vingers kreeg bijna geen lucht. Haar longen
voelden aan alsof ze elk moment konden openbarsten en haar ogen
puilden uit hun kassen. Ze probeerde Mak Dau te roepen, maar
haar stem bleef zonder geluid. Ze hoorde een wroetend geluid.
Meteen dacht ze dat een slang zich een weg door de modder heen
boorde. Ze wist zeker dat dit het einde was.

Plotseling zag ze licht en verscheen er een met modder overdekte
gestalte met twee witglinsterende ogen en bebloede handen.

'Mak Dau, ben je gewond?' vroeg Zes Vingers schor.

Een met modder bedekte mond ging open waardoor roze tandvlees zich openbaarde. 'Het is niks. Ik heb mijn handen bij het
uitgraven opengehaald.'

Op dat moment dachten ze beiden hetzelfde: Wai Kwok! Waar
was de boom?

De boom stond er nog, al was er weinig van over. De kruin en
alle takken waren verdwenen waardoor nog slechts een paar meter
kale, zwartgeblakerde stam resteerde. Hij stond nog altijd in
brand.

Zes Vingers en Mak Dau gingen meteen op zoek naar Wai Kwok.
Ze liepen om de boom, maar zagen hem nergens. Een volgende
ronde leverde evenmin iets op. Tijdens de derde poging zag Zes
Vingers een schoen onder een hoop troep uitsteken.

De schoen was van zwart keper met een uit verschillende lagen
katoen opgebouwde zool. De bovenkant was versierd met een geborduurde tijgerkop. Zes Vingers herkende haar eigen handwerk.
Ze had die schoenen gemaakt ter gelegenheid van Wai Kwoks eerste schooldag.

Met een korte ruk bevrijdde Zes Vingers de schoen. Met de
schoen kwamen een voet en een half been mee, afgehouwen bij de
knie. Donkerrood bloedig schuim sijpelde uit de wond. Uit het
midden stak een gebroken bot, zo dik als een duim.

Zes Vingers zakte levenloos ineen.

Kam Sau en Ah-Yuen hadden hun School voor Iedereen gebouwd in het centraal gelegen dorp Sam Ho Lei. Een plaatselijke wetenschapper had hun een hellend stuk grond geleend waar ze de schoolgebouwen hadden neergezet. Beide gebouwen waren opgetrokken uit in de zon gedroogde leem. Het ene omvatte de klaslokalen en het andere de verblijven voor de leerlingen en onderwijzers. De onderbouw en bovenbouw zaten in verschillende lokalen. Ah-Yuen fungeerde als het schoolhoofd en Kam Sau was verantwoordelijk voor het lesprogramma. Zij gaf les in Chinees en handenarbeid en Ah-Yuen onderwees de kinderen in rekenen en gymnastiek. De twee andere onderwijzers gaven geschiedenis, aardrijkskunde, kunst en letterkunde, en natuurkunde.

Het schoolgeld varieerde van een tot vijf plaatselijke dollar. De precieze hoogte was afhankelijk van het inkomen van het gezin. Kinderen uit berooide gezinnen waren vrijgesteld van betaling. Als kostgangers hun eigen rijstrantsoen meebrachten, hoefden ze verder niets te betalen. Vooral meisjes werden aangemoedigd om naar school te gaan. Zij hoefden doorgaans dan ook niets te betalen. De meisjes die het vaakst aanwezig waren, werden ook beloond met elke maand in totaal tweeënhalve kilo rijst extra. Ze waren begonnen met een stuk of tien jongens. Dat aantal was in een paar jaar tijd gestegen naar ruim tweehonderd jongens en een stuk of dertig meisjes.

Om de school op te kunnen zetten had Kam Sau alle sieraden en al het zilver verkocht dat ze als huwelijkscadeau van haar moeder had gekregen. Dat was echter niet voldoende geweest. Het merendeel van het benodigde geld was afkomstig van de oude wetenschapper die hun het stuk land had geleend. Zijn zoon had dezelfde opleiding gevolgd als Ah-Yuen en Kam Sau. Met zijn drieën waren ze de beste leerlingen van meneer Auyung Yuk Shan geweest. De geleerde had aanzienlijke zakelijke belangen in Japan en Zuidoost-Azië. De zoon was na zijn studie het leger in gegaan, maar hij had zijn vader er eerst nog van kunnen overtuigen zijn rijkdom te gebruiken om de school van zijn vrienden te ondersteunen. Meneer Auyung was aanwezig geweest bij de officiële opening en had eigenhandig de tekst SCHOOL VOOR IEDEREEN VOOR EEN STRALENDE TOEKOMST op de plaquette boven de ingang aangebracht.

Kam Sau en Ah-Yuen beseften heel goed dat de dorpelingen een groot offer brachten door hun zonen en dochters de hele dag naar school te laten gaan. Niet alleen kostte dat geld, het betekende ook dat hun families het op het land met minder handen moesten doen. Aan de andere kant wilden ze koste wat het kost dat hun kinderen zouden slagen in het leven. De hartstocht die Kam Sau en Ah-Yuen voor het lesgeven hadden, evenaarde die vastberadenheid van de families. Kam Sau bemerkte regelmatig dat de meisjes hun rijstrantsoen bewaarden en aan het einde van de maand elke opgespaarde korrel meenamen naar huis. Dat ging haar zeer ter harte. Wat een problemen moesten deze meisjes overwinnen! Kam Sau spaarde van het voedsel dat haar moeder meebracht zelf ook zo veel mogelijk uit zodat ze dat kon verdelen onder de meisjes die er het bleekst uitzagen en de indruk wekten het meest ondervoed te zijn.

Nadat Wai Kwok om het leven was gekomen bij het bombardement, moest Kam Sau het lesgeven een tijdje loslaten. Telkens als ze voor de klas stond, werd ze herinnerd aan haar zoon. Om het minste of geringste barstte ze midden in de les in tranen uit. Ook al was ze drie maanden zwanger, ze kon niet eten of slapen. Ze lag de hele nacht naar het plafond te staren totdat ze door de slaapkamergordijnen heen het eerste zwakke daglicht zag verschijnen. Toen ze vel over been was, bracht Ah-Yuen haar terug naar haar moeder.

Nadat meneer Auyung had gehoord wat er allemaal was gebeurd, kwam hij meteen bij hen op bezoek om te zien hoe het met haar ging. In plaats van haar zijn condoleances aan te bieden, had hij echter met een barse glimlach gezegd: 'Je kunt niet alles hebben. Als de eieren gevaar lopen, bescherm je het nest. Als je net zo hard had gehuild om China als om je persoonlijke verlies, had je het hele land kunnen redden.'

'Onze school staat toch ook ten dienste van het land?' protesteerde Kam Sau. 'En ik heb toch ook mijn zoon daarvoor opgeofferd? Als wij die school niet hadden opgezet, was Wai Kwok daar geen leerling geweest. Dan had hij op de school voor kinderen van overzeese Chinezen gezeten en had deze ramp nooit plaatsgevonden.'

Kam Sau's wangen waren vuurrood en haar stem trilde van woede. Meneer Auyung wierp een blik op Ah-Yuen: 'Dat is beter.

Zolang ze nog emotie toont, is er hoop.' Daarna zuchtte hij diep en zei: 'Als het niet Wai Kwok was overkomen, dan wel iemand anders. Vroeg of laat was het toch gebeurd. De Japanners hebben een bloedige voor door het land getrokken van het hoge noorden naar het diepe zuiden. China is zwak en zijn leger eveneens. Als we de poorten niet voor hen gesloten houden, sterft iedereen die zich binnen de muren bevindt.'

'Ik kan me onmogelijk het lot van iedereen aantrekken,' zei Kam Sau. 'Het is Wai Kwok ...' Voordat ze haar zin kon voltooien, sprongen de tranen haar weer in de ogen. Ze moest ze wegslikken. 'Ik weet wat u wilt zeggen,' zei ze moeizaam, 'maar ik ben geen soldaat of poortwachter. Ik ben maar een gewone onderwijzeres, voor niemand van enig nut.'

Meneer Auyung sloeg met zijn knokkels op tafel. 'Wie zegt dat je nutteloos bent?' vroeg hij op dwingende toon. 'Je leerlingen zijn de poortwachters van de toekomst, Kam Sau. Als onze generatie aan zijn eind is, moet China zijn hoop op de volgende stellen. Verman je en maak er bij het lesgeven het beste van. De grootste eer die je Wai Kwok kunt bewijzen, is dat je je leerlingen tot helden maakt.'

Kam Sau zei niets, maar werd langzaam minder rood. Zes Vingers bracht meneer Auyung een kom ijskoude gezoete lotuszaadsoep. Hij liet zich de soep goed smaken: 'Geen idee of ik ooit nog zo'n lekkere soep zal eten.'

'Verlaat u het land?' vroeg Ah-Yuen verbaasd.

'Dit bezoek is eigenlijk bedoeld om afscheid van jullie te nemen,' zei de leraar.

'Waar gaat u heen?' vroeg Ah-Yuen.

Meneer Auyung antwoordde niet, maar zette slechts een pakketje op tafel dat hij had meegenomen. 'Ik heb deze boeken inmiddels vaak genoeg gelezen,' zei hij. 'Ze zijn zeer interessant. Ik geef ze jullie en neem weer contact op als alles weer rustig is.'

Ah-Yuen aarzelde over een vraag, maar stelde toen een andere: 'Iemand op de onderwijzersopleiding zei dat u lid bent van de Communistische Partij, meneer Auyung. Gaat u zich aansluiten bij de communisten?'

Meneer Auyung keek hem aan. 'Of ik dat ga doen of niet, is niet belangrijk. Belangrijker is wat jij denkt dat de opvattingen van de Communistische Partij zijn.'

'Ik heb het hele *Communistisch manifest* gelezen,' zei Ah-Yuen, 'maar de stellingen daarin hebben betrekking op Europa. Zijn ze ook voor Azië van belang?'

Meneer Auyung glimlachte. 'De mooiste idealen kennen geen grenzen,' zei hij, 'evenmin als het kwaad. We kunnen niet niets doen en wachten totdat anderen een betere toekomst scheppen. Sommigen van ons zullen daadwerkelijk offers moeten brengen om die idealen te realiseren.'

Toen meneer Auyung vertrok, deed Ah-Yuen hem uitgeleide en liep hij nog een eind met hem op. Hij bemerkte dat zijn oude leraar een stuk magerder was geworden sinds hij hem voor het laatst had gezien. In de schemering schoot er vuur uit zijn diep in hun kassen liggende ogen. Zijn haar was verward en terwijl hij praatte dansten de lokken op en neer. Hij had de zure adem van een man die al vele nachten achtereen niet heeft geslapen. De zoom van zijn blauwe mantel wapperde in de wind.

'Meneer Auyung ...' begon Ah-Yuen. Zijn stem brak, maar niet alleen uit verdriet over het afscheid van zijn leraar. Er was iets waarover hij al heel lang piekerde. Hij had dat echter nooit durven zeggen.

Dat was: neem me mee.

Hij zei het niet. Hij dacht aan Kam Sau en aan Wai Heung en aan de baby in Kam Sau's buik. Hij voelde zich verscheurd tussen zijn gezin en zijn land. Welk hij ook in de steek zou laten, het zou onverteerbaar zijn.

Daarna hoorden ze nauwelijks nog iets over meneer Auyung. Ruim tien jaar later zag Ah-Yuen hem pas terug. Hij was met een groep leerlingen op excursie naar het Guangdong-museum van de Martelaren voor de Revolutie toen hij daar een portret ontdekte van meneer Auyung op een paardenrug en in vol militair ornaat.

Als hij op die lenteavond in 1941 zijn lot aan dat van meneer Auyung had verbonden, hoe had zijn leven er dan uitgezien? Dat was de vraag die Ah-Yuen zich in de jaren daarna herhaaldelijk zou stellen. Hij had zoveel mogelijkheden gehad om uit te kiezen, maar waar zou hem dat hebben gebracht? Als hij anders had gekozen, was zijn gezin dan het onheil bespaard gebleven dat ieders leven zou eisen behalve het zijne?

Hij wist het niet.

Op het moment dat er op de deur werd geklopt, gaf Kam Sau haar leerlingen juist handvaardigheid.

De kinderen waren sierlampions aan het maken voor allerlei feesten. Er zaten meer meisjes in de onderbouw dan in de bovenbouw. Kam Sau kende de reden: het was de tweeënhalve kilo extra rijst per maand waarom de gezinnen hun kinderen naar school stuurden. Dat ze dan ook genoeg leerden rekenen om later de financiën van het huishouden te beheren, was mooi meegenomen, maar van ondergeschikt belang. Meisjes gingen niet naar de bovenbouw, laat staan naar de middelbare school. Als ze de onderbouw hadden afgerond, haalden hun ouders hen terug naar huis om op het land te werken. In haar planning hield Kam Sau daar rekening mee. Bij handvaardigheid leerde ze de meisjes alles wat hun in hun latere leven van pas zou komen. Naaien leerde ze hun niet, want dat pikten ze thuis wel op van de oudere vrouwen. In plaats daarvan besteedde ze aandacht aan papierknippen, aan het maken van lampions en cadeaudoosjes, en aan het schrijven van versjes voor het Lentefestival.

Tijdens de vorige les hadden ze het bamboeraamwerk voor de lampion in elkaar gezet. Nu wilde ze hun leren hoe ze het papier erop moesten plakken. Ze had in de stad een grote rol rood vloeipapier gekocht en gaf twee meisjes opdracht de rol aan weerszijden vast te houden. Kam Sau was juist aan het knippen toen er op de deur werd geklopt.

Het was een beleefd kloppen met een lichte aarzeling tussen elke tik. Het klonk absoluut niet als de voorbode van gevaar. Kam Sau was juist bij een belangrijk punt bij het knippen aanbeland. Zonder op te kijken vroeg ze het dichtstbijzijnde meisje om de deur open te doen.

De zon scheen die dag oogverblindend fel. Aanvankelijk kon Kam Sau alleen een witte schittering ontwaren. In de deuropening stond tegen de azuurblauwe lucht een aantal onregelmatige silhouetten. Ze zag ook dat de gestalten iets langs en glinsterends vasthielden. Het duurde even voordat ze besefte dat het bajonetten waren.

'Hebt u iets ... iets te eten?' mompelde een van de silhouetten in gebroken Chinees.

Nadat haar ogen aan de glinstering gewend waren geraakt, zag Kam Sau dat de bezoekers gekleed waren in bruine, stoffige leger-uniformen. Aan beide kanten van hun riem hingen magazijnen en de punt van hun bajonetten zat onder de vlekken, wat weinig goeds voorspelde.

Kam Sau nam dit alles in een oogwenk waar. Ze was als in een roes. Het leek donker te worden in het lokaal en in haar oren klonk een hoge, angstaanjagende zoemtoon.

De kinderen. Wat moest ze met de kinderen doen?

Buiten op de helling voor de school voerde een andere klas zijn gymnastiekoefeningen uit. Eigenlijk had Ah-Yuen hun les moeten geven, maar hij was afgereisd naar de stad voor een anti-Japanse onderwijzersbijeenkomst. Een andere onderwijzer nam voor hem waar. Hoe zou Kam Sau diens aandacht kunnen trekken?

'Ik ga ... ik ga naar de keuken, iets voor jullie pakken,' stamelde ze.

Ze was al te laat. De duistere gestalten hadden het lokaal al betreden en vormden een ondoordringbare hindernis voor Kam Sau.

'Zij ... gaat,' zei een van de soldaten. Hij wees naar een meisje naast Kam Sau.

'Er staat nog wat rijst in het kastje met het servies,' zei Kam Sau en ze greep de hand van het kind. Met haar vinger schreef ze snel een boodschap in de handpalm van het meisje. Haar hand begon te trillen. Ze had het begrepen.

De soldaten waren Japanners. Ze waren met zijn drieën: Sasaki, Kameta en Kobayashi. Tijdens de mars op Tan Shui Ko waren ze in de omgeving van Sam Ho Lei hun eenheid uit het oog verloren. Ze hadden urenlang door de bossen gelopen en waren rivieren overgestoken totdat de honger hun had bevolen halt te houden bij twee lemen gebouwen op een heuvel.

Ze waren tot de tanden gewapend en hadden zo een heel dorp kunnen uitmoorden, maar beseften ook heel goed dat haat een machtig wapen was: een menigte ongewapende Chinezen kon hen met gemak in de pan hakken. Hun aanvankelijke bedoeling was geweest om een maaltijd te vragen en die in alle vrede op te eten, waarna ze als ze geluk hadden nog een of twee sigaretten zouden kunnen bietsen, om vervolgens zo snel mogelijk weer op pad te gaan in de hoop voor het donker werd hun eenheid bij te halen.

Eenmaal in het klaslokaal veranderden ze echter van gedachten.

Het was, om precies te zijn, de vrouw die ze daar zagen door wie ze van gedachten veranderden.

Ze waren vroeg in het voorjaar, onder dekking van een ontzagwekkend bombardement, in de regio's Hoi Ping en Taishan gearriveerd. Sindsdien waren hun veel vrouwen onder ogen gekomen: plattelandsvrouwen, gebruind door de Zuid-Chinese zon met hoge jukbeenderen en volle lippen en haren vol stro en stof. In doldrieste haast penetreerden ze hen met hun lichaam of bajonet. Het zich ontladen in deze vrouwen voelde aan als zich ontlasten in de wc. Voor hen waren deze plattelandsvrouwen geen echte vrouwen.

De vrouw die nu voor hen stond was echter een totaal ander geval.

Ze was zo bleek dat het leek alsof haar gelaat nooit door de zon of de wind was beroerd. Haar huid leek zo fluweelzacht dat ze sterk de neiging hadden hem aan te raken. Haar ogen waren donker en diep als de zee met een zweem melancholie drijvend op het oppervlak. Ze droeg een uiterst simpele blauwe tuniek die opbolde bij de rondingen van haar boezem. Haar buik stulpte iets uit en oefende druk uit op haar tuniek waardoor de twee helften aan de onderzijde een beetje uiteenweken. Ze mochten dan drie gewapende soldaten zijn die het vege lijf probeerden te redden, de aanblik van deze vrouw herinnerde hen eraan dat ze tevens man waren.

Ze naderden haar stap voor stap. De vrouw zei niets, staarde hen slechts aan. Het was geen doordringende blik. Haar gelaatsuitdrukking was een en al angst. Er was echter iets in haar blik wat zich als een touw om hun benen slingerde en ze samenbond.

Sasaki stond vooraan. Haar ogen ontmoetten de zijne, daagden ze uit. Hij besefte dat als hij haar in de ogen bleef kijken hij het onderspit zou delven. Daarom vermeed hij eenvoudigweg haar blik en dwong hij zichzelf naar de muur van het klaslokaal achter haar te kijken. Op het pleister zaten bloedvlekken van de doodgeslagen muggen.

Sasaki rukte met een enkele neerwaartse beweging het voorpand van haar tuniek open waaronder een dun wit hemd verscheen. Een van de meisjes die de rol vloeipapier vasthielden, gilde van schrik. Sasaki dreigde haar met een vinger en schreeuwde: 'Bek dicht.' Bij wijze van antwoord liet ze een hoge jammerkreet horen.

Sasaki was bang dat ze hen buiten zouden horen. Hij gebaarde daarom naar Kobayashi, die zijn geweer van zijn schouder haalde. Een lichte steek met de bajonet in de buik van het meisje was genoeg voor een grote snee. Even soepel als een vis zijn kuit schiet, gleden er witte, slangachtige windingen uit haar buik op de grond.

Wat laten die Chinezen zich toch makkelijk slachtofferen, dacht Kobayashi.

Kam Sau hoorde zichzelf hevig klappertanden. Ze richtte zich op ernstige toon tot haar leerlingen: 'Doe jullie ogen dicht.' Ze kreeg de woorden nauwelijks over haar lippen.

De meisjes gehoorzaamden. In het lokaal klonk alleen nog het gedruppel van de urine die door de dunne stof van hun broeken op de grond viel.

Ook Kam Sau sloot haar ogen. De deur viel met een klap dicht. Ze kon nog steeds de zon voelen. De herinnering aan het felle licht danste over haar oogleden. Ze voelde hoe haar voeten de grond verlieten en hoe ze naar de lessenaar werd getild. Iemand trok haar hemd uit terwijl een ander aan haar broekspijpen trok. Ze voelde een tocht door het lokaal trekken en langs haar naakte lichaam strijken. Overal waren handen, koud en eeltig en ruw als schuurpapier.

Het ergste moest echter nog komen. Iets in haar rug deed haar pijn, iets wat koud en hard was. De schaar die ze had gebruikt om het papier te knippen, drukte in haar rug.

Kam Sau opende haar ogen. Sasaki's gezicht was vlak bij het hare, zo dichtbij dat ze op zijn bovenlip het zachte vlas zag dat ooit tot een snor zou uitgroeien en naast zijn neus een met pus gevulde puist.

Hij was nog maar een jongen.

Kam Sau schatte de afstand tussen haarzelf en Sasaki. Ze wachtte op een kans dat ze met haar rechterhand de schaar onder haar rug kon grijpen. Ze zou hem eerst in zijn luchtpijp steken en daarna in die van haarzelf. In vijf seconden tijd, misschien tien, maar absoluut niet meer dan dertig, zou ze een einde maken aan twee levens.

Die kans zou ze echter nooit krijgen.

Ze voelde een stekende pijn tussen haar benen op het moment dat iets met geweld in haar drong. Het beukte tegen haar aan totdat al het leven was geplet dat ze in zich had. Op dat moment spoelde een diepe duisternis over haar heen en verloor ze het bewustzijn.

Tegen de tijd dat het meisje dat hulp was gaan halen, terugkeerde met een menigte mannen, gewapend met messen, staven en stokken, waren de Japanners al verdwenen. De eerste man die het lokaal binnenkwam, gleed meteen uit en viel op de grond. Terwijl hij overeind kwam en over zijn knie wreef, realiseerde hij zich dat hij was uitgegleden over een stuk darm. De leerlingen zaten nog altijd dicht opeen in een hoek van het lokaal. Ze weigerden hun ogen te openen.

Fong Kam Sau, hun onderwijzeres, lag op de lessenaar.

Ze was volledig gekleed en lag kaarsrecht. Haar gezicht was bleek als van een lijk dat gereed is om begraven te worden. Een vrouw liep op haar af om even haar lichaam te schudden, maar trok haar hand terug alsof ze een spook had gezien. Kam Sau staarde met een glazige, niets ziende blik naar het plafond. Nadat de vrouw van de schrik was bekomen, hield ze een hand onder Kam Sau's neusgaten. Ze was opgelucht dat ze warme lucht langs haar vingers voelde strijken.

Het kruis van Kam Sau's broek was hard van het geronnen bloed. Onder haar lag een bloedig en stinkend hompje vlees.

'Haar kind!' gilde de vrouw.

Het drieëndertigste en vierendertigste jaar van de Republiek (1944-1945), Vancouver, Brits-Columbia

> *Sundance: dertig jaar geleden verbleef bij jou een Chinees die Fong heette. Hij gedroeg zich als een complete idioot en smeekt jou nu hem te vergeven. Hij is al jaren naar je op zoek. Als je dit leest: je vindt hem elke zaterdagmorgen op de groentemarkt van Burnaby.*
>
> *Rubrieksadvertentie in de* Vancouver Sun, *5 juni 1944*

Kam Shan had die nacht een droom. De beelden stonden hem haarscherp voor ogen. Hij zag de kleuren en nam zelfs de geuren waar.

Het naaldaargras kwam tot zijn middel. De scherpe, harige uiteinden van de bladeren glommen zilverachtig in het zonlicht. Een schurftige hond drong met een ruisend geluid tussen de aren door.

Hij volgde de hond en bleef iemand die voor hem liep zo dicht mogelijk op de hielen. Het gezicht van die persoon kon hij niet zien. Hij zag alleen een paar benen onder een rok van onbewerkt leer, lichtvoetig als een hinde, een hoofd met lang geelbruin haar dat wapperde in de wind. Het maakte niet uit hoe snel hij rende, hij haalde de persoon nooit in. Eén keer was hij zo dichtbij dat hij het haar kon vastgrijpen bij een streng, maar het gleed tussen zijn vingers door waarna hij het weer kwijt was.

Hij schrok wakker met een schreeuw en schoot overeind. Het zweet parelde op zijn gezicht.

'Hou op! Je ligt te trappen als een ezel!' gromde Kattenogen.

Het begon ochtend te worden. Er scheen een grauw licht door de gordijnen. De straat ontwaakte. Dit was het moment waarop Kattenogen het meest naar slaap hunkerde. Ze zou niet opstaan voor het middag was.

'Wie is in hemelsnaam Sundance?' bromde ze. Ze wachtte Kam Shans antwoord niet af, maar draaide zich om en sliep weer in.

Kam Shan vroeg zich af of hij echt haar naam had uitgeroepen.

Hij droomde al maanden dezelfde droom. Hetzelfde gras, dezelfde uitgestrekte, blauwe hemel, dezelfde zon, dezelfde hond, dezelfde vrouw. Hij schrok zelfs steeds op hetzelfde moment wakker. Soms werd hij tijdens de droom wakker, als hij moest pissen bijvoorbeeld, maar als hij daarna weer insliep droomde hij verder vanaf het punt waar hij gebleven was.

Riepen Sundance' goden hem?

Kam Shan en zijn vader Ah-Fat kweekten aan huis inmiddels al een aantal jaren taugé. Soms leverden ze die aan supermarkten, andere keren verkochten ze het aan venters. Veel van die venters waren indianen. De vrouwen, en dan vooral de jongere, hadden vanaf het begin Kam Shans bijzondere belangstelling gehad. Was een van hen Sundance? Hij lachte om zijn eigen dwaze gedachte. Ze was hooguit twee jaar jonger dan hij geweest, dus inmiddels was ze eveneens van middelbare leeftijd. Niettemin stelde hij zich haar nog altijd als een meisje voor.

Hoe lang ze inmiddels ook omgingen met roodhuiden, Sundance of zelfs maar een lid van haar familie was hij nog niet tegengekomen. In het jaar voor de oorlog uitbrak, had hij haar geschreven, maar die brief was nadat hij telkens was doorgestuurd uiteindelijk als onbestelbaar retour afzender gekomen. Hij wist dat veel rood-huiden hun reservaat hadden verlaten om in de stad te gaan wer-ken, dus misschien verbleef zij ook in Vancouver. Maar zelfs als ze elkaar zouden passeren op straat, zou zij hem waarschijnlijk niet herkennen. Hoe zou zij in dit onderkruipsel, hinkend op zijn lam-me poot, ooit de vurige jongeman kunnen herkennen die ze eens had gekend?

Kam Shan wiste het zweet van zijn voorhoofd en ging weer lig-gen, maar met de snurkgeluiden van Kattenogen in zijn oren was slapen een onmogelijkheid.

Met haar toenemende lichaamsomvang was Kattenogen de laat-ste jaren ook steeds luider gaan snurken. Kam Shan sliep daaren-tegen steeds lichter. Soms kon hij de slaap helemaal niet vatten en keek hij slechts naar haar, naar haar openhangende mond en haar met elke snurk op en neer deinende tong. Dat was het enige waar-mee hij kon voorkomen dat hij haar zou smoren. Jaren geleden had hij nog een heenkomen kunnen vinden in de kamer van Yin Ling. Nadat ze voor de tweede keer was vertrokken, hadden ze haar ka-mer gereedgehouden voor het geval ze zou terugkeren. Nadat er enkele jaren voorbij waren gegaan zonder nieuws van hun dochter, had Kattenogen gezegd dat het geen zin had om hem leeg te laten staan. Door hem te verhuren konden ze wat bijverdienen. Een as-sistent-kok van het restaurant had er daarna zijn intrek genomen. Vanaf dat moment had Kam Shan geen plek meer gehad waar hij rustig kon slapen en moest hij wakker liggen tot het licht werd.

Maar er was nog iets anders. Iets wat hij vele malen erger vond dan haar gesnurk.

Kattenogen menstrueerde niet meer met tussenpozen, maar vloeide continu en haar lichaam rook naar bedorven vlees. Over-dag, als ze haar verschillende lagen kleding droeg, viel het nog mee. Als ze zich voor het slapengaan uitkleedde, draaide Kam Shans maag zich echter om. Ze was naar de kruidengenezer in Canton Street gegaan. Die had gezegd dat ze te hard werkte en uitgeput was. Een voedzame kippensoep was volgens hem vol-doende om haar te laten herstellen. Ze hadden een aantal prima kippetjes gekocht en daar soep van gemaakt, maar dat had niets uitgehaald. Daarop had Kam Shan erop aangedrongen dat ze een Canadese dokter zou opzoeken. Kattenogen had echter gezegd dat ze er niet over peinsde zich uit te kleden voor een yeung fan. Hoeveel ruzie ze er ook over maakten, ze weigerde te gaan.

Wie had gedacht dat Kattenogen zo vroeg zou overlijden? Ze had het grootste uithoudingsvermogen van iedereen, liep zes dagen per week in het restaurant haar benen uit haar lijf en op haar vrije dag gaf ze zichzelf met hart en ziel over aan spelletjes mahjong. Toch stierf ze op een dag volkomen onverwacht.

Het begon met de vloeiingen. Vervolgens kreeg ze last van enorme pijn in haar benen. Die was zo erg dat ze niet langer kon werken. Een kwade Kam Shan beschuldigde haar van luiheid wat bij Kattenogen slechts een verdwaasde glimlach had uitgelokt. Haar ziekte maakte haar vriendelijker dan ze ooit was geweest. Kam Shan merkte uiteindelijk dat ze zich niet meer kon omdraaien in bed zonder dat het zweet haar uitbrak. Toen besefte hij dat ze ernstig ziek was. Het was echter al te laat.

Ze viel in een diepe slaap die dagenlang duurde, werd vervolgens opeens wakker en vroeg Kam Shan om haar drie mahjong-vriendinnen te halen. 'Heb je werkelijk zin in een spelletje mahjong?' vroeg Kam Shan ongelovig.

Zijn vader keek hem aan. 'Zie je dan niet dat dit niet lang meer duurt?' zei hij. 'Ga ze halen.'

Kam Shan installeerde het mahjongtafeltje naast het bed en de vrouwen speelden tot het licht werd. Omdat ze beseften dat Kattenogen stervende was, lieten ze haar winnen. Die avond en nacht won ze een berg geld, wat haar oneindig veel plezier deed.

Nadat haar vriendinnen in de ochtend waren vertrokken, ging ze hard achteruit. Haar gezicht verstrakte en haar handen trilden. Ze vroeg Kam Shan om een sigaret. Ze had een aantal jaren gerookt, vanzelfsprekend de goedkoopste sigaretten. Kam Shan pakte er een van zichzelf, stopte die daarna terug in het pakje, liep naar buiten en keerde terug met een pakje State Express 555. Hij stak er een op en gaf hem haar, maar Kattenogen was niet meer de tijd gegund een trekje te nemen. Ze wees naar de zolderkamer, sprak de woorden 'Yin Ling ...' en was dood.

Toen hij daarvoor de tijd had, ging Kam Shan de trap op naar zolder. Na flink wat zoeken vond hij een enveloppe met een brief en een door de motten aangevreten zakje, gemaakt van een zakdoek. De enveloppe droeg het opschrift van het St. Joseph's Hospital en bevatte enkele kwitanties en een brief met de resultaten van een onderzoek. De brief was in het Engels opgesteld. Kam Shan ging op zoek naar iemand met voldoende medische kennis die hem de brief kon voorlezen. De brief bevestigde dat er sprake was van baarmoederhalskanker in een vergevorderd stadium. In de brief stond ook dat de kanker het gevolg was van chronische baarmoedermonderosie en was uitgezaaid naar de lever en de botten. Hij was gedateerd op enkele maanden terug.

Kam Shan besefte dat Kattenogen wel degelijk bij een dokter was geweest en heel goed wist wat haar mankeerde. Haar hele volwassen leven had ze moeite gedaan om te vergeten welke vernederingen ze had moeten ondergaan als kindprostituee. Door haar ziekte was het verleden echter weer naar boven gekomen. In plaats van de confrontatie met haar schande aan te gaan, had ze ervoor gekozen haar gewone leven te leiden zonder zich te laten behandelen, totdat de dood haar opeiste.

Het zakje bevatte een rol beschimmelde bankbiljetten, waarvan sommige aangevreten waren door de ratten. Kam Shan vermoedde dat ze dit geld stiekem opzij had gelegd voor Yin Lings bruiloft. Ze had zich haar hele leven uitgesloofd voor de Fongs zonder dat ooit een familielid haar daarvoor het respect had betoond dat haar toekwam, bedacht hij. Zelfs haar eigen dochter was er niet om afscheid van haar te nemen.

Terwijl hij het zakje in zijn handen hield, werd Kam Shan overweldigd door verdriet.

De volgende dag ging hij naar de begrafenisondernemer om een grafsteen voor haar te bestellen. Op de vraag naar het opschrift besefte Kam Shan dat hij in al hun jaren samen Kattenogen nooit naar haar officiële naam had gevraagd. Daarom besloot hij maar tot: mevrouw Chow, echtgenote van Fong Kam Shan. Kattenogen had nooit kunnen denken dat ze na haar dood eindelijk op de manier zou worden aangesproken waarnaar ze bij leven altijd had verlangd.

Eens per week gingen Ah-Fat en Kam Shan naar de markt om hun taugé aan de man te brengen. Daarna liepen ze naar Shanghai Street of Canton Street voor een kom tahoe in gelei en gebakken deegballetjes. Daar bladerden ze altijd door de Chinese kranten die de eigenaar op tafel uitspreidde. Op marktdagen stonden ze vroeg op en hadden ze geen tijd voor ontbijt. Deze maaltijd was dan ontbijt en lunch tegelijk. Ze aten op hun gemak en lazen ondertussen de kranten.

Op een van die dagen zaten ze in restaurant Lei King. Om te beginnen hadden beiden een kom sojamelk genomen, waarna Ah-Fat een portie lotusdeegballetjes bestelde, een portie deegballetjes met varkensvlees, vier loempia's, twee porties gebakken deegballetjes, een kom garnalensoep en ten slotte een schaaltje in gember gestoofde varkenspootjes.

'Denk je dat je dat allemaal op krijgt?' riep Kam Shan uit.

'Wat we niet opkrijgen, nemen we mee naar huis,' reageerde Ah-Fat.

Hoewel de zomer er bijna op zat, was het nog altijd warm. Door de hete sojamelk brak Ah-Fat het zweet aan alle kanten uit. Hij tastte in zijn zak naar een zakdoek om zijn gezicht af te vegen toen hij daar een brief voelde. Hij was afkomstig van Zes Vingers. Sinds de val van Hongkong was het postverkeer ontregeld geweest en hadden haar brieven hen nog maar sporadisch bereikt: slechts twee in de laatste paar jaar.

De brief van niet meer dan enkele regels was aan Kam Shan gericht.

Mijn beste zoon,

Sinds je laatste brief is er een jaar voorbijgegaan. We worden continu gebombardeerd, dus elke brief die ons bereikt is zijn gewicht in goud waard. Het is hier in de streek één grote chaos. Er zijn verschrikkelijke dingen gebeurd, te veel om op te noemen. Ik vertel je meer wanneer we elkaar weer zien. Gelukkig heeft je zus Kam Sau de rampspoed overleefd die haar ten deel is gevallen. Ik hoop dat de toekomst voor haar betere zaken in petto heeft. Gaat alles goed met jou daar in de Gouden Bergen, Kam Shan? Heb je nog iets gehoord van Kam Ho? Yin Ling zal inmiddels wel volwassen zijn, dus ik herken haar waarschijnlijk nauwelijks. Ik brand wierook en bid elke dag tot de Bodhisattva dat jullie niets overkomt en dat we elkaar als de oorlog voorbij is weer zullen zien.

Ah-Fat droeg die brief al een aantal dagen in zijn zak. Elke dag haalde hij hem tevoorschijn en las hij hem opnieuw waardoor het papier aan de randen al wat rafelde. Er was iets vreemds aan die brief. Hij was kort. Niettemin informeerde Zes Vingers naar alle familieleden, zij het met uitzondering van Kattenogen en Ah-Fat zelf. Zes Vingers vroeg nooit naar Kattenogen, alsof ze helemaal nooit had bestaan. Van hun kant hadden ze Zes Vingers ook niet verteld over haar dood en evenmin over Yin Lings verdwijning. Maar in deze brief sloeg ze ook de naam Ah-Fat over. Hij vond dat maar vreemd. Hij bedacht dat hij een keer de tijd moest nemen om haar een brief te schrijven, maar tegelijkertijd wist hij niet of die brief ooit zou aankomen.

Kam Shan stierf van de honger. Hij schrokte een gebakken deegballetje naar binnen waarbij een spoor van vleesnat, glinsterend van de olie, over zijn kin liep. Ah-Fat zag dat de manchetten van het overhemd van zijn zoon gerafeld en versleten waren en bedacht dat het een groot verschil uitmaakte of er wel of geen vrouw in huis was. Toen Kattenogen nog leefde waren ze weliswaar arm geweest, maar in elk geval waren de mannen steeds keurig gekleed en schoon de deur uit gegaan. Vrijwel meteen na haar dood was Kam Shan er al onverzorgd bij gaan lopen.

Ah-Fat zuchtte. 'Kam Shan, als de oorlog voorbij is en de rust overal is teruggekeerd, reizen wij met zijn tweeën naar Hoi Ping om daar een nieuwe vrouw voor je te regelen.'

Kam Shan sloeg de ene na de andere krantenpagina om totdat zijn vingers bedekt waren met inkt. Daarna begon hij in zijn neus te peuteren waardoor er vegen op achterbleven. Ten slotte begon hij te lachen: 'Pa, ook al zou ik opnieuw trouwen, ik mag mijn vrouw toch niet meenemen naar de Gouden Bergen. Als vrijgezel ben ik beter af. Scheelt een hoop gedoe.'

Ah-Fat keek hem verontwaardigd aan. 'Wil je dan niet thuis van je oude dag genieten?' vroeg hij.

'Ik heb familie in Vancouver,' zei hij. 'Wat als Yin Ling terugkomt?'

Ah-Fat begon nog kwader te kijken. 'Ze heeft al jaren niks van zich laten horen,' protesteerde hij. 'Je weet niet eens of ze nog leeft.'

Kam Shan nam een slok thee, spoelde zijn mond en spuugde hem leeg op de grond. 'O nee, die is springlevend,' zei hij vol vertrouwen. 'Zo vader, zo dochter. Yin Ling is even onverwoestbaar als een paar oude laarzen. Ze komt wel terug als ze er genoeg van heeft om alleen maar wat aan te rommelen.'

Ah-Fat dronk zijn sojamelk en zette de kom neer. Het resterende eten liet hij in een zak doen. Ah-Fat pakte de zak op en zei dat hij naar huis ging. Hij liet Kam Shan achter met de rekening.

Ah-Fat ging echter niet naar huis. In plaats daarvan sloeg hij de hoek om en zette hij koers naar Canton Street, op zoek naar Wolk van de Gouden Bergen.

Ze woonde nog altijd in het minuscule vertrek in de kelder van het theater. Het had maar één vierkant raampje en het was er zo donker dat ze zelfs op klaarlichte dag het licht moest laten branden. Ah-Fat wist perfect de weg. Hij liep meteen de donkere smalle steeg in en duwde de deur van haar kamer open.

Wolk van de Gouden Bergen had haar handen vol wol van een oude trui die ze uit elkaar had gehaald. Ze had de wol gewassen en in een wok de slagen eruit gestoomd. Inmiddels was de draad droog. Ze wikkelde die in strengen rond de leuning van een stoel. Het was zuivere lamswol, vele jaren geleden gekocht tijdens een tournee door Australië. Omdat ze de trui weinig had gedragen, was de wol zo goed als nieuw.

Ah-Fat begon te klappertanden van de klamme kou in het vertrek. Het zweet in zijn nek verdampte. 'Wat een rattenhol is dit,' zei hij kwaad. 'Hier kun je toch niet leven?'

'Dat is een weinig beleefde begroeting,' zei Wolk.

Ah-Fat maakte er maar snel een grap van: 'Maar heeft ooit iemand zo'n mooie rat als jij gezien? Als die bestond, zou ik er onmiddellijk mee trouwen.'

'Echt waar?' riep Wolk uit. 'Zeg dat ook tegen je zoon zodat ik een getuige heb.'

Ah-Fat keek opgelaten en zweeg.

Wolk nam de zak van hem over, mat de omvang van zijn buik met een centimeter en sloeg ondertussen aan het hoofdrekenen. 'Wat doe je?' vroeg Ah-Fat.

'Ik ga een nieuw vest voor je breien. Het wordt weer koud en dat ene vest dat je hebt, zit vol gaten. Dat weet jij niet want ze zitten allemaal op je rug.'

Wolk droeg een zilvergrijze tuniek, enigszins versleten en met een stopgaatje bij de kraag, maar verder netjes en schoon. Haar haar was al behoorlijk grijs, maar nog wel dik. Ze droeg het ineengedraaid in een knot laag in haar nek en met een twijgje jasmijn erdoorheen gestoken. Als ze praatte, leken de rimpeltjes in haar gezicht steeds een glimlach te willen vormen.

Ah-Fat staarde haar aan. 'Wat ben je toch een bijzondere vrouw.'

'Wat bedoel je?'

'Je hebt de grootste luxe gekend en leeft nu in de bitterste armoede, maar toch maak je er het beste van.'

Wolk lachte. 'Ik heb het beter voor elkaar dan vele anderen. Ik heb eten op tafel en een dak boven mijn hoofd.'

'Dat is waar,' zei Ah-Fat, 'maar morgen ga ik een kolenkachel voor je kopen. Met die kleine stoomverwarming red je het deze winter niet.'

Ah-Fat diepte de snacks op uit de tas. 'Breng kommen en eetstokjes. Alles is nu nog warm.'

Ze zaten nog maar net toen buiten een pruttelend geluid klonk. 'Pistoolvuur,' zei Wolk.

Ah-Fat stond op om een kijkje te nemen bij het raam en deelde mee dat het voetzoekers waren. 'Voetzoekers!' riep Wolk uit. 'Het is niet eens een feestdag!'

Ah-Fat liep opnieuw naar het raampje. Hoewel hij op zijn tenen ging staan en alle kanten op keek, kon hij alleen de straathoek zien. Daar passeerde een man met een dunne bamboestok. Aan het uiteinde daarvan had hij een matje voetzoekers gebonden. Ze ontploften met een oorverdovend kabaal en veroorzaakten een bui rode confetti die als een zwerm motten door de lucht zweefde. Vanuit alle huizen en winkels liepen mensen de anders zo rustige straat op.

Ah-Fat sprong, nog zonder schoenen aan de voeten, naar de deur. Wolk vloog hem na en gooide zijn schoenen achter hem aan. 'Wat een kind is het nog!' verzuchtte ze.

Enkele tellen later was hij terug. Hij leunde puffend en hijgend tegen de muur, niet in staat iets te zeggen. Wolk zag tranen in zijn ogen. Ze druppelden over zijn hoge jukbeenderen en verzamelden zich glinsterend in de voor van zijn oude, vervaagde litteken. Wolk had Ah-Fat niet eerder zien huilen. 'Wat is er in hemelsnaam aan de hand?' vroeg ze keer op keer.

Uiteindelijk lukte het hem iets te zeggen. 'De jappen ... ze hebben zich overgegeven.'

Ze gingen aan tafel zitten en vervolgden hun tijdelijk onderbroken middagmaal. Ah-Fat nam een hap van een lotusdeegballetje, liet hem in zijn kom vallen, nam daarna een hap van een loempia en liet ook die vallen. Hij kreeg geen hap meer door zijn keel.

Vervolgens barstte hij los: 'Wolk, ik kan nu naar huis. Mijn dochter heb ik mijn hele leven nog niet gezien. Mijn schoonzoon en hun kinderen evenmin. Niet één keer. Mijn vrouw herkent me waarschijnlijk niet meer. In haar brieven vraagt ze niet eens meer naar me. Ze moet wel ontzettend kwaad op me zijn.'

Hij praatte door zonder dat Wolk hem ook maar één keer onderbrak. Met haar eetstokjes speelde ze met wat sliertjes taugé die uit de loempia afkomstig waren, sleepte ze over de bodem van de kom zonder dat ze een poging deed ze naar haar mond te brengen. Plotseling schoot Ah-Fat te binnen dat Wolk geen familie meer in Guangdong had. Bovendien was haar oudere broer uit Montréal enkele jaren geleden overleden.

Hij keek haar aan en formuleerde zijn vraag voorzichtig: 'Wat zou je ervan vinden als ik je mee terugnam naar Hoi Ping? Zou je dat willen?'

De eetstokjes bewogen niet meer, de stukjes taugé trilden en vielen.

'Als je ... wat?' vroeg ze.

Ah-Fat had het idee dat de hap van de loempia die hij zojuist had genomen in zand was veranderd. Hij kauwde en kauwde. Uiteindelijk lukte het hem de hap door te slikken.

'Mijn echtgenote is een prima vrouw. Ze zal je behandelen met respect. Als jij dat wilt althans.'

Wolk stootte een korte lach uit. 'Dan word ik behandeld als jouw bijvrouw. En dat op mijn leeftijd, met één been in het graf. Mijn reputatie is dan naar de maan.'

Ah-Fat zei niets, stak slechts een sigaret op en inhaleerde. Zijn gezicht ging zo nu en dan schuil achter de rook die opkringelde, maar hij voelde zich zichtbaar ongemakkelijk.

Hij drukte zijn sigaret uit in zijn kom en stond meteen op. 'Wolk, je bent maar drie jaar jonger dan mijn vrouw. Zij zal je behandelen als een zus. Als ik zou besluiten mijn zus mee te nemen zodat ze daar van haar oude dag kan genieten, maalt niemand erom. Pak je spullen. Ik ga Kam Shan vragen of hij wil achterhalen wanneer de boot vertrekt.'

Daarna was hij verdwenen. Op het moment dat Wolk besloot hem achterna te gaan, was hij al bijna uit het zicht. De zon scheen nog altijd fel en een lange schaduw zat hem op de hielen. 'Wacht!' schreeuwde ze.

Ah-Fat draaide zich om en zag dat ze met haar handen een toeter om haar mond vormde.

'Vraag eerst wat je vrouw ervan vindt.'

Ah-Fat mompelde instemmend en haastte zich naar huis om zijn brief te schrijven. Hij had al een tijd geen brieven geschreven. Het materiaal voor zijn schrijfarbeid had hij opgeborgen op zolder toen ze na het overlijden van Kattenogen aan het opruimen waren geslagen. Hij haalde alles weer tevoorschijn en stofte de rollen papier af. Hij zag dat in de inktsteen een barst zat en dat het papier vergeeld was, maar het voldeed.

Hij maalde de inkt, streek het papier glad en schreef in beverige karakters: *Mijn beste vrouw*. Daarna stopte hij. Hij pijnigde zijn hersenen, maar hij had geen enkel idee wat hij nu moest schrijven. Plotseling schoten hem enkele regels te binnen van de klassieke dichter Du Fu uit diens gedicht *Op het nieuws dat de keizerlijke troepen Henan en Hebei hebben heroverd*. Ah-Fat schreef:

> *Vanuit het noorden spreekt men over steden heroverd*
> *Op dit nieuws bevochtigden tranen mijn mantel.*
> *Ik wend mij tot mijn vrouw en kinderen, hun zorgen verdwenen*
> *Dol van vreugde rollen we onze gedichten op.*

Nadat Ah-Fat die dichtregels op papier had gezet, voelde hij zich niet meer zo wazig. Daarna kwamen de woorden vanzelf. Zeer tevreden las hij de brief keer op keer over. Zijn karakters waren even duidelijk als altijd. Hij voegde nog een laatste regel toe: *Evenals generaal Lian Po uit het verre verleden mag ik dan oud zijn, maar ik kan nog altijd mijn voedsel kauwen. Wat vind je van mijn kalligrafie, Ah-Yin?*

Hij sloot af, verzegelde de envelop, kocht in de winkel op de hoek een postzegel en deponeerde de brief in de brievenbus. Terug in huis riep hij de naam van zijn zoon, maar Kam Shan reageerde niet. Hij liep naar diens kamer. Daar was hij evenmin. Ah-Fat ging op het bed zitten en had plotseling het gevoel dat een zware last van zijn schouders was gevallen. Hij ging uitgeput op bed liggen en haalde diep adem. Een geur van vet en vuil drong direct in zijn neusgaten door waarop hij moest niezen. Hij draaide snel het kussen om. Mannen zonder vrouwen ... dat ging gewoon niet, dacht hij, en hij viel meteen in een diepe slaap.

Toen hij weer wakker werd, was het aardedonker. Kam Shan was nog altijd niet thuis. Het enige geluid in huis was het tikken van de oude muurklok. Ah-Fat draaide zich om en voelde iets in zijn nek schrapen. Hij ging overeind zitten en tastte het kussen af. Het leek erop dat in de kussensloop een stuk karton was verborgen. Hij deed het licht aan, stak zijn hand in de sloop en haalde een brief tevoorschijn. In de linkerbovenhoek van de envelop bevond zich een postzegel met de Britse vlag en in de rechterbovenhoek was in een vierkant een wapen afgebeeld. Ah-Fat herkende het wapen van Canada. De brief was geadresseerd aan Frank Fong en het poststempel dateerde van een maand geleden. Ah-Fat was geïrriteerd. Hoe kon Kam Shan nu zijn vergeten om hem die brief te geven?

De keurig getypte brief was in het Engels opgesteld. Ah-Fat moest de brief diverse keren lezen voordat hij er ook maar iets van begreep. Daarna las hij hem nog een aantal keren, maar sommige zaken bleven hem onduidelijk.

> *Beste meneer Frank Fong, Het spijt ons bijzonder ... uw zoon meneer Jimmy Fong ... In de Republiek Frankrijk gesneuveld in de strijd. We zullen altijd ... heldhaftig ... glorieus ... onze vrijheid verdedigd ...*

Toen hij hem voor de vijfde keer las, begonnen de woorden te dansen voor zijn ogen en werd de pagina één grote vage vlek.

'Het licht ... doe het licht aan,' mompelde Ah-Fat in zichzelf.

Een onmetelijke duisternis daalde over hem neer.

Het vierendertigste jaar van de Republiek (1945), het dorp
Aansporing, Hoi Ping, provincie Guangdong, China

Toen Zes Vingers wakker werd, zag ze meteen de spin op de muur.

Het dier liep met onderbrekingen omlaag, sleepte zijn grote iri-
serende lijf langs de muur totdat hij uiteindelijk aanbelandde bij de
grote foto van de in een wit pak gestoken en pijprokende Ah-Fat.

Een geluksspin, bedacht Zes Vingers.

Ah-Fat had die foto tijdens zijn laatste bezoek laten maken in de
fotostudio van Chu Hoi in Kanton in het jaar dat Kam Sau was geboren. Die was inmiddels tweeëndertig, wat betekende dat Ah-Fat ...

De ochtendzon drukte zwaar op haar oogleden waardoor ze gedwongen werd ze weer te sluiten. Voordat ze Ah-Fats leeftijd had
uitgerekend, was Zes Vingers weer in slaap gevallen.

Toen ze wakker werd, zat de spin nog op de foto. Hij had plaats-
genomen op Ah-Fats neus, waardoor het leek alsof zich daar een
groot gat bevond.

Haar hart maakte een sprongetje van schrik en ze tastte het bed
af op zoek naar Wai Heung.

Wai Heung was inmiddels oud genoeg voor school, maar Zes
Vingers weigerde pertinent om haar te laten gaan. Ze weigerde
zelfs een onderwijzer aan huis te nemen en stond erop dat zij Kam
Sau's dochter zelf leerde lezen en schrijven. 'Tot ze naar de bovenbouw kan,' zei Zes Vingers. 'Daarna mag ze van mij naar school.'
Kam Sau en Ah-Yuen gingen tegen haar in, maar Zes Vingers was
onvermurwbaar.

Yin Ling verbleef in de Gouden Bergen, en Yiu Kei en Wai Kwok,
haar twee andere kleinkinderen, waren jong gestorven. Kam Shan
was te oud om opnieuw vader te worden en niemand wist wanneer
Kam Ho zou terugkeren naar Ah-Hsien. Kam Sau kon geen kinderen meer krijgen nadat ze was verkracht en gemolesteerd door de
Japanse soldaten. Zodoende was Wai Heung het enige kleinkind
dat Zes Vingers in de buurt kon houden. Ze koesterde en beschermde het meisje op alle mogelijke manieren. Waar Wai Heung
ook was, Zes Vingers maakte zich altijd zorgen om haar. Ze sliepen
zelfs in één bed.

Wai Heung was wakker. Ze zat rechtop in bed en vlocht haar
haren. Ze had een enorm dikke vlecht. Zelfs als die in tweeën werd

gesplitst hadden de afzonderlijke strengen de dikte van een suiker-
rietstengel. Ze deed het zonder spiegel waardoor het resultaat overduidelijk scheef was. Zes Vingers pakte glimlachend de ossenhoor-
nen kam uit Wai Heungs hand: 'Als je niet eens je haar kunt
vlechten, hoe kun je dan later een echtgenoot vinden?' Wai Heung
giechelde. Ze was van nature vrolijk en haar humeur liet zich onmogelijk bederven.

Toen Wai Heungs vlechten gereed waren, deed Zes Vingers een
mand over de arm en nam haar kleindochter bij de hand. 'Kom,
grootmoeder gaat komkommers oogsten en dan mag jij ondertussen voor mij een bosje bloemen plukken.' Inmiddels hadden de
Fongs al hun velden verpacht en waren ze nog slechts in het bezit
van een landje waar ze hun eigen groenten en fruit verbouwden.
Op het moment dat ze naar buiten liepen, dacht Zes Vingers dat ze
een kraai hard hoorde krassen in de boom. Ze keek omhoog en zag
dat het een ekster was. De vogel keek haar vanaf een tak brutaal
aan. Een geluksgevoel stroomde door haar lijf en haar gezicht ontspande zich in een glimlach. Eerst al een geluksspin en nu een
ekster. Ze wist zeker dat dit gunstige voortekenen waren voor de
rest van de dag.

De lucht was die nacht door een regenbui schoongespoeld en
opgefrist. De hibiscus langs de kant van de weg was tot volle bloei
gekomen. De kikkers kwaakten luid in de greppels. Zes Vingers
plukte een bloem van de hibiscus, schudde de dauw eraf en stak
hem achter het oor van haar kleindochter. 'En wanneer gaat mijn
kleine Wai Heung trouwen?' vroeg ze.

Wai Heung giechelde en begon te neuriën: *De maan schijnt helder op de baai van de oceaan, mijn moeder huwt me uit in de Gouden Bergen, ver hiervandaan!*

Zes Vingers schrok. 'Waar heb je die onzin vandaan?' snauwde
ze.

De plotselinge stemmingswisseling maakte Wai Heung bang.
'Van tweede tante,' mompelde ze, waarmee ze Ah-Hsien bedoelde.

'Die idioot? Fijn dat ze je hoofd met zoiets vult! Jij gaat nergens
heen, Wai Heung. Jij blijft gewoon bij je grootmoeder.' Het meisje
knikte braaf. Geleidelijk keerde de glimlach terug op het gezicht
van Zes Vingers.

Ze kwamen bij de velden. De tweede rijstoogst was net geweest.

De kale akkers strekten zich voor hen uit tot aan de horizon met her en der een gebogen gestalte. De vrouwen en kinderen van de pachters waren druk bezig met het rooien van de velden. Zes Vingers mocht dan op veel punten van mening hebben verschild met mevrouw Mak, ze had wel dezelfde hartstocht voor het bezit van zo veel mogelijk grond. Naar de mening van Zes Vingers was geld allemaal wel leuk en aardig, maar kon je het ook van het ene op het andere moment weer kwijt zijn. Land was het enige betrouwbare eigendom: de ratten konden er niet aan knabbelen, de arend kon het niet weggrissen en geen dief kon het stelen. Zes Vingers kon zich elk stuk land van de familie precies voor de geest halen. Tussen die velden waren een paar gaten gevallen doordat ze tijdens de Japanse bezetting het een en ander had moeten verkopen. Als Zes Vingers aan zo'n gat dacht, voelde ze een stekende pijn. Ze had zichzelf gezworen dat ze al dat land ooit weer zou terugkopen.

De komkommertijd was bijna voorbij. Er resteerde eigenlijk alleen nog een afdak van grote bladeren. Zes Vingers en Wai Heung tastten tevergeefs tussen de bladeren van de planten. Al snel ontdekten ze dat de laatste komkommers door de regen op de grond waren gevallen. Zes Vingers graaide in de modder en vond een paar redelijke exemplaren, die ze in haar mand legde. Vervolgens hoorde ze iemand in de verte roepen: 'Moeder van Kam Sau, waar ben je?'

'Dat is grootvader,' zei Wai Heung.

Zes Vingers richtte zich op en zag Mak Dau hijgend en puffend en door de velden strompelend op zich afkomen. Hij hield iets in de lucht.

'Brieven ... uit de Gouden Bergen,' riep hij. 'Twee. Een van Ah-Fat en een van Kam Shan.'

Zes Vingers was even van slag. De laatste jaren had Ah-Fat haar nauwelijks geschreven. Als hij haar iets wilde vertellen, liet hij dat Kam Shan meestal in diens brief vermelden. 'Maak ze maar open en lees ze voor,' zei ze. 'Mijn handen zitten onder de modder.'

'Welke eerst?' vroeg Mak Dau met een valse glimlach.

'Hou op met die onzin. Welke jij wil.'

'Ik weet heus wel welke je als eerste wilt horen,' zei Mak Dau op ondeugende toon. Hij opende de brief van Ah-Fat en begon te lezen. Dat kostte hem flink wat moeite. Zweet verscheen op zijn voorhoofd. Als jongen had hij samen met Kam Shan en Kam Ho onderwijs van meneer Auyung gekregen, maar slechts korte tijd. Uit de eerste regels van Ah-Fats brief kon hij amper wijs.

> *Vanuit het noorden spreekt men over iets en nog iets ...*
> *Op dit nieuws bevochtigden tranen iets ...*
> *Ik wend mij tot mijn vrouw en kinderen, hun zorgen ver-*
> *dwenen*
> *Dol van vreugde rollen we iets ... op.*

Zes Vingers klemde de mand tegen haar buik en lag bijna dubbel van het lachen. Ten slotte vermande ze zich weer. 'Laat dat sentimentele gedicht maar zitten,' zei ze, 'en lees gewoon de brief voor.'

Het restant was een stuk minder ingewikkeld. Mak Dau las dan ook steeds sneller.

> *Nu ik heb gehoord dat de Japanners zich hebben overgege-*
> *ven, zorg ik ervoor dat ik uiterlijk morgen de afvaartstij-*
> *den van de boot heb en ga ik mijn overtocht naar huis*
> *regelen. Daarna zullen we samen zijn. Na zoveel jaren*
> *van elkaar gescheiden te zijn geweest, ijlt mijn hart als een*
> *pijl naar het jouwe. Eén ding moet ik je echter vertellen: ik*
> *heb hier een vrouw leren kennen, genaamd Wolk van de*
> *Gouden Bergen. Sinds jaar en dag delen we een intense*
> *vriendschap. Wolk heeft geen familie en ik kan het niet*
> *over mijn hart verkrijgen haar hier achter te laten. Daar-*
> *om (Mak Dau stotterde een beetje) neem ik haar mee. Ik*
> *hoop dat je dit begrijpt en haar zult behandelen als een*
> *zus, zodat we met zijn allen zullen leven in ... eensgezind-*
> *heid.*

Nadat Mak Dau de brief had voorgelezen, zweeg Zes Vingers. Haar gelaatsuitdrukking was zo gespannen als een stuk katoen op een borduurraam. Mak Dau probeerde tevergeefs iets te bedenken wat hij kon zeggen. Ten slotte begon hij maar Kam Shans brief te lezen.

Hoe verder hij las, hoe meer zijn hand begon te trillen totdat de brief op de grond fladderde als een duif met een gebroken vleugel.

'Nou, wat staat erin?' vroeg Zes Vingers. Mak Dau's lippen trilden, maar hij zei niets. 'Zeg je nog wat?' klonk het vervolgens ongeduldig. 'En kijk ook eens wat vrolijker.'

'Ah-Fat is dood,' zei Mak Dau. 'Een beroerte. Er was niets aan te doen.'

Het gezicht van Zes Vingers betrok. Mak Dau dacht dat ze zou gaan huilen, maar dat gebeurde niet. In plaats daarvan kreeg ze geleidelijk een gelaatsuitdrukking even kalm als water op een windstille dag. Paniek maakte zich van Mak Dau meester. Hij trok aan haar mouw. 'Huil dan toch,' drong hij aan. 'Dat lucht op.'

Ze wendde het hoofd zijn kant op, maar keek dwars door hem heen en richtte de blik op een punt in de verte. 'Het was een oude man. Zijn tijd was gekomen,' mompelde ze uiteindelijk.

Het vijfendertigste jaar van de Republiek (1946), Vancouver, Brits-Columbia

Toen de zesendertig manschappen opgetogen maar doodmoe voet aan wal zetten, werden ze ontvangen met oorverdovend gejuich en de welkomstklanken van de militaire kapel. Dit was niet de zoveelste groep soldaten die terugkeerde bij vrouw en kinderen. Deze groep onderscheidde zich op één belangrijk punt van alle vorige: het betrof stuk voor stuk Chinezen. Deze jongemannen kwamen thuis van geheime missies tegen de Japanners in de oerwouden van India, Birma en Maleisië. Hun uniformen gingen schuil onder een laag modder van vreemde bodem en hun gezichten en handen waren gebruind door de tropische zon. Zij hadden hun opdracht aanvaard in de wetenschap dat de kans op een behouden terugkeer gering was. En hoewel de Amerikaanse atoombommen een eind aan de oorlog maakten voordat zij hun operatie waren begonnen, werden zij vandaag verwelkomd als helden, zoals alle andere manschappen die zijn teruggekeerd van de Europese slagvelden. Dit is de allereerste keer dat de burgers van Vancouver deze jongemannen bejegenen als volwaardige landgenoten. En terecht. Deze Chinese soldaten hebben onder Canadese vlag vrijwillig meegestreden aan het front in Europa en Azië, maar het Canadees

staatsburgerschap wordt hun nog altijd ontzegd. Deze
mannen, die alle plichten hebben vervuld die een natie
van haar burgers kan verlangen, zullen spoedig hun op-
wachting maken in Ottawa om daar te eisen dat zij die zo
lang onthouden rechten verwerven en dat de uit 1923 da-
terende Wet op de Uitsluiting ingetrokken wordt.

The Vancouver Sun, *15 december 1945*

Na het middagmaal ging Kam Shan in alle koffers en kasten op zoek naar iets wat hij kon aantrekken. Hij had maar één westers pak. Dat had hij dertig jaar geleden gekocht toen hij in Port Hope zijn fotostudio dreef.

Hij vond het onder in een kamferhouten kist. Nadat hij het pak eruit had gehaald, barstte hij bijna in niezen uit door de geur van oude mottenballen. Hij gebruikte een vochtige zakdoek om de kreukels eruit te strijken, maar die lieten zich niet zomaar verjagen. Hij wreef zo hard dat de verf in de stof oploste waarna hij het maar opgaf. Na zoveel jaren viel het beslist niet mee om zijn armen in de mouwen te krijgen. Het lukte hem, maar daardoor tarnde de stof. Gelukkig was het onder de oksel en daardoor niet direct zichtbaar. Hoe hij echter ook zijn best deed, de knopen gingen niet dicht.

Terwijl hij zich bekeek in de vieze oude spiegel aan de muur, moest hij tevreden glimlachen. Zelfs een pak dat niet goed paste, was nog altijd een pak. Hij moest echter wel wat aan zijn haar doen. Hij liep naar de keuken, goot een paar druppels pindaolie in zijn handpalm, wreef ze in zijn haar en haalde er een kam door-heen. De volgende blik in de spiegel leerde hem dat zijn haar nu in een scheiding naar achteren was gekamd, waardoor het pak er des te sjofeler uitzag.

Daar kon hij echter niets meer aan doen. Het moest er maar mee door.

Hij keek naar de oude wandklok. Het was pas halfzes. Hij werd om zeven uur verwacht bij de Chinese Liefdadigheidsorganisatie en de film begon niet eerder dan acht uur, maar zo lang kon hij onmogelijk wachten. Zijn voeten moesten en zouden in beweging komen. Hij pakte de tas die hij de vorige avond had ingepakt en verliet snel het huis.

Het was vroeg in het voorjaar. Terwijl hij door Vancouver liep via straten met kersenbomen waarvan de bloesem in volle bloei was, keek menigeen nieuwsgierig zijn kant op. De reden daarvoor was niet zijn slecht zittende pak of zijn manke loopje of zelfs maar de vreemd uitziende tas die hij in zijn armen droeg, maar het feit dat hij onder het lopen in zichzelf praatte.

Bij elke straathoek richtte hij een paar woorden tot zijn tas: 'Bij de volgende hoek gaan we naar het oosten'; 'Vlak bij deze kruising stond de school van Yin Ling'; 'Deze straat loopt schuin. Bij het postkantoor moeten we links'; 'Als we terug dezelfde weg nemen, kunnen we niet verdwalen'.

Toen hij het kantoor van de Organisatie naderde, was het nog altijd voor zessen, maar nog voor hij de straat overstak zag hij al dat zich buiten een groep Chinese jongemannen had verzameld.

Een, twee, drie ... tien, elf. Inclusief hemzelf werd dat twaalf. Ze waren allemaal te vroeg.

Die elf jonge kerels waren gedemobiliseerde soldaten. Ze droegen hun uniformen en puntmutsen. Het kon Kam Shan onmogelijk ontgaan welk effect een uniform op een man had: het maakte hem wilskrachtiger, langer en fierder. Hij kreeg zelfs een blos op de wangen. Hun ogen vloeiden bijna over van de niet te onderdrukken trots die daarin te lezen was.

Hij had Kam Ho nooit in uniform gezien. Hij had niet eens een foto van hem als soldaat, dacht hij spijtig. Toen Kam Ho zich meldde was hij al veertig en oud genoeg om de vader van deze mannen te zijn. Hij vroeg zich af of het uniform zijn broer in dezelfde mate had bezield.

De behouden terugkeer van de soldaten was groot nieuws in Vancouver. Hun foto's stonden elke dag in de krant en hun stemmen klonken op de radio. Het ene praatje en interview werd gevolgd door het andere. Vanaf het moment dat ze waren ontscheept, hadden ze het gevoel gehad dat ze zweefden. Vooralsnog kon niets hen weer met beide benen op de grond zetten.

Het enige wat ze verdomme hadden gedaan, was overleven, dacht Kam Shan bitter. In vergelijking met deze buitengewone kerels voelde Kam Shan zich een versleten en nutteloos exemplaar van de mannelijke soort.

Vandaag gingen ze naar een bioscoopvoorstelling in het Orpheum Theatre in Granville Street. Kaartjes kostten dertig cent als je genoegen nam met een plaats achterin of aan de zijkant. Als hij naar het theater in Canton Street ging, vond Kam Shan twintig cent al te veel, maar vandaag was het een ander verhaal. Voor de voorstelling van vandaag had hij, als dat had gemoeten, wel drie dollar overgehad. Bovendien was het Kam Ho's geld.

Hij had het bedrag dat hij had ontvangen naar aanleiding van Kam Ho's dood in tweeën verdeeld. Het grootste deel had hij naar Hoi Ping gestuurd zonder te vertellen dat Kam Ho dood was, zodat zijn moeder nog altijd niet wist dat haar zoon met zijn leven had betaald voor het geld dat zij nu uitgaf. Met Kam Ho en Kattenogen beiden dood verdiende niemand in de familie nog een salaris, waardoor het een tijd zou duren voordat Zes Vingers nog eens een cheque uit de Gouden Bergen zou ontvangen.

Het kleinere deel had hij voor zichzelf gehouden. Hij had na de dood van zijn vader diens kamer verhuurd. Tezamen met de inkomsten uit de taugéverkoop was die huur voldoende voor zijn levensonderhoud, en daarom had hij zijn deel van het bedrag opzijgezet voor slechtere tijden. En, hoewel hij dat niet aan zichzelf durfde toe te geven, voor nog iets anders.

Hij had het gereserveerd voor het geval Yin Ling terugkeerde. Ze werd dit jaar drieëntwintig. Als ze nog leefde, zou ze terugkeren wanneer ze genoeg had van het rondtrekken. Op haar leeftijd zou ze automatisch, hoe onstuimig van geest ze ook was, aan trouwen gaan denken. Het opzijgezette bedrag zou misschien net aan genoeg zijn voor een eenvoudige bruiloft.

De soldaten stelden zich op in het gelid en liepen de straat uit. Kam Shan vormde de staart. Ze marcheerden perfect gelijk en in hetzelfde regelmatige tempo als een zeis het gras tot varkensvoer maait.

De straat was als het water en zij het schip. Op hun nadering spleet het water. Vooral in de directe nabijheid van de romp ging het er turbulent aan toe. Automobilisten draaiden hun raampjes omlaag en toeterden. Voetgangers applaudisseerden toen ze voorbij kwamen gemarcheerd.

Kam Shan besefte dat het claxonneren en het applaus bedoeld waren voor de elf man die voor hem uit marcheerden. Hij was slechts een schaduw in hun kielzog. Zijn schreden hielden ook geen maat met hun gelijkmatige stappen.

Het werd donker. De lichten van Granville Street flikkerden een voor een aan. De neonverlichting van het Orpheum Theatre was onmogelijk over het hoofd te zien. Het was een vollemaan in vergelijking met de sterren van de straatverlichting. Honderden lichtjes vormden tezamen de titel van de film die die avond werd vertoond: *Lady Luck*. Kam Shan had geen idee van het verhaal en wie de hoofdrolspelers waren. Dat interesseerde hem ook niets. Het enige wat hij die avond wilde, was naar binnen gaan en zich in een stoel laten zakken.

De rij voor het loket begon al op straat. De oorlog had een einde gemaakt aan het oude vertrouwde bestaan, maar hoewel de vliegtuigen over hun hoofd scheerden, lieten de Hollywoodproducers zich niet het zwijgen opleggen. Hun films waren een en al fantasie en oppervlakkigheid om bezoekers ervan te overtuigen dat er niets was veranderd. Zolang Hollywood niet plat werd gebombardeerd, kon het Orpheum Theatre goede zaken doen.

Alles wat Kam Shan wist over het Orpheum Theatre had Kam Ho hem verteld.

Vele jaren geleden, in de periode dat Kam Ho nog huisknecht was bij de Hendersons, hadden ze hem een keer meegenomen. Indertijd was het Orpheum Theatre nog een fatsoenlijke zaal geweest waarin toporkesten optraden en musicals werden opgevoerd. Kam Ho had zich niet kunnen herinneren welk stuk het orkest had gespeeld, maar wel dat hij de hele avond woedend was geweest.

Het echtpaar Henderson en hij waren bij de ingang tegengehouden door een portier in een kastanjebruin uniform. 'Chinezen mogen alleen aan de zijkant zitten,' had de man zacht tegen de Hendersons gezegd zonder Kam Ho zelfs maar een blik waardig te keuren.

De elf soldaten en Kam Shan sloten achter in de rij aan, maar lang bleven ze daar niet. Met uitroepen van verbazing stonden de mensen voor hen in de rij hun plaats af. Onder begeleiding van uitnodigende zinnen als 'Loop alsjeblieft door!' werden ze naar voren gedirigeerd. Voordat ze het doorhadden stonden ze al voor het loket.

Allemaal behalve Kam Shan. Hij werd, uitgespuugd als een pruimenpit, terug op zijn plaats in de rij gedwongen. Hij besefte dat het ontbreken van een uniform daar de oorzaak van was.

De soldaten realiseerden zich pas dat Kam Shan nog in de rij stond op het moment dat zij met hun kaartjes in de hand al binnen stonden.

Kam Shan moest nog een hele tijd in de langzaam voortkronkelende rij blijven staan met zijn grote tas in de armen. Eindelijk was hij aan de beurt. Hij haalde een dollar tevoorschijn en gaf hem de kassier. Hij vroeg om 'de beste stoel, in het midden'. De man keek Kam Shan even aan en schoof hem vervolgens zijn kaartje en dertig cent wisselgeld toe. 'Hou maar. Fooi,' zei hij. Toen hij de verbazing op het gezicht van de kassier zag, zette hij een grote glimlach op die de hele weg naar de zaal aanhield.

Een man in een zwart pak en met een das om stapte uit het duister tevoorschijn en versperde Kam Shan de weg. Hij strekte zijn arm naar hem uit zonder hem aan te raken en leek hem de deur voor de rijen aan de zijkant te willen wijzen. 'Deze kant graag ...'

Het begon Kam Shan te duizelen. Hij zocht in het diepst van zijn geheugen naar de juiste woorden voor deze situatie. Het veelgebruikte 'sorry' lag op het puntje van zijn tong, maar hij slikte het weer in. In plaats daarvan zei hij: 'Geen sprake van.' Het was een zinnetje dat hij nooit eerder in zijn leven had gezegd en dat dan ook niet soepel uit zijn mond rolde. Het was zelfs zo vreemd voor hem dat hij niet wist op welke toon hij het moest zeggen waardoor het eerder klonk als een luide boer waarvan beiden schrokken.

Hij begon een verontschuldiging te stamelen. Hoewel hij inmiddels dertig jaar in het land was, sprak hij nog altijd slechts gebroken Engels waarvan op momenten van spanning helemaal niets overbleef. Er zat niets anders op dan het houten kistje uit zijn tas te halen. De zaalwachter mocht dan Kam Shans Engels niet begrijpen, hij zou onmiddellijk het belang van de inscriptie op het kistje inzien:

SOLDAAT JIMMY FONG (1900-1945)
OMWILLE VAN DE VRIJHEID GESTORVEN OP FRANSE
BODEM

De zaalwachter leek beurtelings helemaal van slag en sceptisch, maar uiteindelijk tekende zich een vriendelijke glimlach op zijn gezicht af. 'Kom maar mee,' zei hij.

Tegen de tijd dat Kam Shan in zijn stoel zat, werd het licht al gedoofd en stond de film op het punt te beginnen. Voordat het helemaal donker werd in de zaal ving hij nog snel een glimp op van de grote ronde koepel boven zijn hoofd met zijn talloze gevleugelde cherubijntjes en de duizelingwekkende kroonluchter die vanuit het midden neerhing, helderder dan alle sterren in het heelal tezamen.

'Kam Ho, eindelijk zit je op de beste plaats,' zei hij tegen het kistje in zijn handen.

Het kistje bevatte een uniform en een militaire pet.

Het achtendertigste jaar van de Republiek (1949), Hoi Ping, provincie Guangdong, China

Ah-Yuen had vandaag in Kanton bijna het leven gelaten.

De Bond van Vooruitstrevende Onderwijzers had een bijeenkomst georganiseerd voor alle districten ter voorbereiding van de viering van de Bevrijding. Ah-Yuen en een onderwijzer uit Pak Sha hadden de bijeenkomst verlaten om voor iedereen gebakken rijst met slakken te kopen. Terwijl ze op de weg langs de rivier liepen, klonk opeens een oorverdovende klap. Ah-Yuen had het gevoel dat iemand hem met een stok op zijn hoofd sloeg.

Nadat hij weer was bijgekomen, voelde hij aan zijn voorhoofd. Zijn hand was meteen plakkerig van het halfgeronnen bloed. Hij keek op. De Hoi Chu-brug stond nog maar voor de helft overeind. De andere helft lag in het water en werd door de ondergaande zon bloedrood beschenen. De houten boten die afgemeerd hadden gelegen onder de brug waren verpulverd als waren het luciferhoutjes. Aan de takken van de over de rivier heen leunende bomen hingen felgekleurde vodden. Toen Ah-Yuen dichterbij kwam zag hij dat het stukken kleding en ledematen waren. De lucht was vervuld van de wanhopige kreten van de gewonden.

Naar zeggen van de plaatselijke bevolking hadden de Nationalisten, in de wetenschap dat ze de strijd gingen verliezen, de Hoi Chu-brug opgeblazen om te voorkomen dat de soldaten van het Volksbevrijdingsleger hen zouden achtervolgen.

Naar aanleiding van dit nieuws maakte Ah-Yuens hart een sprongetje van vreugde en begon zijn hoofdwond pijnlijk te kloppen. Het Volksbevrijdingsleger was dus vlakbij. Het gerucht dat

het op het punt stond Kanton in te nemen was al steeds rondgegaan, maar niemand had verwacht dat het al zo spoedig zou
gebeuren. Ah-Yuen nam niet de moeite om zijn wond te laten
verbinden en dacht al helemaal niet meer aan de gebakken rijst.
Hij vergat zelfs op zoek te gaan naar zijn collega uit Pak Sha en
rende terug naar de bijeenkomst om de andere leden van de Bond
het nieuws te vertellen. Pas toen hij bij hen arriveerde, besefte hij
dat hij op blote voeten liep. Hij had geen idee waar of wanneer hij
zijn schoenen kwijt was geraakt.

Het was al bijna middernacht voordat zijn hoofd verbonden was
en hij eindelijk had gegeten. Hij ging naar bed, maar kon niet slapen. Op de radio hoorde hij het bericht dat Kanton was bevrijd. Hij
wierp de dekens van zich af en rende naar buiten. De straten van
de stad, inclusief alle stegen, waren bevolkt met soldaten van het
Volksbevrijdingsleger. Ze waren heel stil gearriveerd, als door de
wind meegevoerde zandkorrels.

Ah-Yuen stond op straat en keek naar de soldaten die naast elkaar diep in slaap tegen de muren leunden. Hun gezichten waren
mager en als van was in het licht van de straatlantaarns. Ze zagen
eruit alsof ze al heel lang geen fatsoenlijk maal meer hadden gehad
of een nacht goed hadden geslapen. Ze waren uitgerust met allerlei
soorten beenkappen en gordels die – de ene nieuw, de andere oud
en allemaal van een andere kleur – van het slagveld bijeengeraapt
leken. Maar op alle gezichten tekende zich een glimlach af alsof ze
allemaal dezelfde lieflijke droom genoten. De soldaat die het
dichtst bij hem stond was nog maar een knul met zijn gladde wangen. In zijn mondhoek zat wat kwijl. Als Wai Kwok nog had geleefd, was hij nu ongeveer even oud geweest.

Ah-Yuen bleef nog een tijd in het licht van de straatlantaarns
staan en was niet in staat naar zijn bed terug te keren. Hij dacht
terug aan de avond van meneer Auyungs vertrek. Als hij met hem
was meegegaan, was er een kans geweest dat hij een van die soldaten was die nu in de stinkende goot lagen te slapen. Ze zouden
de volgende ochtend ontwaken en dan als in koor tegen alle
stadsbewoners roepen: 'Dankzij ons breken er weer goede tijden
aan!'

De Bond nam die nacht met spoed de beslissing om zijn leden
terug te sturen naar hun scholen. Ze dienden nog die nacht terug

te reizen om bij thuiskomst de andere onderwijzers en de leerlingen opdracht te geven tot het maken van een nieuwe nationale vlag die de volgende ochtend boven de school moest wapperen.

Het was al diep in de nacht voordat Ah-Yuen was teruggekeerd in Sam Ho Lei en door het aardedonker op de tast naar de schoolpoort liep. Een Bondgenoot op een fiets had hem een lift naar het dorp gegeven.

Het was doodstil met uitzondering van het geluid van zijn bamboestok waarmee hij in het kreupelhout sloeg. Zo verjoeg hij de slangen, die 's nachts op het platteland een veelvoorkomend gevaar vormden. Hij gebruikte de stok echter ook om het ritme te slaan terwijl hij vals neuriede:

> Voorwaarts, altijd voorwaarts,
> Marcheren we tot aan de zon,
> Lopend over Moeder Aarde.
> Met de hoop van de natie op de schouders
> Vormen we een leger van onverslaanbare kracht.

Ah-Yuen had het nieuwe volkslied die avond geleerd. Het was een van de vele dingen die hij zojuist tijdens de bijeenkomst in Kanton voor het eerst van zijn leven had gehoord en gezien en bestudeerd. Sommige leiders van de Bond waren in het geheim lid van de Communistische Partij, maar dat zou Ah-Yuen pas later ontdekken.

De dorpen Sam Ho Lei en Aansporing waren niet meer dan vennetjes in vergelijking met de oceaan Kanton. En Ah-Yuen was een kikkertje op de bodem van een van die vennetjes. Hij had absoluut niet naar huis gewild. Hoe meer hij te weten kwam, hoe meer hij nog wilde ontdekken. Hij had zich echter niet aan de nachtelijke reis naar Sam Ho Lei kunnen onttrekken, omdat de Bond hem een opdracht had gegeven.

Omdat het nacht was, zat de schoolpoort dicht. Ah-Yuen wilde de oude portier niet wakker maken en klom daarom over de muur tot hij op het schoolplein stond. Hij liep naar de kamer van Kam Sau en klopte zachtjes op het raam. 'Doe open ...!' Hij had het nauwelijks gezegd of het licht ging aan. Altijd als haar man weg was, sliep Kam Sau zo licht dat ze bij het minste of geringste wakker werd.

Ze opende de deur. Bij het zien van het enorme verband om zijn hoofd zakte ze bijna door haar knieën. 'Wat ... wat is er?' vroeg ze happend naar adem. Haar lippen trilden van angst.

'Het stelt niks voor!' verzekerde Ah-Yuen haar snel. 'Ik heb een steen tegen mijn hoofd gekregen.'

Hij liep direct naar hun rotan mand, opende de klep en begon de inhoud eruit te halen. 'Hebben we ook rode stof?' vroeg hij.

'Waarvoor heb je midden in de nacht rode stof nodig?'

'Om een vlag te maken. Voor het nieuwe China. Kanton is bevrijd.'

'Nu al?' Kam Sau zette ogen als schoteltjes op. Haar gezicht vertoonde een mengeling van verbijstering en vreugde. Even later was ze weer in staat te spreken: 'Daarin zul je niets vinden. Op de diaolou is er wel wat. Dat is nog van onze bruiloft. Moeder heeft het sindsdien steeds bewaard.'

'Daarvoor hebben we geen tijd. Morgenochtend om acht uur moeten we, samen met alle andere scholen, de vlag hebben hangen.'

Kam Sau ging op bed zitten en overwoog even de andere onderwijzers te wekken en hun om rood doek te vragen. Ah-Yuen keek naar de deken die Kam Sau snel van zich afgeworpen had. 'Pak een schaar!' zei hij. 'Dat overtrek voldoet prima. Hij is rood en die borduursels vallen heus niet op.'

Terwijl ze het overtrek lostarnden om er een vlag van te maken, zei Kam Sau: 'We hebben een brief van Kam Shan gekregen. De kranten in de Gouden Bergen staan vol verhalen over onlusten en slachtpartijen. Hij wil dat we naar Hongkong vluchten. Vandaar kunnen we naar Canada. De Canadese overheid laat weer Chinezen toe.'

'Huh!' zei Ah-Yuen smalend. 'Imperialistische propaganda. Schrijf je broer maar dat hij er geen woord van moet geloven.'

Eindelijk hadden ze het overtrek opengeslagen op tafel liggen. Het enorme rode vierkant gaf de kamer een warme gloed. Onder zijn broekband had Ah-Yuen een exemplaar van *Chinees Zakennieuws* dat een aantal leden van de Bond van Onderwijzers vorige maand had meegenomen uit Hongkong. Hij bekeek de nieuwe Chinese vlag op de voorpagina. Ze hadden geen gele stof, maar van de handvaardigheidslessen resteerde nog wel wat geel papier. Ze hielden het voorbeeld in de krant aan waarbij de een knipte en de ander plakte. Tegen de tijd dat de eerste haan begon te kraaien, was de vlag klaar.

Om vijf voor acht haalde Ah-Yuen een fluitje tevoorschijn uit zijn zak en blies er drie keer hard op om alle leerlingen te verzamelen. Het sportterrein was op dat moment echter al overvol onderwijzers, leerlingen en bewoners uit de omgeving. Ah-Yuen en Kam Sau lieten het touw los dat de vlag had opgehouden. De wind rukte meteen wild aan de stof. De stralen van de opkomende zon zetten de velden, de school, de vlag en de mensen in een karmozijnrode gloed.

Ah-Yuen klom op de lemen verhoging en begon te roepen: 'Jongens en meisjes ...' Maar zijn stem brak en hij kon nauwelijks nog iets zeggen. Hij slaagde er alleen in uit te brengen: 'De goede tijden zijn eindelijk aangebroken.'

Van overal op het sportterrein klonk een klaterend applaus op. Ah-Yuen draaide zich om naar Kam Sau. Zij applaudisseerde echter niet, maar hield haar handen voor haar gezicht. Haar schouders schokten.

'Ach vader, ik wou dat jij deze dag nog had kunnen meemaken.' Ze huilde om de vader die ze nooit had gezien.

De volgende dag was het zondag. Kam Sau en Ah-Yuen vertrokken samen met Wai Heung naar Aansporing. Het meisje zat inmiddels in de bovenbouw van de School voor Iedereen, maar Zes Vingers miste haar zo erg dat ze erop stond dat Wai Heung de zondagen bij haar doorbracht. Ze had zelfs aangeboden haar kleindochter elke keer zelf te komen halen, maar Kam Sau bespaarde haar moeder graag die reis. Zes Vingers werd oud en het was voor haar een heel eind lopen.

Zes Vingers en Mak Dau schrokken enorm toen ze het verband om Ah-Yuens hoofd zagen. Hij stelde hen gerust met een schetsmatig verslag van wat er was gebeurd, waarna ze gingen eten.

Zes Vingers knuffelde Wai Heung voortdurend en bedolf haar onder de koosnaampjes. 'Wat heb je afgelopen week geleerd, schatje?'

'Dansen.'

'Dansen? Wat is dat nou weer voor iets om te leren op school?' riep haar grootmoeder uit. 'Horen mensen als wij te leren dansen?'

'Vader leert ons volksdansjes voor het Overwinningsdefilé in Kanton.'

De verbijstering op het gezicht van Zes Vingers werd alleen maar groter. 'Welk overwinningsdefilé?'

Kam Sau en Ah-Yuen keken elkaar glimlachend aan. 'Heb je het niet gehoord, moeder? Kanton is bevrijd. Over een paar dagen is er een grote ceremonie waarmee het Volksbevrijdingsleger officieel wordt verwelkomd in Kanton. Alle kinderen van onze school doen eraan mee.'

'Een nieuwe dynastie? Alweer?' riep Zes Vingers uit.

'Je mag het niet beschouwen als een nieuwe keizerlijke dynastie, moeder,' zei Kam Sau. 'De Communistische Partij laat het volk regeren. De gewone man heeft het dan voor het zeggen, niet een of andere keizer.'

'Dat zeiden de Nationalisten ook. Geloof je dat nou echt?'

Van kwaadheid verhief Kam Sau haar stem: 'Moeder, niet zo ouderwets praten. De Communistische Partij is anders. We krijgen echt een beter leven. Dat ga je nog wel merken.'

'We moeten maar afwachten of de Communistische Partij zoveel beter is of niet. Maar mijn kleine Wai Heung mag van mij absoluut niet deelnemen aan dat defilé. Het is daar veel te druk. Straks ver- dwaalt ze nog of wordt ze ontvoerd. En wat doen we dan?'

Wai Heung had de dansen al twee dagen geoefend. Ze werd he- lemaal bleek op het moment dat haar grootmoeder haar verbood deel te nemen aan de optocht. Ze trok Zes Vingers aan haar mouw: 'Grootmoeder, ik blijf in de buurt van vader en moeder. Ik beloof u dat ik niet zal verdwalen.'

De teleurstelling op Wai Heungs gezicht nam in elk geval Mak Dau voor haar in. 'Laat haar gaan,' zei hij tegen Zes Vingers. 'Ze gaat niet in haar eentje en ze raakt heus de weg niet kwijt.'

Het gelaat van Zes Vingers verstrakte van woede: 'Neemt nie- mand meer serieus wat ik zeg?'

Ah-Yuen gaf zijn dochter een schopje onder de tafel ten teken dat ze niets moest zeggen, maar het meisje zette haar rijstkom met een klap op tafel en rende naar haar kamer waarbij ze de deur met een klap achter zich dichtsloeg. Kam Sau volgde Wai Heung naar haar kamer, maar wat ze ook zei, niets kon haar tranen stelpen. Uiteindelijk zei ze: 'Je vader zegt dat je straks gewoon meegaat. Je mag het alleen niet tegen je grootmoeder zeggen.'

Wai Heung glimlachte door haar tranen heen.

Ah-Yuen en Kam Sau bleven die nacht op de diaolou, maar ze konden beiden niet slapen. Ah-Yuen verlangde opeens hevig naar zijn vrouw. Hij mocht, sinds de Japanse soldaten haar zo hadden toegetakeld, niet eens meer naar haar kijken, laat staan haar aanraken. Maar vanavond, na enkele pogingen hem van zich af te duwen, gaf ze aan hem toe. Ze wilde alleen graag dat hij het licht uitdeed.

Het werd donker in de kamer, maar de duisternis werd in stukken gebroken door het heldere maanlicht dat tussen het lattenwerk van de ramen door naar binnen drong en dansende schaduwen van bomen op de vloer wierp. Ah-Yuen streelde Kam Sau en bevoelde het onregelmatige litteken tussen haar benen, waarop ze meteen over haar hele lichaam begon te beven. Toen ze op zijn aanraking vochtig werd, voelde ze zich na lange tijd eindelijk weer vrouw.

Ah-Yuen hield Kam Sau stevig in zijn armen. 'Er breekt een nieuwe tijd aan. Je hoeft voor niets meer bang te zijn.'

Terwijl ze daarna nog wakker lagen, zei Ah-Yuen: 'Schrijf je broer morgen dat de rollen zijn omgedraaid en dat de goede tijden nu hier zijn. Zeg hem naar huis te komen om zijn laatste dagen te slijten in Aansporing.'

Kam Sau glimlachte. 'De nieuwe regering heeft een nieuwe munt. We hebben niets meer aan de Amerikaanse dollars die mijn broer stuurt.'

'Natuurlijk hebben we er nog wel iets aan,' zei Ah-Yuen. 'We maken er een mooi groen behangetje van. Als we ze opplakken, vergeten we niet dat er in de Gouden Bergen nog altijd Chinezen leven die het zwaar hebben.'

1952, het dorp Aansporing, Hoi Ping, provincie Guangdong, China

Nadat Kam Sau's vergadering in de stad ten einde was, haalde ze haar dochter op om samen in Aansporing op bezoek te gaan bij Zes Vingers.

Ze waren om uiteenlopende redenen drie zondagen achtereen niet bij haar geweest. Kam Sau moest voortdurend vergaderingen bijwonen omdat de School voor Iedereen samenging met een school die onder het plaatselijke bestuur viel. Ook nu bleef Ah-Yuen achter voor een volgende vergadering. Wai Heung had de afgelopen zomer haar laatste jaar aan de basisschool afgerond en ging inmiddels naar de middelbare districtsschool. Die stond nog verder van de diaolou dan de school van haar ouders waardoor ze niet elk weekend naar huis kon.

Wai Heung was flink gegroeid. Op haar vijftiende was ze al bijna even lang als haar moeder. Ze had nog wel het figuur van een bonenstaak, maar er waren tekenen dat ze vrouwelijke rondingen kreeg. In haar keurige witte blouse en blauwe broek leek ze zelfs elk moment in volle bloei te kunnen uitbarsten.

Kam Sau was verrukt dat ze haar dochter weer zag. 'Hoe gaat het met je huiswerk?' vroeg ze. 'Heb je er meer moeite mee dan op de basisschool?'

'Het huiswerk is makkelijk,' zei Wai Heung, 'maar het is wel lastig om alle regels te leren. De vorige week heeft de hele klas met de werkgroep dorpen bezocht om de landhervorming aan te prijzen.'

Kam Sau was verbaasd. 'Wat weet je van de landhervorming af?' vroeg ze.

'Voorzitter Mao zegt,' begon haar dochter, 'dat we onszelf moeten verlossen van de schurken en tirannen en een einde moeten maken aan het verpachten en verpanden.'

De moeite die Wai Heung voor deze woorden moest doen, was van haar gezicht af te lezen. Het ontlokte een glimlach aan Kam Sau. 'Begrijp je echt wat hiermee wordt bedoeld of dreun je het alleen maar op?'

'Natuurlijk begrijp ik wat ermee wordt bedoeld. Het betekent: weg met de uitbuitende klasse!'

Ze sjokten verder. Toen ze het helemaal warm hadden gekregen en bezweet waren, dronken ze aan de kant van de weg uit hun door het leger verstrekte waterflessen. Wai Heung wiste het zweet van haar voorhoofd en vroeg haar moeder aarzelend: 'Moeder, behoort onze familie tot de uitbuitende klasse?'

'Natuurlijk niet.'

'Maar we hebben toch velden en pachters en knechten?'

'Dat betekent nog niet dat we tot de uitbuitende klasse behoren.

Je grootvader werkte als arbeider in de Gouden Bergen. Datzelfde geldt voor je ooms. Elke vierkante centimeter van de velden is gekocht met hun bloed en zweet.'

Wai Heung leek gerustgesteld door haar woorden, maar Kam Sau was nog in verwarring. 'Van wie heb je die rare ideeën?' vroeg ze.

'Van tante Ah-Hsien.'

'Nou,' zei haar moeder, 'dat verbaast me eigenlijk niks.'

De weduwe van Kam Ho was niet langer het levenloze wezen van vroeger. Ze was inmiddels een stuk spraakzamer en had bovendien overal een mening over.

Als Zes Vingers haar opdroeg meer water bij de rijst te doen, wierp Ah-Hsien tegen dat aanlengen iets was wat arme mensen vroeger deden om het weinige dat ze hadden meer te laten lijken. Nu het volk was bevrijd, had iedereen meer dan genoeg te eten en was het niet nodig om de rijst te verdunnen.

Toen Zes Vingers haar op de geboortedag van Tan Gong zei het fruitoffer naar het altaar te brengen en de wierook aan te steken, deed ze wat haar was gezegd, maar niet voordat ze had verkondigd dat rijke mensen niet naar zee hoefden en daarom ook Tan Gong niet hoefden te vereren. Dat was typisch iets voor armelui, maar aangezien Tan Gong zich toch niets aantrok van de gebeden van de armen, maakte het geen verschil of je hem vereerde of niet.

Ah-Hsien was zich ook anders gaan kleden. Ze droeg nog wel ouderwetse tunieken maar met een leren riem. Die modeaccessoire had ze los weten te kletsen bij mevrouw Wong van de werkgroep. Nadat ze 's ochtends was opgestaan, gespte ze deze riem meteen om. 'Wat heb jij nou in hemelsnaam om?' had haar schoonmoeder zich de eerste keer lomp laten ontvallen. 'Als je je wilt kleden als een bedelares, bind dan gewoon een touw om je middel.' Ah-Hsien had haar opmerking genegeerd en was de riem gewoon blijven dragen.

Zes Vingers verbond de verandering in haar schoondochter aan een bijeenkomst van ongeveer een maand geleden. Een uit drie mannen en een vrouw bestaande werkgroep was toen in het dorp gearriveerd, gestuurd door de provinciale overheid. Nadat ze onderdak hadden gevonden, riepen ze alle dorpelingen bijeen. Zes Vingers had niet meer zoveel energie als vroeger, vond het te veel moeite om te gaan en stuurde in haar plaats Ah-Hsien en Ah-Yuet, de vrouw van Mak Dau. De bijeenkomst duurde de hele avond, tot middernacht. Nadat de twee vrouwen waren thuisgekomen, vroeg Zes Vingers aan Ah-Hsien wat de bijeenkomst had ingehouden. 'We zetten een BAB en een VB op.' Zes Vingers had geen idee gehad waarop ze doelde waarop Ah-Hsien uitlegde: 'De BAB is de Bond van Arme Boeren en de VB is de Vrouwenbond. Die komt op voor onderdrukte vrouwen.'

Sindsdien bezocht Ah-Hsien voortdurend bijeenkomsten. Na thuiskomst zocht ze altijd Ah-Yuet op waarna ze urenlang met elkaar zaten te smoezen. Zes Vingers had geen idee waarover ze het hadden doordat tegenwoordig alles een andere naam had. Bovendien ruilde Ah-Hsien het Kantonees dan in voor het Standaardmandarijn, net als mevrouw Wong van de werkgroep. Het verschil was dat mevrouw Wong, een kaderlid van de partij die naar het zuiden was gestuurd om de revolutie door te voeren, het uitstekend sprak terwijl Ah-Hsien veel moeite had met de lastige klanken en alles zo verhaspelde dat ze al spoedig het lachertje van het dorp werd. Ah-Hsien nam het echter allemaal bloedserieus. Niet lang daarna begon ze ook te weigeren klusjes in en rond het huis te doen. Ze gedroeg zich niet meer als de gezeglijke schoondochter die ze ooit was geweest. Zes Vingers stond machteloos.

Kam Sau en Wai Heung kwamen rond het middaguur bij het dorp aan. Van een afstandje zagen zij bij het bosje wilde bananenbomen een groep mensen lopen. Ze liepen erop af en wrongen zich door de menigte heen tot ze op een grote hoop meubels stuitten: bijzettafeltjes van bewerkt palissander, leunstoelen met een hoge rug, een kaptafel met spiegel en al, een palissanderhouten tweepersoonsbed, buitenligstoelen voor zomerse avonden, eettafels en eetstoelen. Alles werd vanuit de diaolou naar buiten gedragen en op een grote hoop gegooid. In dat bed hadden Kam Sau en Ah-Yuen hun huwelijksnacht doorgebracht.

Nog steeds verschenen er dorpelingen uit de diaolou die als mieren waren beladen met bezittingen van de Fongs. De optocht werd geleid door Waterhoofd Au, het neefje van de kleermaker. Waterhoofd was natuurlijk niet zijn echte voornaam. Zijn onderwijzer had hem op zijn eerste schooldag de naam Shun Fong gegeven, wat 'rechtuit varen' betekende. Inmiddels was zelfs zijn eigen moeder dat vergeten. Iedereen in het dorp kende hem als Waterhoofd. Op het moment dat Kam Sau en Wai Heung hem zagen droeg hij juist de oude grammofoon naar buiten die Ah-Fat ooit had meegenomen uit de Gouden Bergen. Het apparaat was topzwaar door toedoen van de hoorn. Daarom schold Waterhoofd: 'Waar is dat kloteding nou goed voor? Je kunt hem niet gebruiken als pan of schaal en je moet er maar ruimte voor hebben!'

Kam Sau zag tot haar verbijstering dat degene die Waterhoofd hielp de grammofoon te dragen niemand minder was dan haar eigen schoonzus Ah-Hsien.

De Fongs waren altijd de dominante familie in het dorp geweest en de Au's hadden continu in de marge vertoefd. De Fong-clan had immer het centraal gelegen land in eigendom gehad en bebouwd, terwijl de Au-familie zich afbeulde op ver van het dorp verwijderde stukjes grond. Hoewel er pachters in beide families zaten, waren de Fongs altijd in het bezit geweest van het vruchtbaarste land dicht bij het dorp, terwijl de Au's zich tevreden hadden moeten stellen met armere grond in allerlei uithoeken. Als de Fongs zich genoodzaakt zagen een van hun dochters aan een Au uit te huwelijken, kon zij erop rekenen dat ze binnen haar nieuwe familie een bevoorrechte en machtige positie zou krijgen. Maar andersom werd een Au-dochter zelfs door de katten, honden en kippen van de Fongs laatdunkend bejegend. Zo was het ook met Ah-Hsien gegaan.

Dit was al ruim honderd jaar de gang van zaken, maar niets is voor eeuwig. Toen de werkgroep in het dorp arriveerde, kregen de Fongs hun verdiende loon. De leden van de Au-clan werden in hun voordeel aangemerkt als 'arme boer' of 'knecht'. De leden van de plaatselijke BAB waren vooral Au's en ze kozen Waterhoofd tot hun voorzitter. Hij was nu degene die het voor het zeggen had in het dorp. Waterhoofd, ooit een onbetekenend wezen dat moest vechten om tussen alle Fongs het leven te behouden, was tegenwoordig een machtig man wiens positie door niemand tot wankelen kon worden gebracht, zelfs niet door de ooit machtige Fongs.

Kam Sau posteerde zich voor Waterhoofd.

'Wie heeft jou toestemming gegeven de eigendommen van mijn familie in te pikken? De leider van de werkgroep?'

Waterhoofd bleef meteen staan. Niet vanwege Kam Sau's woorden maar om wat ze droeg. Hij mocht dan analfabeet zijn, hij keek wel goed uit zijn doppen. Als voorzitter van de BAB was hij een aantal keren met de werkgroep afgereisd naar de districtsstad om daar een vergadering bij te wonen. Alleen districtskaderleden droegen zo'n Lenin-jasje met een dubbele rij knopen.

De dorpelingen die achter hem stonden te wachten, werden ongeduldig. 'Waarom laat je een vrouw je de weg versperren, Waterhoofd?' riepen ze. 'Ze is maar de dochter van een landeigenaar.'

De geïrriteerde Waterhoofd duwde Kam Sau zo hard opzij dat ze bijna omviel en zei: 'Jouw familie bezit veel land. Als we jullie bezittingen al niet kunnen herverdelen, bij wie moeten we dan zijn?'

Kam Sau draaide zich om en richtte zich tot Ah-Hsien: 'Schoonzus, jij weet als geen ander waar het geld van onze familie vandaan komt. Je bent lid van de Vrouwenbond. Vertel hun wat voor leven mijn vader had in de Gouden Bergen en dat mijn broer is onderscheiden vanwege zijn liefde voor het vaderland!'

Kam Sau was van alle Fongs degene voor wie Ah-Hsien het meeste ontzag had. Ze was hoogopgeleid, had doorgaans een prettige en vriendelijke manier van doen en haar woorden sneden altijd hout. Ah-Hsien kon nooit een speld tussen Kam Sau's redenaties krijgen. Haar angst voor Zes Vingers was een oppervlakkige, maar voor Kam Sau koesterde ze een diepgeworteld ontzag.

Vandaag voelde ze zich echter gesterkt door alle omstanders. Opeens kwamen Kam Sau's argumenten niet meer zo onweerlegbaar op haar over. 'Ik ben je schoonzus niet,' riep ze. 'Jouw familie heeft me gekocht als bediende. Heb jij ooit een familiekwestie met mij besproken? Vraagt je broer in zijn brieven ooit naar me?'

Er klonk geroep in de trant van: 'Besteed geen aandacht aan de dochter van een landeigenaar! Zeg haar dat ze moet ophoepelen!'

Kam Sau en Wai Heung renden het huis in en de trap op. Zes Vingers zat op een krukje in haar kamer met het hoofd achterover. Vanuit haar mondhoek liep een spoor geronnen bloed. Mak Dau hield een natte handdoek om haar voorhoofd. 'Grootmoeder!' riep Wai Heung uit en ze rende op haar af.

Zes Vingers hield haar ogen gesloten. Koude tranen liepen over haar gezicht naar haar oren. De diaolou was nagenoeg leeg. In het vertrek resteerde alleen nog een bed, een kapotte kaptafel en de kruk waarop Zes Vingers plaats had genomen.

'Wie heeft je geslagen, moeder?' vroeg Kam Sau.

Zes Vingers zei niets. In haar plaats gaf Mak Dau antwoord, alhoewel hij de woorden nauwelijks over zijn lippen leek te kunnen krijgen.

'Dat stomme varken Ah-Yuet, dat wijf van me.'

Dorpelingen kwamen de trap af, zwaaiend met de wapens die Mak Dau onder het dak verborgen had gehouden. Hij trok wit weg. 'Pas op de lopen! Let op dat ze niet afgaan!' riep hij.

'Als dat gebeurt, ben jij het die de kogel in zijn nek krijgt!' riepen de dorpelingen over hun schouder.

Ah-Hsien was de laatste die de diaolou verliet met haar eigen bezittingen in haar handen.

Zes Vingers riep haar naar binnen. 'Wacht, Ah-Hsien! Ik wil met je praten.' Ze liet Mak Dau de deur dichtdoen.

Ah-Hsien stond onzeker voor haar. Ze durfde haar schoonmoeder niet aan te kijken.

'Volgens de wet ben je nog steeds mijn schoondochter,' begon Zes Vingers. 'Maakt niet uit hoeveel ze inpikken, jij zult er niets van krijgen. Al je moeite is voor niks geweest.'

Ah-Hsien klemde haar lippen op elkaar. Zes Vingers had doel getroffen. 'Ik krijg dan misschien niks, maar jij hebt ook niks meer. Dan staan we dus quitte.'

'Waterhoofd is al getrouwd. Onder het nieuwe bewind kan hij je niet als bijvrouw nemen. Bij hem blijven leidt nergens toe.'

Ah-Hsien werd eerst rood en daarna bleek, terwijl ze naar Zes Vingers luisterde.

'Ik weet dat je me haat. Ik heb je nooit goed behandeld sinds je in deze familie bent getrouwd, terwijl je al die jaren dat Kam Ho weg was genoegen moest nemen met een leven als onbestorven weduwe.' Zes Vingers haalde haar zwarte hoofddoek weg en maakte haar knot los. Ze haalde er een paar zware gouden ringen uit en overhandigde ze aan Ah-Hsien. 'Zeg hierover niets aan wie dan ook. Zoek een fatsoenlijke man om mee te trouwen, vergeet dit alles zo snel mogelijk en breng de rest van je leven door in vrede met je echtgenoot.'

Ah-Hsien pakte de ringen aan. Haar ogen werden rood. Het leek er sterk op dat ze iets wilde zeggen, maar niet de juiste woorden kon vinden. Ten slotte knikte ze zwijgend en verliet het vertrek.

Na haar vertrek zakte Zes Vingers onderuit op de kruk alsof het praten haar helemaal had uitgeput. 'Alles wat je vader gedurende zijn leven heeft vergaard, ben ik kwijt ...' Haar stem weergalmde in het lege vertrek.

'Als op een dag je broers thuiskomen, is er niets meer wat ze kunnen erven, afgezien van wat brieven en foto's.'

Kam Sau werd bang. Ze kon het niet aanhoren dat haar moeder over haar eigen dood sprak. Ze greep de handen van Zes Vingers. 'Maak je alsjeblieft geen zorgen,' smeekte ze haar moeder. 'Ah-Yuen en ik hebben meneer Liu, het districtshoofd, een aantal maal ontmoet bij vergaderingen. Hij is een prima vent en heel vriendelijk. We gaan morgen naar hem toe en dan vertellen we hem wat er is gebeurd. Als hij dat zegt, weet ik zeker dat ze ons alles terug zullen geven.'

Zes Vingers schudde het hoofd. 'De wereld is veranderd. Niemand kan dit terugdraaien. Wacht ook niet tot morgen, maar ga meteen terug met Wai Heung voor het geval er nog iets ergers gebeurt.'

Zes Vingers had haar eigen plannetje. De gouden ringen die ze haar schoondochter had gegeven, vormden niet haar laatste bezit. In haar schoenen hield ze nog meer kostbaarheden verborgen. Die wilde ze echter pas gebruiken als haar dochter en kleindochter waren verdwenen. Ze had gehoord dat twee vrouwen in naburige dorpen zelfmoord hadden gepleegd nadat ze waren aangemerkt als landeigenaar. Een had zichzelf in een put geworpen. Toen ze haar naar boven hadden gehaald, was haar buik opgezwollen geweest als die van een hoogzwangere vrouw. Na een prik in haar navel spoot er bruin water uit. De andere vrouw had haar keel doorgesneden met een groentemes. Dat had zo'n bloedbad gegeven dat de mensen die haar lijk weghaalden met hun schoenen aan de vloer waren blijven plakken.

Zes Vingers wilde niet een dergelijke ellendige en vernederende dood sterven. Als kind, toen ze met haar oudere zus in het huis van Roodhaar had gewoond, had ze de onderwijzer van haar neefje het verhaal horen vertellen van de tweede Yu-zus uit *Droom van de Rode Kamer* die zichzelf van het leven beroofd door goud in te slikken. Dit was het soort onbevlekte einde dat Zes Vingers voor zichzelf wenste.

'Ja, ga nu,' drong Mak Dau aan. 'Wai Heung is nog jong. Als er nog meer gebeurt, zal ze dat niet aankunnen.' Kam Sau verzekerde haar moeder er nogmaals van dat ze zich geen zorgen hoefde te maken, omdat ze de volgende morgen vroeg meteen in de districtsstad op bezoek zou gaan bij meneer Liu. Ze nam haar dochter bij de hand en draaide zich om om weg te gaan.

Het was al te laat. Plotseling werd er luid op de deur gebonsd. Een timide stem zei: 'Kam Sau, doe open.' Het was Ah-Hsien.

Nadat Kam Sau de deur had geopend, vloog ze meteen het vertrek weer in doordat de woeste dorpelingen zich langs haar heen drongen. Ah-Hsien duwden ze voor zich uit.

Waterhoofd porde kwaad met een vinger tegen het voorhoofd van Zes Vingers. 'Zo, mevrouw Kwan, dus jij denkt je kostbaarheden voor ons verborgen te kunnen houden. Slecht mens.'

'Ze ... ze zagen ze ... Ik heb het ze niet verteld!' stamelde Ah-Hsien, die haar schoonmoeder niet durfde aan te kijken.

Het porren van Waterhoofd veroorzaakte een wondje op het voorhoofd van Zes Vingers. Een bloeddruppel welde op, sijpelde omlaag en stolde. Als een grote zwarte wrat nestelde hij zich tussen haar wenkbrauwen.

'Wat verberg je nog meer?' vroeg Waterhoofd dwingend.

Zes Vingers schudde het hoofd. 'Die twee ringen waren mijn laatste waardevolle bezittingen.'

Daarop begon iedereen te jouwen. 'Denk je dat we dat geloven? Je familie heeft zijn muren behangen met Amerikaanse dollars!' En: 'Je hebt zelfs grond verkocht om wapens aan te kunnen schaffen. Er moet meer zijn dan alleen wat gouden ringen!'

'Fouilleer haar. Ik weet zeker dat ze ergens nog iets heeft verstopt,' zei Waterhoofd tegen Ah-Hsien.

Ah-Hsien weifelde totdat achter haar werd gespot: 'Als puntje bij paaltje komt, blijkt ze helemaal niet geschikt voor de klassenstrijd. Of wel soms?'

'Ik zal je wat laten zien,' kaatste Ah-Hsien terug. Ze liep op Zes Vingers af en begon de bovenste knoopjes van haar tuniek los te maken. Ondertussen fluisterde ze: 'Als er meer is, kun je het maar beter geven. Ze gaan niet weg voordat ze het in handen hebben.'

Na even denken trok Zes Vingers haar schoenen uit.

De stoffen schoenen werden met een schaar stukgeknipt. Verborgen tussen de lagen van het bovenste deel van de schoenen vonden de dorpelingen uiteindelijk vier gouden ringen en twee paar glimmend gouden oorbellen. Er klonken kreten van verrukking.

'Wat heb je nog meer? Als je het ons niet vertelt, gaan we verder met fouilleren,' schreeuwde Waterhoofd.

'Alleen nog deze diaolou. Als jullie die aan stukken willen slaan om onder elkaar te verdelen, ga dan je gang,' zei Zes Vingers tandenknarsend.

'Goed, als dat het enige is wat je te zeggen hebt, laat ik jullie allemaal fouilleren, te beginnen met de jongste,' zei Waterhoofd. Hij gebaarde Ah-Hsien op Wai Heung af te stappen.

'Ze is nog maar een schoolmeisje,' protesteerde Ah-Hsien. 'Bovendien woont ze hier niet. Wat heeft zij er nou mee te maken?'

Waterhoofd duwde Ah-Hsien opzij. 'Als jij het niet doet, doe ik het wel. Al heeft ze het in haar kut verstopt, ik zal het vinden.'

'Ze is nog maar een kind, smeerlap,' gilde Ah-Hsien. Waterhoofd negeerde haar en begon de blouse van Wai Heung los te knopen.

Het meisje wilde het op een schreeuwen zetten, maar haar stem stokte in haar keel. Ze trilde als een espenblad. Vervolgens haalde ze zo hard uit als ze kon. Op het gezicht van Waterhoofd verschenen twee bloedige krassen. Woest liet hij de knopen los en begon aan Wai Heungs kleren te rukken. Hij trok de bovenste helft van haar blouse open en ontblootte haar magere schouders.

'Laat haar los! Ik heb het goud,' schreeuwde Mak Dau witheet van woede.

De dorpelingen waren even overrompeld. Vervolgens dromden ze samen rond Mak Dau. 'Ik moet dit doen, maar ik maak het goed met je in ons volgende leven,' mompelde hij tegen Zes Vingers terwijl hij in zijn broekband tastte.

Hij trok zijn revolver tevoorschijn, richtte hem op Waterhoofd en haalde beheerst de trekker over. Op het hoofd van de voorzitter verscheen een rode bloem. De toeschouwers sprongen verschrikt achteruit, maar niet snel genoeg om de bloedspetters te ontwijken.

Mak Dau trok de trillende Wai Heung tegen zich aan. 'Doe je ogen maar dicht, kind. Je bent snel op een betere plek,' zei hij en hij schoot haar door het hart. Er trok een huivering door haar lichaam waarna ze ontspande.

De derde kogel was voor Kam Sau.

De vierde voor Zes Vingers.

De vijfde en laatste was voor hemzelf, maar hij had er niet op gerekend dat het wapen zou ketsen. Hij smeet de revolver op de grond, duwde de dorpelingen opzij en rende naar de trap.

Na een moment van verbijstering renden ze achter hem aan. Ook Mak Dau was inmiddels oud. Het was uitgesloten dat hij hen voor zou kunnen blijven. Op het moment dat ze hem al bijna te pakken hadden, draaide Mak Dau zich om en probeerde zijn eerste achtervolger een trap te verkopen. Daarna wierp hij zich uit het raam.

Nog vele jaren daarna sprak niemand, of die persoon nu tot de Fong- of de Au-clan behoorde, van de verschrikkelijke gebeurtenissen op die dag in 1952. De bewoners van Aansporing, anders zo vreedzaam dat ze dagenlang berouwvol tot Boeddha baden als ze maar een vlieg iets hadden misdaan, waren er op één dag getuige van geweest dat vijf mensen de dood hadden gevonden en twee in krankzinnigheid waren vervallen: Ah-Hsien en Ah-Yuet.

De lichamen werden snel begraven en van die dag af durfde niemand nog een voet over de drempel van de diaolou te zetten. Het verhaal ging dat bij stormachtig weer binnen gehuil klonk. En in het holst van de nacht scheen er soms licht.

'Het spookhuis' noemden de bewoners de diaolou, die ze niet meer alleen binnen durfden te gaan. Ze waren zelfs te bang geworden om het land eromheen te bebouwen. In de loop der jaren raakten alle akkers langzaam overwoekerd.

1961, Vancouver, Brits-Columbia

Amy zat op de achterbank van de blauwe Ford, die met haar moeder achter het stuur door de straten raasde op weg naar het huis van ome Bill. De auto was zo oud dat hij totaal niet meer veerde. Amy's achterwerk deed op alle mogelijke manieren pijn van al het schudden en trillen.

Haar moeder had de auto gekregen. Misschien van ome Bill, wellicht van ome Shaun, de voorganger van ome Bill, of anders van ome Joseph, die ongeveer tegelijkertijd met ome Shaun was geweest. Er was bij haar moeder voortdurend sprake van een of meer ooms. Het waren er voor Amy te veel om te onthouden.

Amy was vijf jaar. Ze had bruine ogen die diep in haar oogkassen lagen, kastanjebruin haar en een spitse neus. Haar huid was zo bleek dat ze aan bloedarmoede leek te lijden. Tenzij je heel goed keek, bleek uit niets dat ze een Chinese moeder had. En dat was precies volgens de wens van die moeder. Soms keek Yin Ling haar dochter diep in de ogen en zei bedachtzaam: 'Nooit ... anders ... worden.' Op zulke momenten voelde Amy haar moeders ogen overal en kreeg ze zin in huilen uit te barsten. Vervolgens begon Yin Ling dan te glimlachen en zei ze: 'Niet bang worden. Mama houdt van je zoals je bent.'

Yin Ling had nooit iemand verteld waar ze was geweest in de ruim tien jaar van haar afwezigheid. Ze was drie jaar geleden teruggekomen en had sindsdien een hele reeks baantjes gehad. Sinds een paar maanden werkte ze als serveerster in een restaurant. Als ze overdag moest werken, liet ze Amy bij een buurvrouw achter. Als ze avonddienst had liet ze Amy bij een of andere oom achter om haar de volgende ochtend weer op te halen. Amy had de nacht al bij heel veel verschillende ooms doorgebracht. Soms als ze 's ochtends wakker werd, riep ze luid 'Ome Shaun' waarop dan ome Bill verscheen. Soms wist ze heel goed dat het ome Joseph was die haar ontbijt klaarmaakte, maar dan zei ze onwillekeurig toch: 'Dank u wel, ome Luke.' Ome Bill had het van alle ooms het langst volgehouden.

Door het aanhoudende schudden en trillen begon de pijn aan te voelen alsof er allemaal mieren over haar billen kropen. Terwijl haar moeder haar lippen stiftte in de achteruitkijkspiegel, liet Amy stilletjes een hand onder haar rokband verdwijnen om de mieren eens flink te krabben. Een. Twee. Drie keer. Bij de derde keer zag haar moeder wat ze deed.

'Amy Smith!'

Als haar moeder haar bij haar volledige naam noemde, wist Amy dat ze echt boos was. Voor de zekerheid gooide Yin Ling het dopje van de lippenstift naar haar, waarbij ze Amy welgemikt op de rug van haar hand raakte.

'Hoe vaak heb ik je nu al gezegd dat welopgevoede meisjes zoiets niet doen?'

Als haar moeder in de zenuwen zat, bleef er weinig over van haar Engels. Het zou vanzelfsprekend nog een aantal jaren duren voordat Amy begreep dat haar moeder met een accent sprak. En nog een aantal jaren voordat ze zou beseffen dat dat accent iets te maken had met een jeugd die Yin Ling voorgoed achter zich wilde laten.

'Vaak ... heel vaak,' stotterde Amy.

'Vertel me dan eens wat ik je allemaal heb geleerd!' schreeuwde haar moeder.

'Ik mag niet in mijn neus pulken, mezelf niet krabben en geen scheten laten waar andere mensen bij zijn. En als ik nies moet ik mijn hand voor mijn mond houden.'

'Als je dat weet, waarom doe je het dan nog steeds?'

'Maar ik deed het ... deed het zo dat je het niet kon zien ...'

'Mond dicht!' onderbrak Yin Ling haar dochter bruusk. 'Slechte gewoontes beginnen in het geniep.'

Amy hield haar mond. Ze durfde haar moeder niet te vragen wat een welopgevoed meisje verondersteld werd te doen als ze jeuk had, hoewel ze dat wel wilde. Ze wist dat haar moeder vandaag in een bijzonder slecht humeur was. Alles wat Amy zei kon aanleiding zijn om tegen haar uit te vallen.

Het had iets te maken met ome Bill.

Ome Bill had haar moeder gezegd dat hij haar op Victoria Day zou meenemen naar Ottawa om te zien hoe de tulpen werden ingevlogen vanuit Nederland. Maar de dag voor vertrek was hij op zijn woorden teruggekomen. Bovendien had hij haar moeder de afgelopen drie dagen niet gebeld.

'Ome Bill is vast en zeker ziek,' zei Yin Ling. 'De laatste keer dat we hem zagen nieste hij aan één stuk door, toch?'

Yin Ling had dit al veel vaker gevraagd. De eerste keer had Amy geantwoord dat hij helemaal niet had geniesd. Haar moeder was daarop zo kwaad geworden dat ze de rest van de dag niets meer had gezegd. Dus toen ze de keer daarna het gesprek op ome Bill bracht, wist Amy wat ze moest zeggen: 'Ja, ome Bill is volgens mij heel erg verkouden.' Daarop begon haar moeder tot Amy's verwarring te stralen van blijdschap. Waarom was haar moeder zo in haar nopjes omdat ome Bill verkouden was?

Het was vandaag ome Bills verjaardag. Haar moeder had een cadeautje voor hem gekocht: een aansteker in de vorm van een arend. Als je zijn poten een tikje gaf, spuwde hij vuur uit zijn bek. Ome Bill rookte Cubaanse sigaren die zulke dichte rookwolken door de kamer verspreidden dat Amy het gevoel kreeg te stikken. Yin Ling borg de aansteker op in een met zilver beslagen doosje en verpakte dat omzichtig in goudkleurig papier.

'We zeggen ome Bill niet dat we komen. Dat wordt een verrassing,' zei ze tegen Amy.

Amy vond echter dat haar moeder niet de indruk wekte van iemand die een vriend eens fijn ging verrassen. Ze keek bezorgd.

'Het is al goed! Trek niet zo'n lang gezicht alleen maar omdat ik tegen je praat,' zei ze kortaf vanaf de bestuurdersstoel. 'Je krijgt ome Bill zo te zien. Weet je nog wat je dan tegen hem moet zeggen?'

'Van harte gefeliciteerd,' zei Amy terwijl ze de brok in haar keel wegslikte.

'Wat nog meer?'

'We ... missen u heel erg.'

'En verder?'

'U ziet er heel goed uit vandaag.'

Haar moeder zweeg, parkeerde de auto langs de stoep en pakte een sigaret uit haar tas. Haar hand trilde zo erg dat ze moeite had om hem aan te steken.

Nadat ze eindelijk haar sigaret had opgerookt, begon ze een aantal minuten haar nagels te knippen. Knip. Knip. Knip. De afgeknipte nagels sprongen als sprinkhanen door de auto. Terwijl Yin Ling zo over het stuur leunde, leek ze heel mager. Onder haar dunne zomerjurkje staken haar knokige schouderbladen omhoog als mespunten.

'Amy, zou je willen dat ome Bill je vader was?' vroeg haar moeder.

Op die vraag had Amy absoluut niet gerekend. Ze schatte in dat haar moeder graag wilde dat ze bevestigend antwoordde, maar het 'ja' bleef steken in haar keel. Gelukkig startte haar moeder de auto zonder op haar antwoord te wachten. De oude Ford zette zijn weg rammelend voort.

Nadat Yin Ling opnieuw was gestopt, stapte ze uit en trok ze, met nog steeds bevende hand, Amy met zich mee. Ze duwde haar in de richting van ome Bills voordeur en leunde zelf tegen het portier van de auto. Ze stak weer een sigaret op. Na de eerste haal begon ze luid te hoesten. Ze klonk als een specht die met zijn snavel tegen een boomstam hamert.

Mama vergeet haar hand voor haar mond te doen, bedacht Amy. Ze klom de treden van de stoep op en klopte op de deur. Ze moest nog een paar keer kloppen voor er werd opengedaan.

Het was niet ome Bill die in de deuropening verscheen, maar een jonge blonde vrouw met blauwe ogen, gekleed in een zijden ochtendjas. Haar haar was drijfnat alsof ze zojuist nog onder de douche had gestaan.

'Schat, bezoek voor je!' riep de vrouw nonchalant over haar schouder.

Amy's moeder wachtte echter niet op ome Bill. Ze trok Amy terug naar de auto en reed woest gas gevend achteruit de oprit af. Door het raampje zag Amy ome Bill zich in zijn onderbroek naar buiten haasten. Hij gebaarde en riep iets maar het geluid van zijn stem werd meegevoerd door de wind.

'U ziet er ...' Voordat Amy haar zinnetjes had kunnen opzeggen, zag ze iets voorbij haar raampje vliegen dat met een klap tegen de postbus van ome Bill landde. Het was een goudkleurig papiertje met daarin een aansteker.

'Godverdegodverdegodver!' vloekte haar moeder en ze sloeg op het stuur. Van woede stond haar haar bijna rechtovereind.

De auto zigzagde gevaarlijk terwijl ze, begeleid door het geluid van kwade claxons, door de straat scheurde. 'Ik wist het! Ik wist het! Het enige wat hij wil is een blanke griet!'

Amy wilde iets zeggen wat haar kon troosten, maar had geen idee wat. Ten slotte leunde ze naar voren tegen de achterkant van haar moeders stoel en zei met een iel stemmetje: 'Mama, misschien hebben we helemaal geen papa nodig ...'

Haar moeder was even stil en begon daarna schril te lachen. Amy kreeg er kippenvel van. Pas daarna besefte ze dat haar moeder huilde. Voortdurend veegde ze met een hand het snot van haar neus. Die hand veegde ze vervolgens af aan het raampje totdat het glas helemaal onder de vegen zat.

Mama is vergeten hoe een welopgevoede vrouw zich gedraagt, bedacht Amy.

Uiteindelijk hield Yin Ling op met huilen en werd het stil in de auto. Ze reden ongeveer een kwartier voordat ze de oude verloederde straat insloegen waar Amy's grootvader woonde. Steeds wanneer ze een oom was verloren of haar moeder tussen twee ooms in zat, werd Amy naar haar grootvader gebracht.

Ze stopten voor het huis van haar grootvader. Het was een warme dag en de krekels tjirpten luid. Amy zag haar grootvader al in

T-shirt en onderbroek op de veranda zitten. Hij had het ene been over de knie van het andere gelegd en wuifde zichzelf koelte toe met een grote biezen waaier.

'Doe alsjeblieft je been omlaag!' schreeuwde Yin Ling.

Ze liet Amy snel uit de auto alsof ze graag van haar af wilde. 'Ik kom haar morgenochtend ophalen.' Zonder naar binnen te gaan, reed ze weer weg, naar het casino. Amy wist dat ze nog niet zo vroeg naar haar werk hoefde, maar Yin Ling vermeed graag de eindeloze ondervragingen van haar vader.

'Amy, lieve meid, wat wil je dat grootvader koken voor jou vanavond?'

Het Engels van haar grootvader was zo mogelijk nog slechter dan dat van haar moeder. De eerste keer dat ze hem zag, had Amy geen woord verstaan van wat hij zei. Inmiddels was ze gewend aan zijn manier van praten. Als ze hem niet begreep, kon ze meestal wel raden wat hij bedoelde.

'Gebakken kip,' zei Amy. Ze wist dat als ze niet snel besliste haar grootvader pap van ingelegde eieren ging maken. Ze begreep totaal niet waarom hij voortdurend eieren at die zo zwart waren dat het leek alsof ze duizenden jaren onder de grond hadden gelegen. Toen ze hem voor het eerst er een in zijn mond zag stoppen, verwachtte ze dat hij dood zou neervallen. Dat gebeurde niet. In plaats daarvan had hij naar haar gegrijnsd met ontblote gele tanden.

'Oké, grootvader kip snijden,' zei hij en hij verdween naar binnen.

Amy had stiekem al zitten hopen dat hij snel naar binnen zou gaan, want vaak vond ze in zijn stoel wat muntgeld dat uit zijn zakken was gevallen. Vandaag had ze echter weinig geluk. Ze vond slechts twee cent, die ze zorgvuldig wegstopte in een binnenzakje.

De zon brandde fel en zette de bomen in een wit licht. Ze hoorde in de verte het deuntje van de ijscowagen, maar hij reed de straat van haar grootvader voorbij. Het zou nog vele uren duren – ontelbaar veel – voordat het bedtijd was. Wat moest ze doen terwijl de tijd zich voortsleepte? Waarom had ze nou geen zus of zelfs maar een broer? Desnoods een jongere. Samen hadden ze de verveling kunnen verdrijven, alles leuker kunnen maken. En waarom kon ze niet, zoals andere mensen, steeds op dezelfde plaats blijven wonen zodat ze de buurtkinderen leerde kennen en hele middagen door de straat kon fietsen, touwtjespringen en rondrennen.

'Amy, lieve meid, kom binnen! Ik heb deegballetjes met varkensvlees voor je,' riep haar grootvader.

Alweer deegballetjes met varkensvlees. Daarmee kwam hij elke keer op de proppen. Zodra ze ze had doorgeslikt, dreigden die plakkerige brokjes rood vlees meteen weer omhoog te komen. Een keer had ze haar moeder gevraagd waarom haar grootvader altijd zulk raar eten at. 'Omdat hij Chinees is,' had ze geantwoord.

'Als hij Chinees is, zijn wij dan ook Chinees?'

Tot haar verbazing reageerde haar moeder op die eenvoudige vraag als met stomheid geslagen. Uiteindelijk had ze slechts geantwoord: 'Jij bent niet Chinees.' Vervolgens had Amy willen vragen of haar moeder dat dan wel was, maar de blik op Yin Lings gezicht had haar daarvan weerhouden.

Amy ging naar binnen. Haar grootvader was de kip aan het hakken. *Beng beng*, klonk het hakmes. De snijplank kraakte van protest. Amy voelde een spetter van het een of ander op haar wang. Ze veegde het weg en bestudeerde het. Het was een bloedig stukje bot. Haar grootvader veegde zijn handen schoon aan zijn shirt, scheurde een deegballetje met varkensvlees in tweeën en gaf Amy de helft. 'Om je honger te stillen tot de kip klaar is,' zei hij.

Amy had het idee dat ze ging kokhalzen. 'Ik heb geen honger,' zei ze. Hij drong niet aan, maar stak simpelweg beide helften in zijn mond. Met een handgebaar stuurde hij haar weg: 'Ga maar spelen. Ik roep je wel als het klaar is.'

Spelen? Waarmee? Waar? Amy wierp een blik op het verzengende zonlicht buiten. De moed zakte haar in de schoenen.

Beer.

Amy dacht opeens aan haar teddybeer. Het was haar enige stuk speelgoed en ze had het met Kerstmis van een van haar ooms gekregen. Ze had hem de laatste keer bij haar grootvader laten liggen. Die kon ze gaan zoeken.

Ze keek beneden in alle hoeken en gaten, maar zonder resultaat. Vervolgens liep ze de trap op. De twee kamerhuurders waren naar hun werk en hadden hun deur afgesloten met een hangslot. Alleen de kamer van haar grootvader was open. Ze liep naar binnen, keek in het bed en onder het kussen, maar geen teddybeer. Daarna zag ze in een hoek van de kamer een trap van enkele treden. Ze wist dat die naar de zolder leidde. Misschien had haar grootvader haar beer zolang daar neergelegd.

Ze klom de trap op.

De zolder had een dakraam waardoor het zonlicht naar binnen viel, een vierkante vlek van licht op de grond werpend. Het was er een stuk lichter dan ze had verwacht. Waarschijnlijk was er al heel lang niemand meer op de zolder geweest. Het rook er muf en ze moest hard niezen, waarbij ze vergat een hand voor haar mond en neus te houden. Het was maar goed dat haar moeder er niet bij was. Zich een weg banend door het ene na het andere spinnenweb liep ze verder de zolder op.

Er lagen maar weinig spullen. In een hoek onder het dakraam lag een rol papier en daarnaast stond een stoffen zak. Ze opende de zak waardoor een grote wolk stof opvloog waarvan de deeltjes glinsterden in het zonlicht. In de zak zat een stapel foto's. Ze waren oud en vervaagd tot een modderige sepiakleur. Sommige foto's plakten aan elkaar. Amy probeerde ze voorzichtig los te trekken om daarna tot de ontdekking te komen dat op de achterkant van de vorige foto een half gezicht van de volgende was achtergebleven.

De eerste foto van de stapel was binnenshuis genomen. Er stond een echtpaar van middelbare leeftijd op. De vrouw droeg een met borduurwerk versierde en schuin dichtgeknoopte tuniek. De man droeg een mantel die zo voor een jurk kon doorgaan, hield een hoed in zijn linkerhand en een wandelstok in de rechter. Op de tweede foto stonden twee jongens op ouderwetse fietsen. De derde foto was van een jonge vrouw met een baby'tje in haar armen. Ze stond aan de oever van de rivier met achter zich een bosje dicht op elkaar staande bomen. De zon scheen fel waardoor het gezicht van de vrouw één bleke vlek was. Alleen een stralende glimlach liet zich onderscheiden.

Amy had nog nooit mensen, kleding of een omgeving gezien als op deze foto's. Ze bekeek ze allemaal aandachtig en was haar beer al snel vergeten.

Halverwege de stapel zag ze eindelijk gezichten die ze herkende: die van haar grootvader en haar moeder.

Haar grootvader moest Amy een paar keer roepen voordat ze naar beneden kwam. Ze zat helemaal onder het stof. Haar grootvader was ontsteld. 'Waar heb je gezeten, ondeugende meid?' vroeg hij haar. Hij veegde haar gezicht schoon en zette haar eten op tafel.

Amy nam een hap van een poot, hield daarna op met kauwen en leek in gedachten verzonken. 'Wie zijn die mensen?' vroeg ze uiteindelijk.

'Welke mensen?' Haar grootvader keek haar niet-begrijpend aan.

'Op die foto's. Op de foto's op zolder.'

De oude man glimlachte. 'Dus daar was je. Dat zijn je overgrootvader en je overgrootmoeder, je grootmoeder, je oudtante en je oudoom.'

'Wat is een overgrootvader?'

'Dat is de vader van je grootvader.'

'En een oudoom?'

'Dat is het broertje van je grootvader.'

Amy leek nog steeds in de war. Haar grootvader pakte een vel papier en tekende er een boom op. Onder de boom schreef hij *Guangdong, China.* Daarna zei hij op de stam wijzend: 'Dat zijn de vader en moeder van je grootvader.' Daarna tekende hij drie takken aan de boom. 'Dat ben ik,' zei hij, een van de takken aanduidend. 'Dat is mijn broertje, jouw oudoom, en dat is mijn zusje, jouw oudtante.' Hij tekende een kleinere tak die aan de eerste ontsproot: 'Dat is mijn dochter, jouw moeder.'

Amy pakte de pen van hem over en tekende aan de tak van haar moeder een nog kleinere. 'En dat ben ik, Amy!'

Het gezicht van haar grootvader vormde één grote glimlach. 'Wat een slimme meid is onze kleine Amy toch!'

Aangemoedigd door zijn woorden begon Amy nog meer vragen te stellen. 'Waar zijn deze takken nu?'

'Sommige zijn dood,' antwoordde haar grootvader, 'en andere wonen in China. We zijn het contact kwijtgeraakt.'

'Waar ligt China?'

'Hier heel ver vandaan. Aan de andere kant van een enorme oceaan.'

'Kan de *Queen Victoria* erheen varen?' De *Queen Victoria* was een raderstoomboot die naar Vancouver Island voer. Amy en haar moeder waren een keer meegevaren.

Kam Shan bulderde van het lachen. 'Nee! Al was de *Queen Victo-*

ria tien keer zo groot, dan kon je daarmee nog altijd niet naar China varen!'

Amy leek teleurgesteld. Uiteindelijk begon ze weer aan haar kippenpoot te kluiven, maar voor ze een hap had doorgeslikt, kwam er al een nieuwe vraag in haar op: 'Grootvader, waarom ben jij Chinees en ik niet?'

'Wie zegt dat jij dat niet bent? Je bent op zijn minst voor de helft Chinees.'

'Waarom zeg jij dat ik het wel ben en zegt mama van niet? En waarom maar de helft? Hoe zit dat met de andere helft?'

Voordat haar grootvader antwoord kon geven, vloog de deur open en kwam haar moeder binnen met twee zakken vol boodschappen. 'De stroom is uitgevallen,' zei ze tegen haar vader. 'Al het personeel is naar huis gestuurd.'

Hij ging voor haar op zoek naar een schone kom en eetstokjes en gaf haar wat kip met rijst. 'Ga zitten en eet wat samen met Amy. Ze heeft nog nauwelijks een hap genomen.'

Onder het eten viel Yin Lings oog op het vel papier. Ze schoof het naar zich toe. Toen ze zag wat de tekening voorstelde, kreeg ze een gezicht als een donderwolk en zette haar kom met zo'n harde klap neer dat de rijst overal op tafel belandde.

'Hoe vaak heb ik je nu al gezegd, vader, dat je Amy niet zulke onzin mag vertellen?'

Haar grootvader zette zijn kom eveneens met een klap op tafel. 'Hoe lang blijf je nog tegen haar liegen? Vroeg of laat hoort ze toch te weten wie haar familie is? Zolang jij ze niet erkent, hoef je het niet te wagen om je voorouders om hun zegen te vragen!'

Yin Ling greep Amy bij de hand, sleepte haar naar buiten, duwde haar de auto in en sloeg het portier met een klap dicht.

'Om hun zegen vragen? Weinig kans! Dat ik Chinees ben heeft me alleen maar ellende bezorgd. Ik wil niet dat Amy dezelfde narigheid overkomt als mij!' schreeuwde ze woedend door het geopende raampje. Daarna reed ze weg.

1971, Vancouver, Brits-Columbia

'Regen ... Wat een troep geeft regen toch altijd.' Kam Shan zat voor het raam en keek humeurig naar buiten. Het was de tweede natte periode van dat voorjaar. Wanneer de druppels de grond raakten, klonk er een zacht sissend geluid. Dat was niet afkomstig van de regen of de aarde, maar werd veroorzaakt door het ongeremd opschietende gras. De stad ging al de hele week schuil onder een deken van regenwolken. Het gras zoog het vocht maar al te graag op en kwam binnen de kortste keren tot de heupen. De paardenbloemen lieten dat niet op zich zitten, kronkelden met hun lange stelen om graspollen, tot ze nog langer dan het gras uitliepen in gele bloemen en donzige witte kopjes.

Laat alles maar groeien, dacht Kam Shan. Hij was al lang geleden opgehouden met onkruid wieden en grasmaaien. Het laatste jaar had hij de tuin met geen vinger meer aangeraakt waardoor de begroeiing inmiddels bijna de ramen aan het oog onttrok. Uiteindelijk zou dit worden gemeld aan de gemeente, waarna op een dag een grote ronkende maaimachine voor de deur stond met in zijn kielzog natuurlijk een gepeperde rekening.

Wilde een grasveld tot zijn recht komen, dan moesten er kinderen op spelen. Hij en zijn twee kamerhuurders waren daarvoor veel te oud. Het was lang geleden dat er nog kinderen over het grasveld hadden gerold of elkaar achterna hadden gezeten. Yin Ling had Amy naar een katholieke meisjeskostschool gestuurd. Kam Shan zag haar nu alleen nog maar met Pasen en Thanksgiving en tijdens de kerstvakantie. Yin Ling kwam vaker op bezoek, al moest hij altijd zijn best doen om haar zover te krijgen.

'Ik heb kippensoep gemaakt en er is nog wat over. Kom dat maar halen, Yin Ling.' Of: 'Er was uitverkoop bij Hudson's Bay en ik heb een jas voor je gekocht, Yin Ling. Kom hem eens passen.' Of: 'Ik heb deze maand wat geld overgehouden, Yin Ling. Dat mag jij hebben.'

Soms voelde het vernederend om zijn dochter zo om te kopen. Telkens weer zei hij heel beslist tegen zichzelf dat hij haar niets meer zou geven en wel zou zien wanneer ze weer op bezoek kwam. Daar kwam hij nooit achter, want steeds was hij de eerste die belde.

Klop klop.

Er stond iemand voor de deur.

Het kon onmogelijk de postbode zijn, want die kwam al tijden niet meer langs. Sinds China een rood land was geworden, had hij het contact met zijn familie verloren. Er waren natuurlijk wel geruchten. De overzeese Chinese kranten publiceerden elke dag verhalen die je haren te berge deden rijzen. Die verhalen hadden te maken met telkens andere gebeurtenissen. Eerst betroffen ze de landhervormingen, daarna de strijd tegen de contrarevolutionairen en vervolgens de campagne tegen rechtse partijelementen. De recentste verwikkelingen waren omgedoopt tot de Culturele Revolutie. De benamingen van de gebeurtenissen veranderden, maar de verhalen kwamen continu op hetzelfde neer: ze handelden over wie de macht in handen had en wie het onderspit moest delven. Van degenen die het onderspit dolven ging een deel dood en bleef een deel leven. Maar wie in leven bleef, wachtten onvermijdelijk ontberingen. Er waren echter heel veel manieren waarop iemand de dood kon vinden. Een aantal jaren geleden had iemand uit Hoi Ping hem verteld dat zijn moeder en zus en de rest van de familie op een afgrijselijke manier aan hun eind zouden zijn gekomen. Hij had het niet geloofd. Hij had gewoonweg geweigerd het te geloven. Tenzij zijn zwager Ah-Yuen hem in een brief anders zou vertellen, ging hij ervan uit dat hij nog steeds een familie had en koesterde hij zijn herinneringen aan hen.

Klop klop.

Er stond nog steeds iemand voor de deur.

Het moest de postbode wel zijn.

Hij schuifelde naar de voordeur en deed open. Het was niet de postbode. Het was een vrouw in een regenjas van geel plastic. Ze riep uit: 'Ben jij het echt, Fong? Je lijkt zo oud! En je loopt mank!'

Kam Shan keek haar verbluft aan en stamelde vervolgens: 'Je ... je kent mij?'

De vrouw drong langs hem heen. Terwijl ze haar jas uitdeed zei ze: 'Iemand in de regen laten staan ... Zo heten Chinezen hun gasten toch niet welkom?'

Onder haar jas droeg de vrouw een oude zwarte, versleten peignoir. De knoopsgaten weken uiteen. Door de openingen scheen onbedekte huid. Ze was oud, had grijs haar en haar gezicht was gerimpeld als een walnoot. Haar houding was echter nog altijd recht en ze stond met haar voeten stevig op de grond.

Kam Shan haalde de schouders op en zei opnieuw: 'Dus ... je kent mij?'

De vrouw lachte even. 'Mijn hemel! Je herkent me niet? Ik ben Sundance!'

Terwijl Kam Shan haar gezicht bestudeerde, leek er iets in hem aan stukken te vallen: het beeld dat hij al vele jaren van haar had gekoesterd als het meisje met door zonnestralen vergulde huid en haren dat tussen de lisdodde de vlinders najoeg. Dat beeld had verankerd gelegen in zijn ziel. Naar hij had aangenomen voor eeuwig, maar een paar woorden van deze vrouw waren voldoende geweest om het in duizenden stukjes te laten vallen. Zelfs als hij ze allemaal opraapte, zou het hem nooit meer lukken dat beeld opnieuw tot een geheel te maken.

Hij schudde haar de hand en voelde de huid van haar handpalm pijnlijk langs de zijne raspen.

'Sundance, ik ben jaren naar je op zoek geweest! Waarom heb je gewacht tot dit moment, tot ik al met één been in het graf sta?'

'Dat is in elk geval beter dan dat je al in de hel zit,' zei ze.

'Waarom ben je er zo zeker van dat ik naar de hel ga?' vroeg Kam Shan.

Ze barstte in lachen uit: 'Het zou hemels zijn om samen naar de hel te gaan.'

Dezelfde lach als vroeger ... Kam Shan dacht dat zijn ogen haar weliswaar niet hadden herkend, maar dat zijn oren dat zeker zouden hebben gedaan.

Sundance bekeek de foto's op de schoorsteenmantel. 'Is dat je dochter?' vroeg ze.

'Klopt. Ik heb maar één kind gekregen.'

'Je kleindochter?' Ze wees naar Amy.

Kam Shan knikte. 'De enige. En jij?'

'Ik heb drie zoons en twee dochters, acht kleinkinderen en één achterkleinkind.'

'Dan heb je een forse familie.'

Sundance haalde een foto uit haar tas. 'Dit is Paul, mijn oudste, en zijn kleinzoon Ian.'

Het jongetje was een jaar of vijf, had donkere ogen, zwart haar en een plat gezicht. Kam Shan glimlachte. 'Waarom ziet hij er zo Chinees uit?'

'Omdat hij Chinees ís. Zijn moeder is Chinese en heet Mei. Waarom heb je eigenlijk geen foto's van je vrouw staan?'

'Ze is al jaren dood. En jouw man?'

Sundance haalde een krantenknipsel tevoorschijn en wees op

een overlijdensberichtje. 'Hij is nog maar een maand geleden over-leden.'

'Dat spijt me heel ...' begon Kam Shan.

Sundance glimlachte. 'Het was maar beter ook. Hij was al jaren ziek.'

Kam Shan wilde haar vragen of hij de reden was dat ze hem niet eerder had opgezocht, maar zweeg.

Opeens hadden ze elkaar niets meer te zeggen.

Na het uitwisselen van deze wetenswaardigheden gaapte er tus-sen hen een kloof van ruim een halve eeuw. Hun woorden zweef-den even door de lucht, maar verdwenen daarna in de ondoor-dringbare duisternis van die kloof. Sundance stond op. 'Ik ga mijn achterkleinkind ophalen van school,' zei ze.

'Waar woon je?' vroeg Kam Shan. Sundance noemde een straat op nog geen kwartier lopen van zijn huis. Al die voorbije jaren hadden ze elkaar duizenden keren tegen het lijf kunnen lopen. Toch was dat nooit gebeurd. Dat is het noodlot, dacht Kam Shan.

Hij hield de deur voor haar open. 'Tot ziens,' zei ze met in haar ogen een zweempje hoop. Kam Shan besefte waarop ze hoopte, maar zag geen reden die hoop te versterken. Hij had er jarenlang naar verlangd om haar terug te zien, maar wenste nu dat het er nooit van was gekomen.

Hij sloot de deur achter haar en liep terug naar de woonkamer. Op dat moment ontdekte hij dat Sundance de foto had achtergela-ten. Hij draaide hem om. Op de achterkant stond: *Pauls zevenen-vijftigste verjaardag, met Ian, 22 maart 1970.*

Kam Shan begon te rekenen. Als Paul vorig jaar zevenenvijftig was geworden, dan moest hij in 1913 zijn geboren. Hij had de stam van Sundance in de herfst van 1912 verlaten, waarna Paul in het voorjaar daarop ter wereld was gekomen.

Opeens begreep Kam Shan het. Hij rende naar buiten en riep: 'Sundance!'

Ze was al weggereden, maar in haar achteruitkijkspiegel zag ze hoe hij, zo goed en zo kwaad als dat ging, de achtervolging inzette. Ze remde en draaide het raampje omlaag: 'Ik begrijp dat je nu ein-delijk een keertje met me uit wilt?'

Hij hield haar de foto voor ogen. 'Van wie is Paul?' vroeg hij.

Sundance was sprakeloos. Haar glimlach bevroor op haar gezicht. Het duurde lang voordat ze iets zei.

'Van mij.'

Die avond ging Kam Shan onderuit in de badkamer. Als in een Hollywoodfilm leek alles in slow motion te gebeuren. Hij stapte uit de badkuip, kleedde zich traag aan, ging op een stoel zitten om zijn slippers aan te doen en gleed vervolgens langzaam van de stoel op de grond.

Er was geen sprake van een acute hartaanval of iets dergelijks. Het was heel goed mogelijk dat hij, na zijn hele leven hard te hebben gewerkt, gewoon van ouderdom en uitputting was gestorven.

Zo luidde althans de diagnose die de dokter aan Yin Ling gaf nadat hij Kam Shan oppervlakkig had onderzocht.

Yin Ling durfde de dokter niet in de ogen te kijken. Als hard werken kon worden uitgedrukt in ponden en kilo's, dan wilde ze niet weten hoeveel hij door haar toedoen was aangekomen.

Ze was die avond aan het werk geweest in het restaurant, waarvan ze inmiddels de manager was. Op het moment dat het ziekenhuis voor de eerste keer belde, had ze net zitten eten en geweigerd om het telefoontje aan te nemen. Die ouwe kerel doet ook alles om mij naar zijn huis te lokken, had ze gedacht. Pas na het derde telefoontje was tot haar doorgedrongen dat er misschien toch iets ernstigs aan de hand was. Zo snel als ze kon reed ze naar het ziekenhuis, maar toen ze aan zijn bed zat had haar vader nog slechts een zwakke hartslag.

'Amy is onderweg, vader. Wacht nog even alsjeblieft, wacht nog even,' smeekte Yin Ling hem.

Zijn lippen trilden. De lijn op de hartmonitor schoot omhoog. Ze bracht haar oor naar zijn mond, maar kon hem amper verstaan. Ze ving slechts één woord op: '... kapokbloemen ...'

Hij dacht terug aan de rode kapokbloesem in zijn geboortedorp.

Op de overlijdensakte vulde de dokter in: *Datum en tijdstip van overlijden: 1 februari 1971, 23.27 uur.*

Yin Ling keek toe hoe de verpleegster het laken over het gezicht van haar vader trok. Ze deed haar uiterste best om tranen naar boven te halen, maar leek ze niet langer te bezitten. Ze was een woestijn geworden, een kurkdroge woestijn.

Ze balde haar hand tot een vuist. Tussen haar vingers zat een verkreukeld krantenknipsel dat ze had meegenomen om haar vader te laten lezen.

Het luidde als volgt:

Vandaag was een bijzondere dag voor de Canadian Pacific Railway Company: een delegatie van negen personen uit Communistisch China reisde in een van zijn eersteklasrijtuigen van Montréal naar Ottawa. Dat het buiten onder nul was deed geen afbreuk aan de stemming onder de delegatieleden nu na twintig jaar Koude Oorlog voor de eerste keer het ijs werd gebroken. De delegatie heeft tot doel een bouwplek te vinden voor de nieuwe ambassade van China. Deze doorbraak is te danken aan premier Trudeau en zijn kabinet, die ondanks alle kritiek op hun beleid hebben volhard in het opzetten van diplomatieke betrekkingen met China. Communistisch China is Canada altijd vriendelijk gezind geweest dankzij de heldendaden van dr. Norman Bethune tijdens de Chinees-Japanse Oorlog. De inwoners van Ottawa zullen spoedig inzien dat de Chinezen deze keer nog wel een tijdje blijven en al snel voor een deel het straatbeeld zullen bepalen.

Epiloog

2004, Hoi Ping, provincie Guangdong, China

Een stuk plastic. Een fruitmand. Een schepje. Wat wierookstokjes.

'Zullen we het gat graven?' vroeg meneer Auyung aan Amy.

'Even wachten. Zo krijg ik geen contact met de geest van mijn overgrootmoeder.'

Amy trok het stuk plastic weg en knielde direct op de grond, die nog nat was van de dauw. Het vocht drong door haar broek naar haar knieën.

Amy boog diep.

De grafsteen stond er pas sinds gisteren. Het was een eenvoudige witte steen waarin de volgende namen en jaartallen waren uitgehouwen:

FONG TAK FAT (1863-1945)

KWAN SUK YIN (1877-1952)

FONG KAM SAU (1913-1952)

FONG YIU KEI (1930-1939)

TSE WAI KWOK (1934-1941)

TSE WAI HEUNG (1937-1952)

IN LIEFDEVOLLE HERINNERING GEPLAATST DOOR HUN CANADESE NAZATEN, 2004

De begraafplaats lag boven op een heuvel. De smalle weg erheen kronkelde omhoog tussen dichte bosjes bamboe. De wind had hun pad bezaaid met witte bloemen, waarschijnlijk afkomstig van de graven die de vorige maand tijdens het Qingmingfestival een schoonmaakbeurt hadden gekregen. Op de heuveltop was het één grote chaos van graven die om ruimte vochten. 'Zijn dit allemaal Gouden Bergen-families?' vroeg Amy.

'Iedereen in deze dorpen heeft familie overzee,' zei meneer Auyung, 'dus in die zin kun je inderdaad zeggen dat het allemaal Gouden Bergen-families zijn.'

Meneer Auyung had Amy geholpen bij het uitkiezen van de grafsteen en de tekst van de inscriptie. In een rood stoffen zakje droeg ze de overblijfselen van Fong Tak Fat: enkele in zijde gewikkelde nagelsplinters. Kam Shan had Ah-Fats nagels geknipt toen hij al in zijn kist had gelegen, klaar voor de begrafenis. Kam Shan had de zijden verpakking met inhoud en al aan Yin Ling gegeven, die het bij elke verhuizing weer had meegenomen. Vlak voordat Amy naar China afreisde, had Yin Ling het haar gegeven.

Amy pakte het schepje en groef een kuiltje aan de voet van de grafsteen. De aarde had naar Amy's idee een vreemde kleur. Ze huiverde even. Daarna legde ze het stoffen zakje in het kuiltje, bedekte het weer met aarde, die ze stevig aandrukte. Met dit zakje begroef ze een leven vol geheimen, die de aarde nu voorgoed zou verzwijgen.

Meneer Auyung zuchtte: 'Een belofte van de Gouden Bergen die uiteindelijk niet ingelost kon worden. Erg jammer.'

'Zo zie ik het niet. Sommige nooit ingeloste beloftes zijn van meer betekenis dan wel ingeloste. Ze gaan ...' Amy kon het juiste Chinese woord niet vinden, en zei het uiteindelijk maar in het Engels: '... dieper.'

Meneer Auyung begreep wat ze bedoelde. 'Mijn kennis van de geschiedenis van de Fongs vertoont een hiaat dat ik graag opgevuld zou zien. U bent de enige van de vierde generatie en ik weet nog steeds heel weinig van uw volwassen leven. Zou u me willen bijpraten?' vroeg meneer Auyung.

'Eens een onderzoeker, altijd een onderzoeker!' zei Amy glimlachend. 'Feit is dat de geschiedenis van de Fongs met elke generatie minder kleurrijk is geworden. En mijn geschiedenis is weerzinwekkend alledaags. Dat is gewoon het verhaal van een dochter van een Chinese alleenstaande moeder, die zich altijd geminacht voelde door de blanken en die maar één wens had: haar dochter verlossen van haar afkomst en haar een voorsprong geven in de wereld. Die moeder heeft zich haar hele leven afgesloofd in allerlei baantjes. Elke cent die ze daarmee verdiende, gebruikte ze om haar dochter om te toveren in een blank meisje uit de hoogste klasse. Ze kreeg pianolessen, kunstonderwijs en ging naar ballet. Ze leerde alles wat een meisje uit de hoogste klasse verondersteld werd te leren. Daarna werd ze naar een katholieke kostschool gestuurd. Haar moeder wilde graag dat ze dokter, advocaat of accountant zou worden. Ze had nooit kunnen denken dat haar dochter stiekem sociologie zou gaan studeren aan Berkeley, dat haar dochter het zo moeizaam vergaarde collegegeld zou gebruiken voor die studie omdat ze zich voor niets anders interesseerde.

De weg die het meisje door het leven nam, was radicaal tegengesteld aan welke haar moeder had gewenst. In plaats van hard te studeren nam ze deel aan elke politieke beweging die de kop opstak, en er kon geen demonstratie plaatsvinden zonder dat zij erbij was. In plaats van dat ze op zoek ging naar een leuke man om mee te trouwen – die vanzelfsprekend blank had moeten zijn – kreeg ze relaties met de ene waardeloze minnaar na de andere. In een vreemde gril van het lot liet ze haar Chinese afkomst ook niet totaal achter zich, maar leerde ze aan de universiteit zelfs Chinees. En als klap op de vuurpijl heeft een Chinese man haar zojuist ertoe overgehaald tegenover de hele wereld te erkennen dat ze voor de helft Chinees is.'

Meneer Auyung kon een glimlach niet onderdrukken. 'Ik heb alleen ingespeeld op een gevoel dat diep in u al aanwezig was.'

'O, maar mijn verhaal is nog niet ten einde,' zei Amy. Ze vervolgde: 'Op zijn minst in één opzicht heeft dit meisje – of beter gezegd: deze vrouw – voldaan aan haar moeders hoge ambities door een beroemde docent aan een beroemde universiteit te worden.'

'Dank u,' zei meneer Auyung. 'Nu heb ik het verhaal van de familie Fong eindelijk compleet.'

'Nou, u mag uw verhaal dan compleet hebben, dat geldt niet voor het mijne. Wie bent u eigenlijk? Hoe komt het dat u meer van mijn familie weet dan ik?'

'Deze vraag had ik verwacht. Het is eigenlijk heel simpel. Mijn overgrootvader en mijn grootvader hebben toevallig uw overgrootvader en uw grootvader lesgegeven, evenals uw oudoom en oudtante. Maar dat is niet de werkelijke reden voor mijn interesse. Dertig jaar geleden las ene Auyung Wan On het dagboek dat was nagelaten door zijn grootvader Auyung Yuk Shan, martelaar van de revolutie. In dat dagboek stuitte hij op verhalen over de familie van Fong Tak Fat, uw overgrootvader. Midden jaren zeventig was hier in de regio sprake van een machtsvacuüm en onder het voorwendsel dat hij onderzoek deed naar een verre verwant uit het dorp Aansporing, verschafte die jongeman zich op een moment dat niemand keek toegang tot de diaolou, waarna hij zich steeds meer in de geheimen daarvan is gaan verdiepen. Hij voerde onderzoek uit dat eigentijdse wetenschappers wellicht als sociologisch onderzoek zouden bestempelen, maar op het moment zelf was hij slechts een onwetende jongen die gewoon zijn nieuwsgierigheid wilde bevredigen. De sporen die hij achterliet sterkten de dorpelingen natuurlijk alleen maar in hun overtuiging dat het spookte in de diaolou.'

Meneer Auyung gaf Amy een bruine enveloppe en zei: 'Verbrand dit om hun uw respect te bewijzen.'

Amy trok een stapeltje 'dodengeld' tevoorschijn. Met een van haar metgezel geleende aansteker stak ze het papier in brand. Ze keek toe hoe het stapeltje langzaam kromp totdat er nog slechts wat verkoolde snippers over waren die werden meegevoerd door de wind. Er zaten nog meer papieren in de enveloppe. Die droegen echter geen waardeaanduidingen maar handgeschreven titels als *Schilderhandleiding van de mosterdzaadtuin*, *Voorbeeldboek van de standaardkalligrafie*, *Driehonderd gedichten uit de Tang-dynastie* en *Academie der muziek*.

'Uw overgrootmoeder was een geletterde vrouw. Ze bleef zich haar hele leven lang ontwikkelen,' zei meneer Auyung.

Amy gaf alles in de envelop stukje bij beetje prijs aan de vlammen. Het laatste wat ze eruit haalde betrof een papieren bootje dat helemaal was platgevouwen. Toen ze het openvouwde, bleek het een stuk groter dan gedacht. Het was met veel liefde en aandacht gemaakt en bevatte zelfs een aantal dekken, zeilen en tuig. Op de boeg was een vurig drakenoog geschilderd.

'In dit soort boten voeren de emigranten naar de Gouden Bergen. De plaatselijke bevolking noemde ze "grootooghanen".'

Amy hield het bootje in de palm van haar hand en bestudeerde het zorgvuldig voordat ze het in het vuur aan de voet van de grafsteen legde. Het was van karton en brandde langzaam. De zeilen waren bedekt met laagjes lijm, die begonnen te knetteren toen de vlammen eraan likten. Het bootje werd tot as. Alleen de nu en dan in het smeulende vuur oplichtende zeilen resteerden.

'Nu kunt u toch nog aan boord gaan om naar de Gouden Bergen te varen, overgrootmoeder, om u bij overgrootvader te voegen,' mompelde Amy.

Iets kietelde haar gezicht. Ze veegde het weg met de rug van haar hand en zag dat het een traan was.

Ze daalden de heuvel weer af. Meneer Auyung gaf de chauffeur opdracht Amy terug te brengen naar het hotel zodat ze zich kon voorbereiden op het afscheidsdiner.

Amy's telefoon piepte. Het was een sms. Ze las het bericht waarna ze een glimlach onderdrukte en een ernstig gezicht trok: 'Ik ben bang dat ik niet aanwezig kan zijn bij het feestmaal,' zei ze.

Meneer Auyung reageerde ontdaan. 'Maar alles is al geregeld!' protesteerde hij.

'Ten eerste,' vervolgde Amy, 'ga ik morgen nog niet weg, dus we hoeven nog geen afscheid te nemen. En ten tweede: als ik naar het diner ga, moet ik, zoals u mij zelf hebt verteld, afstand doen van de diaolou. Maar ik heb mij bedacht. Ik wil er nu nog geen afstand van doen.'

Meneer Auyung keek Amy verbaasd aan. 'Wat in hemelsnaam ...' stamelde hij.

'Dat brengt u in een lastig parket, nietwaar?' zei Amy. 'Dan hebt u het een en ander uit te leggen aan uw bazen. Al die tijd en moeite die u aan mij hebt verspild ... Daarom vertel ik u maar eerlijk waarom: ik wil er nog geen afstand van doen omdat ik de diaolou, zolang hij nog eigendom is van de Fongs, wil gebruiken voor een huwelijk.'

'Wiens huwelijk?' vroeg meneer Auyung verbaasd.

'Het mijne,' antwoordde Amy. 'Ik wil u nog slechts één ding vragen: wilt u mijn getuige zijn?'

'Eh ... wanneer?' Meneer Auyung had moeite al deze nieuwe informatie te verwerken.

'Marks vliegtuig is zojuist opgestegen. Hij zal hier morgen rond het middaguur zijn.'

'Mijn god! U geeft me niet veel tijd alles voor te bereiden.'

Amy barstte in lachen uit.

'Dat is uw probleem. Ik laat alles graag aan u over.'

Bronnen

Jennifer S.H. Brown, *Strangers in Blood: Fur Trade Company Families in Indian Country*. Vancouver, University of British Columbia, 1980.

Anthony B. Chan, *Gold Mountain: The Chinese in the New World*. Vancouver, New Star Books, 1983.

Denise Chong, *De dochters van de concubine*. Amsterdam, Prometheus, 1995.

Harry Con e.a., *From China to Canada: A History of Chinese Communities in Canada*. Toronto, McClelland & Stewart, 1982.

Robin Fisher, *Contact and Conflict: Indian-European Relations in British Columbia, 1774-1890*. Vancouver, UBC Press, 1992.

Evelyn Huang, *Chinese Canadians: Voices from a Community*. Toronto, Douglas & McIntyre, 1996.

David Chuenyan Lai, *Chinatowns: Towns Within Cities in Canada*. Vancouver, UBC Press, 1988.

–, 'The Chinese Cemetery in Victoria'. In: *B.C. Studies* 75 (herfst 1987).

–, 'A "Prison" for Chinese Immigrants'. In: *The Asiandian* 2, 4 (lente 1980).

Peter S. Li, *The Chinese in Canada*. Toronto, Oxford University Press, 1988.

Huping Ling, *Surviving on the Gold Mountain*. Albany, SUNY Press, 1998.

Dennis McLaughlin en Leslie McLaughlin, *Fighting for Canada: Chinese and Japanese Canadians in Military Service*. Minister of National Defence of Canada, 2003.

Geoffrey Molyneux, *British Columbia: An Illustrated History*. Vancouver, Raincoast Books, 2002.

Faith Moonsang, *First Son: Portraits by C.D. Hoy*. Vancouver,

Arsenal Pulp Press, 1999.

James Morton, *In the Sea of Sterile Mountains*. Vancouver, J.J. Douglas Ltd., 1974.

Stan Steiner, *Fusang: The Chinese Who Built America*. New York, Harper & Row Publishers, 1979.

Christine Welldon, *Canadian Pacific Railway: Pon Git Cheng*. Laval, Grolier Limited, 1991.

Brandy Lien Worrall (red.), *Finding Memories, Tracing Routes: Chinese Canadian Family Stories*. Chinese Canadian Historical Society of British Columbia, 2006.

Paul Yee, *Ghost Train*. Toronto, Groundwood, 1996.

Liping Zhu, *A Chinaman's Chance: The Chinese on the Rocky Mountain Mining Frontier*. Boulder, University Press of Colorado, 1997.

Films

Eunhee Cha, *A Tribe of One*. National Film Board of Canada, 2003.

Karen Cho, *In the Shadow of Gold Mountain*. National Film Board of Canada, 2004.

Jari Osborne en Karen King, *Unwanted Soldiers*. National Film Board of Canada, 1999.